Dieter Palitzsch
214 neue, noch unveröffentlichte
Fragen und Antworten
aus der pädiatrischen Praxis

Band 4

# 214 neue, noch unveröffentlichte Fragen und Antworten aus der pädiatrischen Praxis

**Herausgegeben
von Dieter Palitzsch**

**Band 4**

Hans Marseille Verlag GmbH München

Prof. Dr. Dieter Palitzsch
Kinderabteilung
Kreiskrankenhaus
Herzbachweg
63571 Gelnhausen

**Einzeln nicht erhältlich**

© 1994 by Hans Marseille Verlag GmbH München
Druck (auf chlorfrei gebleichtem Papier) und Bindung: Ebner Ulm

# Geleitwort

Prof. R. GÄDEKE hat 1991 den 3. Band der bewährten Serie »Fragen und Antworten aus der pädiatrischen Praxis« herausgegeben.

Nachdem ich seine Arbeit übernommen habe, lege ich hiermit den 4. Band mit 214 neuen, bisher unveröffentlichten Fragen und Antworten vor. Die Grundsätze der »pädiatrischen praxis« wurden beibehalten und – der Übersichtlichkeit wegen – auch der Umfang nicht erweitert. Kapitelüberschriften sollen sich mehr an der Anzahl der gestellten Fragen orientieren, weshalb die Kapitel »Neonatologie« und »Hautkrankheiten« neu aufgenommen wurden. Doppelantworten, z. B. bei Impffragen, sind zum Nachdenken über eigenes Handeln gedacht.

Ich wünsche Ihnen beim Lesen viel Freude und Information!

D. PALITZSCH, Gelnhausen

# Inhaltsübersicht

**Impfungen, Prophylaxe**

| | |
|---|---|
| Impforte bei Kindern: In welche Körperregionen soll geimpft werden? | 1 |
| Injektionsort für i.m. Impfungen | 2 |
| Schutzimpfung gegen Haemophilus influenzae B | 3 |
| Impfung bei anatomischer bzw. funktioneller Asplenie (Pneumokokken, HIB) | 4 |
| Masern-Mumps-(Röteln-)-Wiederimpfung | 5 |
| Wiederholungsimpfung MMR und HIB | 7 |
| Neurodermitis, Allergien und Masern-Mumps-Röteln-Impfung | 8 |
| Zweitimpfung Masern-Mumps-Röteln | 9 |
| Risikovergleich: FSME-Impfung und FSME-Infektion | 10 |
| Anwendung heterologer Seren (Antitoxine) | 11 |
| Hyperimmunisierung bei Tetanus-, Diphtherie-Impfung | 12 |
| Probleme bei der Überprüfung des Tetanusschutzes | 13 |
| Polioschluckimpfung in der Schwangerschaft | 14 |
| Indikation zur Polioimpfung | 15 |
| Polio- und Diphtherieimpfung bei allergischer Aspergillose | 16 |
| Verhalten bei Poliomyelitisepidemie | 16 |
| Zwischenfall nach Polioschutzimpfung | 17 |
| Tuberkulintests: Testergebnisse und Konsequenzen | 18 |
| Tuberkulintest bei beeinträchtigter Typ IV-Reaktion | 20 |
| Tuberkulintestungen – Stempeltests | 20 |

| | |
|---|---|
| Impfungen bei hämolytisch-urämischem Syndrom | 21 |
| Pneumovax-Impfung: Indikationen und Kontraindikationen | 22 |
| Impfung bei fraglicher Allergie auf Quecksilberverbindungen | 22 |
| Wiederimpfung gegen Masern | 23 |
| Grippeschutzimpfung für diabetische Kinder – gemeinsames Auftreten von $\alpha_1$-Antitrypsinmangel und Diabetes mellitus Typ I | 24 |
| Mumpsepidemien in der Schweiz und in Deutschland | 26 |
| Mumpsinkubationsimpfung | 26 |
| Nonresponder nach HBsAg-Impfung | 27 |
| Gonoblenorrhöprophylaxe bei Neugeborenen | 29 |
| Jodprophylaxe bei Kindern – Darreichungsformen | 30 |
| Jod in der Schwangerschaft | 31 |
| Jodprophylaxe | 32 |
| Dauer der Penicillinprophylaxe nach rheumatischem Fieber | 33 |
| Rachitisprophylaxe | 34 |
| Tetanusimpfungen: prophylaktisch – postexpositionell | 35 |

**Endokrinologie, Stoffwechsel, Gynäkologie**

| | |
|---|---|
| Funktionelle Autonomie der Schilddrüse | 37 |
| Oraler Glukosetoleranztest im Wochenbett | 38 |
| Indikation für C-Peptid-Bestimmung: Verminderung der Insulinresistenz | 39 |
| Ursachen einer $T_3$-Erhöhung | 40 |
| Erniedrigter TSH-Spiegel – latente Hyperthyreose | 41 |
| Lymphödeme bei ULLRICH-TURNER-Syndrom | 43 |
| Kryptorchismus – diagnostisches und therapeutisches Vorgehen | 44 |
| Stoffwechseleinstellung bei Sekundärversagern | 44 |
| Bestimmung der Lipoproteine | 45 |
| Ursachen einer erhöhten alkalischen Phosphatase | 47 |
| Gicht | 48 |
| Östrogensubstitution bei Osteogenesis imperfecta tarda | 51 |
| Rachitis: Diagnostik, Therapie und Prophylaxe im Kindesalter | 51 |
| Kalziumsubstitution | 52 |
| Stellenwert des Base excess | 53 |
| Hormonale Kontrazeption | 54 |
| Reduktion der Vaginalflora durch präoperative Desinfektion | 55 |
| L-Carnitin in der Schwangerschaft | 57 |
| Stillzeit: Metronidazol lokal? | 57 |
| Therapie einer Aminkolpitis in der Stillzeit | 58 |

**Magen-Darmtrakt, Ernährung**

| | |
|---|---|
| Literatur zu Gehaltsangaben der Nahrungsmittelbestandteile für die Diätberatung | 61 |
| Azetonämisches bzw. zyklisches Erbrechen von Kleinkindern | 62 |

Besteht ein Zusammenhang zwischen dem Vitamin K-Mangel eines Säuglings und der Zusammensetzung seiner Darmflora? 64

Lange Stillzeiten – später Zahndurchbruch? 65

Behandlung von Durchfallerkrankungen 65

Anwendung von Saccharomyces boulardii bzw. cerevisiae 66

Überbrückung bis zur Vollstillung 68

Vegetarische Ernährung für Kinder? 68

Fleisch in der Ernährung von Säuglingen und Kleinkindern 71

Getränke in der Säuglingsernährung 73

Ziegenmilch: eine Alternative bei Kuhmilchunverträglichkeit? 75

Pankreasenzympräparate bei chronischer Pankreatitis oder Meteorismus 77

»Verdünnung« der Magensäure durch Trinken? 78

Ernährung und Cholesterinspiegel 80

Gastroskopie und Prämedikation 81

Fäkolithen (Kotsteine) 82

**Harntrakt**

Kollagenunterspritzung der Blase bei Miktionsbeschwerden 83

Proteinuriediagnostik 84

BARTTER-Syndrom 87

Vesikoureteraler Reflux im Kindesalter 88

Kalzium und Vitamin D bei einer Kalzium-Harnstein-Anamnese 89

**Infektionen**

Übertragungsmöglichkeiten von HIV 91

Erkrankungen durch Ehrlichia 92

Borrelia burgdorferi-Infektion und Erythema chronicum migrans 92

Diagnostik und serologischer Verlauf der Borreliose 93

Spätbehandlung der Borreliose – medizinische Konsequenzen 95

Probleme bei der Zeckenentfernung und Ausbreitung des FSME-Virus seit Öffnung der innerdeutschen Grenze 97

Infektiosität von Varizellen – praktische Konsequenzen 98

Hepatitis B – Verlauf und Diagnostik 99

Streptokokkenangina: Erregerübertragung durch Haustiere 100

Infektionsrisiko beim Fuchsbandwurm 101

Übertragung des HI-Virus von der Mutter auf das Kind (Schwangerschaft, Geburt, Stillperiode) 102

Windpockenkontakt in der Schwangerschaft 104

Zytomegalieinfektion der Mutter (Schwangerschaft, Säuglingsperiode) 105

Diagnostik und Therapie der Hepatitis C im Kindesalter 107

Antibiotikawahl bei Infektionen mit Staphylokokkenverdacht 108

Verbesserte Schnelltests zur Streptokokken A-Diagnostik 109

Übertragung von Varizellen 110

Indikation für Zovirax bei Herpes labialis oder Stomatitis aphthosa 111

| | |
|---|---|
| Salmonelleninfektion | 113 |
| Herpes zoster bei einem Kleinkind | 114 |
| Problematik bei der Behandlung einer Soorerkrankung der Mundhöhle | 115 |
| Echinokokkose – Tests, Endemiegebiete, Prophylaxe | 115 |
| Oxyuriasis: Diagnostik, Nachweis, Symptomatik, Hygienemaßnahmen bei Chemotherapie und Behandlungsmöglichkeiten für die schwangere Mutter | 117 |

**Notfälle**

| | |
|---|---|
| Atropin vor Magenspülung? | 121 |
| Entfernung von Zecken und Übertragung von Krankheitserregern | 124 |
| »Überblähen« des Neugeborenen | 126 |
| Medikamente und Geräte für die Hausbesuchstasche bzw. den Notfallkoffer | 127 |

**Herz-Kreislauf**

| | |
|---|---|
| Vagotonie-Ekg | 129 |
| Intraventrikuläre Erregungsleitungsstörungen | 131 |

**Neurologie, Psychiatrie**

| | |
|---|---|
| Urlaubsplanung, Klima und Epilepsie | 133 |
| »Rechtshänder« – »Linksbeiner« | 134 |
| Muskelkrämpfe | 136 |
| Neurologische Störungen und Lyme-Borreliose | 137 |
| Medikamentöse Triebdämpfung | 138 |
| »Kinesiologie« | 140 |
| Behandlungsmethode nach DOMAN und DELACATO | 141 |
| Therapiemethode nach KOZIJAWKIN | 142 |
| Entwicklung des Nervensystems – pharmakologische Konsequenzen | 142 |
| Reflexartige Reaktion bei jungen Säuglingen durch Anblasen des Gesichtes | 143 |
| Lagerung bei einer geburtstraumatischen Plexuslähmung | 144 |
| Tics und Vitamine | 146 |
| Hirnblutung bei Neugeborenen und Prognose | 147 |
| Empfindlichkeit gegenüber körperlichen Berührungen im Kindesalter | 148 |
| Welche Benzodiazepine zur Akutbehandlung von Krampfanfällen? | 149 |
| Hyperventilation bei RETT-Syndrom | 149 |
| Differentialdiagnose und Therapie der angeborenen Schmerzunempfindlichkeit | 150 |
| Sedierung vor neuropädiatrischen Untersuchungen | 151 |
| Reflexzonenmassage | 152 |

**Hämatologie, Onkologie**

| | |
|---|---|
| Notwendigkeit einer Eisensubstitution | 153 |
| BKS (BSG): Einstundenwert reicht aus | 154 |
| Ursachen einer MCV-Erhöhung | 155 |
| Philadelphianegative chronische myeloische Leukämie (CML) im Frühstadium | 156 |
| Antibiotika bei Tumorkranken | 158 |
| Diagnose des Eisenmangels im Kindesalter | 160 |

## Neonatologie

Symptomatik, Diagnostik und Therapie der Pertussis bei Neugeborenen  161

Brustdrüsenvergrößerung in der Neugeborenenperiode  163

Ist die routinemäßige Sondierung jedes Neugeborenen zum Ausschluß einer Ösophagusatresie notwendig bzw. sinnvoll?  164

Existiert ein Zusammenhang zwischen der generellen Vitamin K-Prophylaxe und dem vermehrten Auftreten eines Neugeborenenikterus?  165

Abstriche bei Neugeborenen  166

Phototherapie-Effekt und Hyperbilirubinämie  167

Hüftscreening bei Neugeborenen  168

Müdigkeit und Trinkfaulheit ikterischer Neugeborener  169

Vorgehen bei CRP-Erhöhung und Leukozytose beim Neugeborenen  170

Vernix caseosa  172

Laboruntersuchungen beim Neugeborenen: was ist obligatorisch, was wünschenswert?  173

Transkutane Bilirubinbestimmung beim Neugeborenen  175

Bestimmung von AT III und Protein C  177

Phenylketonuriescreening  180

Surfactanttherapie: Prophylaxe oder Intervention – natürliche oder synthetische Präparate  181

Was erlebt ein Kind im Mutterleib? Ergebnisse und Folgerungen der pränatalen Psychologie  183

## Allergologie, Immunologie, Hygiene

Atopisches Ekzem  185

IgG-Antikörper und Nahrungsmittelallergien – zytotoxikologische Testverfahren  186

Gegensensibilisierung  189

Atopieprävention beim Neugeborenen  190

Pollinosis: Indikation für nasale Kortikosteroide  191

Kontaktallergie durch orale Poliovakzine?  192

Acarosan: unzureichend in der Milbenreduktion  192

Pollenallergie und Indikation zur Hyposensibilisierung  193

Passive Immunisierung mit Immunglobulinen  194

Indikation zur Splenektomie bei Autoimmunthrombozytopenie  197

Versehentliche Injektion von Anti-D  198

Hepatitis B: Übertragung und Prophylaxe bei engem Zusammenleben  198

Aufbewahrung von Kornzangen  200

## Hautkrankheiten

Behandlung eingewachsener Zehennägel  201

Schuppen: Ursachen und Behandlungsmöglichkeiten  203

Laserbehandlung von Besenreiservarizen  204

Hyperhidrosis axillaris  206

5-Fluorouracil als Warzenmittel (Salbe, Warzenlack)  207

| | | | |
|---|---|---|---|
| Mollusca contagiosa und Warzen | 208 | Krankengymnastische Behandlung bei Hüftdysplasie | 228 |
| Therapie des atopischen Ekzems mit Fumarsäurederivaten | 210 | Das HWS-Schleudertrauma | 229 |
| Polymorphe Lichtdermatose | 211 | Temperaturen im Operationssaal – Einfluß auf Infektionsraten? | 230 |
| Purpura pigmentosa progressiva – psychogene Purpura | 212 | Narkosen für ambulante Eingriffe | 231 |

**Hals-Nasen-Ohren-, Augenkrankheiten**

| | | | |
|---|---|---|---|
| | | Präoperative parenterale Alimentation vor elektiven kolonchirurgischen Eingriffen | 232 |
| Abstehende Ohren: Operationsmöglichkeiten | 215 | Laparoskopische Herniotomie | 234 |
| Diagnostisches Vorgehen bei einer Pharyngotonsillitis | 216 | Verknöcherung von Bauchnarben (Narbenknochen) | 236 |
| Chronische Nebenhöhlenerkrankung | 218 | Der Paramedianschnitt im Vergleich zum Medianschnitt | 238 |
| Einmaltherapie bei Otitis media? | 218 | Präoperative Röntgenthoraxuntersuchungen | 239 |
| Otitiden: Einfluß von sozialer Schicht und Häufigkeit | 219 | Appendizitis – gelartiges Exsudat im Bauchraum | 242 |
| Orofaziale muskuläre Hypotonie und Mittelohrentzündungen | 220 | Behandlung und Operationsindikation einer Phimose | 242 |
| Behandlung der rezidivierenden Otitis media | 221 | Gasembolien bei Laparoskopie | 243 |
| | | Perityphlitischer Abszeß – ein- oder zweizeitige Operation? | 244 |
| Otitis media mit eitriger Sekretion im Gehörgang | 222 | Hypospadia coronaria | 246 |
| Manuelle Lymphdrainage bei »adenoidem Habitus«? | 222 | Reduktion des Fremdblutbedarfs durch Einsatz von Aprotinin (Trasylol) | 248 |

**Chirurgie, Anästhesie, Orthopädie**

| | | | |
|---|---|---|---|
| | | Anwendung des Hautdesinfektionsmittels Mercuchrom | 252 |
| Beinlängendifferenz im Säuglings- und Kindesalter | 223 | Entwicklung eines Gleithodens aus einwandfreiem Pendelhoden | 253 |
| Familiäre Gelenksüberbeweglichkeit | 224 | Ohranhängsel bei Neugeborenen | 253 |
| Kopfgelenksblockierungen bei Kleinkindern | 226 | Symptomatik eines nässenden Nabels | 254 |
| | | Anästhesie bei Kindern | 255 |
| Bauchlage und spätere Hyperlordose der LWS | 227 | Wundversorgung in Kindergärten oder Ganztagsschulen | 255 |

**Verschiedenes**

| | |
|---|---|
| VACTERL-Assoziation | 257 |
| Babyschwimmen (Eltern-Kind-Gymnastik im Wasser) | 258 |
| Kontrolle der korrekten Lage einer Venenverweilkanüle | 260 |
| Müssen die Patienten für Routineblutuntersuchungen nüchtern sein? | 261 |
| Schlange als Attribut des Äskulap | 262 |
| Risiken von Sonnenbank, Sauna und Hyperthermie während der Schwangerschaft | 263 |
| »Indische Brücke« | 265 |
| Mundgeruch | 266 |
| Pyoktanin: Verdacht der Kanzerogenität | 267 |
| Anwendung von Morphinlösungen | 267 |
| Können Pflegeeltern den behandelnden Arzt ihres Kindes von der Schweigepflicht entbinden? | 269 |
| Schweigepflicht des Rechtsanwaltes bei Haftpflichtverfahren | 270 |

**Autorenverzeichnis** 271

**Sachverzeichnis** 281

# Impfungen, Prophylaxe

## Impforte bei Kindern: In welche Körperregionen soll geimpft werden?

*Frage: Welche Impfstellen sind bei Kindern zu bevorzugen (DT, HIB, Hepatitis B, Masern, Mumps)?*

Außer der BCG-Impfung werden parenterale Impfungen subkutan oder intramuskulär verabfolgt.

Die Hinweise der Hersteller sind zu beachten: So unterscheiden sich die Impfstoffe *Hevac B Pasteur* und *HB-Vax* beispielsweise sowohl in Dosierung und Impfschema als auch in der Applikationsart (s.c. bzw. i.m.).

Subkutan werden Masern-, Mumps-, Röteln- sowie Fluidvakzinen verabfolgt, alle Adsorbatimpfstoffe dagegen nur intramuskulär, um lokalen Entzündungen und subkutanen Abszeßbildungen vorzubeugen.

Während für s.c. Injektionen der Oberarm gewählt wird, bestehen für i.m. Injektionen mehrere Möglichkeiten:

**1.** Das laterale obere Drittel des Oberarms: Besonders bei jungen Säuglingen besteht infolge des noch schwach angelegten M. deltoideus die Gefahr einer fälschlich oberflächlichen s.c. Applikation und damit von starken Lokalreaktionen.

**2.** Die intragluteale Injektion: Sie wird von der Bundesärztekammer für die Diphtherie-, Pertussis- und Tetanusimpfung empfohlen. Die Impfung muß streng lokalisiert im äußeren oberen Quadranten, der nach kranial von der Crista iliaca und nach kaudal von einer Verbindung zwischen Spinae iliacae ant. sup. und post. sup. begrenzt wird, erfolgen (Bereich des M. glutaeus med.).

Auch die Wahl dieses Bereiches birgt im jungen Säuglingsalter die erwähnten Probleme und zusätzlich die Gefahr der Irritation von Nerven und Gefäßen.

3. Der Oberschenkel: Eine relativ sichere Methode, auch für das junge Säuglingsalter, ist die Injektion in den lateralen mittleren Bereich des Oberschenkels. Bei diesem Vorgehen ist die Gefahr von subkutanen Depots oder von Nerven- und Gefäßläsionen geringer.

Bei wiederholten Impfungen ist ein Wechsel der Applikationsseiten bzw. des -ortes zu beachten.

H. PADELT, Berlin-Buch

# Injektionsort für i.m. Impfungen

*Frage: Weshalb wird bei i.m. Impfungen die Applikation im Oberarm (M. deltoideus) oder in der Oberschenkelvorderseite empfohlen? Gibt es eine theoretische Begründung dafür, daß bei der Auswahl dieser beiden Impforte im Vergleich zur Impfung in den M. gluteus max. die Antikörperantwort besser sein soll/ist?*

Es gibt wohl kaum eine Begründung dafür, daß die i.m. Injektion eines Impfstoffes in Abhängigkeit vom Injektionsort – Oberarm, Oberschenkel, Gesäß – eine unterschiedlich gute oder weniger gute Antikörperstimulation bewirkt. Jedoch kann eine Retention bereits geringer Antigenmengen im subkutanen Fettgewebe (schlechtere Zirkulations- und Resorptionsverhältnisse, möglicherweise auch Entzündungsprozesse und Interaktion mit dem Impfstoff) die Antikörperbildung beeinträchtigen. Bei i.m. Injektionen in die Glutealregion sind derartige subkutane Fehlinjektionen eher möglich als bei Injektionen in den Oberarm oder Oberschenkel.

So hat man z. B. bei der Hepatitis B-Impfung die Erfahrung gemacht, daß die Injektion des Impfstoffes in den Oberarm Erwachsener zu höheren Antikörperspiegeln führt als wenn der Impfstoff in den M. gluteus max. injiziert wird. Für die modernen Tollwutimpfstoffe wird auch die Deltoideusregion zur i.m. Injektion Erwachsener angegeben.

WALTRAUD THILO, Berlin

# Schutzimpfung gegen Haemophilus influenzae B

*Frage: Ist eine HIB-Impfung bei Neugeborenen möglich? Ist eine frühere Prophylaxe, z. B. durch Impfung von Schwangeren oder von Frauen vor einer geplanten Schwangerschaft, möglich und indiziert?*

Die Ständige Impfkommission des Bundesgesundheitsamtes empfiehlt Schutzimpfungen gegen Haemophilus influenzae Typ B (HIB) ab dem 3. Lebensmonat, d. h. ab dem Alter von 2 Monaten, aus 2 Gründen:

**1.**
Bisher fehlen Studien über effektive Schutzraten, bei denen mit der Immunisierung bereits vor dem 3. Lebensmonat begonnen wurde. Solche sind bei der Anwendung von HIB-Impfstoffen aber besonders wichtig, da Bildung und Persistenz der Antikörper u. a. vom Alter des Impflings stark beeinflußt werden können (Reifung des Immunsystems) (4).

**2.**
Invasive Hib-Infektionen treten in Europa selten vor dem 5. Lebensmonat auf. Meningitiden, die mit 40–60% den höchsten Anteil an HIB-Erkrankungen ausmachen, haben ihren Altersgipfel am Ende des 1. Lebensjahres (2, 4). Da bereits nach 2 Impfungen mit einer Schutzrate von 90% zu rechnen ist (1), führt der frühere Beginn der Immunisierung zu keiner erhöhten Schutzrate. Wichtiger ist eine hohe Durchimmunisierungsrate, da dadurch auch eine Verminderung der asymptomatischen Träger erreicht wird.

Eine Impfung von Frauen vor einer geplanten Schwangerschaft oder von Schwangeren ist nicht erforderlich, da Erwachsene durch stille Feiung und durch eine »Kreuzimmunität« mit Antigenen der E. coli-Gruppe eine natürliche Immunität entwickeln. Eine Ausnahme bilden risikogefährdete Frauen (Asplenie, Sichelzellanämie, selektiver IgG$_2$-Mangel u. a.), die auch nach dem 5. Lebensjahr regelmäßig geimpft werden sollten, besonders vor einer geplanten Schwangerschaft, um für das Neugeborene möglichst einen »Nestschutz« zu haben.

Literatur

1. ESKOLA, J. u. Mitarb.: Experience in Finland with Haemophilus influenzae type b vaccines. Vaccine **9**, Suppl., 14–16 (1991).
2. GERVAIX, A. u. S. SUTER: Epidemiology of invasive Haemophilus influenzae type b infections in Geneva, Switzerland, 1976 to 1989. Pediat. Infect. Dis. **10**, 370–374 (1991).
3. ISENBERG, H.: Die HIB-Impfung. pädiat. prax. **43**, 415–424 (1991/92).
4. STÜCK, B.: Haemophilus influenzae: Schutzimpfung im Kindesalter. Die Gelben Hefte **32**, 21–28 (1992).

B. STÜCK, Berlin

## Impfung bei anatomischer bzw. funktioneller Asplenie (Pneumokokken, HIB)

*Frage: Ist bei einem Patienten nach Milzexstirpation eine HIB-Impfung möglich? Wenn ja, wie viele Impfungen in welchem Abstand? Ist ferner eine Pneumovax-Impfung möglich? In welchem Lebensalter? Gibt es dafür Kontraindikationen (z. B. hoher Pneumokokken-Antikörper-Spiegel)?*

Patienten mit einer funktionellen oder anatomischen Asplenie haben ein hohes Risiko, an foudroyant verlaufenden Infektionen zu erkranken. Die häufigsten Erreger sind Pneumokokken, H. influenzae Typ b und Meningokokken. Das Risiko hängt u. a. von der Grundkrankheit, einer erforderlichen immunsuppressiven Therapie, dem zeitlichen Abstand von der Milzentfernung und dem Lebensalter ab. Im Vergleich zu Gesunden tritt eine tödlich verlaufende Sepsis nach Splenektomie wegen Verletzung etwa 50mal, bei Sichelzellanämie etwa 350mal und bei Thalassaemia major etwa 1000mal häufiger auf (1). Zwar scheint das Risiko mit zunehmendem Alter abzunehmen, bleibt jedoch das ganze Leben erhöht. Impfungen sollten deshalb unbedingt gegeben werden, jedoch ist der Schutz bei Patienten, besonders mit Verlust der Immunkompetenz, unsicher. Unabhängig vom Impfstatus wird deshalb je nach Alter und Grundkrankheit eine über mehrere Jahre oder lebenslang dauernde Penicillinprophylaxe empfohlen (1, 3).

Eine HIB-Impfung sollte unbedingt vorgenommen werden. Hier ist nach dem üblichen Impfschema vorzugehen. Sind die Kinder älter als 15 Monate, genügt eine Dosis (5). Verwendbar sind alle angebotenen Konjugatimpfstoffe. In der Regel werden »schützende« Antikörperspiegel erreicht (2, 4). Auffrischimpfungen werden bei Kindern unter 10 Jahren alle 5 Jahre, bei älteren Kindern und Erwachsenen alle 6–8 Jahre, je nach Grundkrankheit empfohlen (5).

Im Gegensatz zu den HIB-Impfstoffen stehen für die Pneumokokkenimpfung noch keine Konjugatimpfstoffe zur Verfügung. Eine Impfung ist somit erst nach dem 2. Lebensjahr sinnvoll. Der im Handel befindliche 23-valente Pneumokokkenimpfstoff enthält die Polysaccharide der 23 Typen, die in den USA und in Europa am häufigsten für die Infektionen verantwortlich sind (2). Ein vollständiger Impfschutz wird angenommen, wenn ein Antikörpertiter von 300 µg/ml erreicht wird, jedoch ist die Immunogenität der einzelnen Polysaccharide sehr unterschiedlich (2).

Nebenwirkungen scheinen in Abhängigkeit des prävakzinalen Antikörpergehalts aufzutreten, meist in Form lokaler Rötung, selten in Form systemischer Reaktionen oder eines ARTHUS-Phänomens. Jedoch wird die Nebenwirkungsrate sehr unterschiedlich beurteilt (6).

Die Immunantwort ist bei Splenektomierten wegen eines Traumas sehr gut, bei Risikogruppen weniger gut bis zweifelhaft (2). Revakzinationen werden bei Kindern alle 3–5 Jahre, jenseits des 10. Lebensjahres alle 5–8 Jahre empfohlen (6).

Alle diese Empfehlungen sind empirisch, da größere Studien fehlen.

Ist die Splenektomie voraussehbar, sollte mindestens 2 Wochen vor dem Eingriff geimpft werden.

Literatur

1. American Academy of Pediatrics: Report of the committee on infectious diseases. 1991. 22. Aufl. American Academy of Pediatrics. Elk Grove Village, Ill. 1991.
2. BELOHRADSKY, B. H. u. L. NISSL: Impfungen bei sekundären Immundefekten – Indikationen, Impferfolge und Komplikationen. Ergebn. inn. Med. Kinderheilk. **60**, 241–331 (1992)

3. GAEDICKE, G.: Die Milz und ihre Erkrankungen. In: BACHMANN, K.-D. u. Mitarb. (Hrsg.): Pädiatrie in Praxis und Klinik. 2. Aufl. Bd. II, S. 339–344. Gustav Fischer/Thieme, Stuttgart-New York 1989.
4. GIGLIOTTI, F. u. Mitarb.: Immunization of young infants with sickl cell disease with a haemophilus influenzae typ b saccharide-diphtheria CRM 197 protein conjugate vaccine. J. Pediat. **114**, 1006–1010 (1989).
5. ISENBERG, H.: Die HIB-Impfung. pädiat. prax. **43**, 415–424 (1991/92).
6. KONRADSEN, H. B.: Pneumococcal revaccination of splenectomized children. Pediat. Infect. Dis. **9**, 258–263 (1990).

B. STÜCK, Berlin

# Masern-Mumps-(Röteln-)-Wiederimpfung

*Frage: Drei leibliche Brüder (geboren 1982, 1985, 1991) sind Patienten. Der älteste erhielt im Alter von 4 Jahren eine Masern-Mumps-Impfung, der mittlere im Alter von 19 Monaten. Der jüngste ist noch nicht geimpft.*

*Zum Zeitpunkt der Erstimpfungen wußte ich noch nicht, daß 3 Brüder des Vaters (13 Geschwister) an jugendlich erworbenem insulinpflichtigem Diabetes erkrankt sind, 2 als Kinder und einer im Alter von etwa 20 Jahren. Der Großvater des Vaters soll ebenfalls Diabetiker gewesen sein.*

*Beim ältesten Bruder ergaben Laboruntersuchungen, daß ein vollständiger Schutz gegeben ist. Dieser fehlt allerdings für Mumps beim mittleren Bruder, bei dem auch keine Inselzell-Oberflächenantikörper nachgewiesen werden konnten.*

*Sollten die beiden Brüder ohne Impfschutz wieder- bzw. erstgeimpft werden?*

Der Diabetes mellitus Typ I ist eine Krankheit, die sich erst nach einer jahrelangen prädiabetischen Phase manifestiert. 3 F a k t o r e n spielen dabei eine Rolle:

Eine genetische Disposition, das Auftreten von Autoimmunantikörpern (u. a. Inselzellantikörper und sensibilisierte T-Lymphozyten) sowie exogene Ursachen, die Veränderungen der $\beta$-Zellen herbeiführen. Als exogene Ursachen spielen u. a. Virusinfektionen eine Rolle, so z. B. Coxsackie-, Zytomegalie-, Röteln-, Influenzaviren u. a.

Inwieweit Mumpsviren eine Rolle spielen, ist bisher nicht bekannt. Alle Untersuchungen sind retrospektiv gemacht worden. Ein Zusammenhang zwischen der Mumpserkrankung und dem späteren Auftreten eines Diabetes mellitus Typ I konnte bisher nicht mit Sicherheit aufgezeigt werden. Daher wird von der »Deutschen Vereinigung zur Bekämpfung der Viruskrankheiten« die Auslösung eines Diabetes durch eine Mumpsimpfung abgelehnt. Schließlich muß man bedenken, daß bei einem Autoimmunprozeß jede Immunreaktion diesen verstärken kann.

Bei der Häufigkeit des Auftretens eines Typ I-Diabetes in der geschilderten Familie verstehe ich die Bedenken sehr gut. FEDERLING (Gießen) hat vor einiger Zeit die Bestimmung der CF-Inselzellantikörper bei Angehörigen aus Typ I-Diabetesfamilien empfohlen. Nur bei positivem Resultat rät er von einer Mumpsimpfung ab.

Ich bin mit dieser Empfehlung sehr zurückhaltend. Die Testmethode ist sehr diffizil, und Antikörpernachweis bedeutet nicht immer das Auftreten eines Diabetes mellitus. Der Nachweis bei gesunden Familienmitgliedern ist also auch eine hohe psychische Belastung.

Bei den Brüdern würde ich folgendermaßen vorgehen:

Eine Wiederimpfung beim Ältesten ist nicht nötig.

Beim mittleren Bruder sind keine Antikörper gegen das Mumpsimpfvirus nachgewiesen, es besteht wahrscheinlich keine belastungsfähige Immunität. Da jedoch auch keine Inselzell-Oberflächenantikörper nachgewiesen werden konnten, würde ich eine Wiederimpfung durchführen. Beim jüngsten Bruder schließlich würde ich die Inselzellantikörperbestimmung durchführen lassen und bei negativem Ausfall dann auch zu einer Masern-Mumps-Röteln-Impfung raten.

Gründe für diese Empfehlungen sind, daß bisher keine Hinweise bestehen, eine Mumpsimpfung allein könne zu einem Diabetes mellitus führen. Statistisch gesehen treten sogar im Verlauf einer Impfung weniger Stoffwechselerkrankungen auf als zu erwarten sind. Wir dürfen nicht vergessen, daß in der Regel mehrere Infektionen zur Veränderung der $\beta$-Zellen und viele immunologische Reaktionen zur Verstärkung der Autoimmunmechanismen führen.

Natürlich muß man diese Probleme mit den Eltern ausführlich besprechen. Ich würde den Eltern aus den genannten Gründen zu einer Impfung der Kinder raten.

Literatur

**1.** Deutsche Vereinigung zur Bekämpfung der Viruskrankheiten: Mumpsschutzimpfung und Diabetes mellitus (Typ I). pädiat. prax. **39**, 107–110 (1989).
**2.** STÜCK, B.: Mumpsschutzimpfung und Diabetes. Pediatrie **5**, 38 (1989).

B. STÜCK, Berlin

# Wiederholungsimpfung MMR und HIB

*Frage: Der Sinn einer Masern-Mumps-Röteln-Wiederholungsimpfung im 6. Lebensjahr ist mir nicht einleuchtend.*

**1.**
*Es hieß immer, die Immunität nach einer Masernimpfung hält mit einer Sicherheit von etwa 95–97% lebenslang an. Lassen die u. a. aus den USA bekannt gewordenen Fakten über Masernerkrankungen bei Jugendlichen und Erwachsenen den Schluß zu, daß diese Aussage nicht mehr aufrechterhalten werden kann? Wenn ja, handelt es sich bei den Erkrankten um Impfversager (die früher genannte Zahl von 5% müßte dann wohl nach oben korrigiert werden)? Waren sie überhaupt nicht geimpft oder läßt der Impfschutz einfach nach, z. B. wegen ungenügender Virulenz des Impfvirus?*

**2.**
*Soll die Wiederholungsimpfung dem Schließen von Impflücken dienen oder der Boosterung? Letzteres würde bedeuten, daß weitere Auffrischungen zwangsläufig folgen müßten, womöglich bis ins Greisenalter, denn Masern bei alten Menschen dürfte sicher gefährlicher sein als bei Kleinkindern.*

*Das Schließen von Impflücken wird nicht gelingen, da nur bei einem geringen Anteil der im 2. Lebensjahr nicht geimpften Kinder dies 4 Jahre später nachgeholt werden wird. Von den 60% früh geimpften Kindern ist die Impfung ja angeblich bei 95% erfolgreich. Das bedeutet, daß nur bei einem geringen Teil ein Effekt zu erwarten ist. Dafür dieser Aufwand?*

**3.**
*Muß man nicht den Eindruck gewinnen, daß die Impfempfehlungen, früher wie jetzt, auf recht unsicheren Daten beruhen und die etwaigen Verlagerungen der Erkrankungen ins Erwachsenenalter ein bislang nicht geahntes Risiko in sich birgt?*

*Analog dürfte die Frage auch für die Mumps- und Rötelnimpfung gelten. Gerade bei der Rötelnimpfung sehe ich große Gefahren in der Beibehaltung des Konzepts bei Kleinkindern, die ja niemals in dem gewünschten Umfang geimpft werden.*

**4.**
*Droht bei der HIB-Impfung evtl. ebenfalls eine Verlagerung der Erkrankungen ins Erwachsenenalter?*

*Bislang bin ich meist aus Überzeugung den Empfehlungen der STIKO gefolgt. Da die neuen Empfehlungen früher Gesagtes zur MMR-Impfung in Frage stellen, überdenke ich meine Einstellung zu diesen Fragen. Helfen Sie mir dabei!*

Es besteht bis heute kein berechtigter Zweifel daran, daß die Immunität nach einer Masernlebendimpfung nicht ebenso lange besteht wie die nach einer Wildviruserkrankung. Untersuchungen von Impfkollektiven zeigen, daß 10 Jahre nach der Lebendimpfung bzw. Erkrankung durch Wildviren die Immunität beide Male gleich hoch und ausreichend ist; an der Gleichwertigkeit der Immunität wird daher bis heute nicht gezweifelt. Die W i e - d e r h o l u n g s i m p f u n g ab dem 6. Lebensjahr hat daher folgende Begründung:

1. Bei Impfversagern von etwa 5% sind es mindestens 30000 Kinder pro Jahr, die in Deutschland trotz Impfung keinen Schutz haben.

2. Die Durchimpfungsrate beträgt immer noch höchstens 70–80%.

**Um beide Impflücken möglichst vollständig zu schließen, wird die Wiederholungsimpfung empfohlen.**

Man kann aus dieser Veränderung der Impfempfehlungen keineswegs folgern, daß die früheren Impfempfehlungen auf unsicheren Daten beruhen. H a u p t u r -

sache ist vielmehr, daß die Ärzte aus nicht einsichtigen Gründen es nicht fertigbringen, eine nahezu 100%ige Durchimpfung gegen Masern, Mumps und Röteln zu erreichen, obwohl der Impfstoff gut verträglich ist und diese Durchimpfungsrate von den gleichen Ärzten bei der Polio-DT-Impfung seit Jahren ohne Schwierigkeiten erreicht wird.

Da bei der HIB-Impfung eine gute Akzeptanz besteht und nach bisherigem Verlauf nahezu alle Kinder diese Impfung erhalten, wird man die durch HIB-Erreger ausgelösten Erkrankungen weitgehend eliminieren können. Dafür sprechen die Erfahrungen in Finnland. Insofern ist die Ansteckungsmöglichkeit auch für Erwachsene sehr gering. Wir wissen allerdings nicht, ob evtl. eine HIB-Impfung im späteren Lebensalter aufgefrischt werden muß. Bisherige Erfahrungen zeigen, daß eine einmal bestehende Immunität im Kontaktfall bei Re-Infektion eine deutliche und wahrscheinlich tragfähige Boosterreaktion auslöst.

K. STEHR, Erlangen

# Neurodermitis, Allergien und Masern-Mumps-Röteln-Impfung

*Frage: Muß man bei der Anwendung des Dreifachimpfstoffes Masern-Mumps-Röteln bei Neurodermitikern mit besonderen Komplikationen rechnen? Oder ist dieser Impfstoff sogar kontraindiziert für diese Patienten?*

Die Neurodermitis ist k e i n e Kontraindikation für eine MMR-Impfung. Da Atopiker oft auch einen IgA-Mangel haben, sind sie durch Virusinfektionen besonders gefährdet. Impfungen können bei Allergikern zu verstärkten Reaktionen führen. Selten kommt es zu einer vorübergehenden Verschlechterung der Neurodermitis.

Mit besonderen Komplikationen ist nicht zu rechnen, vorausgesetzt, es besteht keine Allergie gegen einen Bestandteil des Impfstoffes. Bei der MMR-Vakzine sind das u. U. Antibiotika. Die bei Atopikern gelegentlich bestehende Hühnerei-Allergie ist keine Kontraindikation. Die in der Bundesrepublik Deutschland zugelassenen MMR-Impfstoffe sind frei von Hühnereiweiß. Die attenuierten Masern- und Mumpsviren sind auf Hühnerfibroblasten, die attenuierten Rötelnviren auf humanen diploiden Zellkulturen (HDC) gezüchtet. Es besteht keine »Kreuzallergie« zwischen Hühnereiweiß und Hühnerfibroblasten. Nur bei Allergikern mit schweren anaphylaktischen Reaktionen auf Hühnerei wird aus theoretischen Gründen die Verwendung von ausschließlich auf humanen diploiden Zellkulturen (HDC) gezüchteten attenuierten Viren empfohlen (1). Einen solchen gibt es in der Schweiz:

*Biviraten* (MM-Impfstoff) und *Triviraten* (MMR-Impfstoff). Da beide Impfstoffe in Deutschland nicht zugelassen sind, muß bei der zuständigen obersten Gesundheitsbehörde des Landes nachgefragt werden, ob bei Vorliegen der besonderen Situation (Hühnereiallergie) der Schutz der §§ 14 und 15 sowie 52 BSeuchG für öffentlich empfohlene Impfungen gültig bleibt. In der Regel ist das der Fall.

Literatur

1. QUAST, U.: 100 und mehr knifflige Impffragen. Hippokrates, Stuttgart 1990.

B. STÜCK, Berlin

# Zweitimpfung Masern-Mumps-Röteln

*Frage: Das zuständige Staatliche Gesundheitsamt empfiehlt seit kurzem bei den Einschulungsuntersuchungen der 6–7jährigen Kinder eine Auffrischung der Masern-Mumps-Röteln-Impfung. Gibt es hierfür eine Begründung?*

Die Ständige Impfkommission des Bundesgesundheitsamtes (STIKO) empfiehlt seit dem 1. Juli 1991 eine 2. Impfung gegen Masern, Mumps und Röteln (MMR). Die Erfahrungen der letzten Jahre haben gezeigt, daß es auch in einer relativ gut durchimmunisierten Bevölkerung immer wieder zu einem vermehrten Auftreten von Masernerkrankungen kommen kann. Dabei handelt es sich vorwiegend um nicht geimpfte, in Ballungsgebieten lebende Kleinkinder. Aber auch einige geimpfte Kinder, meist Schulkinder, erkranken (1).

Langzeituntersuchungen lassen keinen Zweifel daran, daß die meisten geimpften Kinder einen Jahrzehnte anhaltenden Schutz haben (2, 3). Serologische Untersuchungen haben jedoch ergeben, daß die MMR-Impfung im 2. Lebensjahr bei etwa 5–8% der Impflinge zu keiner Immunantwort führt, sog. »primäre Impfversager«. Ursache ist die Verminderung der attenuierten Viren u. a. durch noch vorhandene mütterliche Antikörper, unspezifische Abwehrmechanismen bei bestehenden Virusinfektionen, Unterbrechung der Kühlkette. Andererseits kann es einige Jahre nach der Immunisierung, wenn auch selten (etwa 5%), auch zu einem Verlust der Immunität kommen (4). Solche »sekundären Impfversager« reagieren in der Regel ebenso wie die »primären Impfversager« auf eine 2. Impfung mit einer Immunantwort.

Um Impfversager zu erfassen, haben sich in den letzten Jahren zahlreiche Länder zu einer zweiten MMR-Impfung entschlossen. Ziel dieser Wiederholungsimpfung ist es, die Gruppe der Ungeschützten möglichst klein zu halten. Für Länder, in denen bereits die 2jährigen einen hohen Durchimpfungsgrad aufweisen, ist die 2. MMR-Impfung, auch wegen der Rötelnimpfung für Mädchen, im 11.–12. Lebensjahr zu empfehlen. Dagegen hat die STIKO wegen der niedrigen Durchimpfungsrate von nur 60% in den alten Bundesländern die Wiederimpfung ab dem 6. Lebensjahr empfohlen, da die Kinder zu diesem Zeitpunkt noch regelmäßig einem Kinderarzt oder Hausarzt vorgestellt werden. *Masern, Mumps und andere »Kinderkrankheiten« treten unabhängig vom Durchimpfungsgrad allein durch die veränderten sozioökonomischen Verhältnisse immer häufiger im Schulalter auf.*

Literatur

1. Centers for Disease Control: Measles-United States, 1990. Morbidity and Mortality Weekly Report **40**, 369–372 (1991).
2. KRUGMANN, S.: Further-attenuated measles vaccine: characteristics and use. Rev. Infect. Dis. **5**, 477–481 (1983).
3. MARKOWITZ, L. E. u. Mitarb.: Duration of live measles vaccine-induced immunity. Pediat. Infect. Dis. **9**, 101–110 (1990).
4. MATHIAS, R. G. u. Mitarb.: The role of secondary vaccine failures in measles outbreaks. Am. J. publ. Hlth **79**, 475–484 (1989).

B. STÜCK, Berlin

# Risikovergleich: FSME-Impfung und FSME-Infektion

*Frage: Gibt es einen seriösen Vergleich des Risikos einer FSME-Impfung und der Infektion mit FSME?*

Zum Vergleich von 2 verschiedenen Risiken gehört zunächst die Einschätzung des Einzelrisikos. Dies ist für die Infektion mit der Frühsommermeningoenzephalitis relativ leicht und mehrfach dokumentiert. In Endemiegebieten Baden-Württembergs und Bayerns finden sich unter 500–10000 Zecken 5 infizierte Tiere, die bei Biß zu einer Infektion führen. Von 5 Infektionen verlaufen 3 subklinisch im Sinne einer stillen Feiung, eine geht mit grippalen Symptomen einher und eine Infektion führt zu einer Meningitis (etwa 60%), Meningoenzephalitis (etwa 25%) oder Meningoradikulitis (etwa 10%) oder schließlich Myelitis (etwa 5%). Von den Patienten mit einer manifesten neurologischen Symptomatik erfahren 90–95% eine komplette Remission, 3–10% behalten Restsymptome, zumeist im Sinne einer Parese nach meningoradikulitischem Bild zurück, 1–2% enden tödlich.

Statistisch rechnen wir im Jahr in der Bundesrepublik mit 60–100 Erkrankungen an FSME. Es scheint, daß besonders ältere Personen schwerer erkranken als Kinder und Jugendliche.

Das Risiko einer FSME-Impfung, d. h. einer aktiven Immunisierung, ist außerordentlich schwer abzuschätzen, da eine hohe Dunkelziffer vorliegen dürfte. Anerkannt als Folgewirkung ist die postvakzinale Plexusneuritis, die vorübergehend zu Schmerzen und Ausfällen im Bereich des Bein- oder Armplexus führt und die sich nach variabler Zeit, im allgemeinen spätestens nach wenigen Monaten, komplett zurückbildet. Relativ häufig kommt es zu sehr früh nach der Impfung auftretenden grippeähnlichen Symptomen, die für die impfenden Kollegen als erwartete Reaktion betrachtet wird.

Inwieweit eine postvakzinale Enzephalitis auftreten und mit gelegentlich beschriebenen zerebral-organischen Anfällen in Verbindung gebracht werden kann, ist unklar.

So lange es keine objektiven Parameter gibt, die es erlauben, eine Erkrankung, die in festgelegtem zeitlichem Abstand nach einer Impfung auftritt, zweifelsfrei als postvakzinale Erkrankung zu klassifizieren, bleibt immer eine gewisse Unsicherheit. Wir sind darauf angewiesen, alle erdenkbaren anderen Ursachen auszuschließen, um eine Impffolgeerkrankung wahrscheinlich zu machen.

Für Impffolgekrankheiten gibt es eine hohe Dunkelziffer, wie wir das von vielen anderen Impfungen ja ebenfalls kennen. Wie bei jeder anderen Impfung auch besteht ein gewisses Risiko, das sich bei einer Wahrscheinlichkeit von 1 : 100 000 bis 1 : 1 Million bewegen dürfte.

Es ist außerordentlich wichtig, die impfenden Kollegen zum Thema neurologische Impfkomplikationen zu sensibilisieren, um im Laufe der nächsten Jahre ein gesichertes Maß für das Risiko einer FSME-Impfung zu bekommen. Mit Sicherheit wird derzeit viel zu unkritisch und zu häufig geimpft, zum Teil selbst dann, wenn sich Personen weder im Endemiegebiet aufhalten, noch beabsichtigen, in ein Endemiegebiet zu reisen.

H. WIETHÖLTER, Stuttgart

## Anwendung heterologer Seren (Antitoxine)

*Frage: Im Rahmen der Behandlung der Diphtherie und des Botulismus ist weiterhin die Gabe von heterologem Serum erforderlich. Homologe Seren stehen nicht zur Verfügung. Bei der Verabreichung heterologen Serums kann jedoch eine Sensibilität gegen das zu verabreichende Serum nach entsprechenden Tests vorhanden sein. Da beide Male die Verabreichung des Serums jedoch zwingend erforderlich ist, wird dann eine Desensibilisierung notwendig. Wie sehen Fachleute diese Problematik?*

Während der Erstbehandlung mit einem heterologen Serum werden sehr selten anaphylaktoide Reaktionen (nicht IgE-vermittelt) auf das Fremdprotein beobachtet. Sollte im Verlauf des Lebens wiederum die Anwendung eines Serums gleicher Tierart erforderlich sein, muß mit anaphylaktischen Reaktionen gerechnet werden. Etwa 7–14 Tage nach der Behandlung kann es zur Serumkrankheit kommen; diese Komplikation wird nach Anwendung der modernen, hochgereinigten Seren jedoch selten beobachtet.

Vor Verabreichung der Seren wird generell die Allergietestung empfohlen, sie wird in den Beipackzetteln der Hersteller detailliert beschrieben. Unabhängig vom Ergebnis der Allergietestung sind derartige Seren ganz allgemein bei bereitstehender Schocktherapie anzuwenden.

Ein positives Testergebnis sollte nicht überbewertet werden, denn bei vitaler Indikation gibt es keine Kontraindikation, sondern das Serum muß dann auch bei bestehender allergischer Reaktionsbereitschaft angewandt werden. Bei diesen Patienten wird die Behandlung unter Schockprophylaxe durchgeführt. Bei den ersten klinischen Anzeichen einer Unverträglichkeitsreaktion ist die Serumgabe sofort zu unterbrechen und die Behandlung fraktioniert weiterzuführen, jeweils nach Abklingen der Symptomatik. Die sorgfältige Beobachtung des Patienten mindestens 30 Minuten nach der Anwendung sowie die ärztliche Nachkontrolle (14 Tage) sind immer zu empfehlen.

Eine Desensibilisierung, wie in der Frage zum Ausdruck gebracht, wird nicht durchgeführt.

Die Aufklärung des Patienten sowie die genaue Dokumentation der Reaktion und der getroffenen Maßnahmen sind unter diesen Umständen besonders wichtig.

WALTRAUD THILO, Berlin

# Hyperimmunisierung bei Tetanus-, Diphtherie-Impfung

*Frage: Den Empfehlungen der Ständigen Impfkommission des Bundesgesundheitsamtes (STIKO) folgend wären in den ersten 2 Lebensjahren 4 Impfungen DPT und im 6. Lebensjahr eine 5. Impfung (Td) notwendig. Führt dies zu einer Überimmunisierung Tetanus, Diphtherie?*

*Wäre mit der Änderung, im 3. Monat 1mal DT, ab dem 6. Monat 2mal DPT und Ende des 2. Lebensjahres 1mal DPT ein ausreichender Impfschutz auch gegen Pertussis und eine Verringerung des Hyperimmunisierungsrisikos zu erreichen? Ist routinemäßig DT im 6./7. Lebensjahr bei 3–4 DT-Impfungen in den ersten 2 Lebensjahren überhaupt noch sinnvoll?*

Bei sehr häufigen Tetanusimpfungen kann es zu Unverträglichkeitserscheinungen kommen. Diese äußern sich meist in Form verstärkter Lokalreaktionen, extrem selten in Form systemischer Reaktionen (dann meist aufgrund allergischer Reaktionen gegen einen der Hilfsstoffe im Impfstoff). Bei Kindern sind stärkere Lokalreaktionen meist durch eine falsche Injektionstechnik (nicht i.m.) bedingt. Definitionsgemäß gehören im Kindesalter 4 DPT- bzw. 3 DT-Impfungen zur Grundimmunisierung. Erst die 5. bzw. 4. Td-Impfung ab dem 6. Lebensjahr ist eine Auffrischimpfung. Zu häufige Auffrischimpfungen, meist in zu kurzen Zeitabständen, können hohe Antitoxintiter induzieren, die dann zu stärkeren Lokalreaktionen oder sogar systemischen Reaktionen führen.

Bei der Immunisierung gegen Diphtherietoxin wird wegen der Möglichkeit des ständigen Kontaktes mit apathogenen Korynebakterien in Deutschland ab dem 6. Lebensjahr nur noch $1/10$ der Kinderdosis oder weniger (»d«) gegeben.

Eine Überimmunisierung ist bei Einhaltung des von der STIKO empfohlenen Impfplanes nicht zu befürchten. Das zeigen auch zahlreiche serologische Untersuchungen. Dagegen hat der in der Frage vorgeschlagene Impfplan 2 Nachteile: ein Schutz gegen Pertussis wird erst sehr spät und nur unvollständig aufgebaut. Erst nach einer 3maligen Impfung wird eine Schutzrate von knapp 80% erreicht.

Wird auf eine Pertussisimpfung verzichtet, genügen 3 Impfungen zur Grundimmunisierung: 2 Impfungen im Abstand von 6–8 Wochen und eine dritte 6–12 Monate später. Aber auch bei größeren Impfabständen ist eine »erneute« Grundimmunisierung nicht notwendig. Bei Totimpfstoffen zählt jede Injektion. Sind in den ersten Lebensjahren sogar 4 DT-Impfungen gegeben worden, sollte die Wiederholungsimpfung frühestens nach 5 Jahren erfolgen.

B. STÜCK, Berlin

## Probleme bei der Überprüfung des Tetanusschutzes

*Frage: »Tetanusschutz wird vom Hausarzt überprüft«. Diesen Satz finde ich oft auf Briefen einer chirurgischen Abteilung. Kann man einen Tetanusschutz noch nach Tagen oder Wochen aufbauen, z. B., wenn man die Post nach einem Urlaub öffnet?*

Immer wieder entsteht in der Notfallbehandlung von Akutverletzungen in der Klinik die Situation, daß akut der Bedarf einer Tetanusimpfung bzw. einer Auffrischimpfung nicht geklärt werden kann. Deshalb erhalten oft die Eltern der Kinder eine Information an den weiterbehandelnden Kollegen, einen solchen Impfschutz nachträglich zu prüfen bzw. bei Bedarf zu impfen.

Dies setzt voraus, daß das Kind auch unmittelbar nach der Verletzung dem nachbehandelnden Kollegen vorgestellt wird, damit noch innerhalb der Inkubationszeit eine Boosterung erfolgen kann. Die Inkubationszeit für Tetanus liegt bei etwa 5–14 Tagen (REINHARDT u. V. HARNACK in »Therapie der Krankheiten des Kindesalters«, Springer, 1991). Die Erkrankung verläuft um so schwerer, je kürzer die Inkubationszeit ist.

Geht man von einer vorliegenden Clostridium-tetani-Infektion aus, muß innerhalb von 4 Tagen posttraumatisch geimpft werden, um einen akuten Schutz zu gewährleisten. Wird diese Zeit nicht eingehalten, verliert die nachträgliche Kontrolle bzw. die nachträgliche Impfung für die aktuelle Infektion ihren prophylaktischen Wert; sie dient allenthalben dem zukünftigen Tetanusschutz.

K.-L. WAAG, Mannheim

# Polioschluckimpfung in der Schwangerschaft

*Frage: Die orale Polioimpfung (SABIN) ist während der Schwangerschaft nicht (?) kontraindiziert. Dennoch frage ich nach dem konkreten Verhalten vor der Polioimpfung des Kindes einer schwangeren Mutter. Muß der Impfstatus der Mutter bekannt sein? (Was wäre, wenn sie definitiv gar nicht oder unvollständig poliogeimpft wäre?) Muß die Mutter aufgrund der Schwangerschaft besonders beraten oder aufgeklärt werden?*

Bevor die Frage beantwortet wird, ob die Polioschluckimpfung (SABIN) bei Schwangeren oder ob die mögliche Übertragung dieser Viren vom Impfling auf eine Schwangere unbedenklich ist, muß kurz auf die angebliche Bedeutung der Schwangerschaft als Risikofaktor bei Infektionen mit Poliowildviren hingewiesen werden. Die Rate paralytischer Erkrankungen nach Infektion Schwangerer mit Poliowildviren ist nicht höher als bei Nichtschwangeren. Poliomyelitiskranke Schwangere weisen auch keine höhere Letalität als Nichtschwangere auf, und bei abortierten Feten poliomyelitiskranker Frauen sind kongenitale Mißbildungen nicht häufiger nachweisbar als bei Nichtschwangeren (2, 4).

Zur Frage, ob Polioimpfviren eine im Vergleich zu Nichtgeimpften erhöhte Mißbildungsrate der Neugeborenen verursachen, haben TULINUS u. Mitarb. (5) anläßlich einer – innerhalb von 2 Wochen im Jahr 1963 durchgeführten Polio-Typ 1-Impfung aller Bewohner Dänemarks im Alter zwischen 5 Monaten und 39 Jahren – 99,2% aller Frauen im Alter zwischen 15–39 Jahren gesondert beobachtet und die Häufigkeit von Mißbildungen in den folgenden 10 Monaten erfaßt. Die Häufigkeit mißgebildeter Kinder war im Beobachtungszeitraum und im Kontrollzeitraum (3 Monate vor Impfung) gleich. Wäre ein erhöhtes Risiko mit der Polioimpfung verbunden gewesen, so hätte dies bei den etwa 25 000 Kindern, deren Mütter in den ersten 3 Monaten der Schwangerschaft geimpft worden waren, in Erscheinung treten müssen.

Diese fehlende teratogene Wirkung der Polioimpfviren wird durch Beobachtungen in Finnland bestätigt (1). Nachdem in den Jahren 1984/85 gehäufte Poliomyelitiden infolge einer weit verbreiteten Zirkulation von Poliovirus-Typ 3 auftraten, wurde allen Bewohnern eine Impfung mit trivalentem Polioimpfstoff angeboten; 94% aller Erwachsenen leisteten dieser Aufforderung Folge. In der mehrmonatigen Beobachtungszeit nach der Impfung fand sich kein Anstieg der Häufigkeit kongenitaler Mißbildungen bei Neugeborenen im Vergleich zu den vorangegangenen Jahren.

In Israel wurde nach einer landesweiten Impfaktion mit trivalentem Polioimpfstoff im Jahr 1988, an der sich mehr als 90% der Bevölkerung beteiligten, kein Anstieg der Häufigkeit von Spontanaborten innerhalb von 4 Monaten nach der Impfung beobachtet. Die mikroskopische Untersuchung von Abortmaterial, das vor und nach der Impfaktion gewonnen worden war, zeigte ebenfalls keinen Unterschied in Art und Häufigkeit der pathologischen Veränderungen zwischen den beiden Gruppen (3).

Diese Beobachtungen bestätigen die in Deutschland und anderen Ländern seit vielen Jahren vertretene Auffassung, daß eine *Schwangerschaft weder eine Indikation noch eine Kontraindikation für die Polioschluckimpfung* ist, d. h., die Impfung soll verabreicht werden, wenn sie indiziert ist (z. B. vor Reisen in tropische und subtropische Länder, bei Häufung von Poliomyelitiden usw.). Hierbei sollen alle Familienmitglieder usw., die in den vergangenen 10 Jahren nicht geimpft worden sind (einschließlich Schwangere), ebenfalls geimpft werden, um Kontaktinfektionen zu vermeiden.

Es ist sinnvoll, die routinemäßige Polioimpfung des Kindes einer schwangeren Mutter mit unbekanntem Immunstatus wegen der ausschließlich theoretischen, nicht dagegen der beobachteten Risiken auf die Zeit nach Beendigung des 1. Trimesters der Schwangerschaft zu verschieben. Die routinemäßige Impfung des Kindes sollte auch nicht in den letzten 4 Wochen der Schwangerschaft der Mutter vorgenommen werden, da die durch Kontakt evtl. infizierte Mutter das Virus in die geburtshilfliche Klinik verschleppen und weitere Infektionen auslösen kann.

Literatur

1. HARJULEHTO, T. u. Mitarb.: Congenital malformations and oral poliovirus vaccination during pregnancy. Lancet **1989/I**, 771–772.
2. JOPPICH, G.: Poliomyelitis-Schluckimpfung und Schwangerschaft aus der Sicht des Klinikers. In: HAAS, R. u. H. SPIESS (Hrsg.): Viruslebendimpfungen. Deutsches Grünes Kreuz, Marburg 1975.
3. ORNOY, A. u. Mitarb.: Spontaneous abortions following oral poliovirus vaccination in first trimester. Lancet **335**, 800 (1990).
4. TÖNDURY, G.: Poliomyelitis in graviditate, Gefährdung des Ungeborenen. In: HAAS, R. u. H. SPIESS (Hrsg.): Viruslebendimpfungen. Deutsches Grünes Kreuz, Marburg 1975.
5. TULINUS, S. u. B. ZACHAU-CHRISTIANSE: The question of congenital malformations after feeding live polio-vaccine type I to pregnant women in the first trimester. Europ. Ass. Poliom. and All. Dis., 10. Symp., Warschau 1966.

G. MAASS, Münster

# Indikation zur Polioimpfung

*Frage: Kann man eine Poliomyelitis-lebendimpfung bei Zustand nach Polio in der Kindheit durchführen?*

*38jährige Patientin, im 3. Lebensjahr an Poliomyelitis erkrankt. Ausgeprägte Kyphoskoliose, sonst keine Folgen. Jetzt, nach leichter muskulöser Belastung – besonders der Hände – schnell Schwächegefühl und »Verkrampfungen«. Besteht u. U. ein Zusammenhang mit der Poliomyelitis in der Kindheit?*

Bei den Beschwerden der Patientin kann es sich um ein Postpoliomyelitissyndrom handeln, dessen Pathogenese zwar bislang unbekannt ist, an dessen Vorkommen aber nach den Beobachtungen von CASHMAN (1987), MUNSAT (1991) und anderen nicht gezweifelt werden kann. Neuerliche Virusaktivität liegt solchen Krankheitserscheinungen offensichtlich nicht zugrunde, aber es laufen möglicherweise Denervierungsprozesse ab. In einer solchen Situation wird man keine Lebendvirusimpfung verabreichen.

Im übrigen wird man unabhängig von dieser jetzigen Situation einem Menschen, der durch Vermehrung von Poliomyelitisviren früher erkrankt und für sein Leben gezeichnet ist, niemals mehr Poliomyelitisviren zur Vermehrung anbieten. Sollte die Patientin eine Immunitätslücke gegenüber einem oder zwei Poliovirustypen aufweisen, ist es allerdings angezeigt, diese durch Impfung mit inaktiviertem Impfstoff zu schließen und den Impferfolg auch zu kontrollieren.

TH. LUTHARDT, Worms

## Polio- und Diphtherieimpfung bei allergischer Aspergillose

*Frage: Mein 21jähriger Mukoviszidosepatient hat seit 4 Jahren eine allergische Aspergillose der Lunge und wird seit 4 Jahren mit Decortin H oral (in den letzten Monaten 20 mg alternierend) behandelt. Es ist nicht abzusehen, ob er jemals ohne Cortison auskommen wird.*

*Seine letzte orale Polioimpfung liegt 10 Jahre zurück (Impfdaten 1972: 2mal; 1973 einmal; 1976 einmal und 1982 einmal). Sein jetziger Polio-AK-Titer zeigt für Polio Typ 3 keine Immunität (< 1 : 5), für die Typen 1 und 2 eine geringe Immunität (Typ 1: 1 : 5, Typ 2: 1 : 20). Zuletzt wurde 1991 gegen Diphtherie geimpft (Td). Sein derzeitiges Di-Toxoid JHA beträgt 0,5 IE/ml. Es besteht also kein ausreichender Immunschutz.*

*Was ist zum Schutz gegen Polio und Diphtherie zu tun?*

Bei langjähriger Therapie mit zur Zeit 20 mg *Decortin H* oral alternierend können die Impfungen gegen Diphtherie und Polio sicher ohne Gefahr für den Impfling verabreicht werden. Zweifelhaft ist natürlich der Impferfolg. Ich empfehle deswegen, die zuletzt 1991 vorgenommene Td-Impfung noch einmal zu wiederholen und ebenso eine Polioimpfung durchzuführen. Nach 6–8 Wochen sollte überprüft werden, ob nach den erneuten Impfungen eine Immunität besteht. Bei der epidemiologischen Situation, wie wir sie in der Bundesrepublik haben, würde ich bei fehlendem Impferfolg keine weiteren Impfversuche mehr vornehmen.

U. STEPHAN, Essen

## Verhalten bei Poliomyelitisepidemie

*Frage: In den Niederlanden wurden Ende 1992 Polioerkrankungen festgestellt. Muß ich Eltern, die mit einem jungen, noch ungeimpften Säugling in die Niederlande reisen wollen, von der Reise abraten? Gibt es einen Nestschutz durch die (ausreichend geimpfte) Mutter?*

In den Niederlanden wurden zwischen September 1992 und Februar 1993 insgesamt 68 Poliomyelitiserkrankungen (80% mit Paresen, 2 Todesfälle) beobachtet. Alle Erkrankungen wurden durch Infektionen mit Poliovirus Typ 3 verursacht; die Erkrankungen traten ausschließlich bei Personen auf, die – aus religiösen Gründen – in der Vergangenheit nicht gegen Polio geimpft waren.

Erkrankt nur einer von 1000 mit Poliovirus Typ 3 Infizierten an einer paralytischen Poliomyelitis, ist anzunehmen, daß während dieser Erkrankungshäufung etwa 50000–60000 Personen in den Niederlanden durch Poliovirus Typ 3 infiziert wurden. Diese große Zahl Infizierter war ein nicht unerhebliches Infektionsrisiko für Reisende, die keinen oder keinen ausreichenden Impfschutz gegen Poliomyelitis besaßen. Selbstverständlich wird das Infektionsrisiko auch durch die Dauer des Aufenthaltes in den Niederlanden (kurze Einkaufsreise, mehrwöchiger Aufenthalt usw.) bedingt.

Während der Epidemie, die – wie gesagt – inzwischen abgeklungen ist, mußte Ungeimpften oder unzureichend Geimpften von einer Reise in die Niederlande abgeraten werden. Eine verläßliche Immunität gegen Poliomyelitis ist nur dann anzunehmen, wenn nach Abschluß einer Grundimmunisierung (dreimalige Verabreichung des trivalenten Polioschluckimpfstoffes und eine Wiederimpfung ab dem 10. Lebensjahr) in den letzten 10 Jahren eine Wiederimpfung vorgenommen wurde. Hierbei ist es gleichgültig, in welchem Alter die Grundimmunisierung erfolgte und wie viel Zeit inzwischen verstrichen ist. Falls erforderlich, kann die Grundimmunisierung durch die beschriebene Verabreichung von Polioschluckimpfstoff in jedem Lebensalter durchgeführt werden.

Ein Nestschutz für einen ungeimpften Säugling durch die passive Übertragung neutralisierender Antikörper von der ausreichend geimpften Mutter kann nur für die ersten Lebenswochen angenommen werden.

G. MAASS, Münster

# Zwischenfall nach Polioschutzimpfung

*Frage: 13jähriger Patient, der im Alter von knapp 3 Monaten in Polen eine erste Polioschluckimpfung erhalten hat (Typen ?). Daraufhin scheint es zu einem dramatischen Ereignis gekommen zu sein mit schwerer Hämolyse. Das Kind mußte über längere Zeit intensiv behandelt werden, hat aber keine Schäden zurückbehalten. Es waren damals gleichzeitig dünne Stühle aufgetreten. Letztere beobachtete man auch bei der um wenige Jahre jüngeren Schwester nach einer ersten Polioschluckimpfung in Polen. Aufgrund dieses Ereignisses hat man beiden Kindern keine weitere Schluckimpfung mehr gegeben.*

*Ist eine solche Reaktion bekannt? Wie verhält man sich bei weiteren Impfungen? Kann man es verantworten, beide Kinder ohne ausreichenden Polioschutz zu lassen?*

Aufgrund der verfügbaren Angaben über die vor etwa 13 Jahren durchgemachte Erkrankung ist eine Einordnung des Krankheitsbildes kaum möglich. Grundsätzlich ist eine schwere Hämolyse oder ein hämolytisch-urämisches Syndrom als Folge einer oralen Polioschutzimpfung bisher nicht beobachtet worden.

Diskussionswürdig scheint mir die Frage, ob zum Zeitpunkt der damaligen Polioschutzimpfung eine – hiervon unabhängige – Infektion vorlag, die sowohl die Diarrhö als auch die Hämolyse bzw. das hämolytisch-urämische Syndrom ausgelöst hat. Diese kombinierte Symptomatik wird u. a. nach Infektionen mit gramnegativen Krankheitserregern (z. B. bei einer Durchfallerkrankung nach Infektion mit E. coli 0157:H7) beobachtet, aber auch nach Infektionen mit Hantavirus, einem enzootischen, u. a. in Osteuropa verbreiteten Virus wildlebender Nagetiere.

Es ist anzunehmen, daß bei dem heute 13jährigen Jungen seit der damaligen Erkrankung weitere Schutzimpfungen sowohl mit Toxoidimpfstoffen (DT) als auch mit inaktivierten Bakterien (P) vorgenommen wurden. Sind diese Schutzimpfungen reaktionslos vertragen worden, ist zu einer Polioschutzimpfung mit inaktiviertem Polioimpfstoff (SALK) zu raten. Es ist m. E. nicht zu verantworten, ein 13jähriges Kind ohne Polioschutzimpfung zu lassen.

Die nach oraler Polioimpfung der jüngeren Schwester des Patienten beobachtete Symptomatik (Durchfall) ist offenbar nicht über diese, gelegentlich beobachtete Impfreaktion hinausgegangen. Auch bei ihr wird jedoch zu einer Polioschutzimpfung mit inaktiviertem Impfstoff (SALK) geraten, um eine Kontaktinfektion des älteren Bruders durch ausgeschiedene Impfviren zu vermeiden, da die Ursache des seinerzeit bei ihm beobachteten Krankheitsbildes unklar ist.

G. MAASS, Münster

## Tuberkulintests: Testergebnisse und Konsequenzen

*Wir werden nun auch dazu angehalten, Tuberkulintests durchzuführen (vor Aufnahme in die Kindereinrichtung, Schule bzw. bei der Untersuchung nach dem Jugendarbeitsschutzgesetz). Dabei ergeben sich erhebliche Probleme bei der Interpretation bzw. zum weiteren Vorgehen bei positiver Reaktion. Ich habe auch bei Telefonaten mit Kollegen von Lungenfürsorgestellen keine allgemeinverbindliche Antwort erhalten.*

*1. Frage: Bei positiver Reaktion von Ungeimpften nehme ich eine Tuberkuloseinfektion an – aber das ist ja noch keine Erkrankung. Zuerst wird ein MENDEL-MANTOUX-Test durchgeführt und bei positiver Reaktion die Lunge geröntgt.*

*Wieso soll auch bei negativem Röntgenbefund 6 Monate mit INH behandelt werden? Eine Infektion ist doch noch lange keine Krankheit. Muß der Patient die Behandlung dulden?*

Zur Bestätigung einer positiven Reaktion durch einen Stempeltest kann eine Testung nach MENDEL-MANTOUX erforderlich sein. So wird z. B. beim Tubergentest zum Ausschluß falsch-positiver Ergebnisse ein Bestätigungstest nach MENDEL-MANTOUX vom Hersteller empfohlen.

Bei einer positiven Tuberkulinreaktion bei ungeimpften Patienten muß eine weitere Diagnostik die Situation (Tuberkulinkonversion oder Primärtuberkulose) klären (BSG, Blutbild, Röntgen des Thorax, evtl. Nüchternmagensaft etc.).

Bei einer Tuberkulinkonversion besteht keine Duldungspflicht der Behandlung. Die alleinige Tuberkulinkonversion ist nicht einmal meldepflichtig. Sie sollte jedoch m. E. dem Gesundheitsamt angezeigt werden, um durch eine Umgebungsuntersuchung die Infektionsquelle ermitteln zu können.

*2. Frage: Bei positiven Reaktionen von Geimpften (häufig Mehrfachgeimpfte) kann ich doch wohl keine Infektion vermuten. Oder doch? Wie viele Jahre nach der letzten BCG-Impfung (bei Mehrfach- und Einzelimpfungen ohne Nachtestung) kann die Reaktion noch positiv sein?*

*Muß ich bei einem positiven Test eines mehrfach geimpften Erwachsenen eine Tuberkuloseinfektion vermuten? Muß sich der Betreffende dann 6 Monate mit INH behandeln lassen? Hier geht es mir auch um die Beratung der Patienten.*

Die **BCG-Impfung** führt in der Regel zu einem Impfschutz von mindestens 6–10 Jahren. Sie schützt nicht vor einer Infektion, sondern vor einer Generalisation. Innerhalb von 6–10 Jahren ist nach einer durch Tuberkulintestung dokumentierten erfolgreichen Impfung anzunehmen, daß eine positive Tuberkulinreaktion bei einem solchen Patienten (klinisch unauffällig) auf die Impfung zurückzuführen ist.

In unserem Patientengut haben wir aber auch positive Tuberkulinreaktionen nach Impfung über den Zeitraum von 20 Jahren verfolgen können. Somit kann die Dauer dieser Immunitätslage mit entsprechender Tuberkulinreaktion sehr unterschiedlich sein. Verdacht auf eine Infektion besteht allerdings, wenn der Tuberkulintest bei früher stattgefundener BCG-Impfung vorübergehend negativ wurde und bei erneuter Testung es zu einer positiven Reaktion kam. Deswegen sollte nach Ablauf des zu erwartenden Impfschutzes die Tuberkulinreaktion regelmäßig überprüft werden, um diesen Umschlagspunkt erfassen zu können.

Schwierig ist die Situation zu beurteilen, wenn dieser Umschlagspunkt von positiv zu negativ nur durch einen Stempeltest dokumentiert war und keine weitere Austestung nach MENDEL-MANTOUX erfolgte, denn bei Stempeltests sind falsch-negative Ergebnisse nicht auszuschließen. Leider ist dies in der täglichen Praxis jedoch häufig, so daß beim einzelnen Patienten nach klinischen und weiterführenden Untersuchungen entschieden werden muß. Keinesfalls ist jedoch ein alleiniger positiver Tuberkulintest bei anamnestisch bekannter BCG-Impfung eine Indikation zu einer Behandlung.

*3. Frage: Ist etwas über die Reaktion von Allergikern auf den Tuberkulintest bekannt?*

Bei **Allergikern** kann bei empfindlicher Haut ein Stempeltest, aber auch eine Testung nach MENDEL-MANTOUX zu unspezifischen Reaktionen (z. B. urtikarielles Exanthem an der Applikationsstelle, Erythem etc.) führen. Die unspezifischen Reaktionen treten vor allem sofort nach dem Anlegen des Tests sowie hauptsächlich in den nächsten Stunden nach der Applikation auf. Es muß deshalb zum Ausschluß von unspezifischen Reaktionen immer auf den korrekten Zeitraum des Ablesens (3.–7. Tag) geachtet werden. Um die Anzahl dieser unspezifischen Reaktionen auszuschließen, wird deshalb heute auch nur noch mit gereinigtem Tuberkulin getestet. Testungen mit Alttuberkulin sind heute obsolet.

C. P. BAUER, Gaißach bei Bad Tölz

## Tuberkulintest bei beeinträchtigter Typ IV-Reaktion

*Frage: Vor allem nach und während schwerer Virusinfektionen (Masern/Mumps) kann es zu falsch-negativen Tuberkulinproben kommen. Aus praktischen Gründen impfe ich nicht geimpfte Kinder bei der U 7 MM bzw. MMR und mache einen Tb-Stempeltest. Viele Fachleute raten von diesem gleichzeitigen Vorgehen ab, empfehlen aber andererseits die simultane MM-, MMR- und Hib-Impfung.*

*Was ist richtig? Gibt es überhaupt gesicherte Kenntnisse? Wie soll ich mich verhalten?*

In den »Richtlinien zur Tuberkulindiagnostik« des Deutschen Zentralkomitees zur Bekämpfung der Tuberkulose (Rev. Nachdruck [1991] aus Prax. klin. Pneumol. **42**, 3–5, 1988), aber auch in den Beipackzetteln der Hersteller wird angegeben, daß als Folge von Virusinfektionen, wie z. B. Masern und Mumps und ebenso nach Schutzimpfungen mit entsprechenden Impfstoffen die Tuberkulinreaktion abgeschwächt oder falsch-negativ sein kann. Ursächlich kommt eine vorübergehende Beeinträchtigung der zellulären Immunreaktion auf Recall-Antigene in Frage. Demzufolge sollte der Tuberkulintest nicht synchron mit derartigen Schutzimpfungen durchgeführt werden, sondern vor oder frühestens 6 Wochen danach.

Zur Stimulierung der humoralen Immunität können MMR- und Hib-Impfstoffe synchron verabreicht werden.

Ebenso wie die Ständige Impfkommission des Bundesgesundheitsamtes (STIKO) empfehlen auch die Bundesländer die kombinierte Masern-Mumps-Röteln-Impfung und nicht die bivalente Masern-Mumps-Impfung.

WALTRAUD THILO, Berlin

## Tuberkulintestungen – Stempeltests

*Frage: Wie sind die üblichen Stempeltests wie Tubergen-Test, Tine-Test und MERIEUX-Test zu bewerten? Gibt es Unterschiede in der Aussagekraft? Wann sind solche Stempel indiziert? Was ist bei positivem oder negativem Befund zu tun?*

Die Stempeltests (Tine-Test, Tubergen-Test und MERIEUX-Test) haben sich in 30 Jahren gut bewährt. Es besteht in der Aussagekraft kein wesentlicher Unterschied.

Ihre Sensitivität (Fähigkeit, Kranke zu entdecken) zeigt bei Stark- und Normalreagenten eine Sicherheit von rund 98%, bei Schwachreagenten (Nur-Infizierte und inaktive Tuberkulosen) eine Sicherheit von rund 70%. Ihre Spezifität (Fähigkeit, Nichterkrankte und Nichtinfizierte auszuschließen) beträgt rund 93%. Dieser Unterschied der Aussagefähigkeit bei Infizierten und Nichtinfizierten zeigte sich darin, daß durchschnittlich jährlich 8% der Patienten mit falsch-positiver Tuberkulinreaktion als vermeintlich an Tuberkulose erkrankt in stationäre Behandlung eingewiesen wurden.

Der Stempeltest kann gegenüber dem Intrakutantest mit 5 IE als gleichwertig angesehen werden. Vergleichende Teststudien bei Stark- und Schwachreagenten haben ergeben, daß bei doppelter Testdosis praktisch alle Normal- und Schwachreagenten erfaßt werden.

**Empfehlung bei unsicherem Testergebnis:**

Wiederholung mit Stempeltest nach 14 Tagen; dann Testung mit 10 IE bzw. 100 IE intrakutan.

**Indikation für einen Stempeltest**

In früheren Jahren wurden Tuberkulintestungen bei Erwachsenen nur selten durchgeführt, da praktisch fast alle Erwachsenen als tuberkulinpositiv galten. Erst bei positivem Röntgenbefund war Klärung mit Tuberkulintest angezeigt.

Da heute immer noch etwa 30% der Bevölkerung tuberkuloseinfiziert sind und Röntgenuntersuchungen wegen der Strahlenbelastung auf ein Minimum beschränkt werden sollen, erfolgt eine Röntgenuntersuchung erst nach positiver Tuberkulinreaktion.

Nichtreagenten gelten als noch nicht infiziert; sie sind für eine Erstinfektion noch empfänglich.

Positivreagenten gelten als bereits infiziert und sind Bakterienträger. Sie können bei Nachlassen der Abwehrkräfte jederzeit an einer aktiven Tuberkulose erkranken.

Zum Nachweis Infizierter ist deshalb der Tuberkulintest unentbehrlich.

Aufgrund der steigenden Zahl infizierter Zuwanderer und der zunehmenden Mobilität der gesamten Erdbevölkerung ist der Tuberkulintest weiterhin von großer Bedeutung.

In den Entwicklungsländern entspricht die epidemiologische Situation der Tuberkulose derjenigen der Industrieländer von vor etwa 80–100 Jahren. Durchschnittlich sind dort die 14jährigen noch bis zu 75% infiziert.

P. Ch. Schmid, Gaißach-Mühl

# Impfungen bei hämolytisch-urämischem Syndrom

*Frage: 4monatiges Mädchen, bei der U 4 DT, Polio + HIB geimpft. Nach 4 Wochen Erkrankung des Säuglings nach einer Enteritis an einem hämoytisch-urämischen Syndrom. In dem Buch »100 knifflige Impffragen« von Ute Quast sind Impfungen bei hämolytisch-urämischem Syndrom kontraindiziert. Ist dies der aktuelle Stand?*

Das typische hämolytisch-urämische Syndrom des Säuglings und Kleinkindes wird überwiegend nach einer prodromalen Diarrhö beobachtet. Als Auslöser werden Verotoxin produzierende Colistämme angenommen. Ein Zusammenhang mit den in diesem Lebensalter zu verabreichenden Impfungen ist somit sicher zufällig. Bei dieser Form des hämolytisch-urämischen Syndroms ist daher eine Impfung nicht kontraindiziert. Auch bei den seltenen Formen des familiären und rezidivierenden hämolytisch-urämischen Syndroms ist ein Zusammenhang des Auftretens der Erkrankung und vorausgegangenen Impfungen nicht gesichert.

J. Dippell, Frankfurt am Main

## Pneumovax-Impfung: Indikationen und Kontraindikationen

*Frage: Wir impften ein 6 Monate altes Kind mit Asplenie und wollten im Alter von 2 Jahren wieder impfen. Eine Kinderklinik riet ab wegen der Gefahr von Immunvaskulitiden u. a. Störungen. Literatur: Consilium infectiosum 2. Jg. Heft 2, Seite 1 ff/Soldon u. Mitarb., TW Pädiatrie 479–482 (1992).*

*Sind z. B. eitrige Otitiden eine Indikation für Pneumovax?*

Es ist richtig, daß Pneumovax in der vorliegenden Form nur 1mal geimpft werden darf, da bei Wiederholungsimpfung mit erheblichen Reaktionen zu rechnen ist. Es ist jedoch ein konjugierter Impfstoff in Entwicklung entsprechend dem HIB-Impfstoff, der dann wahrscheinlich auch ohne Gefahr wiederholt geimpft werden könnte. Es wird jedoch noch geraume Zeit benötigen, bis dieser Impfstoff auf dem Markt ist.

Theoretisch ist ein Pneumokokkenimpfstoff für rezidivierende Otitiden sinnvoll. Es gab darüber auch schon ein ausführliches Symposium in den USA. Der bisherige Impfstoff ist jedoch hierfür nicht verwendbar, da er keinen ausreichenden Schutz gewährt. Es werden auch nicht genügend Pneumokokkenstämme erfaßt.

H. Helwig, Freiburg im Breisgau

## Impfung bei fraglicher Allergie auf Quecksilberverbindungen

*Frage: Bei einem 4 Monate alten Säugling kam es nach der 1. Dreifachimpfung (0,5 ml intragluteal, DTP-RIX von Smith Kline Beecham) zu einer starken Lokalreaktion ventrogluteal (derbe Schwellung, 3 cm im Durchmesser und Rötung – nach Angaben der Eltern bei Vorstellung 48 Stunden post injectionem bereits rückläufig). Nach Stickl führten wir mit Thiomersal einen Pricktest durch, der innerhalb von 2 Minuten eine Rötung von 2 cm Durchmesser ergab (pädiat. prax. 43, 245, 1992).*

*Wie sollte bei weiteren Impfungen verfahren werden?*

Eine Lokalreaktion von 3 cm im Durchmesser mit einer Tendenz zur Rückbildung innerhalb von 48 Stunden post vaccinationem ist noch in die Symptomatik einer verstärkten Lokalreaktion einzuordnen, ohne daß eine Allergie gegen Impfstoffbestandteile bestehen muß. Derartige Reaktionen kommen besonders nach zu oberflächlicher Injektion von Adsorbatimpfstoffen vor.

Nahezu alle Totimpfstoffe enthalten Konservierungsmittel, meist in Form von quecksilberhaltigen Verbindungen. Seit Jahrzehnten erhalten fast alle Menschen diese Impfstoffe; sehr häufig im Verlauf des Lebens mehrfach. Im Vergleich dazu sind gesicherte allergische Reaktionen auf diese Konservierungsmittel äußerst selten. Bei derartigen postvakzinalen Allergien handelt es sich meist um Typ IV-Reaktionen im Bereich der Injektionsstelle; nur sehr selten werden systemische Reaktionen beobachtet.

Wird die Allergietestung als positiv bewertet, dann ist das Risiko der Gefährdung durch die Infektionskrankheit gegenüber dem der Allergie abzuwägen.

Wir würden empfehlen, erforderliche Impfungen gegebenenfalls in einer Klinik durchführen zu lassen.

Da die meisten dieser Patienten bereits auf Spuren intrakutan applizierter quecksilberhaltiger Verbindungen reagieren, sollte vermieden werden, daß der Kanüle äußerlich Impfstoff anhaftet (Aufzieh- und Injektionskanüle dürfen nicht identisch sein); auf die exakte i.m. Injektion ist zu achten. Die Schocktherapie sollte parat sein; die Beobachtung des Geimpften mindestens 2–3 Stunden post vaccinationem ist zu empfehlen. Nach Entscheidung des behandelnden Arztes können Antihistaminika auch zur lokalen Therapie prophylaktisch angewendet werden.

Die Aufklärung der Patienten sowie die genaue Dokumentation der postvakzinalen Reaktion und der eventuell getroffenen Maßnahmen sind für die Entscheidung über nachfolgende Impfungen besonders wichtig.

WALTRAUD THILO, Berlin

# Wiederimpfung gegen Masern

*Frage: Was war der Grund dafür, daß ab der Empfehlung der Ständigen Impfkommission des Bundesgesundheitsamtes (STIKO) vom Juli 1991 eine Wiederimpfung gegen Masern ab dem 6. Lebensjahr empfohlen wird (und bei Mädchen gegebenenfalls nochmals zusammen mit Röteln im 11.–15. Lebensjahr)? In der Schweiz z. B. werden 2 Wiederimpfungen etwa im 6. und 12. Lebensjahr empfohlen, in Skandinavien eine Wiederimpfung etwa um das 11.–15. Lebensjahr. Was heißt Wiederimpfung ab dem 6. Lebensjahr? Irgendwann zwischen 6. und 15. Lebensjahr oder etwa 6.–8. Lebensjahr?*

*Anlaß sind Fragen von Eltern, die seit der neuesten Empfehlung am Erfolg der Masernimpfung zweifeln und sich fragen, ob sie es statt einer 2. Impfung nicht besser auf eine Wildvirusinfektion ankommen lassen sollen.*

Auf keinen Fall sollte man es »besser auf eine Wildvirusinfektion ankommen lassen«, denn die Masern gehören nach wie vor zu den Infektionskrankheiten mit einer ernst zu nehmenden Komplikationsrate, wie die der Masernenzephalitis. Mit der Wiederholung der Masernimpfung sollen bestehende Immunitätslücken geschlossen werden, die durch unterbliebene Impfungen, aber auch durch mögliche Nonresponder nach 1. Impfung entstehen.

Es gibt unterschiedliche Standpunkte über den Zeitpunkt für die 2. Masernimpfung, z. B. entweder vor Schuleintritt oder präpubertär ab dem 11. Lebensjahr. Die STIKO ging bei der Regelung »ab 6. Lebensjahr« davon aus, daß ein Kind bei Schuleintritt in besonderem Maße für Infektionskrankheiten exponiert ist und gerade zu diesem möglichst frühen Termin die Wiederimpfung gegen Masern in Kombination mit der gegen Mumps und Röteln indiziert ist.

Die STIKO empfiehlt nicht bei Mädchen die Masernimpfung »nochmals zusammen mit Röteln im 11.–15. Lebensjahr«, sondern bei bereits MMR-geimpften Mädchen nur die alleinige Impfung gegen Röteln zur Schließung von Impflücken vor dem gebärfähigen Alter.

Sollte jedoch bis zu diesem Alter die Wiederimpfung gegen Masern noch nicht erfolgt sein, dann ist es angezeigt, sie in Kombination mit der gegen Mumps und Röteln nachzuholen, was ebenso für bis dahin nicht wiedergeimpfte Jungen zutrifft; eine zusätzliche Rötelnimpfung würde dann bei Mädchen in diesem Alter entfallen.

WALTRAUD THILO, Berlin

# Grippeschutzimpfung für diabetische Kinder – gemeinsames Auftreten von $\alpha_1$-Antitrypsinmangel und Diabetes mellitus Typ I

*1. Frage: In einer in Apotheken ausliegenden Zeitschrift für Diabetiker wurde die Grippeschutzimpfung für diabetische Kinder generell empfohlen: Was ist von dieser Empfehlung zu halten?*

Einer Empfehlung, Kinder mit Diabetes mellitus Typ I generell gegen Grippe zu impfen, könnten 2 unterschiedliche Überlegungen zugrunde liegen:

**1.** Diese Kinder hätten aufgrund ihrer Erkrankung eine allgemeine Abwehrschwäche gegenüber Infektionen und seien damit für Grippeinfektionen stärker als andere Kinder empfänglich.

**2.** Kinder mit Diabetes mellitus Typ I seien durch eine längerdauernde hochfieberhafte Erkrankung wegen der damit verbundenen Störungen der Stoffwechsellage besonders gefährdet und sollten deshalb vorbeugend geschützt werden.

**ad 1.**
Es gibt keine Hinweise, daß Kinder mit Diabetes mellitus eine erhöhte Bereitschaft gegenüber viralen Infektionen haben oder daß diese bei ihnen schwerer verlaufen. Dies wäre also **keine gute Begründung** für eine generelle Impfempfehlung.

**ad 2.**
Die Befürchtung, bei Kindern mit Diabetes mellitus Typ I könne es im Zusammenhang mit einer Grippe zu einer Verschlechterung der Stoffwechsellage kommen, ist sicher **begründet**. Patienten mit Diabetes mellitus Typ I haben bei fieberhaften Erkrankungen häufig einen ver-

mehrten Insulinbedarf mit Tendenz zu erhöhten Blutzuckerwerten. Vor allem Kinder können zusätzliche Probleme durch krankheitsbedingte Inappetenz oder Neigung zum Erbrechen entwickeln. Dies kann zu vorübergehenden therapeutischen Problemen führen, ist aber durch Anpassungen von Insulintherapie und Nahrungsangebot in der Regel gut zu kompensieren. Bei der Frage, ob diese möglichen Komplikationen eine Grippeimpfung rechtfertigen, ist zu bedenken, daß die geschilderten Probleme natürlich nicht an bestimmte Infektionen gebunden sind, sondern bei allen fieberhaften Infekten auftreten können, die im Vergleich zu einer echten, mit der Impfung zu erfassenden »Grippe« ja ungleich häufiger sind.

Es wird also einer **individuellen Entscheidung** bedürfen, ob man unter Beachtung der jeweiligen epidemiologischen Situation ein Kind mit Diabetes gegen Grippe impft oder nicht. Die Erkrankung Diabetes mellitus Typ I rechtfertigt bei Kindern und Jugendlichen sicher **keine generelle Impfempfehlung**. Diese gilt weiterhin vor allem für Kinder mit schweren chronischen Herz- oder Lungenerkrankungen, die durch eine echte Grippe erheblich gefährdet sind.

*2. Frage: Gibt es Untersuchungen über den Krankheitsverlauf bei Kindern, die an einem $\alpha_1$-Antitrypsinmangel leiden und zusätzlich an Diabetes erkranken?*

In der einschlägigen Literatur finden sich keine Hinweise auf ein gehäuftes gemeinsames Auftreten von $\alpha_1$-Antitrypsinmangel und Diabetes mellitus Typ I. Mir sind auch keine Berichte über Krankengeschichten von Patienten mit einer Kombination dieser beiden Erkrankungen bekannt. Sollte aber von dem Fragesteller ein solcher Patient betreut werden, ist vielleicht folgende Überlegung hilfreich: Ein homozygoter $\alpha_1$-Antitrypsinmangel ist in seltenen Fällen mit zirrhotischen Umbauprozessen der Leber verbunden. Dies kann für einen Patienten mit Diabetes mellitus wegen einer damit möglicherweise verbundenen Einschränkung der Glykogenreserve von besonderer Bedeutung sein. Da diese für die Gegenregulation bei niedrigen Blutzuckerwerten von großer Bedeutung ist, muß bei diesen Patienten mit einer verstärkten Gefährdung bei Hypoglykämien gerechnet und dieser Umstand bei Therapie und Beratung berücksichtigt werden.

W. Burger, Berlin

## Mumpsepidemien in der Schweiz und in Deutschland

*1. Frage: In der Schweiz gibt es 2 lokale Mumpsepidemien (Genfersee, Zürichsee, Altstätten SG). Die meisten Kinder erhielten den Schweizerischen Impfstoff Triviraten, einige amerikanische Impfstoffe (MMVax, Pluserix). Die Verläufe waren meist mild. Eine Orchitis und eine Pankreatitis wurden gemeldet. Das Mumpsvirus wurde nachgewiesen. Antikörpertiter: IgG meist leicht erhöht, IgM leicht erhöht oder negativ.*

Die Ursache der erwähnten Schweizer Epidemien sind unklar. Es gibt bisher nur unbewiesene Hypothesen.

M. JUST, Basel

*2. Frage: Sind solche Epidemien auch in Deutschland aufgetreten? Was kann die Ursache sein? Handelt es sich um ein »neues« Virus?*

In Deutschland treten immer wieder endemisch Mumpserkrankungen auf. Meistens erkranken nicht geimpfte Kinder oder Kinder, deren Impfschutz 8–10 Jahre zurückliegt. Die Beurteilung des Impfschutzes mit Antikörperbestimmungen sind bei Mumps außerordentlich schwierig, weil die Antikörper nur humoral bestimmt werden können, bei Mumps aber sehr oft intrazellulär sitzen, so daß über die wirkliche Schutzwirkung keine absolut verläßlichen Hinweise zu geben sind. Um ein neues Virus handelt es sich nicht.

D. PALITZSCH, Gelnhausen

## Mumpsinkubationsimpfung

*Frage: Der Vater eines 12 Monate alten Kindes ist akut an Mumps erkrankt. Ist eine Infektionsprophylaxe mit Immunglobulin (gegebenenfalls welches?) beim Kind indiziert, um dann nach 4 Monaten aktiv zu impfen?*

Eine Immunglobulinprophylaxe mit Standard- oder Hyperimmunglobulin ist unwirksam. Es gibt deshalb auch kein Mumpsimmunglobulin auf dem Markt.

Die Wirksamkeit einer aktiven Inkubationsimpfung wird sehr unterschiedlich beurteilt – von einigen Autoren völlig verneint (1–3), von anderen wegen einer »verkürzten Inkubationszeit der Impfviren« zumindest in den ersten 3 Tagen nach Exposition als möglich angesehen (4). Trotzdem sollte man bei Exposition eine aktive Impfung durchführen, um gegen nachfolgende Infektionen zu schützen.

Wird zwischen dem 12. und 15. Lebensmonat geimpft, ist eine Wiederholungsimpfung nach 6 Monaten angezeigt. Auch für Erwachsene mit unklarem Immunstatus, besonders Männer, ist bei Mumpskontakt eine Impfung anzuraten, auch wenn die Mehrzahl trotz fehlender Anamnese immun ist. Die Impfung in eine Inkubation hinein ist weder eine Kontraindikation noch mit einem erhöhten Risiko belastet.

Literatur

1. American Academy of Pediatrics: Report of the Committee on Infectious Diseases. 22. Aufl. American Academy of Pediatrics, Elk Grove Village, Il. 1991.
2. BRUNELL, P. A.: Mumps. In: FEIGIN, R. D. u. I. D. CHERRY (Hrsg.): Textbook of Pediatric Infectious Diseases. S. 1610–1613. 3. Aufl. Saunders, Philadelphia-London-Toronto-Montreal-Sydney-Tokoyo 1992.
3. STICKL, H. u. H.-G. WEBER: Schutzimpfungen. Hippokrates, Stuttgart 1987.

B. Stück, Berlin

# Nonresponder nach HBsAg-Impfung

*Frage: 46jährige Patientin, arbeitet bei der ambulanten Krankenversorgung und sollte gegen Hepatitis B geimpft werden. Im Hepatitissuchprogramm waren die Anti-HBs und die Anti-HBc negativ. 24. 7. 1990: Grundimmunisierung gegen Hepatitis B (HB-Vax in den rechten Deltamuskel). 24. 8. 1990: HB-Vax in den linken Deltamuskel. 21. 1. 1991: 3. Dosis HB-Vax. Überprüfung der Anti-HBs-Titer im März 1991 negativ. Daraufhin am 25. 3. 1991 nochmalige Impfung mit HB-Vax. Titerkontrolle am 23. 4. 1991: Anti-HBs-Titer von 5,3, Anti-HBc-Titer negativ. Daraufhin Engerix B am 6. 5. 1991. Anschließende Titerkontrolle: Anstieg von Anti-HBs auf 9,0.*

*Wie soll ich mich bei dieser Patientin, die wohl als Nonresponder angesehen werden muß, weiter verhalten?*

Die Impfung gegen die Hepatitis B hat sich als segensreich erwiesen. Sie wird jedoch in den gefährdeten Risikogruppen (ärztliches und pflegerisches Personal, Zahnärzte) immer noch zu wenig genutzt. In den USA sind z. B. 60–70% der im öffentlichen Gesundheitsdienst Tätigen (»health care worker«) nicht geimpft. Diese Impfmüdigkeit (s. Polio und andere Impfungen) droht auch in Deutschland.

Es gibt jedoch eine kleine Gruppe von Personen, die trotz ein- oder mehrfacher HB-Impfung keine Antikörper entwickeln, die sog. Nonresponder. Dies hatte man bereits bei bestimmten Mäusestämmen gesehen, ehe die Beobachtung auch beim Menschen gemacht wurde. Normalerweise wird in > 90% der Geimpften immer eine gute Antikörperbildung beobachtet; ihre Höhe sinkt nach 2–3 oder 4 Jahren so stark ab, daß geboostert werden muß. Die Impftiter müssen also alle 2–3 Jahre kontrolliert werden.

Nonresponder beobachtet man in etwa 5–10% der Geimpften. Man hat in der letzten Zeit folgende Ursachen festgestellt:

**1.** Ein metabolischer Defekt von Makrophagen/Monozyten bei Hämodialysepatienten. Die Gabe von Interleukin-2 kann diese Art von Nonresponsiveness aufheben (3). Bei Gesunden bewirkt IL-2 jedoch keine Steigerung der Antikörperreaktion (4).

**2.** Möglicherweise bewirkt die Infektion von T- und B-Zellen selbst eine Immuntoleranz (1, 2). In diesem Falle sollte eine Substitutionstherapie mit IL-2 wohl erfolglos bleiben.

**3.** Korrelation der Nichtantwort infolge Vorliegen eines bestimmten HLA-Antigens (2).

**4.** Mangel an einem bestimmten Immunantwortgen (2).

**5.** Der Grund für Nonresponse kann auch in einem Defekt des B-Zellrepertoires liegen, HBsAg-Antikörper zu bilden. Außerdem werden T-Suppressorzellen gebildet (2).

**6.** Es wird auch vermutet, daß eine latente HBV-Infektion eine Nichtantwort bedingt (2).

**7.** Schließlich kann eine unerkannte HIV-Infektion (d. h. vor Ausbruch der AIDS-Krankheit) eine Verringerung der Antikörperantwort verursachen.

Alle Nonresponder sollten also auf diese Möglichkeiten hin geprüft werden.

Es bleibt nichts anderes übrig, als nach mehreren Impfungen mit negativem oder mangelhaftem Erfolg auf die Erfahrung zu vertrauen, daß trotz Fehlen der humoralen Antikörperreaktion eine zytotoxische, zelluläre Immunität entstanden ist. Ggf. sollte man die Personen ohne HBV-Infektionsrisiko beschäftigen. Schließlich sollte wiederholt werden, daß in Italien infolge Mutation und Deletion des HBsAg des infizierenden Virus (»escape mutants«) eine HBsAg-Impfung nicht immer einen Schutz verleiht.

Literatur

**1.** CHIUO, S. S. u. Mitarb.: Nature of immunological non-responsiveness to hepatitis B vaccine in healthy individuals. Immunology **64**, 545–550 (1988).
**2.** KANG-XIAN, L. u. Mitarb.: Is Nonresponsiveness to Hepatitis B vaccine due to latent Hepatitis B-Infection. J. infect. Dis. **165**, 777–778 (1992).
**3.** MEUER, S. C. u. Mitarb.: Low dose interleukin-2 induces systemic immune responses against HBsAg in immunodeficient non-responders to Hepatitis B vaccination. Lancet **1989/I**, 15–17.
**4.** ROSE, K. M. u. Mitarb.: Failure of IL-2 to augment the primary humoral immune response to a recombinant hepatitis B vaccine in healthy adults. J. infect. Dis. **165**, 775–777 (1992).

D. FALKE, Mainz

# Gonoblennorrhöprophylaxe bei Neugeborenen

*Frage: Gibt es zur Gonoblennorrhöprophylaxe mit Silbernitratlösung eine Alternative? Ist es möglich, anstelle von Silbernitratlösung auch Erythromycin-Augentropfen (Ecolizin) zu verwenden?*

*Falls ja: Welche Dosierung und in welchen Zeitabständen müssen Erythromycin-Augentropfen appliziert werden?*

*Anlaß für meine Frage ist u. a. auch die doch massive Reizkonjunktivitis, die man bei vielen Neugeborenen sieht; es wird ja diskutiert, ob nicht die Silbernitratprophylaxe eine der Ursachen für die temporären Tränennasengangsstenosen des Säuglingsalters ist.*

Es gibt verschiedene Studien, die nachweisen, daß Erythromycin-Augentropfen (Ecolizin) ebenso effektiv sind wie Silbernitrat oder Tetracyclin-Augentropfen zur Verhütung der Gonoblennorrhö sowohl aus den USA (2) als auch aus Kenia (3).

Anstelle von Silbernitrat können Erythromycin-Augentropfen 0,5% oder Tetracyclin-Augentropfen 1% verwendet werden, 1–2mal je 1 Tropfen in jedes Auge innerhalb der ersten 24 Lebensstunden. Werden antibiotische Augensalben verwendet, sollte man jeweils einen 1–2 cm langen Salbenstreifen in den unteren Konjunktivalsack applizieren.

Die antibiotische Prophylaxe ist nicht sicher wirksam bei Infektionen mit penicillinasebildenden Gonokokken. Sie hat sich auch nicht als wirksam erwiesen zur Verhütung der Chlamydienkonjunktivitis. In vergleichenden Untersuchungen verschiedener Autoren, zuletzt von CHEN in Taiwan (1), war die Häufigkeit der Chlamydienkonjunktivitis unabhängig von jeglicher Prophylaxe bei 1,3–1,7% der Neugeborenen nachweisbar.

Die Frage, ob Erythromycin-Augentropfen oder Silbernitratlösung verwendet wird, stellt sich bei uns bisher nicht, da es keine Eindosisabfüllungen der Ecolizin-Augentropfen gibt, d. h. es müßte für jedes Kind eine Flasche Ecolizin verwendet werden, was kostenmäßig nicht vertretbar ist.

Literatur

1. CHEN, J. Y.: Pediat. Infect. Dis. **11**, 1026–1030 (1992).
2. HAMMERSCHLAG, M. R.: Pediat. Infect. Dis. **7**, 81–82 (1988).
3. LAGA, M. u. Mitarb.: In: ORIEL, J. D. u. Mitarb.: Chlamydal Infections, S. 301–304. Cambridge University Press, London 1986.
4. PETER, G. (Hrsg.): Report of the Comitee on Infectious Diseases 1991. American Academy of Pediatrics Elk Grove Village Illinois 1991.

H. HELWIG, Freiburg im Breisgau

# Jodprophylaxe bei Kindern – Darreichungsformen

*Frage: Ist die Jodprophylaxe bei Kindern besser mit einer täglichen Gabe der altersentsprechenden Jodiddosis durchzuführen oder ist die wöchentliche Gabe eines höher dosierten Präparates (Thyrojod depot) ebenso empfehlenswert?*

Die weniger häufige Zufuhr größerer Mengen Jods hat 3 **gravierende Nachteile**:

**1.** Es kann bei Strumaträgern (auch Neugeborenen mit Struma connata) zu einem Jod-BASEDOW kommen (5, 7). Diese Komplikation ist relativ selten (7).

**2.** Die Zufuhr einer größeren Jodmenge (>500 µg) kann zu einer transitorischen **Blockierung der Schilddrüse** führen (WOLFF-CHAIKOFF-Effekt). Beim Neugeborenen wäre dieser Effekt in hohem Maße nicht wünschenswert (Lit. siehe 4).

**3.** Bis zu 80% des in höherer Menge (etwa 1,5 mg Jodid, z. B. *Thyrojod depot*) oral zugeführten Jods werden in 4 Stunden als Harnjod ausgeschieden (2). Dadurch kann es an den Tagen 3–6 wieder zu einer, unter die erwünschte Norm absinkenden Jodurie kommen. Allerdings stellten KALLEE (3) sowie GLÖBEL (1) und SCHEIFFELE u. Mitarb. (6) fest, daß die **wöchentliche** Gabe von 1,5 mg (z. B. *Thyrojod depot*) der **täglichen** Gabe von 200 µg Kaliumjodid **gleichwertig** sei.

In einer neueren Arbeit konnte sogar gezeigt werden, daß die einmalige orale Gabe kleinerer Mengen jodierten Öls *(Ultrafluid Lipoidol, Guerbet,* Aulnay-sous-bois, Frankreich) zu einer Jodurie führte, die 1 Jahr (!) lang doppelt so hoch war wie bei einer nicht behandelten Kontrollgruppe (8).

**Schlußfolgerung:** Wichtig ist die Jodzufuhr überhaupt, der Modus spielt nur eine untergeordnete Rolle!

Literatur

1. GLÖBEL, B.: Letter to the Editor. Nuc. Compact **20**, 182 (1989).
2. HORSTER, F. A.: Substitution des Jodmangels in der Bundesrepublik Deutschland: 200 µg Jodid täglich oder 1,5 mg Jodid wöchentlich? Nuc. Compact **20**, 37–38 (1989).
3. KALLEE, E.: Letter to the Editor. Nuc. Compact **20**, 181 (1989).
4. KLETT, M.: Jodversorgung und Schilddrüsenfunktionsstörungen bei Neugeborenen. Med. Welt **42**, 54–58 (1991).
5. REISER, H. u. Mitarb.: Jodmangel – Klinische Folgen und Möglichkeiten der Prophylaxe. Med. Welt **34**, 3–6 (1983).
6. SCHEIFFELE, E., G. DECKER u. M. HARING: Letter to the Editor. Nuc. Compact **20**, 182–183 (1989).
7. THILLY, C. H. u. Mitarb.: High dose iodine prophylaxis in severe endemic goiter: A balance of risks. J. mol. Med. **4**, 191–197 (1980).
8. TONGLET, R. u. Mitarb.: Efficacy of low oral doses of iodized oil in the control of iodine deficiency in Zaire. New Engl. J. Med. **326**, 236–241 (1992).

W. TELLER, Ulm an der Donau

# Jod in der Schwangerschaft

*Frage: Jodprophylaxe oder -therapie in der Schwangerschaft: indiziert oder nicht?*

*Falls ja: für die gesamte Dauer? Besteht die Gefahr einer Hyperthyreose beim Neugeborenen? Gilt dies auch für Polyvidonjodverbände?*

Mit dem erhöhten Bedarf an Schilddrüsenhormonen während der Schwangerschaft erhöht sich auch die Jodaufnahme in die Schilddrüse. Während ein Erwachsener 150 µg Jod/d benötigt, erhöht sich dieser Jodbedarf bei der Schwangeren auf 250 µg und mehr. Bei Jodmangel kommt es zu folgenden V e r ä n d e r u n g e n in der Schwangerschaft:

1. Schilddrüsenhyperplasie bei der Graviden.
2. Strumabildung beim Feten.
3. Transiente oder manifeste Hypothyreose des Neugeborenen.

Dies ist zu vermeiden durch die tägliche Einnahme von Jodid in einer Dosierung von 150 µg als zusätzliche Deckung des Jodbedarfs in der Schwangerschaft und während der Stillzeit. Nicht wirksam ist die einmalig wöchentliche Bolusgabe von Jodid. Diese Prophylaxe ist im physiologischen Bereich und begünstigt die Entstehung einer Hyperthyreose weder bei der Mutter noch beim Feten. Die Hyperthyreose bei der Mutter tritt nur bei 0,2% aller Schwangerschaften auf und ist meist durch trophoblastische Tumoren bedingt.

U r s a c h e der Störung der Jodidbalance ist der Anstieg der renalen Jodidclearance in der Schwangerschaft, wodurch das Serumjodid abfällt. Die niedrigste Konzentration an Jodid findet sich am Ende des 2. Trimesters im Vergleich zu nicht-schwangeren Frauen. Da Jodid von der Mutter zum Feten durch die Plazenta durch Diffusion transportiert wird, kommt es bei Jodmangel nicht nur zu einem Abfall der Jodidkonzentration im Serum bei der Mutter, sondern auch beim Fetus. Da die Bandbreite der Regulation beim Feten sehr gering ist, kann ein Jodidmangel nicht nur zur Struma oder Hypothyreose beim Kind führen, sondern es können auch allgemeine Entwicklungsstörungen die Folge sein.

Die Anwendung von Polyvidonjodverbänden hat den Sinn, als Chemotherapeutikum bei der Behandlung und Vorbeugung von Wundinfektionen zu wirken (1, 2).

Zytotoxizität und Allergie müssen berücksichtigt werden. Von besonderer Bedeutung ist die R e s o r p t i o n von Jod. Hinweise auf Jodallergien durch PVP-Verbände sind äußerst selten. Die Resorption von Jodbestandteilen aus PVP-Verbänden hängt auch ab von der Hautoberfläche. Perinatale Anwendung oder bei Anwendung auf Schleimhäuten und besonders auf frischen Verbrennungswunden und bei Spülen von serösen Höhlen wie Peritoneum, Pleura, Perikard erhöht die Jodserumspiegel. Daraus resultiert, daß bei Patienten mit Autonomie der Schilddrüse mit einer zusätzlichen Inzidenz an Hyperthyreosen zu rechnen ist. Autonomien der Schilddrüse treten mit zunehmendem Lebensalter, weniger bei unter 40 Jahre alten Patienten auf. Während der Schwangerschaft und peri- und postnatal ist die Schilddrüse gegenüber erhöhter Jodexposition wenig adaptationsfähig, so daß Störungen der Organreifung oder irreparable hirnorganische Fehlentwicklungen nicht auszuschließen sind.

Zur lokalen Desinfektion bei vorzeitigem Blasensprung wird eine Spülung mit jodhaltigen Substanzen unter gleichzeitiger Anwendung von Betaisodonazäpfchen durchgeführt. Auch die generelle antepartale Scheiden»desinfektion« und die Scheidenvorbehandlung vor terminiertem Kaiserschnitt wird neben der Behandlung des vorzeitigen Blasensprungs als Indikation für die Anwendung des Polyvinylpyrrolidonjods gesehen. Die jodhaltige Substanz wird allgemein in der Gynäkologie und Geburtshilfe als unverdünnte oder verdünnte Lösung, als Salbe bzw. Gel, als Wundflies oder Vaginaltablette eingesetzt.

Dies geschieht auch deshalb, weil Jod möglicherweise in einem so großen Ausmaß resorbiert wird, daß die Exazerbation einer kompensierten Hyperthyreose bzw. Erstauftreten einer bis zu diesem Zeitpunkt nicht diagnostizierten und klinisch nicht relevanten Hyperthyreose (Autonomie der Schilddrüse) auftreten kann. Hinzuweisen ist auch auf die Möglichkeit einer allergischen Reaktion. Wegen der möglichen thyreoidalen Stoffwechselveränderungen wäre es trotz der Empfehlung (3, 4) erwägenswert, auf jodhaltige Desinfizienz zu verzichten.

Literatur

1. GÖRTZ, G.: Experimentelle Beiträge und klinische Untersuchungsergebnisse zur Behandlung mit PVP-Jod. In: HIERHOLZER, G. u. G. GÖRTZ: PVP-Jod in der operativen Medizin, S. 270. Springer, Heidelberg 1984.
2. NISWANDER, K. R. u. S. GORGON: The woman and their pregnancy, S. 246. Saunders, Philadelphia 1972.
3. SALING, E.: Ein neuer Weg zur Bekämpfung der aszendierenden Infektion unter der Geburt. Tagungsbericht der Gesellschaft für Geburtshilfe und Gynäkologie, Berlin, 2. 2. 1977. Geburtsh. Frauenheilk. **37**, 543–547 (1977).
4. SALING, E.: Möglichkeiten und Grenzen der Tokolyse. 3. Wechselbeziehung zwischen Tokolyse und aszendierender Infektion sowie Infektionsbekämpfung. Arch. Gynaec. **228**, 67–78 (1979).

W. WILDMEISTER, Kempen

# Jodprophylaxe

*Frage: Wie ist die prophylaktische Gabe von Jodid im Kindesalter zu bewerten?*

In der Bundesrepublik Deutschland werden über die Nahrung nur durchschnittlich 30–70 µg Jodid/d aufgenommen, bei Schulkindern häufig sogar noch weniger, da nur Seefische und andere Meerestiere gute alimentäre Jodlieferanten sind.

Säuglingsmilchen enthalten pro 100 ml verzehrfertiger Nahrung 7–17 µg Jodid.

Die WHO empfiehlt täglich 150–300 µg Jodid bei Erwachsenen. Die altersabhängigen Empfehlungen der Deutschen Gesellschaft für Ernährung zeigt Tab. 1.

Tab. 1
Altersabhängige Empfehlungen der Deutschen Gesellschaft für Ernährung

| Säuglinge | Jodid |
|---|---|
| 0– 2 Monate | 50 µg |
| 3– 6 Monate | 70 µg |
| 6–12 Monate | 80 µg |
| Kinder von 1–9 Jahren | 100–140 µg |
| Ältere Kinder, Jugendliche und Erwachsene | 100–200 µg |
| Schwangere und Stillende | 230–260 µg |

Zur Jodprophylaxe gibt es zahlreiche Literatur mit folgenden generellen Empfehlungen:

**1.** Es sollte nur jodiertes Kochsalz verwendet werden. Dies gilt nicht nur für den privaten Haushalt, sondern vor allem für Gemeinschaftsküchen und Restaurants.

**2.** Zusätzlich ist die Substitution von Jodid in Tablettenform in Ergänzung der üblichen Substitutionstherapie mit Vitamin $D_3$ und Fluor für alle Kinder anzuraten.

Dosisempfehlungen: Säuglinge, die nicht jodsubstituierte Milchen erhalten, im 1. Lebensjahr 50 µg Jodid, Kinder ab dem 2. Jahr 100 µg Jodid/d.

**3.** Schwangere und Stillende sollen täglich 200 µg Jodid zu sich nehmen. Die Jodmangelstruma des Neugeborenen wird damit verhindert.

Nebenwirkungen sind bei diesen Dosen nicht zu befürchten.

S. ZABRANSKY, Homburg an der Saar

# Dauer der Penicillinprophylaxe nach rheumatischem Fieber

*Frage: Ich betreue seit 5 Jahren eine jetzt 35jährige Patientin, die im Jahre 1987 an einem akuten rheumatischen Fieber erkrankt war. Seitdem bekommt sie eine Penicillinprophylaxe mit monatlich 1,2 Mega-Einheiten.*

*Wie lange muß ich nach dem heutigen Stand der Wissenschaft eine solche Prophylaxe fortsetzen?*

Die langzeitige Sekundärprophylaxe mit Penicillin nach durchgemachtem rheumatischem Fieber gilt nach wie vor als begründete Maßnahme. Es gibt aber keine verbindlichen Empfehlungen für die Dauer einer solchen Präventivbehandlung. Sicher ist, daß das Rezidivrisiko im 1. Jahr nach der Erkrankung erhöht ist und mit zunehmendem Abstand davon sowie mit steigendem Lebensalter geringer wird. Deshalb sollen Kinder die Penicillinprophylaxe so lange bekommen, bis sie erwachsen sind bzw. nicht mehr häufig mit Jugendlichen in Kontakt kommen. Bei Erwachsenen ohne Herzkomplikation empfiehlt man überwiegend eine Behandlung bis zu 5 Jahren nach der akuten Erkrankung. Eine längere Behandlung ist nur dann begründet, wenn erhöhte Gefahr von Streptokokkeninfektionen besteht, also bei Personen, die berufsbedingt mit Kindern und Jugendlichen zu tun haben, z. B. Beschäftigte in Kindergärten, Lehrer, Militärangehörige, Krankenhauspersonal u. ä. Patienten, die eine Karditis durchgemacht haben bzw. einen postrheumatischen Herzklappenfehler aufweisen, sollen grundsätzlich unbefristet behandelt werden.

Wird eine Penicillinprophylaxe abgebrochen, so ist der Patient ausführlich darüber aufzuklären, daß er bei jeder Angina, aber auch bei jedem Eingriff, der zu einer Bakteriämie führen kann, z. B. einer Zahnextraktion, vorübergehend wieder Penicillin nehmen muß. Auch sollten regelmäßige ärztliche Kontrolluntersuchungen, einschließlich des Antistreptolysintiters, vereinbart werden.

H. KAISER, Augsburg

# Rachitisprophylaxe

*Frage: Welche Maßnahmen sind bei Zeichen einer Rachitis wie HARRISON-Furche und/oder aufgebogene untere Thoraxapertur bei Kindern im 1., 2. und ab dem 3. Lebensjahr angezeigt? Soll auch im 2. Lebensjahr grundsätzlich eine Rachitisprophylaxe erfolgen?*

Die HARRISON-Furche ist nicht unbedingt Zeichen einer Rachitis, sondern deutet auf ein Mißverhältnis zwischen Zug des Zwerchfells und Festigkeit der Rippen im Bereich der unteren Thoraxapertur hin.

Im 2. Lebensjahr sollte die Rachitisprophylaxe nur im Winter vorgenommen werden. Bei Anhaltspunkten für eine HARRISON-Furche bzw. aufgebogener unterer Thoraxapertur sollte nach klinischen und biochemischen Zeichen einer Rachitis gesucht werden, gegebenenfalls einschließlich der Bestimmung des Spiegels von 25-OH-Vitamin D 3. Bei normal durchgeführter Rachitisprophylaxe muß nach chronischen oder rezidivierenden obstruktiven Lungenerkrankungen einschließlich Mukoviszidose (!) anamnestisch, klinisch und u. U. röntgenologisch gesucht werden. Es ist unzulässig, ohne sorgfältige Diagnose eine HARRISON-Furche als Rachitis zu deklarieren und mit Vitamin D zu behandeln.

H. WOLF, Gießen

# Tetanusimpfungen: prophylaktisch – postexpositionell

*Frage: Die Gebührenordnung für Ärzte unterscheidet aktive Tetanusimpfungen bei Verletzung und als prophylaktische Maßnahme, was mir nicht einleuchtet. Vielmehr glaube ich, daß Aktivimpfungen mit Tetanustoxoid stets prophylaktisch sind, da sie bei Verletzung ihre Wirkung zu spät entfalten. Nun höre ich von anderer Seite, daß es Tetanusinkubationszeiten bis zu einem Vierteljahr geben soll. Ist das belegt, wenn ja, wo?*

Der scheinbare Widerspruch zwischen Tetanusimpfungen bei Verletzungen und prophylaktisch als ärztliche Leistung dürfte historisch begründet sein.

Bevor die Schutzimpfungen allgemein den niedergelassenen Ärzten kassenrechtlich zugewiesen worden sind, war die Applikation von Tetanustoxoid eine therapeutische Maßnahme, Wutschutzbehandlung genannt. Heute werden Therapie und Prophylaxe von den Krankenkassen erstattet.

Die in der Bundesrepublik Deutschland üblichen Toxoide gehören zu den bestwirksamen Antigenen. Damit führt j e d e r Abstand zwischen 1. und 2. Impfung, wie auch zwischen 2. und 3., – auch wenn es mehrere Jahre sind! – zuverlässig zu einem lang anhaltenden und belastungsfähigen S c h u t z. Der einmal erworbene Impfschutz bleibt wegen des Immungedächtnisses zeitlebens auffrischbar. Eine Weckinjektion, die innerhalb kürzester Zeit – 2–4 Tage – die abgesunkene Grundimmunität wieder zu voller Schutzhöhe bringt, genügt selbst dann, wenn die Grundimmunisierung Jahrzehnte zurückliegt. Wer also einmal in seinem Leben mit Sicherheit die Tetanusgrundimmunisierung bekommen hatte, kann jederzeit, bis zur Beendigung des 5. Lebensjahrzehntes, durch eine einzige weitere Injektion gegen die Erkrankung geschützt werden. Erst im fortgeschrittenen Senium – jenseits des 70. Lebensjahres – können, je nach Allgemeinzustand des Patienten, 2 Toxoidinjektionen als Booster notwendig werden, damit wieder eine schützende Immunität entsteht (6).

Diese Erkenntnisse und die zwar noch immer seltenen, aber doch zunehmenden Überimpfreaktionen sind in die »Empfehlungen zur Tetanusprophylaxe« der Deutschen Gesellschaft für Chirurgie (3) eingegangen (Tab. 2).

**Tetanusprophylaxe bei Verletzung**

| Vorgeschichte der Tetanus-immunisierung (Dosen Impfstoff) | Saubere, geringfügige Wunden | | Alle anderen Wunden | |
|---|---|---|---|---|
| | T oder Td[xxx] | TIG | T oder Td[xxx] | TIG |
| Unbekannt | ja | nein | ja | nein |
| 0–1 | ja | nein | ja | ja |
| 2 | ja | nein | ja | nein[xx] |
| 3 oder mehr | ja* | nein | ja[x] | nein |

**Tab. 2**
Empfehlungen der Deutschen Gesellschaft für Chirurgie zur Tetanusprophylaxe bei Verletzungen

TIG = Tetanusimmunglobulin
[x] = Nein, wenn seit der letzten Impfstoffinjektion weniger als 5 Jahre vergangen sind
[xx] = Ja, wenn die Verletzung länger als 24 Stunden zurückliegt
[xxx] = Bei Kindern, die das 7. Lebensjahr noch nicht vollendet haben, DT anstelle Td
\* = Nein, wenn seit der letzten Impfstoffinjektion weniger als 10 Jahre vergangen sind

Die Inkubationszeit reicht in der Regel von 3 Tagen bis zu 4 Wochen. In 80% beträgt sie bis zu 15 Tage. Sie hängt von der Menge der gebildeten Toxine ab (1). Als Faustregel kann gelten, daß sie um so länger währt, je weiter die Eintrittspforte für den Erreger vom ZNS (motorische Vorderhornzellen des Rückenmarkes) entfernt liegt. Nach ROHDE u. Mitarb. (5) gilt für die meisten Infektionen eine Latenzzeit von 8–10 Tagen. *»Ein kleinerer Teil weist eine kürzere (minimal 3–5 Tage), wenige Personen eine deutlich verlängerte (2–3 Wochen, auch Monate bis Jahre betragende) Inkubationszeit auf.«*

Die heutigen einschlägigen Lehrbücher weisen keine verlängerte Inkubationszeit mehr aus, obwohl eine solche in alten Lehrbüchern erwähnt wird, so von VAHLQUIST sowie LAGERCRANTZ und FANCONI (1958; 1972): *»Die Inkubationszeit beträgt wenige Tage bis mehrere Monate, gewöhnlich ein paar Wochen«* (4).

BRUGSCH (2) weist in seinem Lehrbuch (1947) auf eine Sondersituation hin: *»Von besonderer Bedeutung ist die Tatsache, daß Tetanusbazillen und -sporen sich wochenlang und monatelang in Wunden und Narben halten können, wie Erfahrungen des ersten Weltkrieges zeigten, die dann durch eine neue Operation mobilisiert werden können und so zum Ausbruch eines Tetanus führen. In diesen Fällen hat dann die erste prophylaktische Impfung (im 1. Weltkrieg gab es nur die passive Immunisierung mit Tierserum, d. Ref.) den Ausbruch der Tetanusinfektion verhütet, erneutes Anführen der Wunden aber die Tetanusbazillen zum Aufflackern gebracht«.*

Literatur

1. BÖSEL, B. u. K. HARTUNG: Praktikum des Infektions- und Impfschutzes, 9. Aufl. Hoffmann, Berlin 1990.
2. BRUGSCH, Th.: Lehrbuch der inneren Medizin in zwei Bänden, 12. Aufl. Urban & Schwarzenberg, Berlin-München 1947.
3. Empfehlungen zur Tetanus-Prophylaxe. Mitteilungen Deutsche Gesellschaft für Chirurgie, Heft 3, Juni 1983 (Sonderdruck ohne Seitenangaben).
4. FANCONI, G. u. A. WALLGREN: Lehrbuch der Pädiatrie. Schwabe, Basel-Stuttgart, 5. Aufl. 1958 und 9. Aufl. 1972.
5. ROHDE, W., U. SCHNEEWEISS u. F. M. G. OTTO: Grundriß der Impfpraxis, 2. Aufl. Barth, Leipzig 1968.
6. STICKL, H. u. H.-G. WEBER: Schutzimpfungen, Grundlagen und Praxis. Hippokrates, Stuttgart 1987.

H.-G. WEBER, Düsseldorf

# Endokrinologie, Stoffwechsel, Gynäkologie

## Funktionelle Autonomie der Schilddrüse

*Frage: Wie ist das Behandlungsprinzip bei einer (oft nur geringgradig ausgebildeten blanden, sono- und szintigraphisch euthyreoten) Struma mit niedrigem TSH-Wert und negativem TRH-Test (also wie bei einer Hyperthyreose)? Da die Schilddrüse ohnehin schon »im Leerlauf« läuft, müßte eine Substitution die Aktivität nicht supprimieren.*

Die Konstellation periphere normale Schilddrüsenhormone (Gesamt-T3 und -T4 oder freie Schilddrüsenhormone) sowie supprimierte TSH-Spiegel bzw. negativer TRH-Test spricht für eine latente Hyperthyreose. Am häufigsten werden diese Zustände bei funktioneller Autonomie, bei Zustand nach behandelter Hyperthyreose, endokriner Ophthalmopathie, Schilddrüsenhormontherapie und selten bei hypophysär-hypothalamischen Erkrankungen bzw. Veränderungen, die durch den Einfluß von Medikamenten bedingt sind, gefunden. Morphologisch handelt es sich um eine kleine Struma, was durch Sonographie und Szintigraphie belegt wurde. Autonome Areale wurden offensichtlich nicht gesehen und könnten durch Suppressionsszintigraphie enttarnt werden. Autoimmunmechanismen, die durch Antikörper aufgedeckt werden könnten, sind offensichtlich nicht im Spiel.

Nehmen wir an, daß seltene Ursachen ausgeschlossen sind, so kommt am ehesten in unserem Jodmangelgebiet eine **funktionelle Autonomie** in Frage, d. h. es wird von der Schilddrüse ohne Regulation durch das hypothalamisch-hypophysäre System autonom Schilddrüsenhormon hergestellt. Dadurch wird das TSH supprimiert; allerdings ist die Quantität der Schilddrüsenhormonproduktion zu gering, um eine Überfunktion auszulösen. Es ist also nicht möglich, durch zusätzliche Schilddrüsenhormongabe das

TSH zu inhibieren und so möglicherweise eine Wachstumstendenz der Schilddrüse zu verhindern. Eher ist mit einer Summation von exogen zugeführtem und endogen produziertem Schilddrüsenhormon zu rechnen. Daraus kann eine manifeste Hyperthyreose resultieren. Ferner besteht bei diesen Patienten die Gefahr, daß durch Jodexzeß in Form von jodhaltigen Kontrastmitteln bzw. jodhaltigen Medikamenten eine Hyperthyreose ausgelöst werden kann, da dann genügend Substrat zur Thyroideahormonsynthese vorhanden ist.

Empfehlung: Keine Schilddrüsenhormontherapie; cave Jodkontamination; evtl. Suppressionsszintigraphie und Antikörperbestimmung, Verlaufsbeobachtung (T3, T4); bei Hyperthyreosetendenz eine Radiojodtherapie erwägen.

M. Ventz, Berlin

# Oraler Glukosetoleranztest im Wochenbett

*Frage: Welche Bedeutung hat der orale Glukosetoleranztest im Wochenbett bei Müttern makrosomer Neugeborener?*

Geht man davon aus, daß die Makrosomie des Neugeborenen ein wichtiger Hinweis für eine prädiabetische oder diabetische Belastung der Mutter ist, ist man natürlich aufgefordert, diese Vermutung zu verifizieren oder zu entkräften. Da die Schwangerschaft per se eine Art »Belastungstest« darstellt, ist eine umgehende Prüfung der Glukosetoleranz zu empfehlen, um noch die diabetogenen Einflüsse der Gravidität als zusätzliche Provokation zur Beurteilung eines womöglich gestörten Kohlenhydratstoffwechsels heranzuziehen.

*Dem steht allerdings ein gewichtiges Argument entgegen:* durch die Bettruhe oder doch Bewegungseinschränkungen der Wöchnerinnen werden die Ergebnisse verfälscht, d. h. es können falsch-positive Ergebnisse zur Beobachtung kommen. *Was soll man tun?*

Wir empfehlen sicherheitshalber doch einen Glukosetoleranztest; vor allem der negative Ausfall ist als wichtig zu bewerten. Ist der Glukosetoleranztest hochpathologisch, ist die Situation ebenfalls klar. Bei Grenzwerten oder bei einem gerade noch pathologischen Wert empfehlen wir die Wiederholung nach 6 Wochen. Ist das Ergebnis dann ebenfalls pathologisch, darf man von einer gestörten Glukosetoleranz (subklinischer Diabetes) der Mutter ausgehen. Ist das Ergebnis nicht pathologisch, dann ist man zumindestens aufgefordert, während einer eventuellen nächsten Schwangerschaft intra graviditatem ein oder zwei Glukosetoleranztests vorzunehmen, in jedem Falle aber den Kohlenhydratstoffwechsel genau zu beobachten.

H. Mehnert, München

# Indikation für C-Peptid-Bestimmung: Verminderung der Insulinresistenz

*Frage: Welche Bedeutung hat die Bestimmung des C-Peptids in der Diabetologie? Kann man seine routinemäßige Bestimmung bei Typ II-Diabetikern empfehlen, die oral nicht mehr ausreichend einstellbar sind? Kann man mit extrem hohen Insulindosen eine Insulinresistenz überwinden?*

Für die Betreuung und Stoffwechseleinstellung von Diabetespatienten in der Praxis hat die Bestimmung von C-Peptidkonzentration oder auch Insulinspiegeln keinen Stellenwert. Für wissenschaftliche Fragestellungen dient die C-Peptidbestimmung der Abschätzung der Restsekretion oder verbliebenen Sekretionskapazität des Pankreas.

Beim Typ I-Diabetespatienten kann eine gewisse Restsekretion des Pankreas die Einstellbarkeit erleichtern.

Beim Typ II-Diabetespatienten ist die Insulinresistenz die vorrangige Krankheitsursache. Das Ergebnis einer C-Peptid- oder Insulinbestimmung erlaubt dazu keine Aussage und hat daher auch keinen Einfluß auf therapeutische Entscheidungen. Es sagt schon gar nichts dazu aus, ob, wie lange, oder warum nicht ein Typ II-Diabetespatient oral behandelt werden kann. Immer, wenn das bei einem Typ II-Diabetespatienten gesteckte konkrete Therapieziel, z. B. Sekundärprävention, $HbA_1$-Wert unter 10%, mit der eingeschlagenen Therapie, Diät, oraler Therapie oder Insulintherapie nicht oder nicht mehr erreicht werden kann, besteht ein relativer Insulinmangel. Dies kann auch unter Umständen, beispielsweise bei unbehandelter Adipositas, bei sehr hohen C-Peptidwerten der Fall sein.

Zu berücksichtigen sind in der Praxis auch der Preis der Hormonbestimmung und die Störanfälligkeit der Interpretation ihres Ergebnisses durch die Begleitumstände bei der Blutentnahme bzw. die gleichzeitige Blutzuckerhöhe. Bei nachlassender Wirksamkeit der oralen Therapie wird zunächst diese überprüft, das Einhalten der Diabeteskost verstärkt, vor allem, beim Diabetes Typ IIb, die Bemühungen um die Gewichtsreduktion. Ist dies ohne den gewünschten Erfolg, muß der relative Insulinmangel durch Insulingaben ausgeglichen werden.

Außer Gewichtsreduktion und Steigerung der körperlichen Aktivität gibt es derzeit keine gesicherten Maßnahmen, beim Typ II-Diabetes mellitus die Insulinresistenz zu vermindern. Der Einsatz hoher Insulindosen ist mitunter zwingend, um das kombinierte kardiovaskuläre Risiko, bedingt durch hohe Insulinspiegel und Hyperglykämie, zu vermindern.

E. Jungmann, Frankfurt am Main

## Ursachen einer T₃-Erhöhung

*Frage: Gibt es eine isolierte $T_3$-Hyperthyreose, die den TRH-Test bzw. das basale TSH normal läßt und nicht supprimiert?*

Eine Hyperthyreose ist definiert durch ein supprimiertes basales TSH bzw. durch ein nicht stimulierbares TSH im TRH-Test. Es gibt aber 2 Ausnahmen einer Hyperthyreose mit erhöhtem TSH:

**1.** Die sekundäre Hyperthyreose bei Vorliegen eines TSH-produzierenden Hypophysentumors. Diese Erkrankung ist äußerst selten (nur etwa 70 Beobachtungen sind in der Literatur beschrieben). Hierbei ist TSH normal bis erhöht bei dann allerdings auch erhöhtem freiem Thyroxin ($fT_4$). Klinisch besteht eindeutig eine Hyperthyreose (5).

**2.** Die rein hypophysäre Resistenz gegenüber Schilddrüsenhormon. Diese Erkrankung ist noch seltener. Auch hierbei wird gleichzeitig das $fT_4$ erhöht gefunden, und klinisch besteht eine Hyperthyreose (4). Da es sich um eine genetische Erkrankung handelt, tritt sie familiär auf.

Bewiesen werden diese Erkrankungen durch den Nachweis einer normalen Bindungskapazität für Schilddrüsenhormone im Serum, die fehlende Supprimierbarkeit von TSH im $T_3$-Suppressionstest und die morphologische Untersuchung der Hypophyse.

Man findet aber häufig Patienten mit erhöhtem Gesamt-$T_3$-Spiegel bei normalem $fT_4$ und normalem TSH. Es handelt sich hierbei n i c h t um eine $T_3$-Hyperthyreose, die Patienten sind euthyreot. Die Ursache ist ein Jodmangel. Im Jodmangelgebiet wird kompensatorisch mehr $T_3$ von der Schilddrüse abgegeben, wahrscheinlich um Jodid einzusparen; das $fT_4$ ist im unteren Normbereich, TSH ist normal oder bei ausgeprägtem Jodmangel leicht erhöht, die Harnjodausscheidung ist deutlich vermindert (<50 µg/g Kreatinin) (1).

Substituiert man bei diesen Patienten Jodid, so normalisiert sich der $T_3$-Spiegel, und das $fT_4$ steigt innerhalb des Normalbereiches an, während TSH abfällt, aber innerhalb des Normalbereiches bleibt. Es handelt sich hierbei also n i c h t um eine $T_3$-Hyperthyreose, sondern nur um eine sogenannte »kompensatorische $T_3$-Mehrsekretion unter Jodmangel«.

Eine weitere häufige Ursache für ein erhöhtes Gesamt-$T_3$ bei normalem $fT_4$ und TSH ist ein erhöhtes TBG (thyroxinbindendes Globulin) und damit eine vermehrte Bindungskapazität für Schilddrüsenhormone im Serum. Das $fT_4$ ist in diesen Fällen normal, das Gesamt-$T_4$ (Ausnahme wieder der Jodmangel) aber, wie auch das Gesamt-$T_3$, erhöht.

Die häufigsten Ursachen für eine TBG-Erhöhung sind eine Schwangerschaft, die Einnahme von Antiovulanzien, das Akutstadium einer Hepatitis oder selten auch familiär bedingt (genetischer TBG-Exzeß). In diesen Fällen kann man aber nicht von einer $T_3$-Hyperthyreose sprechen, da das freie, biologisch aktive $T_3$ normal ist (2).

Eine äußerst seltene Ursache für ein erhöhtes Gesamt-$T_3$ bei normalem TSH sind endogene Antikörper gegen $T_3$, die aber immer nur dann gefunden werden, wenn gleichzeitig Autoantikörper gegen Thyreoglobulin vorhanden sind oder waren, also eine schilddrüsenspezifische Autoimmunerkrankung vorliegt. Diese Antikörper lassen sich durch spezielle Tests einfach nachweisen. Auch hierbei besteht eine euthyreote Stoffwechsellage; das Vorhandensein dieser Autoantikörper hat keinen weiteren Krankheitswert, da wie bei einer sonstigen erhöhten Bindungskapazität für $T_3$ durch den hypothalamisch-hypophysären Regelkreis die euthyreote Stoffwechsellage aufrecht erhalten werden kann (3).

### Literatur

1. DELANGE, F., M. CAMUS u. A. M. ERMANS: Circulating thyroid hormones in endemic goiter. J. clin. Endocr. Metab. **34**, 891 (1972).
2. GLINOER, D., M. FERNANDES-DEVILLE u. A. M. ERMANS: Use of direct thyroxine-binding globulin measurement in the evaluation of thyroid function. J. Endocr. Invest. **1**, 329 (1978).
3. ISOZAKI, O. u. Mitarb.: Triiodthyronine binding immunglobulin in a euthyroid man without apparent thyroid disease. Acta endocr., Copenh. **108**, 498 (1985).
4. REFETOFF, S.: The syndrom of generalized resistence to thyroid hormone (GRTH). Endocrine Rev. **15**, 717 (1989).
5. SMALLRIDGE, R. C.: Thyrotropin secreting pituitary tumors. J. clin. Endocr. Metab. **116**, 765 (1987).

R. GÄRTNER, München

# Erniedrigter TSH-Spiegel – latente Hyperthyreose

*Frage: Welche Bedeutung und Konsequenz kommt einem erniedrigten TSH-Wert bei sonst klinischer und laborchemischer Euthyreose bei älteren Patienten zu? Diagnostik? Therapie?*

Mit der Einführung sensitiver TSH-Meßverfahren wurde es möglich, Patienten mit Hyperthyreose von solchen mit peripher euthyreoter Stoffwechsellage zu unterscheiden. Nicht selten finden sich jedoch supprimierte TSH-Werte bei im übrigen normalen Schilddrüsenhormonwerten, vornehmlich bei älteren Menschen. Die Konsequenzen aus diesem Laborbefund einer »latenten Hyperthyreose« werden kontrovers diskutiert. Dies liegt wahrscheinlich an der Heterogenität der untersuchten Kollektive. Die Hinweise aus der Literatur helfen in einer speziellen Situation nur selten weiter, wenn Angaben wie »TSH im fortgeschrittenen Alter erniedrigt« den behandelnden Arzt eher verunsichern oder zur Bagatellisierung dieses Befundes verleiten.

Die Hyperthyreose im Alter verläuft häufig oligo- oder scheinbar asymptomatisch. Tachykardie, Rhythmusstörungen sowie Kardiomegalie können im Alter oft einzige Zeichen einer Schilddrüsenüberfunktion sein. Die psychische Symptomatik, welche bei jungen Patienten eher als Nervosität und Unausgeglichenheit imponiert, wird mit zunehmendem Alter leicht mit einer depressiven Verstimmung oder Depression verwechselt.

Die latente Hyperthyreose bei alten Menschen wird vorwiegend durch psychische Befindlichkeitsstörungen symptomatisch. Ein unerklärlicher Gewichtsverlust und eine Adynamie können hinzukommen. Aus diesem Grunde sollten gerade bei älteren, vor allem hospitalisierten Patienten die Schilddrüsenhormonwerte routinemäßig bestimmt werden. Hierbei ist zu berücksichtigen, daß bei älteren Menschen in der Regel um 20% niedrigere Schilddrüsenhormonkonzentrationen als bei 20–40-jährigen zu erwarten sind. Daher genügt es bei älteren Patienten nicht, allein T3, T4 und TSH zu bestimmen. Oft bringt erst der zusätzliche TRH-Test Klarheit, der bei verminderter Antwort des TSH nach Stimulation die latente Hyperthyreose aufdeckt.

Oberstes Gebot bei der Diagnose von Schilddrüsenkrankheiten ist das »Darandenken«. Klinische Untersuchungen reichen nicht aus. Vielmehr müssen moderne Laborwerte wie ein sensitiv gemessenes basales TSH und bei supprimiertem TSH-Wert ergänzend der TRH-Test zusammen mit verläßlichen Verfahren für die Schilddrüsenhormonwerte im Blut herangezogen werden. Eine TSH-Bestimmung sollte bei alten Menschen als Suchtest so selbstverständlich werden wie ein Blutbild.

Der Laborbefund einer »latenten Hyperthyreose« sollte auch im fortgeschrittenen Alter durch eine Ultraschalluntersuchung und vor allem eine Szintigraphie der Schilddrüse sowie der Schilddrüsenantikörper weiter geklärt werden. Meistens wird durch die Szintigraphie und ggf. die Szintigraphie nach Gabe von Schilddrüsenhormon eine Schilddrüsenautonomie als Ursache der latenten Hyperthyreose festgestellt.

Ist auch eine therapeutische Konsequenz nicht immer gegeben, sollten Patienten mit der Diagnose einer latenten Hyperthyreose bei Schilddrüsenautonomie ausführlich über ihre Schilddrüsenfunktionsstörung informiert und vor einer höhergradigen Jodexposition, z. B. bei Anwendung jodhaltiger Röntgenkontrastmittel, jodhaltiger Desinfizienzien bzw. Augentropfen gewarnt sowie auf erforderliche Präventivmaßnahmen hingewiesen werden.

In endemischen Jodmangelgebieten, wie Deutschland, sind mit zunehmendem Alter nodöse Strumen mit zirkumskripten oder disseminierten autonomen Arealen zu erwarten. Nehmen Größe und Zahl der autonomen Areale zu, verringert sich der TSH-Einfluß auf die Schilddrüse. Die durch Jod induzierte Hyperthyreose tritt mit einer Latenzzeit von 2–3 Monaten nach der Jodexposition auf und verläuft meist monosymptomatisch. Es werden aber auch immer wieder schwerste Verläufe mit letalem Ausgang beschrieben.

Nicht unerwähnt bleiben dürfen andere Ursachen eines supprimierten TSH-Spiegels: Hierzu gehören die – allerdings seltene – subklinische sekundäre Hypothyreose und das ebenfalls seltene »Low-TRH-TSH-Syndrom« bei einer nicht thyreoidalen Krankheit mit zentralem Hypometabolismus. Auch müssen Krankheiten, die zu einer TSH-Suppression führen, z. B. das CUSHING-Syndrom, sowie die Einnahme von Medikamenten, z. B. Levothyroxin, Dopamin, jodhaltige Medikamente (auch Geriatrika), die das TSH supprimieren, ausgeschlossen werden.

Da man bei älteren Menschen eher ein etwas erhöhtes basales TSH erwarten würde, um eine peripher euthyreote Stoffwechsellage annehmen zu können, sollte man subnormale TSH-Werte nicht als »physiologisch« einstufen, sondern stets weiter klären. Denn gerade in Grenzfällen kann die Messung des basalen TSH-Spiegels mit ultrasensitiven Methoden den TRH-Test bei der Diagnose oder dem Ausschluß einer Hyperthyreose nicht ersetzen.

Gelegentlich kann bei latenter Hyperthyreose die probatorische Gabe von Thyreostatika hilfreich sein zur Beantwortung der Frage, ob die Patienten von einer definitiven Therapie, z. B. mit radioaktivem Jod (131) profitieren.

Literatur

**1.** BECKER, W., E. SPENGLER u. F. WOLF: Besonderheiten bei der Schilddrüsen- in vitro- und in vivo-Diagnostik im Alter. In: PFANNENSTIEL, P. (Hrsg.): Schilddrüse

und Alter. Verhandlungsbericht des 10. Wiesbadener Schilddrüsengesprächs. S. 21–40. pmi, Frankfurt 1991.
2. DOTZER, F.: Wann dekompensiert ein autonomes Adenom? Fortschr. Diagn. **2**, 10–14 (1991).
3. HERRMANN, J.: Besonderheiten bei der klinischen Diagnostik von Schilddrüsenkrankheiten im Alter. In: PFANNENSTIEL, P. (Hrsg.): Schilddrüse und Alter. Verhandlungsbericht des 10. Wiesbadener Schilddrüsengesprächs. S. 12–20. pmi, Frankfurt 1991.
4. RODEN, M. u. Mitarb.: Diagnostic Relevance of Suppressed Basal Concentrations of TSH Compared with the Negative TRH-Test in Detection and Exclusion of Hyperthyroidism. Acta endocr., Copenh. **124**, 136–142 (1991).
5. SAWIN, C. T. u. Mitarb.: Low Serum Thyrotropin (Thyroid-Stimulating Hormone) in Older Persons Without Hyperthyroidism. Archs intern. Med. **151**, 165–168 (1991).
6. STOTT, D. J. u. Mitarb.: Elderly Patients with Suppressed Serum TSH but Normal Free Thyroid Hormone Levels Usually have Mild Thyroid Overactivity and are at Increased Risk of Developing Overt Hyperthyroidism (Dept. of Geriatric Med. Gartnavel Gen. Hosp., Univ. Dept. of Med., Glasgow). Quart. J. Med., New Series **78**, 77–84 (1991).
7. VARDARLI, I. u. Mitarb.: Negativer TRH-Test im Senium: Physiologisch? In: BÖRNER, W. u. B. WEINHEIMER (Hrsg.): Schilddrüse 1989. S. 450–455. de Gruyter, Berlin-New York 1991.

P. PFANNENSTIEL, Wiesbaden/Mainz-Kastel

# Lymphödeme bei ULLRICH-TURNER-Syndrom

*Frage: Bei einem jetzt 8 Wochen alten Säugling mit ULLRICH-TURNER-Syndrom (Karyotyp 45,X) bestehen ausgeprägte Fußrückenödeme. Ist mit einer spontanen Besserung zu rechnen oder sind weitere Maßnahmen erforderlich?*

Lymphödeme, die zu sichtbaren Schwellungen der Hand- und/oder Fußrücken schon bei Geburt führen, zählen zu den klassischen Symptomen des ULLRICH-TURNER-Syndroms. Nicht selten zeigen sie schon bei Geburt den Weg zur Diagnose. Diese Lymphödeme treten unabhängig vom Karyotyp auf, der dem ULLRICH-TURNER-Syndrom zugrundeliegt. Die Lymphödeme tendieren in der Regel zu einer spontanen Rückbildung und werden im Kindes- und Jugendalter nur noch selten beobachtet. Gelegentlich treten sie in der Frühphase einer Therapie mit Wachstumshormon (zur Wachstumsförderung) wieder auf, was mit der (transitorischen) wasserretinierenden Eigenschaft des Wachstumshormons zusammenhängt. Im Erwachsenenalter kommen besonders Fußrückenödeme wieder häufiger vor. Gelegentlich bedürfen sie dann der fachkundigen Behandlung eines Angiologen. In jedem Falle sollten Patienten mit der Vorgeschichte von Fußrückenödemen immer sorgsam auf Fußpflege und passendes Schuhwerk achten.

M. RANKE, Tübingen

## Kryptorchismus – diagnostisches und therapeutisches Vorgehen

*Frage: Kryptorchismus, ein- oder beidseitig: besteht nach dem 12. Lebensmonat die Indikation zum abdominellen CT? Therapie immer noch LH-HCG-Operation?*

Sowohl bei einseitigem als auch bei beidseitigem Kryptorchismus sollte vor einer Operation immer erst ein Versuch der hormonellen Therapie mit LHRH und/oder HCG vorausgehen, da zumindest Teilerfolge, welche die eventuell noch notwendige Operation erleichtern, in einem hohen Prozentsatz (bis 30%) zu erwarten sind. Bei beidseitigem Kryptorchismus kann die Bestimmung des Testosterons nach HCG-Gabe auf das Vorhandensein funktionstüchtiger Hoden hinweisen.

Bei der Suche nach kryptorchen Hoden kann das Kernspintomogramm oftmals weiterhelfen. Es ist aber nur ein positiver Befund aussagekräftig. Wird im NMR kein Hoden sicher abgegrenzt, kann daraus nicht auf fehlendes Hodengewebe geschlossen werden.

Das CT ist bei dieser klinischen Fragestellung nicht indiziert.

Literatur

DEROUET, H. u. Mitarb.: Kernspintomographie (KST) zur Verbesserung der Differentialdiagnose pathologischer Veränderungen des Skrotalinfarktes. Urologe A 1993: Im Druck.

S. ZABRANSKY, Homburg an der Saar

## Stoffwechseleinstellung bei Sekundärversagern

*1. Frage: Wie lauten die neuesten Kriterien für die Einstellung bei den Typen I und II eines Diabetes?*

*2. Frage: Bei welchen Werten sollte man einen Typ II-Diabetiker auf orale Antidiabetika einstellen?*

Die Güte der Stoffwechseleinstellung eines Diabetespatienten richtet sich nach dem individuell vorzugebenden Therapieziel. Bei jedem Diabetespatienten, ohne Ansehen seiner Multimorbilität und der Schwere weiterer Erkrankungen, sind, als Basisprävention, diabetisches Koma oder diabetischer Fuß zu verhindern. Dies wird nur erreicht, wenn der $HbA_1$-Wert unter 12% oder der $HbA_{1c}$-Wert unter 9,6% liegen. Dazu sollte in der Regel der Nüchternblutzucker 200 mg/dl nicht zu oft übersteigen. Bei den meisten der Patienten stellt sich das Therapieziel der Sekundärprävention, Diabetessymptome beseitigen, die Progression vorhandener Diabetesfolgen eindämmen. Ein $HbA_1$-Wert unter 10% oder $HbA_{1c}$-Wert unter 8% sind dazu erforderlich, Nüchternblutzucker etwa bei 150 mg/dl, eher besser. Das Therapieziel der Primärprävention, Verhinderung von Diabetessymptomen oder -folgen, ist nur bei normnaher Stoffwechselführung möglich, das bedeutet einen $HbA_1$-Wert um oder unter 8%, $HbA_{1c}$ entsprechend 6,4%.

Welches Therapieziel für welchen Patienten das richtige ist, ist individuelles Ergebnis des ärztlichen Motivationsgespräches mit dem Patienten. Das Therapieziel sagt noch nichts über das therapeutische Vorgehen, das dann zu beginnen ist.

Bei der jungen, hochadipösen Typ II-Diabetikerin ist die konsequente Gewichtsreduktion Primärprävention, bei einem anderen Patienten die Reduktionskost vielleicht nur Mittel zur Basisprävention. Wird das Therapieziel reproduzierbar nicht mehr erreicht (vierteljährliche Bestimmung des glykosylierten Hämoglobins), dann muß das therapeutische Vorgehen geändert werden. Sind bei einem Typ II-Diabetespatienten alle Möglichkeiten der Ernährungsberatung ausgereizt, kann – kritisch – eine orale Therapie begonnen werden.

*3. Frage: Was sind Sekundärversager? Dazu gibt es in der Literatur unterschiedliche Angaben. Wie sollten solche Versager behandelt werden?*

Bei Sekundärversagen der oralen Therapie steht die Insulintherapie an, eventuell als Kombinationstherapie Sulfonylharnstoffe plus Insulin. Das Sekundärversagen der oralen Therapie, d. h. der Sulfonylharnstoffbehandlung, ist das Nachlassen der Wirksamkeit einer zuvor effektiven Tablettenbehandlung bei unverändert konsequenter Diätführung. Anderenfalls muß Primärversagen der oralen Therapie (verfehlte Indikationsstellung) oder Diätversagen angenommen werden. Ein Sekundärversagen ist nach spätestens 10jähriger Sulfonylharnstofftherapie zu erwarten. Die Kombinationstherapie Insulin plus Tabletten ist nur bei frühzeitigem Beginn effektiv; wird die Entscheidung über den Einstieg in die Insulintherapie zu lange verzögert, kann nur noch die Therapie mit Insulin allein für Arzt und Patienten hilfreich sein.

E. JUNGMANN, Frankfurt am Main

# Bestimmung der Lipoproteine

*Frage: Im klinischen Alltag wird der Wert für das LDL-Cholesterin in der Regel nach der Formel von FRIEDEWALD aus den Werten für Gesamtcholesterin, HDL-Cholesterin und Triglyzeriden ermittelt. Hierbei geht das Triglyzerid prinzipiell mit einem Minuszeichen ein. Das heißt, daß bei als konstant vorgegebenen Cholesterin- und HDL-Werten das LDL-Cholesterin um so niedriger wird, je höher die Triglyzeride sind.*

*Für unsere präventivmedizinischen Überlegungen würde das bedeuten, daß im Endeffekt das Gefäßrisiko mit steigendem Triglyzerid sinkt. Doch dies steht im Widerspruch mit allen diesbezüglichen Aussagen. Wie erklärt sich diese Diskrepanz?*

Die Lipoproteine des Serums lassen sich prinzipiell in 3 K l a s s e n unterschiedlicher Dichte (und damit unterschiedlichem Verhalten in der Ultrazentrifuge) einteilen, nämlich in die Lipoproteine hoher Dichte (HDL), geringer Dichte (LDL) und sehr geringer Dichte (VLDL). Diese Dichteunterschiede kommen im wesentlichen durch einen unterschiedlichen Anteil an Cholesterin und Triglyzeriden in den einzelnen Lipoproteinen zustande. Der Gesamtgehalt an Cholesterin im Serum setzt sich nun aus den Cholesterinanteilen dieser einzelnen Dichteklassen zusammen:

*Gesamtcholesterin = HDL-Cholesterin + LDL-Cholesterin + VLDL-Cholesterin*

Von diesen 4 Größen läßt sich mit recht einfachen analytischen Methoden das Gesamtcholesterin und das HDL-Cholesterin bestimmen (letzteres, nachdem durch eine einfache Fällungsreaktion LDL- und VLDL-Cholesterin präzipitiert wurden).

Die direkte Bestimmung von VLDL- und LDL-Cholesterin ist relativ aufwendig, da dazu eine Ultrazentrifugation nötig ist (nach der die einzelnen Dichteklassen dann getrennt analysiert werden können). Deshalb behilft man sich mit einer indirekten Bestimmung des VLDL-Cholesterins, indem man sich zunutze macht, daß das Verhältnis von Triglyzeriden zu Cholesterin in den VLDL etwa 5 : 1 ist. Sofern bestimmte Bedingungen erfüllt sind (u. a. darf die Gesamttriglyzeridkonzentration im Serum maximal 400 mg/dl betragen und keine familiäre Dysbetalipoproteinämie mit atypischen VLDL vorliegen), werden die Triglyzeride des Serums praktisch ausschließlich in der VLDL-Fraktion transportiert. Das bedeutet, daß die VLDL-Cholesterinkonzentration sich bei diesen Patienten aus der Triglyzeridkonzentration (dividiert durch 5) errechnen läßt und in obiger Formel nur noch eine unbekannte Größe (nämlich das LDL-Cholesterin) verbleibt:

*LDL-Cholesterin = Gesamtcholesterin – VLDL-Triglyzeride : 5 – HDL-Cholesterin*

Dies ist die sogenannte FRIEDEWALD-Formel, die es unter bestimmten Bedingungen erlaubt, die für die Präventivmedizin wichtigste Kenngröße des Lipoproteinstoffwechsels (nämlich das LDL-Cholesterin) auch ohne Ultrazentrifugation zu bestimmen. Es folgt daraus, daß bei konstantem Gesamt- und HDL-Cholesterin (von z. B. 300 und 50 mg/dl) eine relativ hohe Triglyzeridkonzentration (z. B. 300 mg/dl) eine niedrigere LDL-Cholesterinkonzentration (nämlich 190 mg/dl) ergibt, während bei niedriger Triglyzeridkonzentration (z.B. 100 mg/dl) sich eine höhere LDL-Cholesterinkonzentration (nämlich 230 mg/dl) ergibt.

Welcher dieser beiden »Beispielpatienten« mehr gefährdet ist, kann nur anhand von zusätzlichen Angaben und Untersuchungen (z. B. Familienanamnese) entschieden werden, rein statistisch ist aber der Patient mit dem höheren LDL-Cholesterin mehr gefährdet. Hierfür zeigen sehr viele, auch prospektive, epidemiologische Untersuchungen einen Zusammenhang mit Herz-/Kreislauferkrankungen, ferner belegen primäre und sekundäre Interventionsstudien eine Risikoverminderung für koronare Ereignisse, zum Teil auch für die koronare und die gesamte Mortalität, wenn das LDL-Cholesterin gesenkt wird.

Untersuchungen über die Bedeutung des VLDL-Cholesterins bzw. über die (damit ja ganz eng verknüpften) Triglyzeride als Risikofaktor sind schon allein deshalb erschwert, weil die natürlichen Schwankungen hier wesentlich größer sind. Ferner besteht ein enger Zusammenhang mit weiteren Risikofaktoren, wie Übergewicht, Lebensalter, körperliche Aktivität und HDL-Cholesterin (Stichwort: metabolisches Syndrom), der die Beurteilung des VLDL-Cholesterins als unabhängigen Risikofaktor erschwert.

Dies sind wichtige Gründe dafür, daß epidemiologische Untersuchungen bisher nur in Untergruppen (z. B. bei Diabetikern) eine Rolle für die Triglyzeride (bzw. das VLDL-Cholesterin) als unabhängigen Risikofaktor nachweisen konnten. Große Interventionsstudien, speziell zur Senkung erhöhter Triglyzeride (mit Verbesserung der Prognose für die koronare Herzkrankheit), liegen bisher nicht vor, aber die (retrospektive) Analyse der LDL-Interventionsstudien zeigte, daß die Faustregel »1% LDL-Senkung = 2% weniger koronare Herzkrankheit« noch günstiger ausfällt, wenn gleichzeitig die Triglyzeride gesenkt werden (z. B. Helsinki Heart Study).

Bei bestimmen definierten Fettstoffwechselerkrankungen (z. B. einer familiären Dysbetalipoproteinämie oder einer familiär kombinierten Hyperlipoproteinämie) bedeutet aber bereits eine geringe Triglyzeriderhöhung – selbst bei günstigem LDL-Cholesterin – eine hohe koronare Gefährdung. Die Reduktion des Ausdrucks der koronaren Gefährdung auf einen einzelnen Wert (sei es nun LDL-, HDL-Cholesterin oder ein Quotient aus beiden) mag in epidemiologischen Untersuchungen sinnvoll sein, beim einzelnen Patienten ist aber eine differenzierte Betrachtung unter Kenntnis der einzelnen Werte einschließlich der Triglyzeride, der Familienanamnese und möglicherweise weiterer Spezialuntersuchungen (zur Erkennung der primären Fettstoffwechselstörung) nötig, um den Patienten dann (nach Erfassung der übrigen Risikofaktoren und Festlegung des therapeutischen Ziels) optimal behandeln zu können.

M. Ritter, München

# Ursachen einer erhöhten alkalischen Phosphatase

*Frage: Welche diagnostischen Möglichkeiten gibt es bei Patienten mit einer isolierten Erhöhung der alkalischen Phosphatase?*

Erhöhungen der alkalischen Phosphatase finden sich in der Wachstumsphase, bei Knochenerkrankungen, als Cholestasezeichen, bei toxischem Leberschaden, bei Schilddrüsenüberfunktionen.

Zunächst muß daher das Lebensalter des Patienten betrachtet werden; bei Jugendlichen läßt sich die Frage leicht mit dem Wachstum erklären. In der Spätschwangerschaft ist mitunter eine Erhöhung der alkalischen Phosphatase zu finden, die post partum spontan zurückgeht. In der Regel ist dann zu differenzieren, ob die alkalische Phosphatase hepatischer oder osteogener Genese ist. Die Differenzierung ist nicht in allen Labors möglich.

Eine isolierte Erhöhung der alkalischen Phosphatase kann erstes Zeichen einer Medikamententoxizität sein, bei alkoholtoxischem Schaden ist meist die γ-GT mit erhöht. Bei partiellem Verschluß der Gallenwege ist die alkalische Phosphatase häufig der 1. Indikator der Erkrankung (z. B. Lebermetastasen, Sarkoidose, Amyloidose, Tbc). Im Ultraschall ist nach herdförmigen Veränderungen der Leber zu suchen, zudem sind die Gallenwege zu beurteilen, bei unklarem Befund ist die ERCP sinnvoll. Ein gleichzeitig bestehender AMA-Titer kann auf eine beginnende primär-biliäre Zirrhose hinweisen, besonders bei Frauen.

Zahlreiche Knochenerkrankungen können eine Erhöhung der alkalischen Phosphatase verursachen, vergessen wird oft, daß z. B. auch heilende Frakturen von einer geringen Erhöhung begleitet sind.

Bei Hyperthyreose ist die alkalische Phosphatase meist erst im floriden, dann auch klinisch gut erkennbaren Krankheitsstadium erhöht.

Idiopathische Erhöhungen sind sehr selten. Ist ein Medikamentenschaden ausgeschlossen, muß eine partielle Gallenwegsobstruktion oder eine Knochenerkrankung gesucht werden.

W. KURTZ, Bremerhaven

# Gicht

*Frage: Viele Rückenbeschwerden sollen auf eine Gicht zurückgehen, weshalb man bei Rückenschmerzen gleich an eine Gicht denken kann, da sich Harnsäure in der Muskulatur vor dem Gelenk ablagern soll (Pool). Gibt es darüber gesicherte Erkenntnisse?*

*Was ist von einer Intervalltherapie bei Gicht zu halten? Man soll täglich über 3 Monate 300 mg Allopurinol mit 60 mg Benzbromaron verabreichen, dadurch werde der Harnsäurepool ausgeschwemmt, und eine lebensbegleitende Therapie sei nicht mehr erforderlich (Kontrolle nach 3 Monaten).*

**Pathogenese**

Die Gicht ist im pathobiochemischen Sinne eine Stoffwechselerkrankung, die mit einer Erhöhung der Harnsäure als Endprodukt des Purinstoffwechsels (Adenin und Guanin) einhergeht. Sie manifestiert sich als ein Mischbild aus artikulären Läsionen (Arthritis urica) und den Phänomenen des sogenannten metabolischen Syndroms. Hierunter wird ein Zusammentreffen von Adipositas, Hyperlipidämie, Diabetes mellitus, Hypertonie und Arteriosklerose verstanden.

Eine genetische Disposition zur Gicht wird nicht selten gefunden – ist jedoch bei weitem nicht obligat. Dagegen gibt es enge Beziehungen zur Überernährung – besonders im Zusammenhang mit einer unangemessen starken Proteinzufuhr und vermehrtem Alkoholkonsum – ein Ausfluß der Prosperität, der Pseudozivilisation und soziokultureller Fehlentwicklung. So erfuhr die Gicht eine deutliche Zunahme nach dem Übergang von Hungerperioden in Zeiten des wirtschaftlichen Überflusses.

Zwar gibt es eine enge Korrelation zwischen der Höhe des Harnsäurespiegels und den Symptomen der Gicht, jedoch kann auch bei normaler Harnsäurekonzentration bzw. einem Spiegel im oberen Normbereich selten eine Arthritis urica in Erscheinung treten. Der Normbereich für die

Harnsäure im Serum liegt bei primärer Gicht bei Männern unter 7 mg%, bei Frauen unter 6,5 mg%. Wird dieser Spiegel überschritten, so fließt der Harnsäurepool über. Es kommt zu kristalloiden Harnsäureablagerungen in bradytrophen Geweben (z. B. periartikulär, subkutan, in der Ohrmuschel). Geschieht dies in Knotenform, spricht man vom Gichttophus. Schließlich spielt die Niere eine entscheidende Rolle für die Bilanzierung der Harnsäure. Kommt die Niere in ihrer glomerulären Filtration und tubulären Sekretion der Harnsäure nicht nach, entsteht eine Hyperurikämie. So schließt sich der pathogenetische Funktionskreis: Imbalanz zwischen erhöhter Harnsäurereproduktion und relativ zu geringer renaler Harnsäureelimination.

**Formen der Gicht**

**1.** Unter einer primären Gicht versteht man die bisher dargestellte Stoffwechselerkrankung. Sie ist bei weitem die häufigste Form.

**2.** Eine sekundäre Gicht liegt vor, wenn infolge eines verstärkten Gewebszerfalls (z. B. Tumorlyse, Zytostatikatherapie, Hämolyse) ein verstärkter Harnsäureanfall die renale Elimination bei sonst intakter Nierenfunktion überfordert (Überlaufen des Harnsäurepools).

**3.** Bei fortschreitender chronischer Niereninsuffizienz, besonders auf dem Boden von tubulointerstitiellen Erkrankungen, tritt bei der Retention von harnpflichtigen Substanzen auch eine Hyperurikämie auf. Diese wird als symptomatische Gicht bezeichnet.

*Die Hyperurikämie beschreibt einen laborchemischen Tatbestand, die Gicht kennzeichnet jedoch einen klinischen Symptomenkomplex.*

**Symptome**

Die Symptomatik der Gicht umfaßt im Spontanverlauf 4 Stadien: die asymptomatische Hyperurikämie, die akute Gichtarthritis, die Remissionsperiode (latente Phase ohne Zeichen einer akuten Gicht) und die chronische Gicht mit Ausbildung von Gichtknoten (Tophi).

Eine Nephrolithiasis kann in allen Stadien außer dem ersten auftreten. Die akute Gichtarthritis mit Anfallssymptomatik betrifft in der Hauptsache das Großzehengrundgelenk (Podagra). Typische Symptome sind heftige Schmerzen, Rötung und Schwellung. Mit abnehmender Häufigkeit sind das Sprunggelenk, Kniegelenk, Handgelenk, die Finger (Chiragra) und Ellenbogen, nur selten Schultergelenke, Hüften und Wirbelsäule betroffen. Als Gichtbursitiden können die Bursa praepatellaris und die Bursa olecrani befallen sein. Gichtknoten gehören zur chronischen Gicht. Sie manifestieren sich hauptsächlich im Ohrknorpel, an Gelenksynovia, an Sehnen und in Weichteilen (Größe: Reiskorn bis Walnuß).

Die Gichtniere ist durch die Nephrolithiasis, interstitielle Läsionen, Pyelonephritis und Nephroangiosklerose gekennzeichnet.

**Therapie der Gicht**

Zur Prophylaxe des Gichtanfalls und zur Prävention einer chronischen Gicht gehören die kontrollierte Gewichtsreduktion und die Vermeidung purinreicher (proteinreicher) Kost in Zusammenhang mit Alkoholabusus.

Der akute Gichtanfall wird mit Colchicin (0,5–1,0 mg alle 2 Std. per os bis zum Wirkungseintritt bzw. bis zum Auftreten von Durchfällen) behandelt. Als Antiphlogistika und Analgetika dienen nichtsteroidale Antirheumatika: z. B. 200–300 mg Indometacin/d *(Amuno)* oder 150–300 mg Diclofenac/d *(Voltaren)*.

Zur Langzeittherapie der Hyperurikämie mit Zeichen der chronischen Gicht stehen 2 Behandlungsprinzipien zur Verfügung: Die Hemmung der Harnsäurebildung (Urikostase) mit Allopurinol (z. B. 100–400 mg *Urosin, Foligan* oder *Zyloric* täglich) oder die Förderung der Harnsäureausscheidung mit Benzbromaron (1 Tabl. = 100 mg täglich). Wir bevorzugen die Therapie mit Allopurinol, weil die vermehrte Harnsäureausscheidung durch Benzbromaron Neubildungen von Nierensteinen induzieren kann. Deshalb ist vor allem bei Steindiathese eine Einstellung des Harn-pH aus 6,4–6,8 bei Benzbromarontherapie erforderlich. Außerdem sind große Trinkmengen angezeigt.

Nach Allopurinol können selten Markdepressionen auftreten (Leukopenien). Dies ist besonders unter der Chemotherapie bei Leukosen und Neoplasien sowie bei sekundärer Hyperurikämie bei Nierentransplantierten zu beachten. Bei der Niereninsuffizienz ist Allopurinol im Falle einer Hyperurikämie mit Gichtsymptomen zu bevorzugen – unter Beachtung möglicher Nebenwirkungen.

Ist der Patient mit einer passageren Gichtsymptomatik bzw. einer Gichtdiathese über längere Zeit symptomfrei und weist keine gichtbedingten Sekundärläsionen auf (schwere Arthritis urica, Gichttophi, Nephrolithiasis), kann sich versuchsweise das Therapieregime auf die konsequente Prophylaxe beschränken (reichliche Trinkmengen, Vermeidung von purinreicher Kost und Überernährung).

Dies bedeutet, daß die Prophylaxe und Behandlung des metabolischen Syndroms (Adipositas, Hyperlipidämie, Hyperurikämie, Diabetes mellitus, Arteriosklerose) gleichzeitig der Gicht und ihrer chronischen Läsionen entgegenwirken. Bleiben jedoch die Harnsäurewerte erhöht, die Gichtsymptome rezidivierend manifest und finden sich Zeichen gichtiger Sekundärläsionen (Tophi, Gelenkdestruktionen, Nephrolithiasis, Gichtniere), ist eine medikamentöse Dauertherapie – am besten mit Allopurinol – angezeigt.

Eine Kombination von Allopurinol und Benzbromaron, wobei beide Substanzen in reduzierter Dosis vorliegen, kann insofern als sinnvoll betrachtet werden, als dabei der steile Anstieg in der Dosiswirkungskurve genutzt und die verringerte Konzentration der Einzelkomponenten (z. B. 100 mg Allopurinol und 20 mg Benzbromaron) die Nebenwirkungen minimiert. Dagegen ist von einer drastischen Intervalltherapie mit 300 mg Allopurinol und 60 mg Benzbromaron täglich über etwa 3 Monate abzuraten. Sie birgt die Gefahr einer gesteigerten Gichtanfallsbereitschaft in sich. Mit einer zu drastischen harnsäurespiegelsenkenden Dauertherapie wird ein hohes Konzentrationsgefälle zwischen Harnsäureablagerungen und umgebender Gewebsflüssigkeit geschaffen mit der Möglichkeit einer überstürzten Einschmelzung von Harnsäuredepots (3).

Eine chirurgische Therapie der Gicht ist nur selten indiziert: z. B. bei ulzerierenden großen Gichtknoten und destruierenden Gelenkveränderungen.

Literatur

1. BACHMANN, F.: Harnsäuregicht und Chondrokalzinose. In: KRÜCK, F. u. Mitarb. (Hrsg.): Therapiehandbuch, S. 1188. Urban & Schwarzenberg, München-Wien-Baltimore 1989.
2. BRASS, H.: Akute interstitielle Nephritis. Nieren-Hochdruckkrankh. **19**, 18–22 (1990).
3. MERTZ, D. P.: Gicht. 5. Aufl. Thieme, Stuttgart 1987.

H. BRASS, Ludwigshafen

## Östrogensubstitution bei Osteogenesis imperfecta tarda

*Frage: Ist bei Osteogenesis imperfecta tarda eine Östrogensubstitution indiziert?*

Die Osteogenesis imperfecta ist eine vererbte generalisierte Bindegewebserkrankung, die sich entweder früh oder erst im späteren Leben manifestieren kann. Ursächlich handelt es sich um eine Mutation auf dem Chromosom 17 bzw. 7, die eine unzureichende oder mangelhafte Kollagensynthese nach sich zieht.

Aufgrund der genetischen Störung ist naturgemäß eine kausale Therapie nicht möglich. So kann auch eine Östrogensubstitution in der Peri- und Postmenopause nur symptomatischen Charakter haben und dem altersabhängigen Mineralverlust des Skelettsystems entgegenwirken. Wegen der zugrunde liegenden Ätiologie kann man von einer Östrogensubstitution nur einen begrenzten therapeutischen bzw. prophylaktischen Effekt erwarten. Andererseits spricht nichts gegen die Anwendung von Östrogenen bzw. Östrogen-Gestagen-Kombination.

M. BRECKWOLDT, Freiburg im Breisgau

## Rachitis: Diagnostik, Therapie und Prophylaxe im Kindesalter

*Frage: Welche Maßnahmen sind bei Zeichen einer Rachitis, wie HARRISON-Furche und/oder aufgebogene untere Thoraxapertur bei Kindern im 1., 2. oder ab dem 3. Lebensjahr angezeigt? Soll auch im 2. Lebensjahr grundsätzlich eine Rachitisprophylaxe erfolgen?*

**Maßnahmen**

Untersuchungen von Kalzium (normal 2,2–2,6 mmol/l bzw. 8,8–10,4 mg/dl), Phosphat (Normwerte im Säuglingsalter 1,6 bis 2,3 mmol/l bzw. 5–8 mg/dl, anschließend bis zur Pubertät 1,29–1,94 mmol/l bzw. 4–6 mg/dl) und der Aktivität der alkalischen Phosphatase (Altersnorm beachten! Normalwerte im Säuglings- und Kleinkindalter etwa 200–600 U/l im Serum).

Sind alle 3 Laborwerte normal, besonders die Aktivität der alkalischen Serumphosphatase, ist eine Rachitis ausgeschlossen. In diesem Fall kann eine zusätzliche Röntgenaufnahme der linken Hand bei einem Normalbefund eine weitere Sicherung des Rachitisausschlusses ergeben oder evtl. noch auf eine abgeheilte Rachitis hinweisen.

Ist eine Erhöhung der alkalischen Serumphosphataseaktivität, dann meist kombiniert mit einer Hypophosphatämie festzustellen, muß **vor** Einleitung einer Behandlung die zusätzliche Bestimmung des intakten Parathormons im Serum (Normalbereich 1,1–5,8 pmol/l bzw. 10–55 pg/ml) und des Vitaminmetaboliten 25-Hydroxyvitamin D (25 OHD) im Serum erfolgen. Die Diagnose einer Vitamin D-Mangelrachitis stützt sich auf den Nachweis niedrig-normaler Serumkalziumkonzentrationen, verbunden mit einem sekundären Hyperparathyreoidismus, einer Hypophosphatämie, einer Erhöhung der alkalischen Serumphosphataseaktivität und einer Erniedrigung des 25-OHD-Spiegels im Serum.

Die wichtigsten Laborbefunde der familiären hypophosphatämischen Rachitis (Phosphatdiabetes) sind eine Hypophosphatämie, erhöhte Aktivität der alkalischen Serumphosphatase und Normalbefunde von Kalzium, Parathormon und 25-OHD im Serum. Zur differentialdiagnostischen Abgrenzung dieser beiden wichtigsten Rachitisformen siehe Lehrbücher der Kinderheilkunde.

**Therapie**

Eine Vitamin D-Mangelrachitis kann wirksam behandelt werden durch die Verabreichung von 5000 IE Vitamin D und 0,5-1 g elementarem Kalzium täglich per os über 3 Wochen. Anschließend sollte darauf geachtet werden, daß einem Rezidiv durch prophylaktische Maßnahmen vorgebeugt wird.

Die Behandlung des Phosphatdiabetes wird mit gleichmäßig über den Tag verteilten Dosen von 50–70 mg/kg KG elementarem Phosphor (z. B. *Reducto-spezial*) und 20–40 ng/kg KG Calcitriol *(Rocaltrol)* unter sorgfältigen Kontrollen des Kalziumstoffwechsels (cave Hyperkalziurie und Nephrokalzinose) und des Körperwachstums durchgeführt.

**Rachitisprophylaxe**

In Deutschland erfolgt eine Rachitisprophylaxe bei allen Säuglingen von der 2. Lebenswoche an während des 1. Lebensjahres, möglichst auch während der sonnenarmen Wintermonate des 2. Lebensjahres mit täglich 500 IE Vitamin D/d, bei Frühgeborenen mit 1000 IE/d. Gegen die Ausdehnung dieser Prophylaxe auf das gesamte 2. Lebensjahr bestehen keine Einwände.

K. Kruse, Lübeck

# Kalziumsubstitution

*Frage: Kakaopulver soll sich wegen des Phosphatgehaltes ungünstig auf die Resorption von Kalzium auswirken. Wie ist unter diesem Gesichtspunkt das gut eingeführte kostengünstige und schmackhafte Präparat Kalzan zu beurteilen? Kalzan enthält neben Kalziumzitrat auch Kalziumhydrogenphosphat sowie als Hilfsstoff Kakao.*

Der geringe Anteil des Hilfsstoffs Kakao in *Kalzan*-Tabletten dürfte für die Kalziumresorption keine wesentliche Bedeutung haben. Dagegen ist bekannt, daß Kalzium aus einem Phosphatsalz schlechter als aus Zitratverbindungen resorbiert wird.

Auf keinen Fall sollte man *Kalzan*-Tabletten zur Anreicherung von Milchnahrungen zur Behandlung oder Prophylaxe einer Frühgeborenenosteopathie verwenden, da die Löslichkeit der darin enthaltenen Kalziumsalze in Frauenmilch oder Frühgeborenenmilchpräparaten schlecht ist. Für diese Indikation setzen wir FM-85 als Zusatz zur Frauenmilch bzw. bei Ernährung mit Frühgeborenenmilch Kalziumglukonat, das in mehreren Einzelportionen getrennt von der Milchzufuhr verabreicht wird, ein.

Muß ein Kind wegen Unverträglichkeit gegenüber Milcheiweiß und Sojaprotein auf jegliche Zufuhr von Milch und Milchprodukten verzichten, sollte auf eine Säuglingsmilchnahrung auf Hydrolysatbasis mit einem Kalziumgehalt von 50–65 mg/dl zurückgegriffen werden (z. B. *Alfaré*, *Pregomin* oder *Pregestemil*).

Sollten auch diese Milchpräparate abgelehnt werden, empfiehlt sich die Kalziumsubstitution in Form von Brausetabletten, die Kalziumkarbonat, Kalziumzitrat, Kalziumglukonat oder Kalziumlaktat enthalten.

Literatur

**1.** KRUSE, K.: Der perinatale Kalziumstoffwechsel. Physiologie und Pathophysiologie. Mschr. Kinderheilk. **140**, 1–7 (1992).
**2.** MANZ, F.: Gesamtkalziumzufuhr beim Säugling. pädiat. prax. **44**, 652–654 (1992).

K. KRUSE, Lübeck

# Stellenwert des Base excess

*Frage: Wie ist der Stellenwert von Base excess (BE) und aktuellem Bikarbonat bei der Beurteilung einer Blutgasanalyse (einmal davon abgesehen, daß manche Autoren den BE prinzipiell ablehnen)? Meines Wissens gibt der BE den rein metabolischen Anteil an einer pH-Verschiebung an und erlaubt so im Zusammenhang mit pH und $CO_2$ eine rasche Differenzierung von metabolischen und respiratorischen Anteilen, ohne das SIGGAARD-ANDERSEN-Nomogramm im Kopf haben zu müssen. Welchen Sinn macht dann die Angabe des aktuellen oder gar Standardbikarbonats überhaupt noch (ersteres kann ja auch bei schwersten Störungen – z. B. pH 7,0; $CO_2$ 100 Torr; BE – 16 mmol/l, aktuelles Bikarbonat 24 mmol/l – ohne weiteres normal sein)? Wie ist dies bei der Berechnung der Anionenlücke zu sehen?*

*Je nachdem, ob z. B. ein Kind bei der Probengewinnung hyperventiliert (schreit!) oder nicht ($CO_2$ niedrig oder normal), ergeben sich keine Verschiebungen von BE oder Standardbikarbonat, erhebliche aber des aktuellen Bikarbonats und damit bei völlig gleicher metabolischer Situation völlig verschiedene Werte für die Anionenlücke. Müßte hier nicht eigentlich vor Feststellung des Wertes für das aktuelle Bikarbonat der $CO_2$-Wert auf 40 Torr korrigiert werden?*

Der Basenexzess (Basenabweichung, Basenüberschuß oder -defizit) ist eine berechnete Größe und gehört zu den zuverlässigen Parametern, welche den metabolischen Anteil einer Störung im Säurebasenhaushalt angeben. Respiratorische Werte und der Hämoglobingehalt gehen nicht in diese Berechnung ein; dies trägt auch zur Sicherheit dieser Befunde bei. Man benötigt diesen BE-Wert nach wie vor in der klinischen Praxis, vor allem auf der Intensivstation.

Es ist richtig, daß mit dem BE der metabolische Anteil einer Stoffwechselstörung erfaßt wird, und zwar bei normalem $pCO_2$ von 40 mmHg (und Volloxygenierung des Blutes). Die Blutgasmeßgeräte der neueren Generationen drucken automatisch auch den »aktuellen Bikarbonatwert« aus, also die zum Zeitpunkt der Messung aktuell vorliegende Konzentration an Bikarbonationen im Blut. Für die tägliche Praxis ist dieser Parameter weniger wichtig, zumal er in ganz erheblichem Ausmaß von respiratorischen Einflüssen ($pCO_2$!) beeinflußt wird, wie in der Anfrage auch richtig festgestellt wird.

Bei der Berechnung des Standardbikarbonats wird $pCO_2$ auf 5,34 kPa ($\triangleq$ 40 mmHg) s t a n d a r d i s i e r t, womit die respiratorische Komponente praktisch eliminiert ist, so daß nur die metabolische Komponente angezeigt wird.

Die Ergebnisse von Blutgasanalysen müssen aber stets mit den aktuellen Werten des Elektrolytstatus beurteilt werden, vor allem mit Natrium, Kalium und Chlorid. Für die Berechnung der A n i o n e n l ü c k e ist auch die Cl-Konzentration erforderlich, da dieser Parameter neben Na (+ K) in die bekannte Formel eingeht, ebenso wie das Standardbikarbonat nach Äquilibrierung des Vollblutes auf einen $pCO_2$-Wert von 40 mmHg.

Formel für die Anionenlücke (mmol/l) = $(Na^+ + K^+) - (Cl^- + HCO_3^-)$ oder auch: $Na^+ - (Cl^- + HCO_3^-)$; K kann vernachlässigt werden, da eine niedrige Konzentration im Serum vorliegt und der Wert relativ konstant ist.

Die so berechnete Anionenlücke ist unabhängig von den Abnahmebedingungen des Blutes (da standardisiertes $HCO_3$). Für klinische Fragestellungen und zur Differentialdiagnose metabolischer Störungen (Erhöhung organischer Säuren, z. B. bei angeborenen Stoffwechselstörungen) hat sich die Berechnung der Anionenlücke bewährt.

F. C. SITZMANN, Homburg an der Saar

# Hormonale Kontrazeption

*1. Frage: Ist es richtig, daß die »Mikropillen« entgegen logischer Erwartungen eine höhere Rate von thromboembolischen Nebenwirkungen aufzuweisen hat als die »klassischen« Kontrazeptiva mit höherem Östrogengehalt? (Arzneitelegramm ATI 1989, 5, 50)*

Es ist unrichtig, daß bei den Mikropillen thromboembolische Nebenwirkungen häufiger auftreten als bei Kontrazeptiva mit einem Ethinylestradiolgehalt von 50 mcg. I m G e g e n t e i l: zu den wenigen konsensuell diskutierten Themen auf dem Gebiet hormonaler Kontrazeption gehört die Tatsache, daß mit einer Reduktion des Ethinylestradiols auch eine Reduktion der Inzidenz thromboembolischer Komplikationen einhergeht.

Nach der Oxford Family Planning Association liegt die Inzidenz thromboembolischer Erkrankungen beim 50 mcg-Präparat bei 0,62/pro Tausend Frauenjahre und sinkt bei den 30 mcg Ethinylestradiolpräparaten auf 0,39/pro Tausend Frauenjahre herab. Die Dosisreduktion des Ethinylestradiols hat damit zweifellos nur zur Reduzierung thromboembolischer Komplikationen beigetragen, wiewohl die Kontraindikationen gegen die Pille auch bei den niedrig dosierten Mikropräparaten aufrecht bleibt.

*2. Frage: Ist es richtig, daß der tatsächliche Pearl-Index der Pille wesentlich höher liegt als bisher angenommen?*

*Laut Gutmacher-Institut New York (1989) beträgt die Versagerquote 6% (JONES, E., F. DARROCH u. J. FORREST: Contraception failure in the US: Revised estimates from the 1982 national survey of family growth. Family planning perspectives, May/June 1989, 103–108). Laut trivialmedizinischer*

*Literatur liegt die Versagerquote bei Jugendlichen über 15%.*

Gut kontrollierte prospektive Untersuchungen haben wiederholt bestätigt, daß der Pearl-Index bei oralen Kontrazeptiva zwischen 0,3–0,6 liegt. Ist in einzelnen Berichten von einer höheren Versagerquote die Rede, so möglicherweise deshalb, weil es zu hochgradigen Einnahmefehlern kommt. Dies ist leider vor allem bei Jugendlichen der Fall, die über die Wichtigkeit der täglichen Pilleneinnahme ungenügend aufgeklärt sind. Wird die Pille jedoch regelmäßig eingenommen, so ist sie nach wie vor die sicherste Form der Antikonzeption.

*3. Frage: Gibt es neue Empfehlungen bzw. Literatur über die »beste« Kontrazeption, über Sicherheit und Nebenwirkungsprofil?*

Je niedriger der Ethinylestradiolanteil in der Pille ist, um so weniger wird auch der weibliche Organismus belastet. Da sowohl die Zwischenblutungen wie auch die Sicherheit durch die Reduktion des Ethinylestradiols auf die 20 mcg-Ethinylestradiolpillen nicht leiden, ist diese Form der Pille zur Zeit sicher die primäre Empfehlung bei der hormonalen Kontrazeption.

J. C. HUBER, Wien

# Reduktion der Vaginalflora durch präoperative Desinfektion

*Frage: In einer Arbeit von H. J. PASSLOER über die Reduktion der Vaginalflora durch präoperative Desinfektion (Geburtsh. Frauenheilk. 51, 58–62, 1991) wird die Anwendung von chlorhexidinhaltigen Lösungen im Vergleich mit PVP-Jod bei der präoperativen Vaginaldesinfektion untersucht und von PVP-Jod zugunsten LEC-Lösungen abgeraten.*

*PVP-Jod ist ja gerade in der Vaginaldesinfektion noch sehr verbreitet, sowohl im geburtshilflichen als auch im operativen Bereich. Wie ist vorzugehen?*

Die Desinfektion der Vagina vor operativen Eingriffen, besonders in der Schwangerschaft und bei der Geburt, ist ein bis heute nur unbefriedigend gelöstes Problem.

PVP-Jod ist das einzige zugelassene Schleimhautdesinfektionsmittel, das in der Gynäkologie regelmäßig Verwendung findet. Wegen der Jodresorption ist, besonders in der Schwangerschaft, die Anwendung auf eine einmalige Applikation beschränkt. Dabei wird noch nicht genügend beachtet, daß eine verdünnte Lösung einen rascheren Wirkungseintritt bringt als die konzentrierte Lösung.

Da mit der 1% PVP-Jodlösung eine sehr starke Keimreduktion aller Keime der Vagina erreicht werden kann, ist dies unmittelbar vor operativen Eingriffen eine empfehlenswerte Substanz.

Ähnliche keimtötende Effekte können auch mit Chlorhexidin oder hexetidinhaltigen Lösungen erzielt werden.

Hexetidin *(Hexoral)*, welches seit über 20 Jahren zur Munddesinfektion auf dem Markt ist, wurde nun von der Firma *Arte-*

*san* auf Anregung von Herrn Prof. WEIDINGER als Tablette mit 10 mg Hexetidin entwickelt.

Es ist nicht für die unmittelbare präoperative Desinfektion vorgesehen, da hier Lösungen wirksamer sind, sondern für die Normalisierung der Vaginalflora während der Schwangerschaft, nach vorzeitigem Blasensprung oder am Vorabend vor einem operativen Eingriff. Der Wirkungseintritt dieser Tablette *(Vagi-Hex)* ist langsamer, über Stunden, aber mit guter Reduktion von fakultativ pathogenen Keimen in der Vagina.

In einer Wirkungskinetikstudie an Probanden haben wir bei einem Großteil der Probanden mit vorheriger Aminkolpitis eine deutliche Reduktion dieser fakultativ pathogenen Keime nach 4–8 Stunden ermittelt und eine weitgehende Normalisierung der Vaginalflora.

Eine routinemäßige Desinfektion bei einer vaginalen Entbindung ist nicht notwendig. Bei gestörter Vaginalflora sollte sie vorher normalisiert werden. Ein Abwaschen der äußeren Vulva und speziell des Dammbereiches mit einem verträglichen Desinfektionsmittel in eben noch wirksamer Konzentration ist sicher sinnvoll.

Der Zulassungsantrag für *Vagi-Hex* liegt seit vielen Jahren beim Bundesgesundheitsamt.

E. E. PETERSEN, Freiburg im Breisgau


Zur Reduktion der Vaginalflora wird in fast allen gynäkologisch-geburtshilflichen Kliniken in Deutschland prinzipiell präoperativ desinfiziert. Die angewendeten Desinfizienzien sind unterschiedlicher Natur: chlorhexidinhaltige Lösungen, Polyvinylpyrolidonjodpräparate bzw. auch andere Desinfizienzien. Aber auch 70%iger Alkohol und andere Substanzen werden verwandt. In der Arbeit von PASSLOER werden die chlorhexidinhaltigen Lösungen nicht dem PVP-Jod vorgezogen, sondern der Autor bezeichnet die LEC-Lösungen als kompetente Alternativen. Es ist aber durchaus PVP-Jod möglich, also Polyvinylpyrolidonjod als Vaginalantiseptikum in breiter Anwendung, wobei manche Schilddrüsenexperten vor der Anwendung in der Schwangerschaft wegen Resorption und möglicher Nebenwirkungen auf das Kind warnen. Die Keimreduktion hängt von der Menge des Desinfektionsmittels, von der Intensität der Waschung, von der Länge der Anwendung und vielen anderen Umständen ab, so daß die Untersuchungen über eine Keimreduktion oftmals schwer vergleichbar sind.

E. R. WEISSENBACHER, München

## L-Carnitin in der Schwangerschaft

*Frage: Ist L-Carnitin durch körpereigene Synthese ausreichend verfügbar oder muß es über die Nahrung zugeführt werden?*

Im normalen, nicht graviden Zustand steht der Frau genügend körpereigenes L-Carnitin zur Verfügung.

Durch die körpereigene erhöhte Hormonproduktion in der Schwangerschaft ist L-Carnitin, insbesondere nach der 20. Schwangerschaftswoche, reduziert und sollte ab diesem Zeitpunkt zugeführt werden. Durch Änderung der Nahrungsaufnahme ist dies schwer möglich, da nur in Rind- und Schaffleisch ein hoher L-Carnitingehalt zu finden ist. Die Fleischmengen, die täglich konsumiert werden müßten, liegen jedoch über dem 1 Kilo-Bereich, was daher praktisch nicht realisierbar ist.

In Österreich steht in dem bekannten *Thats-Getränk* (250 ml/d) ein idealer Carnitindrink zur Verfügung, der überdies auch Omegadreisäuren (Linolsäure) enthält, die ihrerseits für die Funktion der in der Gravidität sowieso strapazierten Nervenscheiden von großer Bedeutung sind. Mit dieser einfachen und billigen Ergänzung zu einer vitaminreichen Kost hat man damit präventiv 2 Fliegen auf einen Schlag erfaßt, nämlich die Vermeidung von L-Carnitinmangelerscheinungen und neuralgiformen Beschwerden.

E. GITSCH, Wien

## Stillzeit: Metronidazol lokal?

*1. Frage: Wie kann eine Kolpitis mit Gardnerella vaginalis (sog. Aminkolpitis) während der Stillzeit erfolgreich behandelt werden?*

*2. Frage: Welche Risiken bestehen für das Kind bei vaginaler Anwendung von Metronidazol in der Stillzeit?*

Die Aminkolpitis spielt in der Wochenbettzeit-Periode und späteren Stillzeit nur eine untergeordnete Rolle, da aufgrund der fehlenden Östrogene auch die Keime Gardnerella vaginalis und die verschiedenen Anaerobier schlecht wachsen und somit auch nur in mäßig hoher Keimzahl vorliegen.

Ist sie aber dennoch vorhanden und fühlt die Patientin sich hierdurch gestört, so plädiere ich inzwischen für die lokale Behandlung. Wie in der Schwangerschaft sollte auch hier mit ansäuernden Maßnahmen begonnen werden, z. B. mit Milchsäure-Ovula. Ist damit kein Erfolg zu erzielen, so ist die einmalige vaginale Anwendung von 500 mg Metronidazol oder die mehrmalige Anwendung von 100 mg Metronidazol durchaus gerechtfertigt. Etwa 20% des Metronidazols werden hierbei systemisch aufgenommen und gehen auch in die Muttermilch über.

Ein Risiko für das Kind ist nicht zu erkennen – Metronidazol, in der Schwangerschaft gegeben, verursacht keine teratogenen Schäden.

Natürlich bleibt das theoretische Restrisiko für alle 5-Nitroimidazole, welches sich lediglich aus Tierversuchen bei hohen Dosen und langanhaltender Anwendungsdauer ergeben hat und das zu kontroversen Diskussionen führte.

Ich habe keine Bedenken gegen eine kurzfristige lokale Anwendung von Metronidazol in der Stillzeit.

E. E. PETERSEN, Freiburg im Breisgau

# Therapie einer Aminkolpitis in der Stillzeit

*1. Frage: Wie kann eine Kolpitis mit Gardnerella vaginalis (sog. Aminkolpitis) während der Stillzeit erfolgreich behandelt werden?*

Für die Behandlung der sog. Aminkolpitis mit Gardnerella vaginalis sind die Mittel der Wahl die 5 Nitroimidazol-Derivate Metronidazol *(Arilin, Clont, Flagyl, Vagimid)*, Ornidazol *(Tiberal)* und Tinidazol *(Simplotan, Sorquetan)*. Alternativ kann Amoxicillin verwendet werden.

Nach oraler Behandlung mit Nitroimidazol-Derivaten werden Heilungsraten von 80–95% erreicht, mit Amoxicillin etwa 65%.

Die systemische Therapie mit Metronidazol hat Vorteile:

**1.** Nach oraler Applikation wird Metronidazol rasch und nahezu vollständig resorbiert. Maximale Serumspiegel werden nach 1–2 Stunden erreicht.

**2.** Nach rektaler Applikation stehen etwa 80% der Substanz systemisch zur Verfügung. Das Maximum der Serumkonzentration wird nach etwa 4 Stunden erreicht.

**3.** Bei der vaginalen Applikation sind nur etwa 20% der Substanz im Serum nachweisbar, wobei die maximalen Serumspiegel nach 8–24 Stunden erzielt werden.

**4.** Die Serumhalbwertszeit für Metronidazol beträgt etwa 8 Stunden.

**5.** Die in der Leber gebildeten Hauptmetaboliten: Hydroxymetabolit (1-(2-Hydroxyethyl)-2-hydroxymethyl-5-nitroimidazol) und der »saure« Metabolit (2-Methyl-5-nitroimidazol-1-yl-essigsäure) sind wirksamer als die Ausgangssubstanz.

**6.** Gardnerella vaginalis und Anaerobier werden selektiv gehemmt, während die Laktobazillen unbeeinflußt bleiben.

Während der Stillzeit wird die hochdosierte ein- oder zweitägige Behandlung mit 24–48stündiger Stillpause empfohlen. Bisher sind keine Beeiträchtigungen des Säuglings durch Metronidazol bekannt geworden. Da aber Metronidazol in die Milch übergeht und in der Neugeborenenperiode eine verlängerte Halbwertszeit für Metronidazol besteht, sollte eine **Stillpause** für die Dauer der Behandlung eingehalten werden.

Aus Tierversuchen ist bekannt, daß Metronidazol mutagen und kanzerogen wirkt. Gesichert gilt auch, daß nach Gabe von Metronidazol DNA-Einzelstrangbrüche in den Lymphozyten induziert werden können. Dabei ist die Anzahl ersterer in proliferierten Lymphozyten höher als in ruhenden. Normalerweise kann vom Organismus dieser Schaden selbst repariert werden.

Bei Patientinnen, die an Xeroderma pigmentosum leiden, bleibt dieser Defekt bestehen. Bei diesem Personenkreis kann Metronidazol mutagen wirken (1, 2).

Die Behandlung der Aminkolpitis während des Stillens kann mit einer Tagesdosis von 3×1 Tabletten *Flagyl* 400 oder 2×2 Tabletten *Vagimid* (2×500 mg) oder mit den gleichen Tagesdosen über 48 Stunden behandelt werden.

Das **Stillen** sollte bei Variante 1 für 24, bei Variante 2 für 48 Stunden **unterbrochen** werden. Die Milch ist während dieser Zeit abzupumpen und zu verwerfen.

*2. Frage: Welche Risiken bestehen für das Kind bei rein vaginaler Anwendung von Metronidazol in der Stillzeit?*

Nach vaginaler Applikation werden nur etwa 20% von Metronidazol im Serum wiedergefunden. Das Maximum der Serumspiegel wird nach 8–24 Stunden erreicht. Die Serumhalbwertszeit beträgt etwa 8 (6–10) Stunden. Da Metronidazol in alle Gewebe und Körperflüssigkeiten eindringt und mit der Milch, dem Harn und Stuhl ausgeschieden wird, würde nach vaginaler Applikation, selbst wenn das Stillen für 24 Stunden unterbrochen wird, der Säugling noch Metronidazol und seine Metaboliten mit der Milch zu sich nehmen.

Schädigungen durch Metronidazol bei Säuglingen und Neugeborenen sind nicht bekannt. Die Halbwertszeit von Metronidazol ist allerdings für Neugeborene verlängert.

Da aus dem Tierversuch mutagene und kanzerogene Schäden für Metronidazol bekannt sind, ist daher Vorsicht geboten. *Reitz* u. Mitarb. (2) konnten nachweisen, daß durch Metronidazol DNA-Strangbrüche in Kulturen menschlicher Lymphozyten induziert werden. Diese DNA-Brüche werden normalerweise selbst repariert. Allerdings sollten Mütter, die an einem Xeroderma pigmentosum leiden, nicht mit Metronidazol behandelt werden.

Das Xeroderma pigmentosum wird autosomal rezessiv vererbt. Die Prognose für die Kinder, die an dieser Erkrankung leiden, könnte durch die Metronidazol-Applikation an die Mutter ungünstig beeinflußt werden.

Literatur

1. REITZ, M., M. RUMPF u. R. KNITZA: Metronidazole Induces DNA Strand-Breaks in Cultures of Human Lymphocytes and Phytohemagglutinin-stimulated Human Lymphocytes. Arzneimittel-Forsch./Drug. Res. **41**, 65–69 (1991).
2. REITZ, M., M. RUMPF u. R. KNITZA: DNA Single Strand-breaks in Lymphocytes after Metronidazole Therapy. Arzneimittel-Forsch./Drug. Res. **41**, 155–156 (1991).

G. GÖRETZLEHNER, Torgau

# Magen-Darmtrakt, Ernährung

## Literatur zu Gehaltsangaben der Nahrungsmittelbestandteile für die Diätberatung

*Frage: Gibt es für diätpflichtige angeborene Stoffwechselstörungen Nahrungsmittellisten mit erlaubten bzw. verbotenen Nahrungsmitteln bzw. mit Konzentrationsangaben (z. B. Aminosäurenstoffwechselstörungen, Kohlenhydratstoffwechselstörungen usw.) für die Beratung der Eltern?*

Es gibt für verschiedene hereditäre Stoffwechselkrankheiten die Möglichkeit einer diätetischen Behandlung. Nahrungsmittellisten wurden publiziert. Sie ersetzen aber nicht eine krankheitsspezifische und individuelle diätetische Beratung und Diätanpassung. In folgenden Publikationen finden sich Gehaltsangaben der Nahrungsmittelbestandteile, die der Diätberatung zugrunde gelegt werden können:

**Aminosäurenstoffwechselstörungen**

**1.** Nährwerttabelle für die Behandlung von angeborenen Stoffwechsel-Anomalien im VDD. Bezug: Rosemarie Hilgarth, Lehranstalt für Diätassistentinnen, Moorenstraße 5, 4000 Düsseldorf.

**2.** MÜLLER, E.: Diätetik bei stoffwechselkranken Kindern. Ernährungs Umschau **36**, 519–521 (1989).

**Kohlenhydratstoffwechselstörungen**

**3.** HILGARTH, R.: Diättherapie bei Glykogenose, Laktose- und Fruktoseintoleranz, Galaktosämie. Ernährungs Umschau **31**, 143–148 (1984).

**4.** MÜLLER, E.: Diätetik bei stoffwechselkranken Kindern. Ernährungs Umschau **36**, 521–525 (1989).

**Morbus WILSON**

5. BUSCHMANN, L. u. H. KRUSE: Morbus Wilson. Mit Tabellen über Kupfergehalt in Lebensmitteln. Ernährungs Umschau **33**, 303–306 (1986).

H. J. BREMER, Heidelberg

# Azetonämisches bzw. zyklisches Erbrechen von Kleinkindern

*Frage: Ich betreue ein ehemaliges Frühgeborenes der 27. SSW, das in periodischen Abständen von 10 Wochen erbricht. Gibt es neuere Erkenntnisse zum azetonämischen Erbrechen, oder worauf könnte man die Symptomatik zurückführen?*

*Ergänzende Angaben zur Patientin: geb. 3. 10. 1989, 1. Kind gesunder Eltern, Geburtsgewicht 690 g, Länge 34 cm, Kopfumfang 23 cm. ANS III.–IV. Grades (Surfactanttherapie). Operativer Verschluß eines persistierenden Ductus arteriosus. Sonographisch intraventrikuläre Blutung im linken Seitenventrikel, das sich im weiteren Verlauf als etwas plumpes Hinterhorn darstellte. 1 Jahr Dauermedikation mit Theophyllin bis zum 13. 11. 1990.*

*Symptomatik: Seit dem Säuglingsalter in Abständen von 10 Wochen auftretendes rezidivierendes Erbrechen, beginnend beim morgendlichen Aufwachen. Im Verlauf des Tages langsame Besserung. Das Kind wirkt adynamisch und erholt sich ohne spezifische Therapie innerhalb von 3 Tagen. Flüssigkeitszufuhr oral. Im Harn Azeton stark positiv (Combur 9), sonst keine Auffälligkeiten. Blutanalysen liegen nicht vor. Blutentnahmen im Intervall mit BSG, grBB, CRP, LDH, Elektrolyten und Blutzucker ohne pathologischen Befund. Unauffälliges Schlaf-EEG.*

*Im Alter von 32 Monaten Sprache und Sozialverhalten altersentsprechend.*

*Grobmotorische Defizite im Zusammenhang mit ungenügendem Körpergefühl; Wahrnehmungsprobleme im Bereich der räumlichen Orientierung sowie leichte Gleichgewichts- und Koordinationsstörungen.*

Die beschriebene Symptomatik paßt gut zum azetonämischen – oder wie die anglo-amerikanischen Lehrbücher sagen – zyklischen Erbrechen von Kleinkindern. Es handelt sich dabei bekanntlich nicht um eine Krankheitsentität, sondern vielmehr um eine besondere Reaktion des Organismus, auf Fastenperioden mit überschießender Fettmobilisation und nachfolgender Ketose zu reagieren.

Neuere Erkenntnisse dazu gibt es nicht, es sei denn, daß wir in den letzten Jahren viel weniger solche Kinder in den Kliniken behandeln müssen und die Zahl der Publikationen zu diesem Thema rückläufig ist. Dies ist wohl auf die veränderten Ernährungsgewohnheiten und die frühzeitige Therapieeinleitung bei Betroffenen zurückzuführen.

Hängt das Symptom beim beschriebenen, jetzt bald 4jährigen Mädchen mit seiner extremen Frühgeburtlichkeit zusammen?

**1.** Orientiert man sich an den USHER-Perzentilen für die 27. Schwangerschaftswoche, so war das Mädchen mit 690 g knapp untergewichtig. Üblicherweise bleiben diese Kinder in der Entwicklung »small-for-dates« und sind nicht selten auch überbehütet. So passen sie konstitutionell in die Beschreibung der für zyklisches Erbrechen anfälligen Kinder. Die Prophylaxe besteht in einem kohlehydratreichen Spätimbiß (Müsli!) und Geduld.

**2.** Ein normales Schlaf-EEG schließt einen Zusammenhang mit migräneartigen Anfällen nicht aus. Nach den Erfahrungen von HOYT u. STICKLER (1) dürfte dies sehr selten der Fall sein und sollte höchstens bei Begleitsymptomen und/oder familiärer Belastung probatorisch behandelt werden.

**3.** Rezidivierende Hydrozephalieschübe nach neonataler intraventrikulärer Blutung ohne andere Zeichen intrakranieller Drucksteigerung kommen nach dieser Latenz nicht in Betracht.

**4.** Bleiben – wie immer in der Medizin – extreme Raritäten, die nur bei »Leidensdruck« gesucht oder ausgeschlossen werden sollen. Zum Beispiel: Blutzuckerbestimmungen / Aminosäurenanalysen / Harnstoffbestimmungen im akuten Stadium zum Erfassen seltener Stoffwechselstörungen.

*Zwischen Frühgeburtlichkeit und der klassischen Symptomatik des zyklischen Erbrechens besteht m. E. kein direkter Zusammenhang.*

Literatur

1. HOYT, C. S. u. G. B. STICKLER: A study of 44 children with the syndrome of recurrent (cyclic) vomiting. Pediatrics **25**, 775–782 (1960).

G. SCHUBIGER, Luzern

## Besteht ein Zusammenhang zwischen dem Vitamin K-Mangel eines Säuglings und der Zusammensetzung seiner Darmflora?

Darmbakterien produzieren eine Vielzahl unterschiedlicher Substanzen mit Vitamin K-Aktivität. Bei diesen Substanzen handelt es sich um Menachinone (Vitamin $K_2$). In der Tat finden sich in der Leber des Erwachsenen – nicht aber in der des Neugeborenen – erhebliche Menachinonspeicher, die mehr als ¾ der gesamten Vitamin K-Speicher des Erwachsenen ausmachen (1). Deshalb erscheint die Annahme, daß die von den Darmbakterien produzierten Menachinone für die Vitamin K-Versorgung des Säuglings von Bedeutung sein könnten, naheliegend. Bei dieser Annahme werden jedoch einige nicht gegebene Voraussetzungen implizit angenommen (1):

**1.** Es gibt keinen Beweis, daß die überwiegend im Kolon produzierten Menachinone resorbiert werden. Die Annahme erscheint vielmehr unwahrscheinlich, da die Menachinone der Darmbakterien überwiegend an die Bakterienwände gebunden sind und selbst wenn sie löslich wären nur zusammen mit Gallensäuren, die bekanntlich im Kolon fehlen, resorbiert werden könnten.

**2.** Die in der Leber gefundenen Menachinone stammen nicht notwendigerweise aus dem Darm, sondern werden nachweislich mit der Nahrung aufgenommen.

**3.** Menachinone sind zwar in vivo und in vitro ähnlich wirksam wie Vitamin $K_1$, können aber in der Leber nur begrenzt aus der Speicherform in den Vitamin K-Zyklus eingeschleust werden.

Fazit: Die Bedeutung der Darmflora für die Vitamin K-Versorgung des Menschen ist bislang überschätzt worden. Wahrscheinlich ist die Darmflora für die Vitamin K-Versorgung des Säuglings ohne oder nur von marginaler Bedeutung (2).

Literatur

1. SHEARER, M. J.: Vitamin K meatabolism and nutriture. Blood reviews **6**, 92–104 (1992).
2. von KRIES, R., M. J. SHEARER u. U. GÖBEL: Vitamin K in infancy. Eur. J. Pediatr. **147**, 106–112 (1988).

R. von Kries, Düsseldorf

## Lange Stillzeiten – später Zahndurchbruch?

*Frage: Gibt es ethnische Unterschiede des Zahndurchbruchs? Hängen die langen Stillzeiten bei manchen Völkern mit einem späten Zahndurchbruch zusammen?*

Eine interessante Hypothese, die leider jedoch nur schwer zu beweisen ist. Selbst wenn Populationen mit unterschiedlichem Zeitpunkt des durchschnittlichen Zahndurchbruchalters identifiziert werden könnten, bei denen auch unterschiedliche durchschnittliche Stilldauern (die nicht ganz einfach zu messen sind) gefunden würden, wäre dies nicht der Beweis eines Zusammenhangs – es sei denn, es wäre zu garantieren, daß sich diese Populationen in allen anderen bekannten Determinanten der durchschnittlichen Stilldauer nicht unterschieden.

R. VON KRIES, Düsseldorf

## Behandlung von Durchfallerkrankungen

*Frage: Was ist von der Empfehlung, einen akuten Säuglingsdurchfall 12 Stunden ausschließlich mit Oralpädon zu behandeln und anschließend wieder normale Kost zu gestatten, zu halten? Heilnahrungen seien dabei überflüssig.*

Die orale Rehydrierungstherapie ist eine der wesentlichen medizinischen Fortschritte bei der Behandlung von Durchfallerkrankungen. Sie orientiert sich am Ausgleich von Flüssigkeits- und Elektrolytverlusten als zentraler Notwendigkeit einer jeden Durchfallbehandlung. Im Gegensatz zur »Teepause«, die als Begriff Generationen von Ärzten geprägt hat, berücksichtigt die orale Rehydrierungstherapie mit einem Glukose-Elektrolytgemisch die Erkenntnisse der Resorptionsphysiologie von Wasser in ihrer Abhängigkeit eines Natrium-Glukose-Carriersystems.

Etwa 2/3 der Enteritiden, vor allem des Säuglingsalters, sind durch Viren, vor allem durch Rotaviren, verursacht und können als sich selbst limitierende Erkrankungen angesehen werden. Im Gegensatz zu früheren Ansichten setzt sich immer mehr die Erkenntnis durch, daß nach einer etwa 6–8stündigen Rehydrierungsphase bereits mit normaler Säuglingsmilchnahrung weiterernährt werden kann.

Eine weniger apodiktische Vorgehensweise empfiehlt die noch kurzzeitige Verdünnung der Milchnahrung. Eine 12stündige, ausschließliche Rehydrierung ist eher schon als an der Obergrenze der notwendigen Zeitdauer anzusehen. *Allerdings beeinflußt die orale Rehydratationsbehandlung nicht den Durchfall als solchen.* Darin liegt die Ursache eines w e s e n t l i c h e n  M i ß v e r s t ä n d n i s s e s von Patienteneltern, wie auch von einigen Ärzten, welche die Anwendung der Rehydrierungslösung mit der Erwartung der sofortigen Besserung der Durchfallerkrankung verbinden.

Heilnahrungen mit ihren wasserbindenden Pektinanteilen erfreuen sich großer Beliebtheit, da sie Einfluß auf die Stuhlkonsistenz haben und somit auch die Erwartungen des Patientenumfeldes auf einen »sichtbaren« Behandlungserfolg zu erfüllen vermögen. Im Sinne einer an der Pathophysiologie der Durchfallerkrankung orientierten Therapie sind sie jedoch nicht notwendig.

H. J. BÖHLES, Frankfurt am Main

# Anwendung von Saccharomyces boulardii bzw. cerevisiae

*Frage: Ein Antidiarrhoikum, bestehend aus »Saccharomyces boulardii«, wird sehr intensiv beworben.*

*Gibt es fundierte Erfahrungsberichte über die Wirksamkeit (abgesehen von Beobachtungen an Teilnehmern einer Nilkreuzfahrt, die das Präparat prophylaktisch nahmen)? Könnte man nicht bei erwiesener Wirksamkeit die Dosis beim Bäcker oder Brauer wesentlich billiger besorgen, zumal der Kapselinhalt früher als »Saccharomyces cerevisiae« deklariert wurde?*

Vorauszuschicken ist, daß Durchfallerkrankungen nach derzeit geltender Meinung der Kinderheilkunde, niedergelegt in Empfehlungen der Gesellschaft für pädiatrische Gastroenterologie und Ernährung (6, 7), diätetisch und mit Kohlenhydrat-Elektrolyt-Mischungen zu behandeln sind. Eine medikamentöse Therapie ist bei unkomplizierter Enteritis n i c h t indiziert. Lediglich bei Säuglingen in den ersten Lebensmonaten und nach dem 4. Monat ist in Ausnahmen bei bakterieller Enteritis eine antibiotische Behandlung angezeigt.

*Nun zur Anwendung von Saccharomyces boulardii bzw. cerevisiae:* Beide Male handelt es sich um lebende Hefepilze, die in Kapselform verabreicht werden und antibiotikaresistent sind. Sie hemmen sowohl in vitro als auch in vivo das Wachstum verschiedener Bakterien (4). S. boulardii wurde bei der Maus und beim Hamster geprüft und schützt den Darm gegen durch Clostridium difficile verursachte Läsionen (2, 3, 5, 11).

In klinischen Studien zeigte S. boulardii einen günstigen Einfluß auf antibiotikaassoziierte Durchfälle sowie auf Durchfälle bei parenteraler Ernährung (8–10). Bei 180 Krankenhauspatienten wurden unter Antibiotikatherapie weniger Durchfälle beobachtet, wenn sie gleichzeitig S. boulardii erhielten (9,5 vs. 22% in der Plazebogruppe, p = 0,038) (10). Vergleichbare Ergebnisse ergab eine Untersuchung bei Patienten mit Verbrennungen unter parenteraler Ernährung: die kontinuierliche Gabe von 2 g S. boulardii pro Tag reduzierte die Durchfallhäufigkeit verglichen mit der Plazebogruppe statistisch signifikant von 9,1 auf 1,5% (8).

Diese experimentellen und klinischen Studien sind jedoch unter besonderen Bedingungen und nicht bei »üblichen« Durchfallerkrankungen durchgeführt worden. Ob Bäckerhefe die gleiche Effektivität hat, müßte wieder in einer »kontrollierten« Studie überprüft werden, die m. E. aber nicht indiziert ist, da ohnehin kontrollierte Studien bei kindlichen Durchfällen mit S. boulardii oder cerevisiae nicht bekannt sind.

Nach ALTWEGG (1) »kann momentan die Biotherapie nicht als wissenschaftlich abgesicherte Behandlungsmethode angesehen werden, obwohl gewisse Indizien für eine Wirkung vorhanden sind«.

Literatur

1. ALTWEGG, M.: Biotherapie bei Durchfall. Der informierte Arzt – Gazette Medicale (Basel) **13,** 1051–1056 (1992).
2. CASTEX, F. u. Mitarb.: Prevention of Clostridium difficile-induced experimental pseudomembraneous colitis by Saccharomyces boulardii: a scanning electron microscopic and microbiological study. J. gen. Microbiol. **136,** 1085–1089 (1990).
3. CORTHIER, G., F. DUBOS u. R. DUCLUZEAU: Prevention of Clostridium difficile induced mortality in gnotobiotic mice by Saccharomyces boulardii. Can. J. Microbiol. **32,** 894–896 (1986).
4. DUCLUZEAU, R. u. M. BENSAADA: Comparative effect of a single or continuing adminstration of Saccharomyces boulardii on the establishment of various strains of Candida in the digestive tract of gnotobiotic mice. Ann. Microbiol. (Inst. Pasteur) **133B,** 491–501 (1982).
5. ELMER, G. W. u. L. v. McFARLAND: Suppression by Saccharomyces boulardii of toxigenetic Clostridium difficile overgrowth after vancomycin treatment in hamsters. Antimicrob. Agents Chemother. **31,** 129–131 (1987).
6. GORIUP, U. u. Mitarb.: Behandlung akuter Durchfallserkrankungen im Kindesalter. Dt. Ärztebl. **89,** B-2383–B-2389 (1992).
7. GORIUP, U. u. Mitarb.: Therapie akuter Durchfallerkrankungen bei Kindern. Der Kinderarzt **24,** 61–66 (1993).
8. SCHLOTTERER, M. u. Mitarb.: Value of Saccharomyces boulardii in the digestive acceptability of continuous flow entral nutrition in burnt patients. Nutr. Clin. Metabol. **1,** 31–34 (1987).
9. SURAWICZ, C. M. u. Mitarb.: Treatment of recurrent Clostridium difficile colitis with vancomycin and Saccharomyces boulardii. Am. J. Gastroent. **84,** 1285–1287 (1989).
10. SURAWICZ, C. M. u. Mitarb.: Prevention of antibiotic-associated diarrhea by Saccharomyces boulardii: a prospective study. Gastroenterology **96,** 981–988 (1989).
11. TOOTHAKER, R. D. u. G. W. ELMER: Prevention of clindamycin-induced mortality in hamsters by Saccharomyces boulardii. Antimicrob. Agents Chemother. **26,** 552–556 (1984).

H. HELWIG, Freiburg im Breisgau

## Überbrückung bis zur Vollstillung

*Frage: Wie lange kann man bei einem Neugeborenen unter Zugabe von Glukoselösung mit dem Zufüttern von adaptierter Milch warten, wenn eine Mutter den Säugling voll stillen möchte, aber nicht genug Muttermilch hat?*

Die Zeit bis zur Vollstillung kann überbrückt werden durch eine Hydrolysatnahrung, mit der eine Kuhmilcheiweißsensibilisierung vermieden wird. Glukoselösung ist für 24 bis höchstens 28 Stunden geeignet. Bei vorhandenem Stillwillen ohne Hindernisse ist die Vollstillung spätestens in der 2. Woche möglich.

D. PALITZSCH, Gelnhausen

## Vegetarische Ernährung für Kinder?

Als Vegetarier bezeichnet man Personen, die keine Nahrungsmittel zu sich nehmen, die von getöteten Tieren stammen. Dazu gehören neben Landtieren auch Fische, Weich- und Schalentiere.

Man unterscheidet 3 Gruppen von Vegetariern:

**1.** Ovo-lakto-Vegetarier: Ablehnung von Fleisch und Fisch, Akzeptanz von Eiern und Milch.

**2.** Lakto-Vegetarier: Ablehnung von Fleisch, Fisch und Eiern, Akzeptanz von Milch.

**3.** Veganer: Strenge Vegetarier, Ablehnung von Fleisch, Fisch, Eiern, Milch und Milchprodukten, auch Honig.

Die Zusammenstellung der jeweils akzeptierten Lebensmittel ist für die ernährungsphysiologische Qualität der vegetarischen Kost entscheidend.

### Ovo-lakto-vegetabile Kost

Ovo-lakto-vegetabile Kost enthält neben pflanzlichen Lebensmitteln auch Milch, Milchprodukte und Eier. Aus diesen Lebensmittelgruppen läßt sich eine kohlenhydratreiche, ballaststoffreiche und relativ fettarme Kost zusammenstellen. Weniger tierische Fette in der Ernährung bedeuten gleichzeitig weniger gesättigte Fettsäuren und Cholesterin und im Verhältnis mehr ungesättigte Fettsäuren. Eine derartige Kost ist grundsätzlich wünschenswert.

Die Zufuhr von Vitaminen muß differenziert betrachtet werden. Eine vegetarische Kost enthält größere Mengen an Carotin (= Vorstufe von Vitamin A), Vitamin C und Folsäure als die übliche Kost, da diese Vitamine besonders in Früchten, Gemüse und anderen pflanzlichen Lebensmitteln vorkommen.

Dagegen ist die Zufuhr der Vitamine D, $B_2$ und $B_{12}$ mit vegetarischer Kost meist niedriger, da diese Vitamine hauptsächlich in tierischen Lebensmitteln enthalten sind. Mit einer Kost, die Milchprodukte enthält, kann der Bedarf der Vitamine D, $B_2$ und $B_{12}$ jedoch gedeckt werden.

Problematisch ist dagegen die Eisenversorgung mit vegetarischer Ernährung. Die Verfügbarkeit von Eisen aus pflanzlichen Lebensmitteln ist wesentlich schlechter als aus Fleisch, das heißt, der Körper kann von dem in pflanzlicher Nahrung vorhandenen Eisen vergleichsweise weniger aufnehmen und verwerten. Fleisch hat insbesondere in der Säuglingsernährung eine wichtige Aufgabe. Bei der Einführung von Beikost wird dem Säugling durch fleischhaltigen Kartoffel-Gemüse-Brei das wichtige Eisen in optimaler Verfügbarkeit angeboten.

Eine gleichwertige Eisenversorgung des Säuglings und Kleinkindes ist mit fleischfreier Kost unsicherer. Eisenreiche pflanzliche Lebensmittel sind besonders Getreide wie Hafer und Hirse, Vollkornbrot und Hülsenfrüchte. Darüber hinaus verbessert der gleichzeitige Verzehr Vitamin C-haltiger Lebensmittel (z. B. Vitamin C-reiche Gemüse- und Obstsorten wie Paprika, Broccoli, Rosenkohl, Grünkohl, Südfrüchte, Kiwis) die Verfügbarkeit von Eisen aus pflanzlichen Produkten. Diesen Effekt kann man geschickt ausnutzen, indem man z. B. Orangensaft ins Müsli gibt oder ein Glas Orangensaft zur Hauptmahlzeit trinkt.

Durch den Verzicht auf Fisch geht dem Vegetarier auch eine wichtige Quelle für Jod verloren. In Deutschland ist Jodmangel mit der Folge von Kropf weit verbreitet. Deshalb sollte unbedingt jodiertes Speisesalz (aber sparsam!) verwendet werden. Brot und Fertigprodukte, die mit jodiertem Speisesalz hergestellt wurden, sollten bevorzugt werden.

Vegetarier, die regelmäßig Milch, Milchprodukte und Eier verzehren und in ihrer Kost Gemüse, Obst und Getreideprodukte abwechslungsreich kombinieren, können ihren Nährstoffbedarf in der Regel decken. Für die notwendige gut überlegte Kostzusammenstellung ist jedoch ein spezielles Ernährungswissen erforderlich.

*Eine ovo-lakto-vegetabile Ernährung von Säuglingen und Kindern erfordert besondere Kenntnisse bei der Nahrungsmittelauswahl, da aufgrund des Wachstumsbedarfs zum Teil höhere Anforderungen an den Nährstoffgehalt der Kost zu stellen sind. Für andere Personengruppen mit einem erhöhten Nährstoffbedarf, z. B. Schwangere und Stillende, gilt das ebenfalls.*

**Lakto-vegetabile Kost**

Die lakto-vegetabile Kost unterscheidet sich von der ovo-lakto-vegetabilen Kost durch den zusätzlichen Verzicht auf Eier. Eier sollten aber bei jeder Form der Ernährung ohnehin nur in begrenztem Umfang (bis zu 3 Stück/Woche) verzehrt werden.

*Bei völligem Verzicht auf Eier ergeben sich keine nennenswerten Auswirkungen auf die Nährstoffzufuhr.*

**Streng vegetarische (vegane) Kost**

Eine vegane Kost, bei der außer Fleisch und Fisch auch Eier und Milchprodukte abgelehnt werden, erfordert überdurchschnittliche lebensmittelkundliche Kenntnisse, um die erlaubten Lebensmittel pflanzlicher Herkunft nach Art und Menge richtig zusammenzustellen. Diese Voraussetzungen sind in der Regel beim einzelnen nicht gegeben. Der Nährstoffgehalt der veganen Kost ist deshalb häufig unzureichend, was insbesondere für Säuglinge und Kinder sowie für Schwangere und Stillende sehr **folgenschwer** sein kann.

Bei streng vegetarischer Ernährung ist eine bedarfsgerechte Nährstoffzufuhr bei mehreren Nährstoffen nämlich nicht möglich. Ohne Milch und Milchprodukte, die die Hauptlieferanten für Kalzium (zum Knochenaufbau) sind, ist es nicht möglich, die empfohlenen Mengen an Kalzium aufzunehmen. Vitamin $B_{12}$ findet sich fast ausschließlich in tierischen Lebensmitteln, so daß eine streng vegetarische Ernährungsweise über einen langen Zeitraum zu Vitamin $B_{12}$-Mangel (rückbildungsfähige Störung der Blutbildung und vor allem **nicht** rückbildungsfähige [!] Störungen von Nervenfunktion und Hirnentwicklung) führen kann.

Durch die Ablehnung sämtlicher tierischer Eiweißquellen kann auch die **Eiweißversorgung zum Problem** werden. Pflanzliches Eiweiß hat eine Aminosäurenzusammensetzung, die dem Bedarf des Menschen weniger entspricht als die Aminosäurenzusammensetzung von tierischem Eiweiß. Man spricht von einer **niedrigeren** *»biologischen Wertigkeit«*. Die biologische Wertigkeit von Eiweiß kann durch die Kombination bestimmter pflanzlicher Eiweißquellen (z. B. Hülsenfrüchte + Getreide) erhöht werden. Allerdings sind hierfür spezielle Kenntnisse erforderlich.

Bei allen Nährstoffen, die hauptsächlich in tierischen Lebensmitteln vorkommen, kann bei streng vegetarischer Ernährung eine **Unterversorgung** auftreten. Dazu gehören neben essentiellen Aminosäuren (Eiweißbausteine), Kalzium und Vitamin $B_{12}$ auch Jod, Eisen und Vitamin $B_2$.

*Eine vegane Ernährung kann deshalb für keine Bevölkerungsgruppe empfohlen werden. Bei Säuglingen und Kindern sowie bei Schwangeren und Stillenden muß besonders davor gewarnt werden, da schwerste irreparable Schäden möglich sind.*

### Empfehlungen

Unsere derzeitigen Ernährungsgewohnheiten sind oft mit einem zu hohen Fleischkonsum verbunden. Eine **Einschränkung des Fleischverzehrs** ist deshalb **wünschenswert**. Eine Kost mit mäßigen Fleischmengen, die Vollkornprodukte, Milch und Milchprodukte, frisches Obst und Gemüse in ausreichenden Mengen enthält, ist für jedermann, auch für Kinder, der sicherste Weg, einer gesunden, ausgewogenen Ernährung.

Will man sich oder das Kind aber dennoch grundsätzlich fleischfrei ernähren, dann sollte man sich für die ovo-lakto-vegetabile Kostform entscheiden. Denn diese ist von den 3 Stufen der vegetarischen Kost aus ernährungswissenschaftlicher und kinderärztlicher Sicht unter der Voraussetzung einer gut überlegten Lebensmittelwahl akzeptabel.

Beachten Sie dann bei Ihrem **Speiseplan** besonders folgende Gesichtspunkte:

1. täglich Milch und/oder Milchprodukte (Joghurt, Käse, Quark);
2. reichlich frisches Obst und Gemüse;
3. reichlich Vollkornprodukte, insbesondere eisenreiche Getreidesorten (Hafer, Hirse);
4. Kombination eisenhaltiger Lebensmittel mit Vitamin C-reichen Lebensmitteln (Müsli mit Orangensaft, Getreide mit Vitamin C-reichem Gemüse, Orangensaft als Getränk zur Hauptmahlzeit);
5. Verwendung von jodiertem Speisesalz.

BARBARA NESS und MATHILDE KERSTING, Dortmund

# Fleisch in der Ernährung von Säuglingen und Kleinkindern

*Frage: Eltern fragen heute mehr und mehr, ob die Gemüsemahlzeit für Säuglinge unbedingt Fleisch enthalten müsse. Gibt es empfehlenswerte Alternativen zum herkömmlichen Gemüse-Kartoffel-Fleischbrei?*

Eisen ist ein unentbehrlicher Nährstoff. Eisen ist u. a. als Bestandteil des roten Blutfarbstoffs Hämoglobin am Sauerstofftransport beteiligt und wird deshalb ständig vom Körper benötigt. Bei ausreichender Zufuhr wird Eisen in Leber, Knochenmark und Milz gespeichert, so daß der Mensch nicht an jedem einzelnen Tag die benötigten Eisenmengen mit der Nahrung aufnehmen muß. Wird dem Körper aber über längere Zeit zuwenig Eisen zugeführt, kommt es zum Eisenmangel. Erste Anzeichen einer unzureichenden Eisenversorgung sind z. B. Müdigkeit und Blässe.

Besonders gefährdet für Eisenmangel sind Säuglinge ab dem 4.–6. Monat und Kleinkinder sowie Schwangere und Stillende.

Eisen ist in vergleichsweise hohen Mengen in Fleisch, Vollkorngetreide, Hülsenfrüchten und manchen Gemüsearten (z. B. Spinat, Schwarzwurzel, Fenchel, Möhren, Löwenzahn) vorhanden. Der Körper kann das Eisen jedoch nicht aus allen Lebensmitteln gleich gut ausnutzen. Fleisch ist mit großem Abstand vor allen anderen eisenreichen Lebensmitteln die beste Quelle für Eisen. Dies beruht darauf, daß das Eisen im Fleisch in einer Form vorliegt, die vom Körper sehr viel besser aufgenommen werden kann als das Eisen z. B. in Getreide und Gemüse.

Zusätzlich verbessern schon kleine Mengen Fleisch in einer Mahlzeit die Ausnutzung des schlecht nutzbaren Eisens aus pflanzlichen Lebensmitteln.

Eine weitere Möglichkeit, die schlechte Ausnutzung des Eisens aus pflanzlichen Lebensmitteln zu verbessern, ist der Zusatz von Vitamin C, z. B. durch Vitamin C-reiches Obst oder Gemüse, wie Orangen oder andere Zitrusfrüchte, Kiwi, einheimische Beeren (Johannisbeeren, Erdbeeren, Stachelbeeren), Paprika, Blumenkohl, Broccoli, Rosenkohl, Grünkohl, Fenchel und Kohlrabi.

## Empfehlungen für die Säuglingsernährung

Vor der Geburt werden vom Kind Eisenvorräte angelegt. Dies ist deswegen sinnvoll, weil Muttermilch und Kuhmilch, die ersten Nahrungsmittel des Säuglings, nur sehr wenig Eisen enthalten. Käufliche Säuglingsmilchnahrungen, die aus Kuhmilch hergestellt werden, enthalten heute meist Zusätze von Eisen. Nach 4, spätestens 6 Monaten, benötigen alle Säuglinge, unabhängig von der Art der bisherigen Milchernährung, zusätzliches Eisen, das am besten mit der Beikost zugeführt wird. Wird der Säugling weiter ausschließlich mit Milch ernährt oder erhält er eisenarme Beikost, steigt das Risiko eines Eisenmangels stark an.

**Aus ernährungsmedizinischer Sicht ist es empfehlenswert, Beikost mit kleinen Mengen Fleisch zu geben, weil damit sowohl besonders gut ausnutzbares Eisen aus Fleisch zugeführt als auch die Ausnutzung des schlechter verfügbaren Eisens aus pflanzlichen Quellen verbessert wird.**

Der Ernährungsplan des Forschungsinstituts für Kinderernährung Dortmund (FKE) gibt die empfehlenswerten täglichen Fleischmengen im 1. Lebensjahr an (im 5.–6. Monat 20 g, im 7.–9. Monat 30 g, im 10.–12. Monat 35 g Fleisch/Tag; nähere Angaben finden sich in der Broschüre des FKE »Empfehlungen für die Ernährung von Säuglingen«. Bezug: Deutsche Gesellschaft für Ernährung, Feldbergstraße 28, 60323 Frankfurt/Main).

Will man aber dennoch völlig auf Fleisch verzichten, so muß für einen möglichst guten Ersatz durch andere eisenreiche Lebensmittel in der Beikost gesucht werden. Am besten ist es, sich prinzipiell an den Ernährungsplan des FKE zu halten und im Gemüse-Kartoffel-Fleisch-Brei das Fleisch durch eisenreiches Getreide, z. B. Hafer oder Hirse, zu ersetzen. Um die schlechte Ausnutzung des Eisens aus den pflanzlichen Lebensmitteln zu verbessern, muß dem Brei Orangensaft oder ein anderer Vitamin C-reicher Saft (mindestens 40 mg Vitamin C/100 ml; siehe Aufdruck auf der Saftflasche) zugegeben werden.

**Rezept für einen fleischfreien Gemüse-Kartoffelbrei (exemplarisch für den 7.–9. Monat)**

100 g Gemüse putzen, kleinschneiden. 50 g Kartoffeln schälen, kleinschneiden und mit dem Gemüse in wenig Wasser weichdünsten. 10 g Haferflocken zufügen und mit 30 g Orangensaft und 20 g Wasser pürieren. 10 g Sojaöl unter den heißen Brei rühren.

**Empfehlungen für die Ernährung von Kleinkindern**

Ab dem Ende des 1. Lebensjahres kann und sollte das Kind am Familienessen teilnehmen. Ernährt sich die Familie fleischarm oder gar fleischfrei, muß dies für ältere Kinder und Erwachsene kein Nachteil sein, wenn die Auswahl der Lebensmittel und die Zusammensetzung der Mahlzeiten sehr gut überlegt werden.

Für das Kleinkind sind dagegen kleine Mengen Fleisch aus Sicherheitsgründen sehr empfehlenswert. Praktischerweise kann ein Stück mageres Fleisch gekocht oder gedünstet, kleingeschnitten und portionsweise eingefroren werden. Zu den Mahlzeiten kann dann eine Fleischportion aufgetaut, erwärmt und mild gewürzt werden.

Soll auch das Kleinkind entgegen diesem Rat in der Familie fleischfrei ernährt werden, sind zumindest folgende Gesichtspunkte zu beachten:

**1.**
Vollkorngetreide ist unter den pflanzlichen Lebensmitteln die Hauptquelle für Eisen. Deshalb sollten Brot, Mehl und Getreidebeilagen möglichst in Form von Vollkornprodukten verwendet werden. Von den verschiedenen Getreidesorten liefern Hirse, Hafer und Roggen am meisten Eisen. Auch Hülsenfrüchte, wie Bohnen und Linsen, enthalten relativ viel Eisen. So oft wie möglich sollten Vollkornbrot, Müsli und andere Gerichte aus Getreide (für Kleinkinder möglichst fein geschrotet) oder aus Vollkornmehl und, soweit sie von den Kindern vertragen werden, aus Hülsenfrüchten gegessen werden.

**2.**
Vitamin C steigert die Ausnutzung des Eisens aus pflanzlichen Lebensmitteln. Kombinieren Sie deshalb möglichst oft Brot, Getreide und Hülsenfrüchte mit Vitamin C-reichem Gemüse (Paprika, Broccoli, Blumenkohl, Rosenkohl, Grünkohl, Fenchel, Kohlrabi) und Vitamin C-reichem Obst (Zitrusfrüchte, Kiwi, Johannisbeere, Stachelbeere, Erdbeere) oder Obstsaft.

**3.**
Tierische Lebensmittel, wie Milch, Milchprodukte und Eier, enthalten wenig und schlecht ausnutzbares Eisen. Sie sind deshalb im Hinblick auf die Eisenzufuhr keine Alternative zu Fleisch. In Fisch ist dagegen relativ gut verfügbares Eisen enthalten. Häufiger Fischverzehr bei Verzicht auf Fleisch ist deshalb bei älteren Kindern sinnvoll. Dabei muß aber stets sehr sorgfältig darauf geachtet werden, daß der Fisch keine Gräten mehr enthält.

SABINE ZEMPLÉNI und MATHILDE KERSTING, Dortmund

# Getränke in der Säuglingsernährung

*Frage: Im Handel werden verschiedene Sorten von Instanttees für Säuglinge und Kinder angeboten. Sind diese allgemein empfehlenswert oder sollte man besser Tee aus Teebeuteln oder losen Teemischungen aufbrühen?*

Ein gesunder Säugling benötigt in den ersten 4–6 Lebensmonaten nur Muttermilch oder eine Säuglingsmilchnahrung. Zufütterung von zusätzlicher Flüssigkeit ist nur an heißen Tagen oder bei fiebrigen Erkrankungen, d. h., wenn der Säugling stark schwitzt, notwendig.

Mit Einführung der Beikost nach dem 4. bis 6. Lebensmonat wird die Nahrung fester. Dann kann der Säugling öfter Durst haben. Mit der langsamen Einführung der Familienkost ab dem 10. Lebensmonat braucht das Kind regelmäßig zusätzliche Flüssigkeit und sollte daran gewöhnt werden, zu jeder Mahlzeit zu trinken.

## Getränkeauswahl

Als Getränke sind am besten **energiearme Flüssigkeiten** wie Wasser, Tee und stark verdünnte Fruchtsäfte geeignet. **Milch** enthält relativ viel Energie und Nährstoffe und ist daher ein **Grundnahrungsmittel und kein Getränk!** Auch stark zuckerhaltige Getränke wie Limonaden, Fruchtsaftgetränke und Fruchtnektare sind nicht als Getränke, sondern eher als **Süßigkeiten** zu werten.

*Trinkwasser*

Das einfachste und beste Getränk ist Wasser. Der Säugling bekommt deshalb im ersten Lebensjahr bei Bedarf abgekochtes Leitungswasser. Der Nitratgehalt des Leitungswassers muß unter 50 mg/l liegen (Nitratgehalt beim Wasserwerk erfragen). Liegt der Nitratgehalt des Leitungswassers über 50 mg/l und ist damit für den Säugling zu hoch, kommt zum Durstlöschen ein stilles Mineralwasser in Frage, das auf dem Etikett den Aufdruck »für die Säuglingsernährung geeignet« tragen muß.

*Säuglingstees*

Im Handel gibt es spezielle lösliche Säuglingstees, die hauptsächlich (etwa 90%) aus einem oder mehreren Trägerstoffen, z. B. aus Zucker wie Maltodextrine und Haushaltszucker oder aus Eiweiß, und einem Extrakt aus Kräutern bestehen. Die Trägerstoffe stehen in der Zutatenliste auf der Banderole an erster Stelle.

Haushaltszucker und in weit geringerem Maße Maltodextrine und andere Zucker können durchgebrochene Zähne schädigen (Karies). Besonders **gefährlich** ist das »**Dauernuckeln**« an der Flasche.

Eiweiß als Trägerstoff besteht aus aufgespaltenem (= hydrolysiertem) Eiweiß, z. B. Rinder- oder Schweinekollagen (Gelatine). Es kann noch größere Eiweißbruchstücke enthalten, die bei gefährdeten Kindern eine Allergie auslösen können. Hat das Kind schon eine Allergie entwickelt, z. B. gegen Rindfleisch bzw. Schweinefleisch, darf Tee auf Eiweißbasis auf keinen Fall gefüttert werden.

Auch bei Säuglingen mit Störungen des Eiweißstoffwechsels, z. B. Phenylketonurie, sollte eiweißhaltiger Tee nur mit Einverständnis des Arztes gegeben werden.

*Teebeutel und Teemischungen*

Für Säuglinge und Kinder kommen Kräutertees und Früchtetees in Frage. Schwarzen Tee, der Koffein enthält, sollten Säuglinge und Kinder nicht bekommen. Tees aus Beuteln oder lose Teemischungen können Rückstände von Pflanzenschutzmitteln enthalten, die beim Aufbrühen in das Getränk übergehen.

Die Gehalte an Pflanzenschutzmitteln liegen zwar unter den Grenzwerten der Pflanzenschutz-Höchstmengen-Verordnung, überschreiten aber oft die sehr strengen Grenzwerte der Diät-Verordnung für Säuglingsnahrung (Angaben des Lebensmittel-Untersuchungsamtes Dortmund).

*Saft*

Frucht- und Gemüsesaft enthält natürlicherweise verschiedene Z u c k e r, die wie zuckerhaltiger Tee die Zähne schädigen können. Saft sollte deshalb mindestens 1 : 1 mit Wasser verdünnt werden und niemals zum Dauernuckeln gegeben werden.

**Praktische Empfehlungen**

*Die ersten 4–6 Lebensmonate*

Wenn der Säugling Durst hat, sollte möglichst abgekochtes Wasser gefüttert werden.

Akzeptiert der Säugling kein reines Wasser, kann, solange die Zähne noch nicht durchgebrochen sind, Tee aus Säuglingsteepulver mit Maltodextrin als Trägerstoff gekocht werden (Zutatenliste lesen!).

Da der Säugling in den ersten 4–6 Lebensmonaten aus Gründen der Allergievorbeugung möglichst kein anderes Eiweiß als das Eiweiß aus Muttermilch oder das Fremdeiweiß aus einer Säuglingsmilch erhalten soll, sollten Tees auf Eiweißbasis in diesem Alter nicht gefüttert werden (Ernährungskommission, 1988).

Tees aus Beuteln oder losen Teemischungen enthalten meist mehr Schadstoffe, als die Diätverordnung für Speziallebensmittel für Säuglinge erlaubt. Aus S i c h e r h e i t s g r ü n d e n sollte in diesem Alter besser auf solche Tees v e r z i c h t e t werden.

*Nach dem 4. (6.) Lebensmonat*

Der beste Durstlöscher ist auch in dieser Zeit abgekochtes Leitungswasser. Ansonsten kann ein übliches stilles bzw. ausgesprudeltes, mineralstoffarmes Mineralwasser (möglichst unter 100 mg Natrium [Na] pro Liter) verwendet werden.

Hat das Kind Zähne, sollte kein Tee auf Basis von Zuckern (Maltodextrin oder gar Haushaltszucker) gegeben werden.

Mit Einführung der Beikost bekommt der Säugling sowohl Fremdeiweiß aus anderen Lebensmitteln als auch Lebensmittel, die nicht den strengen Schadstoffrichtwerten der Diät-VO entsprechen. Es spricht dann nichts mehr dagegen, ungesüßten Tee aus normalen Kräuter- oder Früchtetees oder aus Säuglingsteepulver auf Eiweißbasis zu kochen.

Literatur

**1.** Ernährungskommission der Deutschen Gesellschaft für Kinderheilkunde: Stellungnahme zur Einführung von Säuglingstees auf Eiweißbasis. Mschr. Kinderheilk. **136**, 157 (1988).
**2.** Verordnung über diätetische Lebensmittel (Diätverordnung) Lebensmittelrecht. Stand 1992. Beck, München.

SABINE ZEMPLÉNI und MATHILDE KERSTING, Dortmund

## Ziegenmilch: eine Alternative bei Kuhmilchunverträglichkeit?

*Frage: Gelegentlich möchten Eltern für ihr Kind, das Kuhmilch nicht verträgt, z. B. bei Neurodermitis, als Alternative Ziegenmilch verwenden. Kann Ziegenmilch empfohlen werden?*

Ziegenmilch und Kuhmilch haben mit Ausnahme von Folsäure weitgehend übereinstimmende Nährstoffgehalte (Tab. 3).

Tab. 3 ▽
Nährstoffgehalte in 100 g Ziegenmilch, Kuhmilch und reifer Frauenmilch; aus Souci, S. W., W. Fachmann u. H. Kraut: Nährwerttabellen 1989/90, Wissenschaftliche Verlagsgesellschaft, Stuttgart 1989

|  |  | Ziegenmilch | Kuhmilch | Frauenmilch |
|---|---|---|---|---|
| Energie | kcal | 70 | 67 | 71 |
|  | kj | 292 | 279 | 295 |
| Wasser | g | 86,6 | 87,7 | 87,5 |
| Protein | g | 3,69 | 3,34 | 1,13 |
| Fett | g | 3,92 | 3,57 | 4,03 |
| Linolsäure | g | 0,09 | 0,092 | 0,38 |
| Cholesterin | mg | 11,0 | 11,7 | 25,0 |
| Kohlenhydrate | g | 4,33 | 4,76 | 7,09 |
| Laktose | g | 4,2 | 4,6 | 7,0 |
| Mineralstoffe | g | 0,79 | 0,74 | 0,21 |
| Natrium | mg | 42 | 48 | 16 |
| Kalium | mg | 181 | 157 | 53 |
| Magnesium | mg | 14 | 12 | 4 |
| Kalzium | mg | 127 | 120 | 31 |
| Phosphor | mg | 109 | 92 | 15 |
| Chlorid | mg | 142 | 102 | 40 |
| Eisen | mg | 0,050 | 0,046 | 0,029 |
| Kupfer | µg | 18 | 17 | 35 |
| Jod | µg | 4,1 | 3,3 | 6,3 |
| Vitamin A | µg | 68 | 28 | 54 |
| Karotin | µg | 35 | 17 | 24 |
| Vitamin D | µg | 0,25 | 0,06 | 0,05 |
| Vitamin $B_1$ | µg | 49 | 37 | 15 |
| Vitamin $B_2$ | µg | 150 | 180 | 38 |
| Vitamin $B_6$ | µg | 27 | 46 | 13 |
| Biotin | µg | 3,9 | 3,5 | 0,6 |
| Vitamin $B_{12}$ | µg | 0,07 | 0,42 | 0,05 |
| Folsäure | µg | 0,8 | 5,9 | 5,0 |
| Niacin | mg | 0,32 | 0,90 | 0,17 |
| Vitamin C | mg | 2,0 | 1,7 | 4,4 |

Der Folsäurebedarf des Säuglings in den ersten 4–6 Lebensmonaten wird mit Muttermilch, mit adaptierter und teiladaptierter Säuglingsmilch sowie mit selbsthergestellter Säuglingsmilch aus Kuhvollmilch (½ Milch mit Zusatz von Kohlenhydraten und Fett nach DROESE und STOLLEY) gedeckt.

*Bei Verwendung von Ziegenmilch wird der Folsäurebedarf dagegen nicht gedeckt.* Folsäuremangelanämie bei Ernährung von Säuglingen mit Ziegenmilch ist bekannt (2).

Da heute für die Ernährung von Säuglingen mit Kuhmilcheiweißallergie bzw. Kuhmilchunverträglichkeit qualitativ hochwertige kommerzielle Milchnahrungen (Hydrolysatnahrungen, Sojamilchnahrungen) erhältlich sind, gibt es für eine Verwendung von Ziegenmilch mit Rücksicht auf deren Folsäuremangel prinzipiell keine Begründung. Die kommerziellen Spezialmilchnahrungen können auch im Kleinkindalter weiterhin als Ersatz für Kuhmilch verwendet werden.

Bei gemischter Kost (Beikost ab dem 5.–7. Lebensmonat sowie Familienkost) spielen Milch und Milchprodukte keine Rolle mehr für die Zufuhr von Folsäure. Bereits im 2. Lebenshalbjahr stammen mehr als 80% der Folsäurezufuhr aus der Beikost (4). Im Hinblick auf die Zufuhr von Folsäure und anderer Nährstoffe (Tab. 3) wäre bei gemischter Kost die Verwendung von Ziegenmilch als Ersatz für Kuhmilch grundsätzlich möglich.

Ziegenmilch steht üblicherweise aber nur als Rohmilch zur Verfügung und nicht, wie Kuhmilch, als pasteurisierte oder ultrahocherhitzte (H-) Milch. Für rohe Ziegenmilch gilt ebenso wie für rohe Kuhmilch (1), daß diese mindestens für Säuglinge und Kinder abgekocht werden muß, wenn eine Infektion mit Keimen sicher vermieden werden soll. Abkochen der Milch im Haushalt führt aber zu wesentlich höheren Vitaminverlusten als molkereiübliche Pasteurisierung und Ultrahocherhitzung (3). Spezialmilchnahrungen für die Ernährung bei Kuhmilcheiweißallergie bzw. Kuhmilchunverträglichkeit sind ausreichend mit allen Vitaminen sowie neuerdings auch mit Jod angereichert.

**Eine Verwendung von Ziegenmilch ist also auch jenseits des Säuglingsalters keine empfehlenswerte Alternative für Kuhmilch.**

Literatur

**1.** KERSTING, M: Aktuelles Interview: Kinderernährung. Ernährungs-Umschau **37**, B5–B8 (1990).
**2.** KÜBLER, W.: Vitamine. In: BACHMANN, K. D. u. Mitarb. (Hrsg.): Pädiatrie in Praxis und Klinik, Bd. 1, 2. Aufl., S. 490–491. Fischer, Stuttgart-New York 1989.
**3.** RENNER, E.: Milch und Milchprodukte in der Ernährung des Menschen. 4. Aufl., S. 307–309. Volkswirtschaftl. Verlag, München 1982.
**4.** SCHÖCH, G., M. KERSTING u. R. FRITZ: Beikost-Empfehlungen für eine ausgewogene Ernährung im 2. Lebenshalbjahr. Ernährungs-Umschau **38**, 316–322 (1991).

MATHILDE KERSTING, Dortmund

# Pankreasenzympräparate bei chronischer Pankreatitis oder Meteorismus

*Frage: Ist die Behandlung einer asymptomatischen chronischen Pankreatitis (Lipaseerhöhung) mit Pankreasenzymen sinnvoll? Sind solche Enzyme bei Meteorismus gerechtfertigt?*

Pankreasenzympräparate enthalten als Wirkstoff Pankreatin, das aus tierischem Pankreas gewonnen wird und Protease-, Amylase- und Lipase-Eigenschaften besitzt. Bei der Herstellung werden bevorzugt Extrakte aus Schweinepankreas verwendet, da dieses Enzymgemisch dem der menschlichen Drüse ähnlicher ist als das von Rinderpankreas (3).

Bei der chronischen Pankreatitis werden Pankreatinpräparate eingesetzt zur Behandlung von Schmerzzuständen (Frühindikation) und zur Behandlung der Malabsorption (Spätindikation) (1, 2).

Es gibt keine Untersuchungen, die zeigen, daß der fortschreitende narbige Umbau des exogenen Parenchyms bei der chronischen Pankreatitis durch die Gabe von Pankreasenzympräparaten aufgehalten werden könnte. Insofern ist ihr Einsatz bei der asymptomatischen chronischen Pankreatitis nicht sinnvoll.

Zum 1. Teil der Frage:

**1.** Nur bei etwa 10% der Patienten verläuft die Entwicklung einer chronischen Pankreatitis asymptomatisch, d. h. schmerzlos, und wird erst im Spätstadium der Erkrankung (»ausgebrannte Drüse«) manifest durch Zeichen einer pankreopriven Maldigestion mit Steatorrhö und Gewichtsabnahme sowie allgemeinen dyspeptischen Beschwerden (4).

**2.** Die chronische Pankreatitis ist enzymatisch stumm; nur bei größeren akuten Entzündungsschüben können erhöhte Lipasewerte im Serum nachgewiesen werden (6).

Lipase besitzt eine hohe Organspezifität. Außer bei Schädigungen des Pankreasgewebes (z. B. auch durch Tumorerkrankungen) werden erhöhte Serumwerte nur noch beobachtet bei der chronischen Niereninsuffizienz mit Kreatininwerten >3 mg/dl (das Enzym wird glomerulär filtriert) und bei der extrem seltenen Makrolipasämie (Enzym-Immunglobulin-Komplexe nach Ausbildung von IgG gegen Lipase) (11). Diese Ursachen sollten ausgeschlossen werden.

Zum 2. Teil der Frage:

Meteorismus kann Symptom einer pankreatogenen Maldigestion sein. Läßt sich eine exokrine Pankreasinsuffizienz nachweisen (z. B. mit Chymotrypsinbestimmung im Stuhl), so ist der Einsatz von Pankreasenzympräparaten sicherlich indiziert.

Literatur

**1.** Di MAGNO, E. P.: Future aspects of enzyme replacement therapy. In: LANKISCH, P. G. (Hrsg.): Pancreatic enzymes in health and disease. S. 209–213. Springer, Berlin 1991.
**2.** DOMSCHKE, S. u. W. DOMSCHKE: Konservative Therapie der chronischen Pankreatitis. Chir. Gastroenterol. **3,** 41–51 (1987).
**3.** ESTLER, C.-J. u. U. STEINMANN: Pankreasenzymsubstitution aus pharmakologischer Sicht. In: GRABNER, W. u. H. F. K. MÄNNL (Hrsg.): Klinik der chronischen Pankreatitis. S. 100–104. Perimed, Erlangen 1988.
**4.** HOTZ, J.: Einführung in das Problem »Schwierigkeiten in Diagnostik und Therapie unklarer Oberbauchschmerzen bei exokriner Pankreasinsuffizienz«. Chir. Gastroenterol. **1,** 9–13 (1990).
**5.** IHSE, I.: Treatment of pain in chronic pancreatitis with pancreatic enzymes. In: LANKISCH, P. G. (Hrsg.): Pancreatic enzymes in health and disease. S. 89–94. Springer, Berlin 1991.

6. JUNGE, W.: Die diagnostische Bedeutung der Serumlipasebestimmung. GIT, 3 (Suppl. 4), 34–39 (1984).
7. LANKISCH, P. G.: Differential treatment of exocrine pancreatic insufficiency in chronic pancreatitis. In: LANKISCH, P. G. (Hrsg.): Pancreatic enzymes in health and disease. S. 191–208. Springer, Berlin 1991.
8. MÖSSNER, J.: Treatment of pain in chronic pancreatitis with pancreatic enzymes: Another point of view. In: LANKISCH, P. G. (Hrsg.): Pancreatic enzymes in health and disease. S. 103–112. Springer, Berlin 1991.
9. MORGENROTH, K. u. W. KOZUSCHEK (Hrsg.): Pankreatitis. De Gruyter, Berlin 1989.
10. STOLTE, M.: Pathologische Anatomie. Chir. Gastroenterol. 3, 7–15 (1987).
11. THOMAS, L.: Labor und Diagnose. 5. Aufl. S. 46–48 u. S. 149–153. Med. Verlagsges. Marburg 1992.

K.-H. KASTNER und M. WIENBECK,
Augsburg

# »Verdünnung« der Magensäure durch Trinken?

*Frage: Was ist halbwegs gesichert zum Thema »zeitlicher Zusammenhang des Essens mit dem Trinken«? Ich meine nicht Alkohol. Es gibt pädagogische Empfehlungen, z. B. nicht vor und nicht zum Essen zu trinken. In letzter Zeit werde ich auch mit alternativ-medizinischen Ratschlägen konfrontiert, auch bis zu ½ Stunde nach dem Essen nicht zu trinken, weil die Magensäure verdünnt werde. Ich kann mir nicht vorstellen, daß das sinnvoll ist. Schulmedizinische Aussagen dazu sind mir nicht bekannt.*

Der Wasserhaushalt des Menschen wird durch eine Hierarchie verschiedener Regulationssysteme gesteuert. Das Durstgefühl und der Drang, sich auf die Suche nach einem Getränk zu begeben, stellen eines dieser Regelsysteme dar. Das Durstgefühl signalisiert, wie der Schmerz, eine Notfallsituation. Unter normalen Bedingungen nehmen wir in mehr oder weniger regelmäßigen Abständen eine deutlich über den Minimalbedarf hinausgehende Flüssigkeitsmenge im voraus zu uns. Ein Durstgefühl tritt erst gar nicht auf. Diese intermittierende und antizipierende Flüssigkeitszufuhr ist stark kulturellen Einflüssen unterworfen.

In Deutschland hat es um die Jahrhundertwende eine den heutigen Abmagerungskuren vergleichbare Modebewegung gegeben, möglichst wenig zu trinken. Diese damals und leider auch heute noch weitverbreitete Idealvorstellung wurde sowohl durch verschiedene pseudowissenschaftliche als auch durch aus heutiger Sicht naiv klingende wissenschaftliche Aussagen begründet.

So schreibt z. B. Frau Dr. A. FISCHER-DÜCKELMANN (1): »*Das gewohnheitsmäßige Wassertrinken zu allen Mahlzeiten ist etwas recht Übles, verdünnt den Mageninhalt, strengt Herz und Niere an*«.

Als dieser Satz niedergeschrieben wurde, ging man davon aus, daß die Verdauung im wesentlichen auf Gärung und Fäulnis beruht, eine Verdünnung schien ungünstig. Heute nehmen wir an, daß die Wasserzufuhr die intestinale Absorption erst dann beeinträchtigt, wenn sie den Bereich maximaler Diurese erreicht (>15 l/d).

Auch mit ihrer Aussage zur Nierenbelastung war FISCHER-DÜCKELMANN auf der Höhe ihrer Zeit. Man meinte damals, daß die Nieren durch die Ausscheidung großer Mengen Harns mehr belastet würden. Da gesunde Reisende und Nierenpatienten aus Deutschland in Ägypten aufgrund der für sie ungewohnten hohen Wasserverluste und einer meist unzureichenden zusätzlichen Flüssigkeitszufuhr vergleichsweise wenig Harn ausscheiden, wurde Ägypten zum »Eldorado« der Nierenpatienten erklärt (2), weil die Patienten dort vergleichsweise wenig Harn ausschieden. Erst später erkannte man, daß die Patienten in Ägypten bei gleicher Ernährung dieselben Mengen Harnstoff und Kochsalz ausscheiden, wie in Deutschland. Die Niere wird nicht entlastet. Im Gegenteil, die hohe Harnkonzentrierung bedeutet eine besondere funktionelle Belastung.

Beim Säugling ist eine chronisch marginale Flüssigkeitsversorgung mit der Ausscheidung geringer Mengen hochkonzentrierten Harns ein Risiko für eine hypertone Dehydratation. Bei Kindern und Erwachsenen begünstigt sie die Entstehung einer Obstipation, eines Nierensteinleidens und einer chronischen Pyelonephritis. Beim älteren Menschen fördert sie die Entstehung einer Dehydratationskrise.

Deshalb sollte die Flüssigkeitszufuhr im Sinne der primären Prävention nicht nur den minimalen Wasserbedarf decken, sondern darüber hinaus der Niere eine ausreichend große Menge Flüssigkeit als Funktionsreserve zur Verfügung stellen. Dies geschieht am einfachsten dadurch, daß man regelmäßig zu jeder Mahlzeit etwas trinkt. In französischen Restaurants erhält jeder Gast zu jeder Mahlzeit unaufgefordert eine Karaffe mit frischem Leitungswasser angeboten, in Deutschland muß er darum bitten und erhält dann häufig auch nur eine »Flasche Mineralwasser« mit der für den Flüssigkeitshaushalt eines Erwachsenen absurd niedrigen Menge von 0,2 l.

In einer repräsentativen Studie bei 420 Eltern ein- und zweijähriger Kinder in Dortmund stellten wir fest, daß mehr als 20% der Eltern regelmäßig wenigstens zu einer der 3 Hauptmahlzeiten kein Getränk zu sich nahmen. Etwa 20% der Kleinkinder erhielten zu einzelnen Mahlzeiten bewußt keine Getränke angeboten, z. B. zum Mittagessen aus Sorge vor Appetitminderung und am Abend aus Sorge vor einer verzögerten Sauberkeitsentwicklung. Damit werden auch heute noch Kleinkinder mehr oder weniger bewußt zu Durstkünstlern trainiert.

Die Eltern sollten darüber aufgeklärt werden, daß ihre Sorgen unberechtigt sind, daß Kleinkinder aufgrund ihres erhöhten Flüssigkeitsumsatzes und ihrer geringen Gesamtkörperwassermenge auf eine häufigere Flüssigkeitszufuhr als Erwachsene angewiesen sind und daß rigide Trinkverhaltensnormen die Fähigkeit des Kleinkindes, seine eigenen Gefühle wahrzunehmen, richtig zu deuten und damit auch seinen Flüssigkeitshaushalt autonom zu regulieren, massiv behindern. Wer einem durstigen Kind Leitungswasser oder Tee verweigert, demütigt es, spricht ihm seine menschliche Würde ab und praktiziert damit eine Form der Kindesmißhandlung.

Literatur

1. FISCHER-DÜCKELMANN, A.: Die Frau als Hausärztin. S. 107. Süddeutsches Verlags-Institut, Stuttgart 1908.
2. LENNERT, Th.: Leisure or labour – what is the kidneys' job in the desert? A historical review of the role of Egypt in German nephrology. Pediat. Nephrol. **6 C**, 116 (1992).

F. MANZ, Dortmund

# Ernährung und Cholesterinspiegel

*Frage: Hat die Ernährung (besonders mit Fetten) überhaupt keinen Einfluß auf den Cholesteringehalt im Blut, d. h., dürfen wir eigentlich so viel Fett essen, wie wir wollen, und spielt auch die medikamentöse Therapie gar keine Rolle?*

Ungeachtet der Aussagen von Interessenverbänden, die behaupten, eine diätetische Therapie von Fettstoffwechselstörungen sei nicht effektiv, können viele Patienten mit erhöhten Cholesterinwerten durch eine diätetische Therapie ihre Serumcholesterinkonzentrationen senken. Vegetarier führen in der Regel weniger als 10% der Gesamtkalorienzufuhr in Form von gesättigten (tierischen) Fetten zu, und ihre Ernährung weist weniger als 100 mg exogenes Cholesterin pro Tag auf. Allein durch diese Ernährung bedingt weisen sie im Schnitt einen Serumcholesterinwert um 140 mg/dl auf. Bei einem Patienten, der eine typische »westliche« Diät konsumiert, kann durch eine Umstellung der Ernährung eine Senkung des Cholesterinwertes bis zu ⅓ des Ausgangswertes erreicht werden, im Durchschnitt ist aber ein Rückgang von 10–15% zu erwarten.

Aufgrund einer Serie von Experimenten stellten KEYS u. Mitarb. (1) eine zentrale Gleichung der Ernährungswissenschaften auf, die den Einfluß der Ernährung auf den Serumcholesterinspiegel beschreibt und im wesentlichen unveränderte Gültigkeit besitzt:

$\Delta$Chol = 1,35 (2$\Delta$S$-\Delta$P) + 1,5 $\sqrt{\Delta Z}$

$\Delta$Chol: geschätzte Änderung des Serumcholesterinspiegels (in mg/dl)
$\Delta$S, $\Delta$P: Änderung des prozentualen Anteils gesättigter (S) bzw. mehrfach ungesättigter (P) Fettsäuren in der Ernährung
$\sqrt{\Delta Z}$: Änderung der Cholesterinzufuhr in mg pro 1000 kcal

Neben einer individuell unterschiedlichen Ansprechbarkeit auf die diätetische Therapie, die zum Teil auch genetisch bedingt ist (z. B. Apolipoprotein E-Phänotyp), ist besonders wesentlich, welche der 3 Fraktionen des Serumcholesterins (VLDL-Cholesterin, LDL-Cholesterin oder HDL-Cholesterin) erhöht ist. Während eine Erhöhung des VLDL-Cholesterins (die bei einer deutlichen Erhöhung der Triglyzeride vorliegt) sehr gut auf eine diätetische Therapie anspricht, ist beim Vorliegen einer reinen LDL-Cholesterinerhöhung die diätetische Therapie meist geringer wirksam.

Immer sollte eine diätetische Therapie bei Vorliegen einer Fettstoffwechselstörung versucht werden. Ihre Wirkung kann endgültig nach einem Zeitraum von etwa 6 Monaten beurteilt werden. Auch wenn eine medikamentöse Therapie notwendig wird, sollte die diätetische Therapie beibehalten werden, da dadurch die Dosis der Medikation niedriger gehalten werden kann.

Leider – und dies ist das grundsätzliche Problem der diätetischen Therapie – ist das Wissen über gesunde Ernährung nicht als Grundlage in der Bevölkerung vorhanden, und es fehlt bei vielen Ärzten an Kenntnissen, die über diese Grundlagen hinausgehen. Da die Vermittlung einer gesunden Ernährung nicht ausreichend honoriert wird, besteht auch kein Anreiz, den komplexen Zusammenhang sich zu erarbeiten und dem Patienten eine Beratung anzubieten, die didaktisch geschickt und über Verbote hinausgehend eine Ernährungsumstellung bewirken könnte.

Literatur

1. KEYS, A., J. T. ANDERSON u. F. GRANDE: Serum cholesterol response to changes in the diet. IV. Particular saturated fatty acids in the diet. Metabolism **17**, 776–787 (1965).

M. RITTER, München

# Gastroskopie und Prämedikation

*Frage: Ist eine routinemäßige Prämedikation mit einem Benzodiazepin vor einer Gastroskopie notwendig? Mit welchen Risiken müßte gerechnet werden?*

Die Erfahrung der letzten Jahre, zahlreiche Studien und die Gewohnheit vieler Kollegen zeigt, daß die Gastroskopie mit einem Fiberendoskop ohne regelmäßige Prämedikation risikoarm ist. Unbestritten ist aber, daß vor allem die i.v. Prämedikation den Komfort der flexiblen Endoskopie verbessert und vereinzelt bei ängstlichen Patienten mit starkem Würgereflex gar erst ermöglicht. Eine kürzliche Umfrage in der Schweiz zeigte, daß die Hälfte der Gastroenterologen den Patienten vor der Gastroskopie regelmäßig und ¾ zumindest gelegentlich eine Prämedikation verabreichen. Diese Praxis dürfte in anderen westlichen Ländern ähnlich sein. Meist erfolgt die Prämedikation ohne spezielle Vorsichtsmaßnahmen.

Trotz erheblicher Verbesserung der Instrumentarien und der Untersuchungstechnik kommen auch heute noch tödliche Komplikationen vor. Es wird geschätzt, daß zwischen 1–6 von 20 000 Untersuchungen tödlich enden. Im Gegensatz zur Kolonuntersuchung scheinen nicht die Perforation und Blutungen, sondern kardiorespiratorische Zwischenfälle für diese Todesfälle verantwortlich zu sein. Retrospektive Analysen in den USA wiesen auf den möglichen Zusammenhang mit der Prämedikation hin. In einer kürzlichen prospektiven Studie untersuchten wir die Sauerstoffsättigung während der Gastroskopie bei über 100 Patienten, die keinerlei spezielle offensichtliche Risiken aufwiesen, vor, während und nach der Gastroskopie. Der Abfall der Sauerstoffsättigung war bei prämedizierten Patienten signifikant höher und sank bei ⅓ dieser Patienten unter 90% und vereinzelt gar unter 80%. Ohne Prämedikation fiel die Sauerstoffsättigung unter 90% nur bei 10% der Patienten und unter 80% nie ab.

Diese Daten müssen uns mahnen, die Prämedikation nicht kritiklos einzusetzen. Die Hypoxämie fördert kardiale Arrhythmien und erklärt die retrospektiv vermutete Häufung von kardiorespiratorischen Zwischenfällen bei prämedizierten Patienten. Unsere Studie zeigte andererseits, daß die prophylaktische Verabreichung von 2 l Sauerstoff via Nasensonde während der Endoskopie diesen Sauerstoffkonzentrationsabfall weitgehend abfangen kann.

Es ist empfehlenswert, vor allem ältere Menschen, Patienten mit einer Anämie oder mit Herz-Lungen-Erkrankungen während der Endoskopie kardiorespiratorisch mit Monitoring zu überwachen oder ihnen zumindest prophylaktisch während der Endoskopie Sauerstoff zu verabreichen. *Die Prämedikation darf sicher nicht kritiklos eingesetzt werden.*

U. MARBET, Altdorf

## Fäkolithen (Kotsteine)

*Frage: Wie erklärt sich die Genese von Kotsteinen? Welche therapeutischen Maßnahmen werden zur Behandlung chronisch rezidivierender Kotsteine vorgeschlagen?*

Fäkolithen (Kotsteine) spielen bei der Pathogenese der Divertikulitis eine Rolle: Offensichtlich wird in Divertikeln festgehaltener Stuhl so eingedickt, daß schließlich eine steinähnliche Konsistenz resultiert und es zu Druckulzera mit einer gedeckten Perforation (Peridivertikulitis) kommt.

In der Literatur finden sich vereinzelt Mitteilungen über Enterolithen, bei denen definitionsgemäß kein zentraler Nidus aus Fruchtsamen oder unverdauten Pflanzenfasern nachweisbar sein darf. Differentialdiagnostisch abzugrenzen sind diese echten Steinbildungen im Darm von Bezoaren, Gallensteinen oder Zelluloseklumpen. Bei der Abdomenübersichtsaufnahme sind bei den echten Enterolithen Kalkschalen nachweisbar. Fast immer findet sich bei diesen Patienten eine langjährige Obstipation und/oder eine organische Stenose.

Zur Therapie und Prophylaxe von Fäkolithen bei Divertikulose werden eine reichliche Flüssigkeitszufuhr und die Gabe von Ballaststoffen, besonders Mucilaginosa, z. B. *Metamucil* oder *Mucofalk,* empfohlen. Durch die hohe Wasserbindungskapazität der Quellsubstanzen wird eine plastilinartige Konsistenz des Stuhls gewährleistet und ein Eindicken weitgehend verhindert. Nicht wenige Patienten erreichen durch wiederholte Einläufe ein Herausspülen der Fäkolithen aus den Divertikeln im Sigmabereich. Insgesamt sollte jedoch die klinische Bedeutung von Kotsteinen nicht überbewertet werden.

W. RÖSCH, Frankfurt am Main

# Harntrakt

## Kollagenunterspritzung der Blase bei Miktionsbeschwerden

*Frage: 8jähriges Mädchen mit rezidivierenden Harnwegsinfekten, vesikorenalem Reflux Grad 1, keine Obstruktion, in spitzem Winkel einlaufender Ureter, wohl gelegentlich Restharnbildung. Der Urologe empfiehlt Kollagenunterspritzung der Blasenmuskulatur und stellt den Eltern ein Sistieren der geklagten Beschwerden in Aussicht. Ist eine Operation indiziert? Wie werden die Chancen einer Heilung beurteilt?*

Nach den bisher in der Literatur mitgeteilten Daten halte ich es für sehr unwahrscheinlich, daß die Miktionsbeschwerden des 8jährigen Mädchens durch eine Kollagenunterspritzung beseitigt werden können.

Die mitgeteilten Informationen sprechen sehr dafür, daß bei der Patientin eine Blasenfunktionsstörung besteht (Miktionsbeschwerden, gelegentlich Restharn). Um diese Verdachtsdiagnose zu klären und Therapieempfehlungen geben zu können, müßte sehr sorgfältig nach Harninkontinenz bzw. Enuresis, nach der Miktionsfrequenz, dem Miktionsvolumen und dem Miktionsablauf gefragt werden. Nach Normalisierung einer gestörten Blasenfunktion verbessern sich die Chancen einer spontanen Rückbildung geringgradiger Refluxe (bei dieser Patientin Grad I) und eines Sistierens rezidivierender Harnwegsinfektionen.

Eine operative Refluxbeseitigung (herkömmliche Schnittverfahren) halte ich bei dem geringen Refluxausmaß solange nicht für notwendig, wie keine febrilen Harnwegsinfektionen auftreten. Wegen des Refluxes halte ich eine antibiotische Reinfektionsprophylaxe für indiziert (Nitrofurantoin oder Trimethoprim, jeweils 1–2 mg/kg abends).

H. Olbing, Essen

# Proteinuriediagnostik

*1. Frage: Wie sind die Erfahrungen mit der SDS-Polyacrylamidgel-Elektrophorese in der Proteinuriediagnostik?*

Bereits 1940 wurde erstmals der Gebrauch einer Elektrophorese für die Analyse von Proteinurien bei Patienten mit Nierenerkrankungen beschrieben. Nahezu 25 Jahre später wurden Theorie und Praxis der Disk-Elektrophorese publiziert, mit der eine Differenzierung der Harnproteine entsprechend ihrem Molekulargewicht möglich wurde. In den folgenden Jahren kam es zur Entwicklung vieler Varianten der Polyacrylamidgel-Elektrophorese (PAGE), um in der Nephrologie eingesetzt zu werden.

Ende der 80er Jahre wurde ein kommerziell hergestelltes, automatisiertes Elektrophoresesystem (Phast-System) angeboten, um glomeruläre, tubuläre und gemischte glomerulo-tubuläre Muster der Proteinurie bei Kindern und Erwachsenen zu diagnostizieren. Diese Methode erlaubt die Trennung von Harnproteinen in 1 µl unkonzentriertem Harn. Es wurde gefunden, daß Patienten mit einem steroid-sensiblen nephrotischen Syndrom hauptsächlich Albumin, Transferrin und ein Albumindimer ausscheiden, während Kinder mit einem steroid-resistenten nephrotischen Syndrom zusätzlich 2 großmolekulare Proteine ausscheiden, nämlich Haptoglobin und IgG. Eine niedermolekulare Proteinurie wurde bei Patienten mit proximal tubulärer Schädigung gefunden.

In der Vergangenheit erfolgte die differenzierte Harnproteinanalytik in der Regel in sehr gut ausgestatteten Labors der klinischen Chemie mit ausreichender Erfahrung beim Gel-Gießen und beim Elektrophorese-Lauf. Die Einführung des Phast-Systems hat nun dazu geführt, daß die SDS-PAGE auch in Routinelabors zur Verfügung steht. Die Technik ist leicht zu beherrschen, und die Ergebnisse sind in etwa 2 Stunden abzulesen. Von Nachteil ist jedoch, daß die kurze Trennungsdistanz von nur 4 cm häufig keine Auflösung benachbarter Banden erlaubt. Da das Auftragvolumen auf 1 µl begrenzt ist, findet man normalerweise Albumin als einziges Protein bei physiologischen Harnkonzentrationen. Dies heißt, daß Krankheitsstadien mit keiner oder nur gering erhöhter Harnproteinkonzentration, wie die frühe diabetische Nephropathie, die hypertensive Nephropathie und nephrotoxische Reaktionen noch nicht mit dem Phast-System erfaßt werden können. Der Hauptvorteil des Phast-Systems ist nicht der Elektrophoreseschritt, sondern die Automatisierung der Silberfärbung.

Bevor der Routineeinsatz des Phast-Systems generell empfohlen werden kann, müssen 2 Fragen geklärt werden:

**1.** Ist das Phast-System genau genug in den Händen von klinischen Chemikern, um für den einzelnen Patienten zwischen normaler, glomerulärer, tubulärer und gemischter Proteinurie zu differenzieren?

**2.** Können andere Methoden der Proteinuriediagnostik damit ersetzt werden?

Hierzu gibt es sicherlich unterschiedliche Auffassungen. Unsere eigenen Erfahrungen stützen sich auf eine 14jährige Arbeit sowohl mit der Proteinuriediagnostik mit SDS-PAGE-Systemen als auch mit der Diagnostik von sog. Einzelproteinen, d. h. Markerproteinen für renale Schädigungen.

Wir halten es für sehr wichtig, daß unkonzentrierter, d. h. nativer Harn für die Elektrophorese benutzt wird, um selektive oder nicht-selektive Eiweißverluste zu vermeiden, die durch Harnkonzentrierungstechniken nahezu unvermeidbar eintreten. Die Sensibilität der Methode kann dadurch erhöht werden, daß Silberfärbungen an Stelle der häufig gebrauchten Coomassie-Blaufärbung verwendet werden. Es ist jedoch zu beachten, daß bei Patienten mit ausgeprägter Proteinurie die Silberfärbung auch solche Proteinbanden darstellt, deren Eiweißnatur noch nicht identifiziert wurde. Die Bedeutung dieser Banden bleibt häufig unklar und kann zu einem Proteinuriemuster führen, das sich schlecht interpretieren läßt. Die Aufarbeitung des Harns vor Beginn der Elektrophorese erscheint uns von großer Bedeutung. Es muß verhindert werden, daß Proteine durch Absorption oder Zentrifugation verloren gehen und durch Proteolyse verändert bzw. durch Detergenzienzusatz denaturiert werden. Die Inkubation mit Natriumdodezylsulfat ist zu standardisieren. Eine densitometrische Quantifizierung der einzelnen Proteinbanden erscheint uns nicht sinnvoll.

Für die Routinediagnostik sollte eine Differenzierung der Proteinurien in 4 unterschiedliche Typen begrenzt sein:

1. Selektive glomeruläre Proteinurie,
2. nicht-selektive glomeruläre Proteinurie,
3. tubuläre Proteinurie,
4. glomerulo-tubuläre Proteinurie.

Es sollte erfahrenen nephrologischen Forschungsgruppen vorbehalten bleiben, zusätzliche Typen der Proteinurie zu differenzieren. Im Harn nierengesunder bzw. nierenkranker Personen finden sich mehrere 100 verschiedene Proteine, die sich nicht alle in der SDS-PAGE abbilden lassen. Nur ein Teil dieser Eiweiße ist bisher identifiziert worden. Die Beurteilung einer SDS-PAGE erfordert daher Erfahrung, nicht selten Intuition, aber vor allem eine wissenschaftliche Interpretation. Die Verläßlichkeit der SDS-PAGE muß also gegen andere Methoden der Proteinuriediagnostik geprüft werden. Hierzu sind Einzelproteinmessungen hervorragend geeignet, die in der Regel die Ergebnisse der SDS-PAGE bestätigen.

Zusammenfassend ist die SDS-PAGE hervorragend geeignet, um bei bestehender Proteinurie eine rasche Aussage über die Lokalisation der Nierenschädigung zu ermöglichen. Für die Zukunft wäre eine Standardisierung der in Deutschland gebräuchlichen Methoden wünschenswert. Zu beachten sind vor allem die Grenzen der Aussagefähigkeit der SDS-PAGE. Sie erlaubt keine Differenzierung einzelner Glomerulopathien, und sie kann auch nicht die verschiedenen Typen von Tubulopathien differenzieren. Damit ersetzt die SDS-PAGE nicht weitere diagnostische Methoden, wie z. B. die Nierenbiopsie. Die SDS-PAGE erlaubt auch keine sichere Aussage zur Prognose bestimmter Nephropathien. Ihre größte Stärke liegt in der raschen Identifizierung von Glomerulopathie und Tubulopathie.

Literatur

1. EHRICH, J. H. H. u. U. WURSTER: Differentiation of proteinurias with electrophoresis. Pediat. Nephrol. **5,** 376–378 (1991).
2. EHRICH, J. H. H. u. Mitarb.: Proteinurie und Enzymurie als Leitsymptom renaler und extrarenaler Erkrankungen im Kindesalter. Mschr. Kinderheilk. **141,** 59–69 (1993).

*2. Frage: Muß die Proteinuriediagnostik im 2. Morgenharn erfolgen?*

Nein! Für die Routinediagnostik eignet sich jeder frisch gelassene Harn. Ein Sammelharn ist für die Proteinuriediagnostik nicht erforderlich. Der Harn sollte ohne Zusatz von Konservierungsstoffen rasch in das klinisch-chemische Labor gesandt werden und ist dort auf Gesamtprotein und Kreatinin zu vermessen. Das Ergebnis der Proteinurie wird angegeben in mg/l, sowie als Ratio der Proteinkonzentration zur Kreatininkonzentration. Hierdurch ist eine rasche Differenzierung in »normal« und »pathologisch« möglich. Sollte sich eine pathologische Protein-Kreatininratio nachweisen lassen, sind weitere proteindiagnostische Verfahren indiziert, wie z. B. die SDS-PAGE oder die Einzelproteinbestimmungen, wie z. B. Albumin, α1-Mikroglobulin, Transferrin und IgG. Hierdurch wird eine Differenzierung in glomeruläre, tubuläre und gemischt-glomerulotubuläre Proteinurie möglich.

Lediglich bei beginnender Nephropathie mit noch grenzwertiger Proteinurie ist eine Standardisierung der Harngewinnung zu empfehlen; hierbei hat sich in vielen Untersuchungen der 2. Morgenharn als ideal erwiesen. Bei Patienten mit drohender diabetischer Nephropathie, beginnender hypertensiver Nephropathie und bei nephrotoxischen Reaktionen sollte daher der 2. Morgenharn mit entsprechend sensiblen Methoden, wie z. B. der Albuminbestimmung und α1-Mikroglobulinbestimmung untersucht werden.

Literatur

1. EHRICH, J. H. H. u. Mitarb.: Proteinurie und Enzymurie als Leitsymptom renaler und extrarenaler Erkrankungen im Kindesalter. Mschr. Kinderheilk. 141, 59–69 (1993).

munglobulin G. Durch die Bestimmung aller 4 Einzelproteine ist ähnlich der Polyacrylamid-Gel-Elektrophorese eine Differenzierung der Proteinurie in glomeruläre und tubuläre Typen möglich. Eine Vermehrung von α1-Mikroglobulin und Albumin spricht für eine Tubulopathie, eine vermehrte Ausscheidung von IgG, Transferrin und Albumin für eine nicht-selektive glomeruläre Proteinurie und eine vermehrte Ausscheidung von Transferrin und Albumin für eine selektive glomeruläre Proteinurie. Eine isolierte pathologische Albuminurie findet sich bei beginnenden Nephropathien.

Literatur

1. EHRICH, J. H. H. u. Mitarb.: Proteinurie und Enzymurie als Leitsymptom renaler und extrarenaler Erkrankungen im Kindesalter. Mschr. Kinderheilk. 141, 59–69 (1993).

J. H. H. EHRICH, Hannover

*3. Frage: Welche Rolle spielt die Bestimmung von β2-Mikroglobulin im Vergleich zu anderen Proteinen in der Proteinuriediagnostik?*

Die Bestimmung von β2-Mikroglobulin im Harn spielt keine große Rolle mehr in der Proteinuriediagnostik, da die Bestimmungsmethode Harn-pH-abhängig ist und bei sehr niedrigem pH zu falsch-niedrigen Werten führen kann. Statt des β2-Mikroglobulins hat sich das α1-Mikroglobulin als Marker für tubuläre Schäden durchgesetzt.

Besonders durch Einführung der Nephelometrie als proteinanalytische Methode hat sich für die Routinediagnostik die Bestimmung weiterer Proteinmarker als sinnvoll erwiesen. Hierzu gehört die Messung von Albumin, Transferrin und Im-

# Bartter-Syndrom

*Frage: Welche Befundkonstellation ist beweisend für ein Bartter-Syndrom? Wie häufig ist das Bartter-Syndrom mit einer Hyperkalziurie und einer daraus folgenden Nephrokalzinose vergesellschaftet? Ist bei einem Bartter-Syndrom mit Hyperkalziurie und Nephrokalzinose die Therapie mit Hydrochlorothiazid, Orthophosphat und natrium- und kalziumarmer Diät sinnvoll, sofern die Hypokaliämieneigung mit Kaliumsubstitution beherrscht werden kann? Ist ein Therapieversuch mit Prostaglandinsynthesehemmern auch bei Kindern angezeigt?*

1962 wurde erstmals von Bartter u. Mitarb. ein Syndrom beschrieben, das durch folgende Befundkonstellation gekennzeichnet ist: Metabolische Alkalose mit normalem oder niedrigem Blutdruck, Hypokaliämie und Hypochlorämie durch hohen renalen Verlust von Kalium und Chlorid.

Die Diagnose ist immer eine Ausschlußdiagnose, wobei besonders eine gastrische Alkalose (niedrige Harnchloridausscheidung) und ein Laxanzien- und Diuretikaabusus als Differentialdiagnose in Betracht gezogen werden müssen (sogenanntes Pseudo-Bartter-Syndrom). Die Hyperkalziurie ist kein klassisches Symptom des Bartter-Syndroms.

1981 wurde von Kurtz u. Mitarb. eine familiäre chloridresistente renale Alkalose beschrieben, die mit einer Hyperkalziurie und einer medullären Nephrokalzinose vergesellschaftet war. Diese Krankheit wurde als Variante des Bartter-Syndroms ohne Beeinträchtigung der renalen Konzentrationsmechanismen interpretiert. Da das Bartter-Syndrom sehr selten diagnostiziert wird, liegen keine verläßlichen Zahlen über die Häufigkeit einer Hyperkalziurie und Nephrokalzinose vor. Deshalb gibt es auch keine generelle Therpieempfehlung bei dieser Befundkonstellation.

Eine kausale Therapie für das Bartter-Syndrom existiert nicht, deshalb können nur symptomatische Behandlungsmaßnahmen empfohlen werden. Eine Kaliumsubstitution – u. U. auch eine Magnesiumsubstitution – ist sinnvoll. Die Behandlung mit Thiaziden stimuliert die Kalziumrückresorption im distalen Tubulus und bewirkt damit ein Absinken der Kalziumausscheidung im Harn. Bei nachgewiesener Nierensteinanamnese und dokumentierter Hyperkalziurie sollte der Einsatz von Thiaziden erwogen werden. Die Bedeutung einer kalziumarmen Diät als Prophylaxe für kalziumhaltige Nierensteine wird in letzter Zeit kontrovers diskutiert. Die Verordnung von Orthophosphat ist nur zu empfehlen, wenn rezidivierend kalziumhaltige Nierensteine nachgewiesen wurden. Die Dosierung sollte sich dann an der Harnausscheidung von Phosphat orientieren, die über 2 g/d liegen sollte. Die bisherigen Therapieversuche mit Prostaglandinsynthetasehemmern beim Bartter-Syndrom waren eher enttäuschend. Deshalb sind Prostaglandinsynthetasehemmer bei Kindern nicht zu empfehlen.

H. Geiger, Nürnberg

## Vesikoureteraler Reflux im Kindesalter

*Frage: Bei einem 1½jährigen Kind wurde der Verdacht auf einen vesikoureteralen Reflux geäußert, der sich bei einer Miktionsurethrographie 5 Monate später bestätigte. Die Klinik empfiehlt eine Dauertherapie mit Eusaprim.*

1. *Wie lange kann diese Behandlung bei dem kleinen Patienten bedenkenlos durchgeführt werden?*
2. *Ist eine routinemäßige bakteriologische Harnkontrolle indiziert?*
3. *Wann wäre operatives Vorgehen angezeigt?*

Ziel der Behandlung bei Kindern mit vesikoureteralem Reflux ist der Schutz der Nieren vor morphologischen und funktionellen Schäden. Das Risiko derartiger Schäden bei dem 1½jährigen Patienten kann ich nicht abschätzen, weil mir keine Informationen über den Refluxgrad und das Geschlecht des Patienten vorliegen.

Die Entscheidung der Klinik, die Behandlung mit einer antibiotischen Reinfektionsprophylaxe zu beginnen, ist sinnvoll. Statt des ausgewählten Kombinationspräparates (Trimethoprim plus Sulfamethoxazol) wäre für die Prophylaxe Nitrofurantoin oder Trimethoprim als Einzelsubstanz beim Abwägen von protektiver Effektivität und dem Risiko unerwünschter Nebenwirkungen eine bessere Wahl.

Bei einer Dosis von 1–2 mg/kg KG/d kann eine Reinfektionsprophylaxe mit Nitrofurantoin oder Trimethoprim auch über Jahre bedenkenlos durchgeführt werden, solange nicht die bekannten unerwünschten Wirkungen auftreten.

Bei Kindern mit persistierendem Reflux kann jede febrile Harnweginfektion zu einer Nierenschädigung führen. Für asymptomatische Bakteriurien ist bisher nicht sicher bekannt, ob sie das Risiko von Nierenschäden erhöhen; es ist nicht vorauszusagen, ob sie ohne Schubtherapie wieder verschwinden oder in eine febrile, d. h. mit dem Risiko von Nierenschäden verbundene Harnweginfektion übergehen können. In dieser Situation halte ich routinemäßige Harnuntersuchungen einschließlich einer Beurteilung der Bakterienmenge in Abständen von ungefähr 3 Monaten für sinnvoll. Bei Symptomen, die auf eine akute Zystitis oder eine akute Pyelonephritis verdächtig sind, ist so rasch wie möglich eine Harnkontrolle notwendig.

Die Frage, ob eine medikamentöse oder eine operative Behandlung der Nieren von Kindern mit Reflux zuverlässiger vor Schäden schützt, wurde in 2 prospektiven vergleichenden Studien überprüft. Bisher liegen die Ergebnisse für die ersten 5 Beobachtungsjahre vor. Die Häufigkeit neuer Nierenschäden zeigte nach operativer bzw. unter medikamentöser Behandlung keine Unterschiede. Nach diesen Informationen besteht eine gesicherte Indikation für operatives Vorgehen für solche Kinder, deren Eltern eine antibiotische Reinfektionsprophylaxe ablehnen oder für eine tägliche Antibiotikaapplikation nicht ausreichend zuverlässig zu sein scheinen; außerdem besteht eine Operationsindikation, wenn trotz medikamentöser Behandlung mit Verordnung einer antibiotischen Reinfektionsprophylaxe febrile Harnweginfektionen auftreten.

Wir führen bei Kindern mit medikamentöser Behandlung in Abständen von 2 Jahren Kontrolluntersuchungen des Refluxes durch. Zur Verminderung der Strahlendosis bevorzugen wir bei den Kontrolluntersuchungen eine Isotopenmiktionszystographie. Wir beenden die antibiotische Reinfektionsprophylaxe nach spontanem Refluxverschwinden; bei persistierendem Reflux machen wir in einem Alter, von welchem ab erfahrungsgemäß das Risiko rezidivierender Harnweginfektionen deutlich geringer wird, einen Antibiotika-Absetzversuch: das ist bei Jungen das Ende des 2. und bei Mädchen das 10. Lebensjahr.

H. OLBING, Essen

# Kalzium und Vitamin D bei einer Kalzium-Harnstein-Anamnese

*Frage: Sind Kalzium und Vitamin D bei einer Kalzium-Harnstein-Anamnese grundsätzlich kontraindiziert?*

Die Kalzium-Harnstein-Anamnese muß differenziert werden in Kalziumoxalate (Whewellit und Weddellit) und Kalziumphosphate (Karbonatapatit und Brushit). Neben einer vermehrten Kalziumausscheidung können somit auch andere begleitende Faktoren, wie z. B. Harn-pH-Wert, Hyperoxalurie, Hyperurikosurie, Hyperphosphaturie und Hypozitraturie spezifisch für die Auslösung der Steinbildung verantwortlich sein.

Bei einer Normalversorgung und nicht vorhandener medizinischer Indikation ist die Gabe von Kalzium- und Vitamin D-Präparaten bei Steinerkrankungen kontraindiziert. Liegen jedoch krankheitsbezogene Notwendigkeiten zur Applikation von Kalzium bzw. Vitamin D vor, sollten die Maßnahmen zur Harnsteinprophylaxe darauf eingestellt werden, d. h. Steigerung des Harnvolumens auf 2,5–3,0 l/d, steinartspezifische Optimierung des Harn-pH, evtl. Senkung der Harnsäure – oder Steigerung der Zitratausscheidung sowie Magnesiumsubstitution. Auf diese Weise können die zu erwartenden lithogenen Wirkungen bei Kalzium- und Vitamin D-Aufnahmen zurückgedrängt werden.

Durch eine regelmäßige Kontrolle des 24-Stundenharns sollte das Steinbildungsrisiko aktuell ermittelt und unter Therapie kontrolliert werden.

A. HESSE, Bonn

# Infektionen

## Übertragungsmöglichkeiten von HIV

*Frage: Kann bei Tätowierungen oder beim Stechen von Löchern für Ohrringe das AIDS-Virus übertragen werden?*

Das HIV ist ein sogenanntes Envelopevirus, d. h., die äußere Virushülle besteht aus einer Lipiddoppelmembran, die in ihrer molekularen Zusammensetzung (Phospholipide) den Zellmembranen der menschlichen Wirtszellen entspricht. In diese Hülle sind Oberflächenproteine eingelassen, die für eine Infektion von Zellen notwendig sind. Wird die Virushülle zerstört, verliert das Virus seine Infektionsfähigkeit. Außerhalb des Wirtes führen die Umgebungsbedingungen relativ rasch zu einer Zerstörung der Virushülle.

HIV-Infektionen werden daher durch unbelebte Gegenstände nur sehr schwer übertragen, zumal eine Inokulation durch die Haut- oder Schleimhautbarrieren hindurch erfolgen muß. Enger Kontakt, wie Geschlechtsverkehr und Blutübertragungen (i.v.-Drogengebrauch) oder Gabe von kontaminierten Blutprodukten, sind die häufigsten Infektionswege für das HIV. Analog zu diesen Übertragungswegen ist eine Übertragung von Envelopeviren durch kontaminiertes Perkutanbesteck, wie Kanülen, Tätowiernadeln, Akupunkturnadeln, Punktionsgeräte zum Stechen von Ohrringen und Fingerstechapparate, wie sie zur Blutzuckerkontrolle verwendet werden, beschrieben. Grundsätzlich ist daher eine Infektion auch mit HIV durch unsachgemäße Sterilisation dieser Geräte möglich.

F. Daschner, Freiburg im Breisgrau

## Erkrankungen durch Ehrlichia

*Frage: Welche Rolle spielen Rickettsiosen mit Ehrlichia canis epidemiologisch und klinisch in Europa?*

Zur Gattung Ehrlichia gehören Rickettsien, die sich obligat intrazellulär in peripheren Leukozyten vermehren. Ehrlichia canis ist angeblich ein weltweit vorkommender, durch Zecken übertragener Erreger bei Hunden. Erstmals 1986 wurden auch Infektionen und Erkrankungen bei Menschen beschrieben.

Leitsymptome der Erkrankung sind plötzlich auftretendes hohes Fieber mit relativer Bradykardie (<90/Min.) und Kopfschmerzen. Im Differentialblutbild fällt regelmäßig eine Lymphopenie (<1500/µl) auf. Tetracyclin führt rasch zur Entfieberung, doch zur Heilung kommt es offensichtlich auch ohne Therapie (mittlere Hospitalisierungszeit in einer Serie: 7 Tage).

Die Diagnose kann serologisch in Speziallabors gesichert werden.

Mir sind Berichte aus Europa nicht bekannt, und auch seroepidemiologische Studien sind m. W. bisher nicht unternommen worden.

Literatur

1. FISHBEIN, D. B. u. Mitarb.: Human Ehrlichiosis: prospective active surveillance in febrile hospitalized patients. J. infect. Dis. **160**, 803–809 (1989).
2. PETERSEN, L. R. u. Mitarb.: An outbreak of Ehrlichiosis in members of an army reserve unit exposed to ticks. J. infect. Dis. **159**, 562–567 (1989).

H.-J. Schmitt, Mainz

## Borrelia burgdorferi-Infektion und Erythema chronicum migrans

*Frage: Wie ist das Risiko einer Lyme-Disease nach Erythema chronicum migrans einzuschätzen?*

Bei der Borrelia burgdorferi-Infektion (Lyme-Borreliose«, »Lyme-Disease«, »Erythema migrans-Borreliose«) liegt nach der heute gültigen Vorstellung ein **stadienhafter Verlauf** vor.

Nach dem Stich einer mit B. burgdorferi infizierten Zecke (oder möglicherweise auch anderer blutsaugender Arthropoden) kommt es bei ungefähr der Hälfte der Patienten zu dem klassischen Bild des Erythema chronicum migrans (2). Möglicherweise werden die Erreger bei den anderen Patienten, bei denen das Erythema chronicum migrans ausbleibt, direkt hämatogen verbreitet – dies ist jedoch bisher noch ungeklärt.

Seitens der Hautsymptomatik entspricht das Erythema chronicum migrans dem **Stadium I**. Zu diesem Zeitpunkt kann es jedoch schon zu zusätzlichen Symptomen wie Lymphknotenschwellungen, Fieber, Übelkeit, Abgeschlagenheit, Meningismus, Spleno-/Hepatosplenomegalie oder auch Arthralgien bzw. Myalgien kommen.

Im **Stadium II**, das aus dermatologischer Sicht primär der Lymphadenosis cutis benigna zuzuordnen ist, bzw. im **Stadium III**, das der Acrodermatitis chronica atrophicans entspricht, kommt es zum progredienten Befall weiterer Organe, wie beispielsweise Meningitis, Enzephalomyelitis, Myoperikarditis, Myalgien, Arthritis oder Hepatitis.

In der uns vorliegenden Literatur finden sich jedoch keine statistischen Angaben, in welchem Prozentsatz nach dem Auftreten eines Erythema chronicum migrans mit weitergehenden Symptomen – sowohl der Haut als auch anderer Organe – gerechnet werden muß. Dies ist sicher primär abhängig von der Immunitätslage des infizierten Organismus.

*Von entscheidender Bedeutung für den weiteren Verlauf ist somit die suffiziente Therapie.* Penicillin ist bei Infektionen mit Borrelia burgdorferi nicht mehr das Mittel der ersten Wahl. Für Tetracycline, Amoxicillin oder auch Ceftriaxon werden erheblich höhere Ansprechraten in der Literatur beschrieben. Bei Erwachsenen wird im Stadium des Erythema chronicum migrans Tetracyclin 4mal täglich 250 mg, Doxycyclin 2mal täglich 100 mg oder auch Amoxicillin 4mal täglich 500 mg jeweils oral empfohlen; bei Kindern – altersabhängig – Amoxicillin oder Penicillin V 20 mg/kg KG in verteilten Dosen über den Tag. Es sollte jeweils 14 Tage lang behandelt werden.

Noch unklar ist bisher die Frage, ob im Anschluß an einen Zeckenstich, bei dem es zu keinen Symptomen kommt, eine Behandlung notwendig ist. In der vorliegenden Literatur wird hierzu keine endgültige Antwort gegeben. Zum Nachweis einer Infektion sollten 6 Wochen und 3 Monate nach dem Stich serologische Untersuchungen erfolgen; bei positivem Nachweis muß, wie beschrieben, behandelt werden.

Literatur

1. GARBE, C.: Borreliosen der Haut – Fortschritte der Kenntnis seit der Entdeckung der Lyme-Krankheit; Hautarzt **43**, 356–365 (1992).
2. KRAMER, M. D. u. Mitarb.: Die Borrelia-burgdorferi Infektion. Hautarzt **41**, 648–657 (1990).

R. KOMBRINK und D. REINEL, Hamburg

# Diagnostik und serologischer Verlauf der Borreliose

*Frage: Borreliose-Titer-Verlauf bei einer Patientin: 28. 8. 1991: 152; 13. 9. 1991: 196; 19. 5. 1992: 35; 6. 7. 1992: 291. Dieser Titerverlauf ist beispielhaft für unsere Gegend (Pfälzer Wald, Grenze nach Nordelsaß/Lothringen).*

*1. Wie ist dieser 2jährige Verlauf zu interpretieren?*

*2. Ich habe folgendes Sicherheitsnetz zur Überwachung meiner Patienten überlegt, führe dieses auch durch und bitte um eine bestätigende oder korrigierende Antwort, um gegebenenfalls auch bei Verhandlungen mit der Krankenkasse eine Stütze zu haben: nach Zeckenbiß Blutabnahme, 2. Blutabnahme zum Titerverlauf der Borreliaantikörper nach 4–6 Wochen. Sollte zwischendurch und danach ein erneuter Zeckenbiß erfolgen, gleicher Zyklus.*

*3. Über das südlich von uns liegende Gebiet Lothringen, Elsaß (Vogesen) liegen mir keine Informationen darüber vor, inwieweit Borrelia bzw. bereits auch FSME-Erreger virulent sind. Gibt es darüber Informationen?*

**1.** In Anbetracht der schwierigen serologischen Diagnostik und der Vielfalt der Untersuchungstechniken lassen sich Titerwerte fremder Laboratorien schwer beurteilen. Unabhängig davon führt wegen der nicht selten klinisch inapparenten Infektion und wegen der häufigen klinisch belanglosen Resttiter bei der Bewertung serologischer Befunde stets der klinische Befund.

**2.** In der Bundesrepublik ist im Durchschnitt etwa jede 10. Ixodes ricinus-Zecke mit B. burgdorferi verseucht. Auch beim Stich einer infizierten Zecke geht die Infektion nicht immer auf den Menschen über, zumal dann, wenn die Zecke frühzeitig entfernt wird. Nach den wenigen prospektiven Studien läßt sich schätzen, daß es hierzulande nach einem Zeckenstich lediglich bei 3% aller Betroffenen zu einer Infektion, bei 1% zu Krankheitserscheinungen kommt. Da die Borreliose spezifisch behandelt werden kann und zumeist gutartig verläuft, erscheint es gerechtfertigt, vorsorgliche serologische Untersuchungen nach einem Zeckenstich auf gefährdete Personen, wie Schwangere oder Immunsupprimierte, zu beschränken. Jeder Betroffene sollte angehalten werden, Zecken so rasch wie möglich zu entfernen und in der Folge auf etwaige typische Krankheitserscheinungen zu achten.

3. Befunde über die Verbreitung der zeckenübertragenen Borreliose in Lothringen und im Elsaß liegen mir nicht vor. Man wird jedoch mit einer ähnlichen Häufigkeit wie in den angrenzenden Regionen der Bundesrepublik rechnen dürfen. Die FSME kommt im Elsaß sporadisch vor, nach bisherigen Beobachtungen bis zu maximal 3 Erkrankungen/Jahr. Über die Verbreitung der FSME in Lothringen ist mir nichts bekannt. Nach allen Kenntnissen aus der Bundesrepublik wird sie dort jedoch kaum häufiger vorkommen als im Elsaß.

R. ACKERMANN, Köln

Wir haben augenblicklich zu akzeptieren, daß weder für die Borreliose als Erkrankung ein diagnostischer Goldstandard besteht, noch daß wir serologisch ein eindeutiges Instrumentarium in der Hand haben, das uns die Aktivität einer Infektion mit Borrelia burgdorferi oder gar die Prognose erkennen läßt.

Zu dem geschilderten Titerverlauf kann aus 2 Gründen nicht Stellung genommen werden:

1. Es wird nicht angegeben, ob dies IgG- oder IgM-Titer sind, ob das Serum für Unspezifitäten (Rheumafaktor) und Kreuzreaktivitäten (REITER-Treponema) absorbiert worden ist. Daß Lues-Antikörper vorhanden sind, ist sicher ohnehin ausgeschlossen worden.

2. Die Interpretation ist ohne den klinischen Befund (überhaupt Klinik? Verschlimmerung einer Symptomatik? Symptomatik hochverdächtig auf Borrelienätiologie?) nicht interpretierbar.

Zur Beantwortung der 2. Frage muß wiederum die letztlich geringe Aussagekraft der landläufig durchgeführten Serologie bedacht werden. Auf alle Fälle ist der Abnahmezeitpunkt der 2. Blutabnahme nach Zeckenbiß zu früh; er sollte vernünftigerweise erst nach 2–3 Monaten (zur Feststellung der Serokonversion) erfolgen. Im weiteren Verlauf stellt das Abfallen von Borrelien-IgG- und Verschwinden von spezifischen IgM- und IgG-Antikörpern eine gewisse Beruhigung des Therapeuten dar. Die meisten Patienten behalten jedoch auch nach einer (klinisch indizierten!) Therapie Serumantikörper, so daß auch der Antikörperverlauf kein befriedigendes Monitoring des Patienten erlaubt.

Folgendes pragmatisches Vorgehen üben wir an den Kindern, denen hier in der Notfallsprechstunde der Klinik Zecken entfernt werden: Aufklärung der Eltern und Vorstellung beim Kinderarzt bei jeglicher nachfolgenden Hautveränderungen, antibiotische Behandlung bei Erythema migrans und Blutabnahme ¼ Jahr nach dem Biß.

Wir gehen so vor, weil jedes Erythema migrans ohnehin antibiotisch behandelt gehört und weil wir den Antikörpertiter dann als Basis für die Interpretation weiterer Serum-Antikörper-Befunde bei nachfolgenden Krankheitsstadien der Borreliose festhalten möchten. Serologische Kontrollen erfolgen dann nur bei borrelioseverdächtigen Krankheitszeichen, routinemäßige Kontrollen sind nicht vorgesehen.

Gerade bei der Vielfalt der Symptome der Borreliose und den sehr unterschiedlichen Antikörperverläufen sowohl im natürlichen wie behandelten Verlauf ist mit Recht schon von dem häufigen Auftreten einer »Laborreliose« (1) gesprochen worden.

Über die lokalen Gegebenheiten im pfälzisch-französischen Grenzgebiet liegen mir hier keine Informationen vor.

Literatur

**1.** PEUCKERT, W.: Lyme-Borreliose: unterdiagnostiziert? – übertherapiert? Mschr. Kinderheilk. **138**, 190–195 (1990).

J. FORSTER, Freiburg im Breisgau

# Spätbehandlung der Borreliose – medizinische Konsequenzen

*Frage: Ist bei einer Borreliose, die erst nach einigen Monaten erkannt und seitdem behandelt wurde, mit Spätfolgen zu rechnen? Wenn ja: mit welchen?*

*Ist eine erneute Infektion in den kommenden Jahren bei Zeckenbiß möglich, oder bilden sich körpereigene Immunsysteme aus?*

Die Prognose einer Lyme-Borreliose ist um so günstiger, je frühzeitiger die antibiotische Therapie begonnen wird. Systematische Studien über Häufigkeit und Art von Spätfolgen in Abhängigkeit von der Dauer der Erkrankung bis zum Therapiebeginn liegen nicht vor. Für die Acrodermatitis chronica atrophicans ist jedoch bekannt, daß manifeste Hautatrophien irreversibel sind und durch eine antibiotische Therapie nur die entzündlichen Hautveränderungen günstig beeinflußt werden können (9).

Die lymphozytäre Meningoradikulitis gilt als monophasische Erkrankung mit selbstlimitierendem Verlauf und guter Prognose. In einer Nachuntersuchung von unbehandelten Patienten über einen Zeitraum von bis zu 27 Jahren waren zwar teilweise leichte persistierende neurologische Symptome zu verzeichnen, aber bei keinem Patienten der Übergang in eine chronisch-progrediente Enzephalomyelitis zu beobachten (4). Die frühzeitige antibiotische Therapie bewirkt eine raschere Besserung der radikulären Schmerzsymptomatik und Verkürzung des Krankheitsverlaufes. In der Langzeitprognose bestehen jedoch hinsichtlich irreversibler Residualsymptome keine Unterschiede zu unbehandelten Patienten (3). Auch bei verzögertem Therapiebeginn ist in der Regel eine Restitutio ad integrum zu erreichen.

In einer eigenen Untersuchung zur Neuroborreliose im Kindesalter zeigten alle Kinder unabhängig von der Symptomatik ein rasches und vollständiges Abklingen der Symptome, obwohl bei ¼ der Patienten die Latenzzeit zwischen Erkrankungs- und Therapiebeginn mehr als 2 Wochen, vereinzelt sogar 2–3 Monate betrug (1). Wenngleich zahlreiche Kasuistiken über chronische neurologische Manifestationen einer Lyme-Borreliose berichten, so besteht kein Zweifel an der hohen Spontanheilungsrate.

Das Spektrum möglicher Folgeerkrankungen und Spätfolgen einer unbehandelten Lyme-Borreliose illustriert eine Studie über den Spontanverlauf bei 46 Kindern mit Lyme-Arthritis, die über einen Zeitraum von 10 Jahren nachuntersucht wurden. Als Komplikationen traten innerhalb von Wochen Fazialisparesen, Meningitiden und kardiale Symptome und innerhalb von Monaten bis Jahren rezidivierende Arthritiden, enzephalopathische Krankheiten und eine Keratitis auf (6).

Obwohl spezifische Antikörper gegen Borrelia burgdorferi nach einer Infektion lange persistieren, hinterläßt die Lyme-Borreliose keine bleibende Immunität. Als Ausdruck einer gesicherten Reinfektion wurden ein Erythema migrans, eine Arthritis und auch eine Meningitis beobachtet. Die Patienten waren 2–20 Jahre zuvor wegen einer Lyme-Borreliose antibiotisch behandelt worden (2, 5, 7, 8).

Eine Reinfektion beobachteten wir bei einem Mädchen, das 1986 an einer Fazialisparese infolge einer Lyme-Borreliose erkrankt und mit Penicillin G parenteral behandelt worden war. Durch Nachuntersuchungen war nach mehreren Monaten ein Abfall der Antikörpertiter im Serum und Liquor unter die Nachweisgrenze dokumentiert worden. 5 Jahre später erkrankte das Mädchen nach einem Zeckenstich erneut an einer Fazialisparese, die sich diesmal kontralateral manifestierte. Eine Lyme-Borreliose als Ursache der Fazialisparese war durch den Wiederanstieg der Antikörpertiter im Serum und Liquor zu verifizieren.

Literatur

1. CHRISTEN, H. J. u. Mitarb.: Epidemiology and clinical manifestations of Lyme borreliosis in childhood. Acta paediat. **82** (Suppl. 386), 1–76 (1993).
2. HOLLSTRÖM, E.: Penicillin treatment of erythema chronicum migrans Afzelius. Acta derm. vener., Stockh. **38**, 285–289 (1958).
3. KRISTOFERITSCH, W.: Neuropathien bei Lyme-Borreliose. Springer, Wien-New York 1989.
4. KRÜGER, H. u. Mitarb.:Meningoradiculitis and encephalomyelitis due to Borrelia burgdorferi: a follow-up study of 72 patients over 27 years. J. Neurol. **236**, 322–328 (1989).
5. PFISTER, H. W. u. Mitarb.: Reinfection with Borrelia burgdorferi. Lancet **1986/II**, 984–985.
6. SZER, I. S., E. TAYLOR u. A. C. STEERE: The long-term course of Lyme arthritis in children. New Engl. J. Med. **325**, 159–163 (1991).
7. SKÖLDENBERG, B. u. Mitarb.: Chronic meningitis, caused by a penicillin-sensitive microorganism? Lancet **1983/II**, 75–78.
8. WEBER, K. u. Mitarb.: Reinfection in erythema migrans disease. Infection **14**, 32–35 (1986).
9. WEBER, K. u. W. BURGDORFER (Hrsg.): Aspects of Lyme Borreliosis. Springer, Berlin-Heidelberg-New York 1993.

H.-J. CHRISTEN, Göttingen

# Probleme bei der Zeckenentfernung und Ausbreitung des FSME-Virus seit Öffnung der innerdeutschen Grenze

*1. Frage: Ist es erforderlich, nach Zeckenentfernung in der Haut zurückgebliebene Reste der Beißwerkzeuge – gegebenenfalls chirurgisch – zu entfernen?*

Zecken sind große Milben, die sich durch Blutsaugen von Menschen und Säugetieren ernähren.

Die Zecke bohrt sich schmerzlos mit dem Kopf in die Haut ein. Wird sie nicht bemerkt, verbleibt sie dort einige Tage bis zum Abschluß der Nahrungsaufnahme. Sie fällt als hirsekorngroßes, schwarzblaurotes, wachsendes Gebilde auf. Wird die Zecke nicht komplett entfernt, bleiben Bestandteile der Mundwerkzeuge in der Haut zurück und können eine Fremdkörperreaktion verursachen (Zeckengranulom).

Zecken der Familie Ixodes (in Europa Ixodes ricinus = Holzbock, in den USA Ixodes dammini) sind mit Krankheitserregern infiziert und damit fakultative Überträger von Infektionskrankheiten. Von Bedeutung sind in unseren Breiten die mit dem Speichel der Zecke übertragene Lyme-Borreliose und die Frühsommermeningoenzephalitis (FSME):

**1.** Die Lyme-Borreliose (syn. Erythema migrans-Krankheit) ist eine in Stadien ablaufende Systemkrankheit mit Hauptmanifestationen an Haut, ZNS, Gelenken und Herz. Erreger ist Borrelia burgdorferi, ein gramnegatives Bakterium aus der Familie der Spirochäten.

Old Lyme ist ein Fischerstädtchen im nordamerikanischen Bundesstaat Connecticut, das Zentrum eines Endemiegebietes.

**2.** Die Frühsommermeningoenzephalitis (FSME) ist eine Flavivirusinfektion und tritt vor allem in Süddeutschland, Österreich und Osteuropa auf.

**Therapie**

Zecken können sehr fest und – besonders in dünner, weicher Haut – sehr tief sitzen. Sie sollen grundsätzlich so schnell wie möglich entfernt werden, um jede weitere Speichelinjektion – und damit das Eindringen von Erregern – zu unterbinden. Die Anwendung eines »Hausmittels« (Öl, Vaseline, Petroleum, Glyzerin, Klebstoff, Äther, Chloroform) ist nach dem heutigen Wissensstand eine unnötige und die Infektionsgefahr erhöhende Verzögerung.

Die Zecken werden durch gleichmäßigen Zug vorsichtig entfernt, ein »Herausdrehen« ist nicht angezeigt: Drehende Bewegungen führen zu einer ungünstigen Belastung der relativ zerbrechlichen Mundwerkzeuge. Außerdem trägt die Drehung nicht zur Verringerung der Haftung der mit sehr kleinen Widerhaken besetzten Mundwerkzeuge bei.

Bei unvollständiger Entfernung einer Zecke muß die Exzision im Gesunden erfolgen, ebenso beim Zeckengranulom. Die Exzision kann in Lokalanästhesie beispielsweise mit einem Stichskalpell durchgeführt werden; dermatologischerseits wird das Ausstanzen des Fremdkörpers bevorzugt.

*2. Frage: Gibt es Anhaltspunkte dafür, daß sich seit der Öffnung der innerdeutschen Grenze für die zeckentransportierenden Wildtiere eine Ausbreitung des FSME-Virus von Thüringen nach Bayern, Hessen oder Niedersachsen ergeben hat?*

Die Beantwortung ist nur mit der Einschränkung möglich, daß nach den dem Bundesgesundheitsamt in Berlin vorliegenden Informationen keine gehäufte Ausbreitung des FSME-Virus von Thüringen nach Bayern, Hessen oder Niedersachsen erfolgt ist (Stand Dezember 1992).

Nach Süss (3) gibt es in den neuen Bundesländern FSME-Naturherde in 3 Klimaregionen:

1. im Norden, in der maritimen Zone (Klimazone I), die Herde Hiddensee und Usedom;

2. in der maritimen Übergangszone (Klimazone II) Herde im Flußgebiet der Uecker, in der Märkischen Schweiz und der Schorfheide;

3. in der höheren und niederen Gebirgsregion (Klimazone IV) Herde in der Umgebung von Dresden, Schleiz, Jena, am Inselsberg, bei Waltershausen und Eisenach/Hainich.

Jährlich erkrankten in Ostdeutschland zwischen 1960 und 1970 etwa 0,7/100 000 Einwohner, die Zahl sank bis heute auf etwa 0,02/100 000 Einwohner. Aufgrund von Untersuchungen an 446 Kleinsäugern und 500 Wildtierseren konnten Viren gar nicht und Antikörper nur in 1% nachgewiesen werden.

Literatur

1. BRANDIS, H. u. G. PULVERER (Hrsg.): Lehrbuch der Medizinischen Mikrobiologie. 6. Aufl. Fischer, Stuttgart 1988.
2. KAYSER, F. H. u. Mitarb. (Hrsg.): Medizinische Mikrobiologie. 7. Aufl. Thieme, Stuttgart 1989.
3. SÜSS, J.: Influenza – Tollwut – Zeckenencephalitis. Virale Zoonosen und ihre Beeinflussung durch den Menschen. Bundesgesundheitsblatt **1/92**, S. 35–41.

Herrn Prof. Dr. ZASTROW und Herrn Dr. VOIGT vom Bundesgesundheitsamt in Berlin danken wir für die Unterstützung bei der Beantwortung der Leserfragen.

PETRA KRASEMANN und H. RIEGER, Münster

## Infektiosität von Varizellen – praktische Konsequenzen

*Frage: Für das Attest: »Frei von ansteckenden Erkrankungen« besteht bei uns die Unsicherheit, ob die Varizellen dafür lediglich trockenschorfig in Abheilung befindlich sein müssen oder ob auch der letzte Schorf von allein abgefallen sein muß, da darunter virulente Varizellenviren verblieben sein könnten.*

Wesentliche Aspekte der Übertragung von Varizellen sind bis heute unbekannt. Sicher ist, daß die Vesikel virushaltig sind. Da die Erkrankung aber auch schon 2 Tage vor Ausbruch des Exanthems übertragen werden kann, wird eine aerogene Infektion wahrscheinlich. Dagegen spricht allerdings, daß das Virus nur selten aus dem Nasen-Rachenraum Infizierter angezüchtet werden konnte und es eigentlich gegenüber Umwelteinflüssen sehr labil ist.

Nach den Bestimmungen des Bundesseuchengesetzes können Windpocken bis zum 6. Tag nach Ausbruch des Exanthems »von Mensch zu Mensch« übertragen werden. Patienten kann man nach Abklingen der klinischen Symptome zu Gemeinschaftseinrichtungen wieder zulassen. Den heutigen medizinischen Kenntnissen werden diese gesetzlichen Bestimmungen aber n i c h t gerecht, und ich schlage folgendes vor:

1. Es ist wünschenswert, daß die Erkrankung an Varizellen in der frühen Kindheit erlebt wird. Dies schützt die Kinder in kritischen Lebensabschnitten im späteren Alter (Schwangerschaft; Therapie mit Cortison oder anderen Immunsuppressiva u. a. m.) vor schweren und gegebenenfalls sogar tödlichen Krankheitsverläufen. Kinder, denen es gut geht, sollten daher ohne Rücksicht auf eine evtl. bestehende geringe Restinfektiosität durchaus Ge-

meinschaftseinrichtungen weiter besuchen dürfen.

Zu diesem Vorgehen gehört aber auch, daß Patienten mit Immundefekten (HIV-Infektion, Cortisondauertherapie, Malignom, Schwangere) der Leitung einer Gemeinschaftseinrichtung bekannt sind, damit Seronegative gegebenenfalls eine passive Immunisierung erhalten können. Da Patienten mit Windpocken schon 2 Tage vor Exanthemausbruch infektiös sind, sollte die Leitung der Gemeinschaftseinrichtung informiert sein. Risikopatienten können gegebenenfalls auch aktiv immunisiert werden.

2. Üblicherweise wird empfohlen, daß Kinder in gutem Allgemeinzustand nach dem 5. Tag nach Exanthemausbruch Gemeinschaftseinrichtungen wieder besuchen dürfen. Seronegative Patienten mit einem T-Zelldefekt (etwa M. Hodgkin) sollten Gemeinschaftseinrichtungen fernbleiben, bis keine Vesikel mehr nachweisbar sind.

3. Neugeborene von Müttern mit Windpocken/Zoster sollten für 21–28 Tage als infektiös betrachtet werden – während dieser Zeit sind sie im Krankenhaus zu isolieren. Tritt das Varizellaexanthem bei der Mutter im Zeitraum zwischen 5 Tage vor bis 2 Tage nach der Geburt auf, so sollte das Neugeborene Varizella-Zoster-Immunglobulin erhalten (1 ml/kg), da ohne diese Intervention fast 1/3 aller Neugeborenen sterben würde.

4. Im Krankenhaus sollten Kinder so lange isoliert werden, bis keine Vesikel mehr nachweisbar sind.

5. Neugeborene mit Varizella-Zoster-Embryopathie bedürfen keiner Isolation.

H.-J. Schmitt, Mainz

# Hepatitis B – Verlauf und Diagnostik

*Frage: Bei der chronisch-aggressiven Verlaufsform der Hepatitis B treten meines Wissens typische laborchemische und histologische Veränderungen erst nach mehreren Monaten auf. Zu welchem Zeitpunkt nach Beginn der Erkrankung sollte Gewebe entnommen werden? Oder sind nach derzeitigem diagnostischem Standard serologische Untersuchungen allein ausreichend aussagefähig?*

Definitionsgemäß spricht man von einer chronischen Hepatitis, wenn die Zeichen einer Leberentzündung über mindestens 6 Monate nachweisbar sind. Zur Diagnostik der akuten Hepatitis B reichen die laborchemischen und serologischen Befunde in der Regel aus. Mit dem Nachweis von IgM-Anti-HBc kann die akute Hepatitis B in der Regel eindeutig nachgewiesen werden.

Bestehen Zeichen der Hepatitis mit erhöhten Transaminasen und Persistenz von HBsAg und HBeAg zusammen mit dem Nachweis von HBV-DNS noch nach 3 Monaten, ist die Wahrscheinlichkeit eines chronischen Verlaufes hoch. Allerdings kann auch die feingewebliche Unterscheidung zwischen einer prolongiert verlaufenden akuten Hepatitis oder einer frühen Form einer chronischen Hepatitis recht schwierig sein. Daher verspricht die Entnahme einer Gewebeprobe innerhalb der ersten 6 Monate nach akuter Hepatitis in der Regel keinen entscheidenden Erkenntnisgewinn.

Häufiger ist die Situation, daß bei einem Patienten ohne Vorgeschichte einer akuten Hepatitis B erhöhte Transaminasen und eine positive Hepatitis B-Serologie nachweisbar sind. Auch hier kann der Nachweis von IgM-Anti-HBc als indirekter Hinweis auf eine anikterische, akute Hepatitis gewertet werden. Meistens wird man aber eine bislang klinisch nicht in Erscheinung getretene chronische Hepatitis B annehmen dürfen.

Die Indikation zur Leberbiopsie bei Verdacht auf chronische Hepatitis B wird nicht einheitlich beurteilt. Einige Zentren verzichten heute bei der Frage einer Interferontherapie bei chronischer Hepatitis B auf eine Leberpunktion, sofern die Kriterien der Chronizität, der entzündlichen Aktivität und der Virusreplikation (HBeAg und HBV-DNS-Nachweis) gegeben sind.

Wir befürworten eine Leberbiopsie bei chronischer Hepatitis B, da Transaminasenerhöhung und Ausmaß der entzündlichen Aktivität nur mäßig gut korrelieren. Die Unterscheidung einer chronisch persistierenden Hepatitis gegenüber einer chronisch aktiven Hepatitis ist eben nur feingeweblich und aus dem zeitlichen Verlauf her möglich.

Außerdem erlaubt die feingewebliche Untersuchung des Lebergewebes eine wesentlich bessere Beurteilung des therapeutischen Einflusses einer Interferontherapie.

Bei den Anti-HBe-positiven Erkrankungen mit Transaminasenerhöhung liegt eine besondere Problematik vor, da bei diesen Formen an eine gleichzeitige HDV-Infektion und das Auftreten von HBV-Mutanten gedacht werden muß. Schließlich kann das Vorliegen eines asymptomatischen oder »gesunden« Trägers nur im Zusammenhang mit den feingeweblichen Befunden diagnostiziert werden.

T. H. Hütteroth, Lübeck

# Streptokokkenangina: Erregerübertragung durch Haustiere

*Frage: Eine 40jährige Patientin erlitt in den letzten Monaten 4 hochfieberhafte Streptokokken A-Tonsillitiden (Nachweis auf Selektivagar und ASL-Anstieg auf über 800), die jeweils über 10 Tage mit Penicillin V, zuletzt mit Cephalosporin oral behandelt wurden.*

*Es war völlig unklar, warum die Patientin sich immer wieder ansteckte, weil Kontrollabstriche nach Therapie jeweils negativ waren und auch die Familienmitglieder symptomlos und abstrichnegativ blieben.*

*Aufklärung erfolgte, als sie mit ihrem 13jährigen schwerkranken Hund den Tierarzt aufsuchte, der das Tier einschläfern wollte: es sei nicht zu retten und würde mit dem total vereiterten Gebiß als »Streptokokkenschleuder« dienen. Ein Follow-up können wir noch nicht berichten, da die Patientin erst einmal den Tötungsratschlag akzeptieren muß und solange mit Tardocillin abgedeckt wird.*

*Ist unsere Erfahrung im wissenschaftlichen Schrifttum bekannt? Offensichtlich muß man bei rezidivierenden Streptokokkeninfektionen die Haustiere (welche? lediglich Hunde?) in die Umgebungsuntersuchung mit einbeziehen?*

Die Übertragung von β-hämolysierenden Streptokokken von Haustieren (vornehmlich Hunde, aber wohl auch Katzen) auf den Menschen ist in der Literatur beschrieben. Es gibt jedoch bis heute keine Hinweise dafür, daß in Haushalten mit Hunden oder Katzen gehäuft Streptokokkenerkrankungen auftreten. Hunde sind im übrigen häufig mit Streptokokken der serologischen Gruppe G kolonisiert.

Die Immunität gegenüber Streptokokken ist typenspezifisch. Ungewöhnlich ist daher die Beobachtung der Rezidive – es wäre schön, stünden die jeweiligen Isolate für eine weitere Untersuchung zur Verfügung.

Eine Umgebungsuntersuchung bei Infektionskrankheiten durch S. pyogenes ist nie indiziert – mit wenigen Ausnahmen: Wenn ein Patient mit rheumatischem Fieber im Haushalt lebt und in der Situation einer »Hyperendemie« (ständige Zuwanderung empfänglicher Individuen in eine Population mit S. pyogenes-Pharyngitiden – etwa in Kasernen). Da Haustiere nur sehr selten als Infektionsquelle in Frage kommen, halte ich eine routinemäßige »Umgebungsuntersuchung« für wenig ergiebig: Da wahrscheinlich viele Hunde mit β-hämolysierenden Streptokokken kolonisiert sind, bliebe die Bedeutung eines Erregernachweises unklar.

Treten ungewöhnlich häufig Rezidive auf, so lohnt sich aber vielleicht eine gute Anamnese – die Frage nach Haustieren. Wird die Frage bejaht, dann sollte man aber konsequenterweise auch auf eine exakte Typisierung der Erreger bei Tier und Mensch drängen, damit die Infektionskette auch wahrscheinlich gemacht werden kann.

Literatur

ROOS, K., L. LIND u. S. E. HOLM: Beta-haemolytic streptococci group A in a cat, as a possible source of repeated tonsillitis in a family. Lancet **1988/I,** 1072.

H.-J. SCHMITT, Mainz

# Infektionsrisiko beim Fuchsbandwurm

*Frage: Wie hoch ist das Risiko, daran ernsthaft zu erkranken? Ist der Fuchsbandwurm identisch mit dem Hundebandwurm? Gibt es wissenschaftlich fundierte Empfehlungen zum Umgang mit rohen Waldfrüchten?*

**1.** Das Risiko, an einem Fuchsbandwurm, d. h. an einem Echinococcus multilocularis, zu erkranken, ist unbekannt. Es gibt keine statistischen Erhebungen, da auch keine Meldepflicht besteht. Es gibt nur einen Hinweis aus dem Jahre 1976 der Tübinger Universitäts-Klinik von 6–8 Neuerkrankungen pro Jahr. Ob sich das Risiko durch einen stärkeren Befall der Füchse erhöht hat (ebenfalls aus Württemberg wurde 1989 berichtet, daß von 185 untersuchten Füchsen im Raum Tübingen 55,6% mit Echinococcus multilocularis befallen waren), ist ebenfalls unbekannt. Es wurde spekuliert, daß die Tollwutbekämpfung die Vermehrung der Füchse gefördert hat und damit auch die Vermehrung des Fuchsbandwurmes angestiegen ist.

**2.** Der Fuchs wird üblicherweise vom Echinococcus multilocularis befallen, während der Hund typischerweise vom Echinococcus granulosis befallen ist. Natürlich gibt es ausnahmsweise auch den jeweils anderen Parasiten beim Hund bzw. beim Fuchs. Für den Menschen sind die Folgen des Fuchsbandwurmbefalles ganz anders einzuschätzen als beim Hundebandwurm. Jedoch erkrankt nicht jeder infizierte Mensch, was sich an flächendeckenden Antikörperuntersuchungen nachweisen läßt. Andererseits entwickelt sich die Krankheit protrahiert über Jahre, so daß auch heute infizierte Menschen u. U. erst nach vielen Jahren symptomatisch werden.

**3.** Die Infektion des Menschen erfolgt durch orale Aufnahme der von den Füchsen ausgeschiedenen Eier des Fuchsbandwurmes. Ist der Fuchsbandwurm sehr stark befallen, so ist natürlich das Risiko der Aufnahme von Eiern beim Genuß von Waldfrüchten oder Kontakt mit verunreinigten anderen Materialien höher, beispielsweise durch ein ins Gras gelegtes Frühstücksbrot. Auch die Einatmung von mit Staub aufgewirbelten Eiern wird diskutiert.

Dies sind theoretische und im Experiment nachvollziehbare Möglichkeiten, aber wissenschaftlich erwiesen ist die Aufnahme der Eier auf diesem Wege n i c h t. Es wird zwar empfohlen, die Waldbeeren erst gekocht oder verbacken zu genießen: Ob dadurch die Eier jedoch sicher abgetötet sind, ist nicht garantiert. Auch das Einfrieren oder Trocknen der Waldfrüchte tötet die sehr widerstandsfähigen Eier nicht ab. Die sicherste Verhütungsmaßnahme wäre die Entwurmung der Füchse.

Eine wirksame medikamentöse Therapie ist bisher beim Menschen noch nicht erwiesen. Möglicherweise können Anthelminthika, wie Albendazol, wirksamer sein als das bisher versuchsweise eingesetzte Mebendazol.

H. HELWIG, Freiburg im Breisgau

## Übertragung des HI-Virus von der Mutter auf das Kind (Schwangerschaft, Geburt, Stillperiode)

*Frage: Welche Möglichkeiten gibt es, einen möglicherweise noch nicht diaplazentar infizierten Fetus einer HIV-positiven Mutter vor einer Infektion bei der Geburt zu bewahren?*

Es gibt in der Medizin leider viele Fragen, die sich auch auf absehbare Zeit nicht sicher beantworten lassen. Ich bin nach wie vor sehr beeindruckt davon, daß HIV-infizierte Mütter überhaupt nichtinfizierte Kinder gebären können. In den neueren deutschen Beobachtungsstudien hierzu werden Übertragungszahlen von nur 20% genannt. Freilich ist zu berücksichtigen, daß Phänomene bei AIDS, die mit der Virämie assoziiert sind, stark abhängig vom Stadium der Erkrankung sind. Die Schwangeren in Deutschland dürften ihre Kinder überwiegend in recht frühen Stadien der Erkrankung bekommen haben.

Die Auffassung, daß ein Kaiserschnitt das Risiko der HIV-Infektion des Kindes entscheidend verringert, ist nicht durch überzeugende Studien bewiesen. Man brauchte hierfür relativ große Kollektive von Müttern, die sich im gleichen Erkrankungsstadium befinden. Ein Argument g e g e n einen Kaiserschnitt ist die Vermeidung unnötiger Eingriffe bei HIV-Patienten.

Ungeeignet ist auch eine präventive Chemotherapie mit dem bislang vorhandenen Nukleosidantagonisten (z. B. AZT, DDI, DDC). Alle Substanzen sind nicht frei von onkogenen und mutagenen Potenzen; im Grunde handelt es sich um modifizierte Zytostatika. Das Risiko, in einer Frequenz von 20–40% ein Kind zu bekommen, das nach einigen qualvollen Jahren sterben wird, ist m. E. eine klare Indikation für eine Interruptio. Bei rötelngeschädigten Schwangerschaften wird wegen eines viel geringeren Risikos eine Interruptio eindeutig bejaht.

*Die beste Prophylaxe HIV-infizierter Kinder ist m. E. eine sichere Antikonzeption bei infizierten Frauen.*

W. STILLE, Frankfurt am Main

Die Übertragung des HI-Virus von der infizierten Mutter auf das Kind ist auf 3 **Wegen** möglich:

1. pränatal über diaplazentare Übertragung;
2. perinatal;
3. postpartal durch Stillen.

**Zu 1:**
Die **diaplazentare** Übertragung des HI-Virus erfolgt über die sog. HOFBAUER-Zellen der Plazenta. Es gibt nachgewiesene Infektionen bei Feten in der 14.–16. SSW. Warum bei einem gewissen Prozentsatz diese diaplazentare Übertragung erfolgt und bei den meisten Patientinnen nicht, ist bisher unbekannt. Es wird angenommen, daß ursächlich die Virulenz des Erregers und das Vorhandensein von Antigen im Serum verantwortlich ist.

**Zu 2:**
Wie bei Erwachsenen wird das Virus **perinatal**, vor allem durch Blutkontakt und Sekret übertragen. Die höchste Übertragungspotenz besteht dabei im Blutkontakt. Die Infektiosität des Vaginalsekrets ist bei der heterosexuellen Übertragung von der HIV-positiven Frau auf den HIV-negativen Mann nachgewiesen. Die Viruskonzentration ist hier jedoch erheblich geringer als bei direktem Blutkontakt. Auch ist seit langem bekannt, daß zwar prinzipiell eine Übertragung über die intakte Haut und Schleimhaut möglich ist, wesentlich gefährlicher ist jedoch die Übertragung über die verletzte Haut oder Schleimhaut.

Lange Zeit wurde vermutet, daß die primäre Schnittentbindung deshalb der Geburtsmodus der Wahl zum Schutz des Neugeborenen sei. Studien aus Amerika mit hoher Fallzahl haben jedoch gezeigt, daß es bezüglich der Transmissionshäufigkeit keine signifikanten Unterschiede zwischen der problemlosen Spontangeburt und der primären Sectio gibt. Es gilt deshalb, die Entscheidung über den Geburtsmodus rein von den geburtshilflichen Aspekten abhängig zu machen.

Selbstverständlich sind unter der Geburt sämtliche Risiken zu beachten. Keinesfalls sollte unter der Geburt eine Kopfschwartenelektrode gelegt werden oder Mikroblutuntersuchungen am fetalen Skalp sub partu durchgeführt werden. Soweit möglich, sollte die Fruchtblase so lange wie möglich intakt bleiben, um einen direkten Kontakt des Feten mit mütterlichen Schleimhäuten zu vermeiden. Falls möglich, sollte auch das Anlegen einer Episiotomie vermieden werden bzw. erst sehr spät erfolgen, da in der Austreibungsphase zumeist die Fruchtblase bereits gesprungen ist und somit Kontakt zwischen mütterlichem infiziertem Blut und kindlichen Schleimhäuten besteht. In dieser Phase scheint jedoch die Übertragung sehr gering zu sein, da die fetalen Schleimhäute zumeist intakt sind. Eine gynäkologisch-operative Entbindung per Vakuumextraktion oder Forceps sollte aufgrund der Verletzungsgefahr für das Neugeborene vermieden werden. Ist eine fetale Überwachung ohne Kopfschwartenelektrode oder Mikroblutuntersuchung aufgrund einer geburtshilflichen Problematik nicht möglich oder ist die Vakuumextraktion oder Forcepsentwicklung abzusehen, ist großzügig die Indikation zur Sectio zu stellen.

**Zu 3:**
In mehreren afrikanischen Studien konnte eindeutig nachgewiesen werden, daß es

die Möglichkeit der Übertragung des HI-Virus durch die Muttermilch auf das Neugeborene gibt. HIV-positive Mütter sollten daher prinzipiell nicht stillen.

Nach neuesten Zahlen der Deutschen Multizenterstudie zur Betreuung von Kindern HIV-positiver Mütter bleibt somit ein Übertragungsrisiko von 15% bestehen.

Es ist geplant, die materne fetale Transmissionsrate durch Blockierung der fetalen CD4-Rezeptoren weiter zu senken.

E. R. WEISSENBACHER und
KARIN SCHULZE, München

# Windpockenkontakt in der Schwangerschaft

*Frage: Ist die passive Impfung mit Variprotect bei negativem Titer der Patientin zu jedem Zeitpunkt der Schwangerschaft notwendig oder nur kurz vor dem errechneten Geburtstermin? Soweit mir bekannt, sind intrauterine Schäden sehr selten, die obige Konstellation ist sicher sehr häufig, und das Variprotect ist sehr teuer.*

Bei einer Erkrankung der Mutter in den ersten 5 Monaten kann es zum Auftreten eines konnatalen Varizellensyndroms kommen. Es handelt sich dabei um dysmature Neugeborene, die oft Hautdefekte, hypoplastische Extremitäten, ZNS- (Kleinhirnatrophien u. a.) sowie Augenfehlbildungen (Katarakt, HORNER-Syndrom) zeigen. Das Risiko einer teratogenen Schädigung ist aber nicht hoch. Es beträgt nach prospektiven Untersuchungen in der 1. Schwangerschaftshälfte 1–3% (1, 2).

Die Empfehlungen zur Gabe eines Varizellenhyperimmunserums sind deshalb nicht einheitlich (4). Auch wird die Erkrankung der Mutter selbst bei frühzeitiger Gabe nicht immer verhütet. Wegen der Schwere der möglichen Fehlbildungen ist jedoch bei antikörpernegativen Schwangeren nach Varizellenkontakt in den ersten 5 Schwangerschaftsmonaten die sofortige Gabe eines Hyperimmunserums angebracht (1, 2, 4). Dagegen ist eine Prophylaxe kurz vor dem Geburtstermin nicht sinnvoll, da ein Schutz des Neugeborenen nicht mehr erreicht wird. Jedoch sollten alle Neugeborene, deren Mütter 5 Tage vor bis 2 Tage nach der Geburt an Varizellen erkranken, sofort ein Varizellenhyperimmunserum erhalten, da bei ihnen mit schweren Erkrankungen zu rechnen ist (1, 4). Wegen der Unsicherheit der passiven Immunprophylaxe wird von vielen gleichzeitig die Gabe von Aciclovir für 5–10 Tage empfohlen (4).

Durch die veränderten sozio-ökonomischen Verhältnisse treten auch die Varizellen heute oft erst im jungen Erwachsenenalter auf. Frauen im gebärfähigen Alter, die angeblich noch keine Varizellen gehabt haben, sollten deshalb auf ihren Immunstatus für Varizellen getestet und bei negativem Befund aktiv geimpft werden. Der zur Verfügung stehende **Lebendimpfstoff** wird gut vertragen und weist eine hohe Serokonversionsrate auf (3).

Literatur

**1.** American Academy of Pediatrics: Report of the committee on infectious diseases 1991. 22. Aufl. American Academy of Pediatrics. Elke Grove Village, Ill., USA 1991.
**2.** ENDERS, G.: Varizellenembryopathie. pädiat. prax. **36,** 581–584 (1987/88).
**3.** KRETH, H. W.: Die Varizellenimpfung – kritische Stellungnahme. In: SPIESS, H. u. G. MAASS (Hrsg.): Neue Schutzimpfungen – Impfempfehlungen, Aufklärung, Widerstände. Deutsches Grünes Kreuz, Marburg 1992.
**4.** SCHOLZ, H. u. M. HEIDL: Varizella-Zoster-Virus. In: HANDRICK, W. u. Mitarb. (Hrsg.): Fetale und neonatale Infektionen. Hippokrates, Stuttgart 1991.

B. STÜCK, Berlin

# Zytomegalieinfektion der Mutter (Schwangerschaft, Säuglingsperiode)

*Frage: Ein 2jähriger gesunder Junge zeigt Zytomegalieausscheidung im Harn (Zufallsbefund). Ein 6 Wochen altes Geschwisterkind hat (noch) keine Erregerausscheidung. Ich gehe davon aus, daß die Eltern, zumindest die Mutter, Ausscheider sind oder einen Zytomegalietiter aufweisen (hoher Durchseuchungsgrad der gebärfähigen Frauen).*

*Sind schon bei stattgehabter familiärer Infektion bei einer weiteren Schwangerschaft oder gegenüber einem Neugeborenen Vorsichtsmaßnahmen oder Untersuchungen (Leberwerte, Titer, Sonographie des Schädels) erforderlich?*

*Gibt es bei dem gesunden Kind Vorbehalte gegen Lebendimpfungen (BCG, Polio oral)?*

In den ersten 3 Lebensjahren infizieren sich bereits 20% aller Kinder mit Zytomegalieviren. Ursache hierfür sind die engen familiären Kontakte. Ein 2. Infektionsschub fällt in die Zeit der ersten sexuellen Kontakte, so daß Frauen im gebärfähigen Alter zu etwa 50% Antikörper gegen Zytomegalieviren (CMV) aufweisen. Trotz der Immunisierung bleibt der Virus (gehört zur Herpesgruppe) lebenslang latent im Organismus und kann jederzeit reaktiviert werden.

Die Mutter ist wahrscheinlich, aber nicht mit letzter Sicherheit die Infektionsquelle des 2jährigen Jungen. Ihr Antikörperstatus sollte durch eine CMV-Serologie gesichert werden. Weist sie IgG-Antikörper gegen CMV auf, so könnte sie in einer erneuten Schwangerschaft den Feten lediglich durch eine Reaktivierung ihrer Erkrankung infizieren. Die Verlaufsform der kindlichen Infektion wäre in diesem Falle jedoch wesentlich milder als bei einer Primärinfektion der Mutter.

In einer soeben veröffentlichten Studie (3) bei 65 Kindern, die durch eine reaktivierte CMV-Infektion ihrer Mutter in der Schwangerschaft infiziert wurden, fand man keine symptomatische Neonatalerkrankung (Ikterus, Purpura, Hepatosplenomegalie), im Vergleich zu 24 symptomatischen Erkrankungen in der Gruppe der 132 Kinder, deren Mütter in der Schwangerschaft eine Primärinfektion durchmachten.

Die Wahrscheinlichkeit einer progredienten Schädigung in den ersten Lebensjahren (Taubheit, mentale Retardierung, Chorioretinitis u. a.) liegt für infizierte Kinder bei Primärerkrankung der Mutter bei 25%, im Fall einer reaktivierten Erkrankung bei 8%. Eine Reaktivierung in der Schwangerschaft ist bei etwa jeder 10. CMV-positiven Frau zu erwarten.

Die mütterliche Serologie dient somit der Abschätzung des Risikos einer Infektion eines Kindes in der Schwangerschaft, hat aber auch prognostische Bedeutung.

Gibt es Hinweise auf eine reaktivierte Infektion bei einer schwangeren Frau, sollten beim Neugeborenen die CMV-Serologie sowie die CMV-Ausscheidung im Harn überprüft werden. Bei positivem Ergebnis sollten in regelmäßigen Abständen die neuromotorische Entwicklung, die Hörfunktion, die Schädelsonographie und der Augenhintergrund des Kindes untersucht werden.

Bei reaktivierten Infektionen in der Schwangerschaft ist nicht mit einer Hepatopathie des Neugeborenen zu rechnen, eine Untersuchung der Leberwerte ist somit verzichtbar.

Eine CMV-Infektion kann vorübergehend über eine Aktivierung der T-Suppressorlymphozyten immunsuppressiv wirken. Diesbezügliche immunologische Untersuchungen bei klinisch gesunden Virus-ausscheidern sind mir nicht bekannt, jedoch gibt es keine Vorbehalte gegen Lebendimpfungen bei solchen Kindern.

Literatur

1. DOERR, H. W.: Prä- und perinatale Cytomegalie-Virus-Infektion. Diagnose und Labor, März 1989.
2. ENDERS, G.: Infektionen in der Schwangerschaft mit Folgen für die Embryonal- und Fetalentwicklung. In: SPIESS, H. u. J. D. MARKER (Hrsg.): Medizinische Genetik, perinatale Geburtshilfe und Kinderheilkunde. Deutsches Grünes Kreuz, München 1989.
3. FOWLER, K.: The Outcome of Congenital Cytomegalovirus Infection in Relation to Maternal Antibody Status. New Engl. J. Med. **326**, 663–667 (1992).
4. KIRCHNER, H.: Immunobiology of infection with human cytomegalovirus. Adv. Cancer Res. **40**, 31–88 (1983).
5. KRECH, U. H.: Cytomegalovirus Infections of Man. Karger, Basel 1971.

D. MARSAN, Krefeld

# Diagnostik und Therapie der Hepatitis C im Kindesalter

*Frage: Aussiedlerkind aus Rußland, 13jährig, hatte in Rußland eine Hepatitis A, B und zuletzt C durchgemacht. Handelt es sich jetzt um eine chronische Hepatitis C? Befunde: SGOT 17 mU, SGPT 25 mU, γ-GT 6 mU. Sind weitere Untersuchungen notwendig? Welche Therapie bei chronischer Hepatitis C wird empfohlen? Interferon?*

Die Frage, ob es sich jetzt um eine chronische Hepatitis C handelt, ist ohne Kenntnis virus-serologischer Befunde nicht zu beantworten. Da die Leberenzyme GOT, GPT und γ-GT normal sind, erscheint eine aktive Hepatitis eher unwahrscheinlich. Bei einer chronischen Hepatitis C müßten Anti-HCV wahrscheinlich und HCV-RNA obligat positiv sein. Wenn das der Fall ist, könnte man durch eine Leberbiopsie nachweisen, ob eine »Hepatitis« im strengen Wertsinn oder nur ein asymptomatischer Virusträgerstatus vorliegt. Gleiches gilt für die chronische Hepatitis B- und δ-Infektion, die nach eigener Erfahrung bei Kindern aus Rußland viel häufiger vorkommen als die Hepatitis C.

Da es bis heute keine sicher wirksame Behandlung der chronischen viralen Hepatitiden gibt, wird inzwischen auch von Internisten nur noch dann die Leber biopsiert, wenn Klinik und Laborbefunde bei gesicherter Serologie auf einen so stark entzündlichen Verlauf hinweisen, daß ein Therapieversuch mit Interferon-α gerechtfertigt erscheint. Obwohl Interferon-α seit kurzer Zeit zur Behandlung der chronischen Hepatitis B zugelassen ist, sollte diese Therapie bei Kindern nur in klinischen Studien angewendet werden, um die noch offenen Fragen der Dosierung und Behandlungsdauer zu klären. Nach den bisher vorliegenden Studienergebnissen kommt es bei der chronischen Hepatitis B nach ½jähriger Interferontherapie höchstens bei 40% zu einer Serokonversion von HBeAg zu Anti-HBe.

Wegen der Seltenheit der Hepatitis C im Kindesalter liegt erst eine Studie zur Interferonbehandlung aus Madrid vor (2). Hier wurden bei 11 Kindern in gleicher Weise wie sonst bei Erwachsenen (1) die Normalisierung der vorher erhöhten Transaminasen als entscheidendes Kriterium für den Behandlungserfolg herangezogen. Sie konnte während der laufenden Behandlung bei 36% der Kinder beobachtet werden. Obwohl 9 Monate nach Therapieende sogar 90% normale Transaminasen hatten, waren 2 Jahre nach Therapiebeginn die Transaminasen bei 50% wieder erhöht. Obwohl die Behandlung gut vertragen wurde, kommt sie deshalb in Anbetracht der geringen Erfolgsquote nur für Kinder in Frage, bei denen eine chronische Hepatitis C nicht nur serologisch, sondern auch bioptisch gesichert ist.

Literatur

1. ALSCHER, D. M. u. J. C. BODE: Therapie der akuten und chronischen Virushepatitis C (Non-A-non-B) mit Interferon-Alpha. Med. Klin. **87**, 532–539 (1992).
2. RUIZ-MORENO, M. J. R. u. Mitarb.: Treatment of children with chronic hepatitis C with recombinant Interferon-α: A pilot study. Hepatology **16**, 882–885 (1992).

D. FEIST, Heidelberg

# Antibiotikawahl bei Infektionen mit Staphylokokkenverdacht

*Frage: In unserer Klinik ist es üblich geworden, bei einer Infektion mit Staphylokokkenverdacht zusätzlich zu Cefotaxim noch Flucloxacillin i.v. zu geben, da Cefotaxim keine ausreichende Staphylokokkenwirksamkeit habe und/oder Flucloxacillin in manche Gewebe (z. B. bei Osteomyelitis) besser diffundiere. Ist die Kombination dieser beiden Medikamente sinnvoll und notwendig? In welchen Situationen?*

Die Aktivität von Cefotaxim gegen Staphylokokken ist im Vergleich zu Flucloxacillin und auch älteren Cefalosporinderivaten geringer (3, 8). Die durchschnittliche minimale Hemmkonzentration liegt bei 2 mg/l (3, 6, 7, 9), die von Flucloxacillin bei 0,25 mg/l (5, 12). Es besteht aber trotz der geringeren Aktivität eine Wirksamkeit gegen Staphylokokken, die sich in einer Resistenzrate von lediglich 2–5% niederschlägt (2, 7, 8).

Die höhere Aktivität und die langjährigen guten klinischen Erfahrungen sprechen aber für penicillinasefeste Penicilline wie Flucloxacillin als Mittel der 1. Wahl bei Infektionen durch Staphylokokken. Weitere Vorteile sind die niedrigere Rate von Nebenwirkungen durch das schmale Spektrum und der günstigere Preis.

Die Beurteilung der Gewebegängigkeit ist problematisch, da die Konzentration z. B. im Knochengewebe aus verschiedenen Gründen (Untersuchung meist an gesundem Gewebe, unterschiedliche Methoden [12]) nicht mit der klinischen Wirksamkeit korreliert. Wie zahlreiche andere β-Laktamantibiotika erreichen auch Flucloxacillin und Cefotaxim Gewebespiegel, die über der jeweiligen minimalen Hemmkonzentration liegen (5, 7, 10, 13).

Für die Initialtherapie und bei unbekanntem Erreger gelten folgende Empfehlungen:

1. Osteomyelitis: Auslösender Erreger ist in bis über 90% Staphylococcus aureus (1, 4). Erste Wahl ist ein penicillinasefestes Penicillin wie Flucloxacillin. Bei jüngeren Kindern, vor allem bei Säuglingen, ist der Anteil anderer Keime wie Streptokokken und Haemophilus influenzae höher (1, 4). Dies erfordert die zusätzliche Gabe eines Antibiotikums, dessen Spektrum diese Keime erfaßt, z. B. Cefotaxim.

2. Auch bei anderen schweren, lebensbedrohlichen Infektionen mit möglicher Staphylokokkenätiologie (bakterielle Laryngotracheitis, primär abszedierende Pneumonie des Säuglings [selten!], schwere Hautinfektionen) sollte das Wirkspektrum der eingesetzten Antibiotika nicht nur Staphylokokken, sondern auch andere in Frage kommende Erreger abdecken, beispielsweise in der Kombination eines Staphylokokkenpenicillins mit einem Cefalosporin der 3. Generation.

Ergibt sich durch die Resistenzprüfung, daß es sich um nicht-penicillinasebildende Staphylokokken handelt, sollte auf das nach wie vor am stärksten wirksame Penicillin G umgestellt werden. Bei oxacillinresistenten und koagulasenegativen Staphylokokken ist Vancomycin oder Teicoplanin sicher wirksam (2, 11). Die Umstellung auf ein anderes β-Laktamantibiotikum ist sinnlos, da eine komplette Kreuzresistenz besteht (8).

Literatur

1. ADAM, D.: Entzündliche Knochen- und Gelenkerkrankungen. In: REINHARDT, D. u. G.-A. v. HARNACK: Therapie der Krankheiten des Kindesalters, S. 738–741. Springer, Berlin 1991.
2. Empfindlichkeit schnell wachsender Erreger im Jahre 1988. Arzneimittelbrief **23**, 73–75 (1989).
3. Moderne β-Lactam-Antibiotika. Arzneimittelbrief **22**, 81–85 (1988).

4. SYRIOPOULOU, V. Ph. u. A. L. SMITH: Osteomyelitis and Septic Arthritis. In: FEIGIN, R. D. u. J. D. CHERRY (Hrsg.): Pediatric Infectious Diseases, S. 727–740. Saunders, Philadelphia 1992.

5. HOLM, S. u. Mitarb.: The Penetration of Flucloxacillin into Cortica and Cancellous Bone During Arthroplasty of the Knee. Int. Orthop. **6**, 243–247 (1982).

6. JONES, R. N. u. Mitarb.: Antimicrobial Activity of Cefpirome. Diag. Microbiol. Infect. Dis. **14**, 361–364 (1991).

7. RUPPRECHT, H. u. Mitarb.: Perioperative Antibiotikaprophylaxe bei Brustwandrekonstruktionen: Bestimmung von Cefotaxim in Serum, Knorpel- und Knochengewebe. Fortschr. antimikrob. antineopl. Chemother. **4**, 109–115 (1986).

8. SIMON, C. u. W. STILLE: Antibiotikatherapie. Schattauer, Stuttgart 1989.

9. TULLUS, K. u. Mitarb.: Antibiotic Susceptibility of 629 Bacterial Blood and CSF Isolates from Swedish Infants and the Therapeutic Implications. Acta paediat. scand. **80**, 205–212 (1991).

10. UNSWORTH, P. F. u. Mitarb.: Flucloxacillin in Bone. J. clin. Path. **31**, 705–711 (1978).

11. VOSS, A. u. Mitarb.: Vorkommen, Häufigkeit und Resistenzverhalten von Methicillin-Oxacillin-resistenten Staphylococcus-aureus-Stämmen in Deutschland. Dt. med. Wschr. **117**, 1907–1911 (1992).

12. WILBER, R. B.: Beta-lactam Therapy of Osteomyelitis and Septic Arthritis. Scand. J. infect. Dis. **42**, 155–168 (1984).

13. WITTMANN, D. H. u. Mitarb.; Imipenem/Cilastin im Vergleich zu anderen Betalactamantibiotika bei Knocheninfektionen. Fortschr. antimikrob. antineopl. Chemother. **5-2**, 311–320 (1986).

N. BIER, Gelnhausen

# Verbesserte Schnelltests zur Streptokokken A-Diagnostik

*Frage: Ein von der Firma Hain Diagnostika angebotener Equate Strep A Immunoassay soll zu über 95% sicher sein. Entfällt damit ein gleichzeitiger Kulturnachweis von β-Streptokokken, den wir zur Zeit noch durchführen?*

Die Streptokokkenschnelltests beruhen auf einer Antigen-Antikörperreaktion in vitro. Zahlreiche Firmen bieten derartige Schnelltestverfahren an. Ihre Empfindlichkeit und damit Aussagesicherheit wurde im Laufe der Jahre deutlich verbessert, so daß bei den meisten Assays eine Sensitivität von über 90% erreicht wird. Die Zahl der falsch-negativen Ergebnisse bleibt damit niedrig, falsch-positive Befunde gibt es praktisch nicht.

In unserem Labor wurden sowohl in früheren Jahren als auch neuerdings zahlreiche derartige Schnelltests untersucht, und es hat sich herausgestellt, daß sie im Vergleich zum bakteriologischen Kulturnachweis durchaus bestehen können. Sie haben den Vorteil des raschen Diagnoseergebnisses innerhalb von 20–30 Minuten.

Bei klinisch eindeutigen Infektionen durch Streptokokken der Gruppe A, d. h. bei eitriger Angina oder bei Scharlach, sind beide Testverfahren, der Schnelltest sowie der Kulturnachweis vom Ergebnis her praktisch als identisch zu betrachten. Im Prodromalstadium, d. h. zu einem Zeitpunkt, zu welchem die Diagnose noch unsicher ist, kann der Schnelltest gegenüber dem Kulturnachweis durchaus versagen. Da ersterer jedoch rasch und ohne großen Aufwand durchführbar ist, machen zahlreiche Ärzte ihre Therapieentscheidung (Antibiotika oder nicht) vom Ergebnis des Schnelltestes abhängig und können gegebenenfalls sofort mit der Therapie beginnen, wogegen sie beim Anlegen einer Kultur auf jeden Fall bis zum nächsten Tag warten müssen.

Generell empfiehlt sich die Diagnostik in Form eines Schnelltests oder eines Kulturnachweises nur dann, wenn die Situation unklar ist und zwischen einer bakteriellen bzw. einer Virusinfektion unterschieden werden muß. In allen klinisch eindeutigen Situationen erübrigt sich sowohl der Schnelltest als auch der Kulturnachweis, da die typischen Infektionen im Bereich der Tonsillen und des Pharynx bei über 90% der Patienten durch Streptokokken der Gruppe A hervorgerufen werden.

Der Kulturnachweis ist nach wie vor die sicherste Methode der Diagnosestellung. Auf die kulturelle Anzüchtung kann jedoch zugunsten des Schnelltestes verzichtet werden, wodurch eine raschere Diagnosestellung erreicht wird. Bei den Kosten dürfte es keine allzu großen Unterschiede geben, wobei besonders die Erstattungshöhe durch die Krankenkassen von vielen Ärzten beim Schnelltest gegenüber dem Kulturnachweis für zu niedrig angesehen wird.

D. ADAM, München

## Übertragung von Varizellen

*Frage: In unserer Gemeinschaftspraxis wird die Arbeit immer wieder durch Patienten mit unvermuteten Varizellen dadurch behindert, daß ansteckungsfähige Patienten sowie der Arzt für 10 Minuten nicht in den Flur dürfen, da sonst eine (fliegende) Ansteckung erfolgen könnte.*

*Wie lange bleiben Varizellen in Raumluft ansteckend? Ist diese Art der Ansteckung auch bei Masern möglich? Müssen in einer Kinderklinik Zimmertüren abgeklebt werden, um fliegende Infektionen mit Sicherheit zu vermeiden?*

Varizellen können auf 2 Wegen übertragen werden: einmal über Kontakt mit respiratorischem Sekret, vor allem in den letzten Tagen der Inkubationszeit, und anschließend über Kontakt mit dem Bläschensekret. Damit es zu einer Übertragung via respiratorisches Sekret kommen kann, muß ein enger Kontakt vorhanden sein. »Eng« heißt maximal 1 m, weil die großen respiratorischen Tröpfchen, über die z. B. Varizellen, aber auch banale Erkältungskrankheiten übertragen werden, eine größere Distanz nicht »fliegend« überbrücken können, sondern wegen ihrer Größe und dadurch Schwere vorher sedimentieren. Gleiches gilt für Masern.

Daraus wird klar, daß man Varizellen und Masern im Gegensatz zur Tuberkulose nicht als »fliegende Infektionen« bezeichnen kann. Der Vektor ist bei Varizellen entweder das respiratorische große Tröpfchen oder das Bläschensekret, bei Masern nur das respiratorische Sekret. Allerdings ist die Kontagiosität von Varizellen und Masern sehr hoch, so daß nicht immune Personen sehr schnell infiziert werden können. Daher kommt wahrscheinlich die Vorstellung von den »fliegenden Infektionen«.

Zur Vermeidung einer Übertragung von Varizellen oder Masern sollen nicht immune Personen sich entweder vom Patienten weit genug fernhalten oder bei nahem Kontakt eine gut sitzende Gesichtsmaske tragen sowie bei Varizellen den direkten Kontakt mit dem Bläschensekret, z. B. durch Tragen von Einmalhandschuhen vermeiden.

Wahrscheinlich ist aber auch bei diesen Virusinfektionen die wichtigste prophylaktische Maßnahme die Händedesinfektion. Denn auch Virusinfektionen werden oft vorwiegend über die Hände übertragen. Dies gilt sowohl im Krankenhaus als auch außerhalb für das »normale« Leben. Deshalb stellt bei jedem Schnupfen Händewaschen bzw. Händedesinfektion die Grundlage für eine effektive Infektionsprophylaxe dar. Das Abkleben von Zimmertüren kann man also getrost aufgeben, ebenso das »Auslüften« des Personals nach Betreten eines Krankenzimmers, in dem ein Varizellenpatient untergebracht ist, oder das Lüften eines Flurs, durch den gerade ein solcher Patient gegangen ist.

INES KAPPSTEIN, Freiburg im Breisgau

# Indikation für *Zovirax* bei Herpes labialis oder Stomatitis aphthosa

*Frage: Bei Herpes simplex-Infektionen der Mundhöhle (Stomatitis aphthosa) oder der Lippen (Herpes simplex-Bläschen) wird von den meisten Kollegen großzügig Zovirax lokal verordnet. Es wird empfohlen, mit lokal anzuwendenden Antibiotika extrem zurückhaltend zu sein. Gilt dies nicht erst recht für lokal anwendbare Virustatika? Zovirax ist bisher das einzige virustatische Medikament. Ist nicht zu befürchten, daß durch eine großzügige lokale Anwendung vorzeitige Resistenzen geschaffen werden?*

Die Indikation zur lokalen oder oralen Anwendung von *Zovirax* beim Herpes labialis oder der Stomatitis aphthosa sollte aus den in der Frage genannten Gründen tatsächlich streng gestellt werden. Die Verordnung von *Zovirax* kann auf besondere Situationen beschränkt bleiben, weil es sich bei beiden Erkrankungen um lokal begrenzte und selbst limitierende Krankheitsverläufe handelt und symptomatische Behandlungsmöglichkeiten zur Schmerzlinderung zur Verfügung stehen. Ausweitung auf systemische Infektion (z. B. Enzephalitis) braucht bei beiden Krankheitsformen nicht gefürchtet zu werden.

Die Stomatitis aphthosa beim Kleinkind führt gelegentlich wegen Nahrungs- und Flüssigkeitsverweigerung bei hohem Fieber und dadurch drohender Exsikkosegefahr auf dem Höhepunkt der Erkrankung zur stationären Einweisung. Diese Situation bzw. ein 4–7 Tage während Klinikaufenthalt könnte in den meisten Fällen durch im frühen Ausprägungsstadium begonnene orale *Zovirax*-Behandlung (Suspension) vermieden werden. Zu diesem frühen Zeitpunkt ist der weitere spontane Verlauf noch nicht abzusehen, so daß bei diesem Vorgehen alle Kinder auch mit leichter Stomatitis aphthosa mit dem Virustatikum behandelt würden.

*Das halte ich nicht für erforderlich und auch nicht für gerechtfertigt.* Ob Behandlungsbeginn einige Tage später bei Kindern mit inzwischen stark ausgeprägter Symptomatik den weiteren Verlauf noch beeinflussen oder die Abheilung beschleunigen kann, wird bezweifelt, ist aber nicht hinreichend bekannt und wird auch nur schwer zu eruieren sein. Mitteilungen von Einzelbeobachtungen dazu könnten wertvoll sein.

Bei einem Kleinkind, das ich mit stark ausgeprägter und seit einigen Tagen bestehender Stomatitis aphthosa betreute, habe ich *Zovirax*-Suspension verordnet, weil die Mutter unmittelbar vor der Entbindung stand. Die Abheilung erfolgte sehr schnell. In vergleichbarer Situation würde ich wieder behandeln.

Ein anderes Kleinkind aus meiner Sprechstunde mit Hyper-IgE-Syndrom und massiven Staphylokokkeninfektionen auch in seiner jüngeren Anamnese bekam eine Stomatitis aphthosa und wurde mir frühzeitig vorgestellt. Das Kind war zu dieser Zeit anderweitig infektfrei und stand unter TMP-Langzeitbehandlung. Ich habe k e i n *Zovirax* gegeben, da ich keinen ungewöhnlichen Verlauf zu erwarten hatte. Bei kurzfristigen klinischen Kontrollen zeigte sich auch ein blander weiterer Verlauf.

Bei beiden Patienten hätte man auch anders handeln können. Sie wurden deshalb erwähnt, weil *Zovirax* nicht unüberlegt nach Schema verordnet werden soll. Nur auf diese Weise ist eine nicht gerechtfertigte großzügige Anwendung zu vermeiden.

Im übrigen wird in einem soeben in neuer Auflage erschienenen amerikanischen Standardwerk der Pädiatrischen Therapie (1) von einem deutschen Dermatologen die *Zovirax*-Behandlung der Stomatitis aphthosa kommentarlos empfohlen.

Resistenzentwicklung von Herpesviren gegenüber Aciclovir ist bislang nicht beobachtet worden, das schließt die Möglichkeit dazu nicht aus. Die Selektion primär resistenter Virusstämme durch großzügigen Einsatz von *Zovirax* würde schon genügen, die ohnehin bescheidenen Erfolge bei der virustatischen Behandlung der Herpesenzephalitis zu gefährden. Aus diesem Grunde kann ich mich der zitierten Lehrbuchempfehlung n i c h t anschließen.

Literatur

**1.** EICHENWALD, H. F. u. J. STRÖDER: Pediatric Therapy, S. 95. 3. Aufl. Mosby, St. Louis 1993.

TH. LUTHARDT, Worms

# Salmonelleninfektion

*Frage: Kinder, die nach einer ausgeheilten Enteritis immer noch Erreger wie Salmonellen o. ä. im Darm haben, werden von Kindergarten- und Schulbesuch wegen Weiterverbreitungsgefahr ausgeschlossen.*

*Wie gefährlich sind diese Kinder wirklich unter dem Aspekt der Weiterverbreitung?*

*Mir kommt diese Situation absurd vor. Während Enteritiserreger ungehemmt und unkontrolliert über Nahrungsmittel von außen eindringen, werden Toiletten von Schulen und Kindergärten mit massiven Druckmitteln gehütet als wären es Hotelküchen. Infektionsketten mit Durchfall, die ich beobachtet habe, waren ausnahmslos Virusinfekte. Die anderen waren von außen hereingeschleppte Nahrungsmittelinfektionen.*

*Mein Eindruck der letzten Jahre: Die »toilettenzentrierte« Kontrolle der Enteritiserreger ist bei unseren hygienischen Verhältnissen seuchenhygienisch erfolglos, überflüssig, teuer und unsozial. Ich habe gehört, daß in den anderen europäischen Ländern die Akzente anders gesetzt werden. Stimmt das?*

Die Salmonelleninfektion erfolgt meistens über den Verzehr kontaminierter tierischer Produkte und selten von Mensch zu Mensch. Die für eine klinische Infektion notwendige Salmonellendosis ist sehr groß und wird nur erreicht, wenn sich die Keime in der Nahrung vor dem Verzehr vermehren konnten. Da vor allem Tiere das Infektionsreservoir bilden, haben vor allem die Methoden der Tierhaltung, Vermarktung und des Schlachtens Auswirkung auf die Häufigkeit einer Krankheit beim Menschen. Würde z. B. die Hitzebehandlung von Tierfutter zur Pflicht gemacht, könnte man die Salmonelleninzidenz bei Tieren stark reduzieren.

Die meisten Patienten scheiden in der Heilungsphase für einige Wochen nach der Infektion Salmonellen mit dem Stuhl aus. Die Zahl der Bakterien ist dabei gewöhnlich niedrig und für andere Personen keine Gefährdung. Daraus läßt sich ableiten, daß das Händewaschen nach dem Gang zur Toilette eine ausreichende Maßnahme darstellt und Schultoiletten innerhalb der Infektionskette von nachgeordneter Bedeutung sind.

H. J. Böhles, Frankfurt am Main

## Herpes zoster bei einem Kleinkind

*Frage: Herpes zoster ophthalmicus bei einem 15 Monate alten Jungen. Nach Behandlung mit Aciclovir rasche Abheilung. Der Patient hatte mit 3 Monaten Varizellenkontakt bei seiner Schwester, die Mutter hatte Varizellen als Kind gehabt. Da ein Herpes zoster ophthalmicus im Alter von 15 Monaten doch sehr ungewöhnlich ist, habe ich eine weitere Diagnostik begonnen.*

*Ich fand unauffällige Befunde für Blutsenkung, großes Blutbild, GOT, GPT, γGT, alkalische Phosphatase, LDH, Harnsäure, Immunglobuline, Eiweiß-Elpho und Lymphozytendifferenzierung; die Serologie für Varizella-Zoster-Virus ergab einen VZV-IgG-Titer von >640, VZV-IgM war negativ.*

*Der Befund des Neuroblastomscreenings steht noch aus.*

*13 Tage später entwickelte der Patient am Fuß ein Exanthem, das mich auf den ersten Blick und aufgrund des Tastbefundes mit multiplen kleinen fibrösen Herden an ein Granuloma anulare denken ließ, der konsiliarisch hinzugezogene Hautarzt interpretierte dies als ein Erythema exsudativum multiforme im Rahmen dieser Zostererkrankung.*

*Ein Herpes zoster in diesem Alter ist doch sehr ungewöhnlich. Kann eine schwerwiegende Ursache anhand der Untersuchungen zum jetzigen Zeitpunkt als ausgeschlossen gelten?*

Der geschilderte Patient hat in der Tat einen sehr frühen Zosterausbruch. Andererseits ist die Vorgeschichte nahezu klassisch. Wir finden eine VZV-immune Mutter, diese überträgt einen (geringen) Nestschutz. In der Zeit dieses Nestschutzes (in diesem Fall mit 3 Monaten) hat das Kind wohl eine inapparente Varizelleninfektion durchgemacht. Eine solche Primärinfektion ist ja Vorbedingung für das Auftreten eines Zosters.

Die nachfolgende Hauteffloreszenz kann ich aufgrund der Beschreibung alleine auch nicht recht zuordnen, plausibel immerhin wäre das Entstehen eines Erythema exsudativum multiforme in der peri/post-infektiösen Zeit.

Zostererkrankungen im Kleinkindesalter sind nicht bekannt als Indikatoren für eine bösartige Erkrankung, deswegen sollte auch keine weitere Diagnostik erfolgen. Die häufigsten in diesem Lebensalter auftretenden Malignome sind durch die genannten Untersuchungen ja schon ausgeschlossen.

J. FORSTER, Freiburg im Breisgau

## Problematik bei der Behandlung einer Soorerkrankung der Mundhöhle

*Frage: Daß Pilzsporen in Saugern längere Zeit überleben ist bekannt. Wie verhält es sich bei Holzspielwaren, speziell Klappern und Beißringen?*

*Erzielt man durch längeres Austrocknen ein Absterben der Pilzsporen oder ist eine Reinfektion auch nach längerer Zeit möglich?*

Mundsoor wird verursacht durch Erreger der Gattung Candida, also von Hefen. Auf unbelebten Oberflächen können Hefen einige Zeit lebensfähig bleiben, vor allem, wenn sie in ein feuchtes und substratreiches Milieu (Sauger, Milchflasche) eingebracht werden. Sauger und Schnuller sind bei Säuglingen mit rezidivierendem Mundsoor häufig Reservoir von Hefen. Diese wachsen unter Ausbildung eines Pseudomyzels in das Gummimaterial ein. Analog dazu sind Besiedelungen von Holzspielsachen beschrieben, auf denen Kleinkinder herumkauen und das Holz lange Zeit genug Feuchtigkeit hält.

Wie lange Candida auf feuchtem Holzspielzeug überlebt, hat meines Wissens niemand untersucht. Daher möglichst kein Holzspielzeug bei Mundsoor. Die einzige Möglichkeit, Holzspielzeug frei von Sproßpilzen zu bekommen, ist **auskochen**, dann aber ist meist auch das Spielzeug kaputt. In der Klinik kommt nur die **Gassterilisation** in Frage mit langen Entlüftungszeiten; das käme aber nur für teures Spielzeug aus Designerhand in Frage.

F. Daschner und H. Grundmann,
Freiburg im Breisgau

## Echinokokkose – Tests, Endemiegebiete, Prophylaxe

*1. Frage: Welche Tests sind geeignet, bei einem Hund eine Infektion festzustellen?*

Die diagnostischen Möglichkeiten beim Echinokokkusbefall der Karnivoren sind als unbefriedigend anzusehen, weil sie wenig effizient und zum Teil sehr aufwendig sind. Die Kotuntersuchung auf spontan abgehende Proglottiden bzw. Eier (die morphologisch nicht von Taenia-Eiern unterschieden werden können) mit Flotationsmethoden erfaßt nur etwa ⅓ der befallenen Träger, da die Ausscheidung nicht kontinuierlich erfolgt. Immundiagnostische Methoden (IFAT) zum Nachweis von Antikörpern im Serum bzw. von Antigen im Kot der Endwirte werden derzeit evaluiert.

*2. Frage: Gibt es genaue Angaben darüber, welche Regionen zum Endemiegebiet des Echinococcus multilocularis gehören?*

Nördliche Hemisphäre: Regionen von Nordamerika (Alaska, Kanada, einige Staaten der USA), Asien (Türkei, Iran, GUS-Staaten, Japan) und Europa. Das bisher bekannte europäische Endemiegebiet umfaßt Frankreich (Zentralmassiv, östliche Landesteile), die Schweiz (vor allem nördliche und südöstliche Regionen), Deutschland (vor allem Süddeutschland mit Baden-Württemberg, Bayern und Rheinland-Pfalz; nach neuen Untersuchungen reichen Ausläufer des Endemiegebietes weiter nach Norden als bisher angenommen wurde: Hessen, Thüringen, Niedersachsen, Nordrhein-Westfalen; eine aktuelle Untersuchung schätzt die Erregerprävalenz in Brandenburg zwischen 6,2 und 11,5%), Österreich (vor allem westliche und südliche Landesteile, Tirol, Kärnten, Steiermark) und westliche Gebiete der früheren Tschechoslowakei.

*3. Frage: Das Informationsblatt des Bundesgesundheitsamtes zur Echinokokkose empfiehlt, im Endemiegebiet »Waldfrüchte, Gemüse, Salat, Beeren aus Freilandkulturen sowie Fallobst gründlich zu waschen und wenn möglich zu kochen«. Konsequent durchgeführt würde das heißen, daß praktisch nichts mehr roh gegessen werden darf.*

*Welche Empfehlung kann man Eltern geben?*

Aufgrund der hohen Tenazität gegenüber Umwelteinflüssen bleiben die Eier im Sommer mindestens 3 und im Winter etwa 8 Monate infektionsfähig. Die Frage nach der regionalen Gefährdung der Humanpopulation läßt sich derzeit nur ungenügend beantworten. Die Wege und die Quellen der menschlichen Infektion sind umstritten und in ihrer epidemiologischen Bedeutung unklar. Grundsätzlich ist zwar klar, daß sich Menschen durch perorale Aufnahme der Eier infizieren, doch sind Einzelheiten der Übertragungswege (direkter Kontakt mit Füchsen, Aufnahme von Eiern mit kontaminierter Nahrung etc.) noch unbekannt.

Gesichert ist durch epidemiologische Daten aus Frankreich und der Schweiz, daß in der Landwirtschaft tätige Personen einem höheren Infektionsrisiko ausgesetzt sind als andere Personengruppen. Nach Daten aus Frankreich sollen die Jagd und der Verzehr von Wildfrüchten Risikofaktoren für Menschen sein. Kinder gelten aufgrund ihres geringeren Hygieneverhaltens als besonders gefährdet. Gekocht können diese Beeren jedoch verzehrt werden, da die Echinokokuseier bereits bei Temperaturen über 50°C absterben. Auch bei pasteurisierten Lebensmitteln, die Waldfrüchte enthalten, wie z. B. Yoghurt und Eis, ist kaum mehr mit infektionstüchtigen Eiern zu rechnen.

Im Experiment bei −18°C tiefgefroren überleben Eier etwa 8 Monate, ihre Infektiosität geht jedoch durch Tiefgefrieren während 2 Tagen bei −80°C verloren. Bei einer Temperatur von −70°C werden die Eier innerhalb von 4 Tagen sicher abgetötet.

Nach heutigem Kenntnisstand ist anzunehmen, daß die sehr mobilen Füchse in der Lage sind, Eier von E. multilocularis im Freiland weit zu verstreuen, auch in der näheren Umgebung ländlicher oder städtischer Wohnsiedlungen, z. B. auf Feldern, Wiesen sowie in Wäldern und Gärten. Die Eier von E. multilocularis können von verschiedenen Fliegenarten und Käfern sowie von Schnecken, die Fuchskot aufsuchen, verschleppt werden.

Praziquantel *(Droncit)* ist hochwirksam gegen unreife und reife Darmstadien von E. multilocularis. Tiere mit E. multilocularis-Befall sollten allerdings wegen des zu hohen Infektionsrisikos für den Menschen nicht behandelt, sondern euthanasiert werden. Soll eine Therapie dennoch vorgenommen werden, ist sorgfältigste Hygiene zu beachten. Der Kot muß unschädlich beseitigt (z. B. verbrannt) werden, da Praziquantel nicht ovizid wirkt, sondern nur gegen unreife und reife Darmstadien wirksam ist.

Literatur
BÄHR, R.: Die Echinokokkose des Menschen. Enke, Stuttgart 1981.
KRAUS, H. u. A. WEBER: Zoonosen. Deutscher Ärzte-Verlag, Köln 1986.
TACKMANN, K. u. D. BEIER: Epidemiologische Untersuchungen zu Echinococcus multilocularis (Leukart; 1863) im Land Brandenburg, 1. Mitteilung, Tierärztl. Umsch. **48**, 498–503 (1993).
WEBER, A.: Echinokokkose, eine gefährliche parasitäre Zoonose, VET 10–88, 16–22 (1988).
ECKERT, J. u. J. BOCH: Veterinärmedizinische Parasitologie, Parey, Berlin-Hamburg 1992.

H. ROTH, Freiburg im Breisgau

# Oxyuriasis: Diagnostik, Nachweis, Symptomatik, Hygienemaßnahmen bei Chemotherapie und Behandlungsmöglichkeiten für die schwangere Mutter

*Die Fragen betreffen eine rezidivierende Oxyuriasis bei 2 Geschwistern (3½jährig, weiblich, und 2¼jährig, männlich).*

*1. Frage: Welches ist die sicherste Nachweismethode bei Organbefall? Stuhlprobe, Klebestreifenmethode? Gibt es auch serologische Nachweismethoden? Muß bei häufigen Rezidiven (Nachweis durch Klebestreifenmethode) auch an andere Würmer gedacht werden? Wenn ja: an welche? Wie weist man sie nach?*

Den sichersten, schnellsten und auch einfachsten Nachweis von Enterobius vermicularis (Oxyuriasis) bietet die Klebestreifenmethode. Hierbei empfiehlt sich folgendes Vorgehen:

Am besten wird frühmorgens vor dem Waschen und dem Gang auf die Toilette mit einem etwa 10 x 2 cm großen Zellophanklebestreifen mehrmals mit der Klebeseite gegen die Anal- und Perianalregion gedrückt. Der Streifen wird dann mit der Klebeseite auf einen Objektträger aufgeklebt und direkt oder nach Zusatz von einigen Tropfen Toluol, welches zur Auflösung von Zelldetritus und zur Kontrastverstärkung dient, bei schwacher Vergrößerung untersucht.

Die Madenwurmeier sind längs-oval, etwa 25 : 50 μm groß, scharf konturiert und haben eine dicke und oft lamellenartige Schale. Im Innern sind manchmal schon die geschwänzten Larven erkennbar. Eine Verwechslungsgefahr besteht beim Mikroskopieren lediglich mit eventuell vorhandenen Luftblasen. Die Trefferquote steigt mit der Anzahl der Untersuchungen: mit einem einzigen Klebestreifenabstrich findet man etwa 50%, mit dreien 90% und mit fünfen 97% der Infizierten (1).

Der Direktnachweis der adulten Würmer im Stuhl ist nicht zu empfehlen, da die Trefferquote deutlich unter der der Klebestreifenmethode liegt.

Ein serologischer Nachweis ist nicht möglich, da auch eine langanhaltende Oxyuriasis keine Immunität und damit auch keine Antikörperbildung hervorruft.

Auch bei häufigen Rezidiven muß aus folgenden Gründen nicht sofort an andere Wurminfektionen gedacht werden:

**1.** Eine Verwechslung mit anderen Wurmeiern ist im mikroskopischen Präparat kaum möglich.

**2.** Die Symptomatik einer Oxyuriasis ist ausgesprochen typisch: häufiger Befall von Kindern und ganzen Familien oder Gruppen, nächtlicher Analpruritus, bei Mädchen Pruritus vulvae, bisweilen wiederholte Harnwegsinfektionen, superinfizierte Kratzläsionen, Schlafstörungen, Enuresis, Reizbarkeit usw.

**3.** Die häufigen Rezidive sind zudem typisch für die Oxyuriasis, da vielfältige Möglichkeiten der Infektion und Reinfektion bestehen; über kontaminierte Hände und Fingernägel (Autoinfektion), Retroinfektion noch während der Nacht, da sich nach Ablegen der Eier bereits nach 6 Stunden invasionsfähige Larven gebildet haben, aerogene Infektion durch Schlucken von aufgewirbelten und mit Eiern beladenen Staubpartikeln (Bettwäsche, Schlafanzüge usw.).

*2. Frage: Zusätzliche Hygienemaßnahme bei Chemotherapie der ganzen Familie (z. B. Vermox 3 x 1 Tabl., nach 2 Wochen 1 Tabl. und weiteren 2 Wochen nochmals*

*1 Tabl.: welche Maßnahmen sind erforderlich (z. B. täglicher Wechsel der Bettwäsche, auch wenn die Kinder Windeln, Schlafanzug usw. tragen?) und für wie lange? Ist Baden erlaubt?*

Eine Standardchemotherapie, wie z. B. die Gabe von *Vermox,* sollte immer mit hygienischen Maßnahmen kombiniert werden, weil letztere allein zwar die Rate der Infektionen nicht senken können, jedoch eine Chemotherapie deutlich unterstützen.

Da der Hauptinfektionsweg über kontaminierte Hände und Fingernägel stattfindet, sind Maßnahmen, die nächtliches Kratzen verhindern, besonders angebracht. Dazu gehört das Tragen und mehrmalige (besonders abends und morgens) Wechseln der Windeln bei Kleinkindern und tägliches Wechseln des Schlafanzuges bei älteren Kindern und Erwachsenen. Wenn möglich sollte auch täglich ein frisches Bettuch benutzt und die schmutzige Bett-/Nachtwäsche auch umgehend ausgekocht und möglichst wenig aufgewirbelt werden, um die aerogene Verbreitung der Madenwurmeier zu verhindern. Diese strenge »Kleiderordnung« sollte während des 1. Behandlungszyklus ganz und zur Hälfte während des 2. Zyklus (also über 3 Wochen) beibehalten werden.

Zu achten ist auch auf mehrmaliges (besonders morgens und vor dem Essen) Waschen der Hände und Ausbürsten der Fingernägel. Baden ist selbstverständlich erlaubt, und es sollte auch möglichst jeden Morgen und Abend die Anogenitalregion mit Seifenschaum und warmem Wasser gereinigt werden.

Da die Madenwurmeier bei entsprechender Außentemperatur und -feuchte unter Umständen über Wochen infektionsfähig bleiben können, sind auch die Infektionsmöglichkeiten über z. B. Zahnbürsten oder ähnliches in Betracht zu ziehen und zu verhindern.

*3. Frage: Welche Behandlungsmöglichkeit gibt es für die schwangere Mutter bei Oxyurenbefall? Besteht Gefahr für die Schwangerschaft?*

Bisher sind keine direkt den Feten schädigenden Infektionen durch Enterobius vermicularis während der Schwangerschaft beschrieben worden. Dies ist auch nicht zu erwarten, da die meisten Infektionen auf den Gastrointestinaltrakt beschränkt bleiben und es nur selten zu aberranten Infektionen, z. B. durch Einwandern der Larven in die Vagina und konsekutiv zu Salpingitiden, Peritonitiden oder Abszessen kommt.

Über alle gegen Oxyuriasis verfügbaren Anthelminthika gibt es Berichte teratogener Effekte, so daß man – sowie dies von der Schwangeren toleriert wird – eine medikamentöse Therapie erst nach Beendigung der Schwangerschaft durchführen bzw. auf jeden Fall das 1. Drittel der Schwangerschaft von einer Chemotherapie aussparen und sich lediglich auf hygienische Maßnahmen beschränken sollte.

Folgende Anthelminthika stehen zur Verfügung, wobei zwei Präparate in Deutschland nicht verfügbar sind:

*Vermox* **(Mebendazol)**

Teratogene und embryotoxische Effekte bei Ratten. Wird kaum aus dem Gastrointestinaltrakt resorbiert und ist nur in geringen Mengen in der Muttermilch zu finden.

*Helmex* **(Pyrantel-Embonat)**

Gilt gegenwärtig als Mittel der 1. Wahl (2) bei Fadenwurmerkrankungen. Wird zu weniger als 10% resorbiert. Die Anwendung bei Schwangeren und Kindern unter

2 Jahren wurde bisher nicht geprüft und wird deshalb bei diesen Patientengruppen **nicht** empfohlen. Wird kaum in der Muttermilch ausgeschieden.

### *Vermizine* (Piperazin)

Nur noch in den USA erhältlich. Nach FORTH (2) heute nur noch Anthelminthikum 2. Wahl bei der Therapie von Fadenwurmbefall. Wurde seit 1949 in der Therapie eingesetzt. Bisher lediglich 2 direkte teratogene Effekte bei Einnahme während des 1. Trimenons beschrieben. Wird in die Muttermilch ausgeschieden.

Nach einer Empfehlung von LEACH (3) sollte Piperazin eingesetzt werden, falls unbedingt eine Chemotherapie während des 2. und 3. Trisemesters der Schwangerschaft erfolgen muß.

### *Mintecol* (Tiabendazol)

Nur in den USA erhältlich. Im Tierversuch gibt es Hinweise auf Embryotoxizität. Eine Studie zum Einsatz in der Spätschwangerschaft hat eine höhere Rate an Übelkeit, Schwindel und Erbrechen ergeben als bei Nichtschwangeren.

Literatur

1. BELDING, D. L.: Textbook of parasitology. 3. Aufl., S. 452–464. Meredith Publishing Company, Appleton-Century-Crofts, New York 1964.
2. FORTH, W., D. HENSCHLER u. W. RUMMEL: Pharmakologie und Toxikologie. 6. Aufl., S. 706–716. Wissenschaftsverlag, Mannheim 1992.
3. LEACH, F. N.: Management of threadworm infestation during pregnancy. Archs Dis. Childh. **65**, 399–400 (1990).

B. WILLE und E. BÄHR, Gießen

# Notfälle

## Atropin vor Magenspülung?

*Frage: Eine Form der primären Giftentfernung bei Ingestionen ist die Magenspülung. Zwischen Kliniken bestehen offensichtlich unterschiedliche Auffassungen über die Notwendigkeit einer vorhergehenden Atropinverabfolgung. Wie sollte man sich zu dieser Frage stellen?*

*1. Atropin vor Einführung des Spülschlauches zu verabfolgen, hat nur Sinn, wenn man den Wirkungseintritt abwartet, also von dem Gebot einer sofortigen Spülung absieht.*

*2. Unter Atropin ist durch Einwirkung auf den Pylorus eine Beschleunigung des Ausstromes von Mageninhalt in den Darm zu erwarten, so daß sich die ausspülbare Giftmenge verringert.*

*3. Die Verminderung der Darmperistaltik und somit Verlangsamung der Darmpassage könnte vorstellbar zu einer Vermehrung der Giftresorption führen.*

*4. Sind Substanzen insbesondere aus dem nicht medikamentösen Bereich zu benennen, die bei kindlichen Intoxikationen häufiger angetroffen werden und bei denen durch Wechselwirkung mit Atropin seine Verabfolgung eher kontraindiziert oder eher indiziert ist?*

*5. Wären einer unterlassenen Atropinverabfolgung gegebenenfalls rechtliche Aspekte zuzuordnen?*

Aus klinischer Sicht stellt sich die Frage nach einer Atropingabe vor einer geplanten Magenspülung aus der Tatsache, daß beim Legen des Magenschlauches vagale Reaktionen in Form von Bradyarrhythmien bei Irritationen im Bereich des Rachenraumes auftreten können.

Um diese Frage korrekt beantworten zu können, soll unterschieden werden zwischen dem Erwachsenenalter und dem Kindesalter einerseits und zwischen einer prophylaktischen i.m.-Gabe und einer i.v.-Gabe von Atropin andererseits:

Bei Erwachsenen ist eine prophylaktische i.m.-Gabe von Atropin nicht indiziert. Mehrere Untersuchungen haben gezeigt, daß bei prophylaktischer i.m.-Gabe von Atropin nicht ausreichend hohe Blutspiegel erreicht werden, um die vagal bedingten Bradyarrhythmien zu unterdrücken. Ein ausreichender Schutz vor Bradyarrhythmien durch eine prophylaktische i.m.-Gabe wird nicht erreicht.

Beim Legen einer Magensonde treten zwar gelegentlich vagale Reflexe auf, die sich meist als Bradykardie mit einer Frequenz zwischen 30 und 40/Min. manifestieren. Solche Frequenzabfälle sind jedoch durch eine sofortige intravenöse Atropinapplikation leicht beherrschbar. Voraussetzung für das Legen eines Magenschlauches mit dem Ziel einer Magenspülung ist aus unserer Sicht deshalb die Anlage eines intravenösen Zuganges über eine periphere Venenpunktion und die Bereitstellung von Atropin.

Bei Kindern ist die vegetative Labilität bekanntermaßen stärker ausgeprägt als bei Erwachsenen. Bei entsprechenden vagalen Reizen treten Bradykardien bis hin zur Asystolie auf, weshalb uns die intravenöse Gabe von Atropin kurz vor Legen des Magenschlauches sowie eine Ekg-Überwachung sinnvoll erscheinen.

Von einer intramuskulären oder subkutanen Applikation ist abzuraten, da hierbei nicht nur der Wirkungseintritt erheblich verzögert ist, sondern auch eine Bradykardie aufgrund der niedrigen Plasmaspiegel auftreten kann. Auch wäre hier mit einer verlängerten Wirkungsdauer von Atropin zu rechnen, sowie mit den zum Teil unangenehmen Nebenwirkungen wie Mundtrockenheit oder auch hin und wieder beim Kleinkind das Auftreten von Fieber.

Durch die atropinbedingte verminderte Darmperistaltik wäre ebenfalls eine höhere Giftresorption im Bereich des Darmes theoretisch denkbar. Praktisch ist diese vermehrte Giftresorption im Darm nach intravenöser Atropingabe aber sicher von untergeordneter Bedeutung, zumal eine Magenspülung nur sinnvoll erscheint, wenn zwischen Gifteinnahme und Spülung erst kurze Zeit vergangen ist, sich der größte Teil des Giftes also noch im Magen befindet. Die Dosierung von Atropin im Kindesalter beträgt 0,01 mg/kg KG i.v.

Aus rechtlicher Sicht halten wir die prophylaktische Gabe von Atropin aber nicht für unbedingt erforderlich. Zwingend zu fordern aber sind die Anlage eines intravenösen Zugangs und das Bereitstellen von Atropin. Sind diese Voraussetzungen gegeben, so kann auf eine prophylaktische Gabe von Atropin verzichtet werden, da beim Auftreten von Bradyarrhythmien das Atropin sofort injiziert werden kann. Andererseits ist die prophylaktische i.v.-Gabe von Atropin ohne schwerwiegende Nebenwirkungen, so daß auch eine generelle prophylaktische i.v.-Atropingabe bei Kindern als gerechtfertigt erscheint.

Der Verzicht auf Atropin aber kann u. E. nicht zu rechtlichen Folgen führen, vorausgesetzt, wie bereits erwähnt, daß Atropin sofort zur Verfügung steht und ein intravenöser Zugang bereits angelegt wurde. Die anästhesiologische Literatur hält seit einigen Jahren nicht mehr an dem Grundsatz einer obligaten Prämedikation mit Atropin fest (1, 2).

Es erscheint uns unbedingt erforderlich, daß beim bewußtlosen Patienten oder beim Patienten mit eingeschränkten Schutzreflexen der oberen Luftwege eine Intubation der Magenspülung vorausgeht. Die Gefahr der Aspiration kann damit sicher gebannt werden. Die Indikationen zur prophylaktischen Gabe von Atropin vor einer solchen Intubation sind die gleichen wie oben genannt.

Literatur

1. DOENICKE, A. u. Mitarb.: Anästhesiologie. Lehrbuch der Anästhesiologie und Intensivmedizin 1. 6. Aufl. Springer, Berlin-Heidelberg 1992.
2. VICKERS, M. D., M. MORGAN u. P. S. J. SPENCER: Drugs in Anaesthetic Practice. 7. Aufl. Butterworth Heinemann, Oxford 1991.

C. KRIER und R. DOBROSCHKE, Stuttgart

Möglicherweise noch mehr als in vielen anderen Sparten der Medizin hat in der klinischen Toxikologie manches seinen Ursprung in inzwischen obskur gewordenen Quellen, die getreulich kopiert und wieder und wieder abgeschrieben worden sind.

Der Gedankengang, der der Gabe von Atropin vor der Magenspülung zugrunde liegt, ist klar: Manipulationen im Rachen wirken vagoton und können insbesondere bei zuvor schon deprimierten Atmungs- oder Kreislaufverhältnissen zu Bradykardien bis hin zur Asystolie führen. Das weiß jeder, der dem Piepen eines Monitors bei der Intubation während der Narkoseeinleitung aufmerksam zugehört hat.

Bei nicht beeinträchtigten Vitalfunktionen dürfte der durch das Einführen des Magenschlauchs bedingte Vagusreflex nicht bedrohlich werden. In dieser Situation ist Atropin also entbehrlich. Bei schweren Intoxikationen wird vor der Magenspülung ohnehin erst intubiert und dafür auch Atropin gegeben werden müssen.

Die unterschiedlich dezidert formulierte Empfehlung zur Gabe von Atropin vor der Magenspülung findet sich in mehreren deutschsprachigen Publikationen und Toxikologie-Büchern (2, 6, 9), nicht jedoch im englischsprachigen Schrifttum (1, 3–5, 7, 8).

Man wird also keineswegs einen vorwerfbaren Fehler begehen, wenn man die vorherige Atropingabe bei der Magenspülung unterläßt. Dieses ist die Aussage eines Pädiaters. Die Meinung von erfahrenen Intensivmedizinern aus internistischen Wachstationen sollte hierzu aber unbedingt auch eingeholt werden.

Auf eine für mich erstaunliche pharmakologische Wissenslücke bin ich gestoßen, die zu füllen weder Lehrbücher noch ein konsultierter pharmakologischer Ordinarius in der Lage waren:

Wirkt Atropin in den zur Prämedikation verabreichten Dosen am Darm? Wie lange hält gegebenenfalls der Effekt an? Wird der Pylorus geöffnet (analog wie bei der Anticholinergika-Behandlung bei der spastischen Pylorushypertrophie des Säuglings)? Oder wird er geschlossen?

Sollten Pharmakologen nicht doch irgendwo über Alt-Wissen verfügen, das die Beantwortung dieser Fragen ermöglichen würde?

Zusammenfassend mag aber festgehalten werden, daß diese vernünftige Frage eine Entstaubungsaktion erlaubt. Die Gabe von Atropin vor der Magenspülung ist nicht routinemäßig indiziert.

Literatur

1. American Academy of Pediatrics: Handbook of Common Poisonings in Children, 2. Aufl. Evanston, Illinois 1983.
2. DAUNDERER, M.: Akute Intoxikationen, 2. Aufl. Urban & Schwarzenberg, München 1980.
3. ELLENHORN, M. J. u. D. G. BARCELOUX: Medical Toxicology: Diagnosis and Treatment of Human Poisoning. Elsevier, New York 1988.
4. HADDAD, L. M. u. J. F. WINCHESTER: Clinical Management of Poisoning and Drug Overdose, 2. Aufl. Saunders, Philadelphia 1990.
5. HENRETIG, F. M. u. Mitarb.: Toxicologic Emergencies. In: FLEISHER, G. u. S. LUDWIG (Hrsg.): Textbook of Pediatric Emergency Medicine. Williams and Wilkins, Baltimore 1988.

6. KRIENKE, E. G., K. E. v. MÜHLENDAHL u. U. OBERDISSE: Vergiftungen im Kindesalter, 2. Aufl. Enke, Stuttgart 1986.
7. ROGERS, C. G. u. N. J. MATYUNAS: Gastrointestinal Decontamination for Acute Poisoning. Pediat. Clins. N. Am. **33**, 261–286 (1986).
8. RUMACK, B. H.: Acute Poisoning. In: GELLIS, S. S. u. B. M. KAGAN (Hrsg.): Current Pediatric Therapy, 11. Aufl., S. 644–657. Saunders, Philadelphia 1984.
9. SPÄTH, G.: Vergiftungen und akute Arzneimittelüberdosierungen, 2. Aufl. de Gruyter, Berlin 1982.

K. E. v. MÜHLENDAHL, Osnabrück

# Entfernung von Zecken und Übertragung von Krankheitserregern

*Frage: Wie entfernt man am sichersten eine Zecke? Gibt es Erkenntnisse über vermehrten Erregerübertritt beim Fassen oder Ersticken der Zecke?*

*Ich habe bisher Zecken mit einer Pinzette herausgedreht. Kollegen sehen eine erhöhte Infektionsgefahr beim Fassen der Zecke, diese gebe dann an der Bißstelle, ebenso wie beim Ersticken, z. B. mit Öl o. ä., vermehrt »Speichel« ab, welcher natürlich Borrelien oder Viren enthalten kann. Die Kollegen exzidieren die Zecke und vernähen gegebenenfalls den Defekt. Dies erscheint mir eine Übertherapie zu sein.*

Zecken fungieren bei der Übertragung von Krankheitserregern (Viren und Bakterien) auf den Menschen als Vektoren, d. h., daß sie selbst nicht erkranken und sich in ihrem Körper keine Mikroorganismen vermehren. In Europa kommen hauptsächlich die Ixodesarten vor, von denen die Subspecies Ixodes ricinus (Holzbock) der wichtigste Vertreter ist.

Die übertragbaren Keime sind vor allem das Frühsommermeningoenzephalitis-Virus (FSME) und die Borrelia burgdorferi (Lyme-Borreliose) aus der Gruppe der Spirochäten. Die Durchseuchungsrate der Zecken in den mitteleuropäischen Endemiegebieten liegt bei 5–10% für das FSME-Virus und bei etwa 20% für die Borrelien, für welche eine Erkrankungsquote von 4% aller Zeckenbisse angegeben wird.

Der anatomische Aufbau ermöglicht die Unterscheidung von 3 Entwicklungsstadien. Die aus dem Ei schlüpfende Larve ist die kleinste aktive = parasitäre Form und ist 6beinig. Die bereits 8beinige Nymphe ist etwas größer, aber noch nicht geschlechtsdifferent ausgebildet. Die ebenfalls 8beinigen adulten Exemplare (Imagines) weisen einen Geschlechtsdimorphismus auf, wobei die Weibchen gelblichbraun und etwa 3–4 mm lang, die Männchen grauschwarz und wesentlich kleiner sind. Am vorderen Ende befinden sich die Saugwerkzeuge, die nicht mit dem Kopf der Arthropoden übereinstimmen, sondern durch Verschmelzung der Kopflamelle mit den Ansätzen der Kiefer entstanden sind. Zwischen den Beinen befindet sich die Geschlechtsöffnung, kaudal in der Mittellinie der Anus und seitlich je eine Atemöffnung.

Die Biologie der Ixodeszecken lehrt, daß in ihrem oft mehrjährigen Entwicklungszyklus pro Stadium jeweils nur eine einzige Nahrungsaufnahme stattfindet. Sie sind also temporäre Schmarotzer, die sich mit Blut verschiedenster Wirtsorganismen (bis zu 300 verschiedene Arten von Säugetieren, Vögeln oder Reptilien sowie eben auch Menschen) versorgen, um sich jeweils anschließend durch Metamorphose weiterzuentwickeln bzw. nach Befruchtung oder Eiablage zu sterben.

Zur Aktivität der Zecken sind mehrere exogene Faktoren erforderlich. Der wichtigste Umweltfaktor ist die Temperatur und hier vornehmlich die Erwärmungsgeschwindigkeit von 11° auf 14°C. Je kürzer die Erwärmungszeit ist, desto aktiver gestaltet sich die Wirtssuche. Das erklärt die saisonalen Zeckenaktivitätswellen, welche ausschließlich temperaturabhängig sind. In Zonen mit gemäßigtem Klima (Mitteleuropa) betrifft es den Frühsommer und den Frühherbst.

Auf der Suche nach einem geeigneten Wirt kriechen die zur Nahrungsaufnahme reifen Zecken auf Gräser und Unterwuchs und halten sich dort mit angehobenen Vorderbeinen bereit, sich an einem vorbeiziehenden Objekt festzuklammern. Dabei spielen geruchssinnartige Fähigkeiten, Bewegungs- und Temperatursensoren des sogenannten HALLER-Organes – situiert am 1. Beinpaar – eine Führungsrolle. Ist der Wirt als geeignet erkannt, wird eine günstige Ansiedlungsstelle umherkriechend ausfindig gemacht (gut durchblutete, dünnhäutige Areale). Dann wird relativ rasch eine erste Portion Speichel zur Anästhesie der Haut ausgeschieden, der Körper etwa 45° zur Hautoberfläche eingestellt und die Saugwerkzeuge (Cheliceren, Hypostoma) durch eine transversal angefertigte Wunde etwa 0,5 mm in die Haut versenkt und mit ihren Widerhaken verankert. Dieser Vorgang dauert 6–15 Minuten. Weitere Speichelabsonderungen dienen der Proteolyse, Hämolyse und Antikoagulation und der Anästhesie. Später auftretendes Jucken wird durch entzündliche Gewebsreaktion hervorgerufen, welche die Effizienz des Saugaktes günstig beeinflußt (Hyperämie, gute Einbettung der Mundwerkzeuge im Ödem). Werden nun die Zecken nicht entfernt – Spontanverlauf des Saugaktes –, verbleiben die Weibchen der adulten Form am längsten und nehmen auch weitaus mehr Blut auf als alle anderen Formen (8–11 Tage); dann fallen sie von selbst ab.

Die Verarbeitung der aufgenommenen Blutbestandteile geht nach osmotischer Anreicherung in den Darmepithelzellen – also intrazellulär vor sich. Allenfalls mitaufgenommene Mikroorganismen werden im Körper verteilt und können auch transovariell auf die nächste Generation weitergegeben werden (infektiöse Larven).

**Auf der Haut kriechende Zecken haben noch nichts angerichtet. Zu gewissen Jahreszeiten, besonders in Endemiegebieten, ist daher nach Aufenthalten in Wald und Flur eine Art »Leibesvisitation« zu empfehlen.**

Krankheitserreger werden durch Zecken ausschließlich über die Speichelflüssigkeit übertragen, welche vom ersten Augenblick eines Zeckenbisses an bis zum Ende des Saugaktes produziert und in die Bißwunde eingebracht wird. Ein zusätzlicher Erregerübertritt beim Entfernen der Zecke durch Auspressen, Erbrechen oder Ersticken des Parasiten ist nicht anzunehmen, da sich immer nur wirtseigenes Blut im Verdauungstrakt des Schmarotzers befindet. Trotzdem wird man bestrebt sein, die Zecke behutsam und möglichst vollständig zu entfernen. Nach Aufbringen von Vaseline oder Öl, welches die Atemöffnungen verlegt, löst sich die feste Verhakung so weit, daß die Zecke mit einer eher spitz geformten Pinzette ohne spezielle Drehung entfernt werden kann.

Das Exzidieren der Bißstelle muß nach heutigem Wissensstand als wenig sinnvolle Übertherapie bezeichnet werden, da zu diesem Zeitpunkt Krankheitserreger schon längst in die Blutbahn des Wirtsorganismus übergetreten sind und dadurch die Erkrankungsgefahr nicht verringert werden kann.

**Der beste Schutz gegen die gefürchtete FSME sind die aktive Immunisierung mit Schutzimpfung und Auffrischung im Abstand von jeweils 3 Jahren.**

Die Lyme-Borreliose ist antibiotisch behandelbar; einen Impfschutz gibt es bisher nicht.

Literatur

1. BABOS, S.: Die Zeckenfauna Mitteleuropas. Akadémiai Kiadó, Budapest 1964.
2. BURGER, I.: Feldstudien und experimentelle Untersuchungen zur Biologie und Ökologie von Borrelia burgdorferi. Dissertation, 1987.
2. SONENSHINE, D. E.: Biology of Ticks. Bd. 1. Oxford University Press, Oxford 1991.
4. STANEK, G.: Lyme-Borreliose, Infektionskrankheit mit saisonalem Infektionsrisiko. Hygiene aktuell 2, 16–19 (1988).
5. STANEK, G.: Lyme-Borreliose, Bericht über das NIAID/NIAMS scientific workshop on Lyme-Disease in Bethesda, Maryland, USA. Hygiene aktuell 2, 17–19 (1989).
6. WENCL, J.: Zur Frage der Frühsommer-Meningo-Encephalitis (FSME) in Österreich. Mitteilungen der forstlichen Bundes-Versuchsanstalt Mariabrunn. Österr. Agrarverlag, Wien 1965.

H. ZACHERL, Hainburg

# »Überblähen« des Neugeborenen

*Frage: Sollen alle Neugeborenen routinemäßig mit Maske überbläht werden, oder ist dies nur einzelnen Patienten vorbehalten?*

Es gibt keinen vernünftigen Grund dafür, ein normales und sich ohne Schwierigkeit adaptierendes Neugeborenes mit einem Gerät die Lungen zu überblähen, was immer damit gemeint sein mag. Die Eigenatmung wird hierdurch eher behindert als gefördert. Die Gefahr der Drucküberdosierung ist nicht zu vernachlässigen.

Auch bei Kindern, die nicht spontan atmen und deshalb mit Maske oder über Tubus beatmet werden müssen, sind wir im Laufe der Jahre von verlängerten initialen Inspirationen abgekommen, da diese offensichtlich unnötig sind. Auch hier sollte man »Überblähen« nicht empfehlen, da gerade bei manueller Beatmung leicht zu viel des Guten getan und ein Luftleck erzeugt werden kann.

V. v. LOEWENICH, Frankfurt am Main

# Medikamente und Geräte für die Hausbesuchstasche bzw. den Notfallkoffer

*Frage: Welche Medikamente und Geräte gehören in die Hausbesuchstasche bzw. in einen Notfallkoffer (bei bestenfalls rudimentären Intubationskenntnissen) bei großstädtischer Infrastruktur und entsprechendem Patientenspektrum?*

Die Hausbesuchstasche einer niedergelassenen Kollegin bzw. eines niedergelassenen Kollegen, die neben der Versorgung der eigenen Patienten zu Hause auch zur Teilnahme am Bereitschaftsdienst der kassenärztlichen Vereinigung in einer großstädtischen Region dient, sollte m. E. neben den spezifischen Medikamenten für die Versorgung der individuellen, praxisbezogenen Klientel die nachfolgend aufgeführte Mindestausstattung enthalten. Diese ist nur als Empfehlung zu werten. Selbstverständlich sollte jede Ärztin bzw. jeder Arzt besonders im Notdienst innerhalb der genannten Stoffgruppen nur mit den ihr/ihm bekannten Medikamenten, deren Wirkungen und Nebenwirkungen sie/er beherrscht arbeiten, und daher ihren/seinen Notfallkoffer individuell planen.

### Diagnostische Ausrüstung

Blutdruckmeßgerät, Stethoskop, (digitales) Fieberthermometer, Ohrenspiegel, Harn- und Blutteststreifen (Kombinationsstreifen, die die Untersuchung mehrerer Werte zulassen; cave: Verfallsdatum), Holzspatel, Lampe, Einmalhandschuhe (auch sterile), Gummifingerlinge.

### Hilfsmaterial

Desinfektionsspray (treibgasfrei), Tupfer (steril/unsteril), Verbandmaterial, Blasenkatheter (14 Ch.), Gleitgel, stabile Schere, Heftpflaster, Infusionsbesteck, Stauschlauch, Einmal-Injektionsspritzen (2 ml, 5 ml, 10 ml), Venenverweilkanülen aus Plastik (0,8; 1,4; 2,0), Güdeltuben in verschiedenen Größen (0, 2, 4), ein Mundkeil aus Gummi, diverse Formulare.

### Medikamente

Analgetika (Ampullen, Tropfen, Tabletten), z. B.:
Acetylsalicylsäure/Glycin *(Godamed)*
Buprenorphin *(Temgesic)*
Fentanyl *(Fentanyl)*
Lysinacetylsalicylat *(Aspisol)*
Natriumsalicylat/Paracetamol/Codeinphosphat *(Gelonida NA Saft)*
Piritramid *(Dipidolor)*
Tilidin *(Valoron N)*
Tramadol *(Tramal)*
Antianginosa (Spray, Zerbeißkapseln), z. B.:
Glyceroltrinitrat *(Nitrolingual)*
Nifedipin *(Adalat)*
Antiemetika, z. B.:
Metoclopramid *(Paspertin* Ampullen, Tropfen)
Antiepileptika, z. B.:
Clonazepam *(Rivotril)*
Phenytoin *(Phenhydan)*
Antihistaminika, z. B.:
Clemastin *(Tavegil)*
Antihypertonika, z. B.:
Clonidin *(Catapresan)*
Dihydralazin *(Nepresol)*
Urapidil *(Ebrantil)*
Bronchospasmolytika, z. B.:
Terbutalin *(Bricanyl* – Amp.)
Theophyllin *(Euphyllin 0,24* – Amp.)
Reproterol *(Bronchospasmin* – Amp.)
Kardiaka, z. B.:
Atropin *(Atropinsulfat 0,5 mg)*
Epinephrin *(Suprarenin* 1 : 1000)
Lidocain *(Xylocain* 2%)
Metoprolol *(Beloc)*
Orciprenalin *(Alupent)*
Pindolol *(Visken)*
Verapamil *(Isoptin)*
Diuretika, z. B.:
Furosemid *(Lasix)*

Glukokortikoide (möglichst in gelöster Form), z. B.:
Dexamethason *(Fortecortin)*
Triamcinolonateconid *(Volon A solubile)*
Infusionslösungen, z. B.:
Hydroxyethylstärke *(HAES-steril 10% – 500 ml)*
*(Ringer-Lactat 500 ml)*
Psychopharmaka, z. B.:
Haloperidol *(Haldol* Ampullen, Tropfen)
Triflupromazin *(Psyquil)*
Sedativa, z. B.:
Diazepam *(Valium* Ampullen, Tropfen, Tabletten)
Midazolam *(Dormicum)*
Promethazin *(Atosil)*
Spasmolytika, z. B.:
Butylscopolaminiumbromid *(Buscopan –* Amp.)
Diverse:
Glukose 50%
NaCl 0,9%
Medikamente in Spray-Form, z. B.:
Beclometason *(Sanasthmax)*
Epinephrin *(Adrenalin Medihaler)*
Fenoterol *(Berotec)*
Glyceroltrinitrat *(Nitrolingual)*
Nifedipin *(Adalat)*
Für pädiatrische Notfälle zur analen Applikation, z. B.:
Diazepam *(Diazepam – Desitin rectal-tube)*
Chloralhydrat *(Chloralhydrat-Rectiole)*
Paracetamol *(ben-u-ron* Suppositorien)
Prednison *(Rectodelt* Suppositorien)
Proxyphyllin/Diprophyllin/Theophyllin *(Neobiphyllin-Clys)*

Darüber hinaus werden in der Regel niedergelassene Ärztinnen und Ärzte noch eine Reihe weiterer Medikamente mit sich führen (z. B. Antibiotika, Antihypotonika, Antipyretika, Antirheumatika, Antitussiva, Digitalispräparate usw.). Hierbei sollten jede Kollegin und jeder Kollege auf die Medikamente seiner individuellen Wahl bzw. Erfahrung zurückgreifen.

Unter den Bedingungen einer großstädtischen Infrastruktur trifft bei akut lebensbedrohlichen Notfällen der organisierte Rettungsdienst mit notfallmedizinisch qualifiziertem ärztlichem und nicht-ärztlichem Personal etwa 5–8 Minuten nach Alarmierung am Notfallort ein. Ich halte es daher nicht für unbedingt notwendig, vor allem wenn nur rudimentäre Intubationskenntnisse bestehen, in einem zusätzlichen Notfallkoffer ein komplettes Intubationsbesteck und die dazu gehörigen Endotrachealtuben mitzuführen. Sinnvoll erscheinen mir neben einem Beatmungsbeutel mit Masken in Kinder- und Erwachsenengröße (0, 2, 4) ein Insuffliertubus sowie Wendeltuben der Größe 20, 26 und 32 Charr. Ein tragbares 3-Punkt-Notfall-Ekg kann zur Rhythmusanalyse oft sinnvoll eingesetzt werden, ein komplettes 12 Kanal-Ekg-Gerät wird unter diesen Bedingungen selten erforderlich sein.

Mit dieser Ausrüstung und guten Kenntnissen (und Übung!) in den Basismaßnahmen der kardiopulmonalen Reanimation und anderer akut lebensbedrohlicher Zustände ist es meist möglich, die Zeit bis zum Eintreffen des organisierten Rettungsdienstes qualifiziert zu überbrücken.

G. Schwieder, Lübeck

# Herz-Kreislauf

## Vagotonie-Ekg

*Frage: Das Ruhe-Ekg eines 24jährigen Patienten (Abb. 1) zeigt einen bradykarden Sinusrhythmus 54/Min. mit J-Punkt-Erhebung und von diesem konkavbogig abgehende, zu überhöhten T-Wellen aszendierende ST-Streckenelevationen in V2 bis V6. Die QT-Zeit ist mit 0,365 Sek. relativ um 10% verkürzt. Sonst kein auffallender Befund.*

*Dieses Ekg erfüllt nach allen mir zugänglichen Quellen (CSAPOSO, E. NUSSER mit G. TRIEB und A. WEIDNER, H. H. BÖRGER und A. H. LIMMERTZ und R. R. SCHMIDT) die klassischen Kriterien einer akuten Perikarditis.*

*Der Patient weist aber keinerlei Symptomatik hierfür auf, hatte sich jedoch bei seinem Hausarzt mit einem subklavikulären Schmerz links vorgestellt, der nachts akut und quälend aufgetreten war, sich in der Zwischenzeit allerdings unter analgetischer Medikation zurückbildete. Es findet sich keinerlei Dyspnoe, kein Perikardreiben auskultatorisch, BSG und Differentialblutbild normal. Echokardiographisch kein auffallender Befund. Bei Kontrolle des Ekg kam es nicht zu Veränderungen im Sinne typischer, phasenweiser Veränderungen bei Perikarditis, z. B. in Form einer T-Wellensenkung.*

*Ich interpretiere dieses Ekg bei dem erheblich vegetativ stigmatisierten Patienten mit offenbar vagotoner Betonung als Vagotonie-Ekg, finde hierfür jedoch keine Belege in der Literatur.*

Es handelt sich bei dem Ekg (Abb. 1) um ein typisches Vagotonie-Ekg. Derartige Herzstromkurven werden beim trainierten Sportler, gelegentlich aber auch einmal bei Hirndruck gefunden. Typisch sind eine Bradykardie mit meist niedrigen P-Wellen, die PQ-Zeit und die QRS-Zeit im oberen Normbereich sowie ausgeprägte Veränderungen der ST-Strecke und des T besonders in den Brustwandableitungen

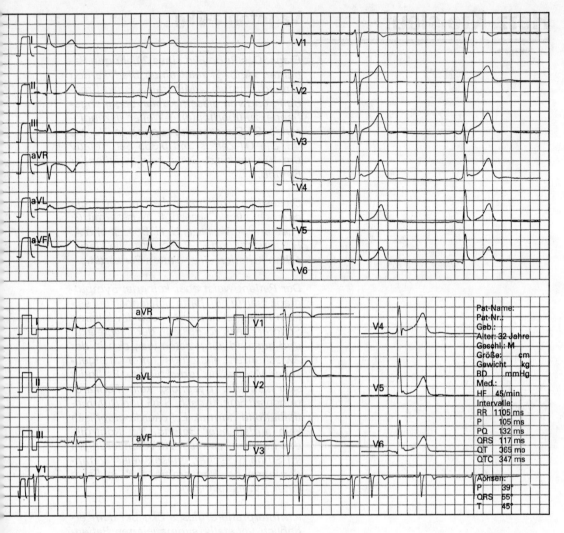

**Abb. 1**
Ruhe-Ekg eines 24jährigen Patienten

V2 bis V4. Die T-Wellen sind meist spitz und stark erhöht, die ST-Strecke verläuft häufig konkavartig gebogen und geht aus einem angehobenen J-Punkt hervor. Die QT-Zeit kann verlängert sein. Die Gabe von 1 mg Atropin subkutan oder i.v. führt in der Regel zur sofortigen Normalisierung der beschriebenen Auffälligkeiten.

Für die Perikarditis würde man zwar auch Anhebungen der ST-T-Strecke mit eventuellem Abgang aus einem elevierten J-Punkt erwarten, häufig treten jedoch eine Tachykardie, AV-Blockierungen oder andere Herzrhythmusstörungen auf und eventuell eine Low-Voltage (Perikarderguß). Die Veränderungen bei der Perikarditis sind nach Atropin in der Regel nicht reversibel.

Auch bei der Hyperkaliämie entwickeln sich gelegentlich spitze, symmetrische, schmalbasige und gleichschenklige T-Wellen mit erhöhter Amplitude. Beim frischen Vorderwandinfarkt geht die angehobene ST-Strecke hoch aus dem R ab (fehlender J-Punkt).

Literatur

HEINECKER, R.: EKG in Praxis und Klinik. Thieme, Stuttgart 1990.

E. ERDMANN, Köln

# Intraventrikuläre Erregungsleitungsstörungen

*Frage: Welche prognostische Bedeutung hat ein Schenkelblock am Herzen (komplett, inkomplett, bifaszikulär usw.), besonders bei jungen Menschen?*

Schenkelblockbilder im Ekg können bei etwa 0,6% der Bevölkerung registriert werden. Sie führen bei der Diagnose gelegentlich zu prognostischen Unsicherheiten gerade bei jungen, herzgesunden Patienten.

Ein kompletter Linksschenkelblock ist bei 0,2% der Bevölkerung zu finden, bei Herzgesunden unter 25 Jahren jedoch eine ausgesprochene Rarität. Bei Reihenuntersuchungen an 44231 unter 25jährigen Pilotenbewerbern konnte bei keinem einzigen ein Linksschenkelblock nachgewiesen werden. Die Häufigkeit einer zugrundeliegenden organischen Herzerkrankung und die Prognose werden bei verschiedenen Untersuchungen kontrovers angegeben, was in erster Linie durch das Durchschnittsalter der untersuchten Kollektive bedingt ist. Während bei der FRAMINGHAM-Studie mit Linksschenkelblock (mittleres Alter 62 Jahre) bei 48% eine organische Herzerkrankung gefunden werden konnte und eine Mortalität von 50%/10 Jahre zu beobachten war, lag die Prävalenz einer organischen Herzerkrankung bei jüngerem Flugpersonal (mittleres Alter 36 Jahre) mit Linksschenkelblock bei 11%. Die Mortalität ist bei Herzgesunden mit vorbestehendem Linksschenkelblock normal oder allenfalls gering erhöht, jedoch besteht bei neu aufgetretenem Linksschenkelblock, vor allem bei über 45jährigen, eine deutlich erhöhte Gesamtmortalität (10faches Risiko), welche jedoch in erster Linie durch die zugrundeliegende Herzerkrankung bedingt ist. Das Risiko der Progredienz der Leitungsstörung in einen AV-Block III° und für Synkopen ist nur gering erhöht.

Ein kompletter Rechtsschenkelblock ist 3mal häufiger als ein Linksschenkelblock. Weder ein vorbestehender noch ein erworbener kompletter oder inkompletter Rechtsschenkelblock sind mit einer erhöhten Mortalität oder einem erhöhten Risiko für das Entstehen eines AV-Blockes III° verbunden. Selten ist ein angeborener Rechtsschenkelblock mit einem Ostium secundum-Defekt vergesellschaftet.

Blockierungen im linksanterioren Faszikel sind die häufigste Störung und treten 3–10mal häufiger auf als ein Rechtsschenkelblock. Sie sind ebenfalls nicht mit einem erhöhten Risiko für einen AV-Block III° verbunden. Selten ist der linksanteriore Hemiblock auch angeboren und dann meist mit einem Septum primum-Defekt oder einer Trikuspidalatresie kombiniert.

Blockierungen des linksposterioren Bündels treten nur selten auf, Daten über Risiken und Mortalität sind nicht verfügbar.

Bei **bifaszikulären Blockbildern** besteht ein deutliches Risiko für einen AV-Block III° (bis zu 6%/Jahr), wobei Patienten mit Rechtsschenkelblock und linksposteriorem Block mehr gefährdet erscheinen als solche mit Rechtsschenkelblock und linksanteriorem Block. Interessanterweise sind jedoch die Mortalität und die Inzidenz einer koronaren Herzkrankheit bei Herzgesunden gegenüber der Normalbevölkerung nicht wesentlich erhöht.

**Zusammenfassend** ist bei der Diagnose einer intraventrikulären Erregungsleitungsstörung, besonders bei neu aufgetretenem Linksschenkelblock, die sorgfältige klinische Untersuchung mit Echokardiographie notwendig, um eine vorbestehende organische Herzerkrankung zu erkennen und gegebenenfalls zu behandeln, da in erster Linie die Grunderkrankung die Prognose des Patienten bestimmt. Ein erhöhtes Risiko für die Progredienz in einen vollständigen AV-Block besteht lediglich bei bifaszikulären Blockierungen; derzeit kann jedoch eine prophylaktische Schrittmacherimplantation nicht empfohlen werden. Bei allen übrigen Störungen besteht für den Patienten kein erhöhtes Risiko für kardiale Morbidität und Mortalität, so daß gerade bei jungen herzgesunden Patienten keine Maßnahmen oder Einschränkungen erforderlich sind.

Literatur

1. BARRETT, P. A. u. Mitarb.: The frequency and prognostic significance of electrocardiographic abnormalities in clinically normal individuals. Prog. cardiovasc. Dis. **23**, 299–319 (1981).
2. HISS, R. G. u. L. E. LAMB: Electrocardiographic findings in 122,043 individuals. Circulation **25**, 947–961 (1962).
3. McANULTY, J. u. S. RAHIMTOOLA. Prognosis in bundle branch block. Annu. Rev. Med. **32**, 499–507 (1981).
4. RABKIN, S. W., F. A. L. MATHEWSON u. R. B. TATE: Natural history of left bundle branch block. Br. Heart J. **43**, 164–169 (1980).
5. ROTMANN, M. u. J. H. TRIEBWASSER: A clinical and follow-up study of right and left bundle branch block. Circulation **51**, 477–484 (1975).
6. ROWLANDS, D. J.: Left and right bundle branch block, left anterior and left posterior hemiblock. Eur. Heart J. **5**, 99–105 (1984).
7. SMITH, R. F. u. Mitarb.: Acquired bundle branch block in a healthy population. Am. Heart J. **80**, 746–751 (1970).
8. SCHNEIDER, J. F. u. Mitarb.: Newly acquired left bundle branch block. The Framingham study. Ann. intern. Med. **90**, 303–310 (1979).

K.-H. KUCK, Hamburg

# Neurologie, Psychiatrie

## Urlaubsplanung, Klima und Epilepsie

*Frage: Welche klimatischen Gesichtspunkte sollten bei der Urlaubsplanung von Patienten mit Epilepsie berücksichtigt werden? Gibt es Urlaubsformen, die diese Patienten besser meiden sollten?*

Patienten mit Epilepsie können prinzipiell mit jedem üblichen Verkehrsmittel Reisen und auch Fernreisen unternehmen. Abzuraten ist allerdings von Aufenthalten in Ländern mit tropischen Temperaturen, die rasch Insolation, Hirnschwellung und damit Anfälle auslösen können. Impfungen gegen Typhus, Paratyphus, Cholera und Gelbfieber sollten bei Epilepsie unterbleiben, wodurch die Reiseziele weiter limitiert werden. Auch Gegenden mit hohem Infektionsrisiko, z. B. durch Gastroenteritis, sollten nicht aufgesucht werden. Ungeeignet sind ferner Bergwanderungen mit Klettertouren und andere Risikourlaube mit Motorsport, Reiten, Segelfliegen, Skiabfahrtslauf, Schlittschuhlaufen usw. Eine reisebedingte Zeitverschiebung sollte kein Schlafdefizit zur Folge haben. Dagegen ist es ratsam, vor und nach der Reise Urlaubstage zu Hause einzuschalten.

Empfehlenswert ist ein stets mitzutragender Notfallausweis, aus dem Diagnose und Medikation hervorgehen. Der Kranke sollte auf Reisen einen ausreichenden Vorrat an Medikamenten bei sich haben und mindestens so diszipliniert leben (regelmäßige Einnahme der Antikonvulsiva, ausreichender Schlaf, Alkoholkarenz) wie daheim. Eine Malariaprophylaxe mit Chloroquin und piperazinhaltige Wurmmittel dürfen nicht verordnet werden. Das Reisen in Begleitung ist für Patienten mit Epilepsie günstiger als das Alleinreisen. In unvorhersehbaren Situationen bewährt sich ein mitgenommener Ratgeber für Anfallskranke (1), ergänzt durch ein mehrsprachiges Verzeichnis der Antikonvulsiva (Hrsg.: Internationale Liga gegen Epilepsie). Für stärker behinderte Patienten gibt es besondere Urlaubs- und Reiseangebote der Wohlfahrtsverbände bzw. einen Ferienführer mit Adressen geeigneter Hotels und anderer Institutionen (Handicapped-Reisen, FMG-Verlag, Bonn 1991).

Literatur

1. MATTHES, A. u. R. KRUSE: Der Epilepsiekranke. Ratgeber für den Kranken, seine Familie, für Lehrer, Erzieher und Sozialarbeiter. TRIAS-Thieme, Hippokrates, Enke, Stuttgart 1989.

H. BEWERMEYER, Leverkusen

# »Rechtshänder« – »Linksbeiner«

*Frage: Warum sind die meisten rechtshändig veranlagten Menschen »linksbeinig« veranlagt?*

Die Beobachtung, daß der menschliche Körper offensichtlich nicht symmetrisch ist (z. B. Asymmetrie der Eingeweide, Linkslage des Herzens, Rechtslage der Leber, Asymmetrie der Gesichtshälften, eine meist leicht vergrößerte linke Brust oder ein in der Regel schwererer und tiefer hängender linker Hoden und vor allem die individuell bevorzugte Lateralität der Extremitäten), beschäftigt seit langem auch Philosophen und Mediziner, wenngleich das »medizinische« Interesse in den letzten Jahrzehnten abgenommen zu haben scheint. Bereits PLATON und ARISTOTELES haben sich z. B. an einer Deutung der vorherrschenden Rechtshändigkeit versucht. In »Ilias« und »Altem Testament« wird eine Linkshändigkeit von Kämpfern als Besonderheit ausdrücklich erwähnt.

Der Frage linksbetonter Wachstumsformen und Bewegungsabläufe sind in einer außerordentlich informativen wie auch spannenden Monographie S. WACHTEL (ein vielseitiger Berliner Arzt und Mikrobiologe) und A. JENDRUSCH nachgegangen. Ihre Recherchen und Materialien durften in der damaligen DDR nicht veröffentlicht werden (sicherheitspolitische und/oder militärische Gründe?). Die vorliegenden Ausführungen stützen sich auf ihre Arbeit (1).

Nach modernen Statistiken sind 5–10% Linkshänder. Weitere 5–10% der Bevölkerung sind als verdeckte, d. h. umgelernte Linkshänder anzusehen. Manche nehmen sogar eine indifferente Anlage an. Die Händigkeit würde danach erst durch die Umwelt geprägt. Gegen diese Behauptung sprechen allerdings auch eine Reihe von Beobachtungen.

|  | Gleichseitiger Arm größer | Beide Arme gleich groß | Ungleichseitiger Arm größer |
|---|---|---|---|
| Rechtshänder | 70–80% | 10% | 10–15% |
| Linkshänder | 50–60% | 10% | 30–40% |

Tab. 4
Zusammenstellung »Rechtshänder – Linkshänder« von E. STIER (siehe 1). Dieses Beispiel weist auch auf die möglichen Schwierigkeiten hin, die Lateralität zu bestimmen

Rechtshänder haben meist einen geringfügig längeren rechten Arm, der auch vom Umfang her größer und meist kräftiger entwickelt ist. Für Linkshänder gilt eher nur tendenziell das Umgekehrte, es scheint insgesamt eine Bevorzugung des rechten Armes vorzuliegen (Tab. 4).

Bei Musterungen nach der Jahrhundertwende (E. STIER, 1911; siehe 1) wurde eine große Anzahl von Armeeangehörigen nach ihrer »Beinigkeit« untersucht (z. B. Abstoßen beim Weitsprung und Schlittern, Ballanstoß). Dabei waren Rechtshänder fast ausnahmslos zugleich Rechtsbeiner, während Linkshänder nur zu ¾ auch Linksbeiner waren.

Die Bevorzugung eines Beines beim Auftreten oder Stoßen bildet sich offensichtlich bereits in den ersten Lebensmonaten heraus und ist bei 2jährigen Kindern angeblich eindeutig nachweisbar. In Statistiken wird als Beleg für das bevorzugte Auftreten mit dem der Händigkeit entsprechenden Fuß häufig der unterschiedliche Abnutzungsgrad der Schuhsohlen herangezogen.

In der Regel stützen wir uns, vor allem bei längerem Stehen, auf das sogenannte Standbein, bei Rechtshändern meist das rechte. Die unterschiedliche Belastung führt wohl auch dazu, daß bei den meisten Rechtshändern das rechte Bein geringfügig kürzer ist als das linke und bei den meisten Linkshändern umgekehrt. Die Kombination »größere rechte Hand und größerer linker Fuß« wird nach Ansicht vieler Physiologen als ein Kriterium der klassischen Rechtshändigkeit angesehen.

Möglicherweise wird aus der Beobachtung, daß bei Rechtshändern das linke Bein geringfügig größer (= länger) ist, der Schluß gezogen, Rechtshänder seien bevorzugt Linksbeiner. Diese Beweisführung ist vermutlich irrig. Die Beobachtung dieser Kombination belegt eher, daß die meisten Rechtshänder auch Rechtsbeiner sind.

Für die Erscheinungsformen und Erklärungsmöglichkeiten der Lateralität und das offensichtlich bevorzugte »Linksphänomen« mit seinen Auswirkungen auf »Rechtsphänomene« haben die Autoren eine Fülle von Daten und Hypothesen aus den verschiedensten Wissenschaftsbereichen zusammengetragen (z. B. Paläontologie, Archäologie, Geschichte, Kunstgeschichte, Chemie, Physik, Botanik, Biochemie, Physiologie, Pharmakologie).

Literatur
1. WACHTEL, S. u. A. JENDRUSCH: Das Linksphänomen. Eine Entdeckung und ihr Schicksal. LinksDruck, Berlin 1990.

R. SALLER, Frankfurt am Main

# Muskelkrämpfe

*Frage: 52jährige Patientin, Atopikerin, Asthmatikerin, seit 1 Jahr Crampi der Füße nach stärkerer Belastung, aber auch spontan nachts auftretend sowie nach Ruhephasen. Krämpfe äußerst schmerzhaft im Sinne fibrillärer Zuckungen, oft stundenlang. Laborwerte normal, insbesondere die Elektrolytwerte o.B. Neurologisch o.B., keine Polyneuropathie. Medikamente: seit etwa 10 Jahren 4–8 mg Urbason, 350 mg Theophyllin, Presomen compositum, zur Nacht bei Bedarf 0,1 Noctamid. Versuch mit Sirdalud nur geringfügig erfolgreich.*

*Was ist diagnostisch noch zu klären, und welche Therapie ist angezeigt?*

Man würde am ehesten an gehäuft auftretende innervationsabhängige Muskelkrämpfe, offensichtlich schwerpunktmäßig in der Fußbinnenmuskulatur, denken. Diese kommen auch ohne Nachweis einer Schädigung des neuromuskulären Systems durch überschießende Innervation von Muskelfasern zustande und lassen sich meistens durch Dehnmanöver beherrschen. Die Neigung zu solchen Krämpfen wird sowohl durch Störungen im Wasser- bzw. Elektrolythaushalt als auch durch eine Reihe von Pharmaka erhöht. Therapeutisch stehen neben einer Beseitigung der vorgenannten begünstigenden Faktoren nur symptomatische Maßnahmen (z. B. Chinin) zur Verfügung.

Unklar und nicht mit der Deutung üblicher innervationsabhängiger Muskelkrämpfe vereinbar, ist die Angabe, daß fibrilläre Zuckungen auftreten. Ich weiß leider nicht genau, was hierunter verstanden wird. Sog. Fibrillationen sind eine Form von Spontanaktivität, wie man sie in der Beinmuskulatur nicht sehen, sondern nur elektromyographisch objektivieren kann. Sie sind ein obligat pathologischer Befund, der auf eine floride Schädigung im peripheren Nervensystem hinweist.

Möglicherweise sind aber auch Faszikulationen gemeint. Dies sind Reizerscheinungen des peripheren Nervensystems im Sinne der Spontanentladung einzelner motorischer Einheiten, welche der Patient wahrnehmen und der Arzt auch sehen kann. Faszikulationen sind häufig, jedoch nicht immer ein pathologischer Befund. Vor allem findet man sie bei Läsionen im proximalen Anteil des peripheren Motoneurons (Vorderhorn bzw. Vorderwurzel). Durch Synchronisieren von Faszikulationen können sog. Faszikulationskrämpfe entstehen, welche oft schmerzhafter und lästiger sind als die innervationsabhängigen Muskelcrampi.

Sowohl bei Fibrillationspotentialen als auch bei Faszikulationen ist eine **eingehende neurologische Diagnostik** anzuraten. Bei gehäuften Faszikulationskrämpfen muß man therapeutisch u. U. in Abhängigkeit von Häufigkeit und Intensität Antiepileptika (Diphenylhydantoin, z. B. Valproinsäure) einsetzen.

D. PONGRATZ, München

# Neurologische Störungen und Lyme-Borreliose

*1. Frage: In welcher Situation ist es sinnvoll, bei Patienten mit neurologischen Symptomen bzw. Erkrankungen Antikörper gegen Borrelia burgdorferi zu bestimmen?*

Wir kennen 2 klassische neurologische Komplikationen der Lyme-Borreliose:

**1.** Die **Meningoradikuloneuritis**, auch als GARIN-BUJADOUX-BANNWARTH-Syndrom (GBBS) bezeichnet. Es tritt im Generalisationsstadium der Lyme-Borreliose, also etwa 1–6 Monate nach der Infektion auf und ist charakterisiert als Poly- oder Oligoradikuloneuritis mit häufiger Hirnnervenbeteiligung (vor allem des N. facialis). Typisch ist der ausstrahlende Schmerz mit brennendem Charakter. Bei asymmetrisch-oligoradikulärem Befall kann die Symptomatik der neuralgischen Schulteramyotrophie gleichen oder das Syndrom einer lumbalen Diskushernie imitieren. Etwa 30% der Patienten erinnern sich an einen vorangehenden Zeckenbiss oder ein durchgemachtes Erythema chronicum migrans.

Diagnostisch wegweisend ist das entzündliche Liquorsyndrom mit lymphoplasmozytärer Pleozytose (10–1000 Zellen), Erhöhung des Gesamteiweißes zufolge einer Schrankenstörung und der Nachweis einer intrathekalen Immunglobulinproduktion, welche mit isoelektrischer Fokussierung als liquorspezifische oligoklonale Bande erkennbar ist. Bei Beginn der Erkrankung ist der Antikörpertiter nur in etwa 80% positiv. Bei etwa 20% der Patienten tritt die Serokonversion erst nach Beginn der Symptomatik auf. Bei klinisch typischen Erkrankungen mit negativem Antikörpertiter ist deshalb eine erneute Bestimmung nach 2-4 Wochen zu empfehlen.

**2.** Die **Mononeuritis multiplex** bei Acrodermatitis chronica atrophicans HERXHEIMER. Diese ist eine klassische neurologische Manifestation der Lyme-Borreliose im Spätstadium. Typisch sind die fleckförmigen Sensibilitätsstörungen, welche distalbetont an den Extremitäten auftreten. Diese Sensibilitätsstörungen, welche häufig von schmerzhaften Dysästhesien begleitet sind, befinden sich auch in Hautpartien, welche von der Acrodermatitis chronica atrophicans nicht betroffen sind. Reflexausfälle, besonders des ASR, sind häufig, selten hingegen motorische Paresen. Bei dieser Manifestation findet sich im Gegensatz zum GARIN-BUJADOUX-BANNWARTH-Syndrom in der Regel **kein** entzündliches Liquorsyndrom. Stets ist ein hoher Antikörpertiter nachweisbar.

**3.** Weniger charakteristisch als die erwähnten Komplikationen des peripheren Nervensystems sind die **zentral-nervösen Manifestationen** der Lyme-Borreliose. Gut dokumentiert sind progrediente, zum Teil multifokale Enzephalomyelitiden, die klinisch schwer von einer multiplen Sklerose (MS) zu unterscheiden sind. Epidemiologische Untersuchungen haben jedoch gezeigt, daß im Gesamtkollektiv der MS-Patienten nur selten borrelieninduzierte Enzephalomyelitiden anzutreffen sind. Auch parkinsonartige extrapyramidale Syndrome, vaskulitische Hirninfarkte und Pseudotumor cerebri wurden als seltene Komplikationen der Lyme-Borreliose dokumentiert. Bei Befall des Rückenmarks sind sowohl Querschnittsmyelitiden als auch selektive Läsionen einzelner Funiculi beschrieben worden.

Diagnostisch wegweisend ist auch hier eine lymphoplasmozytäre Liquorpleozytose. Ferner ist zu fordern, daß parallel zum Serumantikörpertiter im gleichen Ansatz auch die Liquorantikörpertiter bestimmt werden. Der Liquortiter sollte, bezogen auf den Blut/Liquor-Immunglobulinquotienten, 4mal höher liegen als im Serum.

*2. Frage: Wann sollte man von einer Neuroborreliose sprechen?*

Der Begriff Neuroborreliose umfaßt die Gesamtheit der neurologischen Komplikationen der Lyme-Borreliose am peripheren und zentralen Nervensystem. Keineswegs sollte man einzelne Syndrome als Neuroborreliose bezeichnen. Sinnvoll erscheint es aber von einer »Plexusneuritis im Rahmen einer Neuroborreliose« zu sprechen.

C. MEIER, Walenstadtberg und Bern

# Medikamentöse Triebdämpfung

*Frage: Die Mutter eines 38jährigen oligophrenen Patienten wendet sich an mich mit der Bitte, bei diesem Patienten eine medikamentöse Therapie zur Triebdämpfung einzuleiten. Nach Angaben der Mutter masturbiert der Patient mehrmals täglich und bereitet damit Probleme hinsichtlich der Sauberkeit und Hygiene.*

*Schwerwiegend ist allerdings der Umstand, daß er diese Aktivitäten ohne Rücksicht auf anwesende Personen jeglichen Alters und Geschlechts völlig hemmungslos durchführt, was zu erheblichen Irritationen im Bekannten- und Verwandtenkreis führt. Alle Versuche, ihn zu einem gemäßigteren Verhalten zu bewegen, sind bisher erfolglos geblieben.*

*Mir wäre mit dem Rat eines Experten über eine medikamentöse Behandlung sehr gedient!*

Eine spezifische Triebdämpfung ist mit dem Antiandrogen Cyproteronacetat *(Androcur)* möglich, das in Tablettenform und als Depotpräparat erhältlich ist. Nach oraler Einnahme von täglich 100 mg *Androcur* kommt es innerhalb weniger Wochen zu einer deutlichen Dämpfung von Libido und Potenz beim Mann. Eine Behandlung ist allerdings erst nach Abschluß der Pubertät möglich, da sonst das Längenwachstum gebremst wird. Der Patient muß der Behandlung zustimmen.

Es wird berichtet, daß bei Oligophrenie und exzessivem Onanieren in etwa 60–70% eine Besserung erzielt werden kann. Eine Behandlung mit *Androcur* ist erfolglos, wenn die Onanie nicht androgenabhängig ist. Bei einer Oligophrenie aufgrund eines frühkindlichen Hirnschadens kann man bei exzessiver Sexualbetätigung aufgrund theoretischer Überlegungen eine Schädigung zentraler androgensensibler Rezeptorareale annehmen, die im Verlauf der Behandlung durch das Antiandrogen blockiert werden.

Eine unspezifische Dämpfung des Sexualtriebs ist andererseits durch niederpotente Neuroleptika zu erreichen, wie beispielsweise Thioridazin *(Melleril)* oder Levomepromazin *(Neurocil)*. Dabei müssen jedoch die allgemeine Sedierung, besonders auf Psychomotorik sowie anticholinerge Begleiteffekte in Kauf genommen werden, wie Mundtrockenheit, verstopfte Nase, gegebenenfalls Harnverhaltung u. a.

Zu dem in der Frage geschilderten Problem: Ein Behandlungsversuch mit *Androcur* erscheint sinnvoll, möglicherweise auch in Form der Depotzubereitung nach den Angaben des Herstellers. Ein Endokrinologe sollte die Behandlung begleiten.

*Problematisch ist allerdings die Rechtslage!*

Nach unserem Grundgesetz ist eine Behandlung zur Dämpfung der Sexualität nur nach eingehender Aufklärung und schriftlich gegebener Zustimmung des Betroffenen möglich. Ist der Patient dazu nicht in der Lage (wie hier bei der geschilderten Situation wahrscheinlich), so ist beim zuständigen Vormundschaftsgericht eine Betreuung mit Zuführung zu medizinischen Maßnahmen zu beantragen. Der Betreuer sollte dem Vormundschaftsrichter die Sachlage detailliert vortragen und auch auf die Nachteile im sozialen Bereich hinweisen, die aus der Hypersexualität dem Betroffenen erwachsen. Vorteilhaft ist, die Behandlung zunächst für einen begrenzten Zeitraum zu beantragen.

Bleibt diese Behandlung erfolglos und ist keine gerichtliche Genehmigung zu erzielen, so bleibt der Behandlungsversuch mit den geschilderten Neuroleptika in einer abendlichen Dosierung zunächst von 25 mg – langsam zu steigern bis zunächst 100 mg, möglicherweise auch über den Tag verteilt.

K. Demisch, Hanau

## »Kinesiologie«

*Frage: Die »Kinesiologie« soll seit 10 Jahren bekannt sein. Wie seriös ist die Methode? Weichen die Funktionserklärungen nicht von den neurophysiologischen Kenntnissen erheblich ab? Daß Bewegungsübungen Kindern immer Spaß machen, ist ja noch kein Beweis für eine effektive Behandlungsmethode von Hirnfunktionsstörungen!*

Als Kinesiologie bezeichnet man eigentlich den Wissenschaftszweig, der sich mit den Grundlagen der Bewegungen (physikalische und physiologische Phänomene) befaßt, also meist in der Sportwissenschaft vertreten ist. Kinesiologische Aspekte werden aber auch in der Kinderneurologie beachtet, wie die Beobachtungen von VOJTA zeigen, die zur Entwicklung seiner Behandlungsmethode führten.

Als eigenes »Therapieverfahren« kommt die hier gemeinte Kinesiologie aus den USA; möglicherweise gibt es ebenfalls eine Verbindung zur »physical education«, wie Sport heute genannt wird.

Inwieweit durch spezielle Übungen die Zusammenarbeit der beiden Hemisphären unterstützt werden kann, muß als fraglich angesehen werden. Auch spezifische Lern- oder Leistungsstörungen, wie die Legasthenie, dürften durch »Kinesiologie« nicht zu verändern sein – wenn man von unspezifischen Effekten einer bewegungsorientierten Intervention absieht. Daß nämlich motivierende, lockernde und entspannende Übungen günstig sind, daß mit und durch Bewegung verschiedene Sekundärsymptome, vor allem psychoreaktiv bedingte Störungen zu bessern sind, ist eine allgemein bekannte Erfahrungstatsache – es gibt viele Möglichkeiten, derartige Effekte zu erreichen.

So ist die psychomotorische Übungsbehandlung nach KIPHARD, die bei uns verbreitet ist, sicher ebenso wirksam wie »Kinesiologie«. Führen derartige Aktivitäten dazu, daß sie Spaß machen und durch Motivation und Training günstig auf Verhaltenssteuerung sowie Leistungsfähigkeit wirken, so ist dies hauptsächlich unspezifischen Effekten zuzuschreiben.

Falls Vertreter bestimmter Richtungen behaupten, es könnten spezifische Wirkungen erreicht werden, beruht dies meist auf Spekulationen und ist mit unseren neurophysiologischen Kenntnissen nicht in Einklang zu bringen. Besonders die allzu plausibel klingenden Erklärungen so mancher »Schulen« müssen s k e p t i s c h betrachtet werden.

*Wie soll man sich z. B. vorstellen, daß bei »kinesiologischen« Körperübungen »über Kreuz« neue Reizbahnen im Gehirn entstehen, so daß beide Hälften wieder gleichmäßig beansprucht werden?*

Literatur

1. WEIMANN, G. (Hrsg.): Krankengymnastik und Bewegungstherapie. Physikalische Medizin. Band 2. Hippokrates, Stuttgart 1989.
2. WILLIMCZIK, K. u. K. ROTH: Bewegungslehre. Grundlagen, Methoden und Analysen. Rowohlt, Hamburg 1983.

G. NEUHÄUSER, Gießen

## Behandlungsmethode nach DOMAN und DELACATO

*Frage: Ist eine Therapie nach G. DOMAN und C. H. DELACATO bei einem 6jährigen Kind mit Mikrozephalie, ICP und zerebralem Anfallsleiden erfolgversprechend?*

Die Methode der »Neurologischen Organisation« nach DOMAN postuliert, durch vielfältige sensorische Stimulation einschließlich der passiven Erfahrung bestimmter Bewegungsabläufe neurologische Funktionen auf motorischer, perzeptorischer und sprachlicher Ebene auch bei schweren hirnorganischen Schädigungen induzieren zu können.

Die Stimulationsbehandlung wird ergänzt durch Maßnahmen zur Schaffung eines »optimalen physiologischen Milieus« für das Gehirn (Maskenatmung, Ernährung, Flüssigkeitsbilanz, Vitamine). Das Therapieprogramm nimmt täglich 6–8 Stunden in Anspruch und erfordert die Mitarbeit mehrerer erwachsener Personen.

Die Erfolgsverheißungen dieser Methode konnten aber bisher nie objektiviert werden, jedenfalls nicht in Untersuchungen, die strengeren methodischen Ansprüchen genügten. Der Aufwand und die damit verbundene Belastung des Kindes stehen in keinem adäquaten Verhältnis zu dem beobachtbaren Effekt.

Auch theoretisch gibt es erhebliche Einwände:

Die hypothetischen Grundlagen dieser Therapiemethode müssen als überholt angesehen werden, denn nach heutigem Wissensstand kommt es bei der Entwicklungsförderung in erster Linie auf die Anregung der Eigenaktivität des Kindes an. Bei der Methode nach DOMAN und DELACATO ist das Kind jedoch ein weitgehend passiver Stimulationsempfänger mit allenfalls reflektorischen Antwortmöglichkeiten.

Aus diesen und anderen Gründen haben Fachgesellschaften sowohl in den USA (American Academy of Cerebral Palsy, American Academy of Pediatrics) als auch in Europa (u. a. Gesellschaft für Neuropädiatrie) eindeutig Stellung gegen diese Methode bezogen.

Nun muß man zugeben, daß bei schweren zerebralen Schädigungen auch die eingeführten und anerkannten Methoden an ihre Grenzen stoßen und daß es vereinzelt immer wieder Kinder gibt, bei denen eine Außenseiter- oder »Wunder«-Methode mehr bewirkt als die vorherige Behandlung nach einer etablierten Methode. Das liegt dann höchstwahrscheinlich nicht an der Methode im engeren Sinne (der Behandlungstechnik) – sonst müßte sich dieser Effekt auch über einen einzelnen Patienten hinaus statistisch nachweisen lassen –, sondern an der Art und Weise, wie die behinderten Kinder und vor allem ihre Eltern motiviert und überzeugt werden.

Es gibt keinen objektivierbaren Anhalt dafür, daß die Methode nach DOMAN und DELACATO anderen in Deutschland verbreiteten Verfahren überlegen ist; sie hat aber erhebliche Nachteile durch die Belastung des Kindes, die Beanspruchung der Familie und die beträchtlichen Kosten, die zu Recht nicht von der Solidargemeinschaft getragen werden.

Bei dem in der Frage erwähnten Kind wird weder die Mikrozephalie noch die Epilepsie durch das Therapieprogramm beeinflußt werden können. Hat das Kind, was anzunehmen ist, bisher bereits Therapie und Förderung erhalten, so dürfte auch für die motorischen und kognitiven Fähigkeiten durch einen Übergang auf die DOMAN-Methode kaum ein Vorteil zu erwarten sein.

H. G. SCHLACK, Bonn

## Therapiemethode nach KOZIJAWKIN

*Frage: Ist die von einem Dr. KOZIJAWKIN aus der Ukraine geübte Methode zur Therapie von Zerebralparesen erfolgversprechend bzw. anerkannt? Die Kosten belaufen sich pro Tag immerhin auf DM 400,–, was bei 12 empfohlenen Tagen allein an Honorar knapp DM 5000,– ausmacht.*

Das von KOZIJAWKIN propagierte Konzept ist nicht so grundsätzlich neu, wie seine derzeitige Vermarktung vermuten läßt. Wesentliche Elemente davon werden in Deutschland auch schon bisher von Vertretern der Manualtherapie empfohlen, ohne daß sich diese Methode für Kinder mit Zerebralparese durchsetzen konnte.

Augenzeugen – sowohl Ärzte als auch Eltern – berichten über z. T. eindrucksvolle Soforteffekte der Behandlung durch KOZIJAWKIN. Ich selbst konnte bisher 5 Kinder 3–7 Monate nach dieser Behandlung nachuntersuchen und (leider) **keinen Unterschied** zum Status quo ante feststellen (im Gegensatz zu den Eltern, die von einer entscheidenden Befundbesserung überzeugt waren – ein nicht seltener Nebeneffekt bei Behandlungen mit hohen finanziellen Opfern).

Damit kann sicherlich nichts Endgültiges über die KOZIJAWKIN-Methode ausgesagt werden, man wird ihre (möglichen) Effekte mittel- und längerfristig objektiv prüfen müssen. **Skepsis** ist immerhin **angebracht**, ebenso wie Verständnis für die Eltern, die auf das Wunder hoffen, wo die »Schulmedizin« an ihre Grenzen stößt.

**Daß aber die Eltern in ihrer Not so drastisch zur Kasse gebeten werden, ist mit dem Ausdruck »Ärgernis« nur milde umschrieben. Erfolgreich ist die KOZIJAWKIN-Methode zumindest in der Beherrschung der Regeln der Marktwirtschaft.**

H. G. SCHLACK, Bonn

## Entwicklung des Nervensystems – pharmakologische Konsequenzen

*Frage: Welche postnatale Entwicklung hat das autonome Nervensystem? Lassen sich strukturelle oder funktionelle Reifungsschritte nachweisen? Ergeben sich daraus Konsequenzen für eine medikamentöse Therapie?*

Zum Zeitpunkt der Geburt ist das autonome Nervensystem des Menschen unvollständig. Dabei befinden sich die einzelnen Abschnitte in unterschiedlichen Entwicklungsstadien. Im Darmnervensystem sind beispielsweise bei der Geburt erst etwa ⅓ der Neuroblasten zu Nervenzellen differenziert, und die weitere Differenzierung erfordert mehrere Jahre. Andere Strukturen, wie Iris und vas deferens, sind bei der Geburt nur unvollständig innerviert, während beispielsweise die Innervation des Herzens schon etwa 20 Wochen vor der Geburt funktionstüchtig ist. Offensichtlich betrifft die »Unreife« auch das zentrale Nervensystem, da ja beispielsweise die Kontrolle über das Darmnervensystem erst nach der Geburt möglich wird.

Es hat sich in den letzten Jahrzehnten gezeigt, daß die strukturelle Entwicklung und die Funktion des Nervensystems eng mit der strukturellen und funktionellen Entwicklung der peripheren Zielorgane verknüpft sind. Nervensystem und Zielorgane benötigen für ihre normale Entwicklung eine dauernde gegenseitige Beeinflussung. Entfernt man beispielsweise im Tierexperiment die Speicheldrüsen vor ihrer Innervation oder verhindert man pharmakologisch die Funktion der Speicheldrüsen, dann fehlt die Entwicklung des zugehörigen neuronalen Netzwerkes in den autonomen Ganglien. Die Fehlentwicklung betrifft auch die präganglionären Neurone. Sorgt man umgekehrt auf pharmakologischem Wege für eine Überentwicklung der Speicheldrüsen, dann wird damit auch eine Überentwicklung des Netzwerkes ausgelöst. Auch im adulten System sind offensichtlich die Prinzipien der Entwicklung nicht völlig außer Kraft gesetzt, da fortlaufend Anpassungen von Struktur und Funktion der Organe und ihres Nervensystems erfolgen. Für viele Funktionsentwicklungen gibt es aber Phasen, in denen Störungen zu bleibenden Struktur- und Funktionsverlusten führen können. Die ersten Lebenswochen sind zweifellos für Funktionseinstellungen im autonomen Nervensystem von großer Bedeutung.

*Eine medikamentöse Therapie in den ersten Lebenswochen, aber auch in den ersten Lebensjahren, muß besonders zurückhaltend erfolgen. Eingriffe in autonome Funktionen, besonders über größere Zeiträume hinweg, können zu bleibenden Entwicklungsstörungen führen.*

U. ALTRUP, Münster

# Reflexartige Reaktion bei jungen Säuglingen durch Anblasen des Gesichtes

*Frage: Bei jungen, 3–8 Monate alten Kindern fällt mir eine Reflexreaktion auf, die durch Anpusten aus der Nähe in Richtung Gesicht zu abrupter Einatmung und kurzem Atemanhalten führt. Dies kann genutzt werden zum Nachweis der Haut- und/oder der Konjunktiven-Empfindsamkeit; zugleich halten schreiende Kinder ein und geben kurz Ruhe und Gelegenheit, die Atemgeräusche zu prüfen (Tip zur Untersuchungstechnik). Ist dieser Reflex bekannt, wo ist er beschrieben, und wie ist er zu deuten?*

Das Anblasen des Gesichtes führt zu einer exterozeptiven Reizung der Gesichtshaut sowie der Lider, der Binde- und Hornhaut. Diese wird schon beim Neugeborenen mit Augenschließung beantwortet. Die reflexogene Zone für den Augenschluß reicht bereits beim Neugeborenen bis zur Nasenspitze (PREYER, 1895) bzw. bis zur Stirne (MORO, 1906).

Außerdem könnte der Geruchssinn der Neugeborenen und Säuglinge angesprochen werden. PEIPER fand jedoch zusammen mit CAMMANN (1932) heraus, daß beim Beginn der Zufuhr von Gasen in Richtung Nase oft eine Schreckreaktion verursacht wurde, die in allgemeinen Bewegungen, Atemstillstand wie beim KRATSCHMER-Reflex (vorübergehendes Aussetzen von Atmung und Herztätigkeit nach dem Einblasen von Tabak in die Nase des Kaninchens) oder vertiefter Atmung bestand. Eine solche Wirkung ergab sich am häufigsten bei Neu- und Frühgeborenen, wenn Kohlensäure zum Anblasen verwendet wurde. Diese jedoch ist geruchsfrei, so daß es sich eher um einen exterozeptiven Trigeminusreflex als um einen Reflex auf Gerüche handeln muß. CANESTRINI (1913) fand tatsächlich auch bei den meisten seiner Versuche mit

Riechstoffen an Neugeborenen keine Veränderungen der Atmung.

Bei sehr starkem Anblasen aus großer Nähe wäre es auch denkbar, daß eine moroartige Reaktion oder Teilkomponenten davon auftreten, je nach Alter des Kindes. Da es sich hierbei um eine sogenannte holokinetische Reaktion handelt, findet sich nicht nur eine segmentale Antwort, sondern darüber hinaus eine mehr oder weniger starke Ausbreitung auf den gesamten Körper einschließlich des vegetativen Nervensystems.

Für eine Prüfung der Konjunktiven-Empfindlichkeit wäre es allerdings notwendig, die Augen gezielt und aus der Nähe anzublasen, da ein Augenschluß auch durch die Reizung der Haut, der Stirn und Wangen zustande kommen kann.

Literatur

PEIPER, A.: Die Eigenart der kindlichen Hirntätigkeit. Edition Leipzig, Leipzig 1963.

P. SCHULZ, München

# Lagerung bei einer geburtstraumatischen Plexuslähmung

*Frage: Wie ist der Arm bei Schädigung des oberen Plexus brachialis (ERB-DUCHENNE) zu lagern?*

*In der Literatur finden sich gegensätzliche Empfehlungen: Studentenlehrbücher (z. B. HARNACK/HEIMANN, 1990, PALITZSCH) empfehlen die Abduktion und Außenrotation bei gebeugtem Unterarm, um weitere Plexusschädigung durch Druck des Schultergelenkes und Dehnung der Nervenstränge zu vermeiden.*

*Andere Autoren (Pädiatrie: BACHMANN/ EWERBECK, 1989, MATTIGK, Kinderärztl. Prax. 56, 1988; AUFSCHNAITER, Der Kinderarzt 17, 1986) bevorzugen eine Schonung des Plexus in leichter Flexion und Adduktion des Oberarmes durch Wickeln an den Körper.*

Die unterschiedlichen Empfehlungen in der Literatur über die Lagerung bei einer geburtstraumatischen Plexuslähmung sind abhängig vom Alter des Säuglings zu verstehen. Beim Neugeborenen läßt sich noch nicht feststellen, ob der Plexuslähmung lediglich eine Zerrung oder Dehnung der Nervenwurzeln (Neuropraxie bzw. Axonotmesis) oder deren Ausriß (Neurotmesis) zugrunde liegt.

Bei einer Neuropraxie ist mit einer teilweisen oder vollständigen Reinnervation innerhalb der ersten 6–12 Wochen zu rechnen. Um diese Reinnervation nicht zu stören, sollten alle Lagerungspositionen und physiotherapeutischen Maßnahmen vermieden werden, die mit einer Dehnung des Armplexus einhergehen. Anatomische Untersuchungen, die gemeinsam mit dem Anatom A. v. HOCHSTETTER erfolgten, zeigten eine optimale Entlastung des Plexus bei leicht adduziertem Oberarm mit gebeugtem Ellenbogen. Die Entspannung war noch ausgeprägter, wenn der

Arm am Oberkörper fixiert ist und damit sein Eigengewicht reduziert wird. Aus der adduzierten Position ergab sich keine vermehrte Plexusanspannung, wenn die Hand zum Mund oder zur Stirn geführt wird. Bei einer Abduktionsstellung des Oberarms von etwa 45° kam es zu einer leichten Anspannung des Plexus, unabhängig von der Rotationsstellung. Eine deutliche Anspannung war bei 90° Abduktion und 90° Außenrotation – also gerade in der zur späteren Kontrakturverhütung empfohlenen, sogenannten Hurra-Stellung – gegeben. In über 90°-Abduktion nahm die Spannung des Plexus weiterhin zu; außerdem war eine verstärkte Anspannung bei Zug am Arm mit gestrecktem Ellenbogen sowohl in adduzierter, wie besonders auch in abduzierter Oberarmposition festzustellen. Die Spannung des Plexus wird nahezu bei allen Positionen mit Lateralflexion des Kopfes zur gesunden Seite verstärkt.

Nicht zuletzt aufgrund dieser Untersuchungen wurde ein therapeutisches Vorgehen, vor allem für die ersten 3 Lebensmonate, entwickelt (1, 2), bei der eine Anspannung des Plexus vermieden wird. Falls nach 3 Monaten keine Reinnervation festzustellen ist, gilt die Behandlung vermehrt der Kontrakturenprophylaxe, wobei durchaus auch stundenweise Lagerungen in der sogenannten Hurra-Stellung erlaubt sind. Bei bis zum 3. Lebensmonat eingetretener partieller Reinnervation wird differenzierter vorgegangen, um der Kontrakturgefahr zu begegnen, aber auch um extreme Dehnungen des Plexus zu vermeiden.

Der wissenschaftliche Beweis dieses vom Alter des Säuglings abhängigen Vorgehens läßt sich allerdings aus vielerlei Gründen nicht erbringen. Dies hängt auch damit zusammen, daß diese etwa Ende der 70er Jahre entwickelte Methode zeitlich mit den schonenderen Geburtsverfahren und damit auch einer rückläufigen Anzahl von geburtstraumatischen Plexuslähmungen parallel verlief. Immerhin erscheint das geschilderte Vorgehen aufgrund der anatomischen Verhältnisse logisch, wobei die früher gefürchteten Kontrakturen nicht auftraten.

Literatur

**1.** BENZ, H.: Zur Physiotherapie bei der geburtstraumatischen Plexusparese im Säuglingsalter. In: Der Physiotherapeut (Sondernummer Nationaler Kongreß 1980), S. 71–79 (1981).
**2.** JANI, L. u. A. v. HOCHSTETTER: Die geburtstraumatische Plexusparese beim Kind. In: Der Physiotherapeut (Sondernummer Nationaler Kongreß 1980), S. 69–71 (1981).

L. JANI, Mannheim

# Tics und Vitamine

*Frage: Kann eine überschüssige Vitamin B-Zufuhr Tics auslösen? Ein 13jähriger Schüler leidet seit über 1 Jahr am Tic-Syndrom. Er ist zugleich Allergiker. Tiaprid (Tiapridex) und Psychotherapie brachten keinen Erfolg. Die Mutter behauptet, die Erkrankung sei durch viel Vitaminsäfte und Obstverzehr entstanden. Es sei besonders ausgeprägt, wenn der Junge an den Wochenenden viel Obst esse. Nun hat die Mutter auch die Äpfel weggelassen, und der Junge sei seit 2 Wochen frei von Zuckungen.*

Die Ursachen von Tics sind vielfältig wie ihre Erscheinungsformen. Genetische oder »organische« Faktoren können im Vordergrund stehen, so beim GILLES DE LA TOURETTE-Syndrom (maladie des tics). Auch psychoreaktive oder psychosoziale Bedingungen spielen eine wichtige Rolle, setzen allerdings oft eine gewisse Disposition voraus. Funktionsstörungen im motorischen System der Basalganglien und ihrer Verbindungen können dabei bedeutsam sein, aber auch Veränderungen der Neurotransmitter, die in diesem Bereich wirksam sind.

Es gibt viele Hinweise auf den Einfluß bestimmter Nahrungsbestandteile bei der Bildung von Neurotransmittern; die Rolle allergischer Vorgänge wird beim hyperkinetischen Syndrom (attention deficit disorder) intensiv untersucht; durch Neuroleptika oder Metoclopramid können Dyskinesien ausgelöst werden. Daß Vitamine bei Tics hilfreich sind oder deren Entstehen begünstigen, dafür gibt es meines Wissens keine Hinweise; vorstellbar ist allerdings, daß sie als Koenzyme wirksam sein könnten. So muß der von der Mutter beobachtete Zusammenhang zwischen Tics und Verzehr von Obst bzw. Vitaminsäften unerklärt bleiben; er dürfte nicht kausal, sondern korrelativ sein. Daß Tiaprid bei dem Jungen ohne Erfolg war, könnte gegen ein Überwiegen organischer Faktoren beim Entstehen der Tics sprechen; daß Psychotherapie keine Änderung brachte, darf wohl nicht so gedeutet werden: *psychoreaktive Faktoren können sehr wohl eine Rolle spielen.*

Man muß den weiteren Verlauf abwarten. Es ist bekannt, daß die sogenannten einfachen Tics des Kindesalters oft von selbst verschwinden. Nach den spärlichen Angaben ist eine nosologische Differenzierung, die auch prognostische Bedeutung hat, nicht möglich.

Literatur

1. BÄRLOCHER, K. u. J. JELINEK (Hrsg.): Ernährung und Verhalten. Ein Beitrag zum Problem kindlicher Verhaltensstörungen. Thieme, Stuttgart-New York 1991.
2. ROTHENBERGER, A.: Wenn Kinder Tics entwickeln. Beginn einer komplexen kinderpsychiatrischen Störung. Fischer, Stuttgart-New York 1991.

G. NEUHÄUSER, Gießen

# Hirnblutung bei Neugeborenen und Prognose

*Frage: Bei der routinemäßigen Schädelsonographie von Frühgeborenen oder sogenannten Risikokindern werden immer wieder auch leichtgradigere Befunde (Hirnblutung 1. Grades oder Plexuszysten) beobachtet. Meines Wissens ist der derzeitige Kenntnisstand so, daß die Entwicklung der Kinder mit Hirnblutung 1. Grades oder Plexusblutung nicht nachweislich beeinträchtigt ist. In diesem Sinne erläutere ich auch den Eltern den Befund.*

*Gynäkologen zeigen sich besorgt, meine schädelsonographische Befunderhebung und Mitteilung an die Eltern führe dazu, daß die Sectiofrequenz bei nicht ganz glatt laufender Spontanentbindung ansteigen würde, da die Eltern bei späterer Auffälligkeiten in der Entwicklung des Kindes zwangsläufig einen Zusammenhang zu der Geburt und einer Hirnblutung z. B. 1. Grades herstellen könnten und damit auch die Gefahr bestünde, daß zukünftig vermehrt mit Schadensersatzprozessen gerechnet werden müsse.*

*Sie zitieren die Veröffentlichung eines Kinderradiologen aus der Haunerschen Kinderklinik in München, der die Meinung vertritt, Hirnblutungen 1. und 2. Grades seien so harmlos, daß sie den Eltern nicht mitgeteilt werden sollten, um sie nicht unnötig zu verunsichern.*

*Ich kann mich dieser Meinung nicht anschließen, da nicht ganz sicher ist, ob die leichtgradigen Hirnblutungen nicht doch Spätschäden hinterlassen (z. B. minimale Hirnfunktionsstörung [MCD], Teilleistungsstörungen oder Epilepsien) und ich den Eltern einen Befund bewußt verschweigen würde, ich also auf die Frage der Eltern, ob auch wirklich alles in Ordnung sei, mit Ja antworten müßte.*

Hirnblutungen werden hauptsächlich bei Frühgeborenen beobachtet und sind mit Hilfe der Sonographie in ihrer Ausdehnung gut zu beurteilen. Nach dem Vorschlag von PAPILE u. Mitarb. werden 4 Schweregrade unterschieden, wobei Grad I die Blutung im Bereich des Keimlagers (subependymal) ohne Einbruch in den Ventrikel bedeutet. Zahlreiche Studien zeigen, daß Häufigkeit und Schwere intrazerebraler Blutungen mit abnehmendem Gestationsalter ansteigen und andererseits die Entwicklungsprognose betroffener Kinder vom Ausmaß der Hämorrhagie bestimmt wird.

VOLPE (4) hat bei 400 Patienten folgende Zahlen angegeben: Deutliche neurologische Symptome kamen in 15% nach leichten, in 30% nach mäßigen, in 40% nach schweren Blutungen vor, in 90%, wenn ventrikuläre und intrazerebrale Hämorrhagien kombiniert waren. Somit kann in der Einzelsituation nie sicher entschieden werden, ob bei einer Grad I-Blutung die Entwicklung des Kindes wirklich normal verlaufen wird; sicher spielen weitere Faktoren eine Rolle, auch der klinische Befund in der Neonatalperiode sowie die neurologischen Symptome.

Inwieweit geburtshilfliche Komplikationen beim Entstehen von Hirnblutungen eine Rolle spielen, muß individuell geprüft werden; sie sind ja keinesfalls allein ausschlaggebend in der Pathogenese. Daß aber beispielsweise bei sehr unreifen Frühgeborenen die Geburt durch Sectio erfolgen sollte, ist heute allgemein anerkannt und auch durch die Ergebnisse von Längsschnittuntersuchungen belegt.

*Jeder erhobene und dokumentierte Befund muß den Eltern mitgeteilt werden.* Entscheidend bleibt, **wie** man ihn interpretiert. Es kann zweifelsohne bei der Grad I-Blutung oder Plexuszyste die Beruhigung im Vordergrund stehen; Prognosen sind aber immer mit einer gewissen Unsicherheit belastet. Falls es zu einer Entwicklungsstörung beim Kind kommt, wird kritisch zu prüfen sein, ob ein kausaler Zusammenhang mit dem sonographischen Befund anzunehmen ist; dann sind die Bilder ohnehin vorzulegen, und es wäre für den Kinderarzt schwierig, sein Schweigen allein damit zu begründen, daß er die Eltern nicht verunsichern wollte.

Literatur

1. AICARDI, J.: Diseases of the Nervous System in Childhood. Clin. Dev. Med. No. 115–118. Blackwell Scient-Publ./Cambridge Univ. Press, Oxford/New York 1992.
2. ALLAN, W. C. u. J. J. RIVIELLO: Perinatal cerebrovascular disease in the neonate. Parenchymal ischemic lesions in term and preterm infants. Pediat. Clin. N. Am. **39**, 621–650 (1992).
3. FENICHEL, G. M.: Neonatal Neurology, 3. Aufl. Churchill Livingstone, New York-Edinburgh-London-Melbourne 1990.
4. VOLPE, J. J.: Neurology of the Newborn, 2. Aufl. Saunders, Philadelphia 1987.

G. NEUHÄUSER, Gießen

# Empfindlichkeit gegenüber körperlichen Berührungen im Kindesalter

*Frage: Wie kann man Eltern und Lehrer von Kindern beraten, bei denen offensichtlich im Rahmen einer minimalen zerebralen Dysfunktion jede Körperberührung wie Streicheln, Umarmen, aber auch Hilfestellung beim Sport usw. erhebliche Abwehr auslöst (beim Kleinkind Schreien, Zappeln, Wegstreben – beim älteren Kind verbale Reaktion wie: »faß mich nicht an!«, Zusammenzucken usw.)?*

Aus der Literatur ist nicht bekannt, daß Kinder mit minimaler zerebraler Dysfunktion Abwehr und Probleme bei Körperberührung, d. h. taktilen Reizen, aufweisen. Vielmehr sprechen Kinder mit sog. »minimaler zerebraler Dysfunktion« (ein mittlerweile umstrittener Begriff) eher auf stärkere körperliche Berührungen an als altersentsprechend entwickelte Kinder. Eltern berichten daher immer wieder, daß ihre Kinder auf Streicheln oder Liebkosungen kaum oder gar nicht reagieren, sondern vielmehr heftigere Kontakte wie Balgen und Kitzeln bevorzugen.

Eine Empfindlichkeit gegenüber körperlichen Berührungen ist eher typisch für ein anderes kinderpsychiatrisches Krankheitsbild, den Autismus. Sowohl beim frühkindlichen Autismus wie auch beim M. ASPERGER lehnen die Kinder schon sehr früh Umarmungen und Zuwendung bei der für diese Erkrankungen typischen Störung in der sozialen Interaktion und Kommunikation ab. Daher würden wir bei Kindern, die eine starke Abwehr gegenüber körperlicher Zuwendung zeigen, primär eine ausführlichere (evtl. auch kinderpsychiatrische) Diagnostik empfehlen.

H. REMSCHMIDT, Marburg an der Lahn

## Welche Benzodiazepine zur Akutbehandlung von Krampfanfällen?

*Frage: Ist Midazolam (Dormicum) den Antikonvulsiva Diazepam (Valium) bzw. Clonazepam (Rivotril) in der Behandlung von akuten Krampfanfällen überlegen, da es wegen seiner schnellen Resorption notfalls auch i.m. verabreicht werden könnte?*

*Dormicum* (mit dem Wirkstoff Midazolam-Hydrochlorid) zeigt das für Benzodiazepine typische pharmakologische Profil, wobei sowohl nach parenteraler als auch nach oraler Verabreichung ein ausgeprägter antikonvulsiver Effekt nachweisbar ist; die Wirkdauer ist jedoch gegenüber Diazepam deutlich kürzer.

Erste Berichte über einen erfolgreichen Einsatz von Midazolam beim Status epilepticus gehen auf Kanako u. Mitarb. (1983) zurück. Ein entscheidender Vorteil ist die Möglichkeit der i.m. Applikation bei einer für Benzodiazepine außerordentlich hohen Bioverfügbarkeit von 90% und einer recht guten lokalen und systemischen Verträglichkeit. Die intensivmedizinische Versorgung dieser zerebral-gefährdeten Patienten ist damit wesentlich erleichtert: *Dormicum* durchbricht bei i.m. Applikation innerhalb weniger Minuten (im Durchschnitt 5 Minuten) die epileptischen Krampfanfälle; die Wirkungsdauer ist ausreichend (in der Regel 1–5 Stunden). *Dormicum* kann also zur notfallmäßigen Behandlung von epileptischen Krampfanfällen (besonders eines Status epilepticus) herangezogen werden. Zu Gegenanzeigen und Nebenwirkungen vergleiche die Fachinformation zu *Dormicum,* 5 und 6.

H.-M. Weinmann, München

## Hyperventilation bei Rett-Syndrom

*Frage: Gibt es eine medikamentöse Behandlungsmöglichkeit der Hyperventilationen beim Rett-Syndrom?*

In vielen und sich über Jahre erstreckenden Gesprächen mit den Eltern (Müttern) von Kindern mit Rett-Syndrom habe ich den deutlichen Eindruck, daß nur intensive und ausdauernde Umarmung die Hyperventilation wieder beenden kann! Medikamentös ist weltweit kein Mittel bekannt, das das Problem prophylaktisch oder therapeutisch beeinflußt. Die Mütter entdecken in ihrem Schrecken rein intuitiv diese innige Kommunikation. Natürlich geht die Hyperventilation auch spontan zu Ende, doch der beängstigende Eindruck ruft diese hilfreiche Reaktion bei den Eltern hervor.

A. Rett, Wien

# Differentialdiagnose und Therapie der angeborenen Schmerzunempfindlichkeit

*Frage: 1½jähriges Kind mit angeborener Schmerzunempfindlichkeit (Analgia congenita): Bei sonst normalen sensiblen/sensorischen sowie mentalen und motorischen Funktionen bzw. Entwicklungsstand unauffällig. Häufige Verletzungen bei fehlender Schmerzreaktion (besonders Zungenbisse, beim Lutschen Fingerbisse, Sturzverletzungen, Verbrennungen). Bei Injektionen nur Abwehr des Festhaltens, keine Reaktion auf den Einstich. Normale Reaktionen auf Streicheln, Druck, Temperatur (?), Geschmack (?).*

*Welche differentialdiagnostischen Maßnahmen sind notwendig (CT unauffälliger Befund)? Genetische Beratung? Empfehlungen zur Betreuung zwecks Verhinderung sekundärer Verhaltensstörungen? Gefahren durch unerkannt ablaufende Erkrankungen?*

Die Differentialdiagnose der angeborenen Schmerzunempfindlichkeit ist schwierig und wissenschaftlich noch nicht in allen Punkten befriedigend geklärt. Zur Zeit ist es üblich, eine sogenannte Schmerzindifferenz (indifference to pain) von einer Schmerzunempfindlichkeit (insensitivity to pain) zu unterscheiden. Erstere beruht auf einer zentralen Schmerzasymbolie unklarer Ursache, periphere Nervenfunktion und zentrale Leitungsbahnen sind nicht erkennbar beeinträchtigt. Die Schmerzunempfindlichkeit hingegen beruht auf einer peripheren Polyneuropathie, für welche 1984 eine Klassifizierung von DYCK u. Mitarb. vorgeschlagen wurde.

Dabei spricht eine isolierte Schmerzunempfindlichkeit und eventuell Reduzierung des Temperatursinns bei erhaltenen sonstigen sensiblen/sensorischen sowie mentalen und motorischen Funktionen und bei normaler Schweißproduktion für eine sogenannte hereditäre sensorische Neuropathie Typ V. Die Abgrenzung gegenüber den anderen Formen der hereditären sensorischen Neuropathie kann unterstützt werden durch den Nachweis einer normalen sensiblen Nervenleitgeschwindigkeit und durch den Nachweis einer deutlich reduzierten Zahl kleiner myelinisierter Nervenfasern in der Suralisbiopsie. Die Biopsie stellt auch die einzige Möglichkeit zur Differenzierung gegenüber der kongenitalen Schmerzindifferenz dar, bei welcher auch bei quantitativer Untersuchung normale Nervenfasern angetroffen werden.

Während für die Typen I–IV der hereditären sensorischen Neuropathie ein autosomal dominanter oder rezessiver Erbgang anzunehmen ist, ist der Vererbungsweg für den Typ V und die Schmerzindifferenz aufgrund der geringen Patientenzahl bislang nicht bekannt. Ein genetisches Wiederholungsrisiko kann aber nicht ganz ausgeschlossen werden.

An der Ursache angreifende therapeutische Möglichkeiten existieren nicht. Zur Verhütung sekundärer Verhaltensstörungen und schwerer Verletzungen erscheint mir eine dem jeweiligen Alter angepaßte pädagogische Führung sinnvoll, am besten wohl unterstützt durch eine engagierte und erfahrene Heilpädagogin. Bis zur Stabilisierung des notwendigen Lernprozesses sind auch schützende mechanische Maßnahmen, wie das Tragen von Handschuhen, das Tragen eines Schutzhelms und bei Bißverletzungen kieferorthopädische Maßnahmen zu diskutieren.

R. KORINTHENBERG, Freiburg im Breisgau

# Sedierung vor neuropädiatrischen Untersuchungen

*Frage: Welche Sedierung ist bei Anfertigung eines EEG am zweckmäßigsten? Welche Sedierung schlagen Sie bei einem Kleinkind für ein ambulantes Computertomogramm vor?*

Jedes größere EEG-Labor verfügt über eigene Erfahrungen mit der Sedierung von Säuglingen und Kleinkindern. Wesentlich ist zunächst, daß eine ruhige Atmosphäre geschaffen wird. Nervosität der Eltern oder Hektik des Personals überträgt sich auf das Kind. Manchmal sind natürliche Ruheperioden des Kindes auszunützen, so daß die Gabe eines Medikamentes nicht nötig wird.

Barbiturate oder Benzodiazepine verursachen starke β-Wellenüberlagerung im EEG. Uns hat sich seit mehr als 20 Jahren das Chlorprothixen bewährt, von dem 1,5–2 mg/kg KG per os (als Saft) oder 1,0–2,0 mg/kg KG i.m. verabreicht werden (rascherer Wirkungseintritt). Gelegentlich werden danach Tachykardie, Blässe und Hypotonie beobachtet, besorgniserregende Nebenwirkungen haben wir nicht erlebt.

Die Eltern sollten darüber informiert werden, daß ihr Kind mehrere Stunden schlafen wird, gegebenenfalls kann es auch einige Zeit in der Nähe des EEG-Labors bleiben. Andere milde Neuroleptika sind ebenfalls geeignet; sicher ist es notwendig, mit einem bestimmten Medikament ausreichend Erfahrung zu sammeln.

Bei einem ambulant durchgeführten Computertomogramm kann dieselbe Sedierung verwendet werden. Auch hier ist es wichtig, unnötige Beunruhigung zu vermeiden. Falls das Kind aufwacht, kann Chloralhydrat oder Diazepam rektal bzw. bei liegendem Zugang i.v. verabreicht werden (0,25–0,5 mg/kg KG, nicht mehr als 10 mg), um wieder eine Sedierung zu erzielen. Bei der Magnetresonanztomographie wird stärkere Beruhigung erforderlich. Es sind die von der American Academy of Pediatrics angegebenen Richtlinien zu beachten. Ein Anästhesist sollte verfügbar sein.

Literatur

1. American Academy of Pediatrics, Committee on Drugs: Guidelines for monitoring and management of pediatric patients during and after sedation for diagnostic and therapeutic procedures. Pediatrics **89**, 1110–1115 (1992).
2. JACOBI, G.: Empfehlungen zur medikamentösen Sedierung von Kindern bei der (kranialen) CT- und MRT-Untersuchung. pädiat. prax. **45**, 612–613 (1993).

G. NEUHÄUSER, Gießen

# Reflexzonenmassage

*Frage: Was versteht man unter Reflexzonenmassage? Bei welchen Erkrankungen ist sie erfolgversprechend? Wie ist sie hinsichtlich des GSG einzuordnen?*

Die Reflexzonenmassage kann als Bindegewebsmassage angesehen werden, die sich der engen Beziehungen zwischen Hautsegmenten (HEAD-Zonen) und inneren Organen bedient. Allerdings gibt es verschiedene Methoden, die dieses Ziel anstreben (z. B. Neuraltherapie, Periostmassage, Fußreflexzonenmassage usw.) und nur schwer miteinander zu vergleichen sind.

Es ist bekannt, daß innere Organe aufgrund ihrer segmentalen Verschaltung Auswirkungen auf das Bindegewebe speziell des Rumpfes haben. Umgekehrt soll von derartigen Zonen aus Einfluß auf vegetative Funktionen genommen werden: Man erhofft indirekte Wirkungen auf ein Erfolgsorgan durch Behandlung einer repräsentativen, mehr oder weniger räumlich entfernten Struktur bei einer definierten, reproduzierbaren Therapie.

Reflexzonenmassage kann bei entzündlichen oder obstruktiven Bronchial- oder Lungenerkrankungen, bei Hypertonus oder Diabetes mellitus indiziert sein, auch bei kardiovaskulären Erkrankungen oder Darmfunktionsstörungen. Als Kontraindikationen gelten Entzündungen der Haut, akute Reizzustände und frische Verletzungen im Bereich der Weichteile, Operationen und Fieber. Die Bindegewebsmassage gehört zu den Heilmaßnahmen, die nach GSG einer Budgetierung unterliegen. Es handelt sich aber um eine wissenschaftlich begründete Methode, die bei gegebener Indikation und sachgerechter Durchführung dem Patienten nicht vorenthalten werden sollte und gegebenenfalls besseren Erfolg verspricht als andere Maßnahmen.

Literatur

PETER, E. u. Ch. WITTIG: Massagetechniken. In: SCHLEGEL, K. F. u. M. AALAM: Massage, Orthopädie-Technik, Beschäftigungstherapie. Physikalische Medizin, Bd. 3. Hippokrates, Stuttgart 1990.

G. NEUHÄUSER, Gießen

# Hämatologie, Onkologie

## Notwendigkeit einer Eisensubstitution

*Frage: Wie häufig ist Eisenmangel in der deutschen Bevölkerung? Wie ist die klinische Bedeutung?*

Eisenmangel kann die körperliche Leistungsfähigkeit beeinträchtigen, die Thermoregulation stören, die Infektionsanfälligkeit erhöhen und Verhaltensstörungen verursachen. Das Immunsystem ist ebenfalls eisenabhängig. Vor allem aber kann eine unzureichende Eisenzufuhr Ursache für die Entstehung einer Anämie sein. Die Eisenmangelanämie ist bei Erwachsenen allerdings lange nicht so häufig, wie immer wieder angenommen wird. Verschiedene epidemiologische Untersuchungen in der Bundesrepublik (alte Bundesländer) belegen, daß weniger als 2% der erwachsenen Frauen und weniger als 1% der Männer einen so ausgeprägten Eisenmangel aufweisen, daß die Hämoglobinsynthese deutlich beeinträchtigt ist (1, 2). Dieses Ergebnis sollte allerdings nicht überraschen, da die Blutverluste menstruierender Frauen günstig durch Einnahme oraler Kontrazeptiva beeinflußt und die Verfügbarkeit von Nahrungseisen durch hohen Fleischverzehr sowie die Zufuhr vitamin-C-reicher Lebensmittel, wie in der Bevölkerung üblich, erheblich verbessert wird. Besonders gefährdet sind Personen, die sich fleischarm ernähren (Vegetarier, vor allem Veganer), die täglich Kalziumsupplemente zu sich nehmen oder viel phytatreiche Lebensmittel verzehren.

Eine besonders wichtige Erkenntnis aus den deutschen Studien ist, daß ⅔ der anämischen Frauen keinen Eisenmangel aufweisen. Es ist daher schon lange gute Praxis, vor jeder Eisensubstitution die Ursache der Anämie genau zu klären. Ernährungsfehler, die zu Mangel an Folsäure oder Vitamin $B_{12}$ führen, sind ähnlich häufig wie der Eisenmangel. Auch gastrointestinale Entzündungen und Tumoren können zu chronischem Blutverlust und Anämie führen.

Eine eindeutige Aussage zur Eisenversorgung des Patienten erlaubt die Bestimmung von Ferritin im Serum. Selbst wenn die Ferritinbestimmung auf einen Eisenmangel hinweist, ist eine intensive Eisensubstitution nur ausnahmsweise erforderlich. Langfristige Sicherung der Versorgung kann leicht durch gezielte Hinweise zur Ernährungsumstellung gewährleistet werden.

Literatur

1. ARAB-KOHLMEIER, L., W. SICHERT-OEVERMANN u. G. SCHETTLER: Eisenzufuhr und Eisenstatus der Bevölkerung in der Bundesrepublik Deutschland. Springer, Berlin-Heidelberg-New York 1989.
2. KOHLMEIER, M. u. Mitarb.: Einflußfaktoren auf den Hämoglobinstoffwechsel bei Erwachsenen in der BRD. Ernährungsumschau **73**, 159 (1990).

LENORE KOHLMEIER und M. KOHLMEIER, Berlin

# BKS (BSG): Einstundenwert reicht aus

*Frage: Bei der Blutkörperchensenkungsreaktion (-geschwindigkeit) nach WESTERGREN werden immer noch 1- und 2-Stundenwerte angegeben. Warum? Gibt es Krankheitsbilder, bei denen aus der Relation beider Werte sichere diagnostische Rückschlüsse gezogen werden können? Genügt nicht die Angabe des 1-Stundenwertes? Gibt es eine »offizielle« Regelung?*

Die Messung der Zeitdauer der Phasentrennung von Erythrozyten und Plasma im Blut ist eine der ältesten und einfachsten Labormethoden. Neben der heute empfohlenen Bezeichnung Erythrozyten-Sedimentation (ESR) werden auch Bezeichnungen wie »Blutkörperchensenkungsgeschwindigkeit (BKS)«, »Blutsenkungsgeschwindigkeit (BSG)«, »Erythrozyten-Senkungs-Reaktion«, »Blutsenkung«, »WESTERGREN-Reaktion«, »Blutkörperchensenkungsreaktion« und andere benutzt.

Die frühere qualitative Betrachtungsweise wurde durch WESTERGREN quantifiziert und wissenschaftlich untersucht. Diese 1924 beschriebene Methode (A. WESTERGREN: Die Senkungsreaktion, Ergebnisse Innere Medizin Kinderheilkunde **26**, 577–733) gilt auch heute noch als Referenzmethode.

Der Arbeitsausschuß Hämatologie des Normenausschusses Medizin (NAMed) im Deutschen Institut für Normung hat in Zusammenarbeit mit dem Institut für Standardisierung und Dokumentation im Medizinischen Laboratorium (INSTAND) nach Vorschlägen des Internationalen Komitees für Standardisierung in der Hämatologie (ICSH) eine Norm erarbeitet, die im Oktober 1982 als DIN 58935 veröffentlicht wurde und in deren Teil 1 (Bestimmung der Erythrozyten-Sedimentation [ESR] im Blut) die Bedingungen festgelegt sind. Da aus den Verhältnissen 1- und 2-

Stundenwert keine sicheren Schlüsse gezogen werden können, wird dort als Ablesezeit 60 ± 2 Minuten angegeben. Eine Ablesung nach 2 oder gar nach 24 Stunden, wie in der Originalarbeit von WESTERGREN beschrieben, kann entfallen.

Leider werden heute häufig einige wichtige methodische Voraussetzungen nicht genügend beachtet und dadurch schlecht reproduzierbare Ergebnisse erhalten. So darf die Zeit von der Blutentnahme bis zum Beginn der Messung maximal 2 Stunden bei Raumtemperatur oder 12 Stunden bei 4° betragen. Die Temperatur bei der Messung muß zwischen 18 und 23°C liegen. Erschütterungen und direkte Sonneneinstrahlung sind zu vermeiden.

Ganz wichtig ist, daß die Röhrchen streng senkrecht aufgestellt werden; Schrägstellung verfälscht das Ergebnis. So führt bereits eine Neigung von 10° zu einer Verdoppelung des Wertes.

D. SEILER, Ludwigshafen

# Ursachen einer MCV-Erhöhung

*Frage: Welche Ursachen einer MCV-Erhöhung gibt es außer $C_2H_5OH$-Abusus plus Vitaminmangel?*

Das **m**ittlere **c**orpuskuläre **V**olumen (der Erythrozyten) wird von den modernen Zählautomaten direkt gemessen. Es stellt einen Durchschnittswert dar, berücksichtigt also nicht unterschiedliche Erythrozytenpopulationen, wie z. B. bei einer dimorphen Anämie mit mikrozytären und makrozytären Zellen. Außerdem ist es von der Meßtechnik abhängig. Geräte mit hydrodynamischer Fokussierung (sogenanntes Zentralstrahlverfahren) liefern im Vergleich zur normalen Impedanzmessung niedrigere Werte (Abb. 2). Errechnet man das MCV, indem man den mit einer Zentrifuge ermittelten Hämatokrit (das Zellpackungsvolumen) durch die Erythrozytenzahl (-konzentration) dividiert, erhält man einen vergleichsweise höheren Wert, da das gefangene (»trapped«) Plasma darin enthalten ist. Hieraus wird verständlich, wie schwierig es ist, einen Normbereich zu definieren. Unabhängig von diesen methodischen Erwägungen dürfte ein MCV-Wert von 100 fl als erhöht anzusehen sein. *Es sind biologische und methodische MCV-Erhöhungen zu unterscheiden:*

Wachsen infolge von Störungen der DNS-Synthese Kerne und Zytoplasma der erythropoetischen Zellen asynchron, entstehen makrozytäre Erythrozyten. Diese finden sich beim Vitamin $B_{12}$- und Folsäuremangel, deren Ursachen vielfältig sind; auch Alkoholismus kann ein auslösender Faktor sein. Chronische Lebererkrankungen, Hypothyreosen, aplastische Anämien, myelodysplastische Syndrome und Medikamente, besonders Zytostatika, führen ebenfalls zu Veränderungen. Bei massiven Hyperglykämien bewirkt die Hyperosmolarität eine Vergrößerung der Erythrozyten. Auch bei Autoimmunhämolysen mit massiver Retikulozytose können erhöhte MCV-Werte vorkommen.

# Philadelphianegative chronische myeloische Leukämie (CML) im Frühstadium

*Frage: 67jährige Patientin: Anstieg der Leukozyten innerhalb ½ Jahres auf 100000/µl. Im peripheren Blut Normalwerte für Erythrozyten und Thrombozyten, Differentialblutbild linksverschoben mit 5% Promyelozyten, keine Blasten. Keine Splenomegalie. Beckenkammbiopsien: Diagnose einer »beginnenden chronischen myeloischen Leukämie (CML)«, myeloproliferatives Syndrom. Philadelphiachromosom negativ (!). Alkalische Leukozytenphosphatase stark erniedrigt.*

1. *Ist ein Therapieversuch mit α-Interferon im Frühstadium einer philadelphianegativen CML sinnvoll?*
2. *Welche sonstige Therapie ist zu empfehlen? Knochenmarktransplantation? Wann Zytostase? Bestrahlung?*
3. *Ab welcher Leukozytenzahl besteht das Risiko leukämischer Thromben? Ab 300000 Leukozyten/µl?*

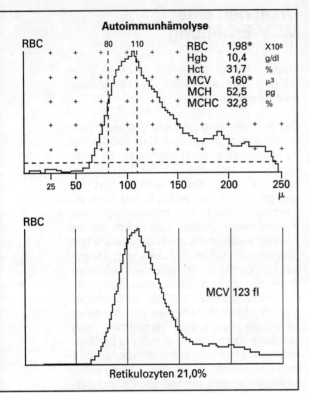

**Abb. 2**
Vergleich von Volumenkurven und MCV-Werten bei Autoimmunhämolyse mit hoher Retikulozytenzahl. Unplausibel hohe MCV- und MCH- sowie niedrige Erythrozytenwerte infolge Kälteagglutination. Ergebnisermittlung mit Geräten *Sysmex CC-800* (oben) und *NE-5500*, welches nach dem Zentralstrahlverfahren arbeitet (unten), aus der gleichen Probe

Patienten mit chronischer myeloischer Leukämie weisen in etwa 90% bei zytogenetischer Untersuchung ein Philadelphiachromosom in den hämatopoetischen Zellen auf. Es handelt sich dabei um eine reziproke Translokation zwischen den Chromosomen 9 und 22. Sie führt durch Verknüpfung der Gene c-abl und bcr von den betroffenen Chromosomen 9 und 22 zur Aktivierung des c-abl-Onkogens auf Chromosom 22 im Bereich der »breakpoint cluster region« (bcr). Als Genprodukt dieses neuen bcr-abl-Gens wird ein Protein von 210 kD und Tyrosinkinaseaktivität gebildet, das für die Pathogenese der chronischen myeloischen Leukämie (CML) von Bedeutung zu sein scheint. Auch ein Teil der Patienten ohne zytogenetisch nachweisbares Philadelphiachromosom weist molekularbiologisch die bcr-abl-Translokation auf. Daher fehlt nur bei etwa 2–5% der CML-Patien-

Dagegen handelt es sich bei unplausibel hohen Werten um Artefaktmessungen, wenn sich durch Kälteagglutinine Erythrozytenaggregate bilden und diese vom Gerät als »Riesenpartikel« verarbeitet werden (Abb. 2). Ebenso können fehlerhafte und somit nicht isotone Verdünnungslösungen ein Aufquellen der Erythrozyten zur Folge haben und zu überhöhten Ergebnissen führen.

R. KUSE, Hamburg

ten diese typische genetische Abweichung (1).

Die Bedeutung einer CML-Behandlung mit α-Interferon (α-IFN) liegt nun darin, daß es bei einem Teil der Patienten unter höherer Dosierung zum Rückgang des philadelphiapositiven Zellklons kommt und so behandelte Patienten verlängerte Überlebenszeiten aufzuweisen scheinen (2, 3). Bei etwa 10% der Patienten kann der leukämische Zellklon sogar so weit zurückgedrängt werden, daß er auch mit empfindlichen Verfahren nicht mehr nachweisbar ist. Diese Patienten haben wahrscheinlich eine besonders günstige Prognose.

Leider aber werden derartige Erfolge nur vereinzelt und unter intensiver Behandlung (5 Millionen E IFN-α/m$^2$/d) erreicht. Die Behandlung ist zudem mit stärkeren akuten und vor allem chronischen Nebenwirkungen besonders bei älteren Menschen belastet. Nach den bisherigen, allerdings noch begrenzten Erfahrungen können zwar auch philadelphianegative Kranke auf die Interferontherapie ansprechen, ihre Prognose ist jedoch schlechter als die philadelphiapositiver Patienten.

Als gut verträgliche und wirksame Standardtherapie gilt dagegen die Behandlung mit Hydroxyharnstoff. Diese Substanz zeigte in der Deutschen CML-Studie im Vergleich zur Therapie mit Busulfan längere Überlebenszeiten, verursachte geringere Langzeittoxizität und war besser steuerbar als Busulfan. Die Milzgröße geht unter dieser Therapie zurück, und die Zellzahlen lassen sich meist problemlos einstellen. Dieses Verhalten ist besonders wichtig, da das Risiko hyperleukozytose-induzierter Mikrozirkulationsstörungen mit zunehmender Zellzahl ansteigt. Als Schwellenwert werden hierbei 200000–300000 Leukozyten/µl angegeben. Häufig werden dadurch verursachte neurologische Symptome, wie Schwindel, »Migräne« oder Persönlichkeitsveränderungen, zunächst nicht mit Hyperleukozytose in Zusammenhang gebracht. Auch scheinbare thromboembolische Ereignisse können bei Hyperleukozytose als »Leukostasephänomen« vorgetäuscht werden. Thromboembolien selbst dagegen sind bei CML seltener als bei anderen myeloproliferativen Erkrankungen. Ihr Auftreten kann aber auf beginnende Akzeleration oder zunehmende Knochenmarksfibrosierung hindeuten (4).

Milzbestrahlung ist als weitere, unterstützende Therapiemaßnahme nur sinnvoll, wenn im akzelerierten Stadium oder in der Blastenkrise eine Riesenmilz zu erheblichen gastrointestinalen Beschwerden führt und die Milzexstirpation mit zu hohem Operationsrisiko belastet wäre.

Zunehmende Bedeutung hat dagegen in den letzten Jahren die Knochenmarktransplantation erlangt. Sie ist ähnlich wie eine zytogenetisch und molekularbiologisch mit Philadelphianegativität ansprechende IFN-Therapie eine potentiell kurative Therapieoption. Leider ist sie gegenwärtig nur bei jüngeren Patienten mit HLA-identischem Verwandtenspender indiziert und daher nur für einen kleinen Kreis der Betroffenen eine Hoffnung. Die Transplantation sollte bei diesen Patienten möglichst früh in der chronischen Phase erfolgen.

Umstritten ist allerdings, ob auch transplantiert werden sollte, wenn diese Patienten auf IFN ansprechen und vielleicht sogar eine zytogenetische Remission erreichen. Aufgrund der Spenderprobleme aber kommen allogene Verwandtenspender nur für weniger als 10% aller CML-Patienten in Betracht, die Möglichkeiten einer Fremdspendertransplantation sind infolge hohen Transplantationsrisikos gegenwärtig noch nicht überschaubar. Von einigen Autoren wird zwar auch für autologe Knochenmarktransplantation ein Überlebensvorteil postuliert; auch dieses Verfahren ist jedoch noch nicht allgemein anerkannt.

Vorgehen bei der in der Frage erwähnten Patientin:

Da die Patientin philadelphianegativ sein soll, sind zunächst die Diagnose einer chronischen myeloischen Leukämie (CML) und die Aussagekraft der zytogenetischen Untersuchung (Anzahl der untersuchten Metaphasen, eventuelle technische Probleme, aberrante Translokation) zu überprüfen. Ein Therapieversuch mit α-IFN ist auch bei einer älteren, philadelphianegativen Patientin durchaus möglich, muß jedoch der Nebenwirkungen wegen engmaschig von einem in der Interferontherapie erfahrenen Arzt überwacht werden.

Eine langfristige Weiterführung der Behandlung wäre aber nur sinnvoll, wenn innerhalb von 3 Monaten zumindest ein deutliches hämatologisches Ansprechen auf α-IFN nachweisbar ist oder eine sehr hohe Thrombozytenzahl vorliegt. Kann man sich nicht zu der genannten, höheren Dosierung entschließen, sollte bei normalen Thrombozytenzahlen ganz auf IFN verzichtet werden. Denn nur bei vollständiger Normalisierung der hämatologischen Werte ist eine Verbesserung der Prognose zu erwarten.

Bei älteren Patienten muß man sich der Nebenwirkungen wegen jedoch häufiger für die besser verträgliche und ebenfalls palliativ wirksame Therapie mit Hydroxyharnstoff entscheiden.

Literatur
1. BARTRAM, C. R.: Moleculargenetic analyses of chronic myelocytic leukemia. In: HUHN, D., K. P. HELLRIEGEL u. N. NIEDERLE (Hrsg.): Chronic myelocytic leukemia and interferon. S. 19–26. Springer, Berlin-Heidelberg 1988.
2. KLOKE, O. u. Mitarb.: Impact of interferon alpha-induced cytogenetic improvement on survival in chronic myelogenous leukemia. Br. J. Haemat. 83, 399 (1993).
3. TALPAZ, M. u. Mitarb.: Interferon alpha in the therapy of CML. Br. J. Haemat. 79, 38–41 (1991).
4. WEHMEIER, A. u. Mitarb.: Incidence and clinical risk factors for bleeding and thrombotic complications in myeloproliferative disorders. Ann. Hematol. 63, 101–106 (1991).

A. WEHMEIER und W. SCHNEIDER, Düsseldorf

# Antibiotika bei Tumorkranken

*Frage: Ist es onkologisch begründet, Cefodizim (Modivid) als »Das Cephalosporin für die supportive Therapie Ihrer onkologischen Patienten« zu charakterisieren?*

Die mikrobiologischen Daten kennzeichnen Cefodizim als typisches Cephalosporinantibiotikum. Seine Wirkungslücken sind Streptococcus faecalis und faecium, Staphylococcus epidermidis, Staphylococcus aureus mit Methicillinresistenz, Pseudomonas aeruginosa und cepacia, Enterobacter, Listeria monocytogenes, Acinetobacter und Bacteroides fragilis. Seine Wirkungsintensität in vitro ist häufig etwas schwächer als die der Substanzen der Cefotaximgruppe.

Die pharmakokinetischen Daten zeigen, daß Cefodizim bei einer terminalen Halbwertzeit von etwa 4 Std. wohl in 2 Dosen täglich, i.v. oder i.m., verabfolgt werden kann: 2×1 bis 2×2 g/d. Die Proteinbindung der Substanz beträgt >80%, die Gewebegängigkeit wird als befriedigend bezeichnet, eine Metabolisierung wurde nicht nachgewiesen. Da die Elimination zu etwa 80% renal erfolgt, ist eine Dosierungsanpassung bei eingeschränkter Nierenfunktion erforderlich.

Limitierte klinische Vergleichsstudien erbrachten für Cefodizim ähnlich gute Heilungsresultate in der Behandlung von Atemwegsinfektionen, wie sie mit Cefuroxim, Cefotaxim oder Ceftriaxon erzielt wurden. In der Therapie von Harnwegsinfekten erzielte Cefodizim vergleichbar gute Ergebnisse wie Cefuroxim, Ceftizoxim oder Norfloxacin. Auch in der Verträglichkeit zeigten sich keine Abweichungen von der Substanzgruppe.

Im Gegensatz zu anderen Antibiotika, die überwiegend gewisse immunsuppressive Effekte zeigen, wurden für Cefodizim eine ganze Reihe von potentiell günstigen immunmodulierenden Wirkungen nachgewiesen. So wurden in vitro Steigerungen der Phagozytosefähigkeit und der intrazellulären Bakterizidie von Makrophagen und Granulozyten gefunden. Diese Befunde wurden ex vivo und in vivo bestätigt; darüber hinaus zeigte sich eine Steigerung der Chemotaxis von Granulozyten bei Myelompatienten, eine erhöhte Stimulierbarkeit von Lymphozyten bei Gesunden, eine selektive Stimulation von lymphatischen Killerzellen sowie, bei einer anderen Gruppe, von T4-Helferzellen bei Patienten mit respiratorischen Infektionen, so daß der T4/T8-Quotient konsekutiv anstieg, was auch bei Patienten beobachtet wurde, die wegen eines Hodenkarzinoms chemotherapiert wurden. Schließlich stimulierte Cefodizim bei Dialysepatienten die hier verminderte Aktivität von Phagozyten.

Zusammenfassend ergibt sich also, daß der einzige interessante und potentiell wichtige Aspekt dieses weiteren parenteralen Cephalosporinantibiotikums in seinen immunmodulierenden Effekten besteht, die wirklich bemerkenswert sind. Bevor hieraus jedoch eine Empfehlung ausgerechnet für onkologische Patienten abgeleitet wird, was m. E. beim jetzigen Wissensstand gar nicht zu verantworten ist, sind noch umfangreiche tierexperimentelle und prospektiv kontrollierte klinische Studien erforderlich. Diese müßten folgende Fragen beantworten:

**1.** Wie verhält sich das Tumorwachstum unter der immunmodulierenden Einwirkung von Cefodizim?

**2.** Sind die aufgezeigten Veränderungen des Immunstatus für den Patienten eigentlich nützlich?

Literatur

1. ADAM, D.: Cefodizim, Cephalosporin mit immunmodulierenden Eigenschaften. Arzneimitteltherapie **11**, 112–113 (1993).

2. ANDRASSY, K., G. PULVERER u. S. RINGOIR (Hrsg.): Cooperation between antibiotics and immune defence: a new antibiotic with biological response modifying activity in humans. Infection **20**, Suppl. 1 (1992).

3. BARRADELL, L. B. u. R. N. BROGDEN: Cefodizime. A review of its antibacterial activity, pharmacokinetic properties and therapeutic use. Drugs **44**, 800–834 (1992).

K. SACK, Lübeck

# Diagnose des Eisenmangels im Kindesalter

*Frage: Die Erythrozytenbestimmung im Praxislabor ist eine ziemlich unzuverlässige Methode. Die Eisenbestimmung im Serum erst recht. Welches sind die zuverlässigsten Parameter zur Diagnose eines Eisenmangels im Kindesalter?*

Mit Recht wird auf die Unzuverlässigkeit der Erythrozytenzählung hingewiesen. Dennoch würde ich auf die vollständige Bestimmung des roten Blutbildes einschließlich der Erythrozytenzählung nicht verzichten, um die Hypochromie bzw. hypochrome Anämie nachzuweisen. Hierauf wird man auch angewiesen sein zur Beurteilung des Therapieerfolges nach Eisengabe.

Am zuverlässigsten ist die kombinierte Bestimmung des Serum-Ferritin, der Transferrin-Eisensättigung und der Erythrozytenindizes MCH und MCV. Umstritten ist die Frage, ob der alleinige Nachweis eines erniedrigten Ferritinwertes für die Diagnose Eisenmangel ausreicht. Weitere Einzelheiten s. Tab. 5.

ELISABETH KOHNE, Ulm

| Kriterium des Eisenmangels | Fehlermöglichkeiten/ Bemerkungen |
|---|---|
| Serum-Ferritin < 10µg/L | Falsch normale Werte bei Infektionen, Entzündungsreaktionen, Malignomen |
| Transferrin-Eisensättigung < 20–16% | Methodische Probleme der Serumeisenbestimmung |
| MCH < 27 pg MCV < 76 µ$^3$ | Differentialdiagnose |

**Tab. 5**
Zum Nachweis des Eisenmangels

# Neonatologie

## Symptomatik, Diagnostik und Therapie der Pertussis bei Neugeborenen

*Frage: Kann beim Neugeborenen aus Anamnese und klinischem Befund die Diagnose »Pertussis« gestellt werden? Welches sind die diagnostischen und therapeutischen Maßnahmen? Wann sollte mit einer Respiratortherapie begonnen werden?*

Über Pertussis bei Neugeborenen ist mehrfach berichtet worden (7). Das jüngste Neugeborene war bei Krankheitsbeginn 5 Tage alt (Inkubationszeit 5–10 Tage). Wir behandelten ein 8 Tage altes Neugeborenes.

Ansteckungsquelle sind überwiegend Erwachsene, u. a. das medizinische Personal. So wird über einen Ausbruch in einer Neugeborenenabteilung berichtet, bei dem 6 Neugeborene, 8 Ärzte und 5 Krankenschwestern an einer bakteriologisch gesicherten Pertussis erkrankten. Ausgegangen war die Infektion von einem Arzt, der sich bei einem älteren Kind infiziert hatte (7).

Die Erkrankung wird bei Erwachsenen häufig nicht erkannt, da die typischen Hustenanfälle fehlen. Oft weist nur ein über mehr als 2 Wochen bestehender Husten auf eine Pertussis hin (2). So fehlt dann eine hinweisende Anamnese.

Auch ist die Symptomatik in den ersten Lebensmonaten, besonders in der Neugeborenenperiode, uncharakteristisch: Noch im Prodromalstadium treten sehr plötzlich, besonders im Schlaf, Anfälle von Zyanose und Apnoen von längerer Dauer auf (15 Sekunden und länger), die häufig von hypoxämischen Episoden mit $O_2$-Sättigungswerten von weniger als 80% begleitet werden. Letztere sind aber auch unabhängig vom Auftreten von Apnoen zu beobachten. Sie werden vor allem für die Krampfanfälle verantwortlich gemacht (11).

Hustenattacken können völlig fehlen oder atypisch ohne Reprise auftreten. So wird die Erkrankung gelegentlich verkannt oder bei letalem Ausgang dem plötzlichen Kindstod zugerechnet (9).

Bei der Diagnose ist in diesem Altersabschnitt das Blutbild sehr hilfreich, da Lymphozytosen von mehr als 30 000/mm$^3$ nicht selten sind. In der Frühphase sollte immer die Isolierung der Bakterien durch einen Nasopharyngealabstrich mit einem Kalziumalginattupfer versucht werden. Der Tupfer wird dann sofort in ein Transportmedium gesteckt, 24 Stunden bei 36°C inkubiert und anschließend versandt.

Noch besser ist die Beimpfung von cefalexinhaltigen Kohle-Pferdeblutagarplatten, die nach 24 Stunden Inkubation bei 36°C abgelesen und bei Wachstum an das Labor weitergegeben werden (6, 10). Der Antikörpernachweis gelingt meist erst in der 2. oder 3. Krankheitswoche. Als Methode werden vorwiegend die ELISA-Technik, die Komplementbindungsreaktion und die Agglutination angewandt. Eine sehr empfindliche Methode ist die ELISA-Technik, mit deren Hilfe IgM-Antikörper sehr frühzeitig nachgewiesen werden können und so auch eine Unterscheidung von diaplazentar übernommenen mütterlichen IgM-Antikörpern möglich ist (4).

Bereits der Verdacht einer Pertussis in den ersten Lebensmonaten erfordert die stationäre Überwachung einschließlich Monitoring von Herzfrequenz, Atmung und Pulsoxymetrie. Die zusätzliche Registrierung von tcpO$_2$ und tcpCO$_2$ kann sehr hilfreich sein.

Nur im Prodromalstadium gegebenes Erythromycin mildert den Krankheitsverlauf. Jedoch kommt es auch zu einer schnelleren Eliminierung der Keime und verhütet somit die Übertragung auf das betreuende Personal. Dagegen wird die Wirksamkeit von Kortikosteroiden (z. B. Betamethason 0,075 mg/kg KG/d) und Salbutamol (0,5 mg/kg KG/d in 3–4 Dosen) zur Reduzierung von Hustenanfällen und hypoxämischen Episoden sehr unterschiedlich beurteilt (1, 3, 8, 12). Gut kontrollierte Studien fehlen.

Die Gabe von Pertussisimmunglobulin ist wirkungslos. Bei Auftreten von Hustenanfällen und Apnoezuständen ist bei jungen Säuglingen eine zusätzliche Sauerstoffzufuhr notwendig. Indikation zur Intubation und Dauerbeatmung sind wiederholt auftretende schwere Hypoxämien mit Abfall der Sauerstoffsättigungswerte unter 80% mit oder ohne Apnoen, besonders, wenn sie mit Krämpfen und/oder Bradykardien einhergehen.

Im allgemeinen macht die Beatmung keine Schwierigkeiten. Die Kinder benötigen meist nur eine Morphininfusion (20–40 µg/kg KG/Std.) ohne Muskelrelaxation und normale Beatmungsdrucke (5). Dadurch wird gleichzeitig eine physikalische Therapie erleichtert.

Literatur

1. American Academy of Pediatrics: Report of the Committee on Infectious Diseases. 22. Aufl. S. 360. American Academy of Pediatrics, Elk Grove Village, Il. 1991.
2. AOYAMA, T. u. Mitarb.: Pertussis in adults. Am. J. Dis. Child. **146**, 163–166 (1992).
3. BROOMHALL, J. u. A. HERXHEIMER: Treatment of whooping cough; the facts. Archs Dis. Childh. **59**, 185–187 (1984).
4. CONWAY, S. P., A. H. BALFOUR u. H. ROSS: Serologic diagnosis of whooping cough by enzyme-linked immunosorbent assay. Pediat. Infect. Dis. **7**, 570–574 (1988).
5. GILLIS, J., T. GRATTAN-SMITH u. H. KILHAM: Artificial ventilation in severe pertussis. Archs Dis. Childh. **63**, 364–367 (1988).
6. HOPPE, J. E.: Einfache bakteriologische Methoden für die Praxis 2. Kulturelle Bordetellen-Diagnostik. pädiat. prax. **37**, 515–518 (1988).
7. KLEIN, J. O.: Bacterial infections of the respiratory tract. In: REMINGTON, J. S. u. J. O. KLEIN (Hrsg.): In-

fectious Diseases of the Fetus and Newborn Infant, S. 657–673. Saunders, Philadelphia-London-Toronto-Montreal-Sydney-Tokyo 1990.
8. MERTSOLA, J., M. J. VILJANEN u. O. RUUSKANEN: Salbutamol in the treatment of whooping cough. Scand. J. infect. Dis. **18**, 593–594 (1986).
9. NICOLL, A. u. A. GARDNER: Whooping cough and unrecognised postperinatal mortality. Archs Dis. Childh. **63**, 41–47 (1988).
10. SCHNEEWEISS, B. u. S. SWIDSINSKI: Nationales Referenzzentrum für Pertussis. Städtisches Krankenhaus im Friedrichshain, Landsberger Allee 49, 10249 Berlin.
11. SOUTHALL, D. P., M. G. THOMAS u. H. P. LAMBERT: Severe hypoxaemia in pertussis. Archs Dis. Childh. **63**, 598–605 (1988).
12. TAMM, A., Y.-C. u. C.-Y. YEUNG: Severe neonatal pertussis treated by salbutamol. Archs Dis. Childh. **61**, 600–602 (1986).

B. STÜCK, Berlin

# Brustdrüsenvergrößerung in der Neugeborenenperiode

*Frage: Gibt es Zusammenhänge zwischen Brustdrüsenvergrößerung in der Säuglingszeit und sonographisch nachweisbaren Ovarialzysten? Ist eine weitere Diagnostik notwendig oder wird abgewartet?*

Eine Brustdrüsenvergrößerung ist ein häufiger Befund in der Neugeborenenperiode. Als ursächlich werden mütterliche Sexualhormone angesehen. Der Spontanverlauf ist durch eine rasche Rückbildung in der frühen Säuglingszeit gekennzeichnet.

In pathologisch-anatomischen Untersuchungen bei perinatal verstorbenen Neugeborenen oder Totgeborenen wurden kleine, mikroskopisch erkennbare Ovarialzysten gleichfalls häufig gefunden. Als ursächlich werden mütterliche Gonadotropine angesehen (3). Auch hier ist der Spontanverlauf eine Regression der Zysten, wobei die komplette Rückbildung größerer Zysten jedoch mehrere Monate benötigt (2).

Durch den Einsatz des prä- und postnatalen Ultraschallscreenings werden jetzt jedoch zunehmend klinisch inapparente und asymptomatische Ovarialzysten diagnostiziert. **Empfehlungen** zu einem sinnvollen Vorgehen wurden kürzlich anhand einer instruktiven Darstellung aus Hannover gegeben (2):

**1.** Etwaige Differentialdiagnosen lassen sich durch Ultraschall und im Zweifel durch die Bestimmung des Progesteron- bzw. Östrogengehalts im Zystenpunktat klären.

**2.** Komplikationen sind selten – meist kommt es zur langsamen Rückbildung.

3. Ein konservatives Vorgehen mit regelmäßigen Ultraschallkontrollen ist bei unkomplizierten Ovarialzysten gerechtfertigt.

Literatur

1. DeSA, D. J.: Follicular ovarian cysts in stillbirths and neonates. Archs Dis. Childh. **50**, 45–50 (1975).
2. von SCHWEINITZ, D., R. HABENICHT u. P. F. HOYER: Spontane Regression von neonatalen Ovarialzysten. Mschr. Kinderheilk. **141**, 48–52 (1993).
3. SUITA, S. u. Mitarb.: Therapeutic dilemmas associated with antenatally detected ovarian cysts. Surgery Gynec. Obstet. **171**, 502–508 (1990).

R. VON KRIES, Düsseldorf

# Ist die routinemäßige Sondierung jedes Neugeborenen zum Ausschluß einer Ösophagusatresie notwendig bzw. sinnvoll?

Um die Frage wissenschaftlich exakt zu beantworten, wären folgende Daten notwendig:

1. Messung der Sensitivität der Methode (Anteil der Erkrankten, die durch diese Screeningmaßnahme erfaßt werden). Hierzu gibt es wegen der Seltenheit der Erkrankung keine Studien – es müßten Daten von vielen tausend Neugeborenenuntersuchungen gesammelt werden.

2. Messung der Spezifität der Methode (Anteil der Gesunden, die durch die Methode korrekt als gesund erfaßt werden). Die klinische Erfahrung lehrt, daß die Spezifität recht hoch sein muß – ich kenne kein Kind, bei dem eine radiologische Diagnostik den Verdacht aus der Screeningmethode (Sonde) nicht bestätigt hätte.

3. Der positive prädiktive Wert (Anteil der tatsächlich Erkrankten unter den Screeningpositiven). Bei der geringen Prävalenz der Fehlbildung wäre eine geringe positive Prädiktion zu erwarten. Als Folge ergäben sich »unnötige« Röntgenuntersuchungen bei gesunden Neugeborenen – auch hierzu fehlen jedoch Erhebungen.

Eine Diagnose der Ösophagusatresie bei der ersten Fütterung kann zu spät sein. Meist wird zur Zeit erfreulicherweise die Diagnose früher, oft anhand der Anamnese und auffälligem Sondierungsbefund gestellt. Retrospektiv unnötige, durch den Sondierungsbefund veranlaßte Röntgenuntersuchungen scheinen sehr selten zu sein. Warum also ein »winning horse« wechseln – auch wenn die Frage nach der Notwendigkeit der routinemäßigen Sondierung nicht wissenschaftlich exakt beurteilbar ist?

R. VON KRIES, Düsseldorf

# Existiert ein Zusammenhang zwischen der generellen Vitamin K-Prophylaxe und dem vermehrten Auftreten eines Neugeborenenikterus?

Daten zur Häufigkeit des Neugeborenenikterus sind nur schwer zu erheben, da die Definitionen keineswegs konsistent sind. Hinzu kommt, daß für den Nachweis einer Zunahme eine kontinuierliche Datenerhebung notwendig wäre.

Zum Nachweis eines Kausalzusammenhangs von Vitamin K-Prophylaxe und der angenommenen Zunahme des Neugeborenenikterus müßte darüber hinaus gezeigt werden, daß die sonstigen bekannten Risikofaktoren für Neugeborenenikterus während des Beobachtungszeitraums konstant geblieben sind. Dies erscheint unwahrscheinlich, da in den letzten Jahren Einflußfaktoren, wie z. B. Häufigkeit des Stillens (erhöht das Risiko für den Neugeborenenikterus) und die Praxis eines häufigen Anlegens (reduziert das Risiko) erheblichen Veränderungen unterlagen.

Hintergrund für die Annahme des postulierten Kausalzusammenhangs sind alte Arbeiten über hämolytische Anämien mit konsekutivem Kernikterus bei Frühgeborenen nach Gabe extrem hoher Dosen (>10 mg) einer wasserlöslichen, synthetischen Vitamin K-Präparation (2). Bei Verwendung der bislang üblichen Dosen von 1 mg (parenteral) oder 2 mg (oral) des natürlichen Vitamins $K_1$ (Phyllochinon) sind Veränderungen der Häufigkeit des Neugeborenenikterus bei gesunden, reifen Kindern nicht zu erwarten (1).

Literatur

**1.** American Academy of Pediatrics (Committee on Nutrition): Vitamin K compounds and the water-soluble analogues: Use in Therapy and Prophylaxis. Pediatrics **24**, 501–507 (1961).
**2.** WILLI, O. A.: Synkavit toxicity in premature infants. Helv. paediat. Acta **11**, 315–331 (1956).

R. von Kries, Düsseldorf

# Abstriche bei Neugeborenen

*Frage: Bakterielle Infektionen des Neugeborenen: welche Bedeutung hat die Sofortmikroskopie?*

Wir führen seit Jahren auf der Intensivstation bei jedem Risikoneugeborenen, insbesondere bei jedem Frühgeborenen, aber auch bei jedem reifen Neugeborenen, wenn der Verdacht auf eine Infektion oder Atemstörungen nach der Geburt besteht, eine Sofortmikroskopie des Magensaftes und des Ohrausstrichs durch.

Hierzu wird aus der Tiefe des Gehörgangs ein Abstrich entnommen und Magensaft mit einer Sonde aspiriert, ausgestrichen und luftgetrocknet. Es folgt eine Schnellfärbung mit *Quick-Diff*. Die Ausstriche werden vom Dienstarzt unmittelbar nach Aufnahme in die Kinderklinik ausgewertet.

Hierbei wird besonders nach einer Vermehrung von Granulozyten und nach Keimen im Ausstrich gesucht. Im Zweifel kann auch zusätzlich eine Gramfärbung weitere Hinweise auf die Art der Keime geben.

Vorteile dieses Vorgehens: Das Ergebnis der Untersuchung liegt in wenigen Minuten vor und verstärkt den Verdacht auf eine Infektion oder entkräftet ihn. So entstehen bei minimalen Kosten und geringem Arbeitsaufwand keine zusätzlichen Belastungen für den Patienten. Unnötige, ungezielte Antibiotikagaben werden vermieden, Hospitalkeime durch frühzeitige schmale und gezielte Antibiotikatherapie reduziert. Dies ist zugleich ein Beitrag zur schnellen Differentialdiagnose, z. B. bei atemgestörten Neugeborenen und Verdacht auf B-Streptokokkeninfektionen.

Das regelmäßige Mikroskopieren schärft die Aufmerksamkeit der Ärzte für die Frage einer bereits bei Geburt bestehenden bakteriellen Kontamination oder Infektion. Nicht zu vergessen ist, daß insbesondere bei vorbehandelten Patienten bakteriologisch oft kein Keimnachweis mehr gelingt, während bei der Sofortmikroskopie noch Keime gefunden werden.

Selbstverständlich werden auch bakteriologische Untersuchungen des Ohrausstrichs und Magensafts durchgeführt.

Der Weg von einer Kontamination zu einer Infektion ist besonders bei gefährdeten Frühgeborenen sehr kurz. Oft sind zu diesem Zeitpunkt die Keime der Kinder durch die Ausstriche schon bekannt. Dabei ist das Keimspektrum je nach Geburtsort des Kindes durchaus different.

U. Töllner, Fulda

# Phototherapie-Effekt und Hyperbilirubinämie

*Frage: Bei der Nachbetreuung nach ambulanten Geburten empfehlen alternative Hebammen, Kinder mit Ikterus nackt ans (geschlossene) Fenster zu stellen und mit Rotlicht warmzuhalten; zusätzlich soll viel Tee zugefüttert werden.*

*Läßt eine normale Fensterscheibe oder Doppelglasscheibe überhaupt den für die Phototherapie des Ikterus notwendigen UV-Bereich durch oder wird unnötig die Auskühlung des Kindes riskiert? Läßt die Scheibe schädliche UV-Anteile durch? Ist die erhöhte Flüssigkeitszufuhr ohne wirksame Phototherapie überhaupt sinnvoll?*

Der Phototherapie-Effekt wurde Anfang der 50er Jahre in England entdeckt, da eine Schwester, Miss J. WARD, Frühgeborene im Sommer zu einem Sonnenbad ins Freie brachte (1). Spätere Studien auf Neugeborenenstationen haben gezeigt, daß die mittlere Serumbilirubinkonzentration bei Kindern, die in der Nähe des Fensters lagen, geringer war als bei solchen, deren Betten von den Fenstern entfernt standen.

Die Vorstellung, den Neugeborenenikterus mit Tageslicht zu vermindern, ist also durchaus berechtigt.

Das wirksame »blaue« und evtl. auch grüne Licht (nicht UV!) dringt mit nur geringer Abschwächung durchs Fensterglas. Eine Fensterscheibe filtert schädliche UV-Anteile zum großen Teil aus (nicht völlig, Sonnenbrand kann auch am Fenster entstehen). Das Auffangen eines Wärmeverlustes dürfte bei dem empfohlenen Vorgehen nicht ganz leicht sein. Vermehrte Flüssigkeitszufuhr wird vielerorts empfohlen, obgleich Tee oder Zuckerlösungen die enterale Bilirubinelimination nicht eindeutig beschleunigen.

Wenn ich die Empfehlungen der Hebammen auch akzeptiere, so sei doch noch einmal betont, daß bei schwererem Neugeborenenikterus *vor eine Therapie die Diagnose gehört* – in unserem Falle der Ausschluß eines pathologischen Entstehungsmechanismus. Ferner müßte zu dieser ambulanten Betreuung noch eine – den Verhältnissen in der Klinik analoge – kontinuierliche Überwachung des Serumbilirubins kommen. (Exakte Bilirubinbestimmungen erfordern Speziallaboratorien, auch die Blutproben dürfen bis zur Verarbeitung keinem Licht ausgesetzt werden.) Die Tatsache, daß die Lichtdosis hinter dem Fenster im Haushalt praktisch nicht zu ermitteln ist, kann ich kaum kritisieren, da Lichtdosis-Wirkungsbestimmungen auch in den Kliniken nur höchst selten angestellt werden.

Literatur

**1.** DOBBS, R. H. u. R. J. CREMER: Phototherapy. Archs Dis. Childh. **50**, 833 (1975).

LEONORE BALLOWITZ, Berlin

# Hüftscreening bei Neugeborenen

*Frage: Beim Neugeborenenhüftscreening am 1./2. Lebenstag fällt auf, daß ein beträchtlicher Prozentsatz der Kinder mit IIa(–) und IIg (= IIc-Hüften) nach 1 Woche eine »Spontanheilung« (IIa+ Hüften) aufweisen. Ist eine Ursache für dieses Phänomen bekannt? Sollte diesen Kindern eine Spreizhose verordnet werden?*

*Wann ist der beste Zeitpunkt für ein Neugeborenenhüftscreening?*

1. Viele der aufgeworfenen Fragen lassen sich am besten durch eine kürzlich fertiggestellte Reifungskurve beantworten. Diese Reifungskurve stellt bei einem gesunden Kollektiv einen Bezug des Alters in Wochen im α-Wert her, wobei einfache und doppelte Standardabweichungen sowie die Mittelwerte berücksichtigt werden. Wesentlich dabei ist, daß das Hüftgelenk von der 1.–6. Lebenswoche eine enorme Wachstums- und Ossifikationstendenz aufweist, da der α-Mittelwert bei 6 Wochen bereits bei 60° liegt. Die einfache Standardabweichung beträgt etwa 55°, die doppelte 50, 51°. Bezieht man diese Werte für knapp 6 Wochen auf Kontroll- und Therapiebedürftigkeit, würden Hüftgelenke in dieser Alterskategorie zwischen 55 und 50° als kontrollbedürftig, unter 50° als absolut therapiebedürftig bezeichnet werden.

Durch diese Reifungskurve wird die bisherige Einteilung unter Abgrenzung des IIc-Bereiches durch eine andere Methode bestätigt. Diese Verhältnisse sind aber auch auf das Neugeborenenalter zu übertragen, da nach zahlreichen Literaturangaben der Typ I bei der Geburt bereits zwischen 51 und 68% vorhanden ist. Bezogen auf die Reifungskurve mit einfacher und doppelter Standardabweichung gilt für Hüftgelenke von Geburt bis zur 6. Lebenswoche:

**a)** unter 50, 51°: therapiebedürftig;
**b)** zwischen 55 und 59°: altersentsprechend.

Eine weitere Unterteilung innerhalb der ersten 6 Lebenswochen in IIa+ und IIa– ist aus praktischen Gründen nicht sinnvoll (Bilder zu klein, kein 7,5 MHz-Schallkopf, Untersuchermängel).

Erst ab der 6. Lebenswoche erscheint wegen verbesserter Präzision der methodischen Gegebenheiten eine Unterteilung in IIa+ und IIa– gerechtfertigt, wobei der Begriff IIa– für therapiebedürftig, der Begriff IIa+ für Verlaufskontrolle bzw. altersentsprechend steht.

2. Ein IIc-Gelenk sollte behandelt werden. Das Mittel der Wahl ist eine Spreizhose. Diverse Spontanheilungen sind laut Literaturangaben meist auf primäre Fehldiagnosen zurückzuführen. Eine Spontanheilung ist aber nicht auszuschließen, da nach eigenen Beobachtungen selbst eine leichte IIIa-Hüfte bei Geburt, bei klinisch unauffälligem Befund, keiner Störung des neuromuskulären Gleichgewichtes, bei konstanter Bauchlage und völliger Aufklärung der kooperativen Mutter unter wöchentlicher Ultraschallkontrolle ausheilte. Andererseits geht der Behandler ein enormes Risiko bei Nichtbehandlung der IIc-Hüfte ein, wenn durch Untersuchungsfehler oder Noncompliance eine eventuell notwendige Therapie erst nach der 6. Lebenswoche einsetzt. Englische Berichte bestätigen Restdysplasien selbst nach 1 Jahr bei nicht behandelten IIc-Gelenken. Wenn am 1./2. Lebenstag schon eine IIc-Hüfte nicht behandelt wird, so sollte sie zumindest engmaschig kontrolliert werden, so daß bei Nichtverbesserung noch innerhalb der ersten 6 Wochen eine Spreizhosentherapie eingeleitet werden kann.

3. Ein allgemeines Neugeborenenscreening bis spätestens zur 4.–6. Lebenswoche ist notwendig, um das Wachstumspotential des Gelenkes optimal für eine eventuell notwendige Therapie auszunüt-

zen. Weitere Eingrenzungen innerhalb dieser Zeit werden eher durch finanzielle und organisatorische Probleme als durch unseren heutigen Wissensstand limitiert.

R. GRAF, Stolzalpe

## Müdigkeit und Trinkfaulheit ikterischer Neugeborener

*Frage: Was ist die Ursache der Müdigkeit und Trinkfaulheit ikterischer Neugeborener? Womit kann sie behandelt werden?*

Immer wieder wird behauptet, ikterische Neugeborene seien schläfrig und trinkfaul. Diese Behauptung kann man immer wieder bestätigt finden, obwohl mir exakte Erhebungen zu diesem Thema nicht bekannt geworden sind. Man sollte diese Beobachtungen oder Meinungen daher nicht als wissenschaftlich gesicherte Tatsache werten.

Noch weniger gerechtfertigt ist es, die Gelbsucht als Ursache von Schläfrigkeit und Trinkfaulheit zu interpretieren. Es kann genausogut umgekehrt sein, ja dies ist sogar wahrscheinlicher: zentralnervöse Erscheinungen sind erst bei sehr hohen Bilirubinspiegeln zu erwarten. Bei Bilirubinspiegeln, die alle über 15 mg/dl lagen, wurden Latenzverlängerungen der akustisch evozierten Hirnstammpotentiale gemessen, wobei sich die Latenzen mit abfallendem Bilirubinspiegel auch wieder normalisierten. Dies heißt aber nicht, daß die Kinder auch sonst »eine lange Leitung« haben müßten.

*Viel wahrscheinlicher ist folgendes:* Kinder, die aus welchen Gründen auch immer, schläfrig und trinkfaul sind, bekommen weniger Nahrung. Je weniger Nahrung zugeführt wird, desto höher ist die Reabsorption von Bilirubin aus dem Darm. Noch Ende der 60er Jahre haben wir zahlreiche sogenannte idiopathische Bilirubinämien mit Bilirubinspiegeln, die zu Austauschtransfusionen zwangen, gesehen. Dies war die Zeit, in der man noch glaubte, Kinder könnten bis zu 48 Stunden ohne Zufuhr von Nahrung und Flüssigkeit bleiben. Seitdem dieser Irrglaube als solcher erkannt wurde, sind diese schweren sogenannten idiopathischen Hyperbilirubinämien so gut wie verschwunden. Ostasiatische Neugeborene neigen bekanntermaßen zu Hyperbilirubinämien, die vorzugsweise am 4. und 5. Lebenstag Werte erreichen, die nach unseren Vorstellungen eine Indikation zur Phototherapie bedeuten. Die ostasiatischen Neugeborenen sind am 4. und 5. Lebenstag aber keineswegs phlegmatisch, sondern hungriger als in den Tagen davor. Dennoch lohnt es sich, wachsam zu bleiben: Schläfrigkeit und Ikterus zusammen können ja auch Symptom einer gemeinsamen Störung sein, z. B. einer Sepsis, einer Hypothyreose oder einer Reihe seltener Stoffwechselkrankheiten.

V. v. Loewenich, Frankfurt am Main

# Vorgehen bei CRP-Erhöhung und Leukozytose beim Neugeborenen

*Frage: Ist eine antibiotische Behandlung bei einem klinisch unauffälligen Neugeborenen bei isolierter CRP-Erhöhung und vorzeitigem Blasensprung indiziert oder genügt eine Verlaufsbeobachtung?*

*B e o b a c h t u n g : Blasensprung 36 Stunden a.p. Mutter und Kind klinisch unauffällig. Routinelaborbefund des Kindes am 1. Lebenstag: CRP 3 mg/dl bei unauffälligem Blutbild (Leukozyten 25000/$\mu$l, keine Linksverschiebung, Thrombozyten 250000/$\mu$l).*

*V e r l a u f s k o n t r o l l e : Nach 12 Stunden CRP 2,5 mg/dl, am 2. Lebenstag 1,2 mg/dl, am 3. Tag 0,6 mg/dl. Leukozyten kontinuierlich auf 12000/$\mu$l abfallend, keine Linksverschiebung. Thrombozyten stabil. Klinisch unauffälliges Kind, keine Therapie.*

*Wäre eine antibiotische Behandlung erforderlich gewesen:*

*1. um einem möglichen septischen Verlauf frühzeitig zuvorzukommen? Oder genügt die laborchemische und engmaschige klinische Kontrolle?*

*2. Besteht bei einem unbehandelten Verlauf einer spontanen Normalisierung eines isoliert erhöhten CRP-Wertes ein erhöhtes Risiko einer »late-onset«-Erkrankung, z. B. einer Meningitis, und sollte daher antibiotisch behandelt werden?*

Erhöhtes CRP und Leukozytose nach der Geburt sind keineswegs immer Zeichen einer Infektion. Vielmehr sind beide auch unspezifische Streßfolgen. Wir haben solche Kinder immer wieder beobachtet.

Der geschilderte Verlauf beweist dies: wie Boehm u. Mitarb. (1) zeigen konnten, beträgt die Halbwertzeit des CRP beim Neugeborenen ungefähr 27 Stunden, soferne nicht durch eine Infektion seine Bildung stimuliert wird. Die in der Frage geschilderte Beobachtung zeigt dies beispielhaft. Da das Kind keine Symptome zeigte, war eine antibiotische Behandlung s i c h e r u n n ö t i g. Da der initial erhöhte CRP-Wert als Streßfolge aufzufassen ist, kann auch nicht spekuliert werden, daß er eine erhöhte Gefahr einer late-onset-Infektionskrankheit anzeigen könnte.

Die beste diagnostische Maßnahme zur frühzeitigen Erkennung einer Infektion ist die engmaschige klinische Beobachtung. Eine Schlüsselstellung haben hier die Kinderschwestern in den Geburtskliniken. Leitsymptom einer jeden septischen Infektion eines Neugeborenen ist immer noch ein anfangs sehr diskret, später deutlich schlechteres Aussehen des Kindes.

Diese Definition klingt außerordentlich unspezifisch. Typischerweise ist die Symptomatik einer beginnenden Sepsis aber auch sehr unspezifisch. Die Bedeutung des erfahrenen Beobachters kann aber gerade bei der Früherkennung einer neonatalen Sepsis gar nicht überschätzt werden. Dies ist ein Argument g e g e n die ambulante Entbindung, da unter häuslichen Bedingungen niemand da ist, der eine diskrete Veränderung des Kindes bemerken würde. Auch zweimal tägliche Besuche einer Hebamme sind nicht hilfreich, da zwischen 2 Besuchen genügend Zeit besteht, während derer das Kind symptomatisch werden kann. Hebammen, die während ihrer Ausbildungszeit 3 Monate in einer Säuglingsabteilung zu arbeiten haben, verfügen so gut wie nie über das Maß an beobachterischer Erfahrung wie langjährig tätige Kinderkrankenschwestern.

Die klinische Beobachtung sollte ergänzt werden durch Kontrollen von CRP und Leukozytenzahl. Ein Abfall der Gesamtleukozytenzahl unter 8000/µl ist verdächtig. In einem solchen Fall empfiehlt es sich, wenigstens zweimal pro Tag die Leukozytenzahl festzustellen. Ein weiteres Abfallen der Gesamtleukozytenzahl ist ein Warnzeichen. Als besonders gut brauchbar hat sich die Bestimmung der ITR (Immaturen-Totalen [neutrophilen]-Relation) erwiesen. Ist die ITR 0,2 oder größer, so ist dies fast immer gleichbedeutend mit einer septischen Infektion. Allerdings ist eine normale ITR kein Mittel zum Ausschluß einer Infektion (Einzelheiten siehe 5, 6).

Die Wertigkeit peripherer bakteriologischer Kulturen wird gering eingestuft (2–4). Dennoch würden wir z. B. bei Nachweis von B-Streptokokken in allen Abstrichen und im Magenaspirat, auch bei mikroskopischem Nachweis großer Mengen von Kokken im Magenaspirat, nach Abnahme einer Blutkultur eine Behandlung durchaus erwägen. Erweist sich die Blutkultur nach 5tägiger Bebrütung als steril, würden wir diese Behandlung dann wieder abbrechen, soferne keine Symptome einer Sepsis bestanden. Das Motiv dafür, eine Behandlung zu erwägen, ist die vergleichsweise hohe Virulenz dieses Organismus.

Literatur

**1.** BOEHM, T. L. J. u. Mitarb.: Determination of the Half-Life of C-Reactive Protein in Neonatal Infection. In: SIMON, C. u. P. WILKINSON (Hrsg.): Diagnosis of Infectious Diseases – New Aspects, S. 323–325. Schattauer, Stuttgart-New York 1986.
**2.** FULGINITI, V. A. u. G. C. RAY: Body surface cultures in the newborn infant. An exercise in futility, wastefulness, and inappropriate practice (Editorial). Am. J. Dis. Child. **142**, 19–20 (1988).
**3.** HOSMER, M. E. u. K. SPRUNT: Screening method for identification of infected infant following premature rupture of maternal membranes. Pediatrics **49**, 283–285 (1972).
**4.** MIMS, LeROY, C. u. Mitarb.: Predicting neonatal infections by evaluation of the gastric aspirate: A Study in two hundred and seven patients. Am. J. Obstet. Gynec. **114**, 232–238 (1972).
**5.** PHILIP, Allister G. S.: A Screening score in the diagnosis of neonatal sepsis. In: BETKE, K., K. RIEGEL u. B. H. BELOHRADSKY (Hrsg.): Diagnostics in Perinatal In-

fections, S. 147–153. Medical Lab./Medical Diagnostics, Suppl. I/1984. Medizinische Verlagsgesellschaft Marburg/Lahn 1984.

6. TÖLLNER, U.: Sepsis-Score. pädiat. prax. **28**, 1–9 (1983).

V. v. LOEWENICH, Frankfurt am Main

# Vernix caseosa

*Frage: Wodurch wird die Vernix caseosa (Fruchtschmiere) gebildet, und warum bildet sie sich beim übertragenen Kind wieder zurück?*

Die Vernix caseosa setzt sich zusammen aus abgeschilferten Zellen des Stratum corneum und aus Produkten der Talgdrüsen. Die in der Vernix des Termingeborenen vorhandenen Zellen befinden sich in verschiedenen Verhornungsstadien und weisen im Elektronenmikroskop unterschiedliche Zytoplasmastrukturen auf. Bei den Talgdrüsenprodukten handelt es sich um verschiedene Lipide. Ihre Zusammensetzung ist vom Gestationsalter abhängig. Die Zusammensetzung der Epidermis- und Dermislipide bleibt im 1. und 2. Schwangerschaftstrimenon gleich. Danach produziert die Dermis vermehrt Triglyzeride, die Epidermis vermehrt Sterol- und Wachs-Ester. Eine deutliche Zunahme von Squalen findet sich in der Vernix nach der 37. Schwangerschaftswoche. Dadurch wird die Vernix öliger und haftet weniger an der fetalen Haut. 5 Tage nach der termingerechten Geburt ist das Lipidprofil demjenigen des Erwachsenen bereits sehr ähnlich. Demnach reift die Talgdrüsenlipogenese in der Zeit um den Termin sehr rasch.

Bei übertragenen Kindern nimmt die Vernixproduktion wegen der zunehmenden Reife der Talgdrüsen ab. Spezifische Untersuchungen dieser Funktion bei übertragenen Kindern liegen jedoch meines Wissens nicht vor. Eine Übersicht über die Vernixzusammensetzung während der intrauterinen Entwicklung findet sich in der Literatur (1, 2).

Literatur

**1.** AGORASTOS, T. u. Mitarb.: Features of vernix caseosa cells. Am. J. Perinat. **5**, 253–259 (1988).

2. WILLIAMS, M. L.: Composition of skin lipids. In: POLIN, R. u. W. FOX (Hrsg.): Fetal and neonatal physiology. Bd. I, S. 552. Saunders, Philadelphia 1992.

E. BOSSI, Bern

# Laboruntersuchungen beim Neugeborenen: was ist obligatorisch, was wünschenswert?

*Frage: Bei Neugeborenen mit pathologischen Blutgaswerten erfolgen pH-Kontrollen aus forensischen Gründen (Absicherungsmedizin?) häufig bis zur Normalisierung: Manche Kinderärzte kritisieren das häufige »Stechen« der Kinder (Körperverletzung!) aus forensischen Gründen bei Neugeborenen, die sonst unauffällig sind. Genügt der klinische Eindruck und seine Dokumentation oder muß auch der normale Laborwert diesen Eindruck bestätigen?*

Eine eindeutige Unterscheidung zwischen obligatorischen und wünschenswerten Laboruntersuchungen ist nicht möglich. Ob eine Untersuchung als nur wünschenswert oder als obligatorisch eingestuft wird, hängt ab vom Maß der Sicherheit, mit der Störungen erkannt werden sollen und von der klinischen Erfahrung der Schwester im Kinderzimmer und des Geburtshelfers: je größer die Erfahrung, desto kleiner die Zahl der Laboruntersuchungen.

**1.**
Der pH-Wert im Nabelschnurblut sollte bei jedem Neugeborenen gemessen werden, um eine objektive Maßzahl des kindlichen Zustandes zum Zeitpunkt der Geburt zu erhalten. Wünschenswert ist eine Blutgasanalyse aus dem Nabelschnurblut mit Angaben zum $CO_2$-Partialdruck und Basendefizit. Diese Meßwerte helfen dem Geburtshelfer bzw. Kinderarzt, auffallende Zeichen, wie z. B. Blässe oder Tachypnoe, ihrer klinischen Bedeutung nach besser einschätzen zu können. Auch aus dem forensischen Grund ist dem Geburtshelfer dringend anzuraten, bei jedem Neugeborenen den pH-Wert im Nabelschnurblut zu messen und zu dokumentieren. Im Streitfall droht dem Arzt eine

Beweislastumkehr, wenn in den Krankenakten kein pH-Wert dokumentiert wird.

Bei einer Azidose im Nabelschnurblut hat der Geburtshelfer die Aufgabe, die Ursache(n) herauszufinden und schriftlich anzuordnen, ob und wann kontrolliert werden muß bzw. ob ein neonatologisch geschulter Kinderarzt hinzuzuziehen ist. Es ist nicht möglich, ein Schema für Kontrolluntersuchungen zu geben; vielmehr ist es dem Geburtshelfer vorbehalten, über klinische, schriftlich zu dokumentierende und biochemische Kontrollen zu entscheiden mit der Möglichkeit, auf biochemische Kontrolluntersuchungen bis zur Normalisierung zu verzichten. Andererseits steigt damit das Risiko, eine sich anbahnende Verschlechterung des Zustandes nicht rechtzeitig zu erkennen!

**2.**
Der **Hämatokrit** sollte bei allen blassen oder polyzytämischen Neugeborenen bestimmt werden. Eine Polyzytämie tritt gehäuft auf bei Mangelgeborenen (Geburtsgewicht <10.P. für das Gestationsalter) und übertragenen Kindern. Die letztgenannte Gruppe sieht häufig trotz Polyzytämie wegen einer verdickten Haut blaß aus.

Bei einem venösen Hämatokrit von 65% und Symptomen wie Zittrigkeit, Tachypnoe, mangelhaftem Trinkverhalten ist eine Hämodilution indiziert, bei einem Hämatokrit >70% auch ohne Symptome. In diesen Situationen ist ein Kinderarzt hinzuzuziehen.

**3.**
**Hypoglykämie:** Mangelgeborene und Neugeborene diabetischer Mütter werden gehäuft hypoglykämisch während der ersten Tage nach Geburt. Beim Mangelgeborenen ist es nötig, während der ersten beiden Lebenstage vor jeder Mahlzeit die Blutzuckerkonzentration zu überprüfen. Bei grenzwertig niedrigen Konzentrationen sind die Kontrollen über den 2. Tag hinaus fortzusetzen. Zum Screening einer Hypoglykämie ist ein Stix-Verfahren ausreichend.

**4.**
**Bakterielle Infektionen,** perinatal erworben, gefährden Neugeborene besonders und lebensbedrohlich. Laboruntersuchungen zur Früherkennung bakterieller Infektionen sind deshalb wünschenswert und sollten bei allen Neugeborenen obligatorisch werden.

**a)** Das **Differentialblutbild** und hierbei das Verhältnis von unreifen Granulozyten zur Gesamtzahl der Granulozyten (I/T-Quotient) ist ein für die Früherkennung bakterieller Infektionen geeigneter Laborwert mit hoher Sensitivität. Der I/T-Quotient muß anhand von Referenzwerten beurteilt werden, die nach Lebensalter und Reife des Kindes unterschiedlich sind. Die Grenzwerte des I/T-Quotienten für Reifgeborene zeigt Tab. 6. Zu beachten ist, daß der I/T-Quotient von der morphologischen Differenzierung zwischen segmentierten und stabkernigen Granulozyten abhängt. Die hohe Sensitivität des I/T-Quotienten wird nur erreicht, wenn als Segmentkernige alle Granulozyten klassifiziert werden, bei denen die Verbindung zwischen den Kernlappen weniger breit als ein Drittel des Kernlappendurchmessers ist.

Tab. 6
I/T-Quotienten bei reifen Neugeborenen, die auf eine bakterielle Infektion hinweisen (1)

| Lebensalter (Stunden) | I/T-Quotient |
|---|---|
| 0 | >0,16 |
| 12 | >0,15 |
| 24 | >0,15 |
| 36 | >0,14 |
| 48 | >0,13 |
| 60 | >0,11 |

**b)** C-reaktives Protein (CRP) im Serum oder Plasma eignet sich nicht zur Früherkennung einer bakteriellen Infektion, ist jedoch spätestens 24 Stunden nach erstem Verdacht auf eine Infektion erhöht (>10 mg/l). Ein negativer CRP-Wert (<10 mg/l) schließt eine Infektion am Beginn der Erkrankung nicht aus! (2).

**c)** Die Bestimmung der Leukozytenelastase und des Interleukins 6 ist möglicherweise besser geeignet zur Früherkennung bakterieller Infektionen als das CRP, befindet sich gegenwärtig aber noch in der Erprobung.

**5.**
Hypokalzämie: Bei zittrigen, übererregbaren und krampfenden Neugeborenen kommt eine Hypokalzämie differentialdiagnostisch in Betracht, die in den ersten Lebenstagen nicht selten auftritt. Die Messung der Konzentration des ionisierten Kalziums ist hierfür besonders geeignet, weil die Messung mit ionenselektiven Elektroden nur etwa 40 µl Kapillarblut benötigt.

**6.**
Eine Möglichkeit zur Bestimmung der Serumbilirubinkonzentration sollte für jede Wochenbettstation bestehen, um die Indikation für eine Verlegung in eine Kinderklinik weder zu eng (nicht erkannte Hyperbilirubinämie), noch unnötig weit (überschätzter Hautikterus) zu stellen.

Literatur

**1.** MANROE, B. L. u. Mitarb.: The neonatal blood count in health and disease. I. Reference values for neutrophilic cells. J. Pediat. **95,** 89–98 (1979).
**2.** MATHERS, N. J. u. F. POHLANDT: Diagnostic audit of C-reactive protein in neonatal infection. Eur. J. Pediat. **146,** 147–151 (1987).

F. POHLANDT, Ulm an der Donau

# Transkutane Bilirubinbestimmung beim Neugeborenen

*Frage: Ist die transkutane Bilirubinbestimmung bei Neugeborenen zur Routine und zur Überwachung einer Fototherapie ausreichend und mit venösen Bestimmungen vergleichbar?*

Jede Bilirubinanreicherung im Körper bedingt nicht nur eine Erhöhung der Serumbilirubinkonzentration (= Bilirubinämie), sondern führt gleichermaßen zu einer Gelbfärbung aller Organe, einschließlich der Haut. Da aber die einzelnen Organe eine unterschiedliche Affinität zum Bilirubin haben, ist auch die Anreicherung an Bilirubin in allen Organen sehr unterschiedlich.

Es besteht eine enge Korrelation zwischen der Serumbilirubinkonzentration und dem Gehalt an Bilirubin in diesen Organen. Daraus folgt, daß sich aus dem Bilirubingehalt eines Organs bzw. eines Organsystems immer auch Rückschlüsse auf z. B. die Serumbilirubinkonzentration ziehen lassen (genauso, wie man ja aus der Serumbilirubinkonzentration auch Rückschlüsse auf den Gehalt an Bilirubin im Nervengewebe [= Neurotoxizität] zieht!). Das gilt besonders auch für die Haut.

Hier ergibt sich aber eine zusätzliche Schwierigkeit, da sich die Haut nicht als einheitliches Organ darstellt, sondern für jede Serumbilirubinkonzentration ein typisches Verteilungsmuster auftritt. Diese sogenannte zephalo-pedale Progression bedeutet, daß bei gegebener Serumbilirubinkonzentration der Kopf immer gelber als der Stamm und dieser wiederum gelber als die Hände und Füße ist (Kramersche Regel [1]). Will man also die Bilirubinkonzentration der Haut zur Bestimmung der Serumbilirubinkonzentration heranziehen, dann muß man immer das gleiche Hautareal als Meßort wählen. Außerdem sollte man theoretisch den Ort der jeweils höchsten Bilirubinkonzentration in der Haut, also die Stirn, benutzen, um die Meßgenauigkeit möglichst hoch zu halten. In der Praxis funktioniert die zweite Forderung selbstverständlich nicht, da die Stirn dem Tageslicht ausgesetzt ist und daher dort immer eine unkontrollierte »Fototherapie« abläuft. Man muß daher einen Meßort wählen, der praktisch immer bedeckt ist, z. B. das Sternum (auch diese Aussage ist schon sehr grob und müßte eigentlich genauer präzisiert werden, z. B. »Sternum-Mitte«).

Zur Messung der Bilirubinkonzentration in der Haut eignet sich das *Minolta/Air-Shields Transcutan Bili-Meter* (Vertrieb: Firma *Heinen* und *Löwenstein*, Bad Ems). Bei diesem Gerät wird zur Messung ein kurzer, intensiver Lichtblitz mit einer Xenonröhre erzeugt und über ein fiberoptisches System auf die Haut gebracht. Das von der Haut reflektierte Licht wird dann bei 460 nm (Absorptionsmaximum des Bilirubins) sowie – zur Korrektur des Hämoglobingehaltes – bei 550 nm gemessen und daraus über die fixe Korrelation zwischen Gelbfärbung der Haut und Serumbilirubinkonzentration diese berechnet.

Nicht nur nach unseren Erfahrungen ist die Korrelation zwischen der Bilirubinkonzentration in der Haut und der Serumbilirubinkonzentration sehr gut (Korrelationskoeffizienten zwischen 0,93 und 0,97 (2–8). Die Genauigkeit liegt bei ± 1 mg%, sofern man den Meßkopf wirklich senkrecht aufsetzt und immer 2 Messungen hintereinander vornimmt und bei einer Abweichung von 1 den Mittelwert bildet. Bedenkt man die zahlreichen Fehler, die bei der »blutigen« Bilirubinbestimmung gemacht werden können (und oft auch gemacht werden, z. B. Quetschen, Probe lange Zeit am Licht liegen lassen etc.), dann ist die scheinbare Ungenauigkeit der transkutanen Bilirubinbestimmung gar nicht mehr so gravierend.

Ein gewisses Problem stellt aber die rassebedingte Hautfarbe dar. Zumindest bei stark pigmentierter Haut unterscheidet sich die Eichkurve deutlich von der für weiße Haut (3).

**Für die routinemäßige Bestimmung der Serumbilirubinkonzentration bei Neugeborenen und zur Beantwortung der entscheidenden Frage: »Fototherapie ja/nein« reicht die transkutane Bilirubinbestimmung voll aus, sofern die zuvor genannten Kautelen sorgfältig eingehalten werden.**

Ausreißer, d. h. Kinder mit extrem hoher Serumbilirubinkonzentration und trotzdem niedriger Bilirubinkonzentration in der Haut sind uns bisher nicht bekannt geworden. Die gelegentlichen Beobachtungen bei Neugeborenen, die trotz hoher Serumbilirubinkonzentration visuell scheinbar eine weiße Haut haben, wurden von der transkutanen Bilirubinmessung immer richtig erkannt.

Zur Überwachung des Bilirubinverlaufs unter Fototherapie ist selbstverständlich die transkutane Bilirubinmessung nicht geeignet, da unter der Fototherapie die Haut an Bilirubin ausbleicht und die strenge Korrelation zwischen der Serumbilirubinkonzentration und der Bilirubinkonzentration in der Haut aufgehoben wird. Auch das Abkleben eines Hautareals – um einen nicht bestrahlten Meßort zu erhalten – verbessert nicht die Situation, da sich das Gleichgewicht zwischen bestrahlter Haut, Serum und unbestrahlter Haut nur langsam einstellt. Insgesamt scheint mir das aber keine wesentliche Einschränkung der transkutanen Bilirubinbestimmung zu sein, da eine Fototherapie in jedem Falle nur nach einer umfassenden »blutigen« Diagnostik durchgeführt werden sollte.

Literatur

**1.** KRAMER, L. I.: Advancement of Dermal Icterus in the Jaundiced Newborn. Am. J. Dis. Child. **118**, 454–458 (1969).

2. BALLOWITZ, L. u. M. E. AVERY: Spectral Reflectance of the Skin. Studies on Infant and Adult Humans, Wistar and Gunn Rats. Biol. Neonate **15**, 316–348 (1970).
3. BETIL, B. u. Mitarb.: Nicht invasive Bilirubinmessungen. pädiat. prax. **26**, 413–423 (1982).
4. HANNEMANN, E. E., D. P. De WITT u. J. F. WIECHEL: Neonatal Serum Bilirubin from Skin Reflectance. Pediat. Res. **12**, 202 (1978).
5. HEGYI, Th. u. Mitarb.: Transcutaneous Bilirubinometry. Am. J. Dis. Child. **135**, 547 (1981).
6. HEGYI, Th., J. M. HIATT u. L. INDYK: Transcutaneous Bilirubinometry. Correlations in Term Infants. J. Pediat. **98**, 454–457 (1981).
7. HEICK, Ch. u. Mitarb.: Transkutane Bilirubinmessung bei Neugeborenen. Helv. paediat. Acta **37**, 589–597 (1982).
8. YAMANOUCHI, J., Y. YAMAUCHI u. I. IGARASHI: Transcutaneous Bilirubinometry. Preliminary Studies of Noninvasive. Transcutaneous Bilirubin Meter in the Okayama National Hospital. Pediatrics **65**, 195 (1980).

G. WIESE, Hamm

# Bestimmung von AT III und Protein C

*Frage: Inwieweit ist die Bestimmung des Protein C-Spiegels im Serum klinisch von Bedeutung und mit der AT III-Bestimmung vergleichbar? Kann sie die AT III-Bestimmung ersetzen? Ist es wirtschaftlich vertretbar, diese in einem Routinelabor eines kleinen Krankenhauses durchzuführen?*

Antithrombin III (AT III) ist ein in der Leber synthetisierter, physiologischer Inhibitor des Hämostasesystems, der hauptsächlich über die Inaktivierung der aktivierten Faktoren X und II (Thrombin) zur Aufrechterhaltung bzw. Wiederherstellung des hämostatischen Gleichgewichts beiträgt. Eine signifikante Unterschreitung des unteren Normbereiches, der bei etwa 75 U/dl (entsprechend 75% der Norm) liegt, geht bei normalen oder erhöhten Spiegeln an Gerinnungsfaktoren mit einem erhöhten Risiko der Entstehung von venösen Thromboembolien einher.

AT III wird heute vornehmlich funktionell mit Hilfe von kommerziellen Testkits bestimmt, die auf der Messung der Heparinkofaktoraktivität des Inhibitors unter Verwendung von Thrombin oder Faktor Xa sowie eines chromogenen Substrates beruhen. Mit diesen Assays, die sich durch eine gute Standardisierung, Reproduzierbarkeit und Rationalisierbarkeit sowie niedrigen Kostenaufwand auszeichnen, lassen sich alle Subtypen der angeborenen sowie der erworbenen AT III-Mangelzustände erfassen (4). Die Bestimmung von AT III sollte somit in allen Krankenhäusern im 24-Stunden-Dienstleistungsbetrieb möglich sein.

Die In d i k a t i o n zur AT III-Bestimmung ergibt sich, wenn der Verdacht auf einen angeborenen oder erworbenen AT III-Mangel mit zwingenden oder fakultativen therapeutischen Konsequenzen besteht.

Venöse Thrombosen und/oder Lungenembolien bei jungen Menschen erfordern den Ausschluß eines hereditären AT III-Mangels. Während die Prävalenz des autosomal-dominant vererbten hereditären AT III-Mangels – die Betroffenen weisen einen AT III-Spiegel von etwa 50% der Norm auf – mit etwa 1 : 10000 sehr niedrig ist, findet man bei etwa 7% aller Patienten mit einem Lebensalter unter 45 Jahren und früheren venösen thromboembolischen Ereignissen einen hereditären AT III-Mangel (5). Die **therapeutische Konsequenz** besteht in der wesentlich längeren Sekundärprophylaxe mit oralen Antikoagulanzien und bei Schwangeren in einer vorübergehenden Absetzung von oralen Antikoagulanzien und einer Substitutionstherapie mit AT III-Konzentraten. Eine Untersuchung der Familienangehörigen der Betroffenen ist wichtig und wird häufig unterlassen.

Erworbene AT III-Mangelzustände, bei denen eine AT III-Bestimmung wegen möglicher therapeutischer Konsequenzen indiziert ist (Antikoagulation und/oder AT III-Substitution), sind die disseminierte intravasale Gerinnung (DIC; Verbrauchskoagulopathie), die Hepatopathie bei Zwang zur Normalisierung der Blutgerinnung wegen Blutungen oder notwendiger operativer Eingriffe, das nephrotische Syndrom und die exsudative Gastroenteropathie.

Protein C ist ebenfalls ein wichtiger physiologischer Hemmstoff der Hämostase, der durch Thrombin im Zusammenspiel mit dem endothelständigen (und damit im peripheren Blut nicht nachweisbaren) Thrombomodulin aktiviert wird und die aktivierten Faktoren V und VIII sowie den Plasminogenaktivator-Inhibitor 1 (PAI-1), einen wichtigen Hemmstoff des Fibrinolysesystems, inaktiviert. Die blutgerinnungshemmende Wirkung von aktiviertem Protein C wird durch einen Kofaktor, das Protein S, wesentlich verstärkt. Beide Inhibitoren werden in der Leber, Protein S zusätzlich in der Endothelzelle und im Megakaryozyten synthetisiert. Wie bei den Prothrombinkomplexfaktoren II, VII, IX und X ist zur Synthese der funktionstüchtigen Proteine Vitamin K notwendig, so daß auch die Aktivitäten von Protein C und Protein S bei Vitamin K-Mangel oder -Antagonismus (z. B. orale Antikoagulanzientherapie) abfallen.

Wie der hereditäre AT III-Mangel können auch ebenfalls autosomal-dominant vererbte angeborene Mängel an Protein C oder Protein S mit venösen Thromboembolien bereits im frühen Jugendalter einhergehen. Bei jungen Patienten mit bereits durchgemachten venösen Thromboembolien ist daher die Bestimmung der Protein C- und der Protein S-Aktivität in Ergänzung zur Messung der AT III-Aktivität indiziert. Bei Patienten mit einem Lebensalter unter 45 Jahren und venösen thromboembolischen Ereignissen wurden in 8–9% Protein C- und in 9% Protein S-Mängel festgestellt (2, 5). Auch hier ergibt sich aus der Diagnose wiederum die **therapeutische Konsequenz** der Verlängerung einer Antikoagulanzientherapie bzw. des Wiederbeginns einer Antikoagulation bei hinzukommenden Risikofaktoren für Thromboembolien. Im Gegensatz zum hereditären AT III-Mangel kommen oberflächliche Thrombophlebitiden beim angeborenen Protein C- und Protein S-Mangel häufig vor (13% bei Protein C-Mangel und etwa 70% bei Protein S-Mangel) (1). Bei nachgewiesenem Protein C- oder Protein S-Mangel darf die Untersuchung von Familienangehörigen nicht vergessen werden.

Der unmittelbar lebensbedrohliche homozygote Protein C-Mangel, der durch eine Purpura fulminans in der Neonatalperiode gekennzeichnet ist, muß schnellstens diagnostisch gesichert und mit Protein C-Konzentrat und ggf. oralen Antikoagulanzien behandelt werden.

Leider ist die Bestimmung der Protein C- und Protein S-Aktivität und die Interpretation der Ergebnisse wesentlich problematischer als bei der AT III-Messung. Die Reproduzierbarkeit ist wesentlich schlechter als bei der AT III-Bestimmung, und mit den auf unterschiedlichen Meßprinzipien beruhenden kommerziellen Testkits werden unterschiedliche Ergebnisse erhalten. *Trotz anderslautender Informationen einiger Reagenzienanbieter ist es unerläßlich, daß mit jeder Meßserie eine Bezugskurve mitgeführt wird und jedes Labor einen eigenen Normbereich anhand einer genügend hohen Zahl von anscheinend Gesunden ermittelt.* Nach eigenen Untersuchungen an 400 Blutspendern haben Frauen zudem signifikant niedrigere Protein S-Aktivitäten, wodurch die Diskriminierung zwischen »normal« und »vermindert« zusätzlich erschwert wird.

Häufig stellt sich die Frage, ob Patienten, die wegen thromboembolischer Ereignisse bereits mit oralen Antikoagulanzien behandelt werden, unter einem hereditären Protein C- oder Protein S-Mangel leiden. Da Protein C- und Protein S-Aktivität unter Vitamin K-Antagonisierung ebenfalls abfallen, wurde versucht, aus Protein C- oder Protein S-Aktivität und Faktor II-, Faktor VII- oder Faktor X-Aktivität Quotienten zu bilden unter der Vorstellung, daß Quotienten von etwa 0,5 für einen Protein C- bzw. Protein S-Mangel und Quotienten von etwa 1,0 gegen einen Mangel an diesen Inhibitoren sprechen (3). Nach eigenen Erfahrungen hat sich dieses Vorgehen n i c h t bewährt; vielmehr erscheint es sinnvoller, orale Antikoagulanzien vorübergehend abzusetzen, durch Heparin zu ersetzen und nach Normalisierung des Quickwertes Protein C und Protein S zu bestimmen.

Nach dem derzeitigen Kenntnisstand ist die Bestimmung von Protein C und Protein S bei Verdacht auf erworbene Mangelzustände in der klinischen Routine n i c h t n o t w e n d i g.

Z u s a m m e n f a s s e n d : *Die Bestimmung der Protein C- und der Protein S-Aktivität im Zitratplasma (nicht im Serum!) ist zur Klärung einer Thromboembolieneigung, besonders bei Patienten unter 45 Jahren, klinisch ebenso bedeutsam wie die AT III-Bestimmung. Letztere kann jedoch nicht ersetzt werden. Die Bestimmung von Protein C und Protein S in einem kleinen Krankenhaus ist derzeit weder wirtschaftlich noch wissenschaftlich vertretbar und sollte noch Speziallaboratorien vorbehalten bleiben.*

Literatur

1. BERTINA, R. M. (Hrsg.): Protein C and related proteins. Churchill Livingstone, Edinburgh 1988.
2. HORELLOU, M. H. u. Mitarb.: Congenital protein C deficiency and thrombotic disease in 9 French families. Br. med. J. **289**, 1285–1287 (1984).
3. PABINGER, I. u. Mitarb.: Diagnosis of protein C deficiency in patients on oral anticoagulant treatment: comparison of three different functional protein C assays. Thromb. Haemostasis **63**, 407–412 (1990).
4. SAS, G.: Clinical significance and laboratory diagnosis of antithrombin III deficiencies. In: SAS, G. (Hrsg.): The biology of antithrombins, S. 33–88. CRC Press, Boca Raton Florida 1990.
5. SCHARRER, I. u. V. HACH-WUNDERLE: Prävalenz und klinische Bedeutung der hereditären Thrombophilie. Innere Medizin **15**, 156–160 (1988).

P. HELLSTERN, Ludwigshafen

# Phenylketonuriescreening

*1. Frage: Das Phenylketonuriescreening bei einem Neugeborenen soll nach einer Transfusion 2–3 Wochen verschoben werden. Warum? Wird das Ergebnis falsch positiv oder falsch negativ?*

Das bei der Phenylketonurie nicht ausreichend aktive Enzym, die Phenylalaninhydroxylase, ist nur in der Leber lokalisiert. Bei einer Austauschtransfusion kommt es allenfalls zu einer Verdünnung des Phenylalaninpools, der aber bei normaler Eiweißzufuhr des Neugeborenen nach 4–5 Tagen wieder in gleicher Situation wie vor der Austauschtransfusion ist.

Falls allerdings unter »Phenylketonuriescreening« das Neugeborenenscreening insgesamt gemeint ist, sind zu den anderen, von der Arbeitsgemeinschaft für Pädiatrische Stoffwechselstörungen (APS) empfohlenen Screeninguntersuchungen, differenziertere Angaben zu machen: Für Hypothyreose und Biotinidase-Mangel-Screening sollte vor der Austauschtransfusion Blut abgenommen werden. Diese Tests sind schon unmittelbar nach der Geburt möglich. Zur Früherkennung der Galaktosämie sollte wie bei den eben genannten Tests verfahren werden, wenn das Screeningzentrum eine Enzymbestimmung z. B. mit dem BEUTLER-Test durchführt. Bei dem in der Regel vorgenommenen Substratscreening (Galaktose + Galaktose l-Phosphat) kann mit sicheren Screeningergebnissen erst nach Verschwinden der Spendererythrozyten gerechnet werden; d. h., eine Screening- oder Kontrolluntersuchung auf Galaktosämie, mit welcher Testmethode auch immer, kann erst etwa 3 Monate nach erfolgter Transfusion vorgenommen werden.

*2. Frage: Gibt es Unterschiede im Phenylalaningehalt von kapillärem und venösem Blut? Bestehen Bedenken, das Phenylketonuriescreening (bei ohnehin fälliger Blutentnahme) venös abzunehmen?*

Die Unterschiede zwischen dem Phenylalaningehalt in kapillärem und venösem Blut sind so gering, daß keine Bedenken bestehen, für die Screeninguntersuchungen auch venöses Blut zu verwenden.

E. MÖNCH, Berlin

## Surfactanttherapie: Prophylaxe oder Intervention – natürliche oder synthetische Präparate

*Frage: Ist die Gabe von Surfactant beim Atemnotsyndrom von Neu- und Frühgeborenen prinzipiell indiziert, quasi als »Prophylaxe«, da es nach Literaturangaben die Überlebensrate erhöht? Ist künstliches Surfactant vorteilhafter als natürliches? Gibt es dazu Untersuchungen?*

Natürliche Surfactantpräparationen werden aus Rinder- bzw. Schweinelungen durch Lipidextraktion von Lungenspülflüssigkeit bzw. homogenisiertem Lungengewebe gewonnen. Sämtliche in der Bundesrepublik auf dem Markt befindliche natürliche Surfactantpräparationen *(Alveofact, Survanta)* enthalten die hydrophoben surfactant-assoziierten Proteine (SPB und SPC), die für den pulmonalen Akuteffekt wesentlich sind. Die intratracheale Applikation der als Suspension vorliegenden Surfactantpräparationen konnte in klinisch kontrollierten Studien an sehr unreifen Frühgeborenen (Gestationsalter in den meisten Studien ≤30 Schwangerschaftswochen) als wirksam nachgewiesen werden, die Inzidenz pulmonaler Komplikationen zu senken sowie die Überlebensrate ohne bronchopulmonale Dysplasie (chronische Lungenerkrankung nach maschineller Beatmung) zu erhöhen. Unerwünschte Effekte im Sinne einer erhöhten Inzidenz von extrapulmonalen Komplikationen während der Neonatalperiode konnten in klinisch kontrollierten Untersuchungen bei metaanalytischer Betrachtung nicht nachgewiesen werden (5, 8). Kontrollierte Untersuchungen zur Effektivität von Surfactant bei reifen Neugeborenen mit lebensbedrohlichen Atemstörungen liegen bislang noch nicht vor.

Die Therapie bei sehr unreifen Frühgeborenen erfolgt entweder als Prophylaxe (kurz nach der Geburt) oder als sogenannte Interventionsbehandlung, d. h. Behandlung eines manifesten Atemnotsyndroms, in der Regel 2–12 Stunden nach Geburt bei Vorliegen von klinischen und radiologischen Zeichen. Die Substanz wird stets als Bolus über den intratracheal liegenden Tubus appliziert. Gegenstand klinischer Untersuchungen war nach dem Wirksamkeitsnachweis die Frage des optimalen Behandlungszeitpunktes. Trotz widersprüchlicher Daten klinischer Studien sollten extrem unreife Frühgeborene (Gestationsalter ≤26 SSW) prophylaktisch behandelt werden, da dadurch die Überlebensrate erhöht sowie die pulmonale Komplikationsrate vermindert werden kann (6). Weitergehende Untersuchungen müssen für weniger unreife Frühgeborene folgen, um die zeitliche Indikationsstellung näher eingrenzen zu können.

Neben den zuvor erwähnten natürlichen, proteinhaltigen Surfactantpräparationen ist ein synthetisches Surfactant auf dem Markt, das proteinfrei ist *(Exosurf)*. Die Wirksamkeit dieser Substanz ist ebenfalls in mehreren kontrollierten klinischen Studien nachgewiesen, es fehlen jedoch bislang vergleichende kontrollierte Untersuchungen zur Effektivität natürlicher und synthetischer Surfactantpräparationen. Eine große multizentrische europäische Studie zur Frage des Behandlungszeitpunktes mit dieser Substanz konnte belegen, daß eine rund 2 Stunden postnatal einsetzende Therapie bei manifestem Atemnotsyndrom zu einer Verbesserung der Überlebensrate im Vergleich zu einer rund 1 Stunde später durchgeführten Behandlung führt (6).

Vergleichende tierexperimentelle Untersuchungen an sehr unreifen Lammfeten zeigen, daß natürliche Surfactantpräparationen, verglichen mit einer synthetischen Zubereitung, wesentlich effektiver sind, den Gasaustausch als Akuteffekt und die Überlebensrate dieser Versuchstiere zu verbessern (3). Diese aus Versuchstieren gewonnenen Befunde lassen sich jedoch nicht zwanglos auf die klinische Situation übertragen, da hier als wesentliche Ziele die langfristige Überlebensrate bzw. die Verbesserung der pulmonalen Komplikation (Überlebensrate ohne bronchopulmonale Dysplasie) gelten. Deshalb können weitergehende Aussagen zu dieser Frage erst gemacht werden, wenn vergleichende klinisch kontrollierte Untersuchungen mit relevanten Endpunkten vorliegen.

Potentielle immunologische Risiken der intratrachealen Zufuhr fremdproteinhaltiger Präparationen wurden in zahlreichen klinisch kontrollierten Studien prospektiv begleitend untersucht. Bei sehr unreifen Frühgeborenen konnten keine relevanten Antikörperproduktionen gegen die surfactant-assoziierten Proteine nachgewiesen werden (1, 3), weshalb die Therapie mit natürlichen Surfactantpräparationen bei sehr unreifen Frühgeborenen in dieser Hinsicht als sicher angesehen werden kann.

### Literatur

**1.** BARTMANN, P. u. Mitarb.: Immunogenicity and immunomodulatory activity of bovine surfactant (SF-RI1). Acta Paediat. **81**, 383–388 (1992).
**2.** CHIDA, S. u. Mitarb.: Surfactant proteins and anti-surfactant antibodies in sera from infants with respiratory distress syndrome with and without surfactant treatment. Pediatrics **88**, 84–89 (1991).
**3.** CUMMINGS, J. J. u. Mitarb.: A controlled clinical comparison of four different surfactant preparations in surfactant-deficient preterm lambs. Am. Rev. Resp. Dis. **145**, 999–1004 (1992).
**4.** DUNN, M. S. u. Mitarb.: Bovine surfactant replacement therapy in neonates of less than 30 weeks's gestation: a randomized controlled trial of prophylaxis versus treatment. Pediatrics **87**, 377–386 (1991).
**5.** GORTNER, L.: Natural surfactant for neonatal respiratory distress syndrome in very premature infants: a 1992 update. J. Perinatal. Med. **20**, 409–419 (1992).
**6.** KENDIG, J. W. u. Mitarb.: A comparison of surfactants as immediate prophylaxis and as rescue therapy in newborns of less than 30 weeks' gestation. New Engl. J. Med. **324**, 865–871 (1991).
**7.** MERRITT, T. A. u. Mitarb.: Randomized, placebo-controlled trial of human surfactant given at birth versus rescue administration in very low birth weight infants with lung immaturity. J. Pediatr. **118**, 581–594 (1991).
**8.** OBLADEN, M. u. H. SEGERER: Surfactantsubstitution beim sehr kleinen Frühgeborenen. Monatsschr. Kinderheilk. **139**, 2–15 (1991).
**9.** The Osiris Collaborative Group (open study of infants at high risk of or with respiratory insufficiency – the role of surfactant): Early versus delayed neonatal administration of a synthetic surfactant – the judgment of OSIRIS. Lancet **340**, 1363–1369 (1992).

L. GORTNER, Lübeck

# Was erlebt ein Kind im Mutterleib?

**Ergebnisse und Folgerungen der pränatalen Psychologie**

*Frage: Was ist bekannt über die Wahrnehmungen des Feten und ihre Bedeutung für die spätere körperliche und seelisch-geistige Entwicklung?*

Das erste, was im Mutterleib an Vorläufern des Seelenlebens beim Ungeborenen funktioniert, sind die Sinnesorgane. Basis aller Sinnesempfindungen ist dabei das taktile System, das heißt die Hautsinne, die auf Druck, Bewegung, Schmerz und auch Kälte bzw. Wärme reagieren.

Sensibel ist zuerst die Region um den Mund. Erst später, ungefähr im 5. Schwangerschaftsmonat, breitet sich die Wahrnehmung durch die Haut auf den ganzen Körper aus. Danach beginnt das vestibuläre System zu funktionieren, also die Gleichgewichtsorgane zusammen mit dem Ohr, also dem auditiven System, und dem Geschmack. Erst am Ende der Sinnesentwicklung fängt das visuelle System an zu arbeiten: ab dem 7. Monat kann das Ungeborene sehen.

All dies ist in sehr vielen und sorgfältigen Untersuchungen nachgewiesen und zum Teil mit Photos und Filmaufzeichnungen dokumentiert. So ist z. B. der am Daumen lutschende, lächelnde, schreiende oder sonstwie grimassierende Fetus (fotografiert von dem Schweden LENNART NILSSON) um die ganze Welt gegangen. Das heißt, das Kind im Mutterleib drückt seine Gefühle in Mimik wie in Gestik aus.

HOOKER u. HUMPHREY konnte beispielsweise in einem Film zeigen, daß Feten schon im 4. und 5. Schwangerschaftsmonat Reize beantworten und Bewegungen ausführen – lange bevor das eine Mutter wahrnehmen kann.

Mütter messen den ersten Bewegungen ihres Kindes im Mutterleib große Bedeutung bei. Für sie ist das der objektiv wahrnehmbare Beweis, daß in ihrem Bauch ein Wesen heranwächst, das – zumindest partiell – eigenständig ist. Hier beginnt die bewußte Kommunikation zwischen Mutter und Kind.

Aber schon lange vor den Wahrnehmungen der Mutter entwickelt der Fetus ein komplexes Repertoire an Reflexhandlungen. Das beginnt schon in der 5. Schwangerschaftswoche. Das erste Greifen mit der Hand entwickelt sich bereits bei einem 2,5 mm großen Embryo.

Das erste »intellektuelle« Sinnesorgan, das funktioniert, ist das Gehör. Im 6. Schwangerschaftsmonat ist das Ohr anatomisch bereits völlig ausgereift und voll funktionsfähig. Schon ab dem 4. Monat allerdings nimmt es ununterbrochen die Geräusche im Uterus wahr. Und der Mutterleib ist beileibe kein schallarmer Raum; es ist ein »brummendes, surrendes, flimmerndes Chaos«, wie WILLIAM JAMES schreibt. Das Schlagen des Herzens, das Brausen und Brodeln der Plazenta, die durch die Peristaltik des Magens und des Darmes hervorgerufenen Geräusche werden genauso wahrgenommen wie die Töne außerhalb des Mutterleibes – vor allem die Stimme der Mutter.

Mutters Stimme kann das Neugeborene schon sehr bald von anderen Stimmen unterscheiden und hört sie aus hunderten heraus. Der Grundstein dafür wird schon im Mutterleib gelegt.

Den Geschmack des Ungeborenen hat schon 1937 DE SNOO geprüft. Da der Fetus im Mutterleib eine bestimmte Menge Fruchtwasser schluckt, versetzte er das Fruchtwasser mit verschiedenen Geschmackszusätzen: Nach einer Beigabe von Bitterstoffen (Chinin) trank der Fetus sehr viel weniger Fruchtwasser und verzog das Gesicht dabei. Nach der Injektion von Süßstoff (Sacharin) trank er sehr viel mehr.

Wenn auch die Welt im Mutterleib nicht völlig dunkel ist, so ist sie doch nicht gerade ein ideales Übungsfeld für den Gebrauch der Augen als Sinnesorgane. Trotzdem funktioniert das Sehen schon vor der Geburt. MICHAEL SMYRTHE erzeugte an der Londoner Universitätsklinik starke Schwankungen des kindlichen Herzschlages durch das Aufleuchten eines Blitzlichtes vor dem Mutterbauch. Aber das Ungeborene nimmt nicht nur passiv auf, sondern es reagiert auch: Richtet man einen Lichtstrahl auf den Mutterleib, bewegt es sich aufgeschreckt und dreht sogar manchmal die Augen weg.

*Die Wahrnehmungen des ungeborenen Kindes in den Sinnesbereichen Tasten, Hören, Schmecken und Sehen sind nachgewiesen.* Für das Riechen sind wir noch auf Vermutungen angewiesen. Da Wahrnehmungen psychische Vorgänge sind, ist es erlaubt, mindestens von Vorläufern von Ichfunktionen zu sprechen.

Nun sind Wahrnehmungen sicher noch nicht der Beweis für ein vorgeburtliches Seelenleben. Was dazu notwendig ist, ist die Speicherung und Verarbeitung der Umweltreize, die durch die Sinnesorgane auf das Kind einstürmen.

Da gibt es merkwürdige Phänomene: Schon ab dem 7. Schwangerschaftsmonat kann man mit einem EGG, einem Gerät zur Messung der Gehirnströme, feststellen, daß der Fetus Schlaf- und Wachphasen hat – also Zeiten, zu denen er passiver ist und Zeiten, zu denen er aktiver ist. In den Schlafzeiten des Fetus zeigen sich – bei geschlossenen Lidern – Augenbewegungen, sogenannte REM-Phasen, wie wir sie nach der Geburt beim Träumen haben. Nun könnte man fragen: Träumt der Fetus?

Träumen hat im späteren Leben den Sinn, unverarbeitete Erlebnisse zu verarbeiten. Mit Sicherheit ist das Gehirn in der Traumzeit hochgradig aktiv. Wir wissen nichts über den Inhalt der »vorgeburtlichen Träume«, können aber mit Sicherheit sagen, daß diese REM-Phasen Anzeichen einer Art »Gehirngymnastik« sind.

Ebenso wichtig für das psychische Funktionieren eines Menschen ist das Gedächtnis. Auch hier ist durch viele Untersuchungen belegt, daß es ein funktionierendes Gedächtnis schon vor der Geburt geben muß. Neben den schon erwähnten Zusammenhängen zwischen der Schwangerschaft und dem späteren Leben sind es vor allem Erkenntnisse von Psychologen aus Therapiesitzungen, die Rückschlüsse auf vorgeburtliche Speicherungen zulassen.

So hat beispielsweise der Wiesbadener Psychotherapeut FRIEDRICH KRUSE mehrere tausend Träume gesammelt, die vorgeburtliche und geburtliche Inhalte haben. Wo und wie diese Erfahrungen gespeichert werden, kann bis jetzt noch nicht endgültig beantwortet werden. Es gibt natürlich noch sehr viele blinde Flecken, die es zu erforschen gilt: Embryo und Fetus haben uns noch eine Menge zu sagen – sie verdienen, daß man ihnen zuhört und angemessen darauf reagiert.

Literatur
GROSS, W.: Was erlebt ein Kind im Mutterleib? Herder, Freiburg 1986.

W. GROSS, Frankfurt am Main

# Allergologie, Immunologie, Hygiene

## Atopisches Ekzem

*Frage: Manche Autoren behaupten, das atopische Ekzem sei eine ACTH-Mangelkrankheit. Trifft dies zu? Ist eine Therapie des atopischen Ekzems mit Vitamin $B_6$ sinnvoll?*

Das atopische Ekzem (Synonyme: atopische Dermatitis, Neurodermitis usw.) ist eine sich meist schon im Kleinkindesalter manifestierende, chronisch rezidivierende, stark juckende Ekzemerkrankung, deren Ätiologie und Pathogenese trotz aller in den letzten Jahren neu gewonnenen Erkenntnisse auf den Gebieten der Allergologie und Immunologie noch immer nicht restlos und befriedigend geklärt werden konnten. Ätiologisch besteht kein Zweifel an der Heredität der atopischen Diathese. Pathogenetisch liegt ein komplexer und multifaktorieller Prozeß vor, wobei immunologischen Abweichungen, vor allem einer abnormen zellulären Immunantwort, wohl die größte Bedeutung zukommt.

Ein Mangel an ACTH wurde von manchen Autoren immer wieder postuliert, weil ACTH, therapeutisch eingesetzt, zu einer Besserung des Ekzems führte und bei einzelnen Patienten (mit länger bestehendem Ekzem) niedrige ACTH-Serumspiegel gemessen wurden. Daß ACTH durch Stimulierung der Nebennierenrinde über vermehrte endogene Cortisolausschüttung therapeutisch effektiv ist, so wie exogen – systemisch oder topisch – zugeführte Steroide auch, spricht nicht für einen ACTH- bzw. Cortisolmangel, sondern lediglich für die bekannt gute antiexsudative, antiinflammatorische und antiallergische Wirkung von Steroiden beim atopischen Ekzem.

Die bei einzelnen Patienten gefundenen niedrigen ACTH-Spiegel sind auch nicht als primärer Pathogenesefaktor anzusehen, sondern lediglich ein sekundäres Phänomen bei Patienten mit atopischem Ekzem, die schon über längere Zeit durch exogene Steroidzufuhr eine Bremsung ihrer Hypophysen-Nebennierenrindenachse erfahren haben. Mir ist keine Studie bekannt, in der wissenschaftlich einwandfrei erniedrigte ACTH-Spiegel bei Patienten mit atopischem Ekzem vor Beginn einer Steroidtherapie nachgewiesen worden sind.

Was soll Vitamin $B_6$ hier therapeutisch ausrichten? Auch nach sorgfältiger Durchsicht der mir vorliegenden umfangreichen Literatur zur Therapie des atopischen Ekzems habe ich keinen Hinweis auf den therapeutischen Einsatz und Nutzen von Vitamin $B_6$ finden können. Aber natürlich bedürfen Patienten mit einer chronisch rezidivierenden entzündlichen Erkrankung, wie es nun einmal das atopische Ekzem ist, einer ausgewogenen vitaminreichen Ernährung.

W. STÖGMANN, Wien

# IgG-Antikörper und Nahrungsmittelallergien – zytotoxikologische Testverfahren

*Frage: Welche Bedeutung besitzen IgG-Antikörper bei der Entstehung von Nahrungsmittelallergien bzw. Nahrungsmittelüberempfindlichkeiten? Ist die Bestimmung von IgG-Antikörpern in diesem Zusammenhang sinnvoll und klinisch aussagekräftig (z. B. zytotoxikologische Lebensmittelallergieteste, Cytohia-Test)? Welches Vorgehen kann bei Verdacht auf Lebensmittelallergien/-überempfindlichkeit als rational und empfehlenswert angesehen werden?*

Spezifische IgG-Antikörper gegen Nahrungsmittel können mit den Präzipitationstests (OUCHTERLONY-Methode), Hämagglutinationstests und neuerdings mit dem IgG-RAST und der -ELISA-Methode bestimmt werden (Übersicht in 5). Die klinische Bedeutung solcher Bestimmungen zur Diagnose einer Nahrungsmittelallergie wird übereinstimmend als gering eingeschätzt (1–3, 5), ebenfalls die Bestimmung von nahrungsspezifischen IgG-Subklassen, wie $IgG_4$ (1).

Die Problematik liegt darin, daß solche Antikörper auch bei Gesunden vorkommen sowie als Epiphänome wegen erhöhter Schleimhautdurchlässigkeit bei einer ganzen Reihe von gastrointestinalen Erkrankungen. So sind IgG-Antikörper gegen mindestens ein Kuhmilchprotein bei gesunden Säuglingen und Kleinkindern sehr häufig (60–80%), bei größeren Kindern und Erwachsenen etwas seltener (10–14%) (2). Innerhalb der ersten 4–6 Lebensmonate sind die nachgewiesenen Antikörper häufig diaplazentar von der Mutter übertragen. Am häufigsten sind Antikörper gegen Kasein, gefolgt von Antikörpern gegen β-Laktoglobulin (2).

In einer Untersuchung mit oraler Doppelblindprovokation an 30 Patienten mit Nahrungsmittelüberempfindlichkeit vermochte eine IgG-RAST-Bestimmung nicht die provokationspositiven von den provokationsnegativen Probanden zu unterscheiden (1). In einer Follow-up-Studie bei Kindern mit Nahrungsmittelallergie war ein hohes nahrungsmittelspezifisches IgG/IgE-Verhältnis mit einer Toleranzentwicklung assoziiert, was auf eine mögliche schützende Funktion der IgG-Antikörper hinweist (3). Der Nachweis nahrungsmittelspezifischer IgG-Antikörper ist in erster Linie Ausdruck der Auseinandersetzung des Immunsystems mit diesen Antigenen, sagt aber nichts über deren pathogene Rolle aus.

Kleine Mengen zirkulierender Nahrungsmittelantigene/IgG-Immunkomplexe sind physiologischerweise nach jeder Mahlzeit nachzuweisen und werden durch das mononukleäre Phagozytensystem – besonders in Leber, Milz und Lungen – (4, 12) eliminiert. Die Größe spielt dabei eine wichtige Rolle, denn im allgemeinen werden größere Komplexe in der Leber innerhalb weniger Minuten beseitigt, während kleinere Komplexe über einen längeren Zeitraum zirkulieren. Ein positiver Befund hat somit keinen Krankheitswert, solange sich die Komplexe nicht im Gewebe ablagern.

Warum es u. U. zu Gewebsablagerungen von Komplexen kommt, hängt zum Teil von ihrer Größe – bestimmt durch die Valenz und Menge des Antigens und von der Menge und Affinität der Antikörper – sowie von einer erhöhten Gefäßpermeabilität im Gewebe und von hämodynamischen Prozessen ab (12). Die klinische Symptomatik einer durch IgG-Antikörperimmunkomplexen mit Nahrungsmittelantigenen ausgelösten Überempfindlichkeitsreaktion entspricht dabei einem serumkrankheitsähnlichen Bild mit urtikarieller Vaskulitis, Fieber, Arthralgien, selten Nephritis und Polyneuritis oder einer ARTHUS-Reaktion der Haut mit leukozytoklastischer Vaskulitis (Purpura) und Erythema nodosum-ähnlichen Exanthemen oder bei Lungenbefall einer allergischen Alveolitis.

Überblickt man die Literatur über Häufigkeit von Nahrungsmittelallergien, induziert durch eine klassische Typ III-Reaktion, so sind die Angaben spärlich oder auf Einzelberichte beschränkt.

MONERET-VAUTRIN, eine der besten Kennerinnen von Nahrungsmittelallergien, gibt an, unter 130 Beobachtungen von Nahrungsmittelallergien in 1,8% eine Typ III-Allergie in Erwägung gezogen zu haben und dies besonders aufgrund des verzögerten Auftretens der Symptome, 6–12 Stunden nach Nahrungsprovokation (9). Keine sichere Typ III-Allergie fanden LESSOF u. Mitarb. (8) sowie wir bei zwischen 1978 und 1987 beobachteten 402 Nahrungsmittelallergien bei Erwachsenen (6, 10).

Kürzlich haben KOLLINGER u. Mitarb. (7) einen 32jährigen Patienten beschrieben, bei welchem innerhalb von 12 Monaten gastrointestinale Symptome, wie Stuhlveränderungen, Flatulenz, kolikartige Unterbauchbeschwerden, Leistungsminderung und Müdigkeit auftraten. Aufgrund der ausführlichen Anamnese und Diagnostik, besonders der Provokationstestung mit den Allergenen Roggen und Weizen und der anschließenden in vitro-Untersuchung mit dem zu beobachtenden Anstieg der Immunkomplexe im $C1_q$-Bindungstest, konnten die Autoren die Diagnose einer Nahrungsmittelallergie Typ III gegenüber den Zerealien Roggen und Weizen etablieren. Spezifische IgG-Antikörper gegen Weizen- oder Roggenproteine wurden allerdings nicht bestimmt.

Seltene Typ III-, IgG-bedingte Reaktionen auf Nahrungsmittel sind in der Pädiatrie die kuhmilchinduzierte allergische Alveolitis (HEINER-Syndrom) und die hämorrhagische Gastroenteritis; bei Erwachsenen die vaskulitische Purpura, die urtikarielle Vaskulitis, die Enteritis anaphylactica und möglicherweise die Dermatitis herpetiformis mit glutenassoziierter Enteropathie (Übersicht in 16). Außer diesen klassischen Bildern einer typischen Typ III-Reaktion könnte in der Praxis an eine milde Variante einer Immunkomplexerkrankung bei einer häufig polytopen Symptomatik 2–8 Stunden nach exzessiver Nahrungsaufnahme, einhergehend mit uncharakteristischen Magendarmsymptomen (Durchfälle, Obstipation, Meteorismus), subfebrilen Temperaturen, Arthralgien, Juckreiz, urtikarielles Exanthem, Kreislaufstörungen und Migräneanfälle, gedacht werden (16).

Eine solche Symptomatik ist jedoch schwer von nicht-immunologischen, funktionellen, pharmakologischen oder pseudoallergisch-bedingten Mechanismen abzutrennen. Die Beweisführung muß durch eine kontrollierte, stationäre Nahrungsmittelprovokation erbracht werden mit einer sequentiellen Messung von immunologischen Parametern (spezifische IgG, Immunkomplexe, Komplementfaktoren) und Mediatorstoffen.

Zytotoxische Teste an Blutleukozyten, welche direkt unter dem Mikroskop oder mit einem automatischen, computergesteuerten Gerät (z. B. Alcat-Test) eine morphologische Veränderung der Blutzellen bei entsprechendem Allergenkontakt erfassen, wurden von der American Academy of Allergy als nicht aussagekräftig beurteilt (11). Ihre Anwendung muß zunächst auf gute klinische Untersuchungen beschränkt werden.

Neben einer subtilen und wiederholt erhobenen Beschwerde- und Verlaufsanamnese stellen eine sorgfältige Hauttestung (Prick-, Intrakutan-, Scratch- und Reibtest mit einzelnen Nahrungsmittelextrakten oder mit nativen Nahrungsmitteln) und ergänzende serologische RAST-Untersuchungen auf spezifische IgE die 1. Stufe bei ihrer Abklärung dar (15). Den Kreuzallergien zwischen Inhalationsallergenen, besonders Birken- und Beifußpollen und Nahrungsmitteln, ist bei der Testung besondere Aufmerksamkeit zu schenken (13, 14). Der Aktualitätsnachweis der testmäßig ermittelten Allergene erfolgt durch Auslaßdiäten und nachfolgende offene, einfach-blinde oder doppelblinde orale Provokationstests. Den für die orale Provokation in Kapseln abgefüllten lyophilisierten Nahrungsmittelextrakt stellt seit kurzem auch in Deutschland die Firma *Allergopharma,* Reinbek bei Hamburg, zur Verfügung.

Literatur

1. BAHNA, S. L.: The dilemma of pathogenesis and diagnosis of food allergy. Immunol. Allergy Clin. North. Am. **7**, 299–312 (1987).
2. BÜRGIN-WOLFF, A. u. R. BERGER: Die diagnostische Bedeutung von Antikörper-Bestimmungen gegen verschiedene Kuhmilchproteine bei pädiatrischen gastrointestinalen Erkrankungen. In: WAHN, U. (Hrsg.): Aktuelle Probleme der pädiatrischen Allergologie, S. 77–85. Fischer, Stuttgart 1983.
3. DANNAEUS, A. u. M. INGANÄS: A follow-up study of children with food allergy. Clinical course in relation to serum IgE- and IgG-antibody levels to milk, egg and fish. Clin. Allergy **11**, 533–539 (1981).
4. Editorial: Immune complexes in health and disease. Lancet **1977/I**, 580–581.
5. FREED, D. L. J.: Laboratory diagnosis of food intolerance. In: BROSTOFF, J. u. S. J. CHALLACOMBE (Hrsg.): Food Allergy and Intolerance, S. 873–897. Baillière Tindall, London 1987.
6. HOFER, T. u. B. WÜTHRICH: Nahrungsmittelallergien. II. Häufigkeit der Organmanifestationen und der allergie-auslösenden Nahrungsmittel. Schweiz. med. Wschr. **115**, 1437–1442 (1985).
7. KOLLINGER, M. u. Mitarb.: Immunkomplexinduzierte (Typ III) systemische Manifestation einer Nahrungsmittelallergie. Allergologie **14**, 161–165 (1991).
8. LESSOF, M. H. u. Mitarb.: Food allergy and intolerance in 100 patients – Local and systemic effects. Q Jl Med. (New Ser.) XLIX **195**, 259–271 (1980).
9. MONERET-VAUTRIN, D. A. u. C. ANDRÉ: Immunpathologie de l'allergie alimentaire et fausses allergies alimentaires. Masson, Paris 1983.
10. MÜHLEMANN, R. J. u. B. WÜTHRICH: Nahrungsmittelallergien 1983–1987. Schweiz. med. Wschr. **121**, 1696–1700 (1991).
11. REISMAN, R. E.: American Academy of Allergy position statements – controversial techniques. J. Allergy clin. Immunol. **67**, 333–338 (1981).

12. ROITT, J. M., J. BROSTOFF u. D. K. MALE: Kurzes Lehrbuch der Immunologie. Thieme, Stuttgart 1987.
13. WÜTHRICH, B. u. T. HOFER: Nahrungsmittelallergie: Das »Sellerie-Beifuss-Gewürz-Syndrom«. Assoziation mit einer Mangofrucht-Allergie? Dt. med. Wschr. **109**, 981–986 (1984).
14. WÜTHRICH, B. u. R. DIETSCHI: Das »Sellerie-Karotten-Beifuss-Gewürz-Syndrom«: Hauttest- und RAST-Ergebnisse. Schweiz. med. Wschr. **115**, 358–364 (1985).
15. WÜTHRICH, B.: Diagnostik von Nahrungsmittelallergien. Verdauungskrankheiten **7**, 92–99 (1989).

B. WÜTHRICH, Zürich

# Gegensensibilisierung

*Frage: Gegensensibilisierung: Was ist darunter zu verstehen? Ist die Methode medizinisch erprobt? Mit welchen Ergebnissen kann man rechnen?*

Das Wirkprinzip der Gegensensibilisierung mit dem sogenannten *Allergostop* nach THEUER ist unklar. Eine wissenschaftlich gesicherte Erkenntnis ist nicht verfügbar. Weder aus den Unterlagen der Firma, noch aufgrund einer Literaturrecherche zur Thematik wird deutlich, auf welcher Grundlage die behaupteten Erfolge beruhen sollen. Insbesondere ist nicht erkennbar, auf welchen gesicherten immunologischen Grundlagen eine mögliche Wirkung beruhen könnte.

Die Behandlungsmethode ist in ihrer Wirksamkeit auch nicht therapeutisch gesichert. Es existiert keine einzige, nach wissenschaftlichen Kriterien durchgeführte Studie. Die in dem Prospekt der Firma angegebenen Literaturstellen sind sämtlich unkontrollierte Erfahrungsberichte.

D. BERDEL, Wesel

## Atopieprävention beim Neugeborenen

*Frage: Besteht die Forderung, zur Allergieprävention beim Neugeborenen sogar auf Tee zu verzichten, zu Recht? Wenn ja, womit sollte bei Stillbereitschaft, aber noch ungenügender Milchmenge in den ersten Lebenstagen das Flüssigkeitsdefizit ausgeglichen werden?*

Für Neugeborene mit bereits bei Geburt erkennbar erhöhtem Atopierisiko (Familienanamnese!) konnte in verschiedenen Studien gezeigt werden, daß ausschließliches Stillen über 4 Monate unter Vermeidung von Zufütterung mit fremdem Eiweiß (Kuhmilch, Soja etc.) das Allergieerkrankungsrisiko in den ersten 3 Lebensjahren vermindern kann. Für den Effekt ist vermutlich die Erkennung fremder Proteine als Allergenen und die dadurch induzierte Sensibilisierung mit verantwortlich.

Erste Untersuchungen aus dem internationalen Schrifttum deuten darauf hin, daß möglicherweise ein ähnlicher Atopiepräventionseffekt durch Fütterung von Hydrolysatnahrungen aus Casein oder Molke erzielt werden kann. Ob ein schwacher oder starker Hydrolysegrad den besten Präventionseffekt erzielt und welches Ausgangsmaterial an Proteinen besonders günstig ist, kann heute nicht abschließend beurteilt werden.

Die Zufütterung von Tee, der keine fremden Proteine enthält, ist allergologisch unbedenklich. Folglich ist die Supplementierung durch Tee bei ungenügender Milchmenge sinnvoll und zu empfehlen. Hingegen sollte bei Neugeborenen mit erhöhtem Atopieerkrankungsrisiko jegliche Art der Milchzufütterung nur auf ärztliche Indikation erfolgen. Möglicherweise ist eine Supplementierung durch geeignete Hydrolysatnahrungen, wie sie für die Neonatalperiode angeboten werden, vernünftig. Prospektive Langzeituntersuchungen wurden hierzu jedoch bisher nicht veröffentlicht.

U. Wahn, Berlin

# Pollinosis: Indikation für nasale Kortikosteroide

*Frage: Welchen Stellenwert hat nasal appliziertes Kortikoid in der Therapie bei Pollinosis im Vergleich zu DNCG und Antihistaminika?*

Mit zunehmender Aufklärung des Pathomechanismus der allergischen Reaktion wurde klar, daß auch auf der Nasenschleimhaut eine allergische Sofortreaktion sowie eine verzögerte Sofortreaktion mehrere Stunden nach Einwirken des Allergens abläuft. So wird die entstehende Rhinorrhö als allergische Sofortreaktion durch Histamin und Leukotriene ausgelöst.

Die Niesattacken und der nasale Juckreiz sind im wesentlichen durch Histamin zu erklären, während die nasale Obstruktion durch das Schleimhautödem durch Leukotriene und die eosinophil chemotaktische Substanz ausgelöst werden. Aus diesem Pathomechanismus geht hervor, daß Antihistaminika nur einen Teil der allergischen Reaktion, und zwar hier besonders der Sofortreaktion, beherrschen können. Da Histamin aber auch an der verzögerten Sofortreaktion beteiligt ist, können Antihistaminika auch lindernd wirken, die nasale Obstruktion durch Ödem aber nicht vollständig verhindern. Dies kann durch DNCG erfolgen, wenn das Krankheitsbild nicht zu schwer ist.

Schwere Erkrankungen, wie sie vor allem bei der Hausstaubmilbenallergie auftreten, aber durchaus auch bei der Pollinose vorkommen, bedürfen nicht selten der Behandlung mit einem topischen Steroid, um vor allem die nasale Spätreaktion (Blockade im Schlaf, nächtliche Husten- und Niesattacken, Einsetzen einer Hyperreaktivität der Nasenschleimhaut) zu verhindern.

Eine sinnvolle Therapie der Pollinosis ist die Gabe eines Antihistaminikums + DNCG (leichtere Erkrankung) oder die Gabe eines Antihistaminikums + einem nasalen topischen Steroid (schwere Erkrankung).

D. HOFMANN, Frankfurt am Main

## Kontaktallergie durch orale Poliovakzine?

*Frage: Gibt es eine »Überimpf«-Reaktion bei Polio-SABIN-Impfstoffen? Ich habe den Eindruck, daß ich nach Impfstoffkontakt mit den Fingern innerhalb von 1–2–3 Tagen mit Gliederschmerzen (z. B. Schultergelenk, Handgrundgelenk usw.) reagiere. Kann dies darauf zurückzuführen sein, daß ich in den letzten 3 Jahren bei etwa 400–500 Säuglingen den Impfstoff eigenhändig oral angeboten habe?*

Eine Kontaktallergie durch oralen Polioimpfstoff ist mir bislang nicht bekannt geworden. Vorstellbar ist die Entwicklung einer Allergie, allerdings erfolgt normalerweise bei der Applikation des Impfstoffs kein Kontakt mit dem Finger. Vermutlich wird der Kollege die Frage durch einen Selbstversuch (gegebenenfalls unter Einbeziehung eines Pricktests?) am ehesten beantworten können.

T. LUTHARDT, Worms

## Acarosan: unzureichend in der Milbenreduktion

*Frage: Ist Acarosan (»zur gezielten Vernichtung von Hausstaubmilben«) tatsächlich unbedenklich?*

*Wie oft sollte Acarosan jährlich eingesetzt werden?*

Acarosan enthält als wirksame akarizide Substanz Benzylbenzoat und tötet in vitro suffizient Milben ab. In unseren Untersuchungen zeigte sich, daß sowohl der Kurzzeiteffekt (2 Applikationen auf Teppich und Matratze innerhalb von 10 Tagen, Auswertung nach 60 Tagen) als auch der Langzeiteffekt (2 Anwendungen im Abstand von 3 Monaten, Auswertung nach 1 Jahr) speziell für Matratzen nicht befriedigend war. Der Milbenallergengehalt auf Matratzen blieb konstant, auch verbesserte sich nicht die bronchiale Hyperreagibilität bei den milbenallergischen asthmatischen Kindern. Deshalb empfehlen wir dieses Präparat nicht, sondern polyurethanbeschichtete Matratzenbezüge und die Entfernung des Teppichbodens bei hoher Milbenallergenexposition (>2 µg/g Staub).

In einer Langzeitstudie über 1 Jahr verbesserte sich nach Verordnung von polyurethanbeschichteten Matratzenbezügen für signifikant belastete Matratzen milbensensibilisierter kindlicher Asthmatiker die Lungenfunktion etwa 6–8 Monate nach Beginn der Studie. Die Milbenallergenkonzentration konnte weit unter 2 µg/g Staub gesenkt werden.

Acarosan scheint toxikologisch unbedenklich und nebenwirkungsarm zu sein. Eine Arbeit, die jüngst im Journal of Allergy and Clinical Immunology erschien, berichtet über eine Verbesserung der FEV1 sowohl in der Verum- als auch in der Plazebogruppe (2 Anwendungen in den ersten 6 Monaten, Auswertung nach 1

Jahr). Eine signifikante Milbenallergenreduktion mit dem Verum Acarosan gelang auf Matratzen nicht, lediglich auf Teppichen und Polstermöbeln, aber auch nur um 67–74%, d. h. bei Ausgangskonzentrationen von 10 µg/g Staub oder mehr bleibt die Milbenallergenbelastung über 2 µg/g Staub, was mit einem erhöhten Sensibilisierungsrisiko bei atopisch prädisponierten Kindern assoziiert ist.

SUSANNE LAU-SCHADENDORF, Berlin

# Pollenallergie und Indikation zur Hyposensibilisierung

Frage: 5jähriges Mädchen, seit 1991 Asthma bronchiale (3mal Asthmaanfall) exogen allergisch nach Kontakt mit Gräsern. 1992 unter Therapie mit Viarox, DNCG, Berotec relativ beschwerdefrei. Pricktest (3mal) eindeutig Gräser/Roggen+++. Spezifische IgE-Inhalationsallergene (Bencard-CLA) jedoch wiederholt (3mal) negativ. Tosse-Visagnost: Lieschgras: Stufe 3, Roggen: Stufe 1. Inhalativer Provokationstest bisher nicht erfolgt (stationär hier nur Histaminprovokation möglich).

Sollte eine spezifische Hyposensibilisierung durchgeführt werden? Wie sind die genannten differierenden Befunde erklärbar?

Diskrepanzen zwischen in vivo-Testen (Hautteste, Provokationsteste) und in vitro-Testen (RAST, CLA etc.) können vorkommen, besonders, wenn ein Allergenkontakt länger zurückliegt, wie es bei saisonaler Allergie typisch ist. Hier kann der in vitro-Test negativ, der in vivo-Test jedoch positiv sein.

Ausschlaggebend ist die Reaktion bei Allergenkontakt. Da das 5jährige Mädchen 3mal mit einer obstruktiven Ventilationsstörung nach Gräserpollenkontakt reagiert hat, erübrigt sich ein inhalativer Provokationstest mit diesem Allergen.

Die Indikation zur spezifischen Immuntherapie (Hyposensibilisierungsbehandlung) gegen Pollen sollte immer vom Grad der Beschwerden und besonders von der Möglichkeit, diese medikamentös zu beeinflussen, abhängig gemacht werden. Gelingt es, die Beschwerden mit DNCG-haltigen Medikamenten vollständig zu kupieren, erübrigt sich m. E. eine Hyposensibilisierungsbehandlung.

Wird während der Pollenflugzeit eine intensivere medikamentöse antientzündliche oder gar antiobstruktive Therapie notwendig, würde ich eine spezifische Immuntherapie durchführen, allerdings nur, wenn die Compliance des Patienten ausreichend ist.

D. BERDEL, Wesel

## Passive Immunisierung mit Immunglobulinen

*Frage: Welche intravenös anzuwendenden Standard-Immunglobulinpräparationen sind zur Zeit in bezug auf Infektionssicherheit, Präparation und Spenderpool in Deutschland besonders empfehlenswert?*

*Zur Erläuterung:*

*Die Therapie mit i.v. Immunglobulinen wird außer bei Mangelsyndromen zunehmend bei verschiedenen Indikationen auch in der Pädiatrie eingeführt (ITP, Erythroblastose, Frühgeborenensepsis, Systemerkrankungen, Asthma, Epilepsie ...).*

*Von der Industrie und einigen Zentren werden verschiedene Präparationen als »Mittel der Wahl« angeführt. Als Gründe nennt man die Infektionssicherheit (HIV u. a.) und die »mitteleuropäische Normalverteilung« des Antikörperspektrums, als Gegenargumente besonders HIV-gefährdeter Spenderpool und Sterilisierungsverfahren mit kanzerogenen Substanzen (β-Propiono-Lacton).*

*In der heutigen Zeit ist man geneigt, sich am Preis zu orientieren, wenn folgende Fragen verneint werden können: Gibt es ein eindeutig zu bevorzugendes Standard-Immunglobulinpräparat in Hinblick auf Kontaminationssicherheit, Wirksamkeit oder (ohnehin variierendes) Antikörperspektrum? Gibt es eine Differentialtherapie verschiedener Präparate?*

Immunglobuline sind als menschliche Eiweißkörper (humane Proteine) die Träger der humoralen Immunität. Mit seiner »Blut-Serum-Therapie« hat EMIL VON BEHRING um 1890 zur Prophylaxe und Therapie von Infektionskrankheiten »Heilkörper« in die klinische Medizin eingeführt. Zunächst standen zur Diphtheriebehandlung Antikörper in Seren tierischen Ursprungs für die i.m. Gabe zur

Verfügung. Für besondere Patienten, z. B. Fürstenkinder, war ein menschliches Diphtherie-Rekonvaleszentenserum als »das Kaiser-Serum« vorhanden.

Später gab VON DEGWITZ (1920) im Haunerschen Kinderspital in München Kindern Masern-Rekonvaleszenten-Blutserum i.m. und konnte so den Ausbruch der Masern verhindern oder abschwächen. Die passive Immunisierung mit protektiven Antikörpern ist also ein altbewährtes, klinisches Therapieprinzip.

Am 1. 6. 1953 kam das erste nur i.m. verträgliche 16%ige Standard-Immunglobulinpräparat – *Beriglobin* – der *Behringwerke* in den Handel. Mit diesem »Gammaglobulin« ist eine Immuntherapie mit den Vor- und Nachteilen der Depotwirkung möglich.

Gammaglobuline werden auch heute noch zum Vorbeugen von Virusinfektionen (z. B. Hepatitis A und Masern), i.m. eingesetzt, und zwar dann, wenn kleine Mengen einen ausreichenden Schutz bilden können. Ein wesentlicher und entscheidender Schritt in der Immuntherapie mit Antikörpern war die Einführung des i.v. verträglichen Gammaglobulinpräparates – *Gamma-Venin* – der *Behringwerke* am 1. 9. 1962; damit begann die Immuntherapie mit i.v. verträglichen Immunglobulinpräparaten. 1972 folgte die Zulassung von *Intraglobin* der Firma *Biotest*.

Die genannten Immunglobulinpräparate werden nun schon seit Jahrzehnten in Hektolitermengen ohne schwerwiegende Nebenwirkungen verabreicht. Ein klinisches Beispiel für die Wirksamkeit sind die heute 35jährigen Männer mit einer Agammaglobulinämie vom Typ BRUTON, die gesund sind und gleich dem Diabetiker ein fast normales Leben führen können.

In der Roten Liste 1993 sind im Abschnitt 74. Sera, Immunglobuline und Impfstoffe 15 Immunglobulinpräparate aufgeführt, davon 3 zur i.m.-Verwendung.

Zur Anwendung hat die Arzneimittelkommission der Deutschen Ärzteschaft im »Deutschen Ärzteblatt« (Nr. 23/1993, S. 1250) zu Indikationen und Risiken bei der Anwendung von normalen Immunglobulinen Stellung genommen:

**Humane Immunglobuline – unerwünschte Wirkungen, Indikationen**

**1.** *Schockreaktionen nach Gabe von normalen humanen Immunglobulinen*

Schockreaktionen (vor allem Atemnot, Schwindel, Kreislaufkollaps bis hin zur Bewußtlosigkeit) nach i.m.-Applikation von Immunglobulinen werden mit einer Häufigkeit von 1:100 000 Anwendungen angegeben. Es ist noch nicht gesichert, ob diese Reaktionen nach i.v.-Gabe häufiger auftreten. Gefährdet sind vor allem Patienten mit IgA-Mangel.

**2.** *Ausreichend belegte Indikationen*

**a)** Zur Prophylaxe: Als gesichert gilt die i.m.-Anwendung von unspezifischen, normalen humanen Immunglobulinen in der Prophylaxe von Virusinfektionen, wie Hepatitis A oder Masern. Eine Infektionsprophylaxe mit normalen humanen Immunglobulinen bei gesunden Sportlern ist medizinisch nicht begründet.

**b)** In der Substitutionstherapie: Bei Patienten mit primären Erkrankungen des Immunsystems (z. B. Agammaglobulinämie, Hypogammaglobulinämie, IgG-Subklassenmangel) gilt die i.v.-Anwendung von normalen Immunglobulinen als sinnvoll. Auch bei sekundärem Antikörpermangel (z. B. bei chronischer lymphatischer Leukämie, nach Knochenmarktransplantationen, bei Kindern mit AIDS) ist ihre Anwendung medizinisch begründet.

**c)** Als Immunmodulation bei Autoimmunerkrankungen: Die Wirkung der i.v.-Gabe von Immunglobulinen bei Autoimmunerkrankungen ist am besten dokumentiert bei der immunthrombozytopenischen Purpura.

**3. Generelle Empfehlungen**

Bei der i.v.-Anwendung normaler humaner Immunglobuline sollten die Patienten wegen der Möglichkeit lebensbedrohlicher Kreislaufreaktionen sorgfältig überwacht werden, vor allem Risikopatienten mit IgA-Mangel.

Auch bei i.m.-Anwendung müssen besonders bei unbeabsichtigter i.v.-Gabe die Patienten längerfristig (etwa 2 Stunden) überwacht werden (siehe Fachinformationen).

Die Arzneimittelkommission der Deutschen Ärzteschaft bittet die Ärzte auch weiterhin, alle Verdachtsfälle unerwünschter Wirkungen im Zusammenhang mit der Gabe von humanen Immunglobulinen zu berichten. Arzneimittelkommission der Deutschen Ärzteschaft, Aachenerstr. 233–237, 50931 Köln, Telefon (0221) 4004-512, Telefax (0221) 4004-539.

Immunglobulinpräparate sind als »Naturstoffe« von höchster Qualität und Reinheit. Das Ausgangsmaterial Blutplasma und die Produkte der einzelnen Trennschritte werden von Proteinchemikern auf Virussicherheit, unerwünschte Rückstände und Komplementinaktivität überprüft. Um eine Virusübertragung durch die Präparate und eine einwandfreie i.v.-Verträglichkeit ohne Zusätze und Rückstände zu erreichen, wurden verschiedene Herstellungsverfahren entwickelt, die sich nur wenig voneinander unterscheiden. Neben dieser selbstverständlichen Qualitätssicherung fordert der klinisch tätige Arzt zur therapeutischen Anwendung eine biologisch gesicherte Aktivität und Klarheit über die Halbwertszeit.

Die Immuntherapie mit Immunglobulinen erfolgt nach Gesichtspunkten der Wirkungsweise:

1. Immunsubstitution der fehlenden Antikörperaktivität.
2. Immunsuppression, Regelung der krankhaften Bildung und des Abbaus körpereigener Immunglobuline.
3. Immunstimulation, Steigerung der Phagozytose humaner Granulozyten.
4. Immunadsorption, Abbinden von fremden Strukturen.

Der Vorteil der i.v. verträglichen polyvalenten Immunglobuline gegenüber der i.m.-Gabe ist die rasche Wirksamkeit und die Möglichkeit, große Mengen zu infundieren.

Beim therapeutischen Einsatz sind 7-s-Präparate von Anreicherung der einzelnen Immunglobulinklassen wie *Pentaglobin* und hohen Antikörpertitern (Hyperimmunglobulinpräparate) zu unterscheiden.

Bei Virusinfektionen sind die Präparate zum Zeitpunkt der Virämie wirksam. Sie sind deshalb vor oder unmittelbar nach der Infektion einzusetzen. Immunglobuline sind »natürliche Heilstoffe«. Sie spiegeln das humorale Gedächtnis und die abgelaufenen Immunreaktionen des Körpers wider.

Der Arzt setzt Immunglobuline immer dann ein, wenn kein ausreichender Impfschutz zu erreichen war. Antikörper fehlen oder vom Körper nicht in Zirkulation gehalten werden können und auch zur Steuerung krankhaft fehlgeleiteter Abräumvorgänge körpereigener Immunglobuline.

Immunglobulinpräparate sind das Endprodukt gründlich überwachter Herstellungsverfahren. Sie unterliegen strengen Zulassungsbestimmungen, die regelmäßig überwacht werden. Immunglobuline unterscheiden sich nur unwesentlich in ihrer Qualität. Sie sind nach klarer Indikationsstellung ein wesentlicher Bestandteil der therapeutischen Möglichkeiten in der klinischen Immunologie. Wegen der Verwertung des kostbaren Ausgangsmaterials BLUT sind sie teuer.

Werden nur kleine Mengen, wie in der Neonatologie, benötigt, kann auch auf eine Serumgabe *(Biseko)* ausgewichen werden. Es ist dann dem Körper selbst überlassen, sich die Proteine zu holen, die er braucht.

Immer wieder muß betont werden, daß nach Gaben von Immunglobulinen oder Seren keine serologischen Untersuchungen mehr sinnvoll sind, da durch passive Immunisierung biologische Aktivität übertragen wurde.

K. D. TYMPNER und J. TYMPNER, München

# Indikation zur Splenektomie bei Autoimmunthrombozytopenie

*Frage: Eine Therapiemöglichkeit bei der Autoimmunthrombozytopenie ist die Splenektomie. Kann der Erfolg dieser Maßnahme durch eine Bestimmung des Hauptabbauorts der Thrombozyten (Leber, Milz) mit radioaktiv markierten Thrombozyten vorhergesagt werden?*

Die Bestimmung des Hauptabbauortes der Thrombozyten in Milz und/oder Leber mit radioaktiv markierten Thrombozyten ist eine in hämatologischen Fachbüchern angegebene nuklearmedizinische Standardmethode. Sie wird von uns jedoch praktisch kaum eingesetzt. Es ist nämlich im peripheren Blut eine ausreichende Thrombozytenzahl von mindestens 40–50/nl erforderlich, um eine ausreichende Markierungsausbeute mit Indiumoxinat ($^{111}$In) zu erreichen. Außerdem kann die Abgrenzung zwischen erhöhtem intrasplenalen Blutpool und tatsächlicher Sequestration Schwierigkeiten bereiten.

Die Indikation zur Splenektomie wird von uns seit einigen Jahren strenger gestellt und nur noch veranlaßt, wenn die Thrombozyten trotz immunsuppressiver Therapie oder nach deren Absetzen auf <30/nl absinken und eine hämorrhagische Diathese besteht. Bei diesen Werten versagt aber im allgemeinen die Thrombozytenmarkierung.

R. KUSE und CH. FRANKE, Hamburg

## Versehentliche Injektion von Anti-D

*Frage: Nachdem als große »Errungenschaft« nun die präpartuale Anti-D-Prophylaxe eingeführt ist, folgende Frage: Was passiert, wenn versehentlich ein Anti-D-Präparat einer Rh-positiven Schwangeren injiziert wird? Ein Warnhinweis im »Waschzettel« findet sich nicht, auch sonst konnte ich bisher keine Literatur darüber entdecken. Handelt es sich dann nur um eine unnötige, sonst aber harmlose Injektion, oder sind Folgen zu erwarten? Welche Maßnahmen wären dann erforderlich?*

Die versehentliche Injektion von Anti-D in der üblichen Dosierung von 300 µg (Standarddosis) an eine Rhesus-positive Person führt üblicherweise nicht zu Krankheitserscheinungen oder Beschwerden. Es kommt zwar zu einer Bindung der injizierten Antikörper an die Rhesus-positiven Erythrozyten, aber der damit verbundene Erythrozytenabbau ist mengenmäßig so gering, daß eine Störung des Organismus nicht nachweisbar ist. Dies gilt auch für die versehentliche Injektion von Anti-D an Rhesus-positive Neugeborene. Dabei kommt es allerdings gelegentlich zum Ausfall eines positiven Coombs-Testes. Nur bei sehr kleinen Frühgeborenen kann es einmal zu Hämolyseerscheinungen mit verstärktem Ikterus kommen. Therapeutische Maßnahmen sind nicht erforderlich.

D. H. A. Maas, Mutlangen

## Hepatitis B: Übertragung und Prophylaxe bei engem Zusammenleben

*Frage: Die Hepatitis B tritt in Heimen (für geistig Behinderte) häufiger auf als in der Normalbevölkerung. Welche Infektionswege spielen hier eine Rolle? Gibt es entsprechende Untersuchungen?*

*Welche Hygienemaßnahmen sind in Wohngruppen von gesunden HBsAg-Trägern bzw. auf der Krankenstation bei Behandlung von HBsAg-Trägern (z. B. wegen anderer Erkrankungen) notwendig?*

Eine Reihe von Studien konnte zeigen, daß Insassen und Personal von Heimen für geistig Behinderte eine höhere Hepatitis B-Frequenz aufweisen als die Normalbevölkerung (1–3). Der Grund dafür dürfte darin liegen, daß in dieser Population die Übertragung einer Hepatitis B durch mehrere Faktoren begünstigt wird. Hauptübertragungswege des Hepatitis B-Virus dürften enger körperlicher Kontakt und Verletzungen mit durch Hepatitis B-Virus kontaminierten Gegenständen darstellen. Wichtigste Virusquelle ist Blut chronischer Virusträger, in dem sich oft sehr hohe Viruskonzentrationen von $10^7$–$10^8$ infektiösen Einheiten/ml finden. Diese hohe Partikelzahl macht erklärlich, daß bereits minimale, in der Regel nicht sichtbare Blutmengen zu einer Infektion ausreichen. Infektiöses Virus kann auch im Speichel chronischer Träger vorhanden sein, wenn auch in wesentlich niedrigerer Konzentration als im Blut.

Zur Infektion kommt es, wenn Virus in die Blutbahn eines nicht Immunen gelangt. Dafür reichen Bagatellverletzungen oder winzige Hautläsionen aus, aber auch Schleimhäute, die häufig minimale Defekte aufweisen, können zur Eintrittspforte werden. Geistig Behinderte sind meist verletzungsanfälliger und neigen häufig zu unkontrolliertem und gelegentlich aggressivem Verhalten, so daß Verletzungen, die einerseits zum Austritt von Blut und damit bei Infizierten zur Freisetzung von Virus führen und andererseits Eintrittsmöglichkeiten für das Virus darstellen, in dieser Population wesentlich häufiger als in der Normalbevölkerung vorkommen. Ein Virusträger in einem Behindertenheim kann auf diese Weise mit ihm in engem Kontakt stehende Mitinsassen ebenso wie seine Betreuer infizieren; vor allem bei behinderten Kindern, die sich gelegentlich sehr aggressiv verhalten, ist eine Ausbreitung der Infektion durch Kratzen und Beißen möglich.

Aus der Übertragungsweise des Virus ergeben sich auch die S c h u t z m a ß n a h m e n vor Infektion durch chronische Virusträger in einer Wohngemeinschaft. Wichtig ist, daß keine Geräte oder Gegenstände des täglichen Bedarfs, bei deren Gebrauch Verletzungen möglich sind, von Virusträgern und Nichtinfizierten gemeinsam benutzt werden. Bei der Erstversorgung blutender Verletzungen chronischer Hepatitis B-Virusträger sollten Einmalhandschuhe getragen werden. Auch minimale Blutmengen chronischer Virusträger sollten zunächst desinfiziert (z. B. mit 70%igem Alkohol 2 Minuten lang) und dann entfernt werden. Im Krankenhaus brauchen chronische HBsAg-Träger nicht isoliert zu werden, solange sichergestellt ist, daß Mitpatienten nicht mit ihrem Blut in Berührung kommen.

*Für alle Menschen, die mit chronischen Virusträgern in der gleichen Wohngemeinschaft leben, ist die Impfung gegen Hepatitis B eine der wichtigsten prophylaktischen Maßnahmen.*

Literatur

**1.** CLARKE, S. E. R. u. Mitarb.: Hepatitis B in seven hospitals for the mentally handicapped. J. Infect. **8**, 34–43 (1984).
**2.** McGREGOR, M. A. u. Mitarb.: Hepatitis B in a hospital for the mentally subnormal in South Wales. J. ment. Defic. Res. **32**, 75–77 (1988).
**3.** PERILLO, R. P. u. Mitarb.: Survey of hepatitis B virus markers at a Public day school and a residential institution sharing mentally handicapped students. J. infect. Dis. **149**, 796–800 (1984).

W. JILG und F. DEINHARDT, München

# Aufbewahrung von Kornzangen

*Frage: Wie soll man die Kornzange steril halten, mit der sterile Instrumente entnommen werden?*

Kornzangen, mit denen sterile Instrumente oder Tupfer gereicht werden, sollen in trockenen Standgefäßen, d. h. ohne Zusatz eines Desinfektionsmittels aufbewahrt werden. Kornzange und Standgefäß werden dabei einmal täglich gewechselt.

INES KAPPSTEIN, Freiburg im Breisgau

# Hautkrankheiten

## Behandlung eingewachsener Zehennägel

*Frage: Wie werden eingewachsene Zehennägel derzeit behandelt?*

Eingewachsene Zehennägel sind ein häufiges Problem des jugendlichen Erwachsenen. Sie verursachen Schmerzen, körperliche Beeinträchtigung und Fehlzeiten im Beruf. Männer haben dieses Problem etwa 3mal häufiger als Frauen. Der Großzehennagel ist am meisten betroffen und kann ein- oder beidseitig eingewachsen sein und einen Entzündungsprozeß unterhalten. Die Ursachen sind häufig ungeklärt. Zu enges und zu kurzes Schuhwerk wird oft angeschuldigt. Ebenfalls mag eine angeborene Anomalie des Nagels prädisponieren. Eine genaue Anamnese deckt häufig eine unsachgemäße Nagelpflege mit Schneiden der seitlichen Nagelanteile auf.

Da eingewachsene Zehennägel so verbreitet sind, beschäftigen sich Ärzte aller Fachrichtungen mit diesem Problem. Die Art der Behandlung erstreckt sich von Versuchen der konservativen Entzündungskontrolle bis zu ausgeklügelten Operationsverfahren. Die heroische Totalentfernung der Nagelplatte ist heute nur noch extrem seltenen Indikationen vorbehalten. Sie sollte wegen der manchmal gravierenden, langfristigen, kosmetischen und funktionellen Beeinträchtigungen nur noch ausnahmsweise angewendet werden.

Seit der Jahrhundertwende empfiehlt man die seitliche Teilentfernung des eingewachsenen Zehennagels. Hier wird ein seitlicher Keil, bestehend aus seitlichem Nagel, mit Nagelmatrix entfernt.

**Technik der Nagelkeilexzision**

In OBERST-Leitungsanästhesie erfolgt unter Blutsperre mit einem Gummitourniquet eine Längsinzision mit einem 10er-Skalpell 4 mm vom betroffenen Nagelrand entfernt. Diese Inzision wird nach proximal knapp 1 cm in das Eponychium bzw. den proximalen Nagelwall fortgesetzt. Sowohl der Nagel als auch die Nagelmatrix werden bis auf den Knochen inzidiert. Eine seitliche konvexe Inzision umschneidet den seitlichen Nagelwall und entfernt so den seitlichen Keil. Restliche Nagelbettanteile oder Granulationsgewebe werden mit einem scharfen Löffel entfernt. Der proximale Nagelwall wird durch eine 4x0 Situationsnaht adaptiert. Anfangs tägliche Verbandswechsel sowie Fußbäder bzw. Abduschen des Fußes mit einem harten Wasserstrahl ab dem 6. Tag schließen sich an.

Alternativ dazu hat sich besonders im angloamerikanischen Raum die Phenolbehandlung des eingewachsenen Zehennagels durchgesetzt.

**Technik der Phenolbehandlung**

Unter den gleichen operativen Bedingungen wie bei der Nagelkeilexzision erfolgt die Exzision der lateralen 3–4 mm des seitlichen Nagels. Dies geschieht nach zunächst vorsichtiger Abhebung des Eponychiums mit einer Art Metallspatel, dann wird mit dem Skalpell oder einer speziellen Schere der seitliche Nagel inklusive der proximalen Wurzelanteile entfernt. Nachdem die gesunde Haut z. B. durch Einstreichen mit einem Fettgaze geschützt ist, wird mit einem Watteträger das 80%ige Phenol appliziert. Der Watteträger sollte dreimal neu getränkt werden und die Anwendungszeit jeweils 3 Minuten betragen. Alle Nagelmatrixanteile müssen miterfaßt werden. Anschließend wird das restliche Phenol durch einen mit Alkohol getränkten Tupfer neutralisiert und entfernt. Ein steriler Verband schließt sich an.

**Ergebnisse**

Diese beiden Behandlungsstrategien wurden in großen, auch prospektiv randomisierten Studien untersucht. Die Rezidivraten bei der Keilexzision alleine beliefen sich auf 16–86%. Kam die Phenolbehandlung zur Anwendung, so wurden in 5–9,6% Rezidive gesehen. Noch einmal ließ sich der Behandlungserfolg verbessern, als man die Keilexzision mit der Phenolbehandlung kombinierte. Auch ließen sich die postoperativen Schmerzen und die Zeit der Arbeitsunfähigkeit signifikant reduzieren.

**Fazit**

1. Diese häufige und »triviale« Erkrankung erfordert eine sorgfältige und fachkundige Behandlung.
2. Die Totalentfernung des Nagels ist obsolet.
3. Die Keilexzision kann in geübten Händen gute Ergebnisse bringen.
4. Noch bessere Ergebnisse zeitigt die Phenolbehandlung bzw. die Kombination aus Keilexzision und Phenolbehandlung.

Literatur

1. EMMERT, C.: Zur Operation des eingewachsenen Nagels. Zentbl. Chir. **39**, 641–642 (1884).
2. GREIG, J. D.: Results of Surgery for ingrowing toenails. J. Bone Jt Surg. **71-B**, 859 (1989).
3. GREIG, J. D. u. Mitarb.: The Surgical Treatment of Ingrowing Toenails. J. Bone Jt Surg. **73-B**, 131–133 (1991).
4. ISSA, M. M. u. W. A. TANNER: Approach to ingrowing toenails. Br. J. Surg. **75**, 181–183 (1988).
5. MORKANE, A. J. u. Mitarb.: Segmental phenolisation of ingrowing toenails. Br. J. Surg. **71**, 526–527 (1984).
6. Van der HAM, A. C. u. Mitarb.: The Treatment of Ingrowing Toenails. J. Bone Jt Surg. **72-B**, 507–509 (1990).

J. GRÜNERT, Münster

# Schuppen: Ursachen und Behandlungsmöglichkeiten

*Frage: Was wird zur aktuellen Therapie des Exsikkationsdermatids und des seborrhoischen Ekzems der Kopfhaut empfohlen, besonders an Externa ohne Cortison- oder sonstige Hormonzusätze?*

*Kommt es bei Langzeitanwendung von salicylathaltigen Externa (Criniton) zum Salicylismus?*

Die Pityriasis simplex capillitii, auch als Exsikkationsdermatid der Kopfhaut bezeichnet, sowie das seborrhoische Ekzem des Kapillitiums zählen zu den häufigsten pathologischen Veränderungen der behaarten Kopfhaut.

Bei der Pityriasis simplex capillitii, die meist bei Patienten mit einer Sebostase zu finden ist, zeigt sich eine trockene, weißliche Kopfschuppung, teilweise verbunden mit einem erheblichen Juckreiz. Sie ist vielfach das Resultat von zu intensiven Reinigungsmaßnahmen, welche zu einem Mißverhältnis zwischen der reinigungsbedingten Irritation auf der einen Seite und der Regeneration der Kopfhaut auf der anderen Seite führen. Schon wenige Haarwäschen mit stark entfettenden Shampoos können bei entsprechender Prädisposition die Hautveränderungen auslösen. Häufig zeigt sich in der kalten Jahreszeit ein vermehrtes Auftreten, da die Talgdrüsenproduktion in den Wintermonaten deutlich abnimmt.

Für die Therapie steht die Beratung des Patienten im Vordergrund. Die Haare sollten nicht öfter als zweimal wöchentlich mit einem milden, möglichst rückfettenden Shampoo gewaschen werden. Sogenannte »abschuppende« Haarwaschmittel, die meistens sehr aggressiv sind, müssen strikt gemieden werden. Dasselbe gilt für austrocknende alkoholische Tinkturen oder auch Haarwässer.

Im Gegensatz hierzu steht die typische weißlich-gelbliche, fettdurchtränkte Schuppung bei der Seborrhö, oft verbunden mit einer Hyperhidrose. Die schuppig belegten Hautareale sind meist stärker entzündlich gerötet sowie induriert und zeigen eine deutliche Konfluierung. Häufig überschreiten sie die Grenzen des Kapillitiums und greifen auf den Nacken, den retroaurikulären Bereich und die seitlichen Halspartien über. Der Juckreiz ist eher mäßiggradig; im Vordergrund stehen die Rezidivfreudigkeit sowie die Therapieresistenz.

Zur Kopfwäsche, die auch bei dieser Krankheit nicht öfter als zwei-, maximal dreimal wöchentlich erfolgen sollte, verordnen wir antiseborrhoische Haarwaschmittel mit keratolytischen und antimikrobiellen Zusätzen: Selendisulfid *(Selsun)*, Zinkpyrithion *(de-squaman)*, Salicylsäure *(Criniton)*, Teer *(Polytar)* oder auch Kadmiumsulfid *(Ichtho-Cadmin)*.

**Bei einer Daueranwendung von selendisulfidhaltigen Haarwaschmitteln kann gelegentlich eine Umkehrung der Wirkung eintreten; es empfiehlt sich daher ein rechtzeitiger Wechsel des Präparates.**

Gute Erfolge lassen sich mit Tinkturen erzielen, die die eben genannten Substanzen enthalten (z. B. *Crinohermal, Loscon*). Bei Frauen sollten zusätzlich östrogenhaltige Präparate, wie beispielsweise *Alpicort-F*, verordnet werden. Steht eine mehr entzündliche Komponente im Vordergrund, empfiehlt sich die Anwendung von kortikosteroidhaltigen Haarwässern. Aber auch Shampoos, die außer Detergenzien keine sonstigen speziellen Zusätze enthalten, führen oftmals zu einer hinreichenden Schuppenlösung und raschen Besserung der Beschwerden. In letzter Zeit gewinnen clotrimazol- oder auch ketoconazolhaltige Haarwaschmittel *(SD-Hermal, Terzolin)* zunehmend an Bedeutung, wobei der Wirkungsmechanismus jedoch noch weitgehend unklar ist.

Bezüglich eines möglichen Salicylismus nach Langzeitanwendung von salicylathaltigen Externa (Kopftinkturen) finden sich in der Literatur keine Angaben. Toxisch resorptive Effekte werden nur nach großflächiger Anwendung von höherkonzentrierter Salicylsäure in Vaseline, speziell bei Kindern beschrieben. Die Konzentration von Salicylsäure in den Kopftinkturen liegt jedoch bei maximal 2%; das behandelte Hautareal ist klein, und ein okklusiver Effekt, wie bei vaselinehaltigen Salben, besteht nicht.

Literatur

1. BRAUN-FALCO, O., G. PLEWIG u. H. H. WOLFF: Dermatologie und Venerologie. Springer, Berlin-Heidelberg-New York-Tokio 1984.
2. MENSING, H. u. H. WALTHER: Dermatologie in der täglichen Praxis. Fischer, Stuttgart-New York 1989.
3. STEIGLEDER, G. K.: Therapie der Hautkrankheiten. Thieme, Stuttgart-New York 1986.

R. KOMBRINK und D. REINEL, Hamburg

# Laserbehandlung von Besenreiservarizen

*Frage: Besteht die Möglichkeit, Besenreiservarizen mit Laser zu beseitigen? Wenn ja: Welche Laserart und welches Fabrikat werden empfohlen?*

Für den medizinischen Gebrauch werden verschiedene Lasersysteme angeboten. Die Dauerstrichlaser, zu denen der Argon-, der Neodym-YAG- sowie der $CO_2$-Laser gehören, senden das Licht kontinuierlich aus; sie erzeugen damit thermische Effekte unterschiedlicher Stärke, die in der klinischen Anwendung als Koagulation, Vaporisation oder Karbonisation bekannt sind. Im Gegensatz hierzu haben die gepulsten Laser nur eine geringere Hitzewirkung und eignen sich wegen ihrer besseren fotoablativen Eigenschaften zum Schneiden oder Abtragen von Gewebsanteilen (3).

Zur Behandlung von Gefäßveränderungen wird der Argon-Laser empfohlen, der sichtbares blaues oder grünes Licht bei 488 bzw. 515 nm emittiert. Die Eindringtiefe in die Haut beträgt 1 mm. Damit werden nur ganz oberflächlich gelegene Gefäße erreicht. Die besten Ergebnisse zeigen sich mit dem Laserverfahren beim Naevus flammeus am Hals und im Gesicht. Auch Besenreiser im Gesicht sprechen gut darauf an (4).

Unsere Erfahrungen mit dem Argon-Laser bei Besenreisern an den Ober- und Unterschenkeln sind im Vergleich zur Sklerosierung mit 0,5%igem Äthoxysklerol ungünstiger. Die Zahl der erfolglosen Behandlungen ist so erheblich, daß wir die Anwendung nach 7monatiger Probezeit wieder eingestellt haben. Bei einer unzureichenden Wirkung kommen Pigmentierungen natürlich nur selten vor. Bisweilen entstehen durch die thermischen Nebenwirkungen winzige weiße Narben, die den Verlauf von Besenreisern perlschnurartig nachzeichnen. In der Literatur wurden aber auch optimistische Meinungen vertreten (1).

Der $CO_2$-Laser hat seine hauptsächliche Indikation in der Dermatologie für die Vaporisation von exophytischen Hautveränderungen. Auch Tätowierungen lassen sich damit hervorragend beseitigen (2).

Mit dem $CO_2$-Laser ergeben sich die gleichen Probleme wie mit dem Argon-Laser: Das rote und das livide Feuermal des Erwachsenen sprechen gut auf die Behandlung an, besonders bei der Lokalisation im Gesicht und am Hals. Auch direkt in der Haut gelegene winzige Angiektasien werden bei koagulatorischer Einstellung des Gerätes erreicht. Die typischen Besenreiser und Teleangiektasien im Bereich der unteren Extremitäten lassen sich aber nur dann ausschalten, wenn thermische Schäden der Haut in Form feinster weißlicher Narben in Kauf genommen werden. Die eigenen günstigen Erfahrungen mit dem $CO_2$-Laser beschränken sich auf die kleinstkalibrigen intradermalen Angiektasien im Gesicht, an Hals und Busen, aber nur ausnahmsweise an den Oberschenkeln.

Seit kurzem wird ein neuer gepulster Farblaser mit einer Wellenlänge von 585 nm für die Behandlung von Feuermalen und Teleangiektasien angeboten (5); der Vorteil soll in der Vermeidung von Narbenbildungen liegen. In Deutschland verfügen wir damit aber bisher über keine größeren Erfahrungen.

Zusammenfassend: Die Laserbehandlung von Besenreisern bedarf noch einer weiteren technischen Entwicklung und wissenschaftlichen Erfahrung, um die Methode für die klinische Routine empfehlen zu dürfen. Eine wichtige Indikation besteht in dem Grenzgebiet der ästhetischen Medizin, wo mit der Sklerosierung die allerkleinsten intradermalen Angiektasien nicht erreicht werden können, und das besonders im Gesicht, an Hals und Busen.

Literatur

1. GROTEWOHL, J. H.: Lasertherapie in der Phlebologie. Phlebol. **21,** 161–213 (1992).
2. HOHENLEUTNER, U. u. M. LANDTHALER: Der $CO_2$-Laser in der Dermatologie. Klinikarzt **21,** 233–240 (1992).
3. KAUFMANN, R.: Der Laser in der dermatologischen Therapie. Klinikarzt **21,** 224–229 (1992).
4. LANDTHALER, M. u. U. HOHENLEUTNER: Wann ist der Argon-Laser indiziert? Klinikarzt **21,** 243–246 (1992).
5. VANSCHEIDT, W.: Persönliche Mitteilung. Universitäts-Hautklinik, Freiburg/Br.

W. HACH, Bad Nauheim

# Hyperhidrosis axillaris

*Frage: Wie kann Patienten mit Hyperhidrosis axillaris ohne faßbares Korrelat geholfen werden?*

### Allgemeines

Bei der genuinen Hyperhidrose handelt es sich um eine konstitutionell bedingte Überfunktion ekkriner Schweißdrüsen, besonders nach emotionalen Reizen. Prädilektionsstellen sind Achselhöhlen, Palmae und Plantae, seltener Gesicht, Nacken, vordere Schweißrinne, Rücken und Perianalbereich. Diese Hyperhidrose entwickelt sich besonders häufig in der Pubertät und verliert sich im höheren Erwachsenenalter. Häufig ist familiäres Vorkommen, es wird ein polygener Erbgang angenommen.

Neben der häufigen Form von Hyperhidrosis manuum bzw. pedum kann auch gerade die Hyperhidrosis axillaris für den Patienten sehr belastend sein.

### Therapie

Es bestehen Möglichkeiten einer lokalen Therapie mit Metallsalzverbindungen, außerdem die Leitungswasseriontophorese als physikalische Behandlung sowie als Ultima ratio operative Maßnahmen.

#### 1. *Lokaltherapie*

Hier ist besonders die Anwendung von Aluminiumchloridhexahydrat nach folgender Rezeptur zu empfehlen:

| | |
|---|---|
| Rp Al Cl$_3$ 6 H$_2$O | 15,0 (20,0) |
| Methylcellulose (zum Eindicken) | 2,0 |
| Aqua dest. ad | 100,0 |
| in Roll-on-Behälter abfüllen | |

Der Wirkungsmechanismus beruht auf einer toxischen Schädigung der die Akrosyringien auskleidenden epidermalen Zellen sowie einer Komplexbildung zwischen den Mukopolysacchariden der Kutikula und den Metallionen, wodurch ein dicht abschließender Pfropf innerhalb des Akrosyringiums entsteht. Durch die Regenerierung der Epidermis wird das Akrosyringium wieder frei. Die Wirkung hält Tage bis Wochen an, als Nebenwirkungen gibt es gelegentlich irritative Hautreizung. Zur optimalen Wirksamkeit ist die Anwendung über Nacht zu bevorzugen.

#### 2. *Leitungswasseriontophorese*

Bei Hyperhidrosis manuum et pedum hat sich die Leitungswasseriontophorese sehr bewährt; erstmals wurde sie 1968 durch LEVIT in die praktische Dermatologie eingeführt. Durch dieses Verfahren wird die Schweißdrüsentätigkeit mit hydroelektrischer Wirkung direkt gehemmt, ohne anatomische Strukturen zu verändern.

Nach etwa 2wöchigen Initialbehandlungen mit täglichen Sitzungen von 20–30 Minuten Dauer und Stromstärken von 10–20 mA kann bereits auf eine einmal wöchentliche Erhaltungstherapie umgestellt werden.

Batteriebetriebene Kleingeräte, die besonders in den USA angeboten werden, z. B. *Drionic,* erreichen die erforderlichen Stromstärken nicht und sind daher therapeutisch nicht zu empfehlen.

Es werden jedoch mittlerweile gut brauchbare stationäre Geräte für die Heimbehandlung angeboten, die auf ärztliche Verordnung von den Krankenkassen bezahlt werden können. Das Gerät kostet etwa DM 1.000,-.

Die Iontophorese ist als Zusatztherapie zur Lokalbehandlung durch die einfache Anwendung eine interessante Alternative. Als Nebenwirkungen kommen gelegentliche Mißempfindungen (abhängig von der Stromstärke) vor. Als Indikation zur vorübergehenden Therapieunterbrechung werden Defekte der Hornschichtbarriere genannt. Im Bedarfsfall kann man jedoch vor der Therapie abdeckende Fettsalben auftragen.

### 3. Operative Maßnahmen

Nur bei totalem Therapieversagen bietet sich die operative Ausräumung der Schweißdrüsenfelder an. Frühere Sympathektomien sind wegen der Nebenwirkungen sowie der guten sonstigen Therapiemöglichkeiten heute eher als obsolet zu bezeichnen.

Neben den genannten Behandlungsformen sollte das Tragen von atmungsaktiver Kleidung, am besten aus Wolle oder Baumwolle, sowie sorgfältige, jedoch nicht übermäßige Körperhygiene empfohlen werden.

Gelegentlich werden intern Salbeiextrakte verordnet, von denen teilweise gute Wirksamkeit beschrieben wird. Auch dies kann ergänzend versucht werden.

A. DRESSLER und D. REINEL, Hamburg

# 5-Fluorouracil als Warzenmittel (Salbe, Warzenlack)

*Frage: Können Zytostatika, lokal verwendet, Nebenwirkungen verursachen (z. B. Verumal; in diesem Präparat ist Fluorouracil enthalten)? Ist sicher, daß bei intensiver Anwendung, z. B. bei einer größeren Zahl von Dellwarzen, keine systemischen Nebenwirkungen auftreten? Sollte die Substanz vom Hersteller nicht doch als Zytostatikum deklariert werden?*

Fluorouracil ist ein Pyrimidin-Analogon, welches die Synthese der Pyrimidin-Nukleotide bei der Synthese der DNS hemmt. Fluorouracil wurde von HEIDELBERGER 1957 synthetisiert und in der Chemotherapie von Krebserkrankungen als Antimetabolit eingesetzt. Seit 1962 wird es topisch in der Dermatologie angewendet. Die am häufigsten verwendeten Präparate enthalten 5% *(Efudix)* oder 0,5% Fluorouracil *(Verumal)*.

5%ige Salbe hat sich insbesondere bei der Behandlung präkanzeröser Hautveränderungen als effektiv erwiesen, wie z. B. bei aktinischen Keratosen. Das Präparat wird auch angewendet bei Psoriasis, Condylomata accuminata und Porokeratose MIBELLI. Zu bedenken ist, daß seine selektive Wirksamkeit bei prämalignen Läsionen sehr gut fundiert, seine Wirksamkeit bei malignen Läsionen aber weniger sicher ist.

Die meisten unerwünschten N e b e n w i r k u n g e n sind vorhersehbar. Es handelt sich um Hautentzündungen, Eryteme, Trockenheit und nicht selten Schmerzen. Hyper- und Hypopigmentierungen können auftreten. Auch über allergische Kontaktdermatitiden wird vereinzelt berichtet. Es handelt sich somit im wesentlichen um l o k a l e R e a k t i o n e n, die bei den erwiesenen Indikationen hingenommen werden können.

Bezüglich der Absorption nach Auftragen von 5%iger Salbe mit 14-c-markiertem Fluorouracil wurden Werte um 6% gemessen. Selbst, wenn man eine Absorption von 10% postuliert, würden nur 10 mg Fluorouracil bei täglicher Applikation von 2 g einer 5%igen Salbe täglich absorbiert. Dies ist eine Menge, die weit unter der Dosierung bei der systemischen Chemotherapie mit 12 mg pro kg KG/d liegt.

Bei weltweitem Gebrauch 5%iger Fluorouracil-Externa liegen gemäß einer Literaturrecherche keine systemischen Nebenwirkungen vor, wenn diese Externa nach den Vorschriften der Hersteller angewendet werden.

Bei Anwendung eines 0,5%igen Präparates in einer Lackgrundlage sind die lokalen Nebenwirkungen selten. Gelegentlich tritt Brennen auf, vereinzelt wurden erosive Hautreaktionen beschrieben. Kontaktallergische Reaktionen sind möglich. Systemische Nebenwirkungen sind noch weniger zu erwarten als bei der Anwendung von 5%iger Fluorouracil-Salbe.

Bei Beachtung der Gebrauchsvorschriften ist sicher, daß keine systemischen Nebenwirkungen auftreten. Hierzu gehört z. B., daß der Hersteller empfiehlt, den Lack nur auf Hautflächen kleiner als 25 cm$^2$ zu applizieren. Dellwarzen sind keine Indikation für einen Fluorouracil-enthaltenden Warzenlack!

In der Roten Liste wird 5%ige *Fluorouracil-Salbe* unter Zytostatika und Metastasenhemmer als Antimetabolit aufgeführt. Der 0,5%ige *Warzenlack* ist unter Dermatika zu finden. Fluorouracil wird in beiden Präparaten mit exakten Prozentangaben deklariert. Ich meine, daß dies ausreicht.

S. W. WASSILEW, Krefeld

# Mollusca contagiosa und Warzen

*Frage: Mollusca contagiosa und Warzen: Dürfen Kinder baden gehen?*

Dellwarzen werden durch das Molluscum contagiosum-Virus (MCV), ein Poxvirus, hervorgerufen. Das MCV läßt sich nicht auf Tiere übertragen und ist nicht in der Kultur anzüchtbar, was die verhältnismäßig wenigen experimentellen Daten erklären kann. Mollusca contagiosa kommen weltweit vor, doch ist ihre Inzidenz nicht genau bekannt.

Die Infektion geschieht durch direkten und möglicherweise auch indirekten Kontakt; ob eine Infektion durch Schwimmbadwasser allein möglich ist, ist nicht erwiesen. Es ist auch nicht bekannt, wie stark eine Verletzung des Stratum corneum oder der ganzen Epidermis ausgeprägt sein muß, damit die MCV tief genug in die Epidermis gelangen können, um eine Infektion hervorzurufen.

Exakte Beobachtungen werden durch die lange Inkubationszeit von 2 Wochen bis 6 Monate erschwert. Der Altersgipfel der Mollusca contagiosa liegt bei 8–12 Jahren (4, 6). Infektionen werden anscheinend häufiger in öffentlichen Schwimmbädern acquiriert. Jungen sind offensichtlich etwas häufiger betroffen (5). Das hat möglicherweise seine Ursache in häufigeren und intensiveren Körperkontakten bei Spielen, Raufen und Kontaktsportarten.

In den letzten Jahren wird zunehmend beobachtet, daß Mollusca contagiosa in ekzematös veränderter Haut bei Atopikern auftreten. Es ist bekannt, daß Atopiker eher zu Virusinfekten der Haut neigen, besonders nach längerer Steroidbehandlung, andererseits kommt es auch zur Ekzematisation der von Dellwarzen befallenen Areale.

Der Verlauf der Mollusca contagiosa ist chronisch mit Spontanheilung meist innerhalb eines Jahres; einzelne Dellwarzen bleiben meist nicht länger als 2 Monate bestehen. Entzündungen sind häufig von Abheilung der entzündeten Mollusca contagiosa gefolgt. Allgemein wird empfohlen, daß Patienten mit Dellwarzen keine Schwimmbäder aufsuchen, Kontaktsport meiden und den Gebrauch von Handtüchern nicht mit anderen teilen. Gegen das Baden im Meer hätte ich keine Einwände.

Viruswarzen werden durch eine Reihe verschiedener humaner Papillomviren hervorgerufen: Verrucae vulgares überwiegend durch HPV 2, seltener HPV 4 und HPV 1, Verrucae plantares durch HPV 1 (Dornwarzen praktisch immer), seltener durch HPV 2 und HPV 4. Warzen treten im (Vor)Schulalter auf, der Erkrankungsgipfel liegt zwischen 10 und 14 Jahren. Fast jeder Mensch hat im Laufe der Kindheit einmal eine HPV-Infektion durchgemacht.

Schuluntersuchungen haben bei 6,5% der Kinder Plantarwarzen mit sehr großen Häufigkeitsunterschieden zwischen einzelnen Schulen und bei 9,7% gewöhnliche Warzen ergeben (2). In Ländern mit gut ausgebautem Gesundheitssystem ist eine deutliche Zunahme von Konsultationen wegen Warzen zu beobachten.

Wie infektiös Verrucae vulgares und Verrucae plantares sind, ist nicht genau bekannt. Die Inkubationszeit beträgt wenige Wochen bis über 1 Jahr (1), bei experimenteller Inokulation sogar fast 2 Jahre (3). Die Übertragung erfolgt durch direkten und indirekten Kontakt, wobei eine Verletzung der Epidermis wohl eine Voraussetzung ist, damit die HPV in die untere Epidermis gelangen. In Schwimmbädern, öffentlichen Duschen und Saunen wird die Haut mazeriert und das aufgeweichte virushaltige Keratin vom rauhen Fußboden oder von Matten leicht abradiert; ebenso kann es in oberflächliche Verletzungen der Fußsohlenhaut eingerieben werden. Für Verrucae vulgares an Händen, Knien, Ellenbogen, Gesicht gilt, daß intensiver Körperkontakt oder gemeinsame Handtuchbenutzung die Infektion vermutlich übertragen können.

Kinder mit Plantarwarzen sollten entweder keine öffentlichen Schwimmbäder aufsuchen oder sog. »Warzensocken« aus Gummi tragen, die eng anliegen (1); dadurch wird die Haut zwar noch stärker mazeriert, aber sie hinterlassen kein infiziertes Material. In Sporthallen sollten sie nicht barfuß laufen. Kinder mit Viruswarzen an anderen Körperpartien sollen Kontaktsport meiden.

Literatur

1. BUNNEY, M. H.: Viral Warts:Their Biology and Treatment. Oxford University Press, Oxford 1982.
2. East Anglia Branch of the Society of Medical Officers of Health: The incidence of wart and plantar warts amongst school children in East Anglia. Med Officer **94**, 55–59 (1955).
3. GOLDSCHMIDT, H. u. A. M. KLIGMAN: Experimental inoculation of humans with ectodermotropic viruses. J. invest. Derm. **31**, 175–182 (1958).
4. NIIZEKI, K., O. KANO u. Y. KONDO: An epidemic of molluscum contagiosum: relationship to swimming. Dermatologica **169**, 197–198 (1984).
5. OVERFIELD, T. M. u. J. A. BRODY: An epidemiologic study of molluscum contagiosum in Anchorage, Alaska. J. Pediat. **69**, 640–642 (1966).
6. POSTLETHWAILE, R. u. Mitarb.: Features of molluscum contagiosum in the north-east of Scotland and in Fijian village settlements. J. Hyg. **65**, 281–291 (1967).

E. HANEKE, Wuppertal

# Therapie des atopischen Ekzems mit Fumarsäurederivaten

*Frage: Wie ist die Therapie des atopischen Ekzems mit Fumarsäurederivaten zu beurteilen?*

Auch nach 18monatigen Bemühungen ist es mir nicht gelungen, wissenschaftlich begründete und aussagekräftige Publikationen zu diesem Thema zu bekommen. Die vom »Erfinder der Fumarsäuretherapie« postulierten Defizite im Stoffwechsel und therapeutischen Effekte bei deren Ausgleich sind reine Hypothesen, die von manchen Befürwortern der Fumarsäure(ester) ebenso unbewiesenen Spekulationen zur Ätiopathogenese des atopischen Ekzems übergestülpt werden.

Die Behandlung des atopischen Ekzems – und besorgter und/oder alternativmedizingläubiger Eltern – beruht häufig auch auf einem Plazeboeffekt, worauf schon die beliebte Bezeichnung Neurodermitis hinweisen kann. Alle Vermutungen zum Effekt einer Fumarsäuretherapie des atopischen Ekzems sind meines Wissens unbewiesen – auch meine eigenen.

Leider ist die Fumarsäuretherapie aber keine harmlose Plazebobehandlung, so daß man nicht lächelnd darüber hinweggehen kann. Andererseits wird möglicherweise erst die klinische Prüfung und eine »schulmedizinische« Zulassung und Anwendung der Fumarsäure die Aura des angeblich unschädlichen Naturheilmittels, das den Patienten von den Ärzten vorenthalten werden soll, nehmen und eine Chance zur vorurteilsfreien Beurteilung eröffnen.

Literatur
1. DUBIEL, W. u. R. HAPPLE: Behandlungsversuch mit Fumarsäuremonoäthylester bei Psoriasis vulgaris. Z. Haut-Geschl Krankh. **47**, 515–550 (1972).
2. ROODNAT, J. H. u. Mitarb.: Akute Niereninsuffizienz bei der Behandlung der Psoriasis mit Fumarsäure-Estern. Schweiz. med. Wschr. **119**, 826–830 (1989).
3. SCHWECKENDIEK, W.: Heilung von Psoriasis vulgaris. Med. Mschr. **13**, 103–104 (1959).

E. HANEKE, Wuppertal

# Polymorphe Lichtdermatose

*Frage: Gibt es neue Erkenntnisse zur Therapie der polymorphen Lichtdermatose (»Sonnenallergie«)?*

Die chronische polymorphe Lichtdermatose ist eine relativ häufige, in Schüben mit Juckreiz auftretende Hauterkrankung, die durch Papeln, Plaques, Bläschen und/oder Rötungen gekennzeichnet ist. Viele Patienten beobachten die ersten Schübe im Frühjahr und Sommer, jedoch gibt es auch Patienten, die ganzjährig Hautveränderungen haben.

Charakteristisch ist das erheblich häufigere Auftreten bei Frauen.

Die Hautveränderungen sind von Patient zu Patient unterschiedlich, individuell aber einheitlich. Sie treten besonders an Stellen auf, die längere Zeit lichtgeschützt waren, jedoch werden auch Gesicht und Handrücken befallen. Typisch ist das Nachlassen der Hautveränderungen nach mehreren vorsichtigen Sonnenlichtexpositionen bzw. im Laufe des Sommers.

Die Ätiologie der polymorphen Lichtdermatose ist nicht genau bekannt. Die beliebte Bezeichnung »Sonnenallergie« ist nach dem heutigen Stand der Kenntnisse falsch; bisher ist noch nicht einmal eine allgemeine Immunpathogenese bewiesen. Spekulationen, daß es sich um eine immunologische Reaktion auf möglicherweise UV-induzierte körpereigene oder Fremdantigene handelt, sind unbewiesen, wenn auch die Histologie typischer Hautveränderungen sehr ähnlich einer Reaktion vom Tuberkulintyp ist. Ausgelöst wird die polymorphe Lichtdermatose meist durch UVA, weniger durch UVB, doch gibt es durchaus unterschiedliche Aktionsspektren.

Die Diagnose wird anhand der charakteristischen Anamnese und des typischen klinischen Befundes gestellt. Differentialdiagnostisch kommen sämtliche Lichtdermatosen, einschließlich Photokontaktekzem, Lichturtikaria, Lupus erythematodes und erythropoetischer Protoporphyrie in Betracht. Bei der polymorphen Lichtdermatose können aber auch (Photo)Kontaktekzeme auf Externa und sogar auf Sonnenschutzmittel auftreten, was die Diagnostik erheblich erschweren kann. Bei Kindern muß auch an Hidroa vacciniformia gedacht werden, die aber mit Narben abheilen.

Bestehen Unsicherheiten, sollte ein Provokationstest durchgeführt werden: An 3 aufeinanderfolgenden Tagen werden 50–100 J/cm$^2$ UVA auf abgeheilte, aber üblicherweise betroffene Haut appliziert. Lassen sich damit gleichartige Veränderungen auslösen, gilt die Diagnose als gesichert.

Die Therapie hat sich nach den Symptomen zu richten: Kurzfristige Anwendung eines topischen Steroides, bei stärkerem Juckreiz auch in Kombination mit einem oralen Antihistaminikum, ist im allgemeinen ausreichend. Am vernünftigsten ist natürlich eine sehr vorsichtige Steigerung der Sonnenbestrahlung, leider werden solche Hinweise aber als unzumutbar abgetan. Lichtschutzpräparate müssen sowohl gegen das Sonnenbrand auslösende UVB als vor allem auch gegen UVA wirksam sein, da besonders das UVA für die polymorphe Lichtdermatose verantwortlich ist. Die üblichen Lichtschutzpräparate, die nur gegen Sonnenbrand, d. h. gegen UVB schützen, können daher unter Umständen eine polymorphe Lichtdermatose sogar noch verschlechtern, weil der Patient nun glaubt, er könne sich noch länger der Sonne aussetzen.

Vorbeugende Maßnahmen betreffen in erster Linie die »Abhärtung« der Haut mittels PUVA (Photochemotherapie mit Meladinine und UVA) oder UVB. Diese Therapie muß aber mindestens 4–6 Wochen vorher begonnen werden. Nicht selten wird dadurch aber auch eine polymorphe Lichtdermatose hervorgerufen, so daß dann die Kombinationstherapie mit oralen Steroiden in Betracht gezogen werden muß. Die Wirksamkeit von oralem β-Carotin, Nikotinsäureamid, synthetischen Antimalariamitteln und zellfreien E. coli-Filtrat *(Synerga)* ist noch nicht eindeutig bzw. ausreichend bewiesen.

Literatur

1. BERGNER, T., B. PRZYBILLA u. M. HEPPELER: Polymorphe Lichtdermatose. Klinische Daten und Testbefunde. Hautarzt **44**, 215–220 (1993).
2. HÖLZLE, E. u. Mitarb.: Polymorphous light eruption. Experimental reproduction of skin lesions. J. Am. Acad. Dermatol. **7**, 111–125 (1982).
3. LINDMAIER, A. u. R. NEUMANN: Die polymorphe Lichtdermatose. Morphologie und zeitlicher Verlauf. Hautarzt **43**, 621–624 (1992).
4. PRZYBILLA, B. u. T. BERGNER: Diagnostik von lichtallergischen Exanthemen im erscheinungsfreien Intervall. Hautarzt **43**, 100–101 (1992).

E. HANEKE, Wuppertal

# Purpura pigmentosa progressiva – psychogene Purpura

*Frage: Gibt es Zusammenhänge zwischen der Purpura pigmentosa progressiva und psychischen Befunden? Gehört diese Krankheit in das weite Feld der autoaggressiven Erkrankungen? Was ist über diese Krankheit bekannt?*

**Purpura pigmentosa progressiva**

Die Purpura pigmentosa progressiva SCHAMBERG ist eine relativ häufige, harmlose, meist in Schüben verlaufende Erkrankung. Mit ihren zahlreichen makromorphologischen Varianten, wie Dermatitis lichenoides purpurea et pigmentosa GOUGEROT-BLUM, Purpura anularis teleangiectatica MAJOCCHI, Purpura teleangiectatica arciformis TOURAINE, eczematid-like Purpura DOUKAS-KAPETANAKIS wird sie heute als eine allergische Reaktion, vermutlich vom Typ IV angesehen, die sich vorwiegend an den Gefäßen des oberen dermalen Plexus abspielt und zum Erythrozytenaustritt ins Gewebe führt. Erythrozyten werden bei der eczematid-like Purpura zum Teil transepidermal ausgeschleust, sonst aber im Bindegewebe der Haut abgebaut, so daß schließlich Hämosiderin nachweisbar ist.

Diese Histopathogenese ist auch klinisch nachvollziehbar: Im frühen Stadium finden sich punktförmige Blutaustritte, die zu dunkelroten Flächen konfluieren können. Über rotbraun werden sie allmählich gelbbraun, wenn das Hämoglobin zum Hämosiderin umgewandelt ist.

Früher wurden als Ursachen Blutdrucklabilität, Akrozyanose, Gefäßdysregulation u. v. a. angenommen, bis man erkannte, daß viele Erkrankungen auf Carbromal (Adalin, *Betadorm, Somnium forte),* Bromisovalerylharnstoff (Bromoval), verschiedene Barbiturate, Analgetika, Antiepileptika und Diazepamderivate zurückzuführen waren, jedoch kommen ursächlich auch Kontaktallergien auf Textilien und Gummihilfsstoffe sowie nutritive Faktoren, vor allem chininhaltige Getränke, in Betracht. Eine psychische Ursache oder Auslösung ist meines Wissens nicht beschrieben.

### Psychogene Purpura

Eine völlig andere Erkrankung ist die psychogene Purpura, die als GARDNER-DIAMOND-Syndrom, autoerythrozytäres Sensibilisierungssyndrom, schmerzhaftes Ekchymosensyndrom, Syndrom der schmerzhaften blauen Flecke etc. bekannt ist. Sie ist sehr selten und wird nur bei Frauen beobachtet. Neben den psychischen Ursachen werden auch Traumen, Operationen und Gravidität als Auslöser diskutiert. Vorzugsweise an den Beinen finden sich schmerzhafte Ekchymosen und Infiltrate, die von einem sich allmählich ausdehnenden Erythem und Ödem umgeben sind. Fieber, Kopfschmerzen und Erbrechen sind häufigere Allgemeinsymptome. Histologisch finden sich Hinweise auf eine Immunkomplexvaskulitis. Vereinzelt waren Intrakutantests auf homo- und autologe Erythrozyten positiv, weshalb man auch eine autoaggressive Erkrankung angenommen hat.

*Eine Beziehung zwischen der autoerythrozytären psychogenen Purpura und der Purpura pigmentosa progressiva besteht nicht.*

Literatur

PEVNY, I. u. Mitarb.: Das erythrozytäre Sensibilisierungssyndrom (Gardner-Diamond-Syndrom, Painful Bruising Syndrom Sharp). Hautarzt **32**, 251–256 (1982).
WHITLOCK, F. A.: Psychophysiologische Aspekte bei Hautkrankheiten. Zum psychosomatischen Konzept in der Dermatologie. Hrsg.: BOSSE, K. u. P. HÜNECKE. Perimed, Erlangen 1980.

E. HANEKE, Wuppertal

# Hals-Nasen-Ohren-, Augenkrankheiten

## Abstehende Ohren: Operationsmöglichkeiten

*Frage: Als niedergelassener Chirurg wurde ich in den letzten Wochen und Monaten wiederholt gebeten, abstehende Ohren zu korrigieren. Gibt es ambulante Operationsverfahren? Werden derartige Eingriffe von den Krankenkassen honoriert?*

Abstehende Ohren entstehen meist durch eine zu große Concha und eine nicht ausgebildete Anthelixfalte. Um dies korrigieren zu können, müssen Eingriffe am Knorpel durchgeführt werden. Bloße Hautexzisionen, die manchmal – auch in der Laienpresse – beschrieben werden, sind sinnlos. Es gibt zahlreiche Modifikationen von Operationstechniken zur Korrektur abstehender Ohren. Allein dies beweist, daß es sich nicht um einen ganz einfachen und problemlosen Minimaleingriff handelt. Auch die Operationszeit von etwa 1 Stunde pro Ohr ist ein weiteres Indiz dafür.

Die beschriebenen Operationsverfahren kann man nicht in ambulante und stationäre einteilen. Welches Verfahren angewendet wird, richtet sich nach der Art der Abnormität, der Erfahrung und Schule des Operateurs. Es ist gut möglich, in örtlicher Betäubung zu operieren. Da es sich meist um Kinder handelt, wird jedoch eine Intubationsnarkose erforderlich sein. Allein deshalb ist in der Regel eine stationäre Behandlung sinnvoll. Ein weiterer Grund für die stationäre Behandlung ist eine mögliche Infektion, die dann auch den Knorpel betreffen würde und schlimme Folgen für das Ohr haben kann. Eine Perichondritis führt – nicht rechtzeitig behandelt und ausgeheilt – zur Zerstörung des Knorpels und zu einer Deformität der Ohrmuschel. Eine stationäre Behandlung mit perioperativer Antibiotikaprophylaxe ist daher sinnvoll.

Die Krankenkassen bezahlen in der Regel diese Eingriffe im Vorschulalter. Probleme kann es später und im Erwachsenenalter geben; dann stellen sich die Krankenkassen auf den Standpunkt, daß es sich um eine kosmetische Operation handelt (die es ja auch ist), und verweigern die Bezahlung mit der Begründung, so schlimm könne die Entstellung nicht sein, größere psychische Auswirkungen könne sie nicht gehabt haben, sonst wäre sie im Kindesalter operiert worden. Es empfiehlt sich, eine Genehmigung der Krankenkasse vor dem Eingriff einzuholen.

G. MÜNKER, Ludwigshafen

## Diagnostisches Vorgehen bei einer Pharyngotonsillitis

*Frage: Die normale symptomatische Streptokokken A-Angina weisen wir mit selektivem Agar nach und behandeln sie mit Penicillin V oral, seit neuestem mit der Dosis lediglich 2x täglich, d. h. Erwachsene 2 x 2 1,2 Mega.*

*Es gibt immer wieder Patienten, bei denen die Symptomatik (Krankheitsgefühl, meist Fieber, Schluckbeschwerden, geschwollene, gelblich belegte Tonsillen) eindeutig ist, aber der Streptokokken A-Nachweis mit Selektivagar der Firma Hölzel nach 24 Stunden negativ bleibt. Bei diesen Patienten ist der sonst bei Penicillin schon nach 12–24 Stunden Therapie erfolgte Rückgang der Symptome auch nicht vorhanden.*

*Wir prüfen dann EBV-Serologie und schicken einen weiteren Abstrich zum Laborarzt. In der Regel ergeben sich dann kulturell Streptokokken C oder Staphylokokken, selten Haemophilus oder* PLAUT-VINCENTI, *und wir setzen sofort auf Cephalosporine um.*

*1. Soll man die Streptokokken A-negativen, auf Penicillin nach 24 Stunden nicht deutlich ansprechenden, EBV-negativen Anginen gleich auf Cephalosporine umsetzen oder mit Penicillin ruhig 2–3 Tage weiterversuchen? Ist das relativ billige Cefalexin das Mittel dieser Wahl oder eher Clindamycin?*

*2. Soll man überhaupt noch die teuren Abstrichuntersuchungen im Labor bei Unsicherheit zusätzlich vornehmen?*

Mit der dargestellten Vorgehensweise bin ich grundsätzlich einverstanden.

Daß die Patienten trotz »negativer Kultur« an einer S. pyogenes-Pharyngo-Tonsillitis leiden, bezweifle ich. Größere Studien haben gezeigt, daß sich eine Tonsillitis oder Pharyngitis durch S. pyogenes klinisch nicht von einer viral bedingten Erkrankung unterscheiden läßt – selbst wenn »gute, altbewährte Praktiker« die Diagnostik veranlassen.

Vorschlag zum Management: Differentialdiagnostisch sind (bei Kindern $\leq 3$ Jahren) vor allem Adenoviren zu erwägen, daneben auch (in jeder Altersgruppe) das EBV, CMV, Toxoplasmose und (zumindest bei Risikogruppen) auch die Erstinfektion mit dem HIV. Da keine dieser Erreger eine akut-therapeutisch beeinflußbare Erkrankung bedingt, sehe ich von jeder weiteren Diagnostik ab – außer einer gründlichen Anamnese, einer körperlichen Untersuchung mit Palpation der Milz und ggf. (bei etwas schwererer oder bei länger andauernder Erkrankung) einem Differentialblutbild (ggf. Serum für eine spätere serologische Untersuchung gleich mit abnehmen und einfrieren) sind keine weiteren Maßnahmen indiziert.

Es erscheint mir sehr fraglich, ob nach Penicillintherapie S. aureus oder Streptokokken der Gruppe C als Ursache einer Angina in Frage kommen.

Die Angina PLAUT-VINCENTI ist eine Mischinfektion aus Borrelien und Fusobakterien. Zu beobachten sind Ulzera auf den Tonsillen. Die Diagnose wird durch einen Abstrich vom Ulkusrand mikroskopisch gesichert. Penicillin V ist Mittel der Wahl, zur Wirksamkeit anderer Präparate sind mir kontrollierte Untersuchungen nicht bekannt.

**Zu 1.**

Ist die S. pyogenes-Kultur nach 48 Stunden negativ und liegt keine Angina PLAUT-VINCENTI vor, handelt es sich mit hoher Wahrscheinlichkeit um eine virale Erkrankung; Penicillin kann sofort abgesetzt werden (einige Experten empfehlen, die Penicillintherapie überhaupt erst zu beginnen, wenn die Kultur positiv ist). Es gibt – wenn überhaupt – nur ganz wenige Therapieversager bei S. pyogenes-Pharyngitis. Nur in diesen seltenen Situationen – Diagnose gesichert und Symptomatik unter Penicillin unverändert – kann ein orales Cephalosporin versucht werden (ziemlich gleich welches; ich ziehe Cefadroxil vor). Ein Teil dieser Patienten hat eine Virusinfektion und ist zufällig gleichzeitig mit S. pyogenes kolonisiert – diese Patienten werden dann unnötigerweise behandelt.

**Zu 2.**

Initial sollte bei jedem Patienten mit Pharyngitis und/oder Tonsillitis ein Rachenabstrich vorgenommen werden, da eine Therapie mit Penicillin den Krankheitsverlauf verkürzt und die Komplikationsrate senkt. Kulturnegative Patienten bedürfen in der Regel keiner weiteren Diagnostik (Vorgehen s. oben).

H.-J. SCHMITT, Mainz

## Chronische Nebenhöhlenerkrankung

*Frage: Patient, Anfang 40, mit »Yellow-Nail-Syndrom«: irritables Bronchialsystem mit in letzter Zeit gehäuften Infekten durch rezidivierende Sinusitiden, »sinobronchiales Syndrom«. Sonst keine Erkrankungen, erhebliche Nagelveränderungen an beiden Händen, pulmologische und dermatologische Erkrankungen ergaben bisher keinen Ansatz zu einer Therapie mit Ausnahme des Vorschlages, die Nebenhöhlen operativ sanieren zu lassen. Zum Ausschluß einer Lymphgefäßhypoplasie wurde eine Lymphographie vorgeschlagen.*

*Welche Therapiemöglichkeiten gibt es? Ist eine operative NNH-Behandlung zweckmäßig und eine Lymphographie erforderlich? Konsequenzen?*

Der Beweis für eine chronische Nebenhöhlenerkrankung wird heute mit Hilfe eines koronaren Computertomogramms der Nebenhöhlen erbracht, das im infektfreien Stadium angefertigt werden soll. Zeigen sich auf diesem Tomogramm Verschattungen in den Nasen- oder Nebenhöhlen und lassen sich auch endoskopisch Polypen nachweisen, so ist die Indikation für eine operative Nebenhöhlensanierung gegeben. Die Methode der Wahl ist heute das endonasale Vorgehen. Nach der Operation werden in der Regel lokale Kortikoidsprays für 6–12 Monate appliziert, wodurch das Wiederauftreten der Nasenpolypen signifikant eingedämmt wird.

Über eine Lymphographie im Nebenhöhlenbereich habe ich bisher noch nichts gehört.

W. Pirsig, Ulm

## Einmaltherapie bei Otitis media?

*Frage: Nach Meldungen in der Laienpresse wird in Kalifornien eine Mittelohrentzündung mit einer einzigen Injektion von Ceftriaxon (Rocephin) behandelt. Man bezieht sich auf einen Beitrag in: »Pediatrics«. Ist das auch für uns bedeutsam? Gibt es neue Erkenntnisse?*

Die genannte Publikation wurde im Januarheft von Pediatrics (**91**, 23–30, 1993) veröffentlicht. Die Autoren arbeiten in dort institutionalisierten Abteilungen für Notfallmedizin in Städten in Kalifornien und North Carolina, wobei die Arbeit in Assoziation zum Univ.-Krankenhaus in Loma Linda verwirklicht wurde.

Nach den Beschreibungen war Anlaß für die Untersuchungen, daß einmalige intramuskuläre Antibiotikadosen für Harnwegsinfekte diskutiert werden und andererseits die in den USA traditionelle 10tägige orale Antibiotikatherapie für eine Otitis media oft und erfahrungsgemäß von den Eltern nicht korrekt und zuverlässig durchgeführt wird.

Als weiteres Argument wird die relativ lange Halbwertzeit des Ceftriaxons nach intramuskulärer Gabe angeführt.

In einem Doppelblindversuch – offensichtlich sorgfältig vorbereitet – wurden 117 Kindern 10 Tage lang 40 mg/d/kg KG Amoxicillin oral und 116 Kindern einmalig 50 mg/d/kg KG Ceftriaxon verabreicht. Die Diagnosestellung der Otitis media erfolgte nach allgemeinen und lokalen Symptomen, Otoskopie und Tympanometrie. Parazentesen wurden nicht durchgeführt. Die Erfolgskontrolle geschah im wesentlichen durch Telefonkontakte mit Nachfrage nach Symptomrückgang. Eine persönliche Nachuntersuchung erfolgte nur jeweils bei etwa 50 % der Gruppen.

Mit statistischen Methoden wird ermittelt, daß sich etwa gleiche Erfolgschancen, nämlich 91% bei beiden Therapieschemata ergaben, wobei auch bewußt nicht mitermittelt wurde, wie sorgfältig die orale Medikation über 10 Tage erfolgte. Hautreaktionen waren in der Ceftriaxongruppe etwas häufiger, Probleme mit der i.m.-Injektion wurden nicht berichtet.

Ich sehe in der Studie einen interessanten und neuen Aspekt, der m. E. für die tägliche Praxis hierzulande aber keine Konsequenz haben sollte. Injektionsmengen von bis zu 4 ml intramuskulär sind erforderlich. Bereits in der Arbeit wird darauf hingewiesen, daß in europäischen Ländern Therapiefristen für orale Medikationen bei 5 Tagen und entsprechender klinischer Kontrolle üblich sind.

M. E. wäre es auch wesentliche ärztliche Aufgabe, bei den Eltern die Compliance für eine solche Therapie zu erzeugen, um die Injektion vermeiden zu können. Eine Befundkontrolle nach 5 Tagen mit Entscheidung über Absetzen oder Fortführung der oralen Antibiotikatherapie würde dem Krankheitsbild und den doch immer wieder auftretenden Komplikationen sicherlich gerecht.

Die in den USA im Rahmen dieser Studie offensichtlich praktizierte Technik einer Injektion ohne weitere Kontrollen suggeriert m. E. eine Bagatellisierung dieser Erkrankung. In einer aktuellen Literaturrecherche finden sich keine parallelen Tendenzen einer »single shot«-Therapie für die Mittelohrentzündung.

TH. DEITMER, Münster

# Otitiden: Einfluß von sozialer Schicht und Häufigkeit

*Frage: Bei einem fast 2monatigen Aufenthalt in einem indischen Slumgebiet fiel auf, daß purulente Otitiden mit Trommelfellperforation bei etwa 75% der Kinder linksseitig auftraten. Handelt es sich hierbei um eine anderswo bestätigte Beobachtung, und gibt es anatomische bzw. andere Gründe dafür?*

Das signifikant gehäufte Auftreten von akuten und chronischen Otitiden in unteren sozialen Schichten verglichen mit Mitgliedern aus mittleren und höheren sozialen Schichten wird in der Fachliteratur beschrieben (1, 2). Hinweise auf eine einseitige Häufung von Mittelohrerkrankungen kann in Untersuchungen an frühgeschichtlichem Skelettmaterial aus verschiedenen Kulturkreisen (2) nicht festgestellt werden. Anatomische Gründe für ein verstärktes linksseitiges Auftreten von purulenten Otitiden bei indischen Kindern dürften vor diesem Hintergrund unwahrscheinlich sein.

Liegen keine anatomischen Besonderheiten vor, kommt eine Infektion »von innen« über die Eustachische Röhre kaum in Frage, sondern es ist eine Infektion »von außen«, gerade bei Kindern besonders über den fäkal-auralen Infektionsweg, anzunehmen. Das gehäufte linksseitige Auftreten der Otitiden könnte sich dadurch erklären, daß im indischen Kulturkreis »saubere« Tätigkeiten, wie z. B. Nahrungsaufnahme, vorzugsweise mit der rechten Hand und »schmutzige« Tätigkeiten, wie z. B. Reinigung nach Stuhlgang, vorzugsweise mit der linken Hand verrichtet werden und im allgemeinen das jeweilige Ohr mit der jeweils ipsilateralen Hand angefaßt wird.

## Literatur

**1.** FAIRBANKS, D. N. F.: Antimicrobal therapy for chronic supperative otitis media. Ann. Otol. Rhinol. Lar. **90**, 58–62 (1981).
**2.** SCHULTZ, M.: Zeichen akuter und chronischer Entzündungen des Mittelohres an frühgeschichtlichem Skelettmaterial. HNO **27**, 77–85 (1979).

W. LINDÖRFER, Münster

## Orofaziale muskuläre Hypotonie und Mittelohrentzündungen

*Frage: Ich habe den Eindruck, daß es bei Kindern mit muskulärer Hypotonie im Gesichtsbereich häufig zu rezidivierenden Otitiden kommt. Kann dies an einer Insuffizienz (Hypotonie) der Mm. tensores veli palatini liegen? Ist ein Zusammenhang sicher? Gibt es Ansätze zu einer Therapie, welche die Mm. tensores veli palatini positiv beeinflußt?*

Kinder mit einer muskulären Hypotonie im orofazialen Bereich haben eindeutig gehäuft Tuben-Mittelohr-Belüftungsstörungen, Paukenhöhlenergüsse und auch akute Mittelohrentzündungen. Die Tubenbelüftungsstörungen sind bei diesen Kindern jedoch nicht Folge einer isolierten Insuffizienz der Mm. tensores veli palatini, sondern hier liegt stets ein komplexes Geschehen vor, das alle Muskeln der Mundhöhle, des weichen Gaumens und besonders auch der Zunge betrifft. Häufig haben die Kinder als Folge der muskulären Dysfunktionen auch Artikulationsstörungen im Sinne einer Dyslalie, oft sogar ausgeprägte Sprachentwicklungsstörungen.

Die Therapie muß diesem komplexen Prozeß Rechnung tragen. Erforderlich ist eine genaue myofunktionelle Diagnostik unter Einbeziehung der kinästhetischen Wahrnehmung der Artikulationsbewegungen. Geachtet werden muß auch auf pathologische Schluckmuster. Stets ist gleichzeitig eine Beurteilung der Allgemein- und Feinmotorik erforderlich, da diese Kinder häufig auch allgemeine motorische Entwicklungsrückstände zeigen.

Therapeutisch günstig beeinflussen lassen sich die orofazialen Dysfunktionen durch ein Training der kinästhetischen Wahrnehmung und der Artikulationsmotorik, z. B. im Sinne der myofunktionellen Therapie nach GARLINER, durch Verbesserungen der sensomotorischen Funktionen des orofazialen Bereiches nach CASTILLO-MORALES, durch Verbesserungen der oralen Luftstromlenkung oder durch eine Therapie der Sprechmotorik nach VAN RIPER.

M. HEINEMANN, Mainz

# Behandlung der rezidivierenden Otitis media

*Frage: Ist bei Kindern mit sehr häufigen rezidivierenden Otitiden eine prophylaktische Therapie u. U. sinnvoll? Wenn ja: welche Medikamente, welche Dosierung, wie lange?*
*Gibt es auch bei uns Erfahrungen mit kürzerer Behandlungsdauer (5 Tage) bei Otitis media?*

Nach Untersuchungen aus Skandinavien und den USA hat sich bei Kindern mit rezidivierender akuter Otitis media die langfristige Antibiotikagabe über 3–6 Monate bzw. die intermittierende Behandlung bei jedem Luftweginfekt bewährt. Dafür wurden entweder Amoxicillin 20 mg/kg/d oder Co-trimoxazol verwendet. Die kontinuierliche Amoxicillinprophylaxe war dabei effektiver als eine intermittierende Behandlung (1, 4).
Dokumentierte und kontrollierte Erfahrungen mit einer Kurzzeitbehandlung der Otitis media liegen bei oraler Behandlung nicht vor. Es hat sich jedoch in Vergleichsstudien gezeigt, daß eine 5tägige Behandlung ebenso wirksam sein kann wie eine 10tägige (3).
In einer kürzlich publizierten Arbeit (2) wurde die Eindosisbehandlung der Otitis media mit Ceftriaxon i.m. untersucht; sie hat sich in dieser Studie als erfolgreich erwiesen.

Literatur
**1.** BERMAN, St. u. Mitarb.: Effectiveness of continuous vs. intermittent amoxicillin to prevent episodes of otitis media. Pediat. infect. Dis. **11**, 63–67 (1992).
**2.** GREEN, St. M. u. G. St. ROTHROCK: Single-Dose intramuscular Ceftriaxone for Acute Otitis media in Children. Pediatrics **91**, 23–30 (1993).
**3.** HENDRICKSE, W. A. u. Mitarb.: Five vs. ten days of therapy for acute otitis media. Pediat. infect. Dis. **7**, 14–23 (1988).
**4.** PARADISE, J. L.: Antimicrobial drugs and surgical procedures in the prevention of otitis media. Pediat. infect. Dis. **8**, 35–37 (1989).

H. HELWIG, Freiburg im Breisgau

## Otitis media mit eitriger Sekretion im Gehörgang

*Frage: Bedarf eine akute Otitis media mit eitriger Sekretion im Gehörgang infolge einer spontanen Trommelfellperforation unbedingt einer antibiotischen Behandlung? Ich habe bisher Kinder jeden Alters mit »laufendem Ohr« sofort antibiotisch behandelt. Zu meiner Überraschung hörte ich jetzt von einem Kollegen, daß HNO-Ärzte offenbar abwarten und auf eine antibiotische Medikation verzichten.*

*Was ist davon zu halten? Sollte zur Abkürzung des Krankheitsverlaufes und zur Vermeidung von Komplikationen jedes Kind behandelt werden?*

Es ist richtig, daß von HNO-Ärzten das »laufende Ohr« unterschiedlich behandelt wird. Während die einen bei Nachweis von Pseudomonas aeruginosa automatisch eine parenterale gezielte Antibiotikabehandlung für erforderlich halten, meinen andere, daß sich der Eiter nach Perforation vollständig entleert. Die letztere Einstellung wird von Pädiatern in der Regel nicht geteilt, da es dem Laufohr nicht anzusehen ist, ob sich bereits eine suppurative Mastoiditis oder ein Cholesteatom entwickelt. Bei der akuten Trommelfellperforation ist in der Regel schon vor der Perforation ein Antibiotikum angesetzt worden. Wo dies nicht geschah, ist auch ohne Vorliegen eines Abstrichergebnisses die übliche Standardbehandlung mit Amoxicillin oder einem neueren Oralcephalosporin angezeigt. Beim »chronischen Laufohr« sollte gezielt nach Erregertestung ausreichend lange behandelt werden.

H. HELWIG, Freiburg im Breisgau

## Manuelle Lymphdrainage bei »adenoidem Habitus«?

*Frage: In letzter Zeit wird von einer Logopädin verstärkt der Rat zu »manueller Lymphdrainage« bei Kindern mit gehäuften Otitiden, Adenoiden etc. gegeben, alles Kinder vom früher sog. »adenoiden Habitus« bzw. »exsudativer Diathese«.*

*Die Krankenkassen haben im neuen Hilfsmittelverzeichnis unter B.34.5 diese Therapieform anerkannt. Wie wird die derzeitige Lage von Experten beurteilt?*

Eine manuelle Lymphdrainage ist prinzipiell immer nur dann indiziert, wenn nachweislich Lymphabflußstörungen bestehen. Bei Kindern mit gehäuften Otitiden und adenoiden Vegetationen, also Kindern vom sog. »adenoiden Habitus« bestehen Lymphabflußstörungen jedoch nicht, und somit ist auch keine Indikation zu einer manuellen Lymphdrainage gegeben. Einzig sinnvolle Therapie bei diesen Kindern ist weiterhin die sorgfältige Durchführung einer Adenotomie. Unterstützt werden kann die Therapie durch diätetische Maßnahmen. Die Kost sollte eiweiß- und vitaminreich, aber kohlenhydratarm sein. Bei Hinweisen müssen ggf. Luftwegsallergien ausgeschlossen werden.

M. HEINEMANN, Mainz

# Chirurgie, Anästhesie, Orthopädie

## Beinlängendifferenz im Säuglings- und Kindesalter

*Frage: Ich beobachte in meiner Praxis bei Säuglingen immer wieder Beinlängendifferenzen bis zu 1 cm bei unauffälliger Beweglichkeit der Hüfte. Nach Ausschluß einer Hüftdysplasie/Luxation durch Hüftsonographie stellt sich die Frage der weiteren Diagnostik.*

Es ist primär die Frage zu stellen, wie beim Säugling die Beinlängendifferenz festgestellt wurde. Wenn es heißt: bis zu 1 cm, so nehme ich an, daß so manche Beinlängendifferenz noch unter 1 cm diagnostiziert wird.

Das Problem ist gerade beim Säugling, daß die klinischen Beinlängenmessungen sehr u n z u v e r l ä s s i g sind und allein durch Lagerungsänderungen bzw. verstärkten Zug beim Messen, Verschiebungen des Subkutangewebes, der Meßfehler erheblich ist. Echte Beinlängendifferenzen treten bei Hüftluxationen auf, aber auch bei Fehlbildungen der unteren Extremitäten, wie z. B. bei Strahldefekten, proximalen Femurdefekten etc.

Endgültige Klärung bringt nur die R ö n t g e n a u f n a h m e beider unterer Extremitäten einschließlich der Hüftgelenke. Auf diesen Aufnahmen können die Knochenverhältnisse ausgemessen werden. Relevant wird eine Beinlängendifferenz erst, wenn das Kind zu stehen und zu laufen beginnt.

Ab diesem Zeitpunkt muß darauf geachtet werden, daß ein Beckengeradestand erreicht wird und die Wirbelsäule im Lot ist. Um dies bei Beinlängendifferenz zu erreichen, ist eine Schuhabsatzerhöhung hilfreich. Kleine Beinlängendifferenzen gleichen sich oft während des Wachstums spontan aus. Die Klärung der neuromuskulären Situation ist sinnvoll, da neurologische Erkrankungen, wie z. B. die Hemiplegie, ebenfalls zu Beinlängendifferenzen führen können.

Bestehen tatsächlich gesicherte Beinlängendifferenzen, ist eine orthopädische Kontrolle in regelmäßigen Abständen bis zum Wachstumsende anzuraten.

R. GRAF, Stolzalpe

# Familiäre Gelenksüberbeweglichkeit

*Frage: Welche diagnostischen Maßnahmen sind anzustreben bei einer familiären ausgeprägten Bindegewebsschwäche mit stark vermehrter Beweglichkeit der Gelenke? Bei dem 2jährigen Kind liegt ein floppy infant-artiges Erscheinungsbild vor, weshalb seit längerer Zeit eine VOJTA-Krankengymnastik mit inzwischen mäßigem Erfolg angewendet wird.*

*Intellektuell ist das Mädchen gut entwickelt bei guter Förderung. Nach HELLBRÜGGE befindet es sich feinmotorisch etwa bei 15 Monaten, grobmotorisch bei 12–13 Monaten, perzeptiv/visuo-motorisch bei 15–18 Monaten, sprachlich bei 12–13 Monaten. Die Bewegungsfähigkeit der oberen Extremitäten ist als gut zu beurteilen, die der unteren Extremitäten erinnert an eine schlaffe Lähmung. Allerdings übernimmt es seit einigen Tagen ausreichend ihr Gewicht im Stand. Der Körperbau ist symmetrisch, groß gewachsen, leicht adipös; Stigmata (z. B. Trisomie 21) finden sich nicht.*

*Der fast 5 Jahre alte Bruder hatte in der früheren Kleinkindzeit die gleiche Symptomatik gezeigt, ist inzwischen weitgehend unauffällig in seiner Statomotorik. Die Überbeweglichkeit der Gelenke ist, wie auch bei der Mutter, noch sehr ausgeprägt.*

Bei der Darstellung der Symptomatik des Kindes werden Begriffe verwendet, die eher eine neuromuskuläre Krankheit beschreiben, ohne daß dies aber durch konkrete Befunde gestützt wird. Auch aus den Verläufen bei den anderen Familienangehörigen ergeben sich keine zusätzlichen Informationen.

Somit bleibt die Frage nach einer familiären Bindegewebsschwäche mit der Folge einer vermehrten Beweglichkeit der Gelenke. Dies liegt z. B. bei den sogenannten familiären Gelenks-Hypermobilitätssyndromen (FAHS) vor. Die abnorme Gelenkbeweglichkeit ist das Hauptkennzeichen dieser meist autosomal dominant vererbten Krankheiten. Manche Formen können benigne und unkompliziert sein, andere bedeuten eine Reihe sekundärer Probleme, wie Subluxationen, Dislokationen, Deformierungen der Füße, Wirbelsäulenachsenabweichungen. Diese Gelenkprobleme erfordern evtl. eine orthopädische Behandlung (1).

Überbeweglichkeit der Gelenke ist aber auch ein Hauptsymptom der EHLERS-DANLOS-Syndrome (EDS I-X), einer umschriebenen Gruppe hereditärer Bindegewebserkrankungen. Weitere Leitbefunde sind Hyperelastizität und vermehrte Verletzlichkeit der Haut. Die Hautbefunde müssen bei den autosomal dominant vererbten EDS III bzw. EDS VII nicht im Vordergrund stehen, so daß sie differentialdiagnostisch zu erwägen sind. Dies gilt vor allem für EDS III, dessen Ursache noch unklar ist. Es wird als benigne EDS-Form angesehen, abgesehen von einem gewissen Risiko für einen Mitralklappenprolaps (3).

Beim EDS VII, dem ein Defekt im Bereich des Typ I-Kollagens zugrunde liegen kann, besteht meist auch noch eine ossäre Symptomatik (Hüftluxationen, Skoliose, Minderwuchs). Auch andere Syndrome mit vermehrter Gelenkbeweglichkeit, wie z. B. das LARSEN-Syndrom, scheiden aufgrund ihrer Zusatzbefunde (flaches Mittelgesicht, breiter Nasenrücken, evtl. Gaumenspalte, Klumpfüße etc.) aus.

Da bei der beschriebenen Familie von keinen Komplikationen berichtet wird, liegt vielleicht auch nur die als Variante betrachtete, vermehrt ausgeprägte Gelenkbeweglichkeit vor, die bei 4-7% der Allgemeinbevölkerung gefunden werden kann. Gelegentliche Arthralgien werden berichtet, die aber auf symptomatische Behandlung gut ansprechen (2).

*Sichere diagnostische Maßnahmen, um eine familiäre Gelenküberbeweglichkeit als Normalvariante von einem der autosomal dominanten Syndrome mit Gelenkinstabilität bzw. dem EHLERS-DANLOS-Syndrom III abgrenzen zu können, stehen nicht zur Verfügung.*

Die Einschätzung erfolgt aufgrund der klinischen und anamnestischen Daten.

Literatur

**1.** BEIGHTON, P. u. Mitarb.: Hypermobility of Joints. 2. Aufl. Springer, Heidelberg 1983.
**2.** BIRO, F. u. Mitarb.: The hypermobility syndrome. Pediatrics **72**, 701-706 (1983).
**3.** LEIER, C. V. u. Mitarb.: The spectrum of cardiac defects in the Ehlers-Danlos syndrome, types I and III. Ann. intern. Med. **92**, 171-178 (1980).

B. ZABEL, Mainz

# Kopfgelenksblockierungen bei Kleinkindern

*Frage: In letzter Zeit werde ich gehäuft durch eine Krankengymnastin mit der Verdachtsdiagnose $C_0/C_1$-Blockierung bei etwa 3–6 Monate alten Säuglingen konfrontiert. Den Eltern wird – unter Umgehung meiner Stellungnahme – ein postwendender Besuch beim Orthopäden nahegelegt, der regelmäßig deblockiert. Klinisch lagen keine Auffälligkeiten im HWS-Bereich vor; darüber hinaus ist mir dieses Phänomen bei Säuglingen und Kleinkindern nicht geläufig. Ist es tatsächlich von Bedeutung?*

Die symmetrischen und asymmetrischen tonischen Nackenreflexe des Neugeborenen und Kleinstkindes stellt die früheste motorische Beziehung zwischen Kopf, Rumpf und Extremitäten her. Wesentliche Rezeptorenfelder für dieses reflektorische Geschehen liegen in den sogenannten Kopfgelenken, also in den Etagen Okziput $C_1$, $C_{1/2}$ und, bedingt, auch $C_{2/3}$. Funktionelle Störungen dieser Gelenke, durchaus als Blockierung zu kennzeichnen, bilden eine gelenkmechanische Beeinträchtigung, die zumindest zu einem seitenungleichen Einstrom von Rezeptorenleistungen führen kann. Insofern ist für die motorische Entwicklung eines Kleinkindes die ungestörte Kopfgelenksbeweglichkeit von einer gewissen Bedeutung.

**Für die Praxis:** Bei Kleinkindern läßt sich ohne größeren Aufwand das Seitnickvermögen von $C_{1/2}$ prüfen, welches einer indirekten Rotationsprüfung in diesem Segment entspricht. Im Segment Okziput/$C_1$ wird ein Teil der Kopfvor- und -rückbeuge realisiert. Überprüfungen dieser segmentalen Beweglichkeit beim Kleinkind dürfte meiner Erfahrung nach nur ungenau möglich sein. Anders ist das bei der genannten Seitnickprüfung $C_{1/2}$, die auch schon im Neugeborenenalter einwandfreie Bewegungsbefunde erkennen läßt.

**Klinische Wertigkeit:** Die Ansicht der Autoren über die klinischen Folgen funktioneller Kopfgelenksstörungen im Kleinkindesalter differieren. Meiner Meinung nach hat nicht jede Kopfgelenksfunktionsstörung eine unmittelbare klinische Bedeutung, die zu therapeutischem Handeln zwingt. Anders ist die Situation jedoch bei Störungen der motorischen Entwicklung. In diesem Falle ist über die sachgerechte, chirotherapeutisch orientierte Eingriffnahme ein oft beeindruckender Einfluß auf die Gesamtmotorik möglich.

Literatur

BUCHMANN, J. u. B. BÜLOW: Asymmetrische frühkindliche Kopfgelenksbeweglichkeit. Bedingungen und Folgen. Springer, Berlin-Heidelberg-New York 1989.

J. BUCHMANN, Rostock

# Bauchlage und spätere Hyperlordose der LWS

*Frage: In der Bauchlage entwickelt ein Kind relativ früh die Fähigkeiten seiner Schultergürtelmuskulatur. Es liegt zunächst in einer lordoischen Grundhaltung. Zeigt sich diese frühe Gewohnheitshaltung an späterem gehäuftem Auftreten einer Lordose der LWS?*

Es ist mir weder aus der Literatur noch aus eigener Erfahrung bekannt, daß sog. Bauchlagekinder im weiteren Wachstum vermehrt eine Hyperlordose der LWS aufweisen. Das Ziel der Bauchlage, zumindest aus orthopädischer Sicht, war es ja, durch frühzeitige Kräftigung der Rückenmuskulatur eine Säuglingsskoliose zu verhindern, ebenso wie den thorakalen bzw. thorakolumbalen Sitzbuckel. Die in den 70er und etwa bis Mitte der 80er Jahre empfohlene forcierte Bauchlage hat denn auch die beiden genannten Haltungsschwächen bzw. Haltungsdeformitäten deutlich weniger auftreten lassen. Zu einer vermehrten, d. h. pathologischen Lendenlordose ist es hierdurch nach meinen Erkenntnissen nicht gekommen.

Im Kleinkindes- und vor allem im Vorschulalter ist eine Hyperlordose der LWS gleichsam physiologisch, sofern beim Vorwärtsneigen eine freie Entfaltung, d. h. sogar leichte Kyphosierung der LWS möglich ist und keine Schmerzen bestehen. Diese verstärkte Hyperlordose verschwindet dann allmählich im Schulalter.

Die ständige, vor allem nächtliche bzw. während des Schlafens in früheren Jahren bevorzugte Bauchlage wird heute ohnehin nicht mehr bevorzugt, da bekanntlich in einigen Studien gezeigt werden konnte, daß der plötzliche Kindstod bei Bauchlagekindern vermehrt auftritt. Auch aus orthopädischer Sicht sind langdauernde Haltungskonstanzen für die normale körperliche Entwicklung unerwünscht. Gerade beim Säugling hat sich der Wechsel zwischen Rücken-, Seiten- und Bauchlage bewährt, wobei letztere nicht mehr während des Schlafes angewendet werden sollte. Ein vermehrtes Auftreten von Haltungsschwächen bzw. Haltungsdeformitäten durch die Wechsellage ist mir nicht bekannt.

L. JANI, Mannheim

## Krankengymnastische Behandlung bei Hüftdysplasie

*Frage: Sollten Kinder mit operativ oder konservativ behandelter Hüftdysplasie, Kinder mit Coxa antetorta, X- oder O-Beinen grundsätzlich bzw. wann heiltherapeutisch behandelt werden?*

Ist unter »Heiltherapie« eine krankengymnastische Behandlung gemeint, muß die Antwort für die 3 gefragten Erkrankungen bzw. Erkrankungsfolgen getrennt erfolgen.

Bei der operativ behandelten Hüftdysplasie gehört die anschließende krankengymnastische Behandlung zu den wichtigen therapeutischen Maßnahmen, um die oft schon vorher, aber auch durch die Operation mit anschließender Ruhigstellung geschwächte Muskulatur wieder zu kräftigen. Die Dauer der Behandlung ist von der individuellen Situation abhängig und wird selten länger als 1 Jahr notwendig sein.

Bei der konservativ behandelten Dysplasiehüfte ist eine anschließende, meist nur kurzfristige krankengymnastische Therapie heute nur noch sehr selten nötig, wenn z. B. eine Spreizhose länger als 3 Monate getragen werden mußte und damit u. U. ein motorischer Entwicklungsrückstand vorliegt, der allerdings bald wieder aufgeholt wird.

Bei den ausgeprägten und nicht mehr als altersphysiologisch anzusehenden Fehlstellung der unteren Extremität, z. B. der idiopathischen Coxa antetorta, den X- oder O-Beinen, ist die krankengymnastische Therapie k e i n e geeignete Behandlungsmethode zur Korrektur dieser Fehlstellungen. Je nach Alter des Kindes und je nach Ursache und Ausmaß der Fehlstellungen kommen andere therapeutische Verfahren in Betracht, die in den pädiatrischen oder orthopädischen Lehrbüchern beschrieben sind. Nicht selten kommt es zur spontanen Rückbildung dieser Fehlstellungen im Laufe des weiteren Wachstums.

Erforderlich ist dagegen die krankengymnastische Behandlung, wenn diese Fehlstellungen mit einer Zerebralparese kombiniert sind.

L. JANI, Mannheim

# Das HWS-Schleudertrauma

*Frage: Wie ist eine Distorsion der HWS von einem Schleudertrauma zu differenzieren?*

Das Halswirbelsäulen-Schleudertrauma wird auch mit den Synonymen Whiplash Injury (GAY u. ABBOTT, 1953), Peitschenschlagverletzung, zerviko-zephales Beschleunigungstrauma (KRÄMER, 1980) und auch posttraumatisches Zervikalsyndrom bezeichnet. Die Diagnose setzt ein Akzelerations-Dezelerationstrauma voraus, und es darf kein direkter Anprall des Kopfes erfolgt sein (Non contact-Verletzung).

Als **Unfallmechanismus** wird der sagittale Auffahrunfall mit Heckaufprall vorausgesetzt, typischerweise ohne Kopfstützen. Trotz weit verbreiteter Installation dieses Sicherheitsutensils bleibt die Verletzung ein aktuelles Problem. Auch ein schräger, seitlicher und frontaler Aufprall wird von etlichen Beschreibern in die Definition eingeschlossen. Das Problem entsteht dadurch, daß ein nicht einheitlich beschriebener Verletzungsmechanismus zur Diagnose erhoben wird. Bereits bei den biomechanischen Überlegungen ist es deshalb erforderlich, vom HWS-Schleudertrauma im eigentlichen Sinne zu sprechen (4).

Die multiplen möglichen Verletzungen werden unter dieser einen Diagnose summiert, wobei keinesfalls von allen Autoren eine verbindliche Nomenklatur gebraucht und akzeptiert wird (1, 4). Die Bandbreite reicht von einer nicht näher objektivierbaren stumpfen Verletzung ohne erkennbares Substrat bis zur schweren Luxationsfraktur mit neurologischem Defekt, ja bis zur Verletzung mit unmittelbarer Todesfolge. Um einer niemand nützlichen Ungenauigkeit vorzubeugen, wird immer wieder versucht, den Begriff einzuschränken oder genauer zu definieren. ERDMANN (2) hat 1973 **drei Schweregrade** definiert, aber nicht alle Befunde und Verläufe passen zu dieser Klassifikation:

**Schweregrad 1** ist gekennzeichnet durch fehlende radiologische Verletzungsfolgen, ein symptomfreies Intervall von maximal 16 Stunden und einen kurzen Verlauf von wenigen Tagen bis zur völligen Restitution. Das Substrat der Verletzung ist im mikroskopischen Bereich zu suchen und kann mit Recht als Distorsion bezeichnet werden, auch wenn die biomechanischen Voraussetzungen zum Schleudertrauma gegeben sind. Der Mechanismus ist zwar ein Schleudertrauma, aber die Energie gering (6).

**Schweregrad 2** ist bedingt durch Bandzerreißungen, Weichteilschäden, Hämatome und geringgradige Instabilitäten ohne Zerstörung von Bandscheiben. Radiologisch sind Schonhaltung, geringe Subluxationen auch mehrerer Segmente und möglicherweise auch Verdrängungen von Ösophagus und Trachea festzustellen. Das symptomfreie Intervall ist kurz, höchstens eine Stunde. Die Heilungsdauer wird mit Wochen und Monaten angegeben. Langzeitschäden sind möglich. Das verletzte Substrat sind Muskeln, Bänder, Gefäße, Nerven und kleine Gelenke, aber ohne Frakturen und komplette Bandscheibenablösungen.

**Schweregrad 3** verursacht eine sofortige Schmerzsymptomatik. Es sind diskoligamentäre Verletzungen und Frakturen mit Dislokationen. Besonders im angloamerikanischen Raum werden hier praktisch alle Verletzungen der Halswirbelsäule eingeschlossen (3). Neurologische und vegetative Symptome sind häufig, gravierende weitere Unfallfolgen können die Zuordnung oft erschweren.

Die meisten Autoren tendieren dazu, nur noch den Schweregrad 2 als Schleudertrauma im eigentlichen Sinn zu definieren, Schweregrad 1 als »Distorsion« und 3 als traumatische Instabilität dagegen außerhalb dieser Definition sehen zu wollen.

Gerade das HWS-Schleudertrauma Grad 2 bedarf einer weiterführenden radiologischen, neurologischen, neurophysiologischen Diagnostik wie Funktionsaufnahmen (bei Grad 3 kontraindiziert), NMR, Sonografie. Psychoreaktive Veränderungen sind ebenso möglich wie zephale Symptome, was häufig zu gutachterlichen Problemen führt. Die Verletzungen sind abhängig von der Geschwindigkeit und Verformung des Fahrzeugs, wobei der Schädel eine höhere Verzögerung/Beschleunigung erfährt als das Fahrzeug selbst (6). Häufig überlagern Begleitverletzungen, welche sich nach der Hyperflexion/Hyperextension der HWS ereignet haben, den primären Schaden.

Für die klinische Praxis ist zu empfehlen, mit der Diagnose HWS-Schleudertrauma **sparsam** umzugehen, sie also nach **strengen Kriterien** zu prüfen. Paßt der Unfallmechanismus und handelt es sich um einen Schweregrad 2 nach ERDMANN, so muß gefordert werden, das anatomische Substrat der Verletzung weiter zu differenzieren und den Verlauf in Therapie und Begutachtung miteinzubeziehen. Dagegen setzt die Diagnose »Distorsion« ein negatives Ergebnis der Röntgenfunktionsaufnahmen und einen leichten, kurzen Verlauf voraus.

Literatur
1. DELANK, H. W.: Das Schleudertrauma der HWS. Eine neurologische Standortsuche. Unfallchirurg **91**, 381–387 (1988).
2. ERDMANN, H.: Schleuderverletzung der Halswirbelsäule. Die Wirbelsäule in Forschung und Praxis, Bd. 56. Hippokrates, Stuttgart 1973.
3. FOREMAN, S. M. u. A. C. CROFT: Whiplash Injuries. The cervical Acceleration/Deceleration Syndrome. Williams and Wilkins, Baltimore-Hong Kong-London-Sidney 1988.
4. KAMIETH, H.: Das Schleudertrauma der Halswirbelsäule. Die Wirbelsäule in Forschung und Praxis, Bd. 111. Hippokrates, Stuttgart 1990.
5. LAUBICHLER, W.: Die Problematik einer Begutachtung von Verletzungen der Halswirbelsäule einschließlich cervico-cephalem Beschleunigungstrauma.
6. SCHMIDT, G.: Zur Biomechanik des Schleudertraumas der Halswirbelsäule. Versicherungsmedizin **4**, 121–126 (1989).

K. E. REHM und H. J. HELLING, Köln

# Temperaturen im Operationssaal – Einfluß auf Infektionsraten?

*1. Frage: Welche Mindest- und Höchsttemperatur sollte im Operationssaal gelten? Gibt es Unterschiede zwischen »Knochen-« und »Bauch-«sälen?*

Die Mindest- und Höchsttemperaturen im Operationssaal suchen sich die Operateure und Anästhesisten, nicht die Hygieniker aus. Den Keimen ist es völlig egal, ob im Operationssaal 18° oder 23°C sind, Escherichia coli wächst sogar noch bei 10°C, das Wachstumsoptimum liegt bei Körpertemperatur, zwischen 18 und 23°C besteht sicher kein signifikanter Unterschied.

*2. Frage: Gibt es Untersuchungen über die Infektionsraten in Abhängigkeit von der Temperatur, z. B. bei Totalendoprothesen oder Eingriffen im Bauchraum?*

Das immer wieder vorgeschobene Argument, die Temperatur eines Operationssaales müsse wegen der Gefahr des Keimwachstums reduziert werden, gehört endlich in die hygienische **Mottenkiste**. Es gibt keine Untersuchungen, die ein solches Argument unterstützen würden.

*3. Frage: Unsere Anästhesisten fordern immer wieder hohe Temperaturen, damit der Patient nicht friert. Ergeben sich bei etwa 20°C Nachteile für den Patienten?*

Ich kenne natürlich die ewige Diskussion: der Anästhesist will es wärmer, der Chirurg kälter. Welche Raumtemperatur für den Patienten pathophysiologisch am besten ist, kann und möchte ich nicht entscheiden. Das müssen Chirurgen und Anästhesisten unter sich ausmachen und die Hygieniker aus dem Spiel lassen!

F. DASCHNER, Freiburg im Breisgau

# Narkosen für ambulante Eingriffe

*Frage: Ist die Forderung von Anästhesisten nach einer 6stündigen Nahrungskarenz vor Einleitung einer Narkose noch zeitgemäß? Chirurgen wünschen häufig eine raschere Narkose, z. B. bei Sprunggelenk- und Unterarmfrakturen sowie offenen Verletzungen usw. Aus den unterschiedlichen Einstellungen entstehen in der Zusammenarbeit immer wieder Konfliktsituationen!*

Die Aspiration von Mageninhalt in die Lunge ist eine schwere, u. U. folgenreiche Narkosekomplikation. Im allgemein-chirurgischen Krankengut wird die Häufigkeit mit 1 : 10000 angegeben (1); die Dunkelziffer liegt sicherlich deutlich höher. Sie ist mit einem Anteil von etwa 10% auch heute noch die wichtigste einzelne Todesursache als Folge der Anästhesie (2, 3).

Der Patient hat einen Anspruch darauf, unter geringstmöglichem Risiko operiert und anästhesiert zu werden. Insofern ist die Forderung der Nahrungskarenz auch heute noch ebenso gültig wie früher.

Die obligate präoperative »6-Stunden-Grenze« kann jedoch nur als ein »Konsens des Kompromisses« angesehen werden, da die Entleerungszeiten des Magens individuell und je nach den Begleitumständen sehr unterschiedlich sein können: Während nach leichter Mahlzeit unter geordneten, normalen Bedingungen der Magen schon nach 4 Stunden entleert sein kann, können Streß, Angst oder Schmerzen die Entleerungszeit durchaus auf 8–12 Stunden verlängern. Besonders nach Unfällen kann die Magenmotilität für längere Zeit völlig zum Stillstand kommen.

So muß man auch heute noch grundsätzlich eine 6stündige Nahrungskarenz vor einer Allgemeinanästhesie fordern. Sie kann jedoch nicht als starre Richtlinie gelten. So ist (besonders im Notfall) das Risiko einer Verzögerung des operativen Eingriffs sorgfältig abzuwägen gegen das Risiko der Aspirationsgefahr; vor allem, wenn man berücksichtigt, daß z. B. nach einem Unfall auch die geforderten 6 Stunden keine Sicherheit vor einer Aspiration bieten, hängt die Entscheidung immer von den individuellen Gegebenheiten ab. Es muß erwartet werden, daß Chirurg und Anästhesist unter Respektierung ihrer jeweiligen fachspezifischen Kompetenz einen praktikablen Kompromiß finden; dabei hat die Richtschnur die Minimierung des Gesamtrisikos für den Patienten zu sein. Der Patient darf erwarten, daß nicht banale organisatorische Gründe oder gar persönliche Interessen der behandelnden Ärzte den Ausschlag für die Entscheidung geben.

Im Zweifel sollte eine Allgemeinanästhesie immer mit endotrachealer Intubation durchgeführt werden, die das Risiko einer unbemerkten intraoperativen Aspiration deutlich verringert, jedoch auch nicht restlos ausschließen kann. Die Absaugung des Mageninhalts über einen großlumigen Magenschlauch ist eine wirksame Maßnahme gegen eine massive Aspiration; allerdings kann der Magen selbst auf diese Weise nie restlos entleert werden.

Oftmals kann durch Nutzung der Möglichkeiten einer Regionalanästhesie (z. B. Spinal- oder Periduralanästhesie, periphere Nervenblockaden) die Aspirationsgefahr umgangen werden.

Gerade Narkosen für ambulante Eingriffe sind mit besonderen Risiken belastet: Der Patient ist meist unvorbereitet, der Eingriff nicht geplant, Voruntersuchungen fehlen. So hat der sog. »kleine Eingriff« oft ein relativ hohes Risiko, nicht zuletzt auch in Hinblick auf eine Aspiration.

Literatur

1. HUTCHINSON, B. R.: Acid aspiration syndrome. Br. J. Anaesth. **51**, 75 (1979).

2. LIST, W. F.: Nausea, Erbrechen, Regurgitation und Aspiration. In: LIST, W. F. u. P. M. OSSWALD (Hrsg.): Komplikationen in der Anästhesie. 2. Aufl., S. 141–148. Springer, Berlin-Heidelberg-New York 1990.
3. UTTING, J. E., T. C. GRAY u. F. C. SHELLEY: Human misadventure in anaesthesia. Can. Anaesth. Soc. J. 26, 472–478 (1979).

H. BURCHARDI, Göttingen

# Präoperative parenterale Alimentation vor elektiven kolon-chirurgischen Eingriffen

*Frage: Welcher Stellenwert wird aktuell der präoperativen parenteralen Ernährung bei elektiven kolon-chirurgischen Eingriffen beigemessen? Lassen sich unterschiedliche Empfehlungen geben bei maligner oder benigner Art der Erkrankung?*

Zu Beginn der 80er Jahre wurde in prospektiv randomisierten Studien eine reduzierte Morbidität und Letalität präoperativ parenteral alimentierter Patienten nach Resektion gastrointestinaler Tumoren nachgewiesen (4, 5). Daraufhin führte man die präoperative parenterale Ernährung in zahlreichen Krankenhäusern ein. Industriell gefertigte Ernährungslösungen mit standardisierter Zusammensetzung und die niedrige Komplikationsrate der zentralvenösen Alimentation (8) trugen zur Verbreitung der präoperativen parenteralen Ernährung bei.

Während Patienten mit Tumoren von Ösophagus und Magen aufgrund der häufigen Mangelernährung von der präoperativen parenteralen Alimentation profitierten, war der Effekt der präoperativen parenteralen Ernährung auf die postoperative Morbidität und Letalität bei Patienten mit kolorektalen Tumoren nur gering (6). Dies wurde auf den niedrigen Anteil mangelernährter Patienten beim kolorektalen Karzinom zurückgeführt.

Auch in neueren Studien (2) zur perioperativen normokalorischen parenteralen Ernährung war die Inzidenz schwerer postoperativer Komplikationen und der Sterblichkeit nicht von der Art der perioperativen Alimentation abhängig. Ausschließlich schwerst mangelernährte Patienten profitierten durch die Reduktion nichtinfektiöser Komplikationen von der perioperativen normokalorisch parenteralen Ernährung (2). Der wissenschaftliche Beweis einer unabhängigen positiven Wirkung der präoperativ normokalorisch parenteralen Ernährung auf die postoperative Morbidität und Letalität steht bis heute noch aus (3).

Die generelle begleitende normokalorisch parenterale Ernährung vor allen elektiven kolon-chirurgischen Eingriffen kann nach den vorliegenden Erkenntnissen daher n i c h t uneingeschränkt empfohlen werden. *Vielmehr ist die Indikation unter Berücksichtigung des Ernährungszustandes der Patienten individuell zu stellen.*

Nach unserer Ansicht sollten Patienten mit Symptomen oder Laborwerten, die auf eine Mangelernährung hinweisen (3) (z. B. Gewichtsverlust >10% des Körpergewichtes in 3 Monaten, Albumin <30 g/l, Lymphozytopenie, niedrige Cholinesteraseaktivität oder pathologische Reaktion auf Immunstimulationstests), präoperativ 7 Tage zusätzlich parenteral alimentiert werden (1, 9).

Da präoperativ verabreichte Lipidlösungen einen ungünstigen Einfluß auf die postoperative Komplikationsrate zu haben scheinen (6), sollte auf diese Lösungen bei der Operationsvorbereitung verzichtet werden.

Bei Patienten in gutem Ernährungszustand kann auch mit einer länger dauernden Diagnostikphase eine adäquate enterale Ernährung mit ballaststoffarmen Trinklösungen (z. B. *Meritene, Nutrodrip*) erreicht werden, ohne daß diagnostische Maßnahmen (z. B. orale Darmdekontamination und orthograde Darmspülung) beeinträchtigt werden.

Eine Unterscheidung zwischen Patienten mit malignen und benignen Erkrankungen ist für die präoperativ parenterale Ernährung nicht erforderlich. Es bestehen bislang keine eindeutigen Hinweise auf einen prognostisch ungünstigen Einfluß dieser Alimentationsform nach $R_0$-Resektion kolorektaler Tumoren (6).

Die Zwischenauswertung einer Umfrage an 1422 Abteilungen für Chirurgie der Bundesrepublik Deutschland im Herbst 1991 zeigte (7), daß nur in 37,9% der Kliniken vor elektiven kolorektalen Resektionen eine generelle präoperative parenterale Alimentation erfolgt.

Nur in 9,4% der Universitätskliniken wurden die Patienten vor elektiven kolorektalen Resektionen zusätzlich parenteral ernährt. In den neuen Bundesländern kam die präoperative parenterale Alimentation in 67,6% der Kliniken zur Anwendung, dagegen nur in 43,8% der Kliniken der alten Bundesländer.

Mit zunehmender Zahl jährlicher elektiver Resektionen sank der Anteil der Kliniken, die eine präoperativ parenterale Alimentation anwendeten. In 44,7% der Kliniken mit weniger als 40 elektiven kolorektalen Resektionen pro Jahr gehörte die präoperative parenterale Ernährung generell zur Resektionsvorbereitung, dagegen wurde sie nur bei 13,5% der Abteilungen mit mehr als 160 Resektionen pro Jahr eingesetzt.

Literatur

**1.** BELLANTONE, R. u Mitarb.: Preoperative parenteral nutrition in the high risk surgical patient. J. Parent. Ent. Nutr. **12,** 195–197 (1988).
**2.** BUZBY, G. P. u. Mitarb.: Perioperative total parenteral nutrition in surgical Patients. New Engl. J. Med. **325,** 525–532 (1991).
**3.** FRITZ, T. u. P. SCHLAG: Risikofaktor Mangelernährung – präoperative Ernährung. BDC Akademie in Chirurg BDC **30,** 1–3 (1991).
**4.** HEATLEY, R. u. Mitarb.: Preoperative intravenous feeding – a controlled trial. Post-grad med. J. **55,** 541–545 (1979).
**5.** MÜLLER, J. M. u. Mitarb.: Preoperative parenteral feeding in patients with gastrointestinal Carcinoma. Lancet **1982/I,** 68–71.
**6.** MÜLLER, J. M. u. Mitarb.: Indications and effects of preoperative parenteral nutrition. Wld J. Surg. **10,** 53–63 (1986).
**7.** SCHWENK, W., B. BÖHM u. W. STOCK: Pers. Mitteilung. Bislang nicht veröffentlichte Daten (1991).

8. STOCK, W., M. WEBER u. R. DOHT: Perioperative hochkalorische Ernährung mit dem zentralen Venenkatheter. Dt. med. Wschr. 24, 943–948 (1985).

9. YOUNG, G. A. u. Mitarb.: Influence of preoperative intravenous nutrition upon hepatic protein synthesis and plasma proteins and amino acids. J. Parent. Ent. Nutr. 13, 596–602 (1989).

W. STOCK und W. SCHWENK, Düsseldorf

# Laparoskopische Herniotomie

*Frage: Gilt die endoskopische Operation der Leistenhernie inzwischen als Standardverfahren?*

*Wenn ja:*

*1. Welche Spätergebnisse gibt es unter besonderer Berücksichtigung der Rezidivgruppe (5–10 Jahre)?*

*2. Ist die Methode sowohl für kindliche wie auch für erwachsene Leistenhernien geeignet?*

Basierend auf den klinisch-experimentellen Ergebnissen von GER (2, 3), LICHTENSTEIN (4) und STOPPA (8) führten SCHULTZ (6), REICH (5) und CORBITT (1) 1990 unter Verwendung von Kunstimplantaten die Hernienreparation in das Spektrum der minimal-invasiven Chirurgie ein. Während SCHULTZ primär nach Reposition den Bruchsack resezierte und durch Einbringen mehrerer Kunststoff-Patches und anschließendem Clipverschluß des Peritoneums über dem inneren Leistenring versuchte, den plastischen Verschluß der Bruchpforte sowie die Wiederherstellung der Bauchwandstabilität zu erreichen, gab sich REICH mit alleinigem Ausfüllen des Bruchsackes mit mehreren Polypropylen-Röllchen und anschließendem Clipverschluß zufrieden.

Erst CORBITT konnte durch Kombination beider Operationstechniken eine laparoskopische Operationsmethode aufzeigen, die zumindestens vom theoretischen Ansatz den geforderten Reparationsprinzipien jeder Herniotomie am nächsten kommt (Präparation des Bruchsacks sowie der Bruchpforte, Versorgung des Bruchinhalts sowie anschließende Reparation durch direkten oder indirekten plastischen Verschluß der Bruchpforte und Wiederherstellung der Bauchwandstabilität). Entsprechend wird nach Reposition des Bruchsacks, exakter Präparation des Leistenkanals und Ausfüllen des Gewebedefekts im Leistenkanal mit Polypropylen-Röllchen sowie Verschluß des inneren Leistenringes durch Polypropylen-Patches abschließend der Bruchsack abgetragen und das Peritoneum über dem inneren Leistenring durch Clip oder Naht verschlossen.

Anhand der spärlich vorliegenden Schrifttumsangaben (6, 7) sowie der geringen eigenen Erfahrungen von 53 laparoskopisch herniotomierten Patienten läßt sich derzeit nur vermuten, daß die laparoskopische Herniotomie zumindest zu einer Verringerung der intra- und frühpostoperativen Morbidität führen wird. Gründe dafür sind der im Vergleich zur konventionellen Operation gering traumatisierende Zugang sowie die ausgezeichnete anatomische Übersicht im Rahmen der Laparoskopie. Als sichere Vorteile des endoskopischen Vorgehens dürfen der deutlich gesteigerte Therapiekomfort, die verkürzte Krankenhausverweildauer sowie die erheblich verringerte Rekonvaleszenz betrachtet werden.

Diesen Vorteilen stehen einige Nachteile, von denen das Fehlen von Langzeitergebnissen nach laparoskopischer Herniotomie das größte Problem darstellt, gegenüber. Ebenfalls unbeantwortet muß derzeit die Frage nach möglichen Fremdkörperreaktionen des in den Leistenkanal eingebrachten Polypropylen-Materials bleiben. So ist z. B. eine Spätarrosion des Ductus deferens durch das derbe, nicht resorbierbare, in Zylinderform eingebrachte Material zumindestens theoretisch denkbar.

Nachdem sich die laparoskopische Technik des Hernienverschlusses mit den Ergebnissen der derzeit etablierten Standardoperationen, z. B. dem SHOULDICE-Verfahren messen muß und alle bisher zu diesem Thema publizierten Daten unzureichend sind, somit ein exakter Vergleich zwischen laparoskopischen und konventionellen Verfahren nicht möglich ist, kann die endoskopische Hernienreparation derzeit nicht als Standardmethode gelten, sondern darf lediglich unter Studienbedingungen eingesetzt und erprobt werden.

Insbesondere darf die laparoskopische Herniotomie infolge der oben genannten materialspezifischen Komplikationsmöglichkeiten sowie der fehlenden Langzeitergebnisse derzeit im Rahmen der Versorgung kindlicher Leistenhernien nicht eingesetzt werden. Hier müssen die Bemühungen der minimal-invasiv tätigen Chirurgen nicht nur auf eine Optimierung der Operationstechnik, sondern vor allem auf eine Verbesserung des Implantatmaterials im Sinne resorbierbarer, bindegewebsinduzierender Implantate gerichtet sein.

Literatur

**1.** CORBITT, I. D.: Laparoscopic herniorraphy. Surg. Laparosc. Endosc. 1991.
**2.** GER, R. u. Mitarb.: Management of indirect inguinal hernias by laparoscopic closure of the neck of the sac. Am. J. Surg. **159**, 370–373 (1990).
**3.** GER, R.: Laparoskopische Hernienoperation. Chirurg **62**, 266–270 (1991).
**4.** LICHTENSTEIN, J. L. u. Mitarb.: The tension-free hernioplasty. Am. J. Surg. **157**, 188–193 (1989).
**5.** REICH, H.: In: ZUCKER, K. A. (Hrsg.): Surgical Laparoscopy. Quality Medical Publishing, St. Louis-Missouri 1991.
**6.** SCHULTZ, L. u. Mitarb.: Laser laparoscopic herniorrhaphy: a clinical trial preliminary results. J. Laparoendosc. Surg. **1**, 41–45 (1990).
**7.** SCHULTZ, L.: Recurrent Inguinal Hernia Treated by Classical Hernioplasty. Surg. A. **8**, 1–2 (1992).
**8.** STOPPA, R. E. u. C. R. WARLAUMONT: The preperitoneal approach and prosthetic repair of groin hernia. In: NYHAUS, L. M. u. R. E. CONDON (Hrsg.): Hernia. Lippincott, Philadelphia 1989.

H. F. WEISER, Rotenburg

# Verknöcherung von Bauchnarben (Narbenknochen)

*Frage: Im Laufe meiner langjährigen chirurgischen Tätigkeit habe ich 4- oder 5mal sepiaschalenähnliche Verknöcherungen im Bereich der Rektusscheide nach paramedianem linksseitigem Unterbauchkulissenschnitt beobachtet. Jetzt habe ich einmal in der Narbe einer rechtsseitigen paramedianen Oberbauchlaparotomie und einmal eine solche Verknöcherung bei einer rechtsseitigen paramedianen Unterbauchlaparotomie beobachtet. Man tastet im Narbenbereich eine plattenförmige harte Resistenz. Drückt man auf das eine Ende, hebt sich das andere etwas hoch. Auf einer tangentialen Röntgenaufnahme des Bauches kann man die Verknöcherung röntgenologisch nachweisen.*

*Wir machen viele Laparotomien, und es handelt sich hier um Ausnahmebefunde aus insgesamt 27jähriger Tätigkeit. Die meisten unserer in gleicher Weise laparotomierten Patienten berichten, daß sie gerade beim großen linksseitigen paramedianen Kulissenschnitt, den wir bei linksseitiger Hemikolektomie, Sigmaresektion und Rektumoperationen ausführen, keine Narbenbeschwerden haben. Ich glaube also, daß unsere Operationstechnik einwandfrei ist.*

*Ich frage, ob andere Kollegen auch gelegentlich solche Verknöcherungen beobachten und ob evtl. über Ursache einer solchen Verknöcherung etwas bekannt ist. Wir bemühen uns um gewebeschonendes Operieren. Die Blutstillung erfolgt im Bereich des Muskels durch Umstechungsligaturen mit Catgut. Im Bereich der Rektusscheide wird die Blutstillung im allgemeinen durch Elektrokoagulation vorgenommen. Wir heften vor Verschluß des vorderen Blattes der Rektusscheide den abgeschobenen medialen Rektusrand mit einer zarten 4 x 0 Catgutnaht (fortlaufende Naht) an den medialen Rand der Rektusscheide an, damit besonders bei dicken Patienten der Rektus wieder korrekt in der Rektusscheide sitzt und nicht nach der Seite zurückrutscht.*

*Ich habe es bei den wenigen Patienten mit Verknöcherungen der Narbe bisher abgelehnt, die Verknöcherung operativ zu beseitigen. Ich habe die Patienten lediglich darüber aufgeklärt, was bei ihnen aufgetreten ist. Ich bin aber davon überzeugt, daß, wollte man die Verknöcherung beseitigen, man einen größeren Defekt einer Bauchwandschicht zu überbrücken hätte, wozu eine plastische Operation notwendig wäre. Das hiermit verbundene Risiko stand mir nicht im richtigen Verhältnis zu dem zu erwartenden Gewinn, deshalb habe ich diese Verknöcherungen unbehandelt gelassen.*

Bei der Narbenknochenbildung handelt es sich um eine ektope oder heterotope Knochenbildung als Sonderform der traumatischen Myositis ossificans, wie sie z. B. bei Reitern im M. adductor longus und bei Tänzern im M. soleus beobachtet wird.

Ätiologisch nimmt man an, daß sich undifferenzierte Bindegewebszellen infolge eines Traumas zu reifen Osteoblasten entwickeln, um sich anschließend in spongiösen Knochen umzuwandeln. Worin der adäquate Reiz zur knöchernen Differenzierung der mesenchymalen Ursprungszellen besteht, ist nicht bekannt. Weil man fast alle Narbenknochenbildungen bei beleibten Männern mittleren Alters mit vergrößertem anterior-posteriorem Thoraxdurchmesser beobachtete, nahm man an, daß eine überdurchschnittliche, wechselnde Spannung in der Narbe über einen piezoelektrischen Effekt die zelluläre Aktivität stimuliert und Knochenbildung induziert.

Narbenknochen wurden bisher nur in vertikalen Inzisionen (Mittellinie, paramedian), nicht aber in queren Bauchschnitten beobachtet. Dies führte zu der Theorie, daß vom Xiphoid oder von der Symphyse versprengte Knochen- bzw. Periost- oder Perichondriumkeime Ursache der Narbenknochenbildung sind. Dagegen spricht, daß sich bei Gültigkeit dieser Theorie auch nach unfallchirurgischen oder orthopädischen Operationen Verknöcherungen in der Narbe bilden müßten. Über Wundheilungsstörungen nach der primären Operation wurde nicht berichtet, ebensowenig waren Keloide mit Narbenknochen verknüpft. Metabolische oder endokrine Stoffwechselstörungen konnten jeweils ausgeschlossen werden.

Die Angaben zur Häufigkeit sind in der Literatur nicht einheitlich, liegen aber übereinstimmend unter 50. Diese niedrige Quote spricht für die relative Seltenheit der Narbenknochenbildung; andererseits werden nicht alle Beobachtungen mitgeteilt, weil sie dem Chirurgen nicht mitteilenswert erscheinen und weil viele Narbenknochen mangels Symptomatik nicht erfaßt werden.

Von der Narbenknochenbildung betroffen sind Männer mittleren Alters (♂ : ♀ = 7 : 1). Die Entstehungszeit ist außerordentlich variabel und schwankt zwischen 5 Monaten und 15 Jahren. Das verwendete Nahtmaterial ist offensichtlich unerheblich; alle möglichen Nahtmaterialien wurden in den Narben entdeckt bzw. in den primären Operationsberichten angegeben. Auch die der Erstoperation zugrunde liegende Indikation spielte für die Narbenknochenbildung keine Rolle.

Die Diagnose wird palpatorisch und im seitlichen Strahlengang des Abdomenübersichtsbildes gestellt. Die Ultraschalluntersuchung und das Tc-99-Pyrophosphatknochenszintigramm können hilfreich sein. Der definitive Beweis wird erbracht durch die histologische Untersuchung nach Exzision.

Eine operative Revision ist nur erforderlich, wenn Beschwerden auftreten oder wenn der Patient wegen der tastbaren Resistenz beunruhigt ist. Auf eine spezielle plastische Deckung kann in der Regel verzichtet werden. Die Weichteilbestrahlung mit 1000–2000 rad oder die Gabe von Cortison zur Verhinderung eines Rezidivs wird von den meisten Autoren abgelehnt.

H. F. Kienzle, Köln

# Der Paramedianschnitt im Vergleich zum Medianschnitt

*Frage: Ist der sogenannte »Paramedianschnitt« (mit lateraler Verdrängung des M. rectus) als abdomineller Standardzugang empfehlenswert? Bietet dieser Schnitt Vorteile gegenüber dem Medianschnitt?*

Die Schnittführung zur Laparotomie muß größtmögliche Übersichtlichkeit, geringen Zeitaufwand und gute Praktikabilität gewährleisten und sollte so wenig wie möglich postoperative Folgen (Wundheilungsstörungen, Narbenhernie) nach sich ziehen.

Wo Querschnitte möglich sind, sind diese zu bevorzugen. Der Zugang ist einfach, Narbenhernien sind ausgesprochen selten. Leider ist es bei dieser Schnittführung nicht möglich, das Abdomen von der Zwerchfellkuppel bis in den DOUGLAS-Raum komplett zu überblicken und in diesem Raum zu operieren.

Der Paramedianschnitt bietet aufgrund der Mehrschichtigkeit der Rektusscheide gegenüber dem Medianschnitt gewisse Vorteile bezüglich der Hernienquote, weil zwischen den bradytrophen Aponeurosen der Rektusscheide gut durchbluteter Muskel interponiert ist. Dies ist gegenüber der einschichtigen Medianlinie sicher ein Vorteil und kommt auch in den spärlichen, meist nicht sehr aussagekräftigen, retrospektiven Studien zum Ausdruck. Andererseits sind Blutungskomplikationen beim Paramedianschnitt möglicherweise häufiger. Der Zeitaufwand zur Laparotomie und zum Verschluß des Abdomens ist gegenüber dem Medianschnitt deutlich größer; dies kann bei großen abdominellen Eingriffen wichtig sein.

Der Medianschnitt bietet bei universeller Verwendbarkeit und minimalem Zeitaufwand die beste Übersicht über das ganze Abdomen. Nachdem die Mehrschichtigkeit der Rektusscheide in die einschichtige Medianlinie übergeht, scheint die Hernienquote gegenüber dem Paramedianschnitt, ganz sicher aber gegenüber dem Querschnitt, etwas größer zu sein.

Der Medianschnitt hat in der täglichen Praxis allgemein größere Akzeptanz erlangt als der Pararektalschnitt, auch wenn die Quote an Narbenhernien beim Pararektalschnitt etwas geringer zu sein scheint.

H. F. KIENZLE, Köln

# Präoperative Röntgenthoraxuntersuchungen

*Frage: Ist eine Röntgenthoraxuntersuchung vor operativen Eingriffen unbedingt erforderlich – routinemäßig zusätzlich eine seitliche Thoraxaufnahme? Wann ist eine präoperative Lungenfunktionsprüfung sinnvoll? Kann sie u. U. die Thoraxaufnahme ersetzen?*

Eine wissenschaftliche Arbeitsgruppe der WHO kam bei einer Tagung im November 1982 in Genf überein, daß es für eine präoperative Röntgenaufnahme des Thorax keine Indikation gibt, vorausgesetzt, eine sorgfältige Untersuchung hat keine Zeichen für eine Erkrankung der Thoraxorgane ergeben (8). Demgegenüber vertritt u. a. BOHLIG die Ansicht, die Indikation zur Thoraxröntgenuntersuchung sei heute sehr weit zu stellen (2).

Nahezu in allen deutschen Krankenhäusern wird vor einer Intubationsnarkose eine Thoraxröntgenuntersuchung verlangt, wobei berücksichtigt werden muß, daß bei anderen Narkoseformen immer damit gerechnet werden muß, auf eine Intubationsnarkose überzugehen. Es besteht Übereinstimmung, daß bezüglich radiologischer Untersuchungen bei schwangeren Frauen, bei Säuglingen und Kleinkindern besondere Zurückhaltung angebracht ist. Das Royal College of Radiologists fand bei einer Auswertung in England, Wales und Schottland, daß sich die Ergebnisse einer solchen Röntgenuntersuchung in keiner Weise auf die Entscheidung zur Operation auswirkten oder die Art der Anästhesie und die Häufigkeit postoperativer Komplikationen veränderten (8).

In einer Entschließung der Deutschen Gesellschaft für Anästhesiologie und Intensivmedizin zur anästhesiologischen Voruntersuchung werden eine gründliche Anamnese und körperliche Untersuchung als unverzichtbar angesehen, dagegen besteht bei organgesunden Patienten in jungen und mittleren Lebensjahren ohne spezifische Risikohinweise in der Regel keine zwingende Notwendigkeit zu ergänzenden Untersuchungen (wie z. B. Röntgenuntersuchungen der Thoraxorgane, Ekg usw.). Aus der Paneldiskussion des Deutschen Anästhesiekongresses in Bremen im April 1989 zog DICK aus Mainz das gleiche Fazit und betonte, daß oftmals der Aussagewert einer kleinen Spirometrie größer ist als der einer Röntgenthoraxaufnahme (3, 5, 6). Die generelle Forderung der Röntgenthoraxuntersuchung in den meisten Kliniken hat möglicherweise auch juristische Gründe, da die Rechtsprechung Mängel der Voruntersuchung sehr viel kritischer wertet als Irrtümer bei den diagnostischen und therapeutischen Schlußfolgerungen aus den erhobenen Befunden (9).

*Die generelle Forderung nach einer Übersichtsaufnahme im frontalen Strahlengang (seitliche Aufnahme) bei der präoperativen Diagnostik kann nicht aufrecht erhalten werden. Es muß individuell entschieden werden, ob eine weitergehende Röntgendiagnostik erforderlich ist, wie z. B. vor lungenchirurgischen Eingriffen (konventionelle Tomographie, CT usw.).*

Bei allen Lungenkranken und bei allen Patienten, bei denen eine Lungenresektion geplant ist, ist eine genaue pulmonologische Klärung unumgänglich. Diese Untersuchungen dienen nicht nur der Abschätzung des Operationsrisikos, sondern sie helfen auch dabei, die richtigen prä- und postoperativen Maßnahmen zur Sicherheit des Patienten zu treffen. Bei größeren operativen Eingriffen und vor allem während der postoperativen Phase werden die funktionellen Reserven des Atemapparates mehr oder weniger stark beansprucht.

1. Durch Schmerz- und Beruhigungsmittel wird die Atmung gedämpft.
2. Die Reinigungsmechanismen der Luftwege werden beeinträchtigt.

3. Schadstoffe werden in der Lunge ausfiltriert.
4. Durch Eingriffe am Thorax und Abdomen wird die Atemfunktion direkt beeinträchtigt.
5. Durch Resektion von Lungengewebe entstehen irreversible Lungenfunktionseinbußen.

Aus diesen Gründen ist **folgendes Vorgehen** erforderlich:

**a)** Intensive Anamnese (Husten, Auswurf, Atemnot, körperliche Leistungsfähigkeit, Raucher?).

**b)** Untersuchung (trockene/feuchte Rasselgeräusche, Stauungsrasselgeräusche, Hypertonie, Adipositas?).

**c)** Lungenübersichtsaufnahme.

**d)** Sputumuntersuchung.

**e)** Funktionsuntersuchung: Spirometrie, arterielle Blutgase in Ruhe und bei Belastung, Lungenszintigraphie (bei Lungenresektion) (1).

**Extrathorakale Eingriffe**

Die obstruktive Lungenerkrankung ist dabei das Hauptproblem, denn sie erhöht das Operationsrisiko größerer extrathorakaler Eingriffe; während der postoperativen Phase treten respiratorische Komplikationen häufiger auf, vor allem bei abdominalen Eingriffen. Die Störungen des Atemapparates sind um so ausgeprägter, je zwerchfellnäher die Operation ist. Eine endgültige Beurteilung der Operabilität bzw. des Operationsrisikos soll dabei erst nach der Therapie (Inhalation, Abklopfen, evtl. antibiotische, antientzündliche und antiobstruktive medikamentöse Behandlung, Aufgabe des Rauchens) erfolgen. Generell gilt, daß sowohl für extra- als auch intrathorakale Eingriffe die einfachen Funktionswerte am aussagekräftigsten sind.

1. Bei extrathorakalen Eingriffen besteht kein erhöhtes Operationsrisiko seitens der Atemorgane, wenn das $FEV_1$ (forciertes exspiratorisches 1-Sekundenvolumen) größer als 2 l ist.

2. Bei einem $FEV_1$ <0,8 l besteht ein hohes Narkose- und Operationsrisiko.

3. Ein erhöhtes Narkose- und Operationsrisiko besteht bei einem $FEV_1$ zwischen 0,8 und 2,0 l; bei deutlicher Hyperkapnie ($PaCO_2$ >50 mmHg) und/oder schwerer Hypoxämie ($PaO_2$ <50 mmHg) ist das Risiko hoch (1, 4).

Postoperative Funktionsuntersuchungen bei lungengesunden Patientinnen nach Hysterektomie ergaben, daß die vaginale Hysterektomie die Lungenfunktion postoperativ nicht negativ beeinflußt, auch waren am 1. und 3. postoperativen Tag keine Nachwirkungen der Halothannarkose nachweisbar. Nach abdominaler Hysterektomie dagegen besteht besonders am 1. postoperativen Tag eine restriktive Ventilationsstörung, auch wenn diese bei weitem nicht so ausgeprägt ist wie nach Oberbaucheingriffen. Die unveränderte Lungenfunktion nach vaginaler Operation beweist, daß den Operationstag überdauernde Wirkungen der Narkose auf die Lungenfunktion bei Lungengesunden nicht bestehen (7).

**Thorakale Eingriffe**

Bei lungenchirurgischen Eingriffen – meist handelt es sich um die Resektion eines Bronchialkarzinoms – kann das Ausmaß der Resektion nicht immer präoperativ vorausgesagt werden; die Bemühungen gehen dahin, schon vor der Operation den postoperativ zu erwartenden Funktionszustand sowohl für eine Pneumonektomie als auch für eine Lobektomie abzuschätzen. Patienten mit einem $FEV_1$ von mehr als 2,5 l sind ohne erhöhtes Risiko operabel.

Patienten mit einem FEV$_1$ unter 1,0 l sind inoperabel, d. h., daß bei einer Lobektomie oder Pneumonektomie mit einer Letalität von mindestens 15–20% gerechnet werden muß.

Bei einem FEV$_1$ zwischen 1,0 und 2,5 l kann aufgrund des quantifizierten Perfusionsszintigrammes der Lunge das postoperative FEV$_1$ abgeschätzt werden (4).

**Zusammenfassung**

Vor operativen Eingriffen sollte jeder Patient gründlich untersucht werden. In Deutschland ist es allgemein üblich, eine Röntgenuntersuchung des Thorax vorzunehmen, Lungenfunktionsprüfungen werden dagegen selten veranlaßt. Dies ist aber unerläßlich bei allen Patienten mit Erkrankungen der Atmungsorgane und bei jedem Patienten vor einer Thorakotomie. Aufgrund der geringen Kosten, der geringen Belastung des Patienten und vor allem der großen Aussagekraft dieser einfachen und schnellen Untersuchung sollte sie generell vor operativen Eingriffen erfolgen. Ziel dieser Untersuchung ist nicht, den Patienten von einer mehr oder weniger dringend notwendigen Operation auszuschließen, sondern den Risikopatienten zu erkennen, ihn, wenn möglich, präoperativ intensiv vorzubehandeln und vorzubereiten und damit postoperative Probleme zu vermeiden oder zu vermindern; z. B. sollte man Risikopatienten nur dort operieren, wo eine leistungsfähige Intensivpflege gewährleistet ist.

*Unter diesen Voraussetzungen halte ich es für möglich und sinnvoll, daß man die Röntgenuntersuchungen des Thorax präoperativ nach den Empfehlungen der Expertenkommission der WHO und der Deutschen Gesellschaft für Anästhesie und Intensivpflege in Zukunft etwas einschränkt, besonders bei Jugendlichen und Erwachsenen unter 40 Jahren.*

Literatur

**1.** BACHOFEN, H., A. A. BÜHLMANN u. M. SCHERRER: Präoperative Lungenfunktionsdiagnostik. In: FERLINZ, R. (Hrsg.): Praktische Lungenfunktionsprüfung. Bücherei des Pneumologen, Bd. 3. Thieme, Stuttgart 1978.
2. BOHLIG, H.: Röntgen wer? wie? wann? Lunge und Pleura. Thieme, Stuttgart 1975.
3. Deutsche Gesellschaft für Anästhesiologie und Intensivmedizin: Entschließung zur anästhesiologischen Voruntersuchung. Anästh. Intensivmed. **23,** 446 (1982).
4. Deutsche Gesellschaft für Pneumologie und Tuberkulose: Empfehlungen zur präoperativen Lungenfunktionsdiagnostik. Prax. Klin. Pneumol. **37,** 1199–1201 (1983).
5. DICK, W.: Die Beurteilung der Narkosefähigkeit. Anästh. Intensivmed. **31,** 150–151 (1990).
6. HARTUNG, H.-J.: Präoperative Röntgendiagnostik und Lungenfunktion. Anästh. Intensivmed. **31,** 105–107 (1990).
7. ROTHHAMMER, A., H. BAAR u. I. HAUBITZ: Postoperative Lungenfunktion nach Hysterektomien. Atemwegs-Lungenkr. **10,** 290–293 (1984).
8. WHO Technical Report Series Nr. 689 (Deutsche Übersetzung): Vernünftige Röntgendiagnostik. Verlag Hildegard Hoffmann, Berlin 1985.
9. WEISSAUER, W.: Die Beurteilung der Narkosefähigkeit. Anästh. Intensivmed. **31,** 63–65 (1990).

H. HEYENGA, Ansbach-Strüth

## Appendizitis – gelartiges Exsudat im Bauchraum

*Frage: Gelegentlich sieht man bei der Operation einer akut entzündeten Appendix gelartiges Exsudat im Bauchraum, ohne daß eine Mukozele oder ein ähnliches pathologisches Substrat vorliegt. Unter welchen bakteriologischen Bedingungen kann Exsudat im Bauchraum gelieren?*

Das Exsudat muß als Fibrinausschwitzung aus der Serosa (parietalis oder intestinalis) betrachtet werden. Wahrscheinlich ist es eingedickt und nimmt deshalb den gelartigen Charakter an. Ein sicherer Zusammenhang zu bestimmten Bakterienarten konnte in der Literatur nicht gefunden werden.

I. Staib, Darmstadt

## Behandlung und Operationsindikation einer Phimose

*Frage: Bei einem 5jährigen Kind läßt sich die Vorhaut nur 2–3 mm verschieben, spannt dann aber äußerst stark. Eine physiologische Verklebung wurde dabei bereits berücksichtigt. Zur Zeit gibt es keine Komplikationen, wie beispielsweise Ballonieren der Vorhaut beim Wasserlassen.*

*Ist dies eine Indikation zur teilweisen Vorhautentfernung, oder wartet man besser zu, in der Hoffnung (und aus der Erfahrung), daß sich die enge Vorhaut noch allein weitet?*

Es liegt eine eindeutige Indikation zur Operation vor! Bei einem 5jährigen Jungen sollte die Vorhaut mühelos reponibel sein, so daß die Glans bis zum Sulcus coronarius und das innere Präputialblatt gereinigt werden können.

Eine mechanische Behinderung der Möglichkeit, das Präputium zurückzustreifen, schränkt bei Knaben fast immer die Bereitschaft zur Genitalhygiene ein. Das ist deshalb so nachteilig, weil in den frühen Kinderjahren lebenslange Gewohnheiten gebahnt werden.

Generell sollte die Genitalhygiene bereits im Säuglingsalter beginnen. In diesem Alter kann die Vorhaut schon so weit zurückgeschoben werden, daß mindestens der Meatus urethrae sichtbar wird, ohne die möglicherweise noch vorhandene Verklebung zwischen Glans und innerem Präputialblatt zu lösen. Den Eltern sollte bereits in der Geburtsklinik, spätestens aber durch den nachsorgenden Pädiater das richtige Vorgehen demonstriert werden. Stellt sich bei der Vorhautverschiebung ein »Schnürring« dar, ist eine Operation frühzeitig anzuraten, jedoch nur zur Beseitigung des verengenden Anteiles – unter

Erhalt des übrigen Präputiums zur mindestens partiellen Deckung der Glans.

Die Knaben sollen so früh wie möglich lernen – parallel zum Zähneputzen –, die Genitaltoilette täglich und selbständig durchzuführen.

W. BIEWALD, Berlin

# Gasembolien bei Laparoskopie

*Frage: Wie häufig gibt es bei laparoskopischen Eingriffen Gasembolien? Wie oft mit Todesfolge? Welche Prophylaxe kann man betreiben?*

Das Auftreten einer $CO_2$-Embolie im Rahmen einer Laparoskopie ist selten, aber potentiell fatal (2, 4).

Ursächlich ist eine versehentliche intravaskuläre Gasinsufflation, entweder direkt über VERESS-Nadel oder Trokar oder indirekt über Gasinsufflation in ein abdominelles Organ. Aufgrund der raschen $CO_2$-Löslichkeit ist ein Eintritt geringer Mengen von $CO_2$ in die Blutbahn meist ohne klinische Konsequenz und bleibt oft unerkannt, größere Mengen können jedoch zur Gasembolie führen.

Klinische Symptome einer $CO_2$-Embolie sind: plötzliche und ausgeprägte Hypotension, Tachykardie oder andere kardiale Arrhythmien, auskultatorisch ein präkardiales »Mühlengeräusch«, Zyanose und Lungenödem. Dabei läßt sich immer ein zeitlicher Zusammenhang zwischen Gasinsufflation und Ereignis feststellen.

Diagnostiziert wird die $CO_2$-Embolie durch Auskultation, Kapnografie (endexspiratorische $CO_2$-Messung; ET-$CO_2$) oder durch die präkordiale Dopplersonografie (1, 3). Da das Risiko der Gasembolie bei der Laparoskopie insgesamt niedrig ist, erscheint die routinemäßige präkordiale Dopplersonografie nicht erforderlich. Für den klinischen Alltag eignet sich die Kapnografie (3), die an unserer Abteilung routinemäßig von der Anästhesie in der Ausatemluft durch Infrarotmessung erfaßt wird. So wird eine $CO_2$-Embolie wahrscheinlich, wenn bei gleichbleibender Beatmung (gleiche Atemfrequenz, gleiches Atemvolumen) ein plötzlicher Anstieg des ET-$CO_2$, gefolgt von einem Abfall eintritt (3). Der Kohlendioxidpartialdruck (PaCO$_2$) im Blut steigt, die O$_2$-Sättigung sinkt.

Differentialdiagnostisch müssen andere Ursachen einer kardiovaskulären Insuffizienz (Blutung, Myokardinfarkt, Pneumothorax, vasovagaler Reflex, Folge eines erhöhten intraabdominellen Druckes) und eine Tubusdislokation abgeklärt werden.

Therapie: Sie besteht in sofortigem Insufflationsstop, Kopftieflage, DURANT-Lagerung, Gasaspiration aus den Ventrikeln über einen Zentralvenenkatheter oder direkter Aspiration.

Wir haben bisher bei fast 2000 laparoskopischen Eingriffen noch keine CO$_2$-Embolie erlebt. Ursächlich dafür sehen wir verschiedene perioperative Maßnahmen an, die bei der Laparoskopie eingehalten werden müssen: vorsichtige Insertion der VERESS-Nadel in den Bauchraum, Aspiration vor Insufflation, Einbringen der weiteren Trokare unter Sicht, intraabdomineller Druck nicht über 12 mmHg und Monitoring des ET-CO$_2$ durch Kapnografie.

Literatur

1. HANLEY, E. S.: Anesthesia for laparoscopic surgery. Surg. Clins N. Am. **72**, 1013–1019 (1992).
2. PHILLIPS, J. u. Mitarb.: Gynecologic laparoscopy in 1975. J. reprod. Med. **16**, 105–117 (1976).
3. SHULMAN, D. u. H. B. ARONSON: Capnography in the early diagnosis of carbon dioxide embolism during laparoscopy. Can. Anaesth. Soc. **31**, 455–459 (1984).
4. YACOUB, O. F. u. Mitarb.: Carbon dioxide embolism during laparoscopy. Anesthesiology **57**, 533–535 (1982).

W. WAYAND, Linz

# Perityphlitischer Abszeß – ein- oder zweizeitige Operation?

*Frage: Bei uns werden bei einem perityphlitischen Abszeß immer in einer Sitzung der Abszeß entleert, eine Abdominaltoilette und die Appendektomie durchgeführt. Bei schweren Verläufen wird auch eine Zäkalresektion mit Ileoaszendostomie angelegt. Bei schwerer Stumpfversorgung wird der Stumpf nach KOCHER mit Schlupfnähten versorgt. Eine Antibiose wird eingeleitet, je nach klinischer Situation über 7–10 Tage fortgesetzt, nach Vorliegen des Abstrichergebnisses entsprechende Korrektur. Selbstverständlich wird auch drainiert.*

*Nun gibt es Kliniken, die zunächst nur den Abszeß drainieren und dann nach einem Intervall die Appendektomie vornehmen. Ich meine, daß dieses Vorgehen eine Zeitbombe beläßt, nämlich die den Abszeß verursachende Appendix. Ich kann dieses Verfahren daher nicht anerkennen. Wir haben schon 2 Patienten, die so behandelt wurden, im Stadium der Sepsis mit eitriger Peritonitis bei völlig aufgebrauchter Appendix nachoperieren müssen, während bei unserem Vorgehen nie schwere Komplikationen auftraten.*

*Ist das zweizeitige Verfahren wirklich zeitgemäß?*

Es besteht weitgehend Übereinstimmung darin (2, 4, 5), daß bei einem perityphlitischen Abszeß, soweit er abgegrenzt ist und Zeichen einer lokalen oder diffusen Peritonitis nicht vorliegen, von einem extraperitonealen, lateralen Zugang aus eröffnet, abgesaugt und ausreichend drainiert wird. Hierdurch werden die notwendigen Voraussetzungen für die Rückbildung der örtlichen Entzündungserscheinungen geschaffen, auch wenn dabei die mit der Abszeßhöhle in Verbindung stehende Infektionsquelle (perforierte Appendix) nicht in gleicher Sitzung entfernt wird. Wichtig bei diesem Vorgehen ist die Forderung, die Eröffnung des Peritonealraums und eine Verschleppung von eitrigem Infektmaterial in die freie Bauchhöhle zu vermeiden. So stellt dieser Eingriff für den Kranken die geringstmögliche Belastung dar.

Die Entfernung der Infektionsquelle durch Appendektomie in gleicher Sitzung sollte (ausnahmsweise) nur durchgeführt werden, wenn sich der zumeist perforierte Wurmfortsatz im Abszeßbereich sichtbar darstellt und ohne Eröffnung der freien Bauchhöhle abgetragen werden kann. Ist infolge schwerer entzündlicher Veränderungen der Zäkalwand ein Verschluß des Appendixstumpfes von vornherein unsicher, so ist es besser, den Versuch zu unterlassen, aber eine ausreichende Drainage über die Inzisionswunde zu gewährleisten. Anschließend Einleitung einer antibiotischen Therapie, wobei die Kombination eines Breitbandantibiotikums (z. B. Lincomycin, Cephalosporin, Clindamycin) mit Metronidazol zu empfehlen ist (1).

Zur Differenzierung einer entzündlichen »Tumorbildung« (perityphlitisches Infiltrat bzw. perityphlitischer Abszeß) ist die Sonographie von großem Wert und sollte hier zur Regel werden (3, 5). Sie ermöglicht sogar unter gegebenen Umständen (bauchdeckennaher Abszeß) eine ultraschallgeleitete Abszeßpunktion und -drainage als alleinige Maßnahme.

Bei ausreichender Abszeßentleerung und effektiver Drainage klingen örtliche wie allgemeine Entzündungserscheinungen (Fieber, Pulsbeschleunigung, Leukozytose) rasch ab. Dennoch sind postoperativ sorgfältige und fortgesetzte Revisionen der örtlichen Wundverhältnisse und Beobachtungen des Allgemeinzustandes unerläßlich, um Verlaufsstörungen (Sekretverhaltungen, Bauchdeckenphlegmone u. a.) rechtzeitig zu erkennen. Regelmäßige Überprüfungen des weißen Blutbildes lassen frühzeitig Verzögerungen der Rückbildung allgemeiner Entzündungssymptome erkennen, wobei es wesentlich aufschlußreicher ist, statt der Bestimmung der Gesamtleukozytenzahl die leider viel zu wenig angewendete leukozytäre Blutbilddifferenzierung nach SCHILLING vorzunehmen.

Die Sonographie ist auch in der postoperativen Beobachtung geeignet, den Rückgang des »entzündlichen Tumors« und Sekretverhaltungen oder neu auftretende extra- wie intraabdominelle Abszedierungen sichtbar zu machen und notwendige operative Sekundärmaßnahmen einzuleiten.

Mit Sicherheit kann durch eine Verlaufsbeobachtung verhindert werden, daß sich postoperativ schwerwiegende Komplikationen entwickeln, wie etwa eine »eitrige Peritonitis« bis zum »Stadium der Sepsis«.

Das operationstaktische Vorgehen, wie für einen lokalisierten perityphlitischen Abszeß dargestellt, muß geändert werden, wenn bei gesichertem Nachweis eines perityphlitischen Abszesses gleichzeitig Symptome einer diffusen Peritonitis bestehen. Der Abszeß muß dabei gleichfalls entleert und drainiert, aber die Infektionsquelle (perforierte Appendix) wie bei akuter Appendizitis mit freier Perforation durch Laparotomie entfernt werden. Zeigt sich nach der Appendektomie, daß eine zuverlässige Stumpfversorgung durch Naht oder auch nach Zäkumwandresektion nicht möglich erscheint, so kommt dann die Zäkumresektion in Betracht. Ein derartiger Eingriff kann aber bei schlechtem Zustand des Kranken riskant sein, und daher ist zu erwägen, weil weniger belastend, die Appendix abzutragen, das Zäkum vorzulagern (6) und die Appendektomie nach Abklingen der Entzündungserscheinungen im Intervall durchzuführen.

Trifft man bei der Laparotomie auf einen umfangreichen entzündlichen Konglomerattumor im rechten Unterbauch, so sollte man die Appendektomie ebenfalls nicht erzwingen, sondern sich auf ausgiebige Drainagen des Tumorbereichs beschränken.

Wichtig beim Vorliegen einer diffusen Peritonitis ist die sorgfältige Peritonealspülung bis zur Säuberung (klare Spülflüssigkeit), wobei nicht entscheidend ist, ob und gegebenenfalls welches Antibiotikum der Spülflüssigkeit zugesetzt wird. Abschließend ist je nach Schwere des Befundes darüber zu entscheiden, ob das Abdomen nach Drainage des subphrenischen Raums und des DOUGLAS verschlossen oder zur Ermöglichung weiterer Therapiemaßnahmen (Peritoneallavage) offengelassen wird.

Literatur

1. ANSORG, R.: Antimikrobielle Chemoprophylaxe und Chemotherapie. In: SIEWERT, J. R. (Hrsg.): Allgemeine chirurgische Gastroenterologie. 2. Aufl. Bd. 1. Springer, Berlin-Heidelberg-New Yorik 1990.
2. KERN, E.: Appendicitis perforata. Zentbl. Chir. **111**, 753–760 (1986).
3. KÜMMERLE, F.: Akute Appendicitis und Ultraschalluntersuchung. Dt. med. Wschr. **113**, 491–492 (1988).
4. LEWIN, J., G. FENJÖ u. L. ENGSTRÖM: Treatment of appendical abscess. Acta chir. scand. **154**, 123–125 (1988).
5. VIEBAHN, R.: Appendix. In: PICHLMAYR, R. u. D. LÖHLEIN (Hrsg.): Chirurgische Therapie (Richtlinien zur prae-, intra- und postoperativen Behandlung in der Allgemeinchirurgie). 2. Aufl. Springer, Berlin-Heidelberg-New York 1991.
6. WOLFF, H.: Kommentar zur Appendizitisbehandlung. Zentbl. Chir. **111**, 811–813 (1986).

G. KUHLGATZ, Zwickau

# Hypospadia coronaria

*1. Frage: Welches ist der günstigste Zeitpunkt zur Operation einer Hypospadia coronaria?*

Die Ergebnisse kinderpsychologischer Untersuchungen haben gezeigt, daß Kinder im Alter zwischen 6 und 12 Monaten in einer Phase sind, in der offenbar Operationen am Genitale wenig Folgen hinterlassen. Dieser Operationszeitpunkt wird gestützt durch die Verbesserung der anästhesiologischen Versorgung, Einführung der optischen Vergrößerung sowie entsprechendes Instrumentarium und Nahtmaterial. Der Penis ist in der Regel genug groß, um das angestrebte Ziel der Hypospadieoperation zu erreichen (3). Die Identifikation des Kindes mit seinem sexuellen Phänotyp ist bis zum 3. Lebensjahr abgeschlossen und die Erziehung durch die Identifikation der Eltern mit dem Aussehen ihres Kindes geprägt (1). Normalerweise besuchen in der Bundesrepublik Deutschland fast alle Kinder einen Kindergarten, wo sie spätestens die Unterschiede zwischen dem eigenen Genitale und dem Genitale anderer Kinder feststellen. So werden in führenden kinderurologischen Zentren zunehmend die Kinder zwischen dem 6. und 12. Lebensmonat operiert. Zu diesem Schluß kommen auch die Mitglieder der amerikanischen Gesellschaft für Kinderheilkunde in ihrem Report (3).

*2. Frage: Muß überhaupt operiert werden?*

Bei der koronaren Hypospadie stellt sich die Frage, inwieweit bei Kindern ohne Penisschaftverkrümmung eine operative Behandlung überhaupt angezeigt ist. Die Kinder erfüllen meist die Kriterien der organischen Gesundheit. Heute ist es jedoch schwierig, das Aussehen eines solchen Penis mit breiter gespaltener Glans und überschüssiger Vorhautschürze unberücksichtigt zu lassen. Wünschen die Eltern des Kindes nach Aufklärung und Information über Nutzen und Risiken eines solchen Eingriffes eine operative Behandlung, so ist sie indiziert (4). Darüber hinaus ist der Druck der in sexueller Beziehung fast enttabuisierten Gesellschaft nicht sicher voraussehbar, so daß wir auch aus diesem Grunde den operativen Eingriff vorschlagen. Eine absolute Operationsindikation ist gegeben bei Kindern mit einer ventralen Abknickung des Gliedes und einer Meatusstenose.

*3. Frage: Gibt es Erfahrungen über die psychischen Folgen für das Kind und dessen spätere sexuelle Erlebnisfähigkeit?*

Die Untersuchungen von BRACKA u. Mitarb. (2) haben gezeigt, daß der kosmetische Aspekt des Genitales bei Patienten, die einer Hypospadieoperation unterzogen worden sind, ein sehr wichtiger ist. Bei ausgeprägten Formen der Hypospadie, die auch häufiger mit schlechteren postoperativen Ergebnissen behaftet sind, zeigte sich im späteren Leben eine deutliche Einschränkung der normalen sexuellen Aktivität. Inwieweit diese Ergebnisse auf die Kinder mit einer koronaren Hypospadie zu extrapolieren sind, ist nicht leicht zu beantworten. Erst seit einigen Jahren werden die Kinder sehr früh an einer Hypospadie operiert, so daß diese Frage unbeantwortet bleiben muß.

*4. Frage: Gibt es Beratungsstellen oder Selbsthilfegruppen, an die man die verunsicherten Eltern verweisen kann?*

Den betroffenen Eltern ist zu empfehlen, sich zur Behandlung der Hypospadie ihrer Kinder an die Institutionen zu wenden, die eine ausgewiesene Erfahrung auf diesem Gebiet haben.

Literatur

**1.** BERG, R. u. G. BERG: Penile malformation, gender identity and sexual orientation. Acta psychiat. scand. **68**, 154–166 (1983).
**2.** BRACKA, A.: A long-term view of hypospadias. Br. J. plast. Surg. **42**, 251–255 (1989).
**3.** KASS, E. J. u. Mitarb.: Timing of elective surgery on the genitalia of male children with particular reference to hypospadias. Preliminary report of the Action Committee on Surgery of the genitalia of male children of the American Academy of Pediatrics. 86th Annual AUA Meeting. Current hypospadias techniques and complications of hypospadias surgery, PG-39, June 4th, Toronto, Ontario, Canada 1991.
**4.** KRÖPFL, D., M. SCHARDT u. S. FEY: Modified Meatal Advancement and Glanduloplasty with Complete Forskin Reconstruction. Urol. European **22**, 1–88 (1992).

D. KRÖPFL, Essen

# Reduktion des Fremdblutbedarfs durch Einsatz von Aprotinin (Trasylol)

*Frage: Trasylol, ein teures Medikament auf der Suche nach einer Indikation, schickt sich an, erneut einen Kostenschub in den Krankenhäusern zu erzeugen. Nachdem der Traum von der Pankreatitis, dem Polytrauma oder der »Schocklunge« ausgeträumt ist und ohne Schaden für den Patienten auf Trasylol verzichtet werden kann, wird jetzt der »fremdblutsparende Effekt« groß herausgestellt. Zuletzt im Supplement 9/1992 zur Anästhesiologie und Intensivmedizin.*

*Hier werden »Studien« von namhaften Kliniken referiert, die angeblich aufzeigen, daß in der Herz-, der Leber- sowie der Gefäßchirurgie und bei Hüftgelenksoperationen und in der Prostata- sowie in der Mund-, Kiefer- und Gesichtschirurgie – warum also nicht bei jedem Eingriff? – Trasylol den Blutverlust und damit den Fremdblutbedarf statistisch signifikant senken könne.*

*Nach ¼ Jahrhundert der Diskussion um dieses Präparat bin ich jedoch äußerst skeptisch! Ein Kenner der Materie sollte eine kritische Würdigung veröffentlichen, bevor eine neue – unsinnige? – Kostenlawine auf unsere gebeutelten Abteilungen zukommt.*

Aprotinin ist ein basisches Polypeptid aus 58 Aminosäuren mit einem Molekulargewicht von 6510 Dalton. Üblicherweise wird es aus Rinderorganen gewonnen, vornehmlich aus Lunge. Seine Hauptwirkung besteht in einer dosisabhängigen Hemmung einer Reihe von Proteasen, wie Trypsin, Chymotrypsin, Plasmin und Kallikrein sowie Plasminogenaktivator vom Urokinasetyp (22) bzw. Streptokinase/Plasminkomplexen. Aprotinin wird in Kallikrein-Inhibitoreinheiten (KIU) dosiert und i.v. verabreicht, 14 mg des gereinigten Proteins (z. B. *Trasylol, Antagosan*) entsprechen 100000 KIU (13); die Halbwertszeit beträgt 2 Stunden. Seit seiner Entdeckung im Jahre 1930 (19) wurde Aprotinin bei verschiedenen Indikationen eingesetzt; besonders die Anwendung bei akuter Pankreatitis zeigte jedoch nicht die erwarteten Erfolge.

Nach 1987 (27) mehren sich die Berichte über eine Reduktion des Blutverlustes bei verschiedenen Operationen (4, 23, 31) durch Einsatz von Aprotinin. Ein damit verbundener »fremdblut-sparender« bzw. hämostyptischer Effekt wird für **folgende Situationen** beschrieben:

1. Kardiochirurgische Eingriffe, die den Einsatz einer Herz-Lungen-Maschine erfordern, z. B. Bypass-Operationen (2, 3, 5, 6, 10, 12, 29), Klappenersatz (10), Herztransplantationen (17).

2. Lebertransplantationen.

3. Notfallchirurgische Eingriffe nach vorangegangener therapeutischer Fibrinolyse mit Plasminogenaktivatoren.

4. Disseminierte intravaskuläre Gerinnung mit konsekutiver überwiegender Hyperfibrinolyse.

**1.**
In den meisten plazebokontrollierten Doppelblindstudien, die zum Einsatz von Aprotinin in der Herzchirurgie vorliegen, wurde Aprotinin in hoher Dosierung verabreicht, d. h. $2 \times 10^6$ KIU über 20 Minuten während der Narkoseeinleitung; $5 \times 10^5$ KIU/Std. intraoperativ; $2 \times 10^6$ KIU in das Füllvolumen der Herz-Lungen-Maschine.

Bei diesem Protokoll erhalten die Patienten in der Regel mehr als $5 \times 10^6$ KIU, entsprechend 60000–80000 KIU/kg KG. Der peri- und postoperative Blutverlust konnte bei dieser Dosierung um etwa 50% gesenkt werden (Tab. 7).

**Nebenwirkungen** treten relativ **selten** auf: Die Häufigkeit von allergischen

| Operation | Patienten n | Signifikanz | mittlerer Blutverlust | Fremdblut-bedarf | Literatur |
|---|---|---|---|---|---|
| **Bypass, Ersteingriff:** | | | | | |
| Aprotinin | 20 | | 410 ml | 300 ml | 5 |
| Plazebo | 20 | | 1070 ml | 790 ml | |
| **Bypass, Reoperation:** | | | | | |
| Aprotinin | 57 | 0,0001 | 720 ml | 2,1 Einh. | 6 |
| Plazebo | 56 | | 1121 ml | 4,1 Einh. | |
| Aprotinin | 10 | | 690 ml | 650 ml | 5 |
| Plazebo | 10 | | 1585 ml | 1800 ml | |
| **Herztransplanta-tionen:** | | | | | |
| Aprotinin | 10 | 0,03 | 690 ml | 0–250 ml | 17 |
| Plazebo | 10 | | 1000 ml | 0–1000 ml | |
| **Bypass, Klappen-ersatz, kombinierte Eingriffe etc.** | | | | | |
| Aprotinin | 902 | 0,05 | 679 ml | 942 ml | 10 |
| Plazebo | 882 | | 1038 ml | 1999 ml | |
| Aprotinin | 58 | 0,001 | 698 ml | 4,9 Einh. | 2 |
| Plazebo | 57 | | 1198 ml | 7,25 Einh. | |

Tab. 7
Reduktion des Blutverlustes und »fremdblutsparender« Effekt von Aprotinin in der Kardiochirurgie

Reaktionen beträgt etwa 1,5%. Urtikaria, Erytheme und Bronchospasmen beobachtete man bei etwa 0,1% der Patienten, anaphylaktische Schockreaktionen sind seltener beschrieben (20, 33).

Über mögliche nephrotoxische Wirkungen von Aprotinin bestehen unterschiedliche Angaben. Einige Untersucher finden Kreatininerhöhungen (5), andere nicht (4, 10). COSGROVE u. Mitarb. (6) berichten über eine Zunahme der perioperativen Myokardinfarkte in der mit Aprotinin behandelten Patientengruppe (17,5%) gegenüber der Kontrollgruppe (8,9%), die jedoch nicht signifikant war. Ebenso fanden sie eine erhöhte Tendenz zu Thrombosierungen des Venenbypasses in der Aprotiningruppe. Andere Studien konnten diesen Effekt nicht bestätigen (2). In diesem Zusammenhang wird ein Einfluß von Aprotinin auf die Activated clotting time (ACT) diskutiert, mit der die Heparinisierung während des extrakorporalen Kreislaufs kontrolliert wird (6, 8, 9, 28, 30). Inzwischen liegen Berichte über eine vergleichbare Wirksamkeit von Aprotinin in niedrigerer Dosierung vor (2 x $10^6$ KIU im Füllvolumen der Herz-Lungen-Maschine) (5, 7, 29). Auch POPOV-CENIC u. Mitarb. haben in ihren Anfang der 80er Jahre durchgeführten Studien den Effekt von deutlich niedrigeren Dosierungen beschrieben (16, 24).

Beim derzeitigen Kenntnisstand erfordert eine rationelle Therapie mit Aprotinin im Hinblick auf Kosten und Effizienz in der Kardiochirurgie eine strenge Indikationsstellung: Patienten, die bei Bypass- oder Klappenersatzoperationen (evtl. bei florider Endokarditis) mit hoher Wahrscheinlichkeit Fremdblut benötigen, profitieren sicher von seinem Einsatz.

**2.**
Auch in der Lebertransplantationschirurgie wird Aprotinin zur Reduktion des Blutverlustes aufgrund der Hyperfibrinolyse eingesetzt. Die Studien mit positiven Erfahrungen (15, 18, 23) waren nur zum Teil prospektiv und doppelblind angelegt (15) bzw. bezüglich der Dosierung vergleichbar (15, 23). GROH u. Mitarb. (14) konnten keinen »fremdblutsparenden« Effekt finden.

**3.**
Inzwischen liegen eine Reihe von Einzelberichten vor, die belegen, daß Patienten, die nach Thrombolysetherapie notfallmäßig kardiochirurgisch versorgt werden müssen, vom Einsatz des Fibrinolysehemmers Aprotinin profitieren. Der Blutverlust bzw. Transfusionsbedarf gegenüber historischen Kontrollen war deutlich niedriger. Die verabreichten Dosen sind mit den High-dose-Protokollen, die oben beschrieben wurden, vergleichbar (1, 11, 32).

Vielversprechend erscheinen auch Berichte über den Einsatz von Aprotinin bei Operationen am offenen Herzen unmittelbar postpartal bzw. bei thrombopenischen Patienten (21, 26).

**4.**
Nach eigener Erfahrung hat es sich bei dieser Patientengruppe bewährt, nach einer Initialdosis von 250 000 KIU über 30 Minuten verabreicht, unter engmaschigen Laborkontrollen die Therapie mit 75 000–100 000 KIU/Std. fortzusetzen. Sobald die Hyperfibrinolyse deutlich rück--

läufig ist, kann Aprotinin abgesetzt werden. POPOV-CENIC (25) empfiehlt in der Plasminämiephase der disseminierten intravasalen Gerinnung einen initialen Bolus von 500 000–1 000 000 KIU, gefolgt von 250 000-500 000 KIU/Std. bis zur Unterbrechung der Plasminämie.

**Zusammenfassend** erfordert der Einsatz von Aprotinin in der Herzchirurgie nicht zuletzt unter Berücksichtigung der Kosten (2stündige Bypass-Operation mit dem High dose-Regime: etwa DM 800–900,–) eine strenge Indikationsstellung: Bei Patienten mit komplizierten, langdauernden Operationen mit zu erwartendem großem Blutverlust, bei denen eine Eigenblutspende nicht möglich war, kann durch Aprotinin ein deutlicher »fremdblutsparender« Effekt erwartet werden. Die Ermittlung der optimalen Dosierung steht hier ebenso aus wie beim Einsatz im Rahmen von blutungsreichen Lebertransplantationen, bei denen Aprotinin ebenfalls indiziert ist. Bei Notfalloperationen nach Thrombolysetherapie ist die Anwendung von Aprotinin, die manchmal eine Operation erst ermöglicht, immer zu überlegen; gleiches gilt für Patienten mit überwiegender Hyperfibrinolyse bei disseminierter intravasaler Gerinnung.

Literatur
1. AKHTAR, T. M., C. S. GOODCHILD u. M. K. G. BOYLAN: Reversal of streptokinase-induced bleeding with aprotinin for emergency cardiac surgery. Anaesthesia **47**, 226–228 (1992).
2. BAELE, P. L. u. Mitarb.: Systematic use of aprotinin in cardiac surgery: influence on total homologous exposure and hospital cost. Acta anaesthesiol. belg. **43**, 103–112 (1992).
3. BIDSTRUP, B. P. u. Mitarb.: Reduction in blood loss and blood use after cardiopulmonary bypass with high dose aprotinin (Trasylol). J. thorac. cardiovasc. Surg. **97**, 364–372 (1989).
4. BLAUHUT, B. u. Mitarb.: Effects of high-dose aprotinin on blood loss, platelet function, fibrinolysis, complement, and renal function after cardiopulmonary bypass. J. thorac. cardiovasc. Surg. **101**, 958–967 (1991).
5. CARREL, T. u. Mitarb.: Reduktion des postoperativen Blutverlustes und des Fremdblutverbrauches in der Herzchirurgie mit Aprotinin: Erfahrungen mit unter-

schiedlichen Dosierungen. Helv. chir. Acta **58**, 365–378 (1991).

6. COSGROVE, D. M. u. Mitarb.: Aprotinin Therapy for Reoperative Myocardial Revascularization: A Placebo-Controlled Study. Ann. thorac. Surg. **54**, 1031–1038 (1992).

7. COVINO, E. u. Mitarb.: Low dose aprotinin as blood saver in open heart surgery. Eur. J. Cardio-thorac. Surg. **5**, 414–418 (1991).

8. DAVIES, R. J. u. Mitarb.: The neutralization of Heparin by Trasylol. Thromb. Res. **17**, 533–537 (1980).

9. De SMET, A. A. E. A. u. Mitarb.: Increased anticoagulation during cardiopulmonary bypass by aprotinin. J. thorac. cardiovasc. Surg. **100**, 520–527 (1990).

10. DIETRICH, W. u. Mitarb.: High dose aprotinin in cardiac surgery: three years' experience in 1784 patients. J. Cardiothorac. Vasc. Anesth. **6**, 324–327 (1992).

11. EFSTRATIADIS, Th. u. Mitarb.: Aprotinin used in emergency coronary operation after streptokinase treatment. Ann. thorac. Surg. **52**, 1320–1321 (1991).

12. FRÄDRICH, G. u. Mitarb.: Reduction of blood transfusion requirement in open heart surgery by administration of high doses of aprotinin-preliminary results. Thorac. cardiovasc. Surg. **37**, 89–91 (1989).

13. FRITZ, H. u. G. WUNDERER: Biochemistry and applications of aprotinin, the kallikrein inhibitor from bovine organs. Arzneimittelforsch./Drug. Res. **33**, 479–494 (1983).

14. GROH, J. u. Mitarb.: Does aprotinin affect blood loss in liver transplantation? Lancet **340**, 173 (1992).

15. GROSSE, H. u. Mitarb.: The use of high dose aprotinin in liver transplantation: the influence on fibrinolysis and blood loss. Thromb. Res. **63**, 287–297 (1991).

16. HACK, G. u. Mitarb.: Aprotinin bei Operationen am offenen Herzen. Med. Welt 34, 726–731 (1983).

17. HAVEL, M. u. Mitarb.: Decreasing use of donated blood and reduction of bleeding after orthotopic heart transplantation by use of aprotinin. J. Heart Lung Transplant. **11**, 348–349 (1992).

18. HIMMELREICH, G. u. Mitarb.: Different aprotinin applications influencing hemostatic changes in orthotopic liver transplantation. Transplantation **53**, 132–136 (1992).

19. KRAUT, E., E. K. FREY u. E. WERLE: Über die Inaktivierung des Kallikrein. Hoppe-Seyler's Z. physiol. Chem. **192**, 991–1007 (1930).

20. KURZ, H.: Die Fibrinolyse beeinflussende Stoffe. In: AMMON, H. P. T. (Hrsg.): Arzneimittel Neben- und Wechselwirkungen, S. 723–730. Wissenschaftliche Verlagsges., Stuttgart 1991.

21. LAMARRA, M., A. A. AZZU u. E. N. P. KULATILAKE: Cardiopulmonary bypass in the early puerperium: possible new role for aprotinin. Ann thorac. Surg. **54**, 361–363 (1992).

22. LOTTENBERG, R. u. Mitarb.: Aprotinin inhibits urokinase but not tissue-type plasminogen activator. Thromb. Res. **49**, 549–556 (1988).

23. MALLETT, S. V. u. Mitarb.: The intra-operative use of trasylol (aprotinin) in liver transplantation. Transplant. Int. **4**, 227–230 (1991).

24. POPOV-CENIC, S. u. Mitarb.: Prophylaktische Behandlung mit Antiplasmin (Aprotinin) vor, während und nach Operationen am offenen Herzen bei Erwachsenen. Klinische Bedeutung und ein neues Behandlungskonzept, S. 211. 25. Tagung der Deutschen Arbeitsgemeinschaft für Blutgerinnungsforschung, München, 1981. Schattauer, Stuttgart-New York 1981.

25. POPOV-CENIC, S., H. J. HERTFELDER u. P. HANFLAND: Rationelle Therapie bei disseminierter intravasaler Koagulation (DIC).In: HELLSTERN, P. u. C. MAURER (Hrsg.): Neue Entwicklungen in der Transfusionsmedizin, S. 67–86. Springer, Berlin-Heidelberg 1992.

26. ROATH, O. S., R. V. MAJER u. A. G. SMITH: The use of aprotinin in thrombocytopenic patients: a preliminary evaluation. Blood Coagul. Fibrinolysis **1**, 235–237 (1990).

27. ROYSTON, D. u. Mitarb.: Effect of aprotinin on need for blood transfusion after repeat open-heart surgery. Lancet **1987/II**, 1289–1291.

28. ROYSTON, D. u. Mitarb.: Reduced blood loss following open heart surgery with aprotinin (Trasylol) is associated with an increase in intraoperative activated clotting time (ACT). J. cardiothorac. Anesth. **3**, (5 Suppl. 1) 80 (1989).

29. SCHÖNBERGER, J. P. A. M. u. Mitarb.: Low-dose aprotinin in internal mammary artery bypass operations contributes to important blood saving. Ann. thorac. Surg. **54**, 1172–1176 (1992).

30. TANZEEM, A. u. Mitarb.: Is the heparinisation during ECC under aprotinin administration adequate? Thorac. cardiovasc. Surg. **38**, Suppl. I 56/115 (1990).

31. THOMPSON, J. F. u. Mitarb.: Arotinin in peripheral vascular surgery. Lancet **335**, 911 (1990).

32. Van DOORN, C. A. Ch. MUNSCH u. J. C. COWAN: Cardiac rupture after thrombolytic therapy: the use of aprotinin to reduce blood loss after surgical repair. Br. Heart J. **67**, 504–505 (1992).

33. WÜTHRICH, B. u. Mitarb.: IgE-mediated anaphylactic reaction to aprotinin during anaestesia. Lancet **340**, 173–174 (1992).

HANNELORE BEECK und P. HELLSTERN, **Ludwigshafen**

# Anwendung des Hautdesinfektionsmittels *Mercuchrom*

*Frage: Ab welchem Alter ist der Einsatz von Mercuchrom in der Verbrennungsbehandlung bei Kindern statthaft (Frage der Quecksilberresorption)?*

*In der Verbrennungsbehandlung der täglichen Kinderarztpraxis hat sich mir die Kombination von Mercuchrom, Flammazine-Creme und Sofra-Tüll gut bewährt!*

*Ab welchem Alter kann diese Lokalbehandlung (Verbrennung an Händen, Armen, Brust und Beinen) bedenkenlos angewandt werden: auf Wunden mit Verbrennungen I. und II. Grades in mittlerer Größe, also Wunden, welche keine stationäre Behandlung erforderlich machen?*

Bei der Beantwortung ist zu berücksichtigen, daß der Quecksilbergehalt von *Mercuchrom* wesentlich reduziert wurde. Die Wirkung beruht auf 2 Molekülen Brom und einem Molekül Quecksilber, so daß grundsätzlich die Gefahr der Quecksilberresorption nach wie vor besteht. Diese Resorption wird sicher nur dann wesentlich sein, wenn es sich um großflächigere Wunden handelt, also etwa größer als eine Handfläche.

Das genaue Ausmaß der Resorption kann nicht vorhergesagt werden. Es wird besonders von Schwermetallen bei Niereninsuffizienz gewarnt. Offiziell wird vom Hersteller eine Behandlung von flächigen Wunden im Kindesalter unter 5 Jahren nicht vorgesehen. Es wird ebenfalls darauf hingewiesen, daß die Kombination von jodhaltigen Antiseptika oder Desinfizientien die Komplikationen verstärkt.

Die Frage einer Alternative ist sehr schwer zu beantworten, da alle jodhaltigen Salben und Lösungen im Kindesalter zu Jodresorptionen und entsprechenden Komplikationen der Schilddrüsenfunktionen führen. Bei großflächigen Anwendungen sind hier über massive Jodresorptionen vor allem im Kleinkindesalter vereinzelt auch Todesfälle beschrieben.

Alkoholische Lösungen wie z. B. *Sepso-Tinktur* bereiten erhebliche Schmerzen und scheiden daher für das Kindesalter im wesentlichen ebenfalls aus. *Merfen* wurde wegen des hohen Quecksilberanteils gerade aus dem Handel genommen, aber auch *Flammazine* enthält Silberverbindungen, die hierbei zusätzlich noch über den Sulfodiazinanteil zu Sulfonamidallergien und zusätzlichen Niereninsuffizienzen führen können.

Aus der eigenen Erfahrung verhalten wir uns wie folgt: *Mercuchrom* hat sich für die schnelle äußerliche Abtrocknung von Wunden bestens bewährt. Bei Operationsnarben verwenden wir, wie auch bei kleineren Schürfwunden und Verbrennungen an den Extremitäten, aus unserer freien ärztlichen Entscheidung heraus *Mercuchrom,* und wir tun dies seit vielen Jahren ohne Probleme. Großflächige Wunden wie Verbrennungen behandeln wir vorzugsweise mit *Iruxol-Salbe* und einer Gazebehandlung wie *Branolind* oder *Sofra-Tüll.* Wir wählen hierbei unsere Behandlung ohne Rücksicht auf das Alter des Kindes.

K.-L. Waag, Mannheim

## Entwicklung eines Gleithodens aus einwandfreiem Pendelhoden

*Frage: Aus zweifelsfreier Pendelhodenposition entwickelt sich zwischen U7 und U8 ein Gleithoden. Wie häufig kommen derartige Rückentwicklungen ohne Trauma oder andere Einwirkung vor? Wie ist das Risiko des Therapieversäumnisses einzuschätzen?*

Daß sich aus einem einwandfreien Pendelhoden ein Gleithoden entwickelt, ist seit den Untersuchungen von WALDSCHMIDT, Leiter der kinderchirurgischen Abteilung des Universitätsklinikums Berlin-Steglitz, bekannt. Wir empfehlen daher bei den Patienten, bei denen wir einen Pendelhoden diagnostiziert haben, die Position des Hodens jährlich zu kontrollieren.

Da unsere spermiologischen Nachuntersuchungen von »rechtzeitig« operierten Patienten und auch konservativ behandelten Kindern noch recht gering und lückenhaft sind, kann man nicht klar genug einschätzen, wie hoch das Therapieversäumnis ist. Nicht alleine der Zeitfaktor des erfolgten Deszensus ist für die spätere Fertilität von Wichtigkeit, sondern es gibt eine ganze Reihe von Faktoren, die von Bedeutung sind, wie z. B. die Beschaffenheit des Nebenhodens und seine Beziehung zum Hoden, die histologische Grundstruktur des Hodens sowie wohl auch das Volumen des Hodens.

Geht man davon aus, daß zwischen der U7 (etwa 2. Lebensjahr) und der U8 (etwa 4. Lebensjahr) 2 Jahre der Hoden an dystoper Stelle gelegen hat, so ist doch schon ein termisch bedingter Schaden am germantiven Epithel eingetreten.

W. CH. HECKER, München

## Ohranhängsel bei Neugeborenen

*Frage: Bislang habe ich Ohranhängsel bei Neugeborenen immer abgebunden. Einer meiner Kollegen ist jedoch der Meinung, daß durch das Abbinden später sehr große Narben entstehen würden. Jetzt werden die Ohranhängsel, abhängig vom jeweiligen Chirurgen, unter Vollnarkose oder örtlicher Betäubung abgetragen. Was ist nun richtig?*

Die kleinen, oft gestielten, sogenannten Ohranhängsel oder Präaurikularanhänge, die man einzeln, aber auch multipel in unmittelbarer Nähe des Tragus vorfindet, gelegentlich auch doppelseitig, enthalten fast regelmäßig Knorpelanteile, die oft bis in das Unterhautfettgewebe reichen. Diese Knorpelstücke müssen bei Exzision mitentfernt werden.

Vor dem einfachen Abbinden wird heute im allgemeinen gewarnt, nicht nur weil die Knorpelexzision nicht vollständig ist, auch sind die kosmetischen Ergebnisse unbefriedigend.

Die Exzision sollte etwa im 2. Lebenshalbjahr in Narkose erfolgen, wobei durch eine kosmetische Hautnaht dann ein einwandfreies Ergebnis erzielt werden kann.

I. JOPPICH, München

## Symptomatik eines nässenden Nabels

*Frage: Ist es möglich, eine Urachusfistel konservativ zu behandeln (z. B. durch mehrfaches Ätzen des nässenden Nabels)? Ich halte eine abwartende Haltung bei bestehender Fistel des Infektionsrisikos für den Harntrakt wegen nicht für ungefährlich. Andererseits berichten Kollegen, sie hätten viele Urachusfisteln konservativ geheilt. Diese müßten nur operiert werden, wenn sie ein bestimmtes Lumen überschritten haben.*

Bei der Symptomatik, eines nässenden Nabels ist differentialdiagnostisch zu klären, ob es sich um ein Nabelgranulom handelt oder tatsächlich um eine Urachusfistel. Das Nabelgranulom, das aufgrund des Granulationsgewebes ebenfalls näßt, ist mit konservativen Möglichkeiten, wie z. B. Höllenstein, gut behandelbar und wird im allgemeinen nach etwa 2 Sitzungen oder Ätzungen auch trocken verheilt sein.

Die Urachusfistel ist definitionsgemäß mit sezernierender Schleimhaut ausgekleidet und kann deshalb von außen nicht behandelt werden. Im Fistelkanal wird permanent Sekret abgesondert. Der Nabel kann also auch durch Ätzung von außen nicht trocken werden, und es besteht die Gefahr der Infektion und eitriger Aszedierung im Fistelkanal. Nur selten ist der Ductus urachus persistens komplett offen, so daß ein Harnwegsinfekt entstehen oder sich Harn über die Fistel entleeren könnte.

Die Therapie des Ductus urachus persistens kann daher nur operativ sein. Erst intraoperativ stellt sich die Länge des offenen Anteils wirklich dar; dieser muß komplett entfernt werden. Nicht selten kann dies komplett extraperitoneal erfolgen, so daß das Abdomen nicht eröffnet werden muß. Die Größe des Lumens ist für den Ductus urachus persistens unerheblich. Das 2–3malige Ätzen eines nässenden Nabels ohne Erfolg muß automatisch zu der Diagnose »Urachusfistel« führen.

K.-L. WAAG, Mannheim

## Anästhesie bei Kindern

*1. Frage: Ist bei Kindern vor einer Narkose die Bestimmung des CK-Wertes erforderlich?*

Nein.

*2. Frage: Welche Laboruntersuchungen sollten zur Beurteilung der Narkosefähigkeit bei Kindern durchgeführt werden?*

Im Prinzip ist präoperativ aus der Sicht des Kinderanästhesisten keine Laboruntersuchung notwendig.

V o r a u s s e t z u n g : Er führt bei der Prämedikation das Anamnesegespräch und die Untersuchung des Kindes aus dem Blickwinkel des Pädiaters durch (optimal: Anästhesiesprechstunde). Nur wenn es die Grundkrankheit (Herzfehler, Mukoviszidose, Stoffwechselerkrankungen u. a.) oder der Eingriff nach Meinung des Operateurs (im HNO-Bereich: Gerinnungsstatus) erfordern, werden gezielt Laborwerte erhoben.

»Ein gesundes Kind ist ohne Laborwerte narkosefähig.«

K. Mantel, München

## Wundversorgung in Kindergärten oder Ganztagsschulen

*Ein Kind zieht sich um 9 Uhr im Kindergarten eine Schürfwunde zu. Die Wunde wird von der Erzieherin der Gruppe mit Heftpflaster zugeklebt. Als das Kind gegen 17 Uhr abgeholt wird, empört sich die Mutter, die Wunde sei nicht korrekt versorgt und desinfiziert worden. Über den weiteren Heilverlauf der Schürfwunde liegen keine Informationen vor. Der Tetanusimpfschutz war vollständig und korrekt.*

*Rettungsorganisationen lehren in Laienkursen, daß Wunden bei Leistung der Ersten Hilfe generell nicht desinfiziert, sondern lediglich keimfrei (keimarm) abgedeckt werden sollen. Die Wunddesinfektion sei ausschließlich dem Arzt vorbehalten. Unter Hinweis auf »allergisierende und toxische Nebenwirkungen« der Hautdesinfizienzien wird diese Auffassung auch vertreten, wenn es um die Laien- oder Selbstbehandlung banaler Wunden im häuslichen Umfeld, in der Kindertagesstätte oder in der Schule geht. Das Argument der häufigen Pflasterallergie verhallt ungehört.*

*Viele Erzieherinnen in städtischen oder konfessionellen Kindergärten haben sich begrüßenswerterweise in Erster Hilfe ausbilden lassen; seither aber hält sich der Großteil exakt an die offizielle Vorschrift und lehnt jede Hautdesinfektion ab.*

*Nach meinem Dafürhalten ist die Situation im alltäglichen Umfeld der Kinder der in der allgemeinen Unfallhilfe nur bedingt vergleichbar. Eltern bzw. Erzieher kennen das Kind und beaufsichtigen es kontinuierlich; nicht selten haben sie das Unfallereignis selbst mit angesehen. Der Arzt wird wegen einer Bagatellverletzung meist nicht aufgesucht. Bei der Kindertagesstätte besteht außerdem zwischen den Eltern und der Einrichtung ein Aufbewahrungs- und Betreuungsvertrag. Dem-*

gegenüber kennt der Ersthelfer weder das Opfer noch hat er in der Regel den Vorgang beobachtet. Die Verletzung ist meist viel schwieriger zu beurteilen; aus medizinischen und aus juristischen Gründen ist das Konsultieren des Arztes meistens unumgänglich.

*1. Frage: Wie wahrscheinlich ist die Entstehung einer Wundinfektion, wie wahrscheinlich die des Auftretens einer Desinfektionsmittelallergie?*

Bei oberflächlichen Schürfwunden ist eine Wundinfektion sehr unwahrscheinlich. Solch eine Wunde muß gegebenenfalls von Verunreinigungen (z. B. Sand) gereinigt werden. Dies macht man am besten mit einem nassen, sauberen Lappen oder unter fließendem Wasser. Anschließend tupft man die Wunde und die umgebende Haut vorsichtig mit z. B. Zellstofftüchern trocken. Man kann die Wunde nun offenlassen oder mit einem Pflaster abdecken. Eine Wunddesinfektion jedenfalls ist nicht erforderlich. Ob es zu einer Allergisierung durch eine etwaige Desinfektion kommt, hängt natürlich vom verwendeten Antiseptikum und der Person ab, die damit behandelt wird. Deshalb läßt sich auch dazu keine Aussage machen.

*2. Frage: Soll grundsätzlich überhaupt eine Hautdesinfektion banaler Wunden erfolgen? Wenn ja, welcher Desinfizienzientyp ist am ehesten geeignet?*

Eine Wunddesinfektion banaler Zufallswunden ist nicht indiziert. Möchte man aber eine antiseptische Wundversorgung vornehmen, sollte man beispielsweise PVP-Jodverbindungen oder Chlorhexidinlösungen verwenden. Auf keinen Fall sollen heute noch Quecksilberverbindungen oder quaternäre Ammoniumverbindungen zur Desinfektion benutzt werden. Sie haben antimikrobielle Wirkungslücken und sind potentiell toxisch.

*3. Frage: Ist der Verzicht auf eine Hautdesinfektion in der Situation der (zum Teil Ganztages-) Kindertagesstätte oder Schule vertretbar? Gehört in die Erste-Hilfe-Ausrüstung der Einrichtung noch eine Flasche mit Desinfektionsmittel?*

Auf eine Wunddesinfektion kann in der Situation der Kindertagesstätte oder Ganztagsschule verzichtet werden, und zur Erste-Hilfe-Ausrüstung gehört auch keine Flasche mit einem Wunddesinfizienz. Kompliziertere Wunden, bei denen eine antiseptische Wundbehandlung u. U. angezeigt ist, müssen so bald wie möglich von einem Arzt behandelt werden.

INES KAPPSTEIN, Freiburg im Breisgau

# Verschiedenes

## VACTERL-Assoziation

*Frage: Gibt es Untersuchungen darüber, welche Ursachen für die Entstehung eines VACTERL-Syndroms verantwortlich sind?*

Die Diagnose einer VACTERL-Assoziation wird gestellt, wenn mindestens 3 der 5 folgenden Zeichen vorliegen: Wirbelkörperanomalie, Analatresie, Ösophagusatresie, Nierendysplasie und Extremitätenfehlbildung (meist Radius-a/hypoplasie).

Die VACTERL-Assoziation ist vermutlich kein eigenes Krankheitsbild im Sinne eines umschriebenen pathomorphologischen Produkts, sondern ein statistisches Konstrukt: eine statistisch überzufällige Kombination von Einzelveränderungen. Diese überzufällige Häufung kommt zustande, weil verschiedene Syndrome und Sequenzen jeweils ähnliche Kombinationen von Einzeldefekten haben, d. h. einander überlappen. Im Kern der Überlappung schält sich eine statistische Häufung heraus: die VACTERL-Assoziation.

Zu den umschriebenen Syndromen mit VACTERL-Symptomen gehören die Trisomien 13 und 18, das HOLT-ORAM- und MECKEL-Syndrom, zu den entsprechenden Sequenzen die kaudale Regression, Sirenomelie und die hemifaziale Mikrosomie. Diesen und vermutlich anderen Störungen liegen jeweils andere monogene und chromosomale Faktoren zugrunde. Umweltfaktoren wie Thalidomid oder mütterlicher Diabetes können ebenfalls VACTERL-Veränderungen hervorrufen.

Um auszudrücken, daß es sich eher um ein statistisches als um ein biologisches Phänomen handelt, zieht man den Begriff der »Assoziation« dem des »Syndroms« vor.

J. SPRANGER, Mainz

# Babyschwimmen (Eltern-Kind-Gymnastik im Wasser)

*Frage: Säuglingsschwimmen wird mancherorts aggressiv propagiert und durchgeführt. Vor Unterrichtsbeginn sollen die Eltern eine Unbedenklichkeitsbescheinigung vom Kinderarzt einholen. Mir fällt es schwer, ein Attest auszustellen, da ich eher negative als positive Auswirkungen sehe. Wie ist die wissenschaftliche Meinung zu diesem Problem?*

**1.** Zunehmend häufiger werden bereits sehr junge Kinder von den Eltern zum sog. »Babyschwimmen« in ein Schwimmbad mitgenommen. Erfreulicherweise wird der Arzt oft in die Entscheidung der Eltern einbezogen. Die Stellungnahme des Deutschen Sportärztebundes soll dem Kollegen dazu Hilfen geben.

Der Begriff »Babyschwimmen« ist grundsätzlich **falsch**. Vielmehr handelt es sich um eine spezielle Form der **Eltern-Kind-Gymnastik** in dem Medium Wasser. Leider hat sich der Begriff »Babyschwimmen« in der Umgangssprache unausrottbar etabliert und wird daher zum besseren Verständnis auch hier benutzt.

**2.** In den 70er Jahren wurden unter dem Schlagwort »Babyschwimmen« Übungen mit sehr jungen Säuglingen im Wasser durchgeführt, die ohne Zweifel für den Säugling gefährdende Momente enthielten und zudem für seine Entwicklung ohne größeren Nutzen waren. U. a. interpretierte man reflektorische, schlängelnde Körperbewegungen als spontan beginnende Schwimmbewegungen (10). Mit »Tauchübungen« sollten zudem Wassergewöhnung und Wassersicherheit erzielt werden (4). Man verwies darauf, daß das Ungeborene in einem flüssigen Milieu aufwachse und ein früher intensiver Wasserkontakt demnach physiologisch sei.

Zwischenzeitlich hat sich die Einstellung grundlegend gewandelt (u. a. 12). Heute wird im »Babyschwimmen« nur noch eine spezielle Form der Eltern-Kind-Gymnastik im Medium Wasser gesehen. Keinesfalls werden »Schwimmfähigkeiten« erlernt und gelehrt(3). Bedingt durch die frühe Wassergewöhnung kann man im »Babyschwimmen« jedoch auch eine frühe Zwischenstation auf dem Weg zum Schwimmenlernen in einem späteren Alter sehen. Erst beim Kleinkind können, entsprechend seinem Entwicklungsstand, motorische Fertigkeiten mit dem Ziel gefördert werden, frühzeitig ein technisch richtiges Schwimmen zu lernen. In den meisten Institutionen wird das von FIRMIN (6) bzw. BAUERMEISTER (1) angeregte Einteilungsschema benutzt:

I. Babyschwimmen = Mutter-Kind-Gymnastik: 4.–12. Lebensmonat, 13.–18. Lebensmonat.

II. Kleinkinderschwimmen: 15. Lebensmonat bis 3½ Jahre.

III. Vorschulkinderschwimmen = technisiertes Schwimmen: 3½–6 Jahre.

In der Deutschen Lebensrettung Gesellschaft (DLRG) wird die Gruppe III als Kleinkinderschwimmen bezeichnet und die Kinder gleichfalls an das technisierte Schwimmen herangeführt.

**3.** Voraussetzungen des **Kindes**: Grundsätzlich können alle infektfreien Kinder am »Babyschwimmen« teilnehmen. Sie sollen eine altersgerecht neurologische Entwicklung haben, d. h. beim jungen Säugling (Gruppe I) müssen der Schluck-, Hust- und Niesreflex vorhanden sein, das Kind muß den Kopf heben und halten können. Die empfohlenen Impfungen sollten durchgeführt sein. Die Atmung, besonders die Nasenatmung, muß zum Zeitpunkt des Wasserganges frei sein.

**4. Voraussetzungen des Wassers:**
Wasserqualität: In der Bundesrepublik Deutschland wird die Aufbereitung und Desinfektion von Schwimmbadwasser gemäß DIN 19643 vorgeschrieben. Danach muß das Beckenwasser Trinkwasserqualität haben. Die Einhaltung der DIN-Norm wird mit monatlichen Kontrollen durch das Gesundheitsamt überwacht. Gefordert werden vor allem Keimfreiheit, Chlorüberschuß und pH-Einhaltung. Außerdem wird die gesamte Filtertechnik vorgeschrieben.

Wassertemperatur: Im Wasser erfolgt der Wärmeverlust überwiegend durch Konvektion. Gerade beim Säugling und Kleinkind ist der Oberflächenvolumenquotient deutlich größer als beim Erwachsenen, d. h. die Körperoberfläche ist größer als der wärmeproduzierende Körperkern (2). Um die Körpertemperatur zu halten, ist bereits außerhalb des Wassers die untere Grenze des Regelkreises zu höheren Temperaturen verschoben. Daraus ergeben sich als sog. Neutraltemperaturen für das Wasser für Kinder bis zu 3 Jahren eine Wassertemperatur von 33° und bis zu 6 Jahren von 31,5° bei einer Aufenthaltsdauer von 20 Minuten.

**5. Gefahren** für den Säugling: Auf die Risiken des »Babyschwimmens« ist KLIMT (8) ausführlich eingegangen.

Wasserintoxikation: Das Neugeborene und der junge Säugling besitzen einen Atemschutzreflex, der fälschlicherweise auch als »Tauchreflex« bezeichnet wird und damit impliziert, daß ein Säugling gefahrlos tauchen kann. Dieser Reflex verliert sich im 3.–6. Lebensmonat. Unabhängig von diesem Reflex kann der Säugling jedoch reichlich Wasser schlucken, was zu einer Wasserintoxikation mit Elektrolytentgleisung führen kann (11).

Infektionen, speziell des Nasen-Rachen-Raumes: Bei konsequenter Einhaltung der DIN-Vorschriften ist der Gehalt pathogener Keime erheblich reduziert und liegt im Bereich des Trinkwassers. Infektionen durch direkte Keimeinwirkungen sind daher unwahrscheinlich. Ganz ohne Zweifel wird diese Aussage aber nicht prinzipiell für alle Anlagen gültig sein und ist u. a. auch eine Frage der Filterausrüstung. Wichtig ist der Hinweis, daß durch die Chlorierung nur die bakterielle Situation beeinflußt wird, nicht jedoch die virale Durchseuchung. Enterovirale Infektionen sind daher unverändert möglich (7).

Sog. Erkältungen treten selten auf, wenn Unterkühlung (u. a. durch zu langen Wasseraufenthalt, zu niedrige Wassertemperatur, zu niedrige Umgebungstemperatur), ungenügendes Abtrocknen und unzureichendes Aufwärmen nach dem Wassergang vermieden werden. Vergleiche mit älteren Schwimmern (beispielsweise Sinusitiden!) sind falsch.

**6. Vorteile:** Ein enger Eltern-Kind-Kontakt fördert die Entwicklung des Säuglings (9). Dabei ist die Tragkraft des Wassers für die Bewegungen des Kindes von Vorteil. Berichte über Entwicklungsfortschritte, die denen anderer intensiver Eltern-Kind-Kontakte vergleichbar sind, liegen vor (u. a. 5).

**7. Babyschwimmen in offenen Gewässern:** Nur in gekennzeichneten Badestränden wird der Keimgehalt der Gewässer regelmäßig kontrolliert. Die Wasserqualität kann aber auch dann auf keinen Fall mit der der Hallenbäder verglichen werden. Außerdem wird in unserem Klima nie eine für das Babyschwimmen erforderliche Wassertemperatur erreicht. Allein schon aus diesen Gründen ist das Babyschwimmen in offenen Gewässern auf keinen Fall zu empfehlen.

**8. Empfehlungen** des Deutschen Sportärztebundes: Das sog. »Babyschwimmen« ist eine besondere Form der Eltern-Kind-Gymnastik. Sie unterstützt durch das Medium Wasser Bewegungsabläufe und vermittelt eine besondere Form der Hautreize. Wassergewöhnung im frühen Alter ist sinnvoll, sie ersetzt aber keinesfalls das technisierte Schwimmen zum geeigneten Zeitpunkt. »Babyschwimmen« soll nur in hierfür zugelassenen und regelmäßig überprüften Institutionen stattfinden. Dadurch kann u. a. das Risiko von Infektionen reduziert werden. Die Eltern müssen sich dementsprechend vorher erkundigen, evtl. beim Gesundheitsamt. Von großem Wert ist die Gymnastik im Wasser für körperbehinderte Kinder, besonders für Säuglinge mit einer Spastik. Wie bei anderen Formen der Säuglingsgymnastik ist der Eltern-Kind-Kontakt von entscheidender Bedeutung.

Literatur

1. BAUERMEISTER, H.: In der Badewanne fängt es an. Copress, München 1984.
2. BRÜCK, K.: Wärmehaushalt und Temperaturregulation. In: SCHMIDT, R. F. u. G. THEWS (Hrsg.): Physiologie des Menschen. Springer, Berlin-Heidelberg-New York 1976.
3. Committee on Pediatrics Aspects of Physical Fitness, Recreation and Sports: Swimming Instructions for Infants. Pediatrics **65**, 847 (1980).
4. CHEREK, R.: Babyschwimmen als Entwicklungsanregung bei unbehinderten und behinderten Kindern. Motorik **4**, 150 (1981).
5. DIEM, L.: Babyschwimmen fördert Selbständigkeit. Der informierte Arzt **12**, 38 (1980).
6. FIRMIN, F.: Säuglingsschwimmen. Schweiz. Z. Sportmed. **31**, 27 (1983).
7. KESWICK, B. H., C. P. GERBA u. S. M. GOYAL: Occurence of enterovirus in communitiy swimming pools. Am. J. publ. Health **71**, 1026 (1981).
8. KLIMT, F.: Zur Problematik des Baby-Schwimmens. der kinderarzt **21**, 1466 (1990).
9. KNAPP, A.: Schwimmtherapie oder psychophysiologische Förderung durch Wasserbewegung. Prax. Psychomot. **9**, 57 (1984).
10. MAYERHOFER, A.: Schwimmbewegungen bei Säuglingen. Arch. Kinderheilk. **16**, 137 (1953).
11. PHILLIPS, K. S.: Swimming and Water intoxikation in infants. Can. med. Ass. J. **136**, 1147 (1987).
12. SPECHT, N.: Kleinstkinderschwimmen, Erfahrungen und Voraussetzungen. Arch. Badewes. **23**, 57 (1970).

B.-K. JÜNGST, Mainz

# Kontrolle der korrekten Lage einer Venenverweilkanüle

*Frage: Wie oft muß die korrekte Lage einer Infusionskanüle kontrolliert werden?*

Die korrekte Lage einer peripheren Venenverweilkanüle sollte grundsätzlich bei jeder pflegerischen Verrichtung am Patienten kontrolliert werden. Die Gefahr einer Thrombophlebitis hängt wesentlich von der infundierten Lösung ab. Hyperosmolare oder stark saure bzw. alkalische Infusionszusätze erhöhen das Risiko, besonders, wenn in sehr kleine Venen infundiert wird. Hier sind häufigere Lagekontrollen zu empfehlen, ebenso wie bei großen infundierten Volumina. Vor jeder Injektion eines Medikamentes über eine liegende Verweilkanüle muß eine Thrombophlebitis ausgeschlossen werden. Von jeglichen Verbänden, die die Punktionsstelle verdecken, ist unbedingt abzuraten.

J. PETERS, München

## Müssen die Patienten für Routineblutuntersuchungen nüchtern sein?

*Frage: Routineblutuntersuchungen: Müssen die Patienten nüchtern sein (gilt nicht für Bestimmung von Harnsäure, Blutfetten u. a.)? Bei uns müssen alle Patienten nüchtern bleiben, was bei Diabetikern, die ihr Insulin schon erhalten haben, nicht selten Komplikationen verursacht.*

Im Idealfall sollte der Patient 12 Stunden vor der Blutentnahme nüchtern sein und diese zwischen 7 und 8 Uhr morgens erfolgen. Vor der Blutentnahme sollte der Patient mindestens 10 Minuten liegen, egal ob die Entnahme in liegender oder sitzender Körperhaltung erfolgt. Für Verlaufsbeurteilungen, z. B. von Tag zu Tag, müssen Entnahmezeitpunkt und Körperhaltung beibehalten werden.

Nüchternserum ist erforderlich,

1. wenn Störungen des Fettstoffwechsels vermutet werden, da besonders der Triglyzeridwert nahrungsabhängig ist; auch für die Bestimmung von HDL- und LDL-Cholesterin bzw. der Apolipoproteine sollte der Patient nüchtern sein;

2. wenn Kohlenhydratstoffwechselstörungen vermutet werden, z. B. Diabetes mellitus, da der Glukosewert schon Minuten nach der Nahrungsaufnahme ansteigen kann.

Nahrungsaufnahme 12 Stunden bis Minuten vor der Blutentnahme kann als Einflußgröße die Konzentration eines Blutbestandteils selbst verändern, z. B. Glukose und Triglyzeride oder in Form der Hyperlipoproteinämie ein Störfaktor von Laboruntersuchungen sein, etwa zu hoher Hb-Wert bei stärkerer Hypertriglyzeridämie.

Ein normales kontinentales Frühstück bewirkt mit Ausnahme der Glukose und Triglyzeride keine wesentlichen Konzentrationsanstiege von Blutbestandteilen. Fasten vor der Cholesterinbestimmung ist nicht erforderlich, da Cholesterin, akute Nahrungseinflüsse betreffend, relativ stabil ist. Ein gutes Mittagessen führt zum zusätzlichen Anstieg von Harnsäure, Cholesterin, Gesamteiweiß, Eisen, Phosphor, Bilirubin und der AP, letzteres besonders bei Personen der Blutgruppe 0 Lewis-positiv. Der Anstieg von Eisen und Phosphor ist durch lipämiebedingte Trübungen verursacht, die eine Störung der Analytik bewirken.

Die Triglyzeridkonzentration verdoppelt sich nahezu im Verlaufe des Tages und erreicht ihren Maximalwert am Spätnachmittag, also Stunden nach der Mittagsmahlzeit. Bei fetthaltiger Abendmahlzeit können am Morgen die Nüchternwerte noch nicht erreicht sein. Alkohol am Abend kann die Triglyzeridwerte am nächsten Morgen verdoppeln.

Hyperlipoproteinämie, vorwiegend bei Triglyzeridwerten über 500 mg/dl (trübes Serum), bewirkt als Störfaktor

1. eine Verminderung der Elektrolyte über einen Verdrängungseffekt durch die Lipoproteinpartikel;

2. die Störung der photometrischen Messung von Enzymen und Substraten, meist in Richtung eines falsch niedrigen oder nicht meßbaren Ergebnisses;

3. an Blutzellzählgeräten ein unplausibles Blutbild, Hb-Wert und MCHC-Wert zu hoch, Hämatokrit zu niedrig;

4. unplausible Ergebnisse bei Immunoassays zur Bestimmung von Hormonen, Tumormarkern, Plasmaproteinen und infektionsserologischen Antikörpern durch Störung der Trennverfahren.

Zusammenfassend: Der Patient muß zur Blutentnahme grundsätzlich nicht immer nüchtern sein. Wichtig sind die klinische Fragestellung und die Zusammensetzung und die Menge der aufgenommenen Mahlzeit. Ein gewöhnliches Krankenhausfrühstück führt, abgesehen vom Glukose- und Triglyzeridwert, nicht zu wesentlichen diagnostisch bedeutsamen Abweichungen von Laborwerten gegenüber dem Nüchternzustand.

L. THOMAS, Frankfurt am Main

## Schlange als Attribut des Äskulap

*Frage: Welche Bedeutung hat die Schlange im Zeichen des Äskulap? Ist es überhaupt eine Schlange? Gibt es unterschiedliche Interpretationen?*

Seit dem späten 6. Jhdt. v. Chr. sind Kultstätten des griechischen Heilgottes ASKLEPIOS (römische Namensform: AESCULAPIUS) in Griechenland nachweisbar. Diese Heiligtümer, die bis in die Spätantike bestanden, waren Heil- und Kultstätten zugleich, zu denen Genesung Suchende kamen.

Dargestellt wurde ASKLEPIOS seit dem 4. Jhdt. v. Chr. häufig als reifer, bärtiger Mann, dem verschiedene Attribute, darunter die Schlange, beigegeben waren. Die Schlange ringelt sich um den Stab, auf den sich ASKLEPIOS stützt (Vorbild für den modernen »Äskulapstab«), sie befindet sich auch gelegentlich unter oder neben dem Stuhl des Heilgottes, wird von seiner Tochter HYGIEIA gefüttert etc. In Tochtergründungen, die von Epidauros ausgingen, gelangte ASKLEPIOS in Form einer Schlange.

Im Heiligtum von Epidauros wurden zahme ungiftige Schlangen (und andere Tiere) gehalten, die auch in den Heilungen der Kranken gelegentlich auftauchen.

Warum die Schlange (griech.: ophis bzw. drakon) dem Heilgott zugeordnet war, darüber waren die antiken Beobachter uneins: die Schlange wurde mit dem Mythos der Gottheit verbunden, d. h. sie sollte in seinem Leben eine Rolle gespielt haben; andere deuteten sie symbolisch, als Zeichen der Verjüngung: so wie die Schlange ihre alte Haut abstreift, bringt ASKLEPIOS Heil. Die zahme, milde Schlange sollte weiterhin die Milde des ASKLEPIOS verkörpern. Die Schlange galt als scharfsichtig und wachsam, Eigenarten, die ein Arzt benötigt. Schließlich symbolisierte die Schlange auch Heilkraft, wurden doch Pharmaka aus Schlangenfleisch hergestellt.

Moderne Deutungsversuche berücksichtigen diese antiken Anschauungen, ohne eine endgültige Interpretation wagen zu können. Eine These sieht in der Schlange ein relativ spätes, für die Ausformung des Kultes durch Epidauros spezifisches Attribut. Eine andere These wertet die Schlange als Zeichen für den chthonischen (erdverbundenen) Charakter des ASKLEPIOS, der aus einem tiergestaltigen Erddämon hervorgegangen sei. Die Frage ist nicht entschieden.

Literatur

1. EDELSTEIN, E. J. u. L. EDELSTEIN: Asclepius. A Collection and Interpretation of the Testimonies. Bd. I und II. Johns Hopkins Press, Baltimore 1945.
2. KRUG, A.: Heilkunst und Heilkult. Medizin in der Antike. Beck, München 1985.
3. SCHNALKE, Th. u. C. SELHEIM: Asklepios. Heilgott und Heilkult. Katalog der Ausstellung des Instituts für Geschichte der Medizin der Universität Erlangen-Nürnberg, Erlangen 1990.

K.-H. LEVEN, Freiburg im Breisgau

# Risiken von Sonnenbank, Sauna und Hyperthermie während der Schwangerschaft

*Frage: Gibt es bekannte Risiken für die Schwangerschaft durch die Bestrahlung bei Sonnenbankanwendungen?*

Bislang gibt es keine wissenschaftlichen Arbeiten zu den Risiken von Sonnenbankanwendungen während der Schwangerschaft. Grundsätzlich wären jedoch ein unmittelbarer teratogener Effekt durch die ultraviolette (UV-) Strahlung und eine Fruchtschädigung infolge der evtl. auftretenden Hyperthermie zu diskutieren.

### UV-Strahlung

Ultraviolettes Licht besteht aus energiereicher elektromagnetischer Strahlung mit Frequenzen von $7{,}5 \times 10^{14}$ bis $3 \times 10^{15}$ Hz. Nach der biologischen Wirksamkeit erfolgt eine Differenzierung in UV-A- (315–400 nm), UV-B- (280–315 nm) und UV-C-Strahlung (100–280 nm).

Während UV-A-Licht die Dunkelfärbung (Bräunungsstrahlen) von UV-B-induzierten Pigmentkörperchen bewirkt und UV-B-Licht die Melanozyten stimuliert, zur Photosynthese von Vitamin D beiträgt sowie ein entzündliches Erythem verursachen kann, kann UV-C-Strahlung u. a. zur Lichtkonjunktivitis und zu Störungen der Hautbakterienflora führen. Diese Komponente wird normalerweise bereits in der Atmosphäre absorbiert und findet in Sonnenbänken (UV-A-Strahler) keine Anwendung.

UV-Licht führt hauptsächlich an der bestrahlten Hautoberfläche zu Veränderungen, die wiederum dosisabhängig sind, d. h. mit der Lichtintensität und der Expositionsdauer korrelieren. Auch bei starker Insolation wird meist lediglich ein Erythem (»Sonnenbrand«) beobachtet, während ein nachweisbarer Effekt in tieferen Gewebeschichten ausbleibt. Erst nach jahre- bis jahrzehntelanger Exposition kann es zu gravierenden Veränderungen des Integumentes bis zur malignen Entartung kommen.

In einer prospektiven Untersuchung (GNIRS u. Mitarb. 1987) wurden mit Hilfe einer speziellen Photoelektrode bei schwangeren Patientinnen im 2. Trimenon intrauterine Lichtmessungen nach Applikation sehr hoher Lichtintensitäten ($25 \times 10^6$ Lux/$10^{-3}$ Sek.) durchgeführt. Das Licht wurde beim Durchtritt durch die mütterliche Bauchdecke und die Abdominalorgane nahezu vollständig absorbiert. Selbst bei einer länger andauernden Exposition ist für das UV-Licht ein teratogener Effekt äußerst unwahrscheinlich, wobei für Sonnenbankanwendungen keine längere Verweildauer als bei einem »normalen« Sonnenbad angenommen werden muß.

### Hyperthermie

Es ist bekannt, daß beim Menschen im 1. Trimenon eine Erhöhung der Körperkerntemperatur auf mehr als 38,9°C bzw. im Tierexperiment ein Anstieg der Kerntemperatur um $\geq 2{,}5°C$ zu embryonalen Strukturanomalien oder zum Absterben der Frucht führen kann. Die kongenitalen Fehlbildungen betreffen hier vor allem ZNS-Defekte wie Enzephalocele oder Anenzephalie sowie Mikrophthalmie, Gesichtshypoplasie, Bauchwanddefekte und Anomalien der distalen Extremitäten (WEITZEL 1987; BRENT u. Mitarb. 1991; UPFOLD u. Mitarb. 1991). Daneben wurden gehäuft neonatale Krampfanfälle und eine mentale Retardierung beobachtet, sofern für mehr als 24 Stunden eine Körpertemperatur von $\geq 40°C$ bestand (CORDERO 1990). Andererseits war die Fehlbildungsrate bei 60 000 finnischen Schwangeren, die regelmäßig auch während der embryonalen Organogenese einer saunabedingten (kurzfristigeren) Hyperthermie ausgesetzt waren, nicht erhöht (SAXEN u. Mitarb. 1982).

Sonnenbankanwendungen, Saunabesuche, Hochleistungstraining, aber auch febrile Infekte können die Körperkerntemperatur der Schwangeren erhöhen. Dabei steigt das Risiko einer Hyperthermie nach bisherigem Kenntnisstand mit zunehmender Expositionsdauer an.

Nach neueren Veröffentlichungen (BRENT u. Mitarb. 1991) ist mit keinem erhöhten embryo-fetalen Risiko zu rechnen, sofern die Temperatur des Körperkerns nicht 38,9°C übersteigt.

Aufgrund physiologischer Adaptationsprozesse infolge der Schwangerschaft (erniedrigte Ruhetemperatur, Zunahme der Körpermasse, erhöhte venöse Kapazität, Schweißproduktion) ist die thermische Belastung des Embryos bei exogenen Einflüssen oder physischem Training gegenüber der maternalen Belastung deutlich reduziert (CLAPP 1991).

Da bei Sonnenbankanwendungen im Gegensatz zu Saunabesuchen weder extreme Umgebungstemperaturen noch eine erhöhte Luftfeuchtigkeit mit der Gefahr eines Hitzestaus durch verminderte Wärmeabgabe bestehen, erscheint das Risiko für die Schwangerschaft gering. Selbst bei Saunaanwendungen wird gewöhnlich eine Körpertemperatur von 38,9°c bei einer Außentemperatur von bis zu 89°C (!) nicht überschritten (SMITH u. Mitarb. 1978; LIPSON u. Mitarb. 1985). Es ist anzunehmen, daß vor Erreichen dieser kritischen Temperatur u. a. auch lokale Hautreizungen entstehen würden. Außerdem kommt es bei Schwangeren bereits infolge dieses Temperaturanstieges zu deutlichen Mißempfindungen (SEDGWICK-HARVEY u. Mitarb. 1981). Bei Sonnenbankanwendungen sind hierfür jedoch lange Expositionszeiten notwendig.

Analog zu den Empfehlungen für Saunabesuche während der Schwangerschaft sind Sonnenbankanwendungen von bis zu 15 Minuten nach derzeitiger Kenntnis auch im 1. Trimenon gefahrlos.

Literatur bei den Verfassern.

J. GNIRS, K. T. M. SCHNEIDER
und H. GRAEFF, München

# »Indische Brücke«

*Frage: Wie gefährlich für das zu erwartende Kind sind die Versuche zur aktiven Wendung des Fetus bei einer Erstgravida mit Beckenendlage etwa ab der 30. SSW durch die sog. »indische Brücke« oder auch durch Beckenhochlagerung?*

*Gibt es Erfahrungen zum Problem der Nabelschnurkomplikation?*

Mit der Anwendung der »indischen Brücke« habe ich keine Erfahrung.

BAYER hat über eine schonende und erfolgreiche Maßnahme zur Wendung von Beckenendlagen und Schädellagen berichtet (1). Durch eine besondere mütterliche Lagerungsübung soll sich der Fetus spontan von der Beckenendlage in die Schädellage drehen.

Nun wissen wir, daß sich ab der 32. Woche die Lage des Kindes bei den meisten Schwangerschaften nicht mehr ändert, daß aber dennoch Änderungen aus Beckenendlage in Schädellage auch bei Erstgebärenden bis zum Blasensprung möglich sind. Es ließe sich daher nur anhand größerer Beobachtungskollektive wirklich feststellen, ob das zweimal tägliche Hochlagern des Beckens bei gleichzeitiger Hyperlordose der Lendenwirbelsäule tatsächlich eine häufigere spontane Wendung des Fetus in Schädellage ermöglicht. BOOS, HENDRIK und SCHMIDT (2) haben jedenfalls ungefähr gleich große Zahlen in 2 Kollektiven mit und ohne »indische Brücke« gefunden.

Da – wie ich glaube und auch anhand der Literatur bestätigt wurde – diese gymnastische Maßnahme jedoch eine Schädigung des Fetus nicht erwarten läßt, ist die Anwendung dieser passiven Brücken zumindest nicht abzulehnen. Das sollte aber nichts daran ändern, daß mit der Schwangeren rechtzeitig über die Vorgangsweise der Entbindung bei einer persistierten Beckenendlage gesprochen wird.

Literatur

1. BAYER, R.: Eine schonende und erfolgreiche Maßnahme zur Wendung von Beckenendlage und Schädellagen: Die passive Brücke. Geburtsh. Frauenheilk. **40**, 692 (1980).
2. BOOS, R., J. H. HENDRIK u. W. SCHMIDT: Das fetale Lageverhalten in der zweiten Schwangerschaftshälfte. Geburten aus Beckenendlage und Schädellage. Geburtsh. Frauenheilk. **47**, 341 (1987).
3. DUNG, P., R. HUCH u. A. HUCH: Ist die »indische Wendung« eine erfolgreiche Methode zur Senkung der Beckenendlagenfrequenz? Geburtsh. Frauenheilk. **47**, 202 (1987).

K. BAUMGARTEN, Wien

# Mundgeruch

*Frage: Mundgeruch ist ein häufiger Beratungsanlaß in der täglichen Praxis. Gibt es aktuelle, schlüssige Untersuchungsergebnisse hierzu? Welches Vorgehen hat sich bewährt? Was ist zu tun, wenn kein »passender« Befund eruiert werden kann?*

*Lassen sich Inzidenz und Prävalenz der Häufigkeit nach bestimmten Gesundheitsstörungen zuordnen? Gibt es für Ursachen, die über den Verdauungstrakt hinausreichen, Belege?*

Zur Frage »Mundgeruch ohne Ursache im Verdauungstrakt« habe ich in der Literatur keine Belege für Inzidenz und Prävalenz gefunden. Selbst ein so hervorragendes Standardwerk wie der »Atlas der Erkrankungen der Mundschleimhaut« von J. J. PINDBORG bringt nichts unter diesem Stichwort. Auch im neuesten Handbuch der Hals-Nasen-Ohrenheilkunde finden sich für diesen Begriff keine wissenschaftlichen Fakten. Ich kann also nur aus eigener Erfahrung berichten, allerdings auch nicht quantitativ.

Unter den oralen Ursachen liegen mangelnde Zahnhygiene bei sanierungsbedürftigem Gebiß in der Häufigkeit an 1. Stelle. Trotz guter Zahnpflege sind Parodontopathien und nicht säuberbare Zahnfleischtaschen Ursachen für Mundgeruch, den der Patient nur durch zahnärztliche Hilfe beseitigen lassen kann.

Den Gaumentonsillen wird viel zu oft der schwarze Peter für den Mundgeruch zugeschoben. Gewiß kann sich auflösender und bakteriendurchsetzter Zelldetritus aus den Krypten auch riechen, wird aber meist mit der Nahrungsaufnahme in den Magen transportiert. Eine Tonsillektomie wegen Mundgeruchs mit stark zerklüfteten Tonsillen indiziere ich äußerst selten und erst nach Ausschluß aller anderen Ursachen.

Starker Mundgeruch tritt auf bei Malignombefall der Mundhöhle, wobei hierbei schwer zu entscheiden ist, ob er durch bestimmte Pilze oder saprophytäre Bakterien oder beides hervorgerufen wird. Bei hochdosierter Cortisonbehandlung und unter einer Bestrahlung entwickelt sich in der Regel eine Candidiasis, die ebenfalls durch einen bestimmten Mundgeruch zu erkennen ist. Auch bei Diabetikern (ohne Candidiasis) finde ich häufiger Mundgeruch als bei Nichtdiabetikern.

*Diagnostisch steht aus meiner Sicht also die sorgfältige Untersuchung der Mundhöhle und des Hypopharynx an 1. Stelle.*

Die Therapie hat sich auf das Grundleiden zu konzentrieren. Zahnsanierung, Behandlung von Veränderungen des Verdauungstraktes, Diabetestherapie etc.). Bei großen übelriechenden ulzerierenden Malignomen der Mundhöhle appliziere ich feinen Puderzucker (unter stationären Bedingungen stündlich am Tag) in die Ulzera, so daß durch Hyperosmose im Wundbett ein Großteil der fötiden Keime zerstört wird.

W. PIRSIG, Ulm

## Pyoktanin: Verdacht der Kanzerogenität

*Frage: Pyoktanin ist in den Verdacht der Kanzerogenität geraten. In pädiat. prax. 41, 356–357 (1990/91) berichten Sie darüber. Gibt es weitere Erkenntnisse hierzu?*

Trotz der seit Jahrzehnten üblichen Anwendung von Pyoktanin, überwiegend in der Dermatotherapie, wurde bisher nie eine kanzerogene Wirkung am Menschen beobachtet. Die Frage speziell nach der Kanzerogenität des Pyoktanins und weiterer gebräuchlicher **Triphenylmethanfarbstoffe** wie Fuchsin, Brillantgrün und Gentianaviolett ist nach wie vor nur schwer eindeutig zu beantworten.

Die Ergebnisse aus Tierversuchen können nicht direkt auf den Menschen übertragen werden. Aber da offensichtlich keine Krebserkrankungen beim Menschen trotz jahrzehntelangen Gebrauches vorliegen, dürfte die kanzerogene Potenz von Pyoktanin für den Menschen nicht besonders ausgeprägt sein.

Bei einer Benefit-Risk-Bewertung muß die Anwendung von Pyoktanin und weiterer Triphenylmethanfarbstoffe unter diesen Gesichtspunkten gegenüber den therapeutischen Alternativen abgewogen werden.

Literatur

1. BERTRAM, B.: Toxikologische Bewertung einiger in der Dermatologie verwendeter Wirkstoffe. Dermatosen **40**, 51–55 (1992).
2. DRINKWATER, P.: Gentian Violet – Is It Safe? Aust. N. Z. J. Obstet. Gynaec. **30**, 65–66 (1990).
3. NIEDNER, R. u. A. PFISTER-WARTHA: Farbstoffe in der Dermatologie. Akt. Dermatol. **16**, 255–261 (1990).

REGINA RUSSWURM, Frankfurt am Main

## Anwendung von Morphinlösungen

*Frage: Gibt es standardisierte Morphinlösungen für die Anwendung bei Schmerzpatienten? Mit welcher Wirkdauer kann gerechnet werden? Wie lange sind solche Lösungen haltbar?*

In der Therapie des chronischen Tumorschmerzes ist Morphin bei Erwachsenen und Kindern wichtigstes **zentrales Analgetikum**. Es kann sowohl oral, rektal, subkutan, intravenös als auch epidural und intrathekal, ausnahmsweise auch intraventrikulär verabreicht werden. Die hervorragende Stellung des Morphins begründet sich in der suffizienten Bioverfügbarkeit bei oraler Gabe (i.v. Morphin : p.o. Morphin = 1 : 2[3]), in der ausreichenden Wirkdauer (4 Stunden) und in fehlenden toxischen Metaboliten.

In niedrigen Konzentrationen erreicht Morphin die analgetische Potenz von sog. schwachen Opioiden mit meist günstigerem Nebenwirkungsprofil als letztere. So entsprechen bei oraler Gabe 30 mg Codein alle 4 Stunden (in vielen Kombinationen mit Paracetamol enthalten) 10 mg retardiertem Morphin 12stündlich. Aufgrund seiner Eigenschaft als reiner µ-Agonist existiert für Morphin keine Höchstdosis. Erst bei sehr stark eingeschränkter Leber- und Nierenfunktion ist eine Dosis- und Applikationsintervall-Adaptation vorzunehmen.

Der **oralen Applikation** kommt sowohl aufgrund der hohen therapeutischen Sicherheit, die die gefürchtete Atemdepression so gut wie ausschließt, als auch der einfachen Handhabung **absolute Priorität** zu. Für diese Anwendungsart steht Morphin in 3 verschiedenen galenischen Zubereitungsformen zur Verfügung: einer retardierten Morphinsulfattablette, einer schnell wirkenden Morphintablette und wäßrigen Morphinlösungen.

Hinsichtlich der analgetischen Potenz unterscheiden sich die Formen nicht; Differenzen bestehen im Wirkungseintritt und in der Wirkdauer. Die Wirkdauer von 8–12 Stunden lassen die Retardtablette besonders für die Dauertherapie geeignet erscheinen. Ihre Galenik bewirkt allerdings auch einen um etwa 2–3 Stunden verzögerten Wirkungseintritt. Somit ist dieses Medikament zur Beherrschung von Schmerzspitzen, wie sie im normalen Schmerzablauf sowie im Zusammenhang mit diagnostischen Maßnahmen oder besonderen körperlichen Belastungen entstehen, nicht indiziert.

Auch für die Phase der Dosisfindung ist die Retardtablette nicht geeignet, da hier häufige und kurze Dosisanpassungen notwendig sind. Da die Tabletten nicht zermörsert werden dürfen, sind sie bei Sonden- oder ausschließlich flüssigernährten Patienten ebenfalls nicht anwendbar.

Für die zuletzt dargestellten Indikationsbereiche werden wäßrige Morphinlösungen unterschiedlichster Rezeptur verwendet. Ihnen gemeinsam ist ein Wirkungseintritt von 15–30 Minuten nach Einnahme sowie eine mittlere Wirkdauer von etwa 4 Stunden. Diese Lösungen enthalten oft große Volumenanteile Alkohol und/oder Neuroleptika, wie z. B. die sog. Bromptonmixtur (1). Hierbei überwiegt dann besonders in höheren Dosisbereichen oft die sedierende Wirkung der Zusatzstoffe, was dem Patienten unnötige zusätzliche Nebenwirkungen zumutet. Da Morphin eine äußerst bittere Substanz ist, sind diese Lösungen geschmacklich wenig angenehm. Ihre Haltbarkeit ist in der Regel nur kurz.

Aus diesen Überlegungen heraus wurde vom Zentrallabor Deutscher Apotheker eine standardisierte Morphinlösung entwickelt. Sie enthält außer Morphin keine pharmakologisch aktiven Substanzen. Ihre Rezeptur wurde im Neuen Rezepturformularium, einem verpflichtend in jeder Apotheke vorhandenen Arzneimittelcodex, unter der Nummer 2.4 1989 veröffentlicht (2). Sie kann unter der Bezeichnung

Viskosemorphin-HCl-Lösung NRF 2.4 in 0,2 und 2%igen Konzentrationen rezeptiert werden. Die Höchstverschreibungsmenge beträgt 2 g/d oder 20 g für einen Zeitraum bis zu 30 Tagen. Unter Beachtung dieser Mengen kann sie gleichzeitig mit allen anderen Darreichungsformen von Morphin auf einem Rezeptformular verordnet werden. Sie ist ohne Kühlung mindestens 1 Jahr haltbar (3).

Das zugesetzte Flüssigaroma macht sie geschmacklich akzeptabel, so daß kein Nachtrinken erforderlich ist. Aus diesen Gründen kann sie vom Patienten als »Handtaschenmedikation« mitgeführt werden. Auch wenn der Gesetzgeber in der Novellierung der BTMVV auf den Zusatz von Methylzellulose für orales Morphin verzichtet hat, ist die so erzielte Viskosität u. E. ein galenischer Vorteil.

In der Phase der Dosisfindung hat sich folgendes Vorgehen bewährt:

Anhand der Vorbehandlung und der aktuellen Schmerzintensität wird der Basismorphinverbrauch geschätzt und als retardierte Morphintablette in 8- oder 12stündigem Intervall appliziert. Jeweils die Hälfte dieser Einzeldosis wird dem Patienten als Bedarfsmedikation in Form der Morphinlösung angeboten.

So beträgt bei einer 8stündigen Gabe von 1 *MST 30 Mundipharma*- bzw. *1 MST 200 Mundipharma*-Tablette die Zusatzmedikation 7,5 ml 0,2% bzw. 5 ml 2% Morphinlösung. Auch wenn theoretisch somit eine Verdopplung der Tagesdosis möglich wird, konnte in einer klinischen Studie nachgewiesen werden, daß es zu keinen wesentlichen zusätzlichen Nebenwirkungen kam (4).

Benötigt ein Patient regelmäßig die Morphinlösung, so läßt sich ihr Morphingehalt auf die Morphintablette im Verhältnis 1:1 umrechnen. Nach erfolgter Dosisfindung wird die Morphinlösung als Bedarfsmedikation nach gleichem Prinzip zur Verfügung gestellt. Schwerwiegende Ereignisse, wie z. B. tiefe Bein- und Beckenvenenthrombosen, werden dadurch nicht maskiert.

Bei Sonden- oder flüssigernährten Patienten wird die Morphinlösung in 4stündigem Intervall appliziert. Hier entspricht die Höhe der Bedarfsmedikation der der Einzeldosis (4).

Somit sind retardierte Morphintabletten und wäßrige Morphinlösung sich ideal ergänzende Partner mit unterschiedlichen Indikationsbereichen für die orale Therapie opiatpflichtiger Schmerzen. Wie in zahlreichen Effektivitätsanalysen der WHO-Richtlinien zur Tumorschmerztherapie nachgewiesen werden konnte, läßt sich allein durch eine orale Therapie bei 80–90% aller Krebspatienten bis zu ihrem Tod Schmerzfreiheit oder zumindest eine ausreichende Schmerzpalliation erzielen (5).

Literatur

1. Deutscher Arzneimittelcodex (DAC): Neues Rezepturformularium. 3. Lieferung NRF 2.4, 1988.
2. Deutscher Arzneimittelcodex (DAC): Neues Rezepturformularium. 6. Ergänzung NRF 2.4, 1989.
3. FOLEY, K. M.: The Treatment of Cancer Pain. New Engl. J. Med. **313**, 84–95 (1985).
4. KARRONE, T. A.: The Brompton cocktail. Nursing Mirror **140**, 59 (1975).
5. KLOKE, M. u. Mitarb.: Dt. Ärztebl. **48**, 2772–2779 (1991).

MARIANNE KLOKE, Essen

# Können Pflegeeltern den behandelnden Arzt ihres Kindes von der Schweigepflicht entbinden?

*Frage: Nach § 38 des KJHG sind »die Pflegepersonen und die in der Einrichtung für die Erziehung verantwortlichen Personen... berechtigt, den Personen-Sorgeberechtigten in der Ausübung der elterlichen Sorge zu vertreten, insbesondere 1. Rechtsgeschäfte des täglichen Lebens für das Kind oder den Jugendlichen abzuschließen...«. Sind danach Pflegeeltern rechtlich befugt, ärztliche Personen bzw. Institutionen von der ärztlichen Schweigepflicht zu entbinden?*

*Die Frage ist besonders für sozialpädiatrisch Tätige von Bedeutung, die häufig Pflegekinder betreuen.*

1. Grundsätzlich kann der gesetzliche Vertreter eines Kindes den behandelnden Arzt von der Schweigepflicht entbinden. Hierzu sind auch Pflegeeltern berechtigt, wenn ihnen das Personensorgerecht und die Vertretungsbefugnis übertragen worden sind.

2. Liegen diese Voraussetzungen nicht vor, hat das zuständige Vormundschaftsgericht die Vertretungsbefugnis auf das zuständige Jugendamt oder eine bestimmte Person als Vormund zu übertragen. In diesen Fällen haben das Jugendamt oder der Vormund die Entbindungserklärung abzugeben. Die Jugendämter beauftragen in der Regel einen bestimmten Mitarbeiter mit der Befugnis zur Abgabe derartiger Erklärungen. Es ist stets zu klären, wer vertretungsbefugt ist.

R. LENGEMANN, Gelnhausen

# Schweigepflicht des Rechtsanwaltes bei Haftpflichtverfahren

*Frage: Darf ein Rechtsanwalt bei laufenden ärztlichen Haftpflichtverfahren den Krankenhausträger (Verwaltung) direkt über Gutachten und Verlauf (mit Arzt-Patienten-Daten) informieren, ohne die ärztliche Schweigepflicht zu verletzen? Vorausgesetzt wird bei der Frage, daß das Krankenhaus für seine Ärzte eine allgemeine Haftpflichtversicherung für Patienten der allgemeinen Pflegeklasse abgeschlossen hat.*

Es besteht **kein** generelles Weisungsrecht der Krankenhausverwaltung bzw. des Krankenhausträgers, sich sämtliche Krankenunterlagen/Krankenakten der Patienten von seinen angestellten Ärzten vorlegen zu lassen. Dem steht nämlich der **Datenschutz** innerhalb des Krankenhauses und die **Schweigeverpflichtung** des behandelnden Arztes entgegen. Gilt es jedoch, einer gegenwärtigen »Gefahrenlage« in Form eines Haftpflichtprozesses zu begegnen, hat der Arzt sehr wohl die Verpflichtung, zur Abwehr dieser Ansprüche die Unterlagen des klagenden Patienten seiner Krankenhausverwaltung zur Verfügung zu stellen.

Wenn nun in der konkreten Fragestellung der Rechtsanwalt des beklagten Arztes zur **notwendigen** Verteidigung Informationen vom Krankenhausträger benötigt oder aber nicht ausschließbar bei der Festlegung der Verteidigungslinie Interessen des Krankenhausträgers (mit) berührt werden, dann verletzt er weder **seine eigene anwaltschaftliche Berufsverschwiegenheit** noch auch mittelbar die ärztliche seines Mandanten, wenn er Patientendaten/Gerichtsgutachten oder andere vertrauliche Unterlagen der Krankenhausverwaltung mitteilt. Dies darf jedoch nur eingeschränkt und unter Abwägung der legitimen Interessen des Arztmandanten und auch der Interessenslage des vom Arzt behandelnden Patienten geschehen.

Hat die Krankenhausverwaltung für die Ärzte eine allgemeine Haftpflichtversicherung abgeschlossen, dann hat selbstverständlich auch die »dahinterstehende« Haftpflichtversicherungsgesellschaft ein berechtigtes Interesse an der Mitteilung der entsprechenden Daten aus der Patienten-Krankenkartei, um Einfluß auf den Ausgang des Verfahrens nehmen zu können.

G. H. SCHLUND, München

# Autorenverzeichnis

ACKERMANN, Prof. Dr. R.
Medizinisch-Diagnostisches
Laboratorium
Hohenzollernring 14
50672 Köln

ADAM, Prof. Dr. Dr. D.
Universitäts-Kinderklinik
Lindwurmstraße 4
80337 München

ALTRUP, Prof. Dr. U.
Institut für Experimentelle
Epilepsieforschung
Universität Münster
Hüfferstraße 68
48129 Münster

BÄHR, Dr. E.
Institut für Krankenhaushygiene
und Infektionskontrolle
Siemensstraße 18
35394 Gießen

BALLOWITZ, Prof. Dr. LEONORE
Havelmatensteig 12
14089 Berlin

BAUER, Prof. Dr. C. P.
Kinderfachklinik Gaißach
83674 Gaißach bei Bad Tölz

BAUMGARTEN, Prof. Dr. K.
Blutspendezentrale
Österreichisches Rotes Kreuz
Wiedner Hauptstraße 32
A-1041 Wien

BEECK, Dr. HANNELORE
Institut für Transfusionsmedizin
und Immunhämatologie
Klinikum der Stadt Ludwigshafen
Bremserstraße 79
67063 Ludwigshafen

BERDEL, Prof. Dr. D.
Kinderklinik Marien-Hospital
Pastor-Janßen-Straße 8-38
46483 Wesel

BEWERMEYER, Prof. Dr. H.
Neurologische Klinik
Klinikum Leverkusen
Dhünnberg 60
51375 Leverkusen

BIER, Dr. N.
Kinderabteilung
Kreiskrankenhaus
Herzbachweg 14
63571 Gelnhausen

BIEWALD, Prof. Dr. W.
Abteilung für Kinderchirurgie
Universitätsklinikum Steglitz
Hindenburgdamm 30
12203 Berlin

BÖHLES, Prof. Dr. H. J.
Zentrum der Kinderheilkunde
Klinikum der J. W. Goethe-Universität
Theodor-Stern-Kai 7
60590 Frankfurt am Main

BOSSI, Prof. Dr. E.
Universitäts-Kinderklinik
Inselspital
CH-3010 Bern

BRASS, Prof. Dr. H.
Medizinische Klinik A
Klinikum der Stadt Ludwigshafen
Bremserstraße 79
67063 Ludwigshafen

BRECKWOLDT, Prof. Dr. M.
Universitäts-Frauenklinik
Hugstetter Straße 55
79106 Freiburg im Breisgau

BREMER, Prof. Dr. H. J.
Universitäts-Kinderklinik
Im Neuenheimer Feld 150
69120 Heidelberg

BUCHMANN, Priv.-Doz. Dr. J.
Orthopädische Universitätsklinik
Ulmenstraße 44/45
18057 Rostock

BURCHARDI, Prof. Dr. H.
Abteilung Anästhesie II
Universität Göttingen
Robert-Koch-Straße 40
37075 Göttingen

BURGER, Priv.-Doz. Dr. W.
Universitäts-Kinderklinik
Heubnerweg 6
14059 Berlin

CHRISTEN, Priv.-Doz. Dr. H.-J.
Universitäts-Kinderklinik
Robert-Koch-Straße 40
37070 Göttingen

DASCHNER, Prof. Dr. F.
Institut für Umweltmedizin und
Krankenhaushygiene der Universität
Hugstetter Straße 55
79106 Freiburg im Breisgau

DEINHARDT, Prof. Dr. F.
Max v. Pettenkofer Institut für Hygiene
und Medizinische Mikrobiologie
Pettenkoferstraße 9a
80336 München

DEITMER, Prof. Dr. TH.
Klinik und Poliklinik für Hals-, Nasen-
und Ohrenheilkunde der Universität
Kardinal-von-Galen-Ring 10
48149 Münster

DEMISCH, Prof. Dr. K.
Psychiatrisches Krankenhaus Hanau
Julius-Leber-Straße 2
63450 Hanau

DIPPELL, Prof. Dr. J.
Clementine-Kinderhospital
Theobald-Christ-Straße 16
60316 Frankfurt am Main

DRESSLER, Dr. A.
Abteilung III – Dermatologie
Bundeswehrkrankenhaus
Postfach 70 01 71
22001 Hamburg

EHRICH, Prof. Dr. J. H. H.
Kinderklinik
Medizinische Hochschule
Konstanty-Gutschow-Straße 8
30625 Hannover

ERDMANN, Prof. Dr. E.
Medizinische Universitätsklinik
Joseph-Stelzmann-Straße 9
40924 Köln

FALKE, Prof. Dr. D.
Abteilung für experimentelle Virologie
Institut für Medizinische Mikrobiologie
Hochhaus am Augustusplatz
55131 Mainz

FEIST, Prof. Dr. D.
Universitäts-Kinderklinik
Im Neuenheimer Feld 150
69120 Heidelberg

FORSTER, Prof. Dr. J.
Universitäts-Kinderklinik
Mathildenstraße 1
79106 Freiburg im Breisgau

FRANKE, Dr. CH.
Abteilung für Nuklearmedizin
Allgemeines Krankenhaus St. Georg
Lohmühlenstraße 5
20099 Hamburg

GÄRTNER, Priv.-Doz. Dr. R.
Medizinische Klinik Innenstadt
Universität München
Ziemssenstraße 1
80336 München

GEIGER, Priv.-Doz. Dr. H.
Medizinische Klinik IV
Universität Erlangen-Nürnberg
Kontumazgarten 14–18
90429 Nürnberg

GITSCH, Prof. Dr. E.
I. Universitäts-Frauenklinik
Spitalgasse 23
A-1097 Wien

GNIRS, Dr. J.
Frauenklinik und Polilkinik
der Technischen Universität
Ismaninger Straße 22
81675 München

GÖRETZLEHNER, Prof. Dr. G.
Kreiskrankenhaus Torgau
Christianistraße 1
04860 Torgau

GORTNER, Prof. Dr. L.
Kinderklinik
Medizinische Universität
Kahlhorststraße 31–35
23538 Lübeck

GRAEFF, Prof. Dr. H.
Frauenklinik der Technischen Universität
Ismaninger Straße 22
81675 München

GRAF, Prof. Dr. R.
Abteilung für Orthopädie
Landeskrankenhaus Stolzalpe
A-8852 Stolzalpe 38

GROSS, Dipl.-Psych. W.
Dahlmannstraße 8
60385 Frankfurt am Main

GRUNDMANN, Dr. H.
Institut für Umweltmedizin
und Krankenhaushygiene
Universitätsklinikum
Hugstetter Straße 55
79106 Freiburg im Breisgau

GRÜNERT, Dr. J.
Abteilung für Unfall- und Handchirurgie
Chirurgische Universitätsklinik
Jungeblodtplatz 1
48149 Münster

HACH, Prof. Dr. W.
William Harvey Klinik
Am Kaiserberg 6
61231 Bad Nauheim

HANEKE, Prof. Dr. E.
Hautklinik
Städtische Kliniken
Arrenberger Straße 20–56
42117 Wuppertal

HECKER, Prof. Dr. W. CH.
Kinderchirurgische Universitätsklinik
Lindwurmstraße 4
80337 München

HEINEMANN, Prof. Dr. M.
Klinik für Kommunikationsstörungen
Universität Mainz
Langenbeckstraße 1
55101 Mainz

HELLING, Dr. H. J.
Chirurgische Universitätsklinik
Joseph-Stelzmann-Straße 9
50931 Köln

HELLSTERN, Prof. Dr. P.
Institut für Transfusionsmedizin
und Immunhämatologie
Klinikum der Stadt Ludwigshafen
Bremserstraße 79
67063 Ludwigshafen

HELWIG, Prof. Dr. H.
Abteilung für Kinderkrankheiten
St.-Josephs-Krankenhaus
Hermann-Herder-Straße 1
79104 Freiburg im Breisgau

HESSE, Prof. Dr. A.
Experimentelle Urologie
Urologische Universitätsklinik
Sigmund-Freud-Straße 25
53127 Bonn

HEYENGA, Dr. H.
Rangauklinik
Strüth 24
91522 Ansbach

HOFMANN, Prof. Dr. D.
Universitäts-Kinderklinik
Theodor-Stern-Kai 7
60590 Frankfurt am Main

HUBER, Prof. Dr. Dr. J. C.
Abteilung für Endokrinologie
I. Universitäts-Frauenklinik
Spitalgasse 23
A-1090 Wien

HÜTTEROTH, Prof. Dr. T. H.
Medizinische Klinik
Städtisches Krankenhaus Süd
Kronsforder Allee 71–73
23560 Lübeck

JANI, Prof. Dr. L.
Orthopädische Universitätsklinik
Meerfeldstraße 69
68163 Mannheim

JILG, Priv.-Doz. Dr. W.
Max v. Pettenkofer Institut für Hygiene
und Medizinische Mikrobiologie
Pettenkoferstraße 9a
80336 München

JOPPICH, Prof. Dr. I.
Kinderchirurgische Universitätsklinik
Lindwurmstraße 4
80337 München

JUNGMANN, Prof. Dr. E.
Abteilung für Endokrinologie
Zentrum der Inneren Medizin
Universitätsklinikum
Theodor-Stern-Kai 7
60596 Frankfurt am Main

JÜNGST, Prof. Dr. B. K.
Universitäts-Kinderklinik
Langenbeckstraße 5
55131 Mainz

JUST, Prof. Dr. M.
Universitäts-Kinderklinik
Römergasse 8
CH-4005 Basel

KAISER, Prof. Dr. H.
Jesuitengasse 12
86152 Augsburg

KAPPSTEIN, Priv.-Doz. Dr. INES
Institut für Umweltmedizin und
Krankenhaushygiene der Universität
Hugstetter Straße 55
79106 Freiburg im Breisgau

KASTNER, Dr. K.-H.
Medizinische Klinik III
Klinikum Augsburg
Stenglinstraße
86156 Augsburg

KERSTING, Dr. MATHILDE
Forschungsinstitut für Kinderernährung
Heinstück 11
44225 Dortmund

KIENZLE, Priv.-Doz. Dr. H. F.
Chirurgische Klinik
Krankenhaus Köln-Holweide
Neufelderstraße 32
51067 Köln

KLOKE, Dr. MARIANNE
Medizinische Universitäts-Klinik
Hufelandstraße 55
45147 Essen

KOHLMEIER, Dr. LEONORE
Institut für Sozialmedizin
und Epidemiologie
Bundesgesundheitsamt
Postfach 33 00 13
14173 Berlin

KOHLMEIER, Dr. M.
Institut für Sozialmedizin
und Epidemiologie
Bundesgesundheitsamt
Postfach 33 00 13
14173 Berlin

KOHNE, Prof. Dr. ELISABETH
Universitäts-Kinderklinik
Prittwitzstraße 43
89075 Ulm

KOMBRINK, Dr. R.
Abteilung für Dermatologie
und Venerologie
Bundeswehrkrankenhaus Hamburg
Lesserstraße 180
22049 Hamburg

KORINTHENBERG, Prof. Dr. R.
Abteilung Neuropädiatrie
und Muskelerkrankungen
Universitäts-Kinderklinik
Mathildenstraße 1
79106 Freiburg im Breisgau

KRASEMANN, Dr. PETRA
Institut für Hygiene
Westfälische Wilhelms-Universität
Robert-Koch-Straße 41
48149 Münster

KRIER, Prof. Dr. C.
Abteilung für Anästhesie und operative
Intensivmedizin
Katharinenhospital
Postfach 10 26 44
70022 Stuttgart

V. KRIES, Priv.-Doz. Dr. R.
Universitäts-Kinderklinik
Moorenstraße 5
40225 Düsseldorf

KRÖPFL, Priv.-Doz. Dr. D.
Urologische Klinik
Evangelisches Krankenhaus
Huyssens-Stiftung
Henricistraße 92
45136 Essen

KRUSE, Prof. Dr. K.
Klinik für Pädiatrie
der Medizinischen Universität
Kahlhorststraße 31–35
23538 Lübeck

KUCK, Prof. Dr. K.-H.
Abteilung Kardiologie
Medizinische Universitätsklinik
Martinistraße 52
20246 Hamburg

KUHLGATZ, Prof. Dr. G.
Ernst-Trülzsch-Straße 25
08064 Zwickau-Planitz

KURTZ, Prof. Dr. W.
Medizinische Klinik I
Zentralkrankenhaus Reinkenheide
Postbrookstraße
27574 Bremerhaven

KUSE, Prof. Dr. R.
Abteilung für Hämatologie
Allgemeines Krankenhaus St. Georg
Lohmühlenstraße 5
20099 Hamburg

LAU-SCHADENDORF, Dr. SUSANNE
Universitäts-Kinderklinik
Heubnerweg 6
14059 Berlin

LENGEMANN, Dr. R.
Rechtsanwalt
Am Ziegelturm 9
63571 Gelnhausen

LEVEN, Dr. K.-H.
Institut für Geschichte der Medizin
Albert-Ludwigs-Universität
Stefan-Meier-Straße 26
79104 Freiburg im Breisgau

LINDÖRFER, Dr. H. W.
Klinik und Poliklinik für Hals-, Nasen-
und Ohrenheilkunde der Universität
Kardinal-von-Galen-Ring 10
48129 Münster

V. LOEWENICH, Prof. Dr. V.
Zentrum der Kinderheilkunde
Klinikum der J. W. Goethe-Universität
Theodor-Stern-Kai 7
60596 Frankfurt am Main

LUTHARDT, Prof. Dr. TH.
Kinderklinik
Stadtkrankenhaus
Gabriel-von-Seidel-Straße 81
67550 Worms

MAAS, Prof. Dr. D. H. A.
Geburtshilflich-Gynäkologische
Abteilung
Stauferklinik Schwäbisch Gmünd
Wetzgauer Straße 85
73557 Mutlangen

MAASS, Prof. Dr. G.
Hygienisch-bakteriologisches
Landesuntersuchungsamt
Von-Stauffenberg-Straße 36
48151 Münster

MANTEL, Prof. Dr. K.
Universitäts-Kinderklinik
Dr. von Hauner'sches Kinderspital
Lindwurmstraße 4
80337 München

MANZ, Prof. Dr. F.
Forschungsinstitut für Kinderernährung
Heinstück 11
44225 Dortmund

MARBET, Priv.-Doz. Dr. U.
Abteilung Innere Medizin
Kantonsspital Uri
CH-6460 Altdorf

MARSAN, Dr. D.
Kinderklinik
Städtische Krankenanstalten
Lutherplatz 40
47805 Krefeld

MEHNERT, Prof. Dr. H.
Städtisches Krankenhaus Schwabing
Kölner Platz 1
80804 München

MEIER, Prof. Dr. C.
St. Gallische Höhenklinik Walenstadtberg
CH-8881 Walenstadtberg-Knoblisbühl

MÖNCH, Prof. Dr. E.
Universitäts-Kinderklinik
Freie Universität Berlin
Heubnerweg 6
14059 Berlin

v. MÜHLENDAHL, Prof. Dr. K. E.
Kinderhospital
Iburger Straße 187
49082 Osnabrück

MÜNKER, Prof. Dr. G.
HNO-Klinik
Städtisches Klinikum
Bremserstraße 79
67063 Ludwigshafen

NESS, Dipl. oeco. troph. BARBARA
Forschungsinstitut für Kinderernährung
Heinstück 11
44225 Dortmund

NEUHÄUSER, Prof. Dr. G.
Abteilung Neuropädiatrie
und Sozialpädiatrie
Universitäts-Kinderklinik
Feulgenstraße 12
35385 Gießen

OLBING, Prof. Dr. H.
Universitäts-Kinderklinik
Hufelandstraße 55
45122 Essen

PADELT, Dr. H.
Institut für Infektionskrankheiten
im Kindesalter
Wiltbergstraße 50
13125 Berlin-Buch

PALITZSCH, Prof. Dr. D.
Kinderabteilung
Kreiskrankenhaus
Herzbachweg
63571 Gelnhausen

PETERS, Dr. J.
Kinderklinik der Technischen Universität
Kölner Platz 1
80804 München

PETERSEN, Prof. Dr. E. E.
Universitäts-Frauenklinik
Hugstetter Straße 55
79106 Freiburg im Breisgau

PFANNENSTIEL, Prof. Dr. P.
Anna-Birle-Straße 1
55252 Wiesbaden/Mainz-Kastel

PIRSIG, Prof. Dr. W.
Universitäts-HNO-Klinik
Prittwitzstraße 43
89075 Ulm

POHLANDT, Prof. Dr. F.
Universitäts-Kinderklinik
Prittwitzstraße 43
89075 Ulm

PONGRATZ, Prof. Dr. D.
Neurologie und Muskelerkrankung
Institut der Friedrich-Baur-Stiftung
Ziemssenstraße 1
80336 München

RANKE, Prof. Dr. M.
Universitäts-Kinderklinik
Eberhard-Karls-Universität
Rümelinstraße 19–23
72070 Tübingen

REHM, Prof. Dr. K. E.
Chirurgische Universitätsklinik
Joseph-Stelzmann-Straße 9
50924 Köln

REINEL, Dr. D.
Abteilung III - Dermatologie
Bundeswehrkrankenhaus
Lesserstraße 180
22049 Hamburg

REMSCHMIDT, Prof. Dr. Dr. H.
Klinik für Kinder- und Jugendpsychiatrie
Philipps-Universität
Hans-Sachs-Straße 6
35039 Marburg an der Lahn

RETT, Prof. Dr. A.
Wohllebengasse 15
A-1040 Wien

RIEGER, Dr. H.
Klinik und Poliklinik für
Unfall- und Handchirurgie
der Westfälischen Wilhelms-Universität
Jungeblodtplatz 1
48149 Münster

RITTER, Dr. M.
Medizinische Universitätsklinik II
Klinikum Großhadern
Marchioninistraße 15
81377 München

RÖSCH, Prof. Dr. W.
Medizinische Klinik
Krankenhaus Nordwest
Steinbacher Hohl 2–26
60488 Frankfurt am Main

ROTH, Dr. H.
Tierlabor Landwasser
Am Moosweiher 2
79108 Freiburg im Breisgau

RUSSWURM, Dr. REGINA
Klinische Forschung H 840
Abteilung Arzneimittelsicherheit
Hoechst AG
Postfach 80 03 20
65926 Frankfurt am Main

SACK, Prof. Dr. K.
Klinik für Innere Medizin
Medizinische Universität
Ratzeburger Allee 160
23562 Lübeck

SALLER, Priv.-Doz. Dr. R.
Leerbachstraße 71
60322 Frankfurt am Main

SCHLACK, Prof. Dr. H. G.
Kinderneurologisches Zentrum
Rheinische Landesklinik
Gustav-Heinemann-Haus
Waldenburger Ring 46
53119 Bonn

SCHLUND, Prof. Dr. G. H.
Oberlandesgericht München
Josef-Schlicht-Straße 6a
81245 München

SCHMID, Prof. Dr. P. CH.
83674 Gaißach-Mühl

SCHMITT, Priv.-Doz. Dr. H.-J.
Universitäts-Kinderklinik
Langenbeckstraße 1
55101 Mainz

SCHNEIDER, Prof. Dr. K. T. M.
Frauenklinik der
Technischen Universität
Ismaningerstraße 22
81675 München

SCHNEIDER, Prof. Dr. W.
Medizinische Klinik und Poliklinik
der Universität
Moorenstraße 5
40225 Düsseldorf

SCHUBIGER, Priv.-Doz. Dr. G.
Pädiatrische Klinik
Kinderspital
CH-6000 Luzern 16

SCHULZ, Dr. P.
Kinderzentrum München
Heiglhofstraße 63
81377 München

SCHULZE, Dr. KARIN
Universitäts-Frauenklinik
Marchioninistraße 15
81377 München

SCHWENK, Dr. W.
Abteilung für Chirurgie
Marien-Hospital
Rochusstraße 2
40479 Düsseldorf

SCHWIEDER, Dr. G.
Klinik für Innere Medizin
Medizinische Universität
Ratzeburger Allee 160
23562 Lübeck

SEILER, Prof. Dr. Dr. D.
Institut für klinische Chemie
Klinikum Ludwigshafen
Bremserstraße 79
67063 Ludwigshafen

SITZMANN, Prof. Dr. F. C.
Universitäts-Kinderklinik
66421 Homburg an der Saar

SPRANGER, Prof. Dr. J.
Universitäts-Kinderklinik
Langenbeckstraße 1
55101 Mainz

STAIB, Prof. Dr. I.
Chirurgische Klinik I
Städtische Kliniken
Grafenstraße 9
64283 Darmstadt

STEHR, Prof. Dr. K.
Universitäts-Kinderklinik
Loschgestraße 15
91054 Erlangen

STEPHAN, Prof. Dr. U.
Universitäts-Kinderklinik
Hufelandstraße 55
45147 Essen

STILLE, Prof. Dr. W.
Zentrum der Inneren Medizin
Universitätsklinikum
Theodor-Stern Kai 7
60596 Frankfurt am Main

STOCK, Prof. Dr. W.
Chirurgische Abteilung
Marien-Hospital
Rochusstraße 2
40479 Düsseldorf

STÖGMANN, Prof. Dr. W.
Gottfried von Preyer'sches Kinderspital
Schrankenberggasse 31
A-1100 Wien

STÜCK, Prof. Dr. B.
Universitäts-Kinderklinik
Standort Wedding
Reinickendorfer Straße 61
13347 Berlin

TELLER, Prof. Dr. W. M.
Universitäts-Kinderklinik
Prittwitzstraße 43
89075 Ulm

THILO, Prof. Dr. WALTRAUD
Robert Koch-Institut des
Bundesgesundheitsamtes
Bereich Pankow
Wollankstraße 15–17
13187 Berlin

THOMAS, Prof. Dr. L.
Zentrallabor
Krankenhaus Nordwest
Steinbacher Hohl 2–26
60488 Frankfurt am Main

TÖLLNER, Prof. Dr. U.
Klinik für Kinder- und Jugendmedizin
Städtisches Klinikum
Pacelliallee 4
36043 Fulda

TYMPNER, cand. med. J.
Kinderabteilung
Städtisches Krankenhaus
Sanatoriumsplatz 2
81545 München

TYMPNER, Prof. Dr. K. D.
Kinderabteilung
Städtisches Krankenhaus
Sanatoriumsplatz 2
81545 München

VENTZ, Priv.-Doz. Dr. M.
Klinik für Innere Medizin der Universität
Schumannstraße 20/21
10098 Berlin

WAAG, Prof. Dr. K.-L.
Kinderchirurgische Klinik
Klinikum Mannheim
Postfach 10 00 23
68135 Mannheim

WAHN, Prof. Dr. U.
Universitäts-Kinderklinik
Heubnerweg 6
14059 Berlin

WASSILEW, Prof. Dr. S. W.
Dermatologische Klinik
Städtische Krankenanstalten
Lutherplatz 40
47805 Krefeld

WAYAND, Prof. Dr. W.
2. Chirurgische Abteilung
Allgemeines Krankenhaus
Krankenhausstraße 9
A-4020 Linz

WEBER, Dr. H. G.
Kaiser-Friedrich-Ring 96
40547 Düsseldorf

WEHMEIER, Dr. A.
Medizinische Klinik und Poliklinik
Universitätsklinikum
Moorenstraße 5
40225 Düsseldorf

WEINMANN, Prof. Dr. H.-M.
Kinderklinik der Technischen Universität
Kölner Platz 1
80804 München

WEISER, Prof. Dr. H. F.
I. Chirurgische Klinik für Allgemein-
und Thoraxchirurgie
Diakoniekrankenhaus
Elise-Averdieck-Straße 17
27356 Rotenburg (Wümme)

WEISSENBACHER, Prof. Dr. E. R.
Universitäts-Frauenklinik
Marchioninistraße 15
81377 München

WIENBECK, Prof. Dr. M.
III. Medizinische Klinik
Zentralklinikum Augsburg
Stenglinstraße
86156 Augsburg

WIESE, Prof. Dr. Dr. G.
Alter Uentroper Weg 263
59071 Hamm

WIETHÖLTER, Prof. Dr. H.
Neurologische Klinik
Bürgerhospital
Tunzhofer Straße 14–16
70191 Stuttgart

WILDMEISTER, Prof. Dr. W.
Abteilung für Innere Medizin
Kreiskrankenhaus
von Broichhausen-Allee 1
47906 Kempen

WILLE, Prof. Dr. B.
Institut für Krankenhaushygiene
und Infektionskontrolle
Siemensstraße 18
35394 Gießen

WOLF, Prof. Dr. H.
Universitäts-Kinderklinik
Feulgenstraße 12
35392 Gießen

WÜTHRICH, Prof. Dr. B.
Allergiestation
Dermatologische Klinik
Universitätsspital
Gloriastraße 31
CH-8091 Zürich

ZABEL, Prof. Dr. B.
Universitäts-Kinderklinik
Langenbeckstraße 1
55131 Mainz

ZABRANSKY, Prof. Dr. S.
Pädiatrische Endokrinologie
Universitäts-Kinderklinik
66421 Homburg an der Saar

ZACHERL, Prim. Dr. H.
Chirurgische Abteilung
Krankenhaus Hainburg
Hummelstraße 4
A-2410 Hainburg

ZEMPLENI, Dipl. oec. troph. SABINE
Forschungsinstitut für Kinderernährung
Heinstück 11
44225 Dortmund

# Sachverzeichnis

Abszeß, perityphlitischer, Therapie 244
Acarosan, Hausstaubmilben 192
– Milbenreduktion 192
Aciclovir, Herpes zoster ophthalmicus 114
– siehe Zovirax 111
AIDS, Ohrstechen 91
– Tätowierung 91
Allergien, MMR-Impfung, Impfstoff 8
Alpha1-Antitrypsinmangel, Grippe-Impfung 24
Alveolitis, allergische 187
Aminkolpitis, Therapie, Stillzeit 57
Analgia congenita, Differentialdiagnose 150
– Therapie 150
Anästhesie, Voruntersuchungen 255
Androcur, Triebdämpfung 138
Angina, Diagnostik, Schnelltests 109
Angina Plaut-Vincenti 217
Anionenlücke, Bedeutung 54
– Berechnung 54
Anthelminthika 119
Anti-D, Injektion, versehentliche 198
Antitoxine, Vorsichtsmaßnahmen 11
Appendizitis, Exsudat 242
Äskulap, Schlange, Bedeutung 262
Aspergillose, allergische, Impfungen 16
Asplenie, Impfung, HIB 4
– – Pneumokokken 4
AT III, CRP, Bezüge 177
AT III-Bestimmung, Indikationen 177
Atemnotsyndrom, Prophylaxe, Surfactant 181
– Therapie, Surfactant 181
Atopieprävention, Ernährung 190
Atopisches Ekzem siehe Neurodermitis 185
Atropin, Magenspülung 121
Autismus 148
Autoimmunthrombozytopenie, Splenektomie, Indikation 197
Axonotmesis 144

Babyschwimmen 258
Badeerlaubnis, Mollusca contagiosa 208
– Warzen 208
Bartter-Syndrom, Befundkonstellation 87
– Diagnose 87
– Hyperkalziurie 87
– Nephrokalzinose 87
– Therapie 87
Basenexzess, Stellenwert 53
Bauchlage, Hyperlordose 227
Bauchnarben, Verknöcherung 236
BCG-Impfung, Tuberkulintest, positiver 19
Beikost, Fleischbeigabe 71
– fleischlose, Rezept 72
Beinlängendifferenz, Bedeutung 223
Berührungsempfindlichkeit 148
Besenreiservarizen, Lasertherapie 204
Bilirubin, Neugeborene 175
Bilirubinbestimmung, transkutane, Neugeborene 175
Bindegewebsmassage, Bewertung 152
BKS, Einstundenwert 154
Blasenfunktionsstörung, Verdachtsdiagnose 83
Blasensprung, vorzeitiger, Infektionsverdacht 170

Blockbilder, bifaszikuläre 132
Blutbedarf, Reduzierung 248
Blutersatz, Aprotinin (Trasylol) 248
Blutuntersuchungen, Nüchternheit 261
Borrelia burgdorferi-Infektion
  siehe Borreliose 92
Borreliose, Antikörperbestimmung 137
– Diagnose 93
– Meningoradikuloneuritis 137
– Mononeuritis multiplex 137
– neurologische Störungen 137
– Risiko 92
– Spätbehandlung, Prognose 95
– Therapie 95
– Verläufe 95
Brustdrüsenvergrößerung,
  Neugeborene 163
BSG, Einstundenwert 154

C-Peptid-Bestimmung, Indikation 39
Candida, Übertragung 115
Cefodizim, Immunmodulation 158
– Indikationen 158
Cholesteringehalt, Ernährung 80
Computertomographie, Sedierung 151
CRP, AT III, Bezüge 177
– Neugeborene 175
CRP-Bestimmung, Indikationen 177
CRP-Erhöhung, Neugeborene 170
CT, Sedierung 151
Cyproteronacetat, Triebdämpfung 138
Cytohia-Test 186

Darmflora, Vitamin K, Bedeutung 64
Delacato-Methode, Beurteilung 141
Diabetes mellitus, Grippe-Impfung 24
– MMR-Impfung 5
– orale Therapie, Indikationen 44
– Sekundärversager, Stoffwechsel-
  einstellung 44
– Typen, Einstellung 44
Diät, Cholesteringehalt 80
Differentialblutbild, Neugeborene 174
Diphtherie-Impfung, Aspergillose,
  allergische 16
– Hyperimmunisierung 12
Divertikulitis, Ursache, Kotsteine 82
Divertikulose, Kotsteine, Therapie 82
Doman-Methode, Beurteilung 141
Dormicum, Krampfanfälle 149
Durchfall, Rehydrierung 65
– Therapie 65
– – Indikationen 66
– – Saccharomyces boulardii 66
– – Saccharomyces cerevisiae 66

Echinococcus multilocularis
  siehe Fuchsbandwurm 101
EEG, Sedierung 151
Ehlers-Danlos-Syndrom 224
Ehrlichia canis, Rikettsiosen 92
Eingriffe, ambulante, Narkose 231
Eisenmangel, Diagnose 160
– Eisensubstitution 153

Eisenmangel, Ferritinbestimmung 153
– Fleisch 71
– Häufigkeit 153
– Vegetarier 153
Ekg, Blockbilder, bifaszikuläre 132
– Hyperkaliämie 131
– Linksschenkelblock 132
– Perikarditis 129
– Rechtsschenkelblock 132
– Vagotonie- 129
Ekzem, atopisches siehe Neurodermitis 185
Enterolithen, Zusammensetzung 82
Epilepsie, Klima, Urlaub 133
– Urlaubsplanung 133
Erb-Duchenne-Lähmung, Lagerung 144
Erbrechen, azetonämisches, Ursachen 62
– zyklisches, Ursachen 62
Ernährung, Cholesteringehalt 80
– – Diät 80
– vegetarische, Übersicht 68
Erythema chronicum migrans, Therapie 92
– Verlauf 92
Erythema exsudativum multiforme,
  Zoster 114
Erythrozyten, MCV, Erhöhung 155
– – Volumen, mittleres corpuskuläres 155
Essen, Trinken 78

Fäkolithen, Genese 82
Faszikulationen 136
Fettstoffwechselstörung, Cholesterin 80
Fibrillationen 136
Fieber, rheumatisches, Penicillinprophylaxe,
  Dauer 33
Fluorouracil, Warzentherapie 207
Folsäurebedarf, Säugling 76
Folsäuremangel, Ziegenmilch 76
Frauenmilch, Nährstoffgehalt 75
Fruchtschmiere, Entstehung 172
FSME-Impfung, Risiko 10
FSME-Infektion, Risiko 10
Fuchsbandwurm, Endemiegebiete 115
– Infektionsrisiko 101
– Prophylaxe 115
– Tests 115
Fumarsäure, Neurodermitis, Therapie,
  Fumarsäurederivate 210
5-Fluorouracil siehe Fluorouracil 207

Galaktosämie, Neugeborene,
  Untersuchungstermin 180
Gasembolien, Laparoskopie 243
Gastroenteritis, hämorrhagische 187
Gastroskopie, Prämedikation 81
Geburt, HIV-Infektionsmöglichkeiten 102
Gegensensibilisierung, Bewertung 189
Gelenksüberbeweglichkeit, familiäre 224
Gicht, Formen 49
– Pathogenese 48
– Prophylaxe 50
– Symptome 49
– Therapie 49
Gleithoden, Prognose 253
Glomerulopathie, Diagnostik 85

Gonoblennorrhöprophylaxe, Erythromycin 29
– Silbernitrat 29
Grippe-Impfung, Diabetes mellitus 24

Hämatokrit, Neugeborene 174
Hämolytisch-urämisches Syndrom, Impfungen 21
Harnproteine siehe Proteinurie 85
Harnsteinprophylaxe 89
Harrison-Furche, Rachitisprophylaxe 34
Hauptmahlzeiten, Trinken 78
Hausbesuchstasche, Geräte 127
– Medikamente 127
Hausstaubmilben, Acarosan 192
Haustiere, Übertragung 100
Hautdesinfektion, Verbrennungen 252
HBsAg-Impfung, Nonresponder 27
HDL-Cholesterin, Bedeutung 80
Hepatiden, Diagnostik 107
Hepatitis B, Prophylaxe, Hygiene 198
– chronische, Diagnose 99
– Übertragung 198
– – Verlauf 99
Hepatitis C, Diagnostik 107
– Therapie 107
Herniotomie, laparoskopische, Bewertung 234
Herpes labialis, Therapie, Zovirax 111
Herpes zoster ophthalmicus, Therapie, Aciclovir 114
HIB-Impfung, Asplenie 4
– Neugeborene 3
– Schwangere 3
– Wiederholung, Indikation 7
Hirnblutung, Neugeborene, Prognose 147
HIV-Infektion, Ohrstechen 91
– Tätowierung 91
HIV-Infektionsmöglichkeiten, Schnittentbindung 103
– Schwangerschaft, Geburt, Stillperiode 102
HIV-Übertragung Mutter – Kind 102
Höhensonne, Schwangerschaft 263
Hüftdysplasie, Krankengymnastik 228
– Screening 168
– Spontanheilung 168
Hüftscreening, Neugeborene 168
Hüftsonogramm, Beurteilung 168
HWS-Distorsion, Differentialdiagnose 229
HWS-Schleudertrauma, Differentialdiagnose 229
Hyperbilirubinämie, Müdigkeit 169
– idiopathische 169
– Phototherapie 167
– Trinkfaulheit 169
Hyperhidrose, Therapie 203
Hyperhidrosis axillaris, Therapie 206
Hyperkaliämie, Ekg 131
Hyperkalziurie, Bartter-Syndrom 87
Hyperlordose, Bauchlage 227
Hyperventilation, Rett-Syndrom 149
Hypoglykämie, Neugeborene 174
Hypokalzämie, Neugeborene 175
Hyposensibilisierung, Pollenallergie, Indikationen 193

Hypospadia coronaria, Operation, Indikation 246
– – Spätfolgen 246
– – Zeitpunkt 246
Hypotonie, orofaziale, muskuläre, Mittelohrentzündung 220
– – – Otitis media

IgG-Antikörper, Nahrungsmittelallergie 186
IgG-Reaktionen, Nahrungsmittelallergie 187
Immunglobuline, Immunisierung, passive, Kosten 194
– – – Sicherheit 194
– humane, Immunmodulation 195
– – Indikationen 195
– – Nebenwirkungen 195
– – Prophylaxe 195
– – Substitutionstherapie 195
– passive, Wirkungsweise 196
Immunisierung, passive, Immunglobuline 194
Impforte 1
Impfstellen 1
Impfung, BCG, Tuberkulintest, positiver 19
– Diphtherie, Aspergillose, allergische 16
– – Hyperimmunisierung 12
– FSME, Risiko 10
– Grippe, $\alpha_1$-Antitrypsinmangel 24
– – Diabetes mellitus 24
– HBsAg, Nonresponder 27
– HIB, Asplenie 4
– – Neugeborene 3
– – Schwangere 3
– – Wiederholung, Indikation 7
– MMR, Allergien 8
– – Diabetes mellitus 5
– – Neurodermitis 8
– – Wiederholung, Indikation 7
– Masern, Wiederholung 23
– Mumps, Indikation, Inkubationszeit 26
– Pneumokokken, Asplenie 4
– Pneumovax, Indikationen 22
– – Kontraindikationen 22
– Polio, Aspergillose, allergische 16
– – Indikation 15
– – Kontaktallergie 192
– – Nebenwirkungen 17
– – Schwangerschaft 14
– Tetanus, Hyperimmunisierung 12
– – Impfschutz, Prüfung 13
– – postexpositionell 35
– – prophylaktisch 35
– Zytomegalie 105
Infektionen, Sofortmikroskopie 166
– bakterielle, Neugeborene 174
Infektionsverdacht, Neugeborene 170
Infusionskanüle, Lage, Kontrolle 260
Injektionsort, Impfungen 1
Insulinresistenz, Therapie 39

Jodprophylaxe, Empfehlungen 32
– Jodid 32
– Modus 30
– Mutter, Neugeborenes, Hyperthyreose 31
– – – Hypothyreose 31
– Schwangerschaft 31

Kalzan, Beurteilung 52
Kalziumharnstein, Anamnese 89
– Vitamin D 89
Kalziumsubstitution, Kalzan 52
– Maßnahmen 52
Kardiochirurgie, Blutersparnis 248
Kinderernährung, Trinken 78
Kinesiologie, Beurteilung 140
Klebestreifenmethode 117
Kleinkinderernährung, Empfehlungen 72
Kollagenunterspritzung, Miktionsstörungen 83
Kolonchirurgie, Vorbereitung 232
Kontaktallergie, Polio-Impfung 192
Kontrazeption, hormonale, Empfehlung 55
– – Pearl-Index 54
Konzentrationsmechanismus, renaler 87
Kopfgelenksblockierungen, Bedeutung 226
Kornzangen, Aufbewahrung 200
Kotsteine, Genese 82
Kozijawkin-Methode, Beurteilung 142
Krampfanfälle, Benzodiazepine, Auswahl 149
– Dormicum 149
– Midazolam 149
Krankengymnastik, Hüftdysplasie 228
Kryptorchismus, Diagnostik 44
– Therapie 44
Kuhmilch, Nährstoffgehalt 75
– Unverträglichkeit, Alternative 75

L-Carnitin, Schwangerschaft 57
Laboruntersuchungen, Neugeborene,
   Indikationen 173
LDL-Cholesterin, Bedeutung 80
Leistenhernienoperation, laparoskopische,
   Bewertung 234
Leukämie, chronische myeloische,
   philadelphianegative 156
Leukozytose, Neugeborene 170
Lichtdermatose, polymorphe, Ätiologie 211
– – Diagnose 211
– – Prophylaxe 211
– – Therapie 211
Linksbeiner, Rechtshänder 134
Linksschenkelblock 131
Lipoproteine, Bestimmung 45
Lyme-Borreliose siehe Borreliose 95
Lyme-Disease, Therapie 92
– siehe Borreliose 92
Lymphdrainage, manuelle, Indikationen 222
Lymphödeme, Ullrich-Turner-Syndrom 43

Magenspülung, Atropin 121
Masern-Impfung, Wiederholung 23
MCV-Erhöhung, Ursachen 155
Medianschnitt, Paramedianschnitt 238
Mercuchrom, Bewertung 252
Meteorismus, Pankreasenzyme 77
Metronidazol, Stillzeit 57
Midazolam, Krampfanfälle 149
Mikropille, Thromboembolien 54
Miktionsstörungen, Kollagenunterspritzung 83
Milbenreduktion, Acarosan 192
Milchen, Nährstoffgehalt 75
Mittelohrentzündung, Einmaltherapie 218

Mittelohrentzündung, Therapie 222
– rezidivierende, Therapie 221
MMR-Impfung, Allergien, Impfstoff 8
– Diabetes mellitus 5
– Neurodermitis 8
– Wiederholung, Indikation 7
– Zweitimpfung 9
Modivid, Immunmodulation 158
– Indikationen 158
Mollusca contagiosa, Badeerlaubnis 208
Morphin, Indikationen 267
Mumps, Endemie, Bundesrepublik 26
– Epidemie, Schweiz 26
Mumps-Impfung, Indikation, Inkubationszeit 26
Mundgeruch 266
Mundsoor, Infektiosität 115
Muskelkrämpfe 136

Nabel, nässender 254
Nägel, eingewachsene, Therapie 201
Nahrungsmittel, Gehaltsangaben, Literatur 61
Nahrungsmittelallergie, IgG-Antikörper 186
– IgG-Reaktionen 187
– Testverfahren, zytotoxikologische 186
– Typ III-Allergie 187
Narbenknochen 236
Narkose, Eingriffe, ambulante 231
– Voruntersuchungen 255
Nebenhöhlenerkrankungen, chronische,
   Diagnostik 218
– – Therapie 218
Nephelometrie, Bedeutung 86
Nephrokalzinose, Bartter-Syndrom 87
Nephropathie, Prognose 85
Nervensystem, Entwicklung,
   Pharmakologie 142
Neugeborene, Bilirubin 175
– Bilirubinbestimmung, transkutane 175
– Brustdrüsenvergrößerung 163
– CRP 175
– CRP-Erhöhung 170
– Differentialblutbild 174
– Hämatokrit 174
– Hirnblutung 147
– Hüftscreening 168
– Hypoglykämie 174
– Hypokalzämie 175
– Infektionen, Abstriche 166
– – Sofortmikroskopie 166
– – bakterielle 171
– – Infektionsverdacht 170
– Laboruntersuchungen, Indikationen 173
– Leukozytose 170
– Ovarialzysten 163
– pH-Wert 173
– Plexusblutung 147
– Plexuszysten 147
– Transfusion, Screening, Zeitpunkt 180
– Überblähen 126
– Vollstillung, Überbrückung 68
Neugeborenenikterus, Vitamin K-
   Prophylaxe 165
Neuroborreliose 138
Neurodermitis, ACTH-Mangel 185

Neurodermitis, MMR-Impfung   8
– Therapie, Fumarsäurederivate   210
– – Vitamin B$_6$   185
Neuropraxie   144
Nierenschädigung, Lokalisation   85
Notfallkoffer, Geräte   127
– Medikamente   127

Obstipation, Kotsteine   82
Ohranhängsel, Therapie   253
Ohren, abstehende, Therapie, operative   215
Oligophrenie, Onanieren   138
Operationssaal, Temperaturen, Infektionsrate   230
Osteogenesis imperfecta, Östrogensubstitution   51
Otitiden, Ursachen   219
Otitis media, Einmaltherapie   218
– rezidivierende, Therapie   221
– Therapie   222
Ovarialzysten, Neugeborene   163
Oxyuriasis, Chemotherapie   117
– Diagnose   117
– Hygiene   117
– Nachweis   117
– Rezidive, Vorgehen   117
– Schwangerschaft   117
– Symptomatik   117

Page, siehe SDS-Polyacrylamidgel-Elektrophorese   84
Pankreasenzyme, Meteorismus   77
– Pankreatitis, chronische   77
Pankreatitis, chronische, Pankreasenzyme   77
Paramedianschnitt, Medianschnitt   238
Peridivertikulitis, Ursache, Kotsteine   82
Perikarditis, Ekg   129
Pertussis, Neugeborene, Diagnostik   161
– – Symptomatik   161
– – Therapie   161
pH-Wert, Neugeborene   173
Pharyngotonsillitis, Diagnostik   216
Phast-System, Harnproteine, Analyse   84
Phenylketonuriescreening, Neugeborene, Transfusion   180
Phimose, Therapie, operative, Indikationen   242
Phosphatase, erhöhte, Ursachen   47
Phototherapie, Hyperbilirubinämie   167
Pilzsporen, Übertragung   115
Pityriasis simplex capillitii, Therapie   203
Plantarwarzen, Badeerlaubnis   209
Plexusblutung, Neugeborene, Prognose   147
Plexuslähmung, Lagerung   144
Plexuszysten, Neugeborene, Prognose   147
Pneumokokken-Impfung, Asplenie   4
Pneumovax-Impfung, Indikationen   22
– Kontraindikationen   22
Polio-Epidemie, Verhalten   16
Polio-Impfung, Aspergillose, allergische   16
– Indikation   15
– Kontaktallergie   192
– Nebenwirkungen   17
– Schwangerschaft   14

Pollenallergie, Hyposensibilisierung, Indikationen   193
Pollinosis, Kortikosteroide, Indikation   191
Polyvidonjod extern, Geburt   31
Protein-Kreatininratio   85
Proteinanalytik   84
Proteinurie, Bestimmung, Phast-System   84
– Diagnostik, β2-Mikroglobulin   86
– – Morgenharn   85
– Einzelbestimmungen   86
– Formen   85
– grenzwertige   86
Proteinuriediagnostik, SDS-Polyacrylamidgel-Elektrophorese   84
Proteinuriemuster   85
Proteolyse   85
Pseudo-Bartter-Syndrom, Diagnose   87
Purpura, psychogene, Ursachen   212
Purpura pigmentosa progressiva, Ursachen   212
Pyoktanin, Kanzerogenität   267

Quecksilberallergie, Impfungen   22

Rachitis, Diagnostik   51
– Prophylaxe   52
– Therapie   52
Rachitisprophylaxe   34
Rechtshänder, Linksbeiner   134
Rechtsschenkelblock   132
Reflexe, Säugling   143
Reflexzonenmassage, Bewertung   152
Reflux, vesikoureteraler, Kontrolluntersuchungen   88
– – Nierenschädigung   88
– – Operationsindikation   88
– – Reinfektionsprophylaxe   88
– – Therapie   88
Rett-Syndrom, Hyperventilation   149
Rheumatisches Fieber, Penicillinprophylaxe, Dauer   33
Rikettsiosen, Ehrlichia canis   92
Röntgenthoraxuntersuchungen, präoperative, Indikationen   239

S. pyogenes-Pharyngo-Tonsillitis   217
Salicylismus, Schuppentherapie   203
Salmonellenausscheidung, öffentliche Einrichtungen   113
Salmonelleninfektion   113
Säugling, Folsäurebedarf   76
– Reflexe   143
Säuglingsernährung, Empfehlungen   71
– Fleischbeigabe   71
– Getränke, Empfehlungen   73
– Saft   74
– Säuglingstees   73
– Teebeutel   73
– Teemischungen   73
– Trinkwasser   73
Schädelsonographie, Risikokinder   147
Scharlach, Diagnostik, Schnelltests   109
Schenkelblock   131
Schilddrüse, Autonomie, funktionelle   37

Schlange, Äskulap, Bedeutung 262
Schmerztherapie, Morphin 267
Schmerzunempfindlichkeit,
　Differentialdiagnose 150
− Therapie 150
Schnelltests, Streptokokken, Bewertung 109
Schuppen, Therapie 203
Schwangerschaft, HIV-Infektions-
　möglichkeiten 102
− Höhensonne 263
− Jodprophylaxe 31
− L-Carnitin 57
− Oxyuriasis 117
Schweigepflicht, Pflegeeltern 269
− anwaltschaftliche, Haftpflichtverfahren 270
Schwimmen, kindliches 258
SDS-Polyacrylamidgel-Elektrophorese,
　Proteinuriediagnostik 84
Seborrhö, Therapie 203
Seren, heterologe, Vorsichtsmaßnahmen 11
Sofortmikroskopie, Vorteile 166
Sonnenallergie 211
Splenektomie, Autoimmunthrombozytopenie,
　Indikation 197
Stillperiode, HIV-Infektionsmöglichkeiten 102
Stillzeiten, Zahndurchbruch,
　Zusammenhänge 65
Stomatitis aphthosa, Therapie, Zovirax 111
Streptokokken A, Diagnostik, Schnelltests 109
Streptokokken A-Angina, Diagnostik 216
− Übertragung, Haustiere 100
Surfactant, Atemnotsyndrom, Prophylaxe 181
− − Therapie 181
− natürlich 181
− synthetisch 181
Syndrom, hämolytisch-urämisches,
　Impfungen 21
$T_3$-Erhöhung, Ursachen 40
Testverfahren, zytotoxikologische,
　Nahrungsmittelallergie 186
Tetanus, Inkubationszeit 35
Tetanus-Impfung, Hyperimmunisierung 12
− Impfschutz, Prüfung 13
− postexpositionell 35
− prophylaktisch 35
Thoraxuntersuchungen, präoperative,
　Indikationen 239
Tics, Ursachen 146
− Vitaminüberdosierung 146
Transfusion, Neugeborene,
　Phenylketonuriescreening 180
Triebdämpfung, medikamentöse 138
Trinken, Hauptmahlzeiten 78
− Kinderernährung 78
Trinkgewohnheiten 78
TSH-Spiegel, erniedrigter, Ursachen 41
Tuberkulintest, Allergiker 19
− Ergebnisse 18
− positiver, BCG-Impfung 19
− Stempelteste, Indikationen 20

Tuberkulintest, Zeitpunkt 20
− − Konsequenzen 18
Tubulopathie, Diagnose 85

Überbeweglichkeit, Gelenke 224
Überblähen, Neugeborene 126
Ullrich-Turner-Syndrom, Lymphödeme 43
Ungeborenes, Erlebniswelt 183
Urachusfistel, Therapie 254

VACTERL-Assoziation 257
Vagina, Desinfektion 55
Vaginalflora, Reduktion, Desinfektion 55
Vagotonie-Ekg 129
Varizellen, Infektiosität 98
− Prophylaxe 110
− Übertragung 110
Varizellenkontakt, Schwangerschaft,
　Vorgehen 104
Varizellensyndrom 104
Vegetarier, Eisenmangel 153
vegetarische Ernährung, Übersicht 68
Venenverweilkanüle, Lage, Kontrolle 260
Verbrennungen, Hautdesinfektion 252
Verdachtsdiagnose, Blasenfunktions-
　störung 83
Vernix caseosa, Entstehung 172
Verrucae plantares, Badeerlaubnis 209
Verrucae vulgares, Badeerlaubnis 209
Vesikoureteraler Reflux siehe Reflux,
　vesikoureteraler 88
Vitamin K, Darmflora, Bedeutung 64
Vitamin K-Prophylaxe,
　Neugeborenenikterus 165
VLDL-Cholesterin, Bedeutung 80
Vollstillung, Überbrückung 68

Warzen, Badeerlaubnis 208
Warzentherapie, Fluorouracil 207
Westergren-Reaktion, Einstundenwert 154
Windpocken siehe Varizellen 98
Wundversorgung 255

Xeroderma pigmentosum,
　Metronidazolunverträglichkeit 59

Zahndurchbruch, Stillzeiten,
　Zusammenhänge? 65
Zecken, Ausbreitung, Bundesländer, neue 97
− Entfernung 124
− − Technik 97
Zehennägel, eingewachsene, Therapie 201
Ziegenmilch, Folsäuremangel 76
− Nährstoffgehalt 75
− Unverträglichkeit 75
Zovirax, Indikationen 111
Zweitimpfung, MMR 9
Zytomegalie, Impfung, Säuglinge 105
Zytomegalieinfektion, Mutter − Kind 105
− Schwangerschaft 105